Cat & Cole
Die letzte Generation

W0387527

Suvada, Emily:
Cat & Cole – Die letzte Generation
ISBN 978 3 522 50559 8

Aus dem Amerikanischen übersetzt von Vanessa Lamatsch
Umschlaggestaltung: Johannes Wiebel | punchdesign, München
unter Verwendung von Motiven von Shutterstock.com
Innentypografie und Satz: Kadja Gericke
Reproduktion: Digitalprint GmbH, Stuttgart
Druck und Bindung: CPI Books GmbH, Leck
Printed in Germany. Alle Rechte vorbehalten.

FSC
www.fsc.org
MIX
Papier aus verantwortungsvollen Quellen
FSC® C083411

Die amerikanische Originalausgabe erschien 2017 unter dem Titel
This Mortal Coil bei Simon Pulse, New York.
Text copyright © 2017 by Emily Suvada
Published in agreement with the author, c/o BAROR INTERNATIONAL, INC.,
Armonk, U.S.A. through.
© der deutschsprachigen Ausgabe 2018 Planet!
in der Thienemann-Esslinger Verlag GmbH, Stuttgart

EMILY SUVADA

CAT & COLE

DIE LETZTE GENERATION

Übersetzt von Vanessa Lamatsch

PLANET!

Für Edward: meinen besten Freund, meine Liebe,
meine Inspiration. Du bist der strahlende Fokus meines Herzens.

1

Die Sonne geht unter, und der Himmel steht in Flammen, aber nicht wegen Wolken oder Staub, sondern durch die schillernden Federn einer Million gengehackter Wandertauben. Sie segeln in wirbelnden Bögen aus Orangerot und Gold über den Himmel wie ein lebendes impressionistisches Gemälde. Ihre seltsamen Rufe klingen wie der Aufprall von Kieselsteinen an einem Fenster, und sie bewegen sich in perfektem Einklang, bis sie die Sonne verdunkeln.

Amateurprogrammierer in Nevada haben die DNA der lange ausgestorbenen Taube geklont, die Gene dann gespleißt und so etwas Neues, Gewagtes geschaffen. Schnäbel mit rasiermesserscharfer Spitze. Erhöhter Stoffwechsel. Federn, die mit der Anspannung eines einzigen Muskels ihre Farbe ändern und den ganzen Schwarm vor Gefahr warnen können.

Durch jahrelange Arbeit haben sie die Tauben in etwas verwandelt, was stärker ist als ihre Vorfahren. Sie sind schlanker, klüger, wilder.

Und ihre Schöpfer haben dafür gesorgt, dass die Vögel aussehen wie lebende *Flammen*.

Ich lehne mich über das Geländer der Veranda, meine Hüften gegen das Holz gedrückt, und spähe durch das Zielfernrohr des Gewehrs meines Vaters. Ohne Vergrößerung besteht der Schwarm nur aus einem Chaos getüpfelter Farbflecken, doch durch das Zielfernrohr, mit dem Sichttek, das meinen Blick schärft, kann ich in dem Strudel aus Farben die Flügel und Brüste einzelner Vögel erkennen.

»Komm schon, kleines Vögelchen«, hauche ich, als ich den Abzug drücke. Der Schuss hallt durch die Berge, und der Geruch von

Schießpulver erfüllt die Luft. Es ist selbst gemachtes Schießpulver. Schwefelarm, fein, nanogedruckt im Keller und so beschaffen, um einen Beruhigungspfeil abzuschießen und mir einen Vogel vom Himmel zu holen, ohne ihn zu töten.

Der Pfeil saust durch die Luft, sogar mit meinem Tek kaum mehr als ein verschwommener Fleck. Meine Audiofilter ordnen ihn bei Mach 2 ein, was viel zu schnell ist. Meine Berechnungen waren wieder einmal falsch. Ich wende den Blick zu spät ab und sehe, wie der Pfeil eine Taube trifft und in eine Wolke aus bunten Federn verwandelt.

»Verdammt«, blaffe ich und lasse das Gewehr fallen, ohne es zu sichern. Es ist nur noch ein Briefbeschwerer von fünfzehn Kilo Gewicht, jetzt da ich ganz offiziell keine Munition mehr dafür habe. Na ja, wenn man die Kugel nicht mitzählt, die an der Kette um meinen Hals hängt. Aber das ist meine Notfallkugel, und die werde ich nur verwenden, wenn es keinen Ausweg mehr gibt.

Der tote Vogel fällt wie ein Stein, trudelt nach unten, bis er am felsigen Ufer des winzigen Sees vor der Hütte aufprallt. Der Taubenschwarm wechselt sofort die Richtung und stößt einen ohrenbetäubenden Warnschrei aus, der von den steilen Berghängen widerhallt wie eine Maschinengewehrsalve.

»Ich weiß, ich weiß«, murmele ich. Der Schwarm zerstreut sich wütend. Die Federn der Vögel wechseln zu Scharlachrot, um den Angriff anzuzeigen. Ich wollte die Taube nicht verletzen. Sie sollte ein Geschenk sein. Ein kleines gengehacktes Haustier für meine Nachbarin Agnes, um ihr Gesellschaft zu leisten. Jetzt werde ich den Vogel beerdigen müssen, weil ich ihn auf keinen Fall essen werde. Seit dem Ausbruch isst so gut wie niemand mehr Fleisch.

Die letzten zwei Jahren haben uns etwas beigebracht, was wir einfach nicht vergessen können: dass Fleisch von Tieren und Menschen sehr ähnlich schmeckt.

Das Verandageländer knirscht, als ich darüberspringe und

durch den Vorgarten zu dem Federhaufen in der Nähe des Sees jogge. Eine Brise bewegt das kniehohe Gras und fegt über das Wasser, erfüllt von den Rufen der Tauben, der Kühle des Abends und dem reichhaltigen, vielschichtigen Duft des Waldes.

Ich befinde mich hier draußen in der Wildnis. Dieses abgelegene Tal tief in den Black Hills ist seit drei Jahren mein Zuhause, seit zwei Jahren meine Zuflucht vor der Seuche. Steile, baumbewachsene Berge erheben sich rechts und links des Sees. Meine heruntergekommene Hütte steht unweit des Ufers. Sie ist gut genug versteckt, dass man sie, ohne zu wissen, wo sie ist, nicht findet, aber doch nah genug an der Stadt, dass ich auf meinem Fahrrad hinfahren kann. Alles in allem ist sie der perfekte Ort, um dort die Apokalypse zu verbringen. Es gibt nur einen Nachteil: Der Sprachempfang ist zum Kotzen.

»Hey, Wildkatze. Hier … Agnes …«

Ich lege den Kopf schräg, als Agnes' mütterliche Stimme knisternd in meinen Ohren erklingt; laut durch mein subdermales Kommlink hallt. Agnes nimmt fast täglich Kontakt zu mir auf, um zu erfahren, wie es mir geht, aber sie weigert sich, mir zu texten. Ruft immer an, obwohl ich sie nicht hören kann. Ich schließe die Augen und öffne das mentale Interface, um ihr eine Nachricht zu schicken, doch dann durchbricht ihre Stimme das statische Rauschen.

»Dringend … Gefahr …«

Ihre Stimme bricht ab. Kein Rauschen mehr, gar nichts.

Ich wirble herum und renne einen der Berghänge hinauf.

»Agnes?«, rufe ich. Verdammte russische Satelliten. Sie sind ein Jahrhundert alt, aber leider die einzigen Satelliten, die wir nutzen können, jetzt wo Cartaxus jedes andere Netzwerk auf dem Planeten übernommen hat. Zwar kann mein Kommlink in der Hütte Texte empfangen, doch jedes Mal wenn ich telefonieren will, muss ich eine halbe Meile bergauf laufen.

Wieder erklingt ein Rauschen. »… du mich … Wildkatze?«

»Warte kurz!«, rufe ich und rase den felsigen Hang nach oben. Der Pfad zwischen den Bäumen ist noch feucht vom Regen letzte Nacht. In einer Kurve rutsche ich aus und muss darum kämpfen, mich auf den Beinen zu halten.

Agnes könnte verletzt sein. Sie ist ganz allein. Dieses alte Mädchen ist bewaffnet und zäh wie altes Schusterleder, aber es gibt Dinge in der Welt, gegen die man nicht kämpfen kann. Dinge, für die es keine Heilung gibt.

»Fast da!«, rufe ich und eile die letzte Steigung hinauf. Ich stürme auf die Lichtung am Gipfel und klappe zusammen. »Agnes? Geht es dir gut? Kannst du mich hören?«

Die Stille einer Übertragungsverzögerung füllt meine Ohren, dann höre ich wieder Agnes' Stimme. »Mir geht es gut, Wildkatze. Wollte dir keine Angst einjagen.«

Ich sinke im Gras auf die Knie und versuche, wieder zu Atem zu kommen. »Du hast mir fast einen Herzinfarkt verpasst.«

»Tut mir leid. Aber zumindest weiß ich jetzt, wie ich dich dazu bringe, deine Anrufe anzunehmen.«

Ich verdrehe die Augen und streiche mir ein paar verschwitzte Strähnen aus dem Gesicht. »Was ist so dringend?«

»Bist du auf dem Hügel?«

»Na ja, *jetzt* schon.«

Sie lacht leise, fast unhörbar unter dem statischen Knistern. »Ich habe gerade einen Anruf von einem der Einheimischen bekommen. Sie haben einen Jeep in der Nähe deiner Hütte gesichtet. Groß, schwarz. Siehst du von da oben irgendwas?«

Ich springe auf die Beine und lasse meinen Blick über den Wald gleiten. Von diesem Aussichtspunkt kann ich an einem klaren Tag meilenweit schauen. Die Black Hills erstrecken sich vor mir, grauer Granit unter Kiefern, mit Seen, die wie kleine Farbtupfer wirken, und einem Netz aus blätterbedeckten Straßen. Um diese Zeit vor zwei Jahren hätte ich auf dem Highway nach Osten noch einen ständigen Strom von Scheinwerfern gesehen – Pendler auf dem Weg nach Hause. Flugzeuge wären Richtung Rapid geflogen, und zwischen den Bäumen hätten die Lichter von Häusern geleuchtet. Doch jetzt sind die Hügel dunkel, und der Highway ist ein leeres, schwarzes Band.

Alle Häuser sind vernagelt und das Land mit Kratern übersät. Bei dem Anblick wird mir übel, doch nur hier habe ich Empfang.

»Keine Scheinwerfer«, murmele ich. »Könnte sein, dass sie Infrarot verwenden. Du bist dir sicher, dass es ein Jeep war?«

»Nagelneu, haben sie gesagt. Muss Cartaxus gehören.«

Mir stellen sich die Nackenhaare auf. Ich habe hier draußen noch nie zuvor einen Jeep gesehen. Cartaxus schickt seine Truppen immer in getarnten Lastwagen, mit summenden Drohnen als Luftunterstützung. Erneut lasse ich meinen Blick über den Wald gleiten; reize mein Sichttek bis zum Anschlag aus.

»Ich habe versucht, dich anzurufen«, sagt Agnes. »Ein paar Mal in den letzten Tagen.«

»War im Labor«, murmele ich, als ich über die Straßen blicke. »Wollte Schießpulver machen.«

»Das klingt gefährlich.«

Ein leises Lächeln verzieht meine Lippen, und meine Finger krümmen sich instinktiv, um über die frisch nachgewachsene Haut an meinen Handflächen zu streichen. »Es gab ein paar kleinere Explosionen. Aber nichts, womit mein Heiltek nicht fertiggeworden ist.«

Agnes schnalzt mit der Zunge. »*Wildkatze*. Wann hast du das letzte Mal etwas gegessen?«

»Ähm … gestern?«

»Hast du saubere Kleidung?«

Ich sehe an meinem schmutzigen Pullover und den dreckverschmierten Jeans herab. »Äh …«

»Schaff deinen Hintern sofort zu mir, junge Dame. Mir gefällt die Nachricht von diesem Jeep überhaupt nicht, und du musst mal eine Nacht aus diesem verdammten Labor raus. Jetzt sofort, hast du verstanden?«

Ich unterdrücke ein Lachen. »Okay, Yaya. Ich werde bald da sein.«

»Und wie du das wirst. Und bring deine Dreckwäsche mit.«

Mit einem Zischen verklingt die Verbindung in meinem Ohr. Ich bleibe grinsend zurück. Agnes ist nicht wirklich meine *Yaya*, auch wenn sie sich so benimmt. Wir teilen keine DNA. Aber wir haben Essen und Tränen geteilt – und seit dem Ausbruch ist das alles, was zählt. Manchmal glaube ich, wir leben beide nur noch deswegen, weil wir den Gedanken nicht ertragen können, den anderen allein zurückzulassen.

Ich strecke die Arme über den Kopf und lasse meinen Blick ein letztes Mal über den Wald gleiten, bevor ich mein Sichttek wieder herunterregle. Das in meinen Unterarm eingebettete Panel, das meine Teks antreibt, verbraucht selbst im Ruhezustand ein paar Hundert Kalorien am Tag, und Essen ist nicht mehr im Überfluss vorhanden. Mein Sichtfeld verschwimmt, als meine Augen sich wieder scharfstellen, daher kostet es mich eine Sekunde zu verstehen, dass am Horizont eine Wolke schwebt, die bisher nicht da war.

»Oh, oh!«

Ich erstarre und zähle die Sekunden, bis der Knall mich erreicht. Die Dampffahne schießt nach oben, bevor sie pilzförmig in den Himmel auffächert. Der Taubenschwarm verteilt sich in mehrere panische Bänder, die so schnell wie möglich vor der wogenden Wolke fliehen. Das Geräusch braucht fünfzehn Sekunden, um mich zu erreichen. Das heißt, dass die Explosion drei Meilen entfernt lag. Zu weit, um Genaueres erkennen zu können, doch ich sehe, dass die Wolke ein kränkliches Rosa zeigt.

Die Farbe, wenn ein menschlicher Körper zu Nebel zerrissen und in die Luft geschleudert wird, weil seine Zellen explodieren.

Eine Hydra-Wolke.

Mein Magen hebt sich. Je nachdem aus welcher Richtung der Wind weht, könnte diese entfernte Wolke mich töten. Ein Atemzug ist alles, was nötig ist: ein Moment, in dem sich die Lunge mit den unsichtbar schwebenden Viruspartikeln füllt, die sich danach in jeder Zelle meines Körpers ausbreiten werden. Man bekommt Fieber; das Virus vervielfältigt sich; und zwei Wochen später explodiert man wie eine Granate, um jeden in einem Umkreis von einer Meile zu infizieren.

Es gibt keine Behandlung, keine Heilung. Es existiert nur ein Weg, Immunität zu erlangen, doch es ist sechsundzwanzig Tage her, seitdem ich die letzte Dosis aufgenommen habe.

Agnes' Stimme knistert in meinem Ohr. »Das … in deiner Nähe?«

Ich schließe die Augen und gebe den geistigen Befehl, der mein Kommtek in den Textmodus schaltet. Nachrichten schreiben geht langsamer – ich muss mich mehr konzentrieren und jedes Wort nacheinander in meinem Geist bilden – aber dafür ist kein allzu gutes Signal nötig.

3 MEILEN, schicke ich. WIRD NACH OSTEN GETRIEBEN. BEFINDE MICH WAHRSCHEINLICH AUSSERHALB VOM INFEKTIONSRADIUS.

VERSCHWINDE SCHNELL, antwortet sie.

WERDE ICH. Das muss Agnes mir nicht zweimal sagen.

Bevor ich mich auf den Weg mache, zögere ich kurz. Ich will noch einmal abschätzen, in welche Richtung die Wolke treibt. Sie ist doppelt so groß wie die Wolken, die ich beim Ausbruch gesehen habe, vor zwei Jahren. Das Virus entwickelt sich schnell, und die Explosionen werden stärker. Wenn das so weitergeht, wird es wahrscheinlich bald keinen Ort mehr geben, an dem man sich verstecken kann.

Ich verdränge diesen Gedanken und laufe den Berg wieder hinunter, wobei ich versuche, den schlimmsten Schlammpfützen auszuweichen. Wegen einer Wolke, die so weit entfernt ist, muss ich mich nicht verrückt machen; aber ohne Immunität spüre ich doch eine gewisse Nervosität.

Ich werfe einen Blick zurück, als ich zwischen die Bäume trete. Die Wolke ist Meilen entfernt; mir wird nichts passieren. Ich werde zu Agnes gehen, und sie wird mich mit Linsen füttern und mir wie immer diese widerlichen Lakritzbonbons anbieten. Wir werden ihren Holzofen anheizen und ein wenig Karten spielen. Kein Problem. Ganz locker. Doch gerade als die Hütte in Sicht kommt, zerreißt ein weiterer Knall die Luft, und ich stoppe abrupt.

Eine zweite Wolke steigt auf, pink und beängstigend und erfüllt von wirbelnden Blättern. Nah genug, dass ich keine Sekunden zählen konnte. Der Nebel verteilt sich in der Luft wie ein lebender Organismus. Er verbreitet sich durch den Wald, vertreibt die Tauben. Der Wind schiebt die Wolke von mir weg, doch die Windrichtung kann sich jeden Moment ändern.

Diese Wolke ist mir viel zu nahe. Ich muss rennen.

Agnes' Name poppt vor meinen Augen auf, als ich den Berg hinuntereile.

NOCH EINE.

ICH WEISS, antworte ich, als ich am Fuß des Hügels ins Schlittern gerate.

DAS GEFÄLLT MIR NICHT, WILDKATZE, schreibt sie. HÄTTEST DEINE IMMUNITÄT NICHT AUSLAUFEN LASSEN SOLLEN.

Dazu gibt es nichts zu sagen, weil ich weiß, dass sie recht hat; es war leichtsinnig, meine Vorräte ausgehen zu lassen. Es gab einen Grund dafür, doch wenn ich jetzt darüber nachdenke, brennen meine Wangen vor lauter Dummheit.

Ich rase die Stufen zur Veranda hinauf und schnappe mir meinen Rucksack und mein Messer. Ich greife nach dem Gewehr, nur um es wieder fallen zu lassen. Unnützer Ballast. Ich stürme zu meinem Fahrrad, einem alten BMX mit verrostetem Rahmen, das über die Trampelpfade jagen kann wie kein anderes. Ich werfe mir den Rucksack über die Schulter, schiebe mir das Messer in den Gürtel und reiße mein Rad aus den Büschen, zwischen denen ich es versteckt habe. Ich habe bereits den Lenker umfasst und ein Bein über die Stange geworfen, als mein Audiotek Alarm schlägt und ich mich instinktiv ducke.

Ein Rascheln. Ganz in der Nähe. Ein »normales« Ohr würde es nicht hören, doch meine Filter verstärken das Geräusch zu langsamen, schweren Schritten. Angestrengt und ungleichmäßig. Wie von einem Infizierten.

Die Schritte erklingen direkt hinter mir, zwischen den Bäumen, und kommen in meine Richtung.

»Oh scheiße«, hauche ich. Meine Hände zittern.

IN MEINER NÄHE, schicke ich an Agnes. Meine Gedanken rasen, sodass ich die Worte kaum bilden kann.

VERSTECK DICH. SOFORT, antwortet sie.

Der Befehl sieht ihr so gar nicht ähnlich, ist so panisch und bizarr, dass ich ihn keine Sekunde infrage stelle. Ich lasse einfach mein Fahrrad fallen und fliehe.

Die Hütte ist zu weit entfernt, doch in der Nähe des Sees steht eine Weide. Ich ziehe mich an den Ästen nach oben, sodass meine frisch verheilten Handflächen durch die Rinde zu brennen beginnen. Ich trete gegen den Stamm, zerre mich innerhalb von Sekunden auf einen hohen Ast und hangle mich hektisch, getrieben von reinem Adrenalin, in den Baum. Sobald ich mein Gleichgewicht gefunden habe, stürmt ein Mann durch die Büsche. Ich halte mir genau in dem Moment die Nase zu, als er in den See stolpert.

Es ist ein Berster, daran besteht kein Zweifel. Er fällt im flachen Wasser auf die Knie und schnappt rasselnd nach Luft. Er ist schwer verletzt. Scharlachrote Bäche ergießen sich über seine Arme, rinnen aus den unzähligen Schnitten und Bisswunden auf seiner Haut. Er sieht aus, als hätte ihn ein Mob erwischt. Durch ein faseriges Loch in seiner Wange kann ich seine Zähne sehen. Seine Augen sind zugeschwollen, seine Ohren nur noch zerfetzte Stümpfe.

Er hat Fieber, und er verblutet. Definitiv infiziert. Zweites Stadium, wahrscheinlich ungefähr einen Tag vor der Detonation. Selbst mit der zugehaltenen Nase kann ich spüren, wie mein Körper auf seinen Geruch reagiert und anfängt zu zittern.

Nichts ist vergleichbar mit dem Geruch der Infektion. Kein Gestank und kein Parfüm kann die scharfe, schwefelige Aura imitieren, die von der Haut eines Hydra-Opfers aufsteigt. Manche Leute vergleichen ihn mit dem Geruch verbrennenden Plastiks oder der Luft nach einem Blitzeinschlag. Ich fand immer, dass sie wie die heißen Quellen riechen, die ich als Kind einmal besucht habe. Womit auch immer man den Geruch vergleicht, niemandem bleibt viel Zeit, um darüber nachzudenken – denn sobald man den Geruch bemerkt, raubt er einem den Atem.

Aber das ist nicht alles, was er tut.

Ich beiße die Zähne zusammen und kämpfe gegen das Bedürfnis, das in mir aufsteigt. Instinktiv vergrabe ich meine Fingernägel in der Rinde des Baums. Den Geruch einzuatmen, ist nicht schädlich – Berster sind vor ihrer Explosion nicht infektiös –, aber der Geruch kriecht in mein Gehirn und entzündet dort eine Reaktion, die man nicht kontrollieren kann. Obwohl ich nur durch den Mund atme, spüre ich, wie der Drang sich in mir aufbaut, wie ein Fluch. Ich will nach dem Messer an meiner Hüfte greifen, mich aus meinem Platz im Baum werfen.

Das Monster freilassen, das beim leisesten Hauch von Infektionsgeruch in mir erwacht.

Doch ich will ihm nicht nachgeben. Ich packe den Stamm fester, schüttle den Kopf und rufe mein Kommlink auf. IN … BAUM … ÜBER IHM, schicke ich Agnes.

Der Mann versucht aufzustehen, doch er ist zu schwach. Erneut fällt er auf die Knie, dann stößt er ein Stöhnen aus. Der Wind trägt seinen Geruch in die Äste, sodass er mich trifft wie ein Schlag.

DU MUSST ES MACHEN, antwortet Agnes.

Ich blinzle, um die Worte zu löschen. Ich zittere, und meine Sicht verschwimmt.

KEINE WAHL, WILDKATZE. IST DER EINZIGE WEG.

ICH WERDE NICHT, schreibe ich, nur um die Worte zu löschen, weil sie recht hat. Oder vielleicht auch, weil der Geruch von mir Besitz ergriffen hat und meine Selbstkontrolle außer Gefecht setzt. Auf jeden Fall befindet sich eine Wolke weniger als eine Meile von mir entfernt, und es gibt nur einen Weg, um dafür zu sorgen, dass ich lebend aus dieser Situation herauskomme. Ich brauche Immunität, oder ich werde sterben. Die Rechnung ist denkbar einfach. Ich ziehe mein Messer, und mein Magen hebt sich bei dem Gedanken daran, was ich tun muss.

Der Mann unter mir beginnt zu heulen, ohne sich meiner Anwesenheit bewusst zu sein. Das Blut, das aus seinen Bisswunden fließt, erzeugt scharlachrote Wirbel im klaren Wasser des Sees. Ein einziger Bissen seines Fleisches, aufgenommen in den nächsten paar Minuten, wird mich für zwei Wochen gegen das Virus immunisieren. Das ist die grausamste Seite des Hydra-Virus: Es zwingt die Gesunden dazu, die Kranken zu essen. Zu jagen und zu töten und sich von anderen Menschen zu nähren, um sich selbst zu retten. Die Natur hat eine Seuche als zweiseitiges Schwert geschaffen: Entweder sie nimmt dein Leben, oder sie nimmt dir deine Menschlichkeit.

Ich rutsche auf meinem Ast herum, als ich auf den Mann herunterstarre, das Messer so fest umklammert, bis meine Knöchel weiß hervortreten. Mit der anderen Hand halte ich mir immer noch die Nase zu, um den Geruch zurückzuhalten und einen Augenblick länger zu widerstehen. Mein Kommlink rauscht heftig in meinem

Ohr. Agnes kennt mich gut genug, um zu ahnen, dass ich zögere. Sie versucht, mich anzurufen und mir ins Ohr zu schreien, dass er sowieso bald sterben wird, dass er *wollen* würde, dass ich es tue.

Doch ich möchte das nicht hören. Ich will meine Taten nicht rechtfertigen, um diesen Höllenkreis des Todes am Laufen zu halten. Deswegen habe ich aufgehört, meine Dosen zu nehmen; deswegen habe ich meine Immunität auslaufen lassen. Ich wollte einfach ein paar Wochen lang so etwas wie ein normales Leben führen, ohne dass das Blut eines anderen Menschen in meinen Adern kribbelt. Ich wollte das Monster zurückhalten und mich über meine Instinkte erheben.

Doch tief in mir wächst der Hunger stetig.

Der scharfe, schwefelige Geruch des Mannes hat sich in meine Lunge gegraben. Meine Hände zittern bereits. Es ist eine neurologische Reaktion. Der Geruch hämmert gegen meinen Geist wie Fäuste gegen eine bröckelige Mauer, bis ich das Monster einfach nicht mehr zurückhalten kann.

Als ich endlich die Finger von der Nase löse und den Geruch tief in mich aufnehme, fühlt es sich an, als würde ich zum ersten Mal atmen.

Für einen Moment bin ich frei, gewichtslos und euphorisch, wie auf dem höchsten Punkt einer Achterbahn unmittelbar vor der Abfahrt.

Dann trifft es mich. Ein Zucken durchfährt meinen Körper. Wut ergreift Besitz von ihm, sorgt dafür, dass ich knurrend die Zähne fletsche.

Mein Blick schießt zu dem Mann unter mir, das Messer fest in der Hand.

Die Welt versinkt in einem scharlachroten Schleier, und ich werfe mich nach vorne, in die Arme der Schwerkraft.

2

ZWEI JAHRE ZUVOR

»Das sieht lustig aus«, meint Dax. »Was hast du vor, Prinzessin?«

»Wenn du mich noch einmal Prinzessin nennst, werde ich stattdessen auf *dich* schießen.«

Der Himmel zeigt ein unglaublich klares Blau, die Sonne steht hoch über mir und beleuchtet die Federn eines Schwarms Wandertauben. Sie schimmern in Weiß und Gold, blenden mich förmlich mit ihren Manövern, die Luft erfüllt von ihren seltsamen schlagenden Rufen. Ich stehe schon seit fünf Minuten auf der vorderen Veranda und ziele mit dem Gewehr meines Vaters auf sie, doch ich bringe es einfach nicht fertig, den Abzug zu drücken.

»Weißt du, Prinzessin, du hältst das Ding falsch.«

Mit einem Stöhnen wirble ich herum, um überrascht festzustellen, dass Dax direkt hinter mir steht. Der Lauf des Gewehrs trifft seine Brust. Er packt die Waffe rasend schnell und sichert sie, bevor ich auch nur blinzeln kann. »Nun«, sagt er. »Ich nehme an, ich müsste inzwischen wissen, dass man Agattas beim Wort nehmen muss.«

»Tut mir leid«, stoße ich hervor, als ich auf das Gewehr starre. »Ich … ich habe nicht nachgedacht.«

»Nicht nachgedacht? Also, das wäre mal was ganz Neues.« Er lehnt das Gewehr an die Wand der Hütte und verschränkt die Arme, bevor er mir das verschmitzte Lächeln schenkt, das mein Herz immer zum Rasen bringt.

Dax ist der Laborassistent meines Vaters. Er lebt bei uns in der Hütte, seitdem er ganz allein aufgetaucht ist, um darum zu betteln, mit dem großen Dr. Lachlan Agatta arbeiten zu dürfen. Er ist erst siebzehn, zwei Jahre älter als ich. Er hatte kein Empfehlungsschreiben, keinen Abschluss, aber Dax gehört zu den Menschen, denen man unmöglich etwas abschlagen kann.

Außerdem war er zufällig der Autor einer Hepatitis-App, die laut meinem Vater aus dem schönsten Code besteht, den er je gesehen hat.

»Ich hatte ein paar Probleme mit meinem Genkit«, sagt er, als er näher herantritt. »Jemand hat es so umprogrammiert, dass es Videos von Schweinswalen abspielt, wann immer ich einen Befehl eintippe.«

»Oh?«, frage ich, als ich mich gegen das Geländer lehne. »Das ist seltsam.«

»Ja«, sagt er und tritt weiter vor, bis ich seinen Atem auf meiner Haut spüren kann. »Die Wale scheinen eine klare Meinung zu meinen Programmierfähigkeiten im Vergleich zu deinen zu haben. Sehr entmutigend. Sie schlagen mir ständig vor, ich solle meine Arbeit auf */dev/null* speichern.«

Ich unterdrücke ein Lächeln. »Kluge Schweinswale.«

»In der Tat.« Er tritt zurück und wirft einen Blick auf das Gewehr. »Wolltest du ein wenig jagen?«

Ich zucke mit den Achseln. »Ich habe nur versucht, mich von diesem ganzen Ende-der-Welt-Kram abzulenken.«

Von den Sondersendungen auf jedem Kanal. Von den stündlichen Berichten über neue Infektionen und dem Video von Patient Null, das sie immer wieder ausstrahlen – das zeigt, wie er den Kopf in den Nacken legt; wie er explodiert; wie ein pinker Nebel durch die Straßen von Punta Arenas treibt.

»Okay«, sagt Dax und nickt ernst. »Und jetzt lassen wir unsere schlechte Laune an den Tauben aus, ja? In Ordnung. Ich mochte ihre kleinen Knopfaugen sowieso nie.«

Ich kann ein Lächeln nicht unterdrücken. »Ich will nur eine Probe, um sie zu sequenzieren. Dieser Schwarm sieht aus, als entspränge er einem neuen Stamm. Ich glaube, sie könnten den Rest zum Gedicht beisteuern.«

Das Gedicht ist ein Sonnet. Ich habe bereits drei Vierzeiler, und ich warte seit Monaten darauf, dass das Reimpaar auftaucht.

»Ah«, meint Dax und schnappt sich das Gewehr. »Dann sollten wir keine Zeit verschwenden. Wir müssen Vögel erschießen.«

Als die ersten gengehackten Tauben vor einem halben Jahr am Himmel erschienen, war es mein Vater, der zuerst einen Vogel heruntergeholt hat, um die DNA zu untersuchen. Die Gene waren meisterhaft codiert, bis auf einen winzigen Abschnitt – einen unordentlichen DNA-Strang, der einfach nicht zu passen schien. Mein Vater hat erklärt, es wäre Genmüll, doch mir hat das Rätsel keine Ruhe gelassen. Also habe ich mir eine Probe genommen, um sie mit meinem tragbaren genetischen Sequenzierer zu bearbeiteten – meinem zuverlässigen Laptop-Genkit. Keiner der eingebauten Suchalgorithmen konnte ein Muster entdecken, bis ich aus einer Laune heraus die Basenpaare erst in binären Code, dann in ASCII und danach in eine Folge von alphanumerischen Buchstaben übertragen habe.

Dann ergab plötzlich alles Sinn. Das war kein Gen – sondern eine Nachricht. In dieser seltsamen Ansammlung von G, T, C und A verbargen sich die Worte eines Gedichtes.

Das ist das Fantastische an Gentech – der Wissenschaft der genetischen Codierung. Man verliert sich in Details, doch dann tritt man manchmal einen Schritt zurück und plötzlich erscheint ein Muster, wie Sonnstrahlen, die durch Wolken brechen. Den genetischen Code einer Feder oder Zelle zu lesen, kann einem das Gefühl vermittelt, als lese man Poesie, die von Gott geschrieben wurde.

Unglücklicherweise wurde das Gedicht in den Tauben von Amateur-Genhackern verfasst. Es ist nicht der beste Text, den ich je gelesen habe, aber ich will trotzdem wissen, wie es endet.

»Eine oder zwei? Groß oder klein?« Dax späht durch das Zielfernrohr des Gewehrs in den wirbelnden Schwarm über uns. Sein schulterlanges rotes Haar ist im Nacken zu einem Pferdeschwanz gebunden. Ein paar lose Strähnen umrahmen sein Gesicht. Eine Strähne ist weißblond, was eher eine Prahlerei mit seinen Programmierfähigkeiten als eine modische Aussage darstellt. Das gesamte Kopfhaar ist leicht zu hacken, aber man muss schon ein Programmiergenie sein, um nur ein paar Haare zu verändern.

Mit verschränkten Armen sehe ich zu den Vögeln auf. »Du glaubst, du kannst wirklich nur eine treffen?«

»Ich weiß, dass ich es kann.«

Ich verdrehe die Augen, doch wahrscheinlich hat er recht. Dax' Sichttek ist supermodern, genauso wie jede andere App, die auf dem Panel in seinem Arm läuft. Das Panel erstreckt sich von seinem Handgelenk bis zum Ellbogen, eine dünne Schicht aus nanocodiertem Silikon, das in kobaltblauem Licht unter seiner Haut leuchtet. Darin erzeugen winzige Prozessoren einen gentechnischen Code, zu einzelnen Apps verpackt, um seine DNA anzupassen und seinen Körper zu verändern. Diese Apps verwalten alles, von seinen implantierten sensorischen Upgrades bis zu seinem Grundumsatz – selbst die Strähne in seinem Haar.

Die Computer, die DNA genetisch manipulieren können, waren einst zimmergroß … doch irgendwann wurden sie klein genug, um sie in Körper einzubauen. Ein Gentech-Panel ist eine perfekte Kombination aus Hardware, Software und *Wetware*, die einen ständigen Strom algorithmisch konzipierter Nanobots generiert. Diese Nanobots bewegen sich auf einem Netzwerk aus Kabeln durch den Körper, dann dringen sie in die Zellen ein, um dort Spulen aus synthetischer DNA zu schaffen und zu zerstören. Gentech kann Kabel und Schaltkreise wachsen lassen, wie der Körper Knochen bildet, oder es kann von Geburt aus glattes Haar in perfekte Locken verwandeln. Fast jeder Mensch besitzt ein Panel.

Es wird bei der Geburt eingepflanzt, um mit dem Körper heranzuwachsen. Die meisten Leute tragen Hunderte, wenn nicht sogar Tausende von Apps in sich.

An meinem Handgelenk leuchten nur sechs einsame Punkte. Meine Hypergenese – eine Allergie auf die Nanobots, die den Großteil der Gentech ausführen – bedeutet, dass mein Arm kaum mehr ist als ein aufwendiges Telefon. Ich habe standardisiertes Heiltek und Sinnestek und besitze ein fehleranfälliges Kommtek mit zwölf Kilobyte, das mein Vater persönlich für mich programmiert hat. Doch wenn ich irgendetwas anderes downloade, selbst die einfachste aller Apps, zerfetzen die Nanobots meine Zellen und werden mich innerhalb weniger Stunden töten.

Eigentlich ist das ziemlich ironisch. Ich bin die Tochter des größten Gentech-Programmierers der Welt, doch einen Großteil seiner Arbeit werde ich niemals ausprobieren können.

Dax drückt ab. Ein Schuss erklingt, und Federn explodieren in der Luft. Ein einzelner Vogel fliegt auf, dann fällt er zu Boden. Dax senkt das Gewehr, lehnt es wieder gegen die Wand und zieht eine Augenbraue hoch. »Was hältst du davon: Der Erste, der den Vogel erreicht, darf das Gedicht lösen.«

Meine Kinnlade klappt nach unten. »Nein. Das ist mein Projekt. Du kannst es nicht beenden. Das wäre nicht fair.«

Er wirft sich über das Geländer und landet mit katzengleicher Grazie im Gras, dann legt er den Kopf schräg und lächelt zu mir auf. »Das Leben ist nicht fair, *Prinzessin*.«

»Oh«, hauche ich und lasse die Knöchel knacken. »Jetzt kannst du dich auf was gefasst machen.«

Ich renne die Stufen hinunter und sause durch das Gras, sodass mein langes schwarzes Haar hinter mir flattert. Dann biege ich abrupt nach links ab, als Dax versucht, meinen Weg zu blockieren. Er ist stärker, aber ich bin schneller. Ich springe an ihm vorbei, stoppe schlitternd am Ufer des Sees und schnappe mir mit ausgestreckter Hand den Vogel.

Ich bin schnell, aber nicht schnell genug. Dax rammt mich, wirft mich zu Boden und reißt mir die Taube aus der Hand. Ich rolle über das Gras und komme gerade rechtzeitig wieder auf die Beine, um eine Faust in seinen Haaren zu vergraben.

Ich reiße daran, fest. Dax stößt einen Schrei aus, lässt die Taube fallen und wirbelt mit einem wilden Ausdruck zu mir herum.

Vor ein paar Sekunden waren wir zwei Programmierer, die über DNA diskutierten, doch jetzt benehmen wir uns wie Wölfe. Wir umkreisen einander und kämpfen um etwas, was keiner von uns braucht. Die Taube ist unwichtig. Jede der einzelnen Federn auf dem Boden könnte ihre DNA preisgeben. Doch hier geht es nicht wirklich um den Vogel, oder um das Gedicht. Hier geht es um Dax und mich und die Anspannung zwischen uns, die immer mehr angestiegen ist, seitdem er mich letzte Woche geküsst hat, als mein Vater nicht da war. Seitdem haben wir nicht darüber gesprochen. Ich habe versucht, so zu tun, als wäre es nie geschehen, weil ich zu viel Angst davor habe, dass mein überbehütender Vater es herausfinden und Dax feuern könnte. Wir haben die Woche mit dem Versuch verbracht, weiter zusammenzuarbeiten und das Knistern zwischen uns zu ignorieren, als wären wir zwei Elektroden kurz vor dem Funken.

Ich senke den Blick auf die Taube. Als ich eine winzige Bewegung mache, schlingt Dax einen Arm um meine Taille und reißt mich einfach von den Füßen. Mein Herz rast, ich spüre seine Brust an meinem Rücken, doch dann rutscht er aus. Eine Sekunde lang schwanken wir gemeinsam, bevor wir schließlich in den See fallen.

»Dax, nein!«, kreische ich und weiche zurück, während ich mir mein nasses Haar aus dem Gesicht streiche.

Er lacht nur, bevor er seinen Kopf nach hinten wirft, sodass er für einen Moment einen glitzernden Iro aus Wasser trägt. »Ich hatte nicht vor, dir den verdammten Vogel zu stehlen.«

»Warum hast du dann damit angefangen? Wie sollen wir das meinem Vater erklären?«

Er grinst. »Das wollte ich dir erzählen. Er weiß es, Prinzessin. Wir hatten ein Gespräch. Es ist okay für ihn, aber er hat mir immer wieder gesagt, dass manche Dinge besser sind, wenn man sich *Zeit* lässt.«

Mir stockt der Atem. »Machst du Witze?«

»Nö. Ich habe keine Ahnung, ob es mit dem ganzen Apokalypsen-Ding zu tun hat oder nicht, aber ich habe eine offizielle Agatta-Zustimmung. Ich hoffe, dir ist bewusst, dass ich deinen Namen annehmen werde, wenn wir heiraten, und dass wir alle unsere Kinder nach deinem Vater Lachlan nennen werden. Das könnte für die Mädchen etwas schwer werden, aber ich bin mir sicher, sie werden es verstehen, und …

»Catarina!«

Wir wirbeln beide herum, als mein Vater die Eingangstür öffnet.

Ich schaue zu Dax, der bleich geworden ist. Mein Magen verkrampft sich. Er hat gelogen. Es gab kein Gespräch, keine Agatta-Zustimmung, und jetzt sind wir beide geliefert. Es ist unverantwortlich. Ich hätte nie zulassen dürfen, dass wir uns so nahekommen. Alles ist ruiniert.

Dax wird entlassen werden. Ich werde wieder aufs Internat geschickt. Die wunderbarste, glücklichste Zeit meines Lebens wird enden, bevor sie überhaupt begonnen hat.

»Kommt beide rein, sofort!«, schreit mein Vater.

»Wir haben nur … eine Taube geschossen«, sage ich. »Das Gedicht …«

»Ich weiß«, sagt mein Vater. »Vergesst den verdammten Vogel und kommt rein.«

Dax und ich wechseln nervöse Blicke, als wir zur Hütte eilen. Mein Vater flucht nur, wenn er wütend ist – aber es klingt nicht, als wäre er wütend auf uns. Dax hüpft auf einem Bein, um sich die Turnschuhe auszuziehen, während ich meine Sweatshirt-Jacke öffne und auf der Veranda fallen lasse.

In der Hütte steht mein Vater in der Mitte des Wohnzimmers und starrt an die Wand, makellos gekleidet in seinem Laborkittel. Nur dass er nicht wirklich an die Wand starrt. Er starrt nicht mal wirklich. Er befindet sich in einer Virtual-Reality-Session und beobachtet etwas mithilfe seines Panels. Eine Liveübertragung von Bildern, die von seinem Panel durch die Fiberglaskabel in seinem Körper direkt in seinen Sehnerv eingespeist werden. Für sein Hirn besteht da kein Unterschied. Die Übertragung des Panels und seine Augen laufen zusammen und verschmelzen, sodass ein einzelnes nahtloses Bild entsteht. Während mein Vater an die Wand starrt, könnte er einen Bildschirm sehen, auf dem ein Video läuft, ein Gemälde oder einen Nachrichtenticker.

Oder er sieht etwas vollkommen anderes. Einen Strand. Die Sterne. Sein Panel könnte ihn aus der Hütte in eine virtuelle und vollkommen andere Welt katapultieren. Zumindest hat man mir das so erklärt. Ich selbst habe es nie ausprobiert. Die einzige Grafikkarte, die in Kombination mit meinem Panel funktioniert, ist zu schwach für VR. Ich habe nur einen uralten Chip, auf dem grundlegende optische Filter laufen und der fähig ist, ein paar Zeilen Text in mein Sichtfeld einzublenden. Das reicht, um Nachrichten durch mein Komm zu schicken, aber nicht genug, um Filme zu schauen, Spiele zu spielen oder auch nur auf dieselbe Art zu programmieren wie der Rest der Welt.

Mein Vater hat einen seiner Kittelärmel nach oben gerollt. Seine Krypto-Manschette umschließt seinen Unterarm. Das ist eine dünne Chrom-Manschette, welche die Übertragungen aus dem Wlan-Chip seines Panels verschlüsselt. Er trägt sie nur für wichtige Gespräche, um Cartaxus davon abzuhalten, seine Gespräche zu belauschen.

Ich starre auf die Manschette, und mein Magen hebt sich. Mein Vater war nicht wütend auf Dax und mich. Er hat mit jemandem über den Ausbruch gesprochen. Was auch immer er gehört hat, es hat ihn zitternd zurückgelassen.

»Was ist los?« Ich berühre seinen Ellbogen, um ihn wissen zu lassen, dass ich da bin. Sein Blick ist glasig; er sieht wahrscheinlich 360 Grad reine VR.

»Das Virus hat sich durch Nicaragua ausgebreitet«, sagt er. »Jetzt, wo es den Kanal übersprungen hat, kann nichts es mehr aufhalten. Sie planen Luftangriffe.«

»Auf Zivilisten?« Ich schaue zu Dax. »Wer kommt auf so eine bescheuerte Idee?«

Mein Vater blinzelt, um seine Session zu schließen. Sein Blick wird wieder scharf, dann dreht er sich zu mir um. »Alle, Liebling. Jede Regierung der Welt denkt darüber nach.«

Ich schlucke schwer, als ich die blutunterlaufenen Augen meines Vaters sehe, die Anspannung in seinem Gesicht. Alles an diesem Krankheitsausbruch ist beängstigend, aber nichts macht mir mehr Sorgen als die Falten auf seiner Stirn. Er ist der größte Gentech-Programmierer der Welt und hat die Heilung für Influenza X geschrieben. Aber so wie jetzt habe ich ihn noch nie gesehen.

Wir müssen uns in ernsthafter Gefahr befinden.

»Nicaragua«, wiederholt Dax mit gerunzelter Stirn. »Das ist nahe. Die Krankheit ist erst vor zwei Tagen ausgebrochen. Wenn sie sich weiter so schnell ausbreitet, könnte sie uns innerhalb von Tagen erreichen.«

»Stunden«, sagt mein Vater. »Sie verbreitet sich exponentiell. Sobald sie die Städte erreicht, wird Chaos ausbrechen. Alle werden in Panik geraten, eine Impfung gibt es nicht … bis es so weit ist, wird es lange dauern.« Er nimmt meine Hände. »Im Keller ist Essen, der See liefert sauberes Wasser, auf dem Dach sind neue Solarplatten und du kannst dich immer in den alten Minenstollen in den Bergen verstecken.«

»Was … was willst du sagen?« Ich visiere die Krypto-Manschette an. »Mit wem hast du gesprochen?«

Wie als Antwort erhebt sich in der Ferne ein klopfendes Geräusch, und die Schreie der Tauben werden ohrenbetäubend. Doch es sind nicht die Tauben, auf die ich lausche, sondern der Klang der Hubschrauberrotoren, die mit jeder Sekunde näher kommen, bis die Fenster vibrieren. Durch die Scheiben entdecke ich zwei schwarze Comox-Quadrikopter, die ins Tal fliegen, ihre Bäuche mit einem weißen Logo gekennzeichnet.

Ich würde dieses Symbol überall erkennen. Es erscheint in meinen Albträumen.

Zwei stilisierte weiße Geweihstangen, die sich überkreuzen.

Das ist Cartaxus.

Nicht Militär. Keine Firma. Sondern eine riesige internationale Mischung aus Technologie und Gewalt. Eine Verbindung aus öffentlichen und privaten Interessen, die sich zum größten Anbieter und Kontrolleur von Gentech entwickelt hat. Mein Vater hat zwanzig Jahre lang für Cartaxus gearbeitet, bis er es nicht mehr ertragen konnte und sich endlich aus ihrem eisernen Griff befreit hat. Er hat mir immer gesagt, dass dieser Tag kommen könnte; dass sie auftauchen und ihn entführen würden, obwohl er geschworen hat, nie wieder für sie zu arbeiten. Nicht nach all den schrecklichen Dingen, die er gesehen hat. Den Gräueln, die ihn nachts wach halten und über die er immer noch nicht sprechen kann.

Jetzt kommen sie ihn holen, genau wie er es immer prophezeit hat. Er dreht sich zu mir um, Resignation in jeder Falte seines Gesichts.

»Nein«, stoße ich mit brechender Stimme hervor. »Sie können dich nicht einfach *mitnehmen*.«

»Das können sie und das werden sie. Hier geht es nicht um eine Grippe, Liebling. Sie treiben alle zusammen, von denen sie glauben, sie könnten helfen.«

»Aber du kannst dich verstecken«, flehe ich. »Wir können fliehen.«

Er schüttelt den Kopf. »Nein, Catarina, sie werden mich finden, egal wo ich hingehe. Sie glauben, Dax und ich könnten einen Impfstoff für dieses Virus schreiben. Wir haben keine andere Wahl, als mit ihnen zu gehen.«

Dax tritt einen Schritt zurück. »Sie wollen mich? Ich gehe nirgendwohin.«

»Du darfst dich nicht wehren«, drängt mein Vater. »Ich habe für Cartaxus gearbeitet, und ich weiß, wozu sie fähig sind. Sie wollen dein Hirn, aber deine Beine brauchen sie nicht.«

Dax wird bleich. Die Helikopterrotoren werden lauter. Ihre Vibrationen lassen Staub von der Decke rieseln. Sie landen bereits auf der Grasfläche vor dem Haus und jagen gischtgekrönte Wolken über die Oberfläche des Sees. Die Fensterscheiben klappern, als ein Sturm aus Gras und Staub die Hütte trifft. Die Haustür knallt durch den Wind zu.

Mein Vater umklammert meine Hände. »Geh in den Schutzraum, Catarina. Du musst dort bleiben. Ich weiß, dass du es schaffen kannst.«

»Nein!« Ich reiße meine Hände zurück. »Ich komme mit dir. Ich kann mit dem Impfstoff helfen. Niemand kennt deine Arbeit besser als ich.«

»Dessen bin ich mir bewusst, aber du kannst nicht mitkommen, Liebling. Es ist nicht sicher. Du weißt nicht, wie diese Leute sind. Sie werden dich foltern, wenn sie glauben, dass ich dann schneller arbeite. Sie werden dich umbringen, um mich zu brechen, wenn ich versuche, mich ihnen zu widersetzen. Du musst dich von ihnen fernhalten.«

»Aber du kannst mich nicht einfach zurücklassen.«

»Oh, mein Liebling. Ich wünschte, ich müsste es nicht tun, aber mir bleibt keine andere Wahl. Ich weiß, dass du auf dich selbst aufpassen kannst. Aber du musst mir versprechen, dass du niemals zulässt, dass sie dich erwischen. Egal was passiert, du musst dich von Cartaxus fernhalten. Versprich mir das.«

»Nein«, stoße ich hervor, bevor ich anfange zu weinen. »Nein, ich komme mit.«

Rufe erklingen über das Röhren der Rotoren. Mein Vater wendet sich an Dax. »Versteck sie«, blafft er. »Schnell. Sie kommen.«

»Nein!« Ich klammere mich am Kittel meines Vaters fest, doch Dax löst meine Finger. Ich trete um mich und winde mich, doch er hält mich unerbittlich fest und zerrt mich mit sich, als er in den hinteren Teil des Hauses läuft.

Es ist nutzlos. Ich kann mich nicht wehren. Ich kann nur heulen. Cartaxus wird meinen Vater entführen, und ich konnte mich nicht mal richtig verabschieden.

Die Stimmen draußen werden lauter. Schwere Stiefelschritte erklingen auf der Veranda. Dax lässt mich fallen und reißt die Tür zum Schutzraum auf.

»Pass gut auf dich auf, Prinzessin«, flüstert er. Er schubst mich in das enge schallgedämpfte Kämmerchen, dann küsst er mich drängend. Er presst seine Lippen fest auf meine.

Das Letzte, was ich sehe, ist sein Gesicht, bleich vor Angst, als die Soldaten das Haus stürmen.

Dann schlägt er die Tür zu, und alles wird still.

Ich weiß, dass draußen Cartaxus-Soldaten sind, und ich weiß, dass sie schreiend in der Hütte ausschwärmen, doch ich höre nicht das Geringste. Das einzige Geräusch ist mein Herz, das wie wild gegen meine Rippen schlägt, laut genug, dass auch die gepolsterten Wände mit ihren Störimpulsen mich auf keinen Fall verbergen können. Die Soldaten müssen mich hören. Ich schlage mir die Hände über den Mund, um meine Atmung zu dämpfen, während ich darauf warte, dass Fäuste in schwarzen Handschuhen die Tür aufreißen.

Doch das geschieht nicht.

Zehn Minuten vergehen in absolutem, verängstigtem Schweigen, bis mein verräterisches Herz von allein beginnt, sich zu beruhigen. Ein Körper kann nur eine gewisse Menge Adrenalin produzieren, während man sich in vollkommener Reizabschirmung befindet. Schließlich ertrage ich das Warten nicht länger und zwinge mich dazu, den Schalter für den Druckverschluss an der Wand des Schutzraums umzulegen und die Tür aufzuschieben.

Es ist bereits Nacht. In der Hütte brennt keinerlei Licht. Das Wohnzimmerfenster wurde eingeschlagen, doch das Glas wächst bereits wieder nach, in schneeflockenähnlichen Kristallen, die das Mondlicht in Regenbogen auffächern. Im Raum herrscht Chaos. Tote Glasscherben überziehen den Boden, zusammen mit goldenen Federn, schlammigen Stiefelabdrücken und einer Pfütze glänzenden Blutes.

Mit zitternden Knien stehe ich über dem Blut, erfüllt von einer so heißen Wut, wie ich sie noch nie zuvor empfunden habe.

Sie haben auf ihn geschossen. Das weiß ich, ohne nachzusehen. Cartaxus ist in die Hütte gestürmt, hat auf meinen Vater geschossen und ihn davongeschleppt.

Mein Genkit bestätigt, dass das Blut meinem Vater gehört, doch ich finde keine Patronenhülsen, obwohl ich den gesamten Raum durchsuche. Mein rudimentäres Panel ist nicht fähig, mir den VR-Feed der Sicherheitskameras anzuzeigen, und sie lassen sich nicht leicht in 2D konvertieren, aber schließlich schaffe ich es, ein körniges schwarz-weißes Bild auf dem kleinen Laptopbildschirm meines Genkits aufzurufen. Der Film zeigt meinen Vater, der neben Dax auf dem Boden kniet, die Köpfe gesenkt, die Hände erhoben, als die Soldaten den Raum stürmen.

Befehle werden gebrüllt. Zwölf halbautomatische Gewehre werden auf zwei unbewaffnete Männer gerichtet – auf zwei Wissenschaftler, die Cartaxus braucht, um einen Impfstoff zu entwickeln. Mein Vater dreht plötzlich den Kopf und steht auf, um nach etwas an der Wand zu greifen. Als ich das sehe, fange ich erneut an zu weinen. Ich weiß, wonach er gegriffen hat. Er will das Foto von meiner Mutter holen, aus der Zeit, als ich kaum mehr war als eine sanfte Wölbung unter ihrem Kleid. Es gelingt meinem Vater kaum, einen Schritt zu machen, bevor ein Soldat zweimal schießt. Das Mündungsfeuer verpixelt mein Bild.

Eine Kugel trifft den Oberschenkel, die anderen den Bizeps. Keine Arterien, sondern nur Muskeln werden verletzt, die das Heiltek innerhalb einer Woche reparieren wird.

Im unscharfen, stockenden Video sackt mein Vater auf dem Boden zusammen, und Dax schreit. Der Schrei wird nur stumm dargestellt, in meinem Kopf kann ich ihn trotzdem hören. Die Soldaten zerren Dax und meinen Vater aus der Hütte, dann peitschen die Kopter beim Aufsteigen einen Hurrikan aus Federn durch das Fenster.

Die Nacht vergeht, und der Morgen bricht herein. Ich sitze allein in der leeren Hütte, während die Bildschirme eine stetige Zahl von Ausbrüchen überall auf der Welt melden. Ich knie mit dem gerahmten Foto meiner Mutter in der Hand auf dem Boden, neben der Blutpfütze meines Vaters, und gebe ihm ein Versprechen.

Egal was auch geschieht, ich werde tun, was er mir gesagt hat. Ich werde auf mich aufpassen und ich werde frei bleiben.

Ich werde niemals zulassen, dass sie mich kriegen.

3

GEGENWART – ZWEI JAHRE NACH DEM AUSBRUCH

Vom Sonnenuntergang bleibt nur noch ein flacher Strich aus Licht am Horizont. Das Glitzern des Mondlichts auf dem Wasser führt mich zur Küste, wo ich meine besudelten Ärmel nach oben schiebe und mir den Dreck und das Blut von den Händen wasche. Das Wasser ist eiskalt auf meiner Haut. Vereinzelte Federn drehen sich auf der Oberfläche, verloren von den Tauben, die immer noch über mir kreisen, dunkle Silhouetten vor dem Sternenhimmel.

Ich werde die DNA dieses Schwarms morgen sequenzieren, doch ich weiß bereits, dass ich nur dieselben Zeilen des Gedichtes finden werde, entstellt durch Genmutationen. Jede neue Generation enthält mehr Schreibfehler. Ganze Wörter lösen sich in Unsinn auf. Langsam glaube ich, dass dies von Beginn an die Botschaft des Dichters sein sollte.

Meine Hände zittern im Wasser, fahrig durch die Nachwirkungen meiner instinktiven Reaktion auf den Geruch des infizierten Mannes. Die offizielle Bezeichnung dafür lautet »akute psychotische Anthropophagie«, ausgelöst durch den Neurotransmitter Epinephrine-Gamma-2. Die meisten Leute nennen es einfach »Den Grimm«. Das Biest, das vom Gehirn Besitz ergreift und einem die Menschlichkeit raubt. Es ist schwer, sich an Details zu erinnern, wenn man sich dem Grimm ergibt. Alles verwandelt sich in einen Nebel aus Zähnen und Fleisch und Instinkt. Manche Leute bemerken nicht einmal, dass sie sich ihm hingegeben haben, bis sie davontaumeln und das Blut an ihren Händen entdecken.

ALLES OKAY, WILDKATZE?

Agnes' Text erscheint in meinem Blickfeld. Klobige Courier-Schrift, die einzige Schriftart, die meine jämmerliche Grafikkarte anzubieten hat. Die Worte schwanken über die Oberfläche des Sees, als ich den Kopf schüttle. Sie folgen meinen Bewegungen, bis ich sie mit einem Blinzeln vertreibe. OKAY, antworte ich und konzentriere mich, bis mein Panel den Gedanken erkennt und vor meinen Augen darstellt. BIN BALD DA … VIELLEICHT EINE STUNDE.

SOLL ICH DICH HOLEN?

NEIN. Ich spritze mir Wasser ins Gesicht. WERDE NOCH BEIM MARKT VORBEISCHAUEN. HABE EIN PAAR PORTIONEN, DIE ICH GEGEN MUNITION EINTAUSCHEN KANN.

Portionen Fleisch, heißt das. Es gibt einen Immunitätsmarkt in der Stadt, wo die Einheimischen sich versammeln, um das Fleisch von Infizierten gegen Essen und Munition zu tauschen. Ich habe den Körper so weit von der Hütte weggeschleppt wie möglich, habe fünfzig Dosen herausgeschnitten und sie in meinen letzten Frierpack gesteckt, um diesen dann so lange gegen einen Baum zu schlagen, bis alles gefroren war. Das reicht aus, um eine Person für ein Jahr zu immunisieren. Die Hälfte davon wird auf dem Markt verkauft, der Rest wird als mein persönlicher Vorrat in die solarbetriebene Gefriertruhe der Hütte wandern. Ich werde nicht noch mal zulassen, dass mir die Vorräte ausgehen – nicht nach heute Abend. Das war knapper als jemals zuvor seit dem Ausbruch.

Auf der gegenüberliegenden Seeseite treten ein paar Rehe zwischen den Bäumen heraus, um im Schutz der nächtlichen Dunkelheit zu trinken. Sie nähern sich vorsichtig dem Wasser, beobachten mich aus großen, glänzenden Augen, heben die Köpfe, verwirrt von meinem Geruch. Er steigt von meiner Haut auf wie ein durchdringendes Parfüm. Schwefel und Holzrauch – fast derselbe Geruch wie der des Infizierten, aber ohne einen wesentlichen Bestandteil. Meine Haut, mein Haar, meine Kleidung und mein Atem, alles stinkt nach der Seuche, aber ich bin nicht infiziert.

Sondern immun.

Das ficto-nimbische Virus, allgemein als Hydra bekannt, durchläuft zwei unterschiedliche Phasen, bevor sein Opfer explodiert. Zuerst injiziert es Trigger in die Zellen des Opfers, sodass sie Fieber bekommen und ein Mosaik aus schwarz-blauen Flecken auf der Haut erscheint. Nach einer Woche beginnt die zweite Phase, wo das Virus jede Zelle im Körper in eine Schicht aus Proteinen hüllt, wie die Hülle um eine Bombe. Diese Schicht ist es, die den Duft erzeugt, der jeden in der Nähe in den Grimm katapultiert – und sie ist auch das Einzige, was das Virus davon abhalten kann, in die Zellen einzudringen.

So funktioniert die Immunität. Wenn man das Fleisch eines Opfers in der zweiten Phase isst, bemerkt das Virus nicht, dass es den Wirt gewechselt hat. Innerhalb einer Stunde nach einer Dosis umwickelt es alle Zellen und bildet so die einzige Barriere, die stark genug ist, um das Virus vom Eindringen abzuhalten. Allerdings muss man vorsichtig sein. Isst man eine zu frühe Dosis von einem Opfer in der ersten Phase, infiziert man sich selbst mit dem Virus. Nimmt man die Dosis zu spät auf, von einem Opfer in der zweiten Phase, das kurz vor der Detonation steht, könnte das Fleisch einem ein Loch in den Bauch sprengen, bevor man es verdaut hat. Die Dosis, die ich heute aufgenommen habe, entstammt dem Ende der letzten Phase, aber ich konnte keine Warnzeichen entdecken – keine Bluttropfen, die aus zerstörten Äderchen dringen und so auf eine direkt bevorstehende Detonation hinweisen.

Das war reiner Dusel, denn ich bin mir nicht sicher, ob ich mich hätte zurückhalten können, sobald der Geruch der Infektion mir zu Kopf gestiegen war.

Die Rehe senken die Köpfe, um zu trinken. Ihre Ohren zucken, als ich mir Gesicht und Hände im eiskalten Wasser des Sees wasche. Jedes Mal wenn ich blinzle, steigt vor meinem inneren Auge das Gesicht des toten Mannes auf; eine ständige Erinnerung daran, was ich gerade getan habe, um am Leben zu bleiben. Um ehrlich zu sein, könnte ich mit dem Töten leben, sogar mit dem *Essen*, auch wenn ich vor der Seuche noch geschworen hätte, dass ich lieber sterben würde, als Menschenfleisch zu verspeisen.

Diese Redewendung ist witzig – *ich würde lieber sterben, als …* Witzig, weil niemand sie ernst meint. Die Wahrheit lautet, dass keiner weiß, wozu man fähig ist, wenn sonst der sichere Tod droht. Leute zu töten, die sowieso sterben werden, ist fast schon zu einfach.

Fast.

Nein, es ist nicht das Töten, das mich verfolgt, oder die Immunität in meinem Blut. Es ist die Tatsache, dass es jedes Mal, wenn ich das tue, einen Teil von mir gibt, dem es *gefällt*.

Wann immer der Grimm eine Person überkommt, ist es wie ein Instinkt – so mächtig wie der Drang zu überleben und so grundlegend wie Hunger. Und sobald man sich diesem Instinkt ergibt, ist es ein Rausch. Endorphine. Feuerwerk im Kopf. Ein ganzes Arsenal aus Neurochemikalien ergießt sich ins Hirn. Der Körper versucht, einen davon zu überzeugen, dass jemanden zu töten das Beste ist, was man je getan hat.

Es ist wie eine Droge, und zwar eine gefährliche. Der Grimm ist so allumfassend, dass manche Leute sich darin verlieren und niemals wieder auftauchen. Wir nennen sie Schleicher. Sie ziehen in Rudeln umher und jagen wie Wölfe, gefangen in einem ständigen Rausch aus Hunger und Blutlust.

Ich wische mir die Hände an der Jeans ab, sammle meine Sachen ein und folge dem Kiesweg zur Hütte. Die Nacht bricht schnell herein, sodass ich kaum sehen kann, wohin ich gehe. Mein Sichttek startet einen schwachen Versuch, mir zu helfen; verstärkt das Mondlicht, bis meine Welt sich in Pixel auflöst. Vor dem Ausbruch habe ich meinen Vater angebettelt, mir kosmetische Apps wie SkinSmooth und Schimmer zu schreiben, doch er hatte immer darauf beharrt, dass das reine Zeitverschwendung wäre. Heutzutage würde ich ihn um Ultraview oder Echolot-Orientierung bitten, oder auch nur die einfachste Art von Nachtsicht, selbst wenn sie Narben um die Augen erzeugt.

Ich lasse meinen Rucksack auf die Veranda fallen und wedle mit meinem Unterarm vor einem Sensor in der Nähe der Tür herum, dann warte ich, bis die grüne LED-Lampe im Griff aufleuchtet. Man sieht sie kaum, wenn man nicht danach sucht. Genauso wenig wie die Elektromagnete, die sich im Türrahmen verstecken – oder zumindest nicht, bevor es zu spät ist. Wenn Panels zum ersten Mal gesät werden, lassen sie ein Netzwerk aus Kabeln im Körper wachsen – wie ein U-Bahn-System, das die Nanobots durch den Körper transportiert. Die Kabel nutzen Steckkupplungen aus Metall in Schultern und Knien, also habe ich zwei Elektromagnete innerhalb der Tür angeschlossen, die jedem die Kniekupplungen herausreißen, der sich an einem Einbruch versucht.

Es ist kein perfektes Security-System, aber besser als nichts. Besonders nachdem ich nur noch eine Kugel für das Gewehr besitze.

Die Tür öffnet sich mit einem Klicken, und das Licht in der Hütte schaltet sich ein, um das Wohnzimmer in kränklich gelbes Licht zu tauchen. Mein Schlafsack liegt zusammengeknüllt auf einer Matratze vor dem Kamin, wo die letzte Glut von gestern Nacht vorsichtig leuchtet. Die Wände sind kahl, abgesehen von einem einzigen Foto, das Dax kurz vor dem Ausbruch von meinem Vater und mir geschossen hat. Der Arm meines Vaters liegt um meine Schulter, und ich habe die Hand halb erhoben, um mir eine windgepeitschte Strähne aus dem Gesicht zu schieben.

Wir sehen uns so ähnlich. Ich habe seine grauen Augen, seine lange, schmale Nase. Unsere Kinne sind ein wenig spitz, wie das untere Ende eines Herzsymbols. Auf dem Foto hat mein Vater den Mund zu einem seltenen Lächeln verzogen – wir hatten gerade einen Code fertiggestellt, an dem wir monatelang gearbeitet hatten. Er hat das Wort »Liebe« nie in den Mund genommen, doch an dem Tag, an dem wie dieses Foto aufgenommen hatten, war er stolz auf meine Arbeit – und das hat mir gereicht.

Ich sammle meine dreckige Kleidung vom Wohnzimmerboden und stopfe alles in den Rucksack, um sie mit zu Agnes zu nehmen. Mein leidgeprüftes Genkit liegt versteckt unter einer Jeans – ein altes Laptopmodell mit einem Nadelkabel, um es in Panels einzustecken. Genkits sind Codierungswerkzeuge, die man benutzt, um Zugang zu Gentech-Software zu erhalten, sie zu programmieren, Apps anzupassen und zu editieren oder Instandhaltung vorzunehmen. Technisch gesehen sind sie keine Computer, doch mein Genkit benimmt sich so, wenn ich es nett darum bitte. Es war in den letzten zwei Jahren immer mein treuer Begleiter.

Ich öffne das Kit, während ich versuche zu entscheiden, ob ich es mitnehmen soll. Fünfundneunzig Prozent des gesplitterten Bildschirms erwachen zum Leben. Eine Chatanforderung poppt im Menü auf, und das Gesicht einer Frau erscheint auf dem Monitor. Dr. Anya Novak. Scharlachrotes Haar, Fingernägel aus Rhodium und ein typisches Lächeln, das dreimal täglich in der ganzen Welt ausgestrahlt wird. Sie ist die Anführerin von Skies, der lose verbundenen Gruppe von Überlebenden, die sich gebildet hat, nachdem Cartaxus den Ausbruch genutzt hat, um zu übernehmen, was von der Welt noch übrig war.

Natürlich haben sie die Macht nur an sich gerissen, um uns zu *helfen*. Cartaxus will immer nur helfen. Sie haben versucht, meinem Vater in einen Hubschrauber zu helfen, indem sie zweimal auf ihn geschossen haben. Sie haben nach dem Ausbruch versucht, uns zu helfen, indem sie die Regierungen der Welt genauso aufgelöst haben wie die Medien, um die Menschen dann in ihre riesigen unterirdischen Bunker zu drängen.

Damals klang das nach einer guten Idee. Hätte ich es nicht besser gewusst, hätte ich mich zusammen mit den meisten Einheimischen vor dem nächstgelegenen Bunker – Homestake – angestellt. Essen, Obdach, Luftschleusen. Schutz vor dem Virus. Den meisten Menschen fiel kein einziger Grund ein, es nicht zu tun.

Mir allerdings schon. Die Worte meines Vaters hallen auch heute noch in meinen Ohren wider, zwei Jahre später. *Du musst dich von ihnen fernhalten*. Und tatsächlich, obwohl die Bunker von Faradayschen Käfigen und Wachen geschützt wurden, gab es Gerüchte über die schrecklichen Zustände darin. Leute lebten in dunklen, dreckigen Zellen. Cartaxus hatte die Kontrolle über ihre Panels übernommen und jede nicht der Norm entsprechende App, jeden unabhängig geschriebenen Code gelöscht. Die Security war knallhart. Familien wurden auseinandergerissen.

Die Wahl war klar: das Leben auf der Oberfläche riskieren oder alle Rechte gegen eine Zelle hinter der Sicherheit von Luftschleusen eintauschen.

Unnötig zu erwähnen, dass nicht alle sich auf diesen Handel eingelassen habe. Das war der Beginn von Skies.

Novak winkt auf dem zerbrochenen Bildschirm des Genkits zu mir auf. Die meisten Leute rufen in VR an, also musste ich einen altmodischen Videocode ausgraben, um mit ihr zu sprechen. Ihr Gesicht verschwindet für einen Moment hinter Pixeln aus grün-purpurnem Rauschen, beeinträchtigt durch die schwache Satellitenverbindung. Das Genkit hat in der Hütte besseren Empfang als mein Kommlink, aber die Verzögerung ist trotzdem ein Witz.

Sie lächelt. »Guten Abend, Catarina.«

Ich zucke zusammen. Das Skies-Netzwerk ist verschlüsselt, trotzdem verwende ich nicht gern meinen richtigen Namen. Soweit Cartaxus weiß, bin ich beim Ausbruch gestorben, und dabei würde ich es gerne belassen.

»Tut mir leid, Wildkatze«, sagt sie. »Ich habe den Asthma-Code bekommen, den du geschickt hast. Dank dir atmet ein kleiner Junge in Montana wieder aus eigener Kraft. Ich habe einen Beitrag für die Ausstrahlung vorbereitet. Ich würde dich unglaublich gerne auf Sendung bringen.«

»Nein.« Ich wedle abwehrend mit den Händen. »Auf keinen Fall.«

Novak hält inne, während meine Worte von einem Satelliten zum anderen geworfen werden, um sie erst eine Weile später zu erreichen. Sie seufzt. Diese Diskussion führen wir jedes Mal, wenn ich ein Code-Segment von den Servern von Cartaxus stehle und es an Skies übertrage. Noch so eine Art, wie Cartaxus versucht, uns zu *helfen* – indem sie medizinische Programme zurückhalten und nur den Leuten in den Bunkern zur Verfügung stellen. Wenn man krank wird oder sich verletzt, kann man nicht mehr einfach eine App herunterladen, wie es früher der Fall war. Man muss sich entweder in einen Bunker zurückziehen oder einsam leiden.

Oder man kann es bei Novak und ihren Leuten probieren. Sie führen das letzte unabhängige Netzwerk, auf Grundlage der alten russischen Satelliten. Sie haben ganze Bibliotheken von Programmen – Open Source, frei wie die Vögel am Himmel –, doch diese Apps sind fehleranfällig und überwiegend von Amateuren geschrieben. Hin und wieder schreibe auch ich Apps oder Patches, doch meinen größten Beitrag leiste ich durch die Angriffe, die ich auf Cartaxus' Server starte. Schnelle, unkomplizierte Einbrüche. Ich hacke mich in ihre Datenbanken und stehle jegliche Programme, die ich finden kann. Manchmal sind es Antibiotika, manchmal Kommpatches und manchmal auch ein Codesegment, das von Dax oder meinem Vater entwickelt wurde.

Jedes Mal wenn ich eine ihrer Dateien finde, ist das für mich wie ein Sonnenstrahl. Plötzlich scheinen die Jahre sich in Luft aufzulösen, und ich bin wieder unten im Labor. Es gibt kein Virus, keine Cartaxus-Soldaten. Für einen kurzen atemlosen Moment gibt es nur Dax' dämliche Variablennamen und die Liebe meines Vaters zur Fibonacci-Suche. Schon das allein – Fetzen ihrer Arbeit zu finden und zu wissen, dass sie noch am Leben sind – verleiht den einsamen Jahren Wert, in denen ich coden und hacken gelernt habe.

»Irgendwann werde ich dich auf Sendung bringen«, sagt Novak, als sie eine scharlachrote Augenbraue hochzieht. »Doch deswegen rufe ich nicht an. Bei Cartaxus geht irgendwas Großes vor. Wir haben deinen Namen im Rauschen gehört.«

»Meinen Namen?«

»Ja, deinen echten Namen. Wir konnten keine Details auffangen, aber dein Vater wurde ebenfalls erwähnt. Ich weiß nicht, was vor sich geht, aber mir gefällt das nicht. Du solltest vielleicht eine Weile in Deckung gehen.«

Meine Brust ist wie zugeschnürt. »Wann war das?«

»Vor einer Stunde. Ich habe den Bericht gerade erst bekommen und habe dich angerufen, so schnell es ging.«

Ich werfe einen Blick zum Fenster. Das war ungefähr zur selben Zeit, als Agnes mich vor einem Jeep in der Nähe meines Grundstücks gewarnt hat. Das kann kein Zufall sein.

»Alles okay bei dir?«, fragte Novak. »Catarina, kannst du mich hören?«

Ihre Stimme wird lauter, doch ich schweige. Mein Nacken kribbelt, und meine Hand schiebt sich zur Stummtaste des Genkits. Durch das Wohnzimmerfenster kann ich die letzten Sonnenstrahlen auf dem Wasser sehen und eine Herde aufgescheuchter Rehe.

Sie fliehen vom Wasser, mit großen Augen und unruhig, während die Tauben über ihnen rufen und in einem wirbelnden Kreis scharlachrot leuchten. Etwas hat sie erschreckt. Etwas ganz in der Nähe. Auf meinen Scans kann ich nichts erkennen, doch ich habe so ein Gefühl.

Jemand ist *hier*.

»Muss weg«, flüstere ich, dann klappe ich das Genkit über Novaks besorgtem Gesicht zu. Wenn ich laufe, kann ich vielleicht noch den Wald erreichen, bevor sie an der Hütte ankommen. Ich stehe auf, kralle mir meinen Rucksack und renne durch die Eingangstür, über die Veranda und die Stufen nach unten.

Mein Rad liegt auf dem Gras. Ich schnappe es mir und zerre es mit, während ich mich so schnell wie möglich von der Hütte entferne und in den Schutz der Bäume eintauche. Meine Scans zeigen immer noch nichts. Ich laufe den Pfad entlang, weiche Ästen aus, folge dem schmalen Weg durch den Wald.

Mein Sichttek kämpft darum, sich an das dämmrige Licht anzupassen, filtert die Signale von meiner Netzhaut und sendet sie direkt in meinen Sehnerv. Hätte ich bessere Teks, könnte ich selbst in absoluter Dunkelheit sehen, doch mein rudimentäres Panel kann mir nur eine etwas hellere, pixelige Version der Bäume zeigen. Es reicht gerade aus, um weiterzulaufen. Meine Hände umklammern mit weißen Knöcheln den Lenker meines Fahrrads, als ich Bäume umrunde, das Seeufer touchiere. Ich höre etwas auf der anderen Seite und halte kurz inne, um einen Blick über die Schulter nach hinten zu werfen. Eine Sekunde lang sehe ich nur Dunkelheit, dann erscheinen die Umrisse der Hütte, und ich werfe mich hinter den nächststehenden Baum.

Sie sind da. Ein schwarzer Jeep – genau wie Agnes gesagt hat – fährt knirschend die Auffahrt entlang. Mein Tek piept, als es endlich das Brummen des Motors auffängt. Die Fenster des Wagens sind schwarz wie Obsidian, die Karosserie offensichtlich stahlverstärkt. Das Ding sieht aus wie eine Kreuzung aus einem Ferrari und einem Panzer.

Der Motor verklingt, sobald der Jeep vor der Hütte hält, dann schwingt die Fahrertür auf und wirft einen schmalen Lichtstrahl auf die Veranda. Ein einzelner Mann steigt aus. Sein Gesicht ist eine gepixelte Masse, bis mein Tek ihn ins Visier nimmt und seine Gesichtszüge scharf stellt.

Er ist jung. Vielleicht achtzehn. Groß, mit aufgepumpten Muskeln. Er trägt ein schwarzes Tanktop mit dem weißen Cartaxus-

Geweih auf der Brust. Sein Haar ist dunkel und kurz geschnitten, sein Kinn stoppelig, und seine Nase sieht aus, als wäre sie ein Dutzend Mal gebrochen worden. Schwarze Kraftleitungen erstrecken sich von seinem Panel und umrahmen die Ränder seines Gesichts, von wo aus kleinere Verästelungen zu seinen Augenwinkeln und unter sein Kinn führen. Sie sind matt und schnittig, erinnern an Tätowierungen – und dienen als Leitungen für Codes, die zu gefährlich sind, um unter seiner Haut übertragen zu werden.

Mit einem halbautomatischen Gewehr in der Hand tritt er auf die Hütte zu, dann dreht er langsam den Kopf, um die Baumgrenze zu mustern. Meine Neugier wächst. Ein einzelner Soldat. Mehr haben sie nicht geschickt. Aber er ist kein normaler Soldat; jemanden wie ihn habe ich noch nie zuvor gesehen. Die Truppen aus Homestake sehen alle gleich aus – gepanzerte Jacken und Tarnklamotten, mit HEPA-Filtermasken und Waffen, die an ihren Armen befestigt sind. Sie sind immer unruhig, nervös von Aufputschmitteln und reißen ständig den Kopf herum, damit die künstliche Intelligenz ihrer Visiere die Umgebung für sie scannen kann.

Ganz anders als dieser Mann.

Seine Kleidung ist nicht einmal kugelsicher, und er steht unheimlich still, als er die Bäume mustert. Sein Gesicht bleibt ausdruckslos. Er kommt ohne Verstärkung, es gibt keine Drohnen, und niemand schreit Anweisungen. Er ist nur ein Junge, kaum älter als ich, mit einer Waffe und einem schicken Auto.

Was zur Hölle plant Cartaxus?

Ich beuge mich mit zusammengekniffenen Augen vor, als ein Knall durch den Wald hallt wie Donner. Instinktiv zucke ich zusammen und ziehe mich hinter meinen Baum zurück. Mein Sichtfeld zoomt ein und aus, meine Hand findet einen trockenen Ast, als ich mich abstützen will.

Der Ast bricht unter meinem Gewicht.

Ein leises Geräusch – doch so, wie es die Luft durchschneidet und von den Hängen widerhallt, hätte ich auch eine Leuchtrakete zünden können. Ich werfe einen Blick zu dem Soldaten und stelle fest, dass er mich direkt anstarrt. Seine Hand packt die Waffe fester.

Ich schnappe mir mein Rad und fliehe.

Durch die Bäume, den Bach entlang, der den See speist – auf die Feuerschneise zu, die sich zwischen den Bergen hindurchwindet. Äste und Zweige schlagen gegen meine Haut. Hinter mir erklingen weitere Schüsse, hallen von den Hängen wider, bis die Nacht von Geräuschen der Gewalt erfüllt ist. Ich finde die Feuerschneise, werfe mein Bein über mein Rad und fahre blind die stockfinstere, mit Steinen übersäte Steigung hinunter.

Mein Sichttek gibt sein Bestes und verbrennt damit Kalorien, die ich mir nicht leisten kann zu verlieren. Die leisesten Lichtpunkte werden zu leuchtenden Linien und weisen mir den Weg. Meine Audiofilter verstärken die Schritte in der Ferne zu Donner, unterbrochen von knallenden Schüssen. Der Soldat muss mich jagen, in die Dunkelheit schießen. Jeder Schuss erschüttert mich, weil der akustische Fingerabdruck in meinem Kopf verstärkt wird …

Nur dass das keine Schüsse sind.

Die Erkenntnis trifft mich wie ein Schlag. Ich halte schlitternd an und reiße mir das Sweatshirt über den Kopf. Das war kein Schuss, der den Soldaten aufgeschreckt hat. Es waren Stücke des toten Infizierten. Der Mann, den ich getötet habe, um Immunität zu erlangen. Der Mann, von dem ich eine Dosis geschluckt habe. Sein Körper explodiert. Dabei hätte ich schwören können, dass ich keine Warnzeichen an ihm gefunden habe. Ich dachte, ihm bliebe noch mindestens ein Tag, doch ich muss die Anzeichen übersehen haben. Jetzt explodiert er – jede Zelle seines Körpers detoniert in einer beißenden Gaswolke, inklusive des Blutes, das in meine Kleidung eingezogen ist.

Winzige Stellen an meiner Jeans zischen, um dann rauchend in Flammen aufzugehen. Hunderte kleine Brandherde, wie hundert angezündete Zigaretten. Ich falle auf die Knie, reiße an dem Stoff, schreie auf, als meine Haut verbrennt.

Mein Heiltek schaltet sich ein, zieht Energie aus meinem Panel, bis mein Sichttek ausfällt und mich in Dunkelheit zurücklässt. Schritte stampfen ganz in meiner Nähe durch den Wald, doch ohne Hilfe kann ich sie nicht orten – und ich sehe nicht genug, um wegzulaufen.

Ich bin gefangen.

Er kommt. Er wird jeden Moment da sein, und ich kann nirgendwohin fliehen, mich nirgendwo verstecken.

»Agnes«, keuche ich, suche verzweifelt nach einer Kommverbindung, höre jedoch nur statisches Rauschen. »Er ist gleich da. Yaya, kannst du mich hören?«

Wenn Agnes es kann, antwortet sie aus irgendeinem Grund nicht. Die Schritte kommen näher, irgendwo bei der Feuerschneise. In meiner zerfetzten Kleidung krieche ich vorwärts, taste blind nach meinem Rad, auch wenn keine Chance besteht, dass ich es in diesem Zustand fahren kann. Ein weiterer Knall erklingt zwischen den Hügeln, dann kann ich nicht mehr atmen, weil etwas in mir vibriert.

Ich umklammere schreiend meinen Magen und falle wieder zu Boden. Ein Band aus Feuer kriecht in meine Kehle.

Die Dosis, die ich gegessen habe, ist noch nicht verdaut. Und die Überreste sind gerade in mir explodiert.

4

Ich falle auf die Seite, rolle mich zu einem Ball zusammen und beiße mich in die Faust, um einen Schrei zu unterdrücken. Mein Bauch steht in Flammen. Der Schmerz schießt durch meinen Rücken nach oben, folgt dem Bogen meiner Wirbelsäule und verkrampft schließlich meinen gesamten Körper. Die Schritte kommen über die Feuerschneise näher, bis sie direkt vor mir stoppen, doch ich kann weder aufstehen noch weglaufen. Ich kann nur fest die Augen zupressen und hoffen, dass der Soldat sich beeilt, wenn er mich töten will.

»Wildkatze, bist du das?«

Starke Hände rollen mich auf den Rücken. Ich blinzle, weil ich mit dem Soldaten rechne, doch stattdessen sehe ich das Gesicht einer Frau, eingerahmt von einem Kranz grauen Haares. Agnes starrt mit offenem Mund auf mich herunter, Panik im Blick. »Oh, Wildkatze. Oh, mein armes Mädchen.«

»Yaya«, stoße ich hervor und zittere vor Erleichterung. »Du hast mich gefunden. Wie bist du so schnell hergekommen?«

Sie wischt mir den Schmutz aus dem Gesicht. »Novak hat mich angerufen. Hat gesagt, sie mache sich Sorgen.«

»D-der Soldat«, sage ich keuchend. Ich fühle mich, als steckte ein Messer in meinem Bauch. Jeder Atemzug, jede Bewegung scheint es tiefer zu treiben. »Cartaxus ist *hier.*«

»Ich weiß.« Sie senkt die Stimme und sieht über die Schulter zurück. »Wir sollten hier verschwinden, aber du musst aufstehen. Ich kann dich nicht tragen.«

Ich zwinge mich dazu, ihre Hände zu ergreifen, und finde die Kraft, mich auf die Beine zu stemmen. Irgendwie stolpern wir den Hügel hinunter zu der Stelle, wo ihr Auto auf uns wartet. Ich sehe eine Tür, dann Licht, dann liege ich seitlich auf der Rückbank. Agnes atmet stoßweise, als sie nach vorne rennt und sich auf den Fahrersitz wirft. Ihre Haut ist gerötet und feucht, ihr dünnes graues Haar klebt an ihren Wangen.

Sie reißt am Joystick des Autos. Der Motor gibt ein hohes Jaulen von sich, dann rumpeln wir über die Feuerschneise. »Was ist mit dir passiert?«, fragt sie.

Wieder huste ich, die damit einhergehenden Bewegungen jagen Schmerzen durch meinen Körper. »Die Dosis war zu alt. Ich dachte, ich hätte nach Warnzeichen gesucht, aber es war dunkel …«

»Oohhh«, ruft sie, dann dreht sie sich, um mich von oben bis unten zu mustern, womit sie es dem Autopiloten überlässt, der Schneise zu folgen. Sie streckt die Hand aus, um die Reste meines Sweatshirts hochzuziehen. Der Stoff hängt in Fetzen, nachdem die Blutspritzer darauf explodiert sind. Langsam hebt sie den Blick zu meinem. Ihre Stimme ist nur ein Flüstern: »Bist du immun?«

Ich nicke. Sie atmet erleichtert auf.

»Ich habe die Dosis vor einer Stunde genommen.« Das ist nicht genug Zeit, um sie vollkommen zu verdauen, aber es reicht aus, dass die Immunität sich durch die Zellen verbreitet hat. Ich werde mich nicht infizieren – aber das bedeutet noch lange nicht, dass ich das hier überleben werde.

»Du musst Schmerzen haben, Wildkatze«, sagt sie. »Ich habe gehört, dass das in letzter Zeit öfter passiert. Ich schwöre, sie detonieren schneller als früher. Diese verdammte Seuche wird klüger. Aber keine Sorge, das ist nicht schwer zu behandeln. Der Doktor wird dich im Nullkommanix wieder auf den Beinen haben.«

»Nein, wird er nicht.« Ich presse die Augen zu und umklammere meinen Bauch. »Hypergenese, schon vergessen?«

Die Menschheit nutzt Gentech gerade mal seit dreißig Jahren, aber die Leute haben bereits vergessen, wie Medizin früher funktioniert hat. Der örtliche Arzt kann einen gebrochenen Knochen einrichten oder eine Kugel entfernen, doch die meisten Patienten heilt er, indem er verschiedene Apps für ihre DNA optimiert. Den Rest erledigt das standardisierte Heiltek. Agnes könnte sich von fast jeder Verletzung erholen, ohne dass auch nur eine Narbe zurückbleibt, aber mein Heiltek versagt bei schweren Verletzungen. Es kann keine schweren inneren Blutungen heilen oder hypovolämischen Schock. Es wird mich heilen, aber so langsam, dass ich vielleicht vorher trotzdem sterbe.

»Was soll ich dann tun?« Agnes runzelt die Stirn. Der Autopilot steuert auf die Lehmstraße, die sich am Rand des Grundstücks vorbeizieht.

»Wir müssen an einen sicheren Ort.« Ich huste in meine Hand. Der Schmerz ist wie ein lebendes Monster, das mich mit seinen Krallen von innen heraus zerreißt. »Du musst meine Körpertemperatur senken, damit mein Tek mehr Zeit bekommt. Und ich brauche Kalorien. Im Moment laufe ich gerade auf leerem Tank.«

Sie dreht sich wieder nach vorne. »Okay, das kriege ich hin. Ich werde Novak anrufen. Sie wird wissen, was zu tun ist. Du kommst in Ordnung, Wildkatze.«

Ich huste wieder, den Arm auf den Bauch gedrückt. Ich wünschte, ich besäße Agnes' Optimismus. Das einzige Mal, als ich so schlimm verletzt wurde, war mein Vater da, um mich zu retten. Sich in mein Panel einzuloggen und einen Livestream aus Hypergenese-verträglichen Nanobots zu liefern – indem er genau die Art von Code geschrieben hat, wegen dem Cartaxus ihn so dringend haben wollte.

Jetzt, wo ich auf mich selbst gestellt bin, braucht das Heiltek in meinem Arm eine Woche, um einen gebrochenen Finger zu heilen. Hätte ich mein Genkit, ständen meine Chancen besser, aber ich habe es in der Hütte zurückgelassen, zusammen mit all meinen Aufzeichnungen und Programmen. Und dem Foto von mir und meinem Vater. Nun ist Cartaxus hier, und ich kann vielleicht nie wieder nach Hause.

Zweige schlagen gegen die Fenster, als wir auf eine überwucherte Straße abbiegen, auf dem Weg zu dem Highway, der in die Reste der Stadt führt. Agnes dreht den Rückspiegel, bis unsere Blicke sich treffen. »Warum hast du deine Immunität auslaufen lassen?«

Ich schnaube. »Weil ich eine Idiotin bin.«

Sie packt den Joystick, um uns um eine Kurve zu lenken. »Du bist keine Idiotin. Wenn ich mich recht entsinne, bist du ein Genie.«

»Na ja, im Moment fühle ich mich ziemlich dämlich.«

Sie presst die Lippen aufeinander. »Du wirst dich erholen, Wildkatze. Erinnerst du dich, in welchem Zustand du warst, als ich dich gefunden habe?«

»Ja«, murmele ich. »Aber ich glaube, diesmal kann mich keine Suppe retten, Yaya.«

Agnes und ich haben uns getroffen, als sie ein paar Monate nach dem Ausbruch in meiner Hütte aufgetaucht ist. Die Temperaturen zu Beginn eines bitteren Winters waren gefallen, ohne dass ich darauf vorbereitet war – nicht im Geringsten. Meine Nahrungsmittelvorräte waren aufgebraucht und die Solarzellen auf dem Dach wurden immer wieder von Schnee blockiert, womit meine einzige Stromquelle ausfiel. Ich habe die Tage zusammengekauert zwischen Decken verbracht, zitternd und hungrig, ohne zu wissen, ob mein Vater und Dax überhaupt noch lebten. Als Agnes auftauchte, auf der Suche nach Vorräten, fand sie mich fiebrig und bewusstlos neben dem Kamin.

Zwei Tage später bin ich aufgewacht, gewaschen, mit einem Bauch voller Suppe, die sie mir in meinem Delirium eingeflößt hatte, ohne dass ich mich daran erinnern konnte. Sie hat mich wieder gesund gepflegt und mir erzählt, dass sie auf meinem Genkit den Film von der Stürmung der Hütte durch Cartaxus entdeckt hat. Sie war ebenfalls nicht gut auf Cartaxus zu sprechen und hatte sich gerade einer Gruppierung angeschlossen, die die Firma davon abhalten wollte, die Weltherrschaft an sich zu reißen.

Sie hat mich gefragt, ob ich schon mal darüber nachgedacht hätte, für Skies zu arbeiten.

Dieser Tag war ein Wendepunkt für mich. Es ist fast, als wäre ich neben diesem Kamin gestorben und am nächsten Tag als jemand anderes aufgewacht. Es war einer dieser Momente, der das Leben in zwei Teile spaltet; indem die schwächsten Teile des Selbst verschwinden, sodass man stärker zurückbleibt. An diesem Tag habe ich mir geschworen, dass ich meinen Vater wiedersehen würde.

Doch heute Nacht bin ich mir nicht sicher, ob ich dieses Versprechen halten kann.

Wir beschleunigen, sobald wir den Highway erreicht haben. Die Fliehkräfte drücken mich in den Sitz und ich huste feucht. Etwas tropft von meinen Lippen. Als ich es berühre, verfärben sich meine Finger dunkel. Agnes dreht sich zu mir um und wird bleich.

»Du blutest. Wildkatze. Das ist schlimmer, als ich gedacht habe. Wir müssen …«

Sie bricht ab, als Scheinwerfer im Rückfenster erscheinen. Ich richte mich auf und beiße die Zähne gegen den Schmerz zusammen, um nach hinten zu sehen. Der massige schwarze Jeep holpert durch den Wald. In einem Sturm aus Steinen und Staub erreicht er die Straße.

»Er ist mir gefolgt«, flüstere ich. »Du hättest nicht kommen dürfen, Yaya. Jetzt bist du auch in Gefahr.«

»Quatsch«, blafft Agnes. »Es ist nur ein Soldat?«

Ich nicke, dann schlucke ich schwer. Es schmeckt nach Säure und Rost.

»Dann werden wir ihn verscheuchen. Er wird anhalten und Verstärkung anfordern. Das tun sie immer. Mein Gewehr liegt da hinten auf dem Boden, aber es ist nicht geladen. Die Munitionskiste sollte da auch irgendwo sein.«

Ich reiße mich vom Jeep los und taste auf dem Boden herum, kämpfe gegen den Schmerz, den die Bewegung auslöst. Meine Finger schließen sich um den hölzernen Schaft von Agnes' Gewehr und ich hebe es auf meinen Schoß. Jetzt die Munition. Ich beiße die Zähne zusammen und suche nach der Kiste.

Ein Schuss hallt durch die Luft. Überrascht verreißt Agnes den Joystick, sodass das Auto schlingert.

»Bisher haben sie noch nie auf mich geschossen«, sagt sie, ihr Gesicht erleuchtet vom Licht der Jeep-Scheinwerfer.

Ein weiterer Schuss erklingt. Diesmal trifft die Kugel Agnes' Seitenspiegel und sorgt so dafür, dass der Autopilot automatisch eine Bremsung einleitet.

»Nein, du Mistding, komm schon«, knurrt sie, als sie mit den Kontrollen des Autos kämpft.

Endlich beschleunigen wir wieder, doch der Jeep ist direkt hinter uns. Ich blicke verzweifelt aus dem Rückfenster. Keine Zeit, die Munition zu finden. Ich hebe die Hand zu meiner Notfallkugel an der Kette um meinen Hals.

Ich reiße sie herunter und lade mit zitternden Händen das Gewehr. Die Waffe lässt sich leicht heben, landet in einer guttrainierten Bewegung auf meiner Schulter. Ich ziele durch das Rückfenster und blinzle in die Scheinwerfer. Der Jeep stoppt mit kreischenden Bremsen und stellt sich quer.

Plötzlich öffnet sich das Fenster und enthüllt für einen Moment das Gesicht des Soldaten. Auch er hat etwas auf der Schulter, das auf mich gerichtet ist. Die Welt scheint sich plötzlich in Zeitlupe zu bewegen. Agnes' Rückfenster zersplittert und etwas fliegt in den Innenraum.

Etwas Kleines, Zylindrisches in Militärgrün. Es prallt vom Rücksitz ab und landet auf dem Beifahrersitz. Mehrere hochfrequente Pieptöne erklingen, dann folgt ein Lichtblitz und eine Druckwelle, welche die Fenster des Wagens zerberstet.

Ich werde auf den Sitz zurückgeworfen. Agnes schreit und reißt den Joystick herum, sodass wir in die Bäume schleudern. Instinktiv hebe ich die Arme vor mein Gesicht. Bevor ich weiß, wie mir geschieht, liege ich auf dem Boden.

Erde, Gras. Blut in meinem Mund. Mein Magen schmerzt höllisch. Dichter, beißender Rauch vernebelt die Luft, ergießt sich aus dem Wrack von Agnes' Wagen.

»Agnes!«, schreie ich und blinzle in den Nebel. Mein Sichtfeld verschwimmt an den Rändern, bis ich wie durch einen Tunnel sehe. »Wo bist du?«

»Hier, Wildkatze«, krächzt sie und klettert ungeschickt aus dem Wagen. Ihre Haare stehen in alle Richtungen ab, auf ihrer Hose klebt Blut. Sie trägt das Gewehr in der Hand. Sie schlurft zu mir. »Bleib unten. Ich werde ihn weglocken.«

»Nein«, presse ich hustend hervor. »Er ist hinter *mir* her! Verschwinde.«

Sie schenkt mir ein faltiges Lächeln. Blut tropft aus einer Platzwunde an ihrer Stirn. »Nach all dieser Zeit glaubst du wirklich, ich würde dich verlassen?«

»Bitte, Yaya, du musst fliehen.«

»Allein leben ist sinnlos«, sagt sie und späht in den Nebel. »Das Leben ist die Mühe nur wert, wenn es Leute gibt, die sich umeinander kümmern.«

»Nein«, flehe ich. Ich will diese Worte nicht hören. Solche Dinge sagen Leute zueinander, bevor sie sterben.

Der Jeep stoppt in der Mitte der Straße, dann schwingt die Tür auf. Der Soldat springt so schnell heraus, dass er fast verschwimmt.

Agnes hebt das Gewehr. »Ich liebe dich, Catarina.«

»Nein!«, schreie ich, als zwei Schüsse von den Hängen widerhallen.

Die Zeit verlangsamt sich und stoppt. Mein Blick verschwimmt. Der Soldat stolpert nach hinten und Agnes verschwindet im Gras.

Aber das kann nicht stimmen.

Ich muss mich geirrt haben. Nur eine Täuschung. Sie kann nicht getroffen sein. Agnes ist die zäheste Person, die ich kenne.

»Agnes!«, schreie ich, ohne mich darum zu kümmern, ob der Soldat mich hört. Ich versuche, mich aufzurichten, schleppe mich durch das Gras, doch dann packt eine Hand meine Schulter und reißt mich herum. Ich blinzle und stelle fast, dass ich in zwei schwarze Seen starre.

Es kostet mich eine entsetzte Sekunde, zu verstehen, dass das die Augen des Soldaten sind.

»Catarina Agatta?«, schreit er und schüttelt mich.

»Hilfe!«, schreie ich und kämpfe gegen seinen Griff. Seine Finger sind hart wie Stahl. Ich kratze nach seinen Augen, und er packt mich am Hals. Erneut versuche ich zu schreien, doch nur ein Wimmern dringt hervor.

Der Rauch und die Unfallstelle lösen sich in Schwärze auf und verschwinden.

5

Plopp … Plopp.

Ich erwache mit pulsierenden Kopfschmerzen, geweckt von einem Geräusch, als würden Nägel in meinen Schädel geschlagen. Jenseits des Klopfens meiner Schläfen sind auch meine Gedanken auf eine Art vernebelt, die mir verrät, dass ich mal wieder Migräne bekomme. Ich habe alle paar Monate einen Anfall. Der Schmerz hämmert in meiner Schädelbasis und lässt meinen Blick durch silberne Schlieren verschwimmen. Letztes Jahr sind mir die Tabletten ausgegangen, sodass ich jetzt jedes Mal für mehrere Tage für rein gar nichts zu gebrauchen bin. Noch etwas, was mein Panel nicht kann: Schmerzmittel erzeugen.

Plopp.

Ich verziehe das Gesicht, atme tief durch und öffne die Augen, auf der Suche nach der Quelle des Geräuschs. Hölzerne Balken erscheinen an der Decke über mir. Echtes Holz, nicht das gezüchtete Zeug, in dem die Astlöcher und die sorgfältig designten Unvollkommenheiten sich in regelmäßigen Abständen wiederholen. Dieses Holz ist alt und verwittert, überzogen mit dichten Spinnweben, die sich bis zu den modrigen Brettern erstrecken, mit denen das Fenster vernagelt ist. Plötzlich wird mir klar, dass ich nicht weiß, wie ich hierhergekommen bin.

Und vielleicht noch besorgniserregender: Ich weiß nicht, wo ich bin.

Schräge Lichtstrahlen dringen wie Klingen durch die Bretter vor dem Fenster, also ist es entweder später Nachmittag oder früher Morgen. Ich liege auf einem schmiedeeisernen Bettgestell in einem kleinen Zimmer, mit dem Gesicht in Richtung eines staubigen Bücherregals, eine schwere Wolldecke über mich gebreitet. An der gegenüberliegenden Wand hängt ein Porträt: eine gerahmte Skizze eines kleinen Mädchens mit langem dunklem Haar. Ihre geschürzten Lippen sind mit wenigen selbstbewussten Strichen eingefangen. Ihr Blick ist nach oben gerichtet, als hätte ihr jemand eine schwierige Frage gestellt und sie müsste über die Antwort nachdenken.

Das Bild ist frustrierend vertraut. Mir liegt ein Name auf der Zunge, nur außer Reichweite gehalten von dem Schmerz in meiner Schädelbasis. Ich grabe meine Fingernägel in meine Handflächen. Ein alter Trick, den mein Vater mir beigebracht hat. Den Schmerz auf einen Punkt konzentrieren, um ihn so unter Kontrolle zu bekommen. Der Nebel in meinem Kopf lichtet sich und ich schieße im Bett nach oben.

Das kleine Mädchen auf dem Bild bin ich. Mein Vater hat es gezeichnet, als ich noch klein war. Ich liege auf seinem Bett, starre auf seine Bücher, sitze in seinem Zimmer in der Hütte. Ich sehe mich um, plötzlich erfüllt von der verzweifelten Hoffnung, dass er zurückgekommen ist – dass er hier ist –, doch die Bewegung jagt einen schmerzenden Stich durch meinen Kopf, und plötzlich fällt mir alles wieder ein.

Der Rauch, der Jeep. Die Explosion in meinem Magen. Der Soldat, der mich schüttelt und meinen Namen schreit, bevor ich in Bewusstlosigkeit versinke. War er derjenige, der mich hierher gebracht hat? Bei dem Gedanken stockt mir der Atem. Verzweifelt sehe ich mich im Raum um, bis mein Tek fast überlastet ist.

Mein Audiotek schaltet höher, doch ich kann das ploppende Geräusch, das mich geweckt hat, nicht mehr hören. Ich höre meine eigene Atmung, mein Herz, das in meiner Brust rast und ein plötzliches Aufwallen seltsamer Geräusche aus dem Wald. Sie werden lauter, als mein Tek die einzelnen Quellen isoliert und verstärkt. Das Rascheln der Kiefern. Die Rufe eines entfernten Taubenschwarms. Ein stetiges Klopfen, irgendwo unter mir.

Die Schritte eines Mannes auf der Veranda, der in schweren Stiefeln auf und ab tigert.

Mein Herz schlägt wie wild gegen meine Rippen. Das muss der Soldat sein. Die Erinnerung an seine schwarzen Augen jagt mir einen kalten Schauder über den Rücken. Ich muss einen Weg finden, hier zu verschwinden, Agnes anzurufen …

Scheiße. Agnes habe ich vollkommen vergessen.

Ich rufe mein Kommlink auf und schließe die Augen. Ich habe in der Hütte nicht genug Empfang für einen Anruf, aber normalerweise kann ich Nachrichten verschicken.

AGNES. WO. BIST DU. SOLDAT … HAT MICH MITGENOMMEN.

Die verpixelten Worte erscheinen langsamer vor meinen Augen als gewöhnlich. Meine Gedanken rasen, was es dem Panel erschwert, ihre Form zu erfassen. Ich konzentriere mich auf Agnes, dann auf den Befehl zum Senden. Der Text verschwindet, doch ihr Username ist als offline markiert.

AGNES, schicke ich erneut und muss darum kämpfen, die Worte zu bilden. AGNES. BIST DU OKAY? BITTE ANTWORTE.

Ein Netzwerk-Icon erscheint neben Agnes' Usernamen, um zu signalisieren, dass sie gesucht wird, doch sie bleibt offline. Bisher hat sie immer innerhalb von Sekunden geantwortet. Das Icon hört auf, sich zu drehen, dann erscheint Agnes' Username über einer Zeile grauem Text.

DIESER USER IST ENTWEDER NICHT EXISTENT ODER AUSSER REICHWEITE.

Ein Keuchen dringt über meine Lippen, bevor ich die Hand vor den Mund schlagen kann. Sofort stoppen die Schritte auf der Veranda. Er hat mich gehört. Wie erstarrt halte ich den Atem an.

Jedes Mal wenn ich diese Kommlink-Nachricht bisher gesehen habe, bedeutete das, dass der User tot war.

Aber das ist nicht möglich. Mein Hirn spuckt alternative Antworten aus: Vielleicht hat sie ihr Panel abgeschaltet; vielleicht befindet sie sich in einem Faradayschen Käfig und ihr Signal wird blockiert. Auf keinen Fall ist Agnes tot. Unten wird die Eingangstür geöffnet. Die rostigen Angeln quietschen. Ich schließe fest die Augen.

Reiß dich zusammen, Wildkatze.

Die Stimme steigt in mir auf, scharf wie ein Peitschenschlag. Es ist nicht Agnes, aber es ist das, was sie sagen würde. Das alte Mädchen würde mich wahrscheinlich anschreien, weil ich einfach nur hier herumsitze. *Hör auf zu schmollen*, würde sie sagen, *und komm in die Gänge.*

Schritte erklingen im Wohnzimmer unter mir. Ich erhebe mich aus dem Bett, wobei ich den Schmerz hinunterschlucken muss. Ich habe keine Ahnung, warum der Soldat mich hierher zurückgebracht hat; aber ich weiß, dass es nichts Gutes bedeuten kann. Ich umklammere meinen Bauch und sehe mich im Raum nach etwas um, was ich einsetzen kann, um zu entkommen.

Einer der silbernen Füller meines Vaters glänzt auf dem Nachttisch, auf einem Stapel staubiger handgeschriebener Notizen. Ich greife danach und drehe ihn in den Händen. Die tintenbesudelte Feder ist dünn, aber sie ist scharf und aus Metall, also besser als nichts. Ich packe den Füller mit einer Hand und renne zur gegenüberliegenden Wand, wo jemand meinen Rucksack auf den Boden gestellt hat. Ich lasse mich auf die Knie fallen und grabe mich durch den Inhalt. Ich finde die Dreckwäsche, die ich mit zu Agnes nehmen wollte, einen Wasserfilter, Verbände …

Und ungefähr ein Kilo gefrorenes infiziertes Fleisch.

Mir stockt der Atem. Das Frierpack ist weich, vollkommen aufgetaut. Ich ziehe ihn aus dem Rucksack und drehe ihn, um das Fleisch zu kontrollieren. Es zittert in meiner Hand und ein leises *Plopp* erklingt, als eine Gasblase an einem Ende aufsteigt – das Geräusch, das mich geweckt hat. Das Fleisch steht kurz vor der Detonation, eine Zelle nach der anderen, und könnte jeden Moment hochgehen. Und dabei die Hälfte des Raums in Schutt und Asche legen.

Mein Blick schießt zu dem vernagelten Fenster, als sich ein grober Plan in meinem Kopf bildet. Er ist gefährlich und vollkommen verrückt, aber vielleicht kann ich so entwischen.

Schritte kommen die Treppe nach oben. Ich halte den Füller mit den Zähnen fest und schlurfe zum Fenster, um das Frierpack zwischen den Brettern hindurchzuzwängen. Es bleibt immer wieder hängen, doch schließlich gelingt es mir, es durchzuschieben. Dann wirbele ich herum und verstecke den Füller hinter dem Rücken, genau in dem Moment, in dem die Tür sich öffnet.

Der Soldat steht im Türrahmen und mustert mich von Kopf bis Fuß, aus eisblauen Augen, von denen ich schwören könnte, dass sie schwarz waren, als er mich angegriffen hat. Langsam tritt er nach vorne, um die Ecken des Raumes zu mustern. Meine Nackenhaare stellen sich auf.

Das hier ist nicht einfach ein Soldat. Er ist eine *Waffe*.

Das verraten mir die Kraftleitungen, die sich um sein Gesicht ziehen, und die wilde Wachsamkeit in seinen glitzernden blauen Augen. Jede seiner Bewegungen wirkt bedrohlich. Jeder Schritt ist, als ob eine Feder sich anspannen oder eine Klinge aufblitzen würde. Er hat eine Ausstrahlung, die von lebenslangem militärischem Training spricht, von Gebrüll und Drills und dem Säubern von Waffen. Er ist unbewaffnet und seine Hände sind leer, leicht geöffnet. Vor meinem inneren Auge blitzt das Bild auf, wie sich seine Finger um meinen Hals schließen.

»Guten Abend, Catarina.« Er streckt eine Hand aus. »Ich bin Lt. Cole Franklin.«

»Fassen Sie mich nicht an«, sage ich und weiche zurück. »Kommen Sie nicht näher.«

Meine Furcht scheint ihn zu verwirren. Natürlich tut sie das. Er weiß wahrscheinlich nicht, wie es ist, Angst zu haben und absolut unterlegen zu sein. Ein Hase, der von einem Wolf in die Ecke getrieben wurde. Der Füller in meiner Hand kommt mir plötzlich wie ein Kinderspielzeug vor. Ich könnte ihn damit in die Seite stechen, aber wahrscheinlich würde er ihn einfach nur lachend wieder herausziehen.

»Ich werde Ihnen nichts antun.« Seine Stimme ist leise.

»Was haben Sie mit Agnes gemacht?«

»Was meinen Sie?« Er tritt näher, sodass ich zum Bücherregal zurückweiche. Ich kann nirgendwohin und ich kann mich nicht wehren. Nicht bevor der Frierpack nicht explodiert, was jede Sekunde der Fall sein könnte. Oder es kommt zu spät.

»Meine Freundin«, sage ich. »Sie haben sie erschossen.«

»Nein, habe ich nicht.« Er macht einen weiteren Schritt nach vorne. »Ich habe ihr das Gewehr aus den Händen geschossen, aber ich habe sie nicht verletzt.«

»Lügner.«

Er zieht die Augenbrauen hoch. »Wenn ich sie umgebracht habe, wer hat Ihnen dann die Haare geflochten und Ihnen andere Kleidung angezogen? Ich war das sicher nicht.«

Ich hebe eine Hand an meinen Hinterkopf. Mein hüftlanges Haar ist gewaschen, gekämmt und zu einem Zopf geflochten. Meine Haut ist sauber, und ich trage ein schwarzes Baumwollshirt und Shorts mit aufgedrucktem Cartaxus-Logo.

Das hatte ich noch gar nicht bemerkt.

Ich öffne den Mund, weiß aber nicht, was ich sagen soll. Letzten Sommer hat Agnes mir beigebracht, wie man einen Fischgräten-Zopf flicht, als ich keine Lust mehr auf lange Haare hatte und sie mir abrasieren wollte. Danach hat sie es Dutzende Male so geflochten, hat mit geschickten Fingern mein wildes dunkles Haar in einem sauberen Strang gebändigt. Meine Haut und Haare riechen leicht nach der Lavendelseife, bei deren Herstellung ich Agnes letzte Woche in ihrem Keller geholfen habe.

Der Soldat lügt nicht. Agnes muss überlebt haben. Wieso zur Hölle reagiert sie dann nicht auf meine Nachrichten?

»W-was ist passiert, nachdem ich bewusstlos geworden bin?«

Der Soldat lächelt. Er sieht gut aus, wenn er lächelt, doch trotzdem habe ich nicht weniger Angst vor ihm.

»Wir haben Sie in Agnes' Keller in ein Eisbad gelegt«, sagt er. »Wir mussten Ihre Körpertemperatur vierundzwanzig Stunden lang senken, damit Ihr Heiltek seine Arbeit tun konnte. Sie hat Sie gewaschen und Ihnen diese Kleidung angezogen. Sie hat mir eine Suppe gekocht, dann haben wir beschlossen, dass Sie sich besser fühlen würden, wenn Sie an einem vertrauten Ort aufwachen, also habe ich Sie hierher gebracht.«

»Wieso beantwortet sie dann ihr Komm nicht?«

»Ich habe keine Ahnung. Als ich aufgebrochen bin, hat sie ihre Sachen gepackt. Es sah aus, als wollte sie die Hütte verlassen.«

Ich beiße die Zähne zusammen. Das muss eine Lüge sein. Agnes würde nie einfach verschwinden, ohne mich zu benachrichtigen. Sie würde mir eine Nachricht hinterlassen, schriftlich oder digital. Sie würde mich nicht einfach *im Stich* lassen.

Plopp.

Mein Blick huscht zu der Stelle, wo das Frierpack versteckt liegt. Es gibt immer noch keine Hinweise auf Hitze, keine Gaswolken. Ich muss den Soldaten noch länger hinhalten. Er sieht stirnrunzelnd zum Fenster.

»Wer sind Sie?«, stoße ich hervor, um ihn abzulenken. »Warum sind Sie hier?«

Er kneift die Augen zusammen und mustert noch einen Moment die Bretter vor der Öffnung, bevor er wieder mich anschaut. »Mein Name ist Lt. Cole Franklin. Ich bin hier, weil vor einer Woche das Labor und die Forschungsdateien Ihres Vaters von einer terroristischen Vereinigung namens Skies gehackt wurde.«

Fast hätte ich gelacht. *Terroristische Vereinigung.* Wir sind nicht diejenigen mit Drohnen und Soldaten, mit Düsenjets und Langstreckenraketen. Wir vergraben keine Landminen um unsere Stützpunkte oder erschießen Leute, die lediglich um etwas zu essen betteln. Cartaxus zu hacken ist das Aggressivste, was wir tun, und nicht mal darin sind wir besonders gut.

»Darüber weiß ich nichts«, sage ich.

»Ihr Vater war im Labor …«

»Er hat seit Jahren nicht mit mir gesprochen. Wie ich schon sagte – ich weiß gar nichts.«

»Miss Agatta, Ihr Vater ist tot.«

Ich erstarre. Die Worte hängen förmlich in der Luft. Mein Herz krampft sich panisch zusammen, bevor ich mich wieder in den Griff bekomme.

»Sie müssen mich für eine Idiotin halten, wenn Sie erwarten, dass ich das glaube.«

Der Soldat legt den Kopf schräg. »Ob Sie es glauben oder nicht, ich sage die Wahrheit. Die Terroristen haben unsere Server mit einem Virus infiziert, der bei den Genkits im Labor Ihres Vaters die Selbstzerstörung ausgelöst hat. Ihr Vater befand sich zusammen mit dem Großteil seiner Belegschaft im Raum. Ich möchte Ihnen mein Beileid aussprechen, Miss Agatta.«

Ich schlucke schwer, während ich die Miene des Soldaten mustere. Auf der Suche nach einem Hinweis darauf, dass er lügt. Doch ich finde keine Anzeichen – keine Nervosität, kein Schuldbewusstsein. Aber das bedeutet gar nichts. Er ist ein ausgebildeter Cartaxus-Soldat, also muss lügen ihm in Fleisch und Blut übergegangen sein. Ich richte mich höher auf und nehme die Schultern zurück. »Sie haben gesagt, Skies hätte das getan?«

Er nickt. »Beim Angriff wurde ein komplexer Computervirus verwendet, der beinahe unser ganzes Systems infiziert hat. Ein Teil davon ist dauerhaft beschädigt.«

Ich atme langsam aus. Er lügt definitiv. Ich habe Hunderte Hackerangriffe für Skies lanciert, und unsere Bemühungen waren niemals *komplex*. Es waren kurze Überfälle. Die Türen eintreten und alles stehlen, was glänzt. Nicht mal, wenn wir es gewollt hätten, hätten wir Genkits zerstören oder Dateien korrumpieren können.

»Also sind Sie ein Bote?«, frage ich. »Sehr nett von Cartaxus, jemanden zu schicken, der die Nachricht persönlich überbringt.«

»Deswegen bin ich nicht hier.«

Natürlich nicht. Novak hat mir erzählt, dass etwas Großes bei Cartaxus vor sich geht – etwas, was mit mir zu tun hat. Vielleicht hat mein Vater versucht zu entkommen, vielleicht hat er sich geweigert, ihren Befehlen zu folgen. Und jetzt haben sie jemanden losgeschickt, um ein Druckmittel zu finden.

Aber das werde ich ihnen nicht liefern. Ich packe den Füller fester. Er wird keinen großen Schaden anrichten, aber wenn ich den Stift ins Gesicht des Soldaten ramme, wird meine improvisierte Waffe ihn zumindest für kurze Zeit ablenken. Ich verlagere mein Gewicht, bereit, meinen Arm nach vorne zu reißen, doch noch bevor ich mich bewegen kann, schießen die Hände des Soldaten vor.

Der Raum schwankt um mich herum. Ich spüre einen Druck an meinen Armen, sehe, wie das Licht plötzlich gedämpft wird. Bis ich verstanden habe, was geschehen ist, wurde ich hochgehoben, herumgewirbelt und der Füller ist verschwunden.

»Was zur …«, keuche ich, als ich mich am Bücherregal festhalte, um auf den Beinen zu bleiben. Noch nie habe ich jemanden sich so schnell bewegen sehen. Ich wusste nicht mal, dass es *möglich* ist. Ich schüttle blinzelnd den Kopf, damit die Welt aufhört, sich um mich zu drehen.

Der Soldat wirft den Füller quer durch den Raum. »Das würde ich an Ihrer Stelle nicht noch mal probieren. Ich will Sie nicht verletzen, Miss Agatta, aber wenn Sie nicht kooperieren, bin ich gezwungen, zu improvisieren.«

Ich will Sie nicht verletzen. Eine weitere Lüge. Etwas anderes kann Cartaxus nicht. Sie lügen und vernichten jeden, der versucht, sich ihnen zu widersetzen. Wut steigt in mir auf. Ich trete einen Schritt vor und starre den Soldaten böse an. »Sie können mich bedrohen, soviel Sie wollen, aber Sie sind ein Narr, wenn Sie annehmen, dass ich kampflos aufgebe.«

Der Soldat runzelt die Stirn. Er öffnet den Mund, doch genau in diesem Moment ertönt neben mir ein Zischen, gefolgt von einem schnellen Stakkato aus Schlägen.

Das Geräusch von menschlichen Zellen, die versteckt hinter dem Fenster explodieren.

Das ist mein Signal zur Flucht, genau im richtigen Moment. Der Soldat wendet sich dem vernagelten Fenster zu. Wir sind uns nah genug, dass ich das Aufblitzen von Panik in seinen Augen erkennen und die Luft um seinen Körper riechen kann. Er riecht nur nach Seife und Schweiß und Waschmittel, ohne den geringsten Anflug von Schwefel.

Mein Angreifer ist nicht immun.

Den Geruch würde ich wahrnehmen. Diese scharfe, saure Note, die den Körper umspielt, solange man vor dem Virus geschützt ist. Der Soldat wird infiziert werden, wenn er nicht sofort wegläuft. Und wenn ich das Geräusch des Fleisches richtig deute, muss er schnell rennen.

»Sie sollten besser gehen«, sage ich.

Er reißt die Augen auf. »Catarina, was tun Sie?«

Ich ziehe eine Augenbraue hoch. »Ich *improvisiere.*«

Das Fenster beginnt zu klappern. Das Frierpack dürfte inzwischen aufquellen, weil das Fleisch darin sich zitternd und schäumend der Detonation nähert. Ich werfe mich nach hinten, in dem Versuch, hinter dem Bett Deckung zu suchen, doch das Gewicht des Soldaten trifft mich. Dann explodiert das Fleisch mit der Gewalt eines Donnerschlages.

6

Die Außenwand des Schlafzimmers explodiert, wird zu Splittern und Glasscherben zerrissen, die durch die Luft jagen und meine Haut aufreißen. Die Bücherregale fliegen in einem Wirbelwind aus Papier durch den Raum, und eine Nebelwolke verteilt sich unter der Decke. Die Luft ist heiß und drückend, stinkt nach Blut und Seuche. Hustend drücke ich die Augen zu, meine Hände im Hemd des Soldaten vergraben. Wir landen schwer auf der Matratze, mit seinem Körper über mir, um mich herum.

Er beschützt mich vor der Explosion.

Hustend weiche ich zurück. Der Soldat fällt auf die Knie, klappt zusammen. Die Haut an seinen Schultern hängt in Fetzen herunter. Seine Augen sind mitternachtsschwarz, werden aber schnell wieder blau – ein Sicht-Upgrade, das mir noch nie untergekommen ist. Ich starre ihm einen langen Moment in die Augen, bevor mir klar wird, dass er den Blick erwidert.

»Geht es dir gut, Catarina?«

Ich blinzle. Ich sollte bereits durch das Loch in der Wand gesprungen sein und in den Wald rennen, doch ich kann mich nicht bewegen. Alles an dieser Situation erscheint falsch. Er sollte mich nicht fragen, ob es mir gut geht – nicht, nachdem ich ihn gerade zum Tode verurteilt habe. Nicht, nachdem ich ihn mit einer Hydra-Wolke infiziert habe.

»Dein Bein«, sagt er und greift nach meinem Knöchel, wo mich die Druckwelle getroffen hat. Dicke Blutstropfen dringen aus meiner Haut und vermischen sich mit dem pinkfarbenen Glänzen der Wolke. Gezackte Splitter stehen aus meinem Knöchel, und ich habe Kratzer am Unterschenkel. Doch das ist nichts im Vergleich zu der zerrissenen Haut an der Schulter des Soldaten.

»Du wurdest getroffen«, sagt er. »Ich muss das säubern.«

»Soldat, Sie … du bist nicht immun.« Ich warte darauf, dass er die Augen aufreißt, dass die Erkenntnis von ihm Besitz ergreift, doch er scheint sich nur für meine Wunde zu interessieren.

»Du kannst mich Cole nennen.« Er dreht sich, um ein paar tiefe Kratzer an meinem Bein genauer zu mustern. Seine eigene Haut ist blutig und offen, mit Splittern und Glasscherben, die in seiner Schulter stecken, doch er scheint es nicht einmal zu bemerken – oder seine Implantate haben den Schmerz betäubt. Er zieht ein gelbes Plastikpäckchen aus seiner Hosentasche und reißt es mit den Zähnen auf. Der Geruch von Desinfektionsmittel durchschneidet den stinkenden Nebel um uns herum, als er mit einem feuchten Tuch mein Bein abwischt. Es brennt.

»Fass mich nicht an«, flüstere ich und weiche eilig auf dem Bett zurück. Eine dünne Spur aus Schaum gleitet über meine Wange. Ich wische ihn mit dem Handrücken ab. »Du bist *infiziert*. Hörst du mir überhaupt zu?«

»Bitte, ich will dir nicht wehtun. Ich wurde darauf programmiert, dich zu beschützen.«

Das lässt mich zögern. Man kann einen Verstand nicht programmieren, nicht einmal mit Gentech, doch das ist es nicht, was mich an Coles Worten stört. »Wieso solltest du darauf programmiert sein, *mich* zu beschützen?«

»Weil dein Leben wichtig ist. Bitte, Catarina, ich muss diese Wunde säubern.«

Ich bin zu verwirrt, um mich zu widersetzen. Ich lasse ihn meine Knöchelwunden reinigen und verziehe beim Brennen des Desinfektionsmittels nur leicht das Gesicht. Cole wirkt vollkommen ruhig, trotz des scharlachroten Nebels in der Luft, der unzähligen Hydra-Partikel, die in seine Lunge eindringen. Er macht sich überhaupt keine Sorgen, aber ich weiß, dass er nicht immun ist. Ich hätte es an ihm gerochen, ich hätte …

»Oh scheiße«, hauche ich. »Du bist nicht infiziert, oder?«

Er schüttelt den Kopf, dann sucht er durch das Wabern des Nebels meinen Blick. Etwas in mir macht *Klick*, als hätte sich etwas geöffnet.

»Es gibt einen Impfstoff.«

»Ja, Catarina«, sagt er. »Es gibt einen Hydra-Impfstoff.«

Die Worte treffen mich wie ein Schlag. Ich stehe auf und streiche mir die schaumfeuchten Haare aus dem Gesicht. Meine Hände zittern bei dem Gedanken, dass alles vorbei sein könnte. Zwei Jahre purer Horror, zwei Jahre Seuche. Wir könnten anfangen, alles wieder aufzubauen. Ich könnte wieder leben; die Welt könnte zur Normalität zurückkehren …

Aber das erklärt immer noch nicht, wieso ein Cartaxus-Soldat im Schlafzimmer meines Vaters sitzt.

»Ich habe nichts über einen Impfstoff gehört.« Ich wedle mit der Hand in Richtung der zerstörten Wand. »Du könntest dieses Fleisch manipuliert oder das alles auf andere Weise inszeniert haben. Das könnte eine Falle sein.«

Cole seufzt, dann faltet er das blutige Tuch auf dem Knie zu einem Quadrat. »Und wieso sollte ich das tun?«

Darauf fällt mir keine Antwort ein, aber meine Unruhe steigt. Ich verschränke die Arme vor der Brust und humple zu den umgefallenen Regalen. Der Boden ist mit glitschigem Schaum überzogen, mit Splittern, Glas und Papier übersät. Wenn Cole in Bezug auf den Impfstoff die Wahrheit sagt, bedeutet das, dass auch das mit meinem Vater stimmt?

»Wenn es einen Impfstoff gibt«, frage ich, »wieso hat Cartaxus ihn dann nicht freigegeben?«

»Weil sie ihn nicht mehr haben.«

Ich wirble herum. »Wer dann?«

»Niemand. Der Hackerangriff, der das Labor deines Vaters zerstört hat, hat einen Großteil seiner Arbeit korrumpiert. Ich bin eine von einer Handvoll Versuchspersonen, die den Impfstoff-Code testweise ein paar Tage vor dem Angriff erhalten haben. Wir haben Fragmente gesichert, aber der Angriff war komplex. Der Großteil der Arbeit deines Vaters lässt sich nicht wiederherstellen.«

Ich starre ihn nur an. »Das ist lächerlich. Skies besteht überwiegend aus Amateuren – sie können gar keinen solchen Hackerangriff auf die Beine stellen. Und außerdem, wie soll der Code verloren gehen? Hast du nicht gerade gesagt, dass du ihn im Arm trägst?«

Coles Miene verfinstert sich, dann dreht er den Unterarm, bis sein Panel zu mir aufleuchtet. Es ist ein durchgehend blau leuchtender Balken, noch größer als das von Dax. Das Silikon, das den Korpus des Panels bildet, ist ein Raster, mit Platz für Tausende einzelne Funktionskerne – individuelle Prozessoren, auf denen die verschiedenen Apps laufen. Je größer das Panel, desto mehr Funktionskerne, desto mehr kobaltblaue Punkte auf seiner Haut, die für die Apps stehen, die laufend seinen Körper verändern. Nie zuvor habe ich ein so großes Panel gesehen wie das von Cole. Was zur Hölle befindet sich in diesem Ding?

»Der Impfstoff wirkt als spezielles Implantat«, erklärt er. »Sobald es installiert wird, verbindet es sich mit der DNA des Nutzers. Selbst wenn ich den Funktionskern aus meinem Arm auswerfen und in dein Panel übertragen würde, würde es nicht funktionieren. Der einzige Weg, den Impfstoff zu teilen, besteht darin, den originalen Code zu finden, aber der ist stark verschlüsselt.«

Ich nicke. Eine Menge der Codes, die ich von Cartaxus gestohlen habe, um sie über das Skies-Network zu veröffentlichen, war so chiffriert. Wir mussten sie knacken, bevor wir sie freigeben konnten; etwas, worin ich nie besonders gut war. Ich besitze eine natürliche Begabung dafür, Netzwerke zu hacken und Dateien zu stehlen, aber eine Entschlüsselung erfordert vollkommen andere Fähigkeiten. Skies hat ein ganzes Team, das sich nur damit beschäftigt. Ein Großteil der Codes von Cartaxus war leicht zu dechiffrieren, doch manche Dateien waren so gut verschlüsselt, dass es uns nicht mal ansatzweise gelungen ist, sie zu knacken.

»Aber Cartaxus muss den Schlüssel besitzen«, sage ich, wobei ich mit Cole spreche, als wäre er ein Kind. »Oder zumindest fähig sein, ihn zu erraten. Sie verwenden Standard-Verschlüsselungen. Sie besitzen Sicherheitskopien für den Fall von Verletzungen der Datensicherheit.«

Cole runzelt die Stirn. »Du weißt eine Menge darüber.«

»Nicht wirklich.« Ich senke den Blick. »Aber ein paar Dinge habe ich bei meinem Vater aufgeschnappt.«

Ich bewege mich auf dünnem Eis. Es ist ein Wunder, dass Cole noch nicht verstanden hat, dass ich einer der Skies-Hacker bin, von denen er spricht. Mein Genkit liegt unten. Jemanden, der weiß, was er tut, würde es nur einen Augenblick kosten, es zu öffnen und sich in Novaks Netzwerk einzuloggen.

Soweit ich feststellen konnte, als ich ihre Server gehackt habe, wäre Cartaxus sehr glücklich, wenn die Hackerin, die sie als Wildkatze kennen, vom Angesicht der Erde verschwindet.

Cole beobachtet mich genau. »Unsere Wissenschaftler arbeiten daran, den Code zu entschlüsseln, aber sie vermuten, dass es ungefähr sechs Monate dauern wird, ihn mit roher Gewalt zu brechen.«

»Sechs Monate?« Meine Gedanken wirbeln durcheinander. Das ist eine Ewigkeit. »Was für einen kranken Verschlüsselungsalgorithmus haben sie verwendet?«

»Das weiß ich nicht. Ich weiß nur, dass dein Vater den Code verschlüsselt hat.«

Ich reiße den Kopf hoch. Das ergibt keinen Sinn. Mein Vater hasst Gentech-Verschlüsselung – er hat immer gesagt, dass medizinische Codes für jeden freigegeben werden sollten, der sie braucht. Mein Vater hätte den Impfstoff nie blockiert – er hätte ihn von den Dächern geschrien. Er hätte ihn umsonst verteilt.

»Wenn mein Vater ihn verschlüsselt hat«, sage ich, »dann nur, weil Cartaxus ihn dazu gezwungen hat.«

»Mir ist egal, *wer* ihn verschlüsselt hat«, blafft Cole. »Das Problem ist, dass er blockiert ist.«

Die plötzliche Schärfe in seiner Stimme lässt mich zusammenzucken, weil sie mich an den Moment erinnert, als er mir den Füller aus der Hand gerissen hat. Dieser Mann ist eine Cartaxus-Waffe, immer geladen. Es ist vielleicht nicht die beste Idee, mit ihm zu diskutieren.

»Wenn du mir nicht vertraust, ist das in Ordnung«, sagt er mit finsterer Miene. »Das sollte mich nicht überraschen. Du bist schließlich eine verdammte Agatta. Aber ich bin nicht hier, um mich mit dir zu streiten.« Er wischt sich die Hand am Hemd ab und zieht ein Stück Plastik aus der Hosentasche. »Ich bin hier, weil dein Vater mir das gegeben hat, bevor er gestorben ist.«

Er reicht mir den Streifen. Er ist weiß und zerkratzt, mit einem Brandmal an einer Seite. Auf der anderen Seite ist eine Sense eingestanzt. Ein Geister-Memo. Ein verschlüsselter Chip, der Botschaften abspielt, wenn die Person, die sie hinterlassen hat, gestorben ist. Leute benutzen sie, um ihre Sünden zu beichten und ihre Geheimnisse aufzubewahren. Sentimentales Zeug. Etwas, womit mein Vater nichts am Hut hatte.

Ich drücke den Knopf an der Seite. Leuchtende Buchstaben erscheinen auf dem Plastikstreifen. Sie flackern leicht, die Batterie gibt bald den Geist auf.

Cole,
falls nötig kann meine Tochter Catarina den Impfstoff entschlüsseln. Du musst sie finden und mit deinem Leben beschützen. Sie könnte die einzige Chance sein, die Menschheit zu retten.

Ein Windstoß dringt durch das Loch in der Wand. Ich zittere in meiner schaumverklebten Kleidung, als ich auf die Worte hinunterstarre. Ich verstehe nicht, was die Nachricht sagen will, trotzdem breitet sich Kälte in mir aus. Wahrscheinlich ist das alles gefakt. Von Cartaxus arrangiert. Erneut drücke ich den Knopf, doch die Nachricht verändert sich nicht.

»Also, wirst du helfen?«, fragt Cole.

Ich sehe ihn kurz an, dann schaue ich wieder auf das Memo, um es in den Händen zu drehen. Keine Steckplätze, kein Zugang. Es muss sich drahtlos verbinden. »Bei was helfen?«

»Bei der Entschlüsselung des Impfstoffes.«

Ich drücke das Memo an meinen Unterarm, für den unwahrscheinlichen Fall, dass mein Panel es wahrnimmt, doch nichts erscheint in meinem Sichtfeld. »Davon weiß ich nichts. Ich wüsste nicht mal, wo ich anfangen soll.«

Das stimmt. Ich weiß nicht das Geringste über Entschlüsselung; mein Job ist das Hacking. Wenn Cole die Wahrheit über den Impfstoff sagt und die Wissenschaftler von Cartaxus den Code nicht knacken können, weiß ich wirklich nicht, wie ich helfen soll.

»Aber Lachlan hat *gesagt*, du könntest es.«

»Na ja, tut mir leid, dich zu enttäuschen.« Ich schiebe meine Fingernägel unter den Rand des Memos, um die Plastikplatten zu teilen. Mühelos lässt es sich öffnen. Darin befindet sich ein winziger Bildschirm – LCD, altmodisch, mit zwei knubbeligen Knöpfen, die über Kabel damit verbunden sind. Ich hebe den Kopf und schaue mich im Raum nach dem Füller um, bevor ich mich mit einem Holzsplitter auf dem Bett neben mir zufriedengebe.

»Was tust du da?« Cole lehnt sich vor, um zu beobachten, wie ich die Knöpfe mit dem Splitter drücke. Grüner Text flackert über den winzigen Bildschirm, als ich mich in das Betriebssystem des Geister-Memos vorarbeite. »Du hast es kaputt gemacht.«

»Ich habe es nicht kaputt gemacht. Ich versuche herauszufinden, auf wen es registriert ist.«

Um festzustellen, ob es wirklich mit dem Panel meines Vaters verbunden oder nur Teil einer aufwendigen Cartaxus-Lüge ist.

Cole beobachtet, wie ich mich mit den Knöpfen durch das Dateisystem des Memos navigiere. »Woher weißt du, wie das geht?«

»Wie du schon sagtest: Ich bin eine Agatta. Ich weiß eine Menge Dinge.«

Ehrlich, ich habe vorher noch nie ein Geister-Memo benutzt, aber es kostet mich nur ein paar Augenblicke, es zu verstehen. So war es mit mir und Software schon immer. Neue Programmiersprachen zu lernen hat sich immer angefühlt, als frischte ich Worte und Konzepte wieder auf, die ich bereits kannte. Als wäre ich mit diesem Wissen geboren worden und müsste mich nur daran erinnern. So hat mein Vater immer die Art beschrieben, wie er in Bezug auf DNA empfindet.

Das Display des Memos blinkt, dann erscheinen die Registrationsdetails – das Log der Leute, die Zugang zum Chip hatten. Ich navigiere in den Speicher. Die Nachricht, die Cole mir gezeigt hat, wurde irgendwann in den letzten zwei Wochen aufgenommen und erst vor drei Tagen aktiviert – durch eine Todesmeldung von dem Panel, mit dem das Memo verbunden ist. Ich drücke ein letztes Mal den Knopf, und mir wird eng um die Brust.

Die ID blitzt auf dem Display auf. Hundert hexadezimale Ziffern, die ich auswendig kenne, nach denen ich jedes Mal gesucht habe, wenn ich die Server von Cartaxus gehackt habe. Ein Abgrund scheint sich in mir aufzutun. Eine allumfassende Leere.

Da steht es auf dem Bildschirm. Cole hat nicht gelogen.

Mein Vater ist tot.

Meine Finger können das Memo nicht länger halten. *Mein Vater ist tot.* Die Worte kreisen wieder und wieder in meinem Kopf, während mein gesamtes Universum seine Dimensionen verändert, um diese Wahrheit in sich aufzunehmen.

»Catarina?«

»Es stimmt.«

»Ja.«

»Der Impfstoff, die Verschlüsselung …«

Er nickt nur. Ich kippe nach vorne, die Hände an die Brust geschlagen. Meine Rippen fühlen sich an wie Eisengitter, starr und unnachgiebig. Ich kann nicht atmen. Mein Herz kämpft um jeden Schlag.

Das Labor meines Vaters wurde angegriffen. Seine Arbeit wurde zerstört, seine Mitarbeiter getötet …

»Moment, was ist mit Dax?« Ich reiße den Kopf hoch. »Dax Crick? Er hat mit meinem Vater zusammengearbeitet. Lebt er noch?«

Cole nickt, und für einen Moment kann ich atmen. Dann stütze ich mich an der Wand ab, weil sich alles um mich dreht.

»Crick geht es gut«, sagt Cole. »Er war einer der wenigen, die aus dem Labor entkommen sind, bevor die Genkits sich selbst zerstört haben. Dein Vater hat für uns beide Anweisungen hinterlassen. Wir arbeiten zusammen, und er wird versuchen, sich uns hier anzuschließen.«

»Er kommt hierher?«

Cole nickt. Ich schließe die Augen. Der Gedanke an Dax lässt etwas in mir aufbrechen; eine Tür, die ich verzweifelt wieder zu schließen versuche. Die Seuche hat mir beigebracht, wie man mit Trauer umgeht, und der Tod meines Vaters ist eine glühende Kohle in meiner Hand – ich weiß, wie man sie zusammenpresst, sie in die Hand einsinken lässt, bis sie hart und kalt wird. Zu einem Diamanten. Doch hier geht es um mehr als um Trauer. Ich kann das nicht alles gleichzeitig verarbeiten – den Impfstoff, den Angriff auf das Labor meines Vaters, den Gedanken, Dax wiederzusehen.

Zusammen wirkt es wie eine Brise, die das glühende Stück Kohle, das der Tod meines Vaters ist, zu Flammen anfacht, die mich zu verschlingen drohen.

»Es muss Anweisungen geben, die wir übersehen«, sagt Cole, doch ich kann ihn über das Pochen meines eigenen Pulsschlags in meinen Ohren kaum verstehen.

Freude und Kummer kämpfen in mir. Zwei Jahre unterdrückter Gefühle drängen durch die offene Tür in mein Herz; kämpfen darum, endlich zu entkommen.

Doch das darf ich nicht zulassen. Ich darf nicht zusammenbrechen. Mein Vater hat mich mit einer Mission beauftragt. Ich sehe mich nach den Plastikstücken des Geister-Memos um, kann sie jedoch durch die Tränen in meine Augen nicht erkennen.

»Catarina?«

Ich reibe mir die Augen. »Tut mir leid«, stoße ich hervor. »Ich … ich komme damit nicht klar.«

Ich wende mich ab und eile durch die Schlafzimmertür. Meine Schulter knallt gegen den Rahmen, als ich blind in den Flur stolpere. Ich kann jetzt nicht an Impfstoffe oder Viren denken. Nicht an meinen Vater. Ich brauche Luft und Licht und Raum. Ich muss hier raus.

Meine Füße finden die Treppe. Mit einer schaumverklebten Hand umklammere ich das Geländer, als ich ins Wohnzimmer renne, dann aus der Tür. Militärische Taschen und Waffen, die an den Wänden aufgestapelt sind, blitzen in meinen Augenwinkeln auf. Ich erkenne zerlegte Gewehre, den Lauf eines Raketenwerfers und ein Paar silberne Handschellen auf dem Tisch.

Irgendwo hinter mir schreit Cole meinen Namen. Ich renne durch die Tür und nach draußen, wobei ich damit rechne, dass er mich verfolgt.

Doch er lässt mich gehen.

7

Zwei Stunden vergehen, oder vier; ich weiß es nicht. Als ich schließlich an den See zurückkehre, ist die Nacht hereingebrochen und der Mond steht am Himmel. Meine Kehle ist wund, meine Augen geschwollen und ich bin immer noch mit Explosionsresten des infizierten Fleisches überzogen. Das eisige Wasser auf meiner Haut fühlt sich an wie eine Offenbarung. Ich wate bis zum Hals in den See, dann beuge ich mich nach hinten, um mein Haar einzutauchen und unter Wasser den Zopf zu öffnen.

Über mir glitzert zwischen den Wolken ein breites Band aus Sternen am Himmel. Ein Schwarm Tauben ruft, als sie über den See flattern. Sie sinken nach unten und trinken, indem sie ihre Schnäbel ins Wasser tauchen.

Wie kann die Welt sich weiter drehen, wenn ihr hellster Stern vergangen ist?

Die Tür der Hütte schwingt auf, sodass ein Streifen gelben Lichts aufs Gras fällt. Cole tritt heraus, ein Handtuch und einen Stapel frische Kleidung in den Händen. Er trägt kein Hemd, aber einen Verband um die Schultern – eine halbdurchsichtige blaue Binde, die fast aussieht, als bestände sie aus Plastik.

»Danke, dass du zurückgekommen bist«, sagt er. Der Kies des Weges knirscht unter seinen Stiefeln. »Ich hätte dir nicht gleich alles auf einmal erzählen sollen. Es war einfach zu viel.«

»Es geht mir gut.« Ich spritze mir eine Handvoll Wasser über die Augen. Und es geht mir gut. Ich bin stark. Mein Vater hat mich so erzogen. Man muss den Schmerz unter Kontrolle bekommen, zu einer Spitze konzentrieren. Auf meinen Handflächen prangen blutige Halbmonde, aber die Türen in meinen Herzen sind wieder verschlossen. »Jetzt können wir reden.«

»Okay«, sagt Cole. Er setzt sich ans felsige Ufer des Sees, legt das Handtuch und die Kleidung hinter sich. Er muss gebadet haben, während ich weg war. Das Licht aus der Hütte fällt auf seinen Rücken, beleuchtet seine Schultern. Doch sein Gesicht bleibt in den Schatten verborgen.

Ich lasse mich tiefer ins Wasser sinken und beobachte ihn. Ich weiß immer noch nicht, was ich von Cole halten soll. Bisher war er ehrlich, aber er ist ein Cartaxus-Soldat. Mein Vater hat absolut klargestellt, dass ich niemandem vertrauen kann, der das Geweih trägt. Aber ich weiß nicht, wie ich das mit der Nachricht zusammenbringen soll, die er Cole hinterlassen hat.

Mehr als jemals zuvor sehne ich mich nach Agnes' Ratschlägen. Sie hat Cole getroffen … sie muss Zeit mit ihm verbracht haben. Aber jetzt ist sie verschwunden. Als ich in den Wald gelaufen bin, habe ich sie wieder und wieder angefunkt, doch es erschien jedes Mal nur dieselbe Nachricht. AUSSER REICHWEITE. AUSSER REICHWEITE. Mein Hirn hat sich das schlimmstmögliche Szenario ausgemalt – dass Cole sie umgebracht hat –, doch als ich irgendwann am Fuß eines Baumes zusammengesunken bin, habe ich etwas in meiner Tasche entdeckt. Ein Lakritzbonbon.

Eines von Agnes' schrecklichen selbst gemachten Bonbons, die ich so oft abgelehnt habe. Ich habe fast jede Woche eine Nacht in ihrem Haus verbracht, habe Linsen gegessen und mit ihr Karten gespielt, bis ich nicht mehr anders konnte, als ins Labor zurückzukehren. Sie hat mir zum Abschied immer ein Lakritzbonbon in die Tasche gesteckt – obwohl sie wusste, dass ich die Dinger hasse. Die Tatsache, dass sie es in meine Tasche gesteckt hat, als Cole mich zur Hütte gebracht hat, bedeutet, dass sie noch am Leben gewesen sein muss und darauf vertraut hat, dass er sich um mich kümmert. Aber das ergibt keinen Sinn. Er ist ein Cartaxus-Soldat, bewaffnet und gefährlich. Wir haben die letzten zwei Jahre damit verbracht, uns vor genau solchen Leuten zu verstecken.

»Warum hat Agnes dir vertraut?«, frage ich.

»Zuerst hat sie es nicht getan.« Coles Schatten erstreckt sich über die Steine an der Küste des Sees, bewegt sich auf dem Wasser. »Nachdem du bewusstlos geworden bist, ist ihr klar geworden, dass ich versuche, dir zu helfen. Und du warst so übel verletzt, dass uns kaum Zeit zum Reden blieb. Sie hat mir gesagt, wie ich zu ihrem Haus komme, und hat die ganze Fahrt über ein Gewehr auf mich gerichtet. Auch noch, als ich dich in das Eisbad gelegt habe und ein paar Stunden danach. Ich glaube, letztendlich haben die Erfrierungen ihre Meinung geändert.«

Ich blinzle. »Erfrierungen?«

Cole streckt mir eine Hand entgegen. Die Bewegung lässt den Verband um seine Schulter knistern. »Irgendwann war das Eis aus ihrem Tiefkühlschrank aus, und das Bad, in dem du lagst, wurde wärmer. Ich hatte noch ein paar Frierpacks im Jeep. Ich habe sie benutzt, um mehr Eis zu erzeugen, aber nach ein paar Anwendungen sind sie geplatzt.«

Ich schließe die Augen, weil ich den Schmerz quasi spüren kann. Mir ist auch schon mal ein Frierpack geplatzt, und das war nicht witzig. Die Chemikalien in den Frierpacks vollziehen eine heftige endotherme Reaktion, wenn sie geschüttelt werden. Diese Reaktion ist stark genug, um alles im Inneren der Packs gefrieren zu lassen. Wenn die Verpackung aufreißt und die Chemikalien austreten, frieren sie auch die Haut.

Cole ballt die ausgestreckte Hand zur Faust, als wolle er ihre Bewegungsfähigkeit testen. Dann öffnet er die Finger langsam wieder und lässt den Arm sinken. »Agnes hat angefangen, mir zu vertrauen, nachdem das erste Frierpack geplatzt ist. Nach dem zehnten wusste sie, dass ich nicht hier bin, um dich zu verletzen.«

Ich schlucke schwer, als ich versuche, mir vorzustellen, in welchem Zustand seine Hände gewesen sein müssen. Selbst mit Heiltek und Schmerzmitteln muss er grauenhafte Qualen durchgestanden haben. Kein Wunder, dass Agnes sich für ihn erwärmt hat. Ihm Suppe gekocht, ihn aufgenommen hat. Das erklärt immer noch nicht, warum sie verschwunden ist, aber es beruhigt mich.

»Du hast nicht um Hilfe gerufen«, sage ich. »Cartaxus hätte einen Comox schicken können. Nur ein paar Meilen entfernt liegt ein Bunker.«

»Ich weiß.«

Ich reibe mit den Händen über meinen Nacken, um den getrockneten Schaum abzuwaschen. »Du hast gesagt, mein Vater hätte auch Dax eine Nachricht hinterlassen. Er hat ihn angewiesen, das alles geheim zu halten, nicht wahr? Cartaxus weiß nicht, dass du hier bist.«

Cole lehnt sich zurück, ohne mich aus den Augen zu lassen. Das Licht aus der Hütte beleuchtet eine Reihe von Wulsten auf seiner Brust. Es sieht aus wie irgendein Upgrade, doch ich kann keine Details ausmachen. »Das hast du schnell kombiniert.«

»Ich bin eine Agatta. Ich dachte, das hätten wir schon besprochen.«

»Natürlich«, murmelt Cole trocken. »Wie konnte ich das vergessen?«

»Ich glaube, ich beginne zu verstehen, was mein Vater von mir wollte.« Ich tauche tiefer ins Wasser, wische meine Hände über die Arme, um noch die letzten Reste Blut und Schaum von meiner Haut zu verbannen. »Mein Vater war ein Genie, aber er war kein Hellseher. Er konnte nicht vorhersehen, dass sein Labor gehackt werden würde, oder dass der Quellcode des Impfstoffes zerstört werden würde. Warum also hat er dir diese Nachricht gegeben?«

Cole zögert. »Ich … Darüber habe ich noch gar nicht nachgedacht.«

»Na ja, ich schon. Er hat dir diese Nachricht gegeben, weil er den Impfstoff gerade fertiggestellt hatte und wusste, dass Cartaxus ihn den Überlebenden an der Oberfläche nicht zur Verfügung stellen würde. Sie wollten den Zugriff darauf beschränken, wie sie es mit allem anderen getan haben. Mein Vater hätte versucht, das Heilmittel frei zugänglich zu machen – doch für den Fall, dass er stirbt, lautete sein Ersatzplan, dass wir es tun sollten.«

Cole lehnt sich vor. »Das ist verrückt. Cartaxus hätte den Impfstoff niemals zurückgehalten.«

»Ach ja?« Ich lasse meine Finger durch meine Haare gleiten und entferne ein paar Splitter, die sich in den langen Strähnen verfangen haben. »Alles andere halten sie zurück – Antibiotika, medizinische Codes. Die Leute hier draußen leben mit Krankheiten, die vor zwanzig Jahren geheilt wurden. Wenn du Cartaxus-Code verwenden willst, musst du in einen der Bunker.«

Cole schnaubt. »Aber doch nur, weil die Bunker sicher sind. Sie wollen, dass die Leute sich ihnen anschließen, damit sie vor dem Virus geschützt sind. Doch sobald der Impfstoff freigegeben ist, werden wir die Bunker nicht länger brauchen.«

Ich drehe meinen Arm und schrubbe den Schaum von den Lichtern an meinem Panel. »Also wird Cartaxus den Impfstoff allen zur Verfügung stellen, kosten- und bedingungslos? Sie werden ihn an alle ausgeben, auch an Leute mit nicht normgerechten Teks?«

Zum ersten Mal scheint Cole zu zögern. »Ich bin mir sicher, dass sie das tun würden.«

»Genau«, sage ich und wasche mir erneut das Gesicht. »Das dachte ich mir.«

Als Cartaxus die Bunker eröffnet hat, sind die meisten Überlebenden des Ausbruchs dorthin geströmt. Nur Einzelne haben sich entschieden, an der Oberfläche zu bleiben. Fast alle, die das getan haben, wollten die Kontrolle über ihre Panels nicht verlieren. Genanpassungen beim Menschen gibt es seit über fünfzig Jahren, aber Cartaxus hat das erste implantierte Panel erfunden. Sie haben die Technologie perfektioniert, sich ein Copyright darauf eintragen lassen und kostenlose Einpflanz-Kits verteilt.

Panel-Samen kosten in der Herstellung nur ein paar Cent. Zu Anfang sind sie kaum größer als ein Reiskorn, das in den Arm injiziert wird, um im Körper heranzuwachsen wie ein Baum, der aus einem Samen erwächst. Die Kabel, die Metallkupplungen, die Prozessoren, sie alle wachsen ein Molekül nach dem anderen heran, verästeln sich aus der ersten Knospe. Selbst die ärmsten Länder haben sie vertrieben. Innerhalb von wenigen Jahren lag die Verteilungsrate bei fast einhundert Prozent, dank der ersten Detox-App. Im letzten Jahrhundert hatten Berge von Nanomüll – aus allem, vom Plastik über Dünger – Boden und Wasser verunreinigt, bis der gesamte Planet toxisch verseucht war. Egal wie vorsichtig eine Mutter auch sein mochte, ihr Baby wurde trotzdem mit Hunderten künstlicher Chemikalien im Blut geboren.

Die Panels haben all das verändert. Die Sterblichkeitsrate ging zurück. Die Anzahl der Lichter auf dem Arm einer Person verriet, wie gesund sie war. Cartaxus hat seine Software über vertrauenswürdige Provider vertrieben, und bald schon gab es Apps gegen Asthma und zur Gewichtsreduktion, dann folgten Haarwuchs-Apps und Selbstbräuner. Die Leute konnten einfach die Lösungen für ihre Schwächen herunterladen. Über Nacht explodierte die Branche.

Dann tauchten die ersten Genhacker auf, und sie wollten mehr sein als nur *hübsch*. Sie wollten drei Meter groß sein, mit Greifschwänzen und einziehbaren Krallen. Sie wollten sich ein Winterfell wachsen lassen, das im Frühjahr wieder ausfiel, oder das Magnetfeld der Erde spüren, wie Zugvögel es können.

Die Genhacker hatten einen Blick in die Zukunft geworfen und waren davon überzeugt, dass eines Tages nicht mehr die DNA die möglichen Grenzen bestimmen würde, sondern nur die Fantasie. Mein Vater liebte diese Leute. Sie waren der Inbegriff der Schöpfung.

Cartaxus hat versucht, sie alle wegen Verletzung des Urheberrechts zu verklagen.

Selbst vor dem Ausbruch tobte schon der Krieg zwischen Cartaxus und den Genhackern um die Definition des Wortes ›menschlich‹. Als das Virus zuschlug und Cartaxus seine Bunker öffnete, überraschte es mich nicht, dass die einzige Bedingung lautete, Cartaxus die Kontrolle über das eigene Panel zu übertragen.

Keine Hacks, keine nicht standardisierten Apps, kein Open-Source-Code. Die Leute, die sich in die Bunker zurückgezogen haben, haben zugestimmt, dass Cartaxus all das löschen durfte. Das Problem war nur, dass eine Menge Leute sich über ihren Code definierten – und bei manchen sicherte er das Überleben. Jede App in meinem jämmerlichen Panel ist nicht standardisiert, nachdem sie von meinem Vater geschrieben und nie von Cartaxus genehmigt wurden. Wenn ich in einen Bunker wollte, würden sie mich zwingen, alles zu löschen. Mein Sinnestek genauso wie mein Heiltek – alles nicht normiert. Alles wäre weg.

Cartaxus sagt, die Regeln dienten der *Sicherheit* der Leute, aber mein Vater hatte die Wahrheit erkannt. Deswegen hat er uns diesen Plan hinterlassen. Er wusste, dass sie den Impfstoff zurückhalten und ihn einsetzen würden, um die Genhacker ein für alle Mal zu vernichten.

»Hör mal«, sagt Cole und reibt sich das Gesicht. »Cartaxus' Haltung gegenüber nicht standardisierten Teks ist streng, aber …«

»Streng?«, frage ich. »Sie haben versucht, den Besitz eines eigenen Genkits strafbar zu machen. Sie haben den Zugang zu ihrem Code für jeden unterbunden, der an der Oberfläche lebt! Und dasselbe werden sie mit dem Impfstoff machen.«

»Das ist lächerlich. Sie werden den Impfstoff an so viele Leute ausgeben wollen wie möglich – das ist der einzige Weg, das Virus auszurotten. Sie werden es nicht riskieren, einen weiteren Impfstoff zu verlieren.«

Das Wasser um mich herum scheint zu gefrieren. Die Geräusche des Waldes verklingen. Ich höre nur dieses kleine Wort, das in meinem Kopf widerhallt. Wie Donner.

»Was meinst du mit: einen *weiteren* Impfstoff?«

Doch er muss es nicht aussprechen. Mein Hirn hat sich bereits eingeschaltet und durchforstet alles, was mein Vater mir über Viren beigebracht hat. In unserem ersten Sommer in der Hütte hat er mir den Code gezeigt, der ihn berühmt gemacht hat – den Gentech-Impfstoff für Influenza X.

Er war *robust*, hat er gesagt. Vorher hatten Grippeimpfungen immer nur ein Jahr lang gewirkt, bevor das Influenza-Virus sich weiterentwickelt hat, mutiert ist wie das Gedicht in den Tauben. Der Code verlor seine Effektivität und der Impfstoff war überholt. Das nennt man *fragilen* Code. Wenn Techniken eingesetzt werden, die von der Natur im endlosen Fortschreiten der Evolution nach ein paar Jahren abgeschüttelt werden. Doch der Code meines Vaters war anders. Er hat funktioniert wie ein Messer, unaufhaltsam und sicher, und war gegen das Herz des Virus gerichtet. Er hätte ewig funktioniert – sobald genug Leute den Code heruntergeladen hatten, würde die Existenz von Influenza X enden.

»Ihr hattet einen Impfstoff, nicht wahr?« Meine Stimme zittert. »Es gab eine Impfung, aber eine fragile.«

Er nickt. »Dein Vater hat den Impfstoff in den ersten Monaten nach dem Ausbruch entwickelt, doch die Evolution des Virus' ist zu schnell vorangeschritten. Innerhalb von Wochen war der Code nutzlos.«

Dieser Gedanke lässt mich schwanken. Fragiler Code. Wir hatten ihn, aber die Natur hat sich darüber hinweggesetzt.

Mutter Natur hat uns *ausgelacht*.

»Deswegen wird Cartaxus den Impfstoff nicht zurückhalten«, sagt Cole. »Sie werden ihn an so viele Leute ausgeben wie nur möglich. Sie werden ihn Tag und Nacht ausstrahlen, um sicherzustellen, dass das Virus vernichtet wird. Nicht standardisierte Teks sind ihnen inzwischen egal. Ihnen ist nur wichtig, dass wir den Impfstoff verlieren könnten, wenn wir zu lange brauchen, um ihn zu dekodieren. Ohne deinen Vater hätten wir den Code nie schreiben können und jetzt …«

»Jetzt ist er tot.«

Mir wird erst jetzt klar, was das wirklich bedeutet. Der letzte Impfstoff wurde innerhalb von wenigen Wochen nutzlos, und Cole hat gesagt, es könnte sechs Monate dauern, diesen Impfstoff zu dekodieren. Wenn wir so lange warten, wird das Virus mutieren, bis die realistische Chance besteht, dass der Code nicht mehr funktionieren wird. Die Impfung wäre nutzlos, und ohne meinen Vater könnte es Jahre dauern, einen neuen zu schreiben.

Bis dahin könnte jeder an der Erdoberfläche schon tot sein.

»Du hast gesagt, dein Vater hätte uns einen Plan hinterlassen«, sagt Cole und lehnt sich erneut vor. Das Licht aus der Hütte gleitet über die Furchen auf seiner Brust, doch ich kann immer noch kein Muster darin erkennen. »Er hat nur das Geister-Memo hinterlassen. Keine Anweisungen, gar nichts. Er muss sich sicher gewesen sein, dass du es allein herausfinden kannst.«

»Ich weiß.« Ich sinke tiefer ins Wasser. »Aber wie soll ich das anstellen?«

»Ich dachte, du wärst eine Agatta.«

»Sehr witzig.« Ich verdrehe die Augen, doch Cole hat recht – mein Vater hat mir diese Aufgabe übertragen, weil ich seine Tochter bin und ich ihn besser kannte als jeder andere Mensch. Es muss etwas geben, was ich übersehen habe. Einen Fingerzeig, irgendeine Anweisung, die er versteckt hat, damit Cartaxus sie nicht findet, die *ich* aber finden kann. Etwas, wovon er einfach *wusste*, dass ich es verstehen würde.

Cole kratzt sich an dem Verband an seiner Schulter und dreht sich dabei so, dass das Licht seinen Oberkörper beleuchtet. Das seltsame Muster aus Wülsten und Furchen auf seiner Brust tritt deutlich hervor. Ich erhebe mich aus dem Wasser und schlage mir eine Hand über den Mund.

»Was zur Hölle?«

Coles gesamte Brust, von seinem Nabel bis zu seinen Schlüsselbeinen, ist mit Narben übersät. Erhabene Haut zieht sich von oben nach unten, von rechts nach links. Die Narben überkreuzen einander, als wäre er ein menschliches Schaltpult.

»Was ist mit dir passiert?« Ich komme aus dem Wasser. »Wieso haben sie deine Narben nicht geheilt?«

Er senkt den Blick und lässt eine Hand über seine Brust gleiten, als hätte er die Entstellungen ganz vergessen. »Sie hätten es gekonnt, aber ich habe sie als Erinnerung behalten.«

»Eine Erinnerung an was?«

»An das, was sie mir angetan haben. Ich bin ein Blackout-Agent. Weißt du, was das bedeutet?«

Ich schüttle den Kopf. Ich habe gehört, wie der Begriff im Skies-Netzwerk geflüstert wird – Berichte über Soldaten mit übermenschlichen Kräften, die halb Mensch, halb Maschine sind. Ich habe das für ein weiteres Gerücht gehalten, aber vielleicht stimmt es doch. Blackout-Agent. Das Wort ruft die Erinnerung an Coles mitternachtsschwarze Augen in mir wach, und daran, wie er mit unmenschlicher Geschwindigkeit aus seinem Jeep gesprungen ist. Wie er sich über mich geworfen hat, immun gegen die Schmerzen seiner Wunden.

Dass er gesagt hat, er wäre darauf *programmiert*, mich zu beschützen.

Cole streckt seinen Arm aus, um mir die komplette Länge seines Panels zu zeigen. Drei Kraftleitungen ziehen sich von dem leuchtenden kobaltblauen Rechteck nach oben. Sie sehen aus wie Tätowierungen, doch das sind sie nicht. Es sind mikrometerdünne Röhren mit dem Durchmesser einer einzelnen Lage menschlicher

Zellen, die auf der Haut aufliegen. Die meisten Gentech-Nanobots werden vom Panel durch die Kabel innerhalb des Körpers an die Orte gebracht, wo sie gebraucht werden. Die Muskeln, die Augen, den Magen. Die Nanobots driften auch durch die Zellwände, aber die Kabel sind eine Art Schienennetz, durch die sie schneller ans Ziel gelangen.

Kraftleitungen befördern gefährliche Codes durch den Körper. Bei manchen Nanobots kann man sich einfach nicht darauf verlassen, dass sie den Rest der Technik nicht beschädigen. Die schwarzen Linien, die sich über Coles Arm nach oben ziehen, könnten hochgiftige Nanobots transportieren oder andere experimentelle Technik, die an die Grenzen dessen geht, was der menschliche Körper ertragen kann.

Er dreht den Arm, bis das Panel nach oben zeigt. Das kobaltblaue Licht erhellt die Narben auf seiner Brust. »Ein Blackout-Agent zu sein bedeutet, dass Cartaxus mich mit Technik ausgestattet hat, die meine Sicherheitsfreigabe überschreitet. Ich habe keinen Zugang zu meinem Panel, und an einen Großteil meines Trainings kann ich mich nicht erinnern. Sie haben meine Erinnerungen gelöscht, haben mir gerade genug gelassen, dass ich instinktiv richtig reagieren kann. Das einzig andere, was ich behalten durfte, waren die Narben … also habe ich das getan.«

Meine Augen werden groß. Es fällt mir schwer, das Grauen seiner Worte zu verarbeiten, besonders, nachdem er so locker darüber redet, aufgeschlitzt worden zu sein. Ich kann mir die Schmerzen, die er ertragen haben muss, kaum vorstellen, doch ich kann seine Leidensgeschichte an seiner Haut ablesen – seine Narben sind ein Dokument von Cartaxus' Grausamkeit. Ein Hinweis auf die militärische Technik in seinem Körper, an die er sich nicht einmal erinnern darf.

Cole steht auf. »Manchmal weiß ich gar nicht, was in mir schlummert, bis es sich einschaltet, wie das Schutz-Protokoll. Oder die Sache mit dem Jeep. In dem Moment, als meine Hände das Lenkrad berührt haben, habe ich …«

»Moment«, falle ich ihm ins Wort. »Was hast du gerade gesagt?«

»Über den Jeep?«

»Nein, davor.«

»Manchmal weiß ich gar nicht, was in mir schlummert, bis es sich einschaltet?«

Mein Herz setzt kurz aus. Plötzlich ergibt alles Sinn. Als ich die Narben auf Coles Brust anstarre, wird mir endlich bewusst, was mein Vater mir zeigen wollte. Es ist fast lächerlich einfach. Er hat mir Anweisungen hinterlassen, den Impfstoff zu entschlüsseln, doch sie befinden sich nicht im Geister-Memo.

Sie stehen direkt vor mir, verstecken sich direkt vor meinen Augen, wie das Sonnet in den Tauben.

Sie befinden sich in *Cole*.

8

»Ich brauche mein Genkit«, sage ich und trete platschend aus dem Wasser.

Coles Narben zu sehen und die Geschichte ihrer Entstehung zu hören, ist das wissenschaftliche Äquivalent dazu, mit einer Flagge vor einem Stier herumzuwedeln. Mein Vater muss gewusst haben, dass es mich in den Fingern jucken wird, Cole an mein Genkit anzuschließen und herauszufinden, was sich in ihm versteckt. Das muss einfach das sein, was er von mir will. Mein Vater wusste, dass ich eines besser kann als alles andere: Panel hacken. Ich war fünfzehn, als ich mein eigenes Panel gehackt und mich dabei fast umgebracht habe.

Jetzt muss ich dasselbe mit Cole machen. Er trägt den verschlüsselten Code für den Impfstoff bereits in sich. Was, wenn er auch der Schlüssel zur Lösung des Rätsels ist?

»Wo willst du hin?« Cole hält das Handtuch hoch, das er für mich mitgebracht hat.

Ich wirble zu ihm herum. »I-ins Labor«, stottere ich, zu aufgeregt, um zu sprechen. Gänsehaut überzieht jeden Zentimeter meines Körpers. »Ich muss dich einstöpseln. Ich glaube, ich habe es gerade kapiert.«

Er zieht eine Augenbraue hoch. »Und?«

»Ich glaube, in dir ist eine Nachricht versteckt. Na ja, in deinem Panel. Oder vielleicht auch in deiner Brust. Ich weiß nicht, aber ich glaube …«

»Natürlich«, sagt er und lässt den Kopf in den Nacken sinken. »Das passt perfekt zu Lachlan. Aber wie ich schon sagte, zu einem Großteil meiner Technik habe ich keinen Zugang. Meine Firewall hat Militärstandard.«

»Ich k-komme schon durch«, sage ich zitternd. »Ich weiß, dass ich das schaffe. L-Lass uns ins Labor gehen, dann können wir …«

»Ernsthaft?« Cole schüttelt den Kopf. »Du bist genau wie Lachlan, weißt du das eigentlich? Dein Blutzuckerspiegel ist am Boden, dir ist eiskalt, du bist gerade erst aus einem tagelangen Heilkoma erwacht – und alles, was du willst, ist coden. Du musst dich ausruhen.«

»Wir haben keine Zeit, uns auszuruhen. Das V-Virus entwickelt sich jetzt im Moment weiter, und es geht mir gut. Ich bin n-nur aufgeregt.«

»Das ist keine Aufregung, Catarina. Man nennt es Schock, und wenn du nicht aufpasst, wird er dich umhauen.«

Ich hebe eine Hand. »Es geht mir g-gut, siehst du …«

Nur, dass das nicht stimmt. Meine Hand zittert wie Espenlaub, und je mehr ich mich bemühe, sie stillzuhalten, desto schlimmer scheinen meine Finger zu beben.

Cole bedenkt mich mit einem ausdruckslosen Blick. »Ich weiß, dass wir uns beeilen müssen. Aber wenn du zusammenbrichst, wirst du gar nichts hinkriegen. Zuerst Abendessen, dann kannst du mich einstöpseln.«

Ich lasse meine zitternde Hand fallen und sacke zusammen. »Okay. Schön. Dann nach dem Abendessen.«

Cole schickt mich ins Bad im Erdgeschoss, um mich umzuziehen. Vorher drückt er mir noch eine Packung Desinfektionstücher in die Hand, um die Kratzer an meinem Bein zu reinigen. Die Tücher riechen wie die Seife in meinem Internat – irgendwie nach Vanille, aber gleichzeitig billiger, schärfer, mit einem leichten Hauch von Ammoniak. Ich habe diesen Geruch immer gehasst. Er erinnert mich zu sehr an diese einsamen Jahre in der Schule, die ich so gut wie möglich verdrängt habe.

Ich habe einen Großteil meiner Kindheit im Internat verbracht, nachdem meine Mutter gestorben war, weil Cartaxus meinen Vater in einem abgelegenen Forschungslabor stationiert hatte. Er hat versucht zu kündigen, doch es hat ihn über zehn Jahre gekostet. Als er es endlich geschafft hatte, hat er die Hütte gekauft und mich aus der Schule geholt. Uns blieb ein Jahr zusammen, bevor die Seuche ausbrach.

Dieses eine Jahr fühlt sich an, als wäre es Ewigkeiten her. Tage, die wir damit verbracht haben, zu programmieren, uns zu unterhalten, zu lesen. Die Zeit im Internat kommt mir inzwischen so weit weg vor, dass sie in einem Nebel verschwindet.

Ich sitze auf dem Badezimmerboden und säubere mit den Tüchern die Kratzer an Unterschenkel und Knöchel. In der Küche klappern Töpfe.

»Ich hoffe, du magst Nudeln«, ruft Cole.

Bei dem Gedanken knurrt mein Magen. Ich habe in den letzten sechs Monaten nur mehlige altbackene Energieriegel aus einem Vorrat gegessen, den ich in einer Garage kurz hinter der Stadt gefunden habe. Sie enthalten jede Menge Nährstoffe, sind jedoch dafür vorgesehen, mit einer Geschmacksknospen-beeinflussenden App gegessen zu werden, mit deren Hilfe man verschiedene Geschmäcker herunterladen kann. Für mich haben die Riegel geschmeckt wie Staub. »Nudeln klingen toll.«

»Okay«, ruft Cole zurück. »Wird gleich serviert.«

Ich säubere mir für alle Fälle Gesicht und Hände noch mal mit einem der Tücher, dann greife ich nach den Klamotten, die Cole mir gegeben hat. Meine gesamte Kleidung befand sich in meinem Rucksack, als ich die Wand im Zimmer meines Vaters gesprengt habe – und jetzt ist alles zerstört. Cole hat mehrere Garnituren Kleidung in verschiedenen Größen mitgebracht, für den Fall, dass ich sie brauche. Sie alle tragen das Cartaxus-Logo, aber sonst sind die Klamotten ganz in Ordnung. Schwarze Cargohosen wie diejenige, die ich bereits getragen habe, und ein graues Tanktop, das sich kühl anfühlt. Der Stoff ist weich, doch ich habe das Gefühl, dass es pseudometallisch ist – aus der Art von Fasern hergestellt, die von gengehackten Bakterien in riesigen Tanks erzeugt werden. Das Gewebe wird keine Kugel stoppen, aber ein Messer kann es wahrscheinlich aufhalten. Ich ziehe das Top über einen schwarzen Sport-BH und drehe mich zum Spiegel.

Ein einziger Blick erinnert mich daran, warum ich nicht mehr in Spiegel schaue.

Mein Gesicht ist pockennarbig und schmal. Meine ausgezehrten Wangen sind mit feinen Narben überzogen, seitdem ich letztes Jahr kopfüber aus einem Baum gefallen bin. Mein Haar ist ein wildes Vogelnest, mein rechter Eckzahn angeschlagen. Ich sehe absolut und vollkommen scheußlich aus.

Gewöhnlich ist mir ziemlich egal, wie ich aussehe, doch gegen jede Logik löst die Anwesenheit eines Mannes ein fast vergessenes Gefühl der Unsicherheit in mir aus. Als wäre ich, trotz der Apokalypse, irgendwie dazu verpflichtet, hübsch zu sein. Das ist dämlich, doch trotzdem ertappe ich mich dabei, wie ich den Kopf im Licht der nackten Glühbirne hin und her drehe, um nach einem Winkel zu suchen, der mich irgendwie gut dastehen lässt. Doch ich sehe nur sonnenverbrannte Haut, raue Lippen und buschige Augenbrauen über den stechend grauen Augen meines Vaters.

Je länger ich mich betrachte, desto deutlicher erkenne ich ihn in meinen Gesichtszügen, bis ich wegschauen muss, weil der Anblick zu schmerzhaft wird.

»Okay, ich bin da«, sage ich, als ich das Bad verlasse und ein letztes Mal meine Finger durch meine noch feuchten Haare gleiten lasse.

»Noch eine Minute«, ruft Cole aus der Küche.

Ich wandere durchs Wohnzimmer in Richtung Eingangstür, deren Rahmen auf beiden Seiten gesplittert ist – ungefähr auf Kniehöhe. Genau dort hatte ich die elektromagnetische Falle installiert, die einem Eindringling die Metallkuppelungen aus den Knien reißen sollte. Sieht aus, als hätte Cole die Falle erledigt, bevor sie ihn erledigen konnte. Die zerbrochenen Teile liegen auf dem Boden. Ich stoße einen Seufzer aus. Es hat mich eine ganze *Woche* gekostet, dieses Ding einzubauen.

Überall im Raum liegt Ausrüstung mit dem Cartaxus-Logo herum, die Cole mitgebracht haben muss. Es gibt zwei Schlafsäcke und Luftmatratzen, eine Tasche mit Kleidung, eine Kiste mit Essen und ein beängstigendes Arsenal von Waffen. Gewehre, Messer, Laser und Pfeile reihen sich auf dem Couchtisch aneinander, mit einem ledergebundenen Buch daneben. Ich hebe es hoch, suche auf dem Rücken nach einem Titel und öffne es, ohne groß darüber nachzudenken. Die Zeichnung eines jungen Mädchens blickt mir entgegen.

Glänzendes schwarzes Haar, ein breites Lächeln und feingeschnittene Gesichtszüge strahlen zu mir auf, auf das Papier gebannt in einfachen, klaren Strichen. Ich blättere weiter und entdecke ein gutes Dutzend weiterer Porträts desselben Mädchens. Laufend, lachend, schlafend. Sie ist atemberaubend schön. In einer Zeichnung rinnen Tränen über ihre Wangen, ihr Leid scheint vom Papier zu schreien. Ich werfe einen nervösen Blick Richtung Küche. Unter den Bildern steht Coles Name. Es ist offensichtlich, dass er in sie verliebt war.

Ihr Name steht in sorgfältigen Druckbuchstaben neben jedem einzelnen Bild: Jun Bei. Es wirkt, als wäre sie ungefähr in seinem Alter gewesen, als die Zeichnungen gemacht wurden. Das Datum darunter verrät, dass die meisten aus der Zeit vor der Seuche stammen. Ich blättere weiter und muss feststellen, dass sich die Art der Bilder plötzlich verändert. Sie werden sanfter, edler. Als wäre die Essenz des Mädchens herausdestilliert worden.

Es ist, als wären die ersten Zeichnungen mit Modell gemalt worden, die späteren aus der Erinnerung.

»Fass das nicht an.«

Ich wirble herum und entdecke Cole im Türrahmen, ein frisches Tanktop über seinen Verbänden und mit zwei dampfenden Nudeltellern in den Händen.

Als ich sein Gesicht sehe, wird mir kalt. »E-es tut mir leid. Ich wollte nicht …«

»Leg das sofort weg.« Seine Stimme ist eisig. Er stellt die Teller auf den Esstisch und durchquert mit großen Schritten den Raum, seine Bewegungen unmenschlich schnell. Sein Arm saust so rasant nach vorne, um mir das Buch zu entreißen, dass mir ein Schauder über den Rücken läuft. Noch vor einer Sekunde war er ein Junge, der Abendessen gekocht hat, doch innerhalb weniger Augenblicke wurde er wieder zu einer ausgebildeten Cartaxus-Waffe.

Er schnappt sich das Buch aus meinen Fingern. Das Buch klappt auf und gibt die Zeichnung des weinenden Mädchens frei. Er starrt das Bild einen Moment an, dann klappt er den Skizzenblock zu und legt ihn neben den glänzenden Messern auf den Tisch.

»E-es tut mir leid«, sage ich wieder, nur um dann abzubrechen, als mir auffällt, wie jämmerlich ich klinge.

Ich habe zwei Jahre allein gelebt, bin Berstern aus dem Weg gegangen und habe die Hütte beschützt – habe alles getan, was eben nötig war, um am Leben zu bleiben. Ich habe gerade erst herausgefunden, dass mein Vater tot ist und dass es einen Hydra-Impfstoff gibt, dessen Schicksal in meinen Händen liegt. Ich bin müde und voller Trauer, aber ich bin nicht schwach. Und ich werde mich nicht in meinem eigenen Zuhause von einem aufgepumpten Cartaxus-Soldaten herumkommandieren lassen.

Ich verschränke die Arme. »Nein. Weißt du was? Du hältst dich in meinem Haus auf, Soldat. Du bist uneingeladen aufgetaucht und du hast kein Recht, mein Wohnzimmer vollzustopfen und mich dann anzublaffen, wenn ich etwas berühre. Vielleicht hättest du diesen Skizzenblock nicht mitbringen sollen, wenn du nicht willst, dass ich ihn sehe. Warum zur Hölle brauchst du ihn überhaupt auf dieser Mission?«

Er hält meinem Blick stand. An seinem Kinn zuckt ein Muskel. »Das ist alles, was ich noch habe. Glaubst du, Cartaxus wird mich zurückkehren lassen, wenn sie herausfinden, warum ich hier bin? Sie werden mich vors Kriegsgericht stellen. Sie werden alles vernichten, was ich besitze. Ich habe mein gesamtes Leben zurückgelassen, wegen einer Nachricht deines Vaters – also verzeih, dass meine Sachen dein Wohnzimmer verstopfen.«

Ich öffne den Mund, nur um ihn wieder zu schließen. Ich habe keine Ahnung, was ich dazu sagen soll. Ich hatte noch überhaupt nicht darüber nachgedacht, was Cole riskiert hat, indem er hier aufgetaucht ist. Natürlich wird Cartaxus ihn vor ein Kriegsgericht stellen, wenn sie herausfinden, warum er hier ist. Es würde mich fast überraschen, wenn sie ihn *nicht* töten.

Allein diese Tatsache sollte mich davon überzeugen, dass Cole auf meiner Seite steht, doch aus irgendeinem Grund macht mich die Erkenntnis nur noch nervöser.

Er mustert mich von oben bis unten, dann geht er zum Esstisch zurück. »Komm. Wir sind beide müde, und du musst etwas essen. Ich habe dir eine doppelte Portion gemacht. Sieht aus, als könntest du sie vertragen. Dein Heiltek muss eine Menge Kalorien verbrauchen.« Er zieht einen Stuhl für mich heraus.

Ich zögere kurz, dann gehe ich hinüber und setze mich. Ein Teller mit cremigen, nach Gewürzen duftenden Spaghetti erwartet mich. Der Anblick sorgt dafür, dass mein Magen knurrt. Ich greife nach der Gabel und lehne mich über den Teller, um tief einzuatmen.

»Das ist wahrscheinlich das beste Essen seit einem Jahr.«

Er sieht mich an. »Was hast du denn sonst gegessen?«

Ich deute in einer abgehackten Bewegung auf die folienverpackten Energieriegel in der Ecke. »Überwiegend die da. Sonst gibt es nicht viel.«

Er sticht seine Gabel in die Spaghetti. »Wirklich? Ich bin im Norden auf meinem Weg hierher an einer Farm vorbeigekommen, die sich über Meilen erstreckt hat. Sojabohnen, Gemüse …«

»Hm-mh«, brumme ich, weil mein Mund voll ist. »Das Zeug ist geschützt. Man kann es ohne die synthetischen Enzyme der zugehörigen App nicht verdauen. Es schmeckt nicht schlecht, aber hinterher ist man tagelang krank. Ich bin mir sicher, die Hölle hält einen besonderen Platz für denjenigen bereit, der den Patentschutz auf Nahrungsmittel erfunden hat.«

»Also hast du von Energieriegeln gelebt?«

Ich schlucke. »Ich würde es nicht *leben* nennen. Als ich die Dinger letzten Winter jeden Tag essen musste, bin ich fast wahnsinnig geworden. Aber es war besser, als zu verhungern.«

Seine Gabel stoppt mitten in der Bewegung. »Wieso bist du nicht in einen Bunker gegangen? Homestake liegt nicht weit entfernt, und Cartaxus hätte dich abgeholt. Zur Hölle, du bist eine Agatta. Sie hätten sogar einen Hubschrauber geschickt.«

Ich verspanne mich. »Ich weiß. Für meinen Vater haben sie auch einen geschickt. Und sie haben ihm zwei Kugeln in den Körper gejagt. Ich hatte nicht vor, mich zur Gefangenen machen zu lassen.«

»Dein Vater wurde nicht misshandelt, Catarina.«

Wieder vergrabe ich meine Fingernägel in meiner Handfläche, doch langsam verliert der Schmerz jede Bedeutung. »Wenn er nicht misshandelt wurde, warum hat er mir dann das Versprechen abgenommen, hier draußen zu bleiben?«

Cole zieht eine Augenbraue hoch. »Das wüsste ich selbst gern.«

Ich beuge mich vor. »Ich werde dir sagen, warum – weil er wusste, dass er auf dem Weg in eine Zelle war, aus der er niemals entkommen würde. Er wollte, dass ich mein Leben zu meinen eigenen Bedingungen führen kann.«

Cole sieht sich im Raum um, mustert die Spinnweben unter der Decke, die kahlen Wände und die staubige Küche. »Sicher. Und das hier übertrifft alle Erwartungen.«

Meine Miene verfinstert sich. »Zumindest kann ich verschwinden, wann immer ich will. Cartaxus hat das Leben meines Vaters bedroht, als er versucht hat zu kündigen. Es hat Jahre gebraucht, um zu entkommen.«

»Er hat gekündigt? Ich dachte, Lachlan wäre wegen der Influenza-Krise gefeuert worden.«

»Gefeuert?« Ich erstarre, die Gabel voller Spaghetti auf halbem Weg zum Mund. »Nein, das ist lächerlich.«

»Dreißigtausend Leute sind gestorben.«

»Ich weiß. Das war der Fehler von *Cartaxus.*«

Cole kaut schweigend. Der herablassende Ausdruck in seinem Gesicht sorgt dafür, dass ich ihm meine Gabel in den Körper rammen will. Influenza X war das tödlichste Virus in der Geschichte der Menschheit, bevor Hydra des Weges kam und direkt an die Spitze der Liste gesprungen ist. Mein Vater hat einen Impfstoff codiert, der ihm einen Nobelpreis hätte einbringen müssen; doch Cartaxus hat ihn verschlüsselt und sich geweigert, den Quellcode freizugeben. Bald entstanden Gerüchte darüber, was darin versteckt sein könnte. Eines davon hat sich durchgesetzt – dass der Code *unrein* wäre, dass er auf der DNA von Hunden beruhte.

Mein Vater meinte, dass es in den frühen Tagen der Gentechnik viele solche Gerüchte gab – dass scheinbar unschuldige Apps angeblich auf den Genen von Tieren aufbauten, die in vielen Religionen als unrein betrachtet wurden. Schweine, Hunde, Insekten. Gene, die die Leute einfach nicht in ihrem Körper haben wollten. Die Sorge war durchaus berechtigt, nachdem viele der ersten Apps auf der Arbeit früherer Wissenschaftler beruhten, die an *Ratten* geforscht hatten. Schätzungen nach enthielten fast sechzig Prozent der ersten Gentech-Codes mindestens ein Nagetier-Gen.

Das hat sich mit der Zeit geändert. Leute wie mein Vater haben neue, bessere und durch und durch *synthetische* Gene erfunden. Als er den Code für Influenza X geschrieben hat, bestand keinerlei Grund mehr, die nötigen Gene dem großen Lexikon der Natur zu entnehmen – er konnte selbst einen besseren Code schreiben.

Die Gerüchte über den Influenza-X-Impfstoff waren falsch, doch das hielt diese Horrorlegende nicht davon ab, sich zu verbreiten. Und Cartaxus hat sich geweigert, den Code offen zugänglich zu machen, um dem Tratsch die Grundlage zu entziehen. Hunderttausende religiöse Gegner haben sich geweigert, den Impfstoff herunterzuladen, und Tausende von ihnen sind gestorben.

»Wenn Cartaxus etwas von der Influenza gelernt hätte, hätten wir jetzt nicht dieses Problem«, sage ich. »Schon allein die Idee, Gentech-Codes zu verschlüsseln, ist gewissenlos. Die Leute müssen wissen, was ihr Code mit ihnen anstellt; was bedeutet, dass sie ihn lesen können müssen. Aber Cartaxus sind die Menschen vollkommen egal. Ihnen ist nur ihr Copyright wichtig.«

Cole schnaubt. »Die Verschlüsselung des Influenza-Virus hatte absolut nichts mit Copyright zu tun. Man kann nicht auf die Launen religiöser Extremisten eingehen, in Bezug auf einen Code, den sie nicht verstehen, während ein Virus Millionen von Menschen tötet.«

»Das hatte nichts mit Launen zu tun! Es ging um eine offene, ehrliche Debatte. Die Leute haben das Recht, selbst zu entscheiden, was in ihren Körper eindringt.«

»Was ist mit den Körpern ihrer Kinder? Wer entscheidet für sie, wenn die Alternative der sichere Tod ist?«

Ich werfe meine Gabel auf den Tisch. »Ich weiß es nicht! Aber auf jeden Fall sollte es nicht Cartaxus sein. Sie interessieren sich nur für Macht. Mein Vater wusste das, und deswegen hat er gekündigt.«

»Das hat er dir erzählt?«

»Er hat nicht gelogen.«

Cole greift nach meinem Teller. »Dann hätte er den Influenza-Virus vielleicht nicht auf der DNA von Hunden aufbauen sollen.«

Ich schiebe den Stuhl heftig nach hinten, während ich gegen den Drang ankämpfe, Cole anzuschreien. Er hat mir gerade erzählt, dass mein Vater tot ist, und jetzt hackt er vor mir auf seiner Erinnerung herum. Ich bin so wütend, dass ich kaum ein ruhiges Wort hervorbringe … aber ich werde auf keinen Fall zulassen, dass er so respektlos von meinem Vater spricht. »Du hast keine Ahnung, wovon du redest, Soldat«, erkläre ich. »Mein Vater hätte das nie getan. Er hätte eine Alternative gefunden. Und selbst wenn das nicht möglich gewesen wäre, hätte er nicht gelogen. Er hat sich nicht für seine Arbeit geschämt.«

Cole sucht meinen Blick, seine Augen hart und kalt. »Glaub, was du glauben willst, Catarina. Und lass mich wissen, wenn du bereit bist für die Wahrheit.«

Damit steht er auf und geht in die Küche. Ich bleibe in einem Sturm aus Trauer zurück, während ein einzelner Blutstropfen über die Handfläche meiner linken Hand rinnt.

9

Bis Cole mit dem Abwasch fertig ist, habe ich mir die Haare gekämmt, meine Nägel gesäubert und tigere im Wohnzimmer auf und ab. Coles Worte gehen mir immer wieder durch den Kopf – doch meine Sorgen hängen nicht mit seinen Worten zusammen, sondern dem kalten, wütenden Tonfall in seiner Stimme, als er von meinem Vater gesprochen hat.

Er klang wie der perfekte Cartaxus-Soldat. Ein echter Gläubiger, der vollkommen loyal hinter dem Mischkonzern steht, der die Weltherrschaft an sich gerissen hat. Er klang nicht wie ein Abtrünniger, der sich unerlaubt von der Truppe entfernt hat, getrieben von einer einzigen Nachricht eines Mannes, dem er genug vertraut, um sein Leben deswegen zu riskieren.

Wenn überhaupt klang Cole, als könnte er meinen Vater nicht leiden.

Aber was zur Hölle treibt er dann hier?

Zweifel entzünden sich in mir – ein Feuer, das aufgeflammt ist, als Cole mir erzählt hat, dass Skies Cartaxus gehackt und den Code des Impfstoffes zerstört hat. Das ist Schwachsinn. Ich bin wahrscheinlich die beste Programmiererin, die Skies besitzt, und ich bin bei Weitem nicht gut genug, um einen solchen Hack durchzuziehen. Doch wenn es nicht Skies war, wer dann? Ein Teil von mir kann sich des Eindrucks nicht erwehren, dass Cartaxus ein mieses Spiel spielt, mit einem Endziel, das ich einfach noch nicht absehen kann. Ich weiß nur, dass mein Vater tot ist und eine Nachricht für Cole hinterlassen hat.

Das zumindest ist sicher. Den Beweis dafür habe ich in Händen gehalten.

Jetzt muss ich nur noch entscheiden, was ich mit Cole anfangen soll. Mein Blick fällt auf die glänzenden Handschellen auf dem Couchtisch. Soweit ich weiß, könnte er nur darauf warten, dass ich den Impfstoff entschlüssle, damit er mich zu Cartaxus schleppen und ihnen so erneut die Kontrolle über den Code sichern kann. Ich habe die letzten zwei Jahre damit verbracht, mich vor Leuten wie ihm zu verstecken. Wie konnte mein Vater erwarten, dass ich jetzt mit ihm zusammenarbeite?

»Bist du bereit?«

Ich zucke zusammen, als Cole aus der Küche tritt, mein kleines angeschlagenes Genkit in den Händen. »Wo hast du das her?«

»Es stand auf dem Boden«. Er übergibt mir das Gerät. »Ich habe es zur Seite geräumt, als ich meine Ausrüstung reingeholt habe. Ich vermute, dass du es brauchst, um in meinen Arm zu kommen.«

Vorsichtig nehme ich das Genkit entgegen, während mir eine wilde Idee kommt. Diese Maschine enthält ein Backup von jedem Code, den ich je geschrieben habe. Von jedem Algorithmus und jedem Firewall-knackenden Skript, das ich je für Skies entwickelt habe. Doch das ist noch nicht alles. Auf der Festplatte liegen auch Viren – Malware, die aus der Ferne ausgelöst werden kann, mit einem verbalen Befehl. Wenn ich einen dieser Viren in Coles Panel einspeise, habe ich die Möglichkeit, ihm zu entkommen, falls er sich gegen mich wendet.

Vielleicht hat mein Vater das gewollt – dass ich nicht mit Cole zusammenarbeite, sondern gegen ihn kämpfe. Ihn kontrolliere. Dass ich mich gegen diese lebende, atmende Waffe behaupte.

»Bist du bereit, das durchzuziehen?«, fragt Cole wieder.

Ich nicke eilig und wende mich ab. »Ja, ich bin bereit. Lass uns ins Labor gehen.«

Im hinteren Teil der Hütte führen feuchte Betonstufen nach unten in das Labor, das mein Vater in den Keller eingebaut hat. Der Bewegungsmelder an der Tür klickt, als ich den Raum betrete, sodass die uralten Leuchtstoffröhren an der Decke aufflackern.

Hier unten herrscht Chaos. Auf dem Boden liegen vermoderte Zettel, wie eine Erinnerung an die Liebe meines Vaters zu veralteten handschriftlichen Notizen. An einer Seite zieht sich ein schwarzer Labortisch die Wand entlang, gefüllt mit dreckigen Messbechern und Metallkanistern voller Proteine für die Lasercodierung. In einer Ecke lehnt ein Stapel zerbrochener Petrischalen und Reagenzgläser, und der Boden ist überzogen mit den ausgefransten Kabeln auseinandergenommener Genkits.

Der Raum ist ein Minenfeld aus zerbrochenem Glas und toxischen Chemikalien, aber so sah es hier schon immer aus. Es ist mein Lieblingsraum in der Hütte.

»Dieses Zimmer ist eine Todesfalle«, sagt Cole, als er sich umsieht.

Ich nickte in Richtung des Besens, der an einer Wand hängt. »Ich werde ein paar Minuten brauchen, um alles vorzubereiten. Du kannst gerne sauber machen.«

Er zieht nur eine Augenbraue hoch und lehnt sich an den Türrahmen. »Keine Chance, Catarina.«

Lächelnd gehe ich zur Arbeitsfläche und stelle mein Genkit ab. Der Bildschirm ist dunkel, an einer Ecke gesprungen und mehr schlecht als recht mit Klebeband repariert. Es ist ein einfaches Laptop-Modell: ein billiges Gerät, wie jemand es kaufen würde, der gerade erst mit dem Coden anfängt. Die moderneren Genkits können ganze Räume füllen, designt, um Kalkulationen über alle möglichen Permutationen des menschlichen Genoms anzustellen. Mein Genkit hat einen Bildschirm und ein Keyboard, was die meisten Leute nur während der Lernphase benutzen, um hinterher auf das geschmeidigere, schnellere VR-Interface umzusteigen. Ich habe dutzendmal versucht, die alte Grafikkarte in meinem Panel mit dem VR-Stream des Genkits zu verbinden, doch jedes Mal ist mein Tek zusammengebrochen. Eines Tages werde ich einen Weg finden, die Prozessoren meines Panels abzugraden, doch bis dahin muss ich mit einem einfachen klobigen Einsteiger-Genkit arbeiten.

Einem langsamen, angeschlagenen, mit Klebeband repariertem Genkit, das ich aus tiefstem Herzen liebe.

Der Bildschirm leuchtet blau, als das Genkit hochfährt. Ich werfe einen Blick über die Schulter zu Cole, dann durchsuche ich schnell meine Dateien nach einem Virus, den ich in seinen Arm einschleusen kann. Die meisten Programme sind dafür gedacht, Computersysteme anzugreifen, doch es gibt auch bösartigen Gentech-Code. Biokryptische Kriegsführung. Ich habe sie nach dem Ausbruch geschrieben, als die Welt vor die Hunde ging und ich allein und verängstigt in der Hütte saß. Die einzige Waffe, die mir zur Verfügung stand, war das Gewehr meines Vaters, und mit dem konnte ich kaum umgehen.

Aber ich wusste, wie man Code schreibt.

Mein Blick fällt auf einen Trojaner mit vierzig Kilobyte – ein Befehl, der Coles Verkabelung kurzschließen und ihn bewusstlos machen sollte, wenn ich ihn ausspreche: ›Recumbentibus.‹ Das Programm ist perfekt. Klein genug, um sich an Coles Sicherheitsscanner vorbeizumogeln, aber gleichzeitig eine Möglichkeit, mir die Zeit zur Flucht zu erkaufen, falls es nötig werden sollte.

Ich ziehe das I/O-Kabel des Genkits heraus, ein vielleicht ein Meter langes Kabel, das hinten aus dem Gerät kommt, und wedle damit in Coles Richtung. An seinem Ende glänzt eine zwei Zentimeter lange chromüberzogene Nadel. »Okay, Soldat. Dann stöpseln wir dich mal ein.«

Er verspannt sich. »Mit einer Nadel?«

»Nicht so zimperlich. Gib mir deinen Arm.«

Er beäugt die glänzende Nadel und tritt von einem Fuß auf den anderen. Sein Unbehagen ist nicht verwunderlich – die meisten Leute hassen das Kabel. Panels können gewöhnlich über eine Wlan-Verbindung upgedatet oder überprüft werden, doch es gibt ein paar Apps, die durch einen brandneuen Strom von Nanobots gesät werden müssen – und da kommt das Kabel ins Spiel. Das Ende der Nadel ist hohl, immer bereit, einen mikroskopischen Tropfen Kochsalzlösung mit den Nanobots darin zu übertragen. Ich benutze das Kabel, wann immer ich code. Feste Verbindungen sind schneller, und außerdem muss man sich so keine Sorgen um elektromagnetische Interferenzen machen.

Widerwillig tritt Cole vor, den Blick auf das Klebeband gerichtet, das den Bildschirm des Genkits im Rahmen hält. »Und du bist dir sicher, dass das Ding nicht gefährlich ist?«

»Das Gerät ist in Ordnung. Es ist nur alt und ein wenig langsam.«

Er wirkt nicht überzeugt. »Und du weißt wirklich, was du tust?«

Ich starre ihn an. Wenn ich es nicht besser wüsste, würde ich vermuten, dass er Angst hat. Aber das wäre lächerlich bei einem Mann, der mich innerhalb von Sekunden mit bloßen Händen töten könnte.

Zumindest wäre es lächerlich, wenn ich nicht vorhätte, einen Trojaner auf Cole loszulassen, sobald ich ihn angestöpselt habe.

»Natürlich weiß ich, was ich tue«, sage ich. »Wie oft muss ich dir noch …«

»Ja, ja«, fällt er mir ins Wort. »Du bist eine besserwisserische Agatta, schon kapiert. Ich glaube trotzdem nicht, dass du an den Firewalls vorbeikommen wirst.«

»Wir werden sehen.« Ich schalte das Gerät in Lesemodus und ziehe Coles Arm zu mir, wobei ich ihn so drehe, dass das Panel nach oben zeigt. Es leuchtet unter seiner Haut, ein Rechteck aus blauem Licht, das sich von seinem Handgelenk bis fast in die Beuge des Ellbogens erstreckt. Direkt über den Muskeln liegt dort eine dicke, weiche Silikonschicht, die aus der Knospe erwachsen ist, die ihm kurz nach der Geburt eingesetzt wurde. Während das Panel im Arm heranwächst wie eine Pflanze aus einem Samen, leitet es die Nerven und Adern um sich herum um. Die Funktionskerne innerhalb des Silikons wirken jeweils wie eine kleine Fabrik und produzieren Nanobots, die Bänder von synthetischer DNA erzeugen und zerstören. Sie können auch Strukturen aus Metall oder Plastik aufbauen, um Implantate innerhalb des Körpers zu bilden. Titan, das sich um die Knochen legt, um sie unzerbrechlich zu machen. Fiberoptische Kabel, die mit Lichtgeschwindigkeit Befehle zu den Fingern transportieren.

Mit meinem Wissen über Coding und Hacking, mit dem brummenden Genkit neben mir, gibt es fast nichts, was ich Coles Körper nicht antun könnte, wenn ich denn wollte. Ich könnte sein Herz anhalten. Ihm die Sauerstoffzufuhr abschneiden. Alle Funktionen seines Panels abschalten.

Eigentlich ist es nicht überraschend, dass er sich im Moment nicht wohlfühlt.

Ich halte die Nadel am Ende des Kabels gegen Coles Panel. Es blinkt eine Sekunde lang, dann löst sich die Sonde mit einem Ruck aus meiner Hand und vergräbt sich in seinem Arm. Er zuckt zusammen, als die Nadel seine Haut durchstößt; dann wird das Display des Genkits weiß.

ACHTUNG. Unbefugte Verwendung dieser Software ist verboten. Passwort erforderlich.

»Siehst du?«, sagt Cole und greift nach dem Kabel. »Das Passwort kenne ich nicht. Du wirst nicht reinkommen.«

»Still jetzt«, sage ich, als ich seine Hand zur Seite schlage. »Ich muss mich konzentrieren. Kein Wort mehr.«

Meine Finger tanzen über die Tastatur, als ich anfange zu arbeiten, Bibliotheken aufrufe, um langsam ein Gefühl für die Grundstruktur von Coles Security zu bekommen. Ich werde den Trojaner noch nicht einschleusen. Meine erste Priorität ist es, seine Firewalls zu knacken und Zugang zu seinem Speicher zu bekommen. Sobald ich drin bin und wir sein Panel nach Dateien scannen, die mein Vater hinterlassen hat, sollte es einfach sein, den Trojaner abzusetzen und die nötigen Tastenbewegungen als harmlosen Befehl zu tarnen. Das Schwerste ist es, überhaupt reinzukommen – herauszufinden, welche Codes ich verwenden muss; mich an die beste Angriffsweise zu erinnern.

Es ist lange her, seit ich so was zum letzten Mal getan habe. Das letzte Panel, das ich gehackt habe, war mein eigenes, und das ist fast drei Jahre her. Dax war seit ungefähr einem Monat bei uns in der Hütte, ich hatte mich Hals über Kopf in ihn verliebt, und obwohl wir ständig flirteten, hatten wir uns noch nie geküsst. Rückblickend vermute ich, dass es damit zu tun hatte, dass ich fünfzehn war und er meinen Vater fürchtete, doch damals war ich fest davon überzeugt, dass ich einfach nicht hübsch genug war.

Die anderen Mädchen auf dem Internat hatten satinglatte, rosige Haut. Von Natur aus pinke Fingernägel und superdichte Wimpern, die weiterwuchsen, bis man sie stutzte. Neben ihnen fühlte ich mich wie eine Stadttaube – langweilig und überflüssig –, also habe ich eine kosmetische App hypergenese-freundlich angepasst. Mein Vater hat sich geweigert, sie zu testen. Zu gefährlich, hat er erklärt. Immer, wenn ich wieder damit angefangen habe, hat er mir erzählt, wie meine Mutter gestorben ist. Wie ein wohlmeinender Arzt ihr eine Spritze voll Heiltek gespritzt hat und es gerade mal vierzehn Sekunden gedauert hat, bis sie gestorben ist. Wie ihre Zellen zerfallen sind, sich weit geöffnet haben wie Milliarden schreiender Münder, bis sie mehr oder minder an ihrem eigenen Lungengewebe erstickt ist.

Mein Vater wollte mir nicht helfen, doch ich dachte, ich wüsste es besser. Eines Abends habe ich mich hingesetzt, mein Panel gehackt und die App selbst eingeladen.

Es hat siebenunddreißig Sekunden gedauert, bis das Brennen begann.

An den Rest dieser Nacht erinnere ich mich nur verschwommen. Mein Vater hat mich nach unten geschleppt und an sein industrielles Genkit angeschlossen, mein Panel überbrückt, um mich am Leben zu halten. Er kniete neben mir auf dem Boden und hat mein Herz angehalten und neu gestartet, meinen gesamten Körper ausgespült, um jede Spur der bösartigen Nanobots zu entfernen. Mit Dax' Hilfe habe ich es überlebt, im Keller zu liegen, während sich die Haut an meinem Rücken in Fetzen löste.

Das war das letzte Mal, dass ich meinem Vater nicht gehorcht habe, und das letzte Mal, dass ich mein Panel gehackt habe. Ich habe auf die harte Tour gelernt, dass es ein paar Dinge im Leben gibt, die man nicht ändern sollte. Zurück blieb eine hässliche Narbe über der Wirbelsäule. Doch Dax schien das nicht zu stören. Er hat mir erzählt, dass dies die Nacht gewesen wäre, in der er verstanden hat, dass er in mich verliebt ist.

Die Erinnerung sorgt dafür, dass das Narbengewebe auf meinem Rücken kribbelt, als ich mich um Coles Security herumschlängle, um seiner Hardware auf den Zahn zu fühlen. Die Firewall meines Panels zu hacken hat mich Tage der Vorbereitung und der Tests gekostet, und der eigentliche Angriff hat über eine Stunde gedauert. Aber wenn ich Glück habe, sollte es mich nur ein paar Minuten kosten, Coles Panel zu hacken. Als ich die Firewall in meinem Arm durchbrochen habe, habe ich eine Schwäche in der Energieversorgung der Panels entdeckt. Diese Schwäche auszunutzen wird bedeuten, eine Serie von heftigen Stromstößen in Coles Arm zu jagen, aber das sollte mir auch einen schnellen Weg hinein öffnen.

Als Erstes muss ich seinen Security-Scanner ablenken. Cole trägt eine kleine künstliche Intelligenz in seinem Arm – eine Miniatur-KI, die immer auf der Hut vor Angriffen ist und jedes Mal besser darin wird, sein Panel zu schützen. Ich beschieße seinen Wlan-Chip mit einem Virus und beobachte, wie die KI reagiert und ihre Primärabwehr einschaltet.

Jetzt ist der Weg frei für den Angriff auf seinen Akku.

Jedes Panel besitzt irgendwo im Körper ein Energiesystem – manchmal tief im Unterarm, manchmal im Brustkorb. Diese Batterien laden sich durch eine Mischung aus kinetischer Körperenergie und Stoffwechselprozessen auf, indem sie Kalorien aus der Verdauung abziehen. Das bedeutet Hamburger ohne Schuldgefühle, wenn man gerade eine stromintensive VR-Session fährt, verschwendet aber auch eine Menge Kalorien, wenn man nur von Energieriegeln lebt. Nachdem der KI-Scanner abgelenkt ist, bereite ich das Kabel des Genkits darauf vor, eine Reihe von Stromstößen in Coles Arm zu jagen.

»Ähm, warte eine Sekunde«, sage ich. »Das könnte wehtun …«

»Was?«, fragt Cole mit blitzenden Augen. »Ist es sicher? Ich weiß nicht, ob du …«

Sein Arm verspannt sich und seine Worte brechen ab, dann zuckt sein gesamter Körper, sodass er gegen die Arbeitsfläche rammt. Seine Augen verdrehen sich und werden für einen Moment vollkommen schwarz.

»Was zur …«, haucht er. Auf seiner Stirn schwillt eine Ader. Er greift nach dem Kabel des Genkits, doch erneut schlage ich seine Hand zur Seite.

»Es hat funktioniert«, sage ich. »Warte, ich muss es noch mal machen.«

»Nein …«, setzt er an, doch es ist zu spät. Ich habe den Befehl bereits abgeschickt. Seine Augen werden groß und sein Mund öffnet sich zu einem stummen Schrei, als der Strom ihn durchfährt.

Cole klappt mit wild zuckenden Muskeln nach vorne zusammen. Dieser enorme Stress ist wahrscheinlich nicht gut für sein Herz – und ich bin mir sicher, dass er Dutzende Implantate besitzt, die gerade kurzzeitig ausfallen –, aber der letzte Stromstoß hat eine seiner Firewalls durchbrochen. Die letzte Barriere purzelt vor meinen Augen …

Und sie ist gefallen. Eine Sekunde. Mehr Zeit bekomme ich

nicht, aber mehr brauche ich auch nicht, um einen einzigen Befehl abzuschicken. Die KI zieht sich wütend vom Wlan-Chip zurück, also schalte ich das Genkit aus, bevor die künstliche Intelligenz eindringt und es korrumpiert.

Schweiß glitzert auf Coles Stirn. »Was zur Hölle tust du da, Catarina?

»Warte einfach«, sage ich. »Es dauert kurz, bis sich die Security resettet.«

»Du hast es nicht geschafft.« Er greift nach dem Kabel in seinem Arm. »Ich werde nicht zulassen, dass du mich noch mal mit Strom beschießt.«

Ich packe sein Handgelenk und halte seinen Blick so entschlossen, wie es mir nur möglich ist. Ich darf nicht zulassen, dass er das Kabel herauszieht. Nicht, bis ich mich eingeloggt und seine Dateien nach dem Impfstoff durchsucht habe. Nicht, bevor ich mir keinen Vorteil verschafft habe, indem ich den Trojaner in seinen Arm eingespeist habe.

»Ich habe *Warten* gesagt, Soldat.« Mit der freien Hand schalte ich das Genkit wieder an.

ACHTUNG. Unbefugte Verwendung dieser Software ist verboten. Passwort erforderlich.

»Siehst du?«, sagt er. »Du hast es nicht geschafft. Hatte ich doch gesagt.«

Ich ignoriere ihn, tippe mit der freien Hand, gebe aber sein Handgelenk frei. »Ich habe gerade dein neues Passwort eingegeben. Ich habe es resettet. Es ist mein Name – Catarina.«

Er starrt mich einen langen Moment an, dann auf den Bildschirm. »Heilige Scheiße«, haucht er. »Du hast es tatsächlich geschafft.«

Das Genkit piept und das Menü seines Panels öffnet sich. Eine Liste von Cartaxus-Apps rollt über den Bildschirm, fast zu schnell, um sie zu lesen. Das meiste sind Standard-Upgrades, die ich erkenne, aber von manchen Apps habe ich noch nie gehört. Toxisches Aorta-Schild. Neozellgitter. Eine App heißt Hydra-Impfstoff. Bei ihrem Anblick macht mein Herz einen Sprung, doch sie ist verschlüsselt. Ich kann sie nicht anklicken. Ich kann nicht mal die Größe erkennen oder wie sie funktioniert.

Diese Datei zu hacken würde mehr erfordern als nur ein paar Stromstöße.

»Was ist mit versteckten Dateien?« Coles Haut ist nach dem, was ich gerade mit ihm angestellt habe, gerötet und verschwitzt.

»Eine Sekunde«, sage ich. Meine Finger tanzen über die Tastatur. Ich entwerfe einen Befehl, um den Trojaner in seinen Arm einzuspeisen, verberge ihn unter der besten Tarnung, die mir eben einfällt, und schicke ihn an sein Panel. Seine Security ist noch nicht wieder hochgefahren, doch noch während ich tippe, baut sie sich auf. Mit verkrampftem Magen warte ich darauf, dass der Code übertragen wird.

»Was tust du da?« Cole klingt misstrauisch.

»Ich lasse einen Scan laufen. Beruhig dich.« Ich starre auf den Bildschirm. Seine Security ist hochaktiv, aber sie scheint den Trojaner nicht ins Visier zu nehmen. Momentan scannt sie seinen Speicher – wahrscheinlich eine Routinefunktion nach einer Passwortänderung.

»Einen Scan von was?«

Ich schlucke schwer, tippe einen eiligen Befehl und drehe den Bildschirm so, dass Cole ihn sehen kann. »Einen Scan nach versteckten Dateien, wie du vorgeschlagen hast. Du siehst es gleich.«

Cole senkt den Blick aufs Display. Es blitzt einmal auf, bevor die Ergebnisse des Scans angezeigt werden, dann erscheint eine Liste von einem halben Dutzend Textdateien.

Eine heißt *Für_Catarina*. Die Buchstaben jagen mir einen kalten Schauder über den Rücken. Ich klicke sie an und der Bildschirm füllt sich mit Buchstaben.

Catarina, mein Liebling,

wenn du das liest, bedeutet das, dass ich tot bin. Ich weiß, dass du trauern willst. Aber es gibt etwas, was du für mich tun musst. Ich habe einen Hydra-Impfstoff fertiggestellt, der unsere letzte Überlebenschance darstellen könnte. Der Code ist stark, aber nicht ganz ohne Schwächen, daher ist es wichtig, dass ihn so viele Menschen erhalten wie nur möglich.

Unglücklicherweise gibt es Vertreter bei Cartaxus, die den Impfstoff zurückhalten und nur denen zur Verfügung stellen wollen, die sich ihren Regeln und ihrer Ideologie unterordnen. Das wird nicht nur den vermeidbaren Tod von Millionen Menschen verursachen, sondern könnte auch den Impfstoff selbst gefährden. Du, mein liebes Mädchen, darfst nicht zulassen, dass das geschieht.

Cartaxus hat mich gezwungen, den Impfstoff zu verschlüsseln, damit sie ihn kontrollieren können, aber ich habe das auf eine Art und Weise getan, die du entsperren kannst. Du musst ihn schnellstens dechiffrieren. Du wirst die Notizen nutzen müssen, die ich bei dir zurückgelassen habe, und sie durch eine Klonbox laufen lassen. Es gibt ein verlassenes Labor in Kanada, in dem sich alle Geräte befinden, die du benötigen wirst. Du musst dorthin reisen. Sobald du dort bist und den Impfstoff dechiffriert hast, musst du ihn ohne Einschränkungen an alle Überlebenden ausgeben. Es ist von größter Wichtigkeit, dass du dich vor Cartaxus verborgen hältst – du darfst niemals zulassen, dass sie dich erwischen, mein Liebling. Wenn sie dich finden, werden sie den Impfstoff wieder unter ihre Kontrolle bringen. Lt. Franklin wird dich beschützen, doch er ist eine Waffe von erheblicher Macht. Um den Impfstoff zu dechiffrieren müsst ihr einen Weg finden zusammenzuarbeiten.

In Liebe
Lachlan

Ich trete unsicher zurück. Die Worte brennen in meinem Hirn. »Hast du das gesehen?« Ich wende mich an Cole. Seine Augen sind glasig, seine Stirn konzentriert gerunzelt. »Cole? Liest du es?«

Ein Zittern überläuft seinen Körper, dann blinzelt er, um aus der VR-Session aufzutauchen.

»Hast du das gesehen?«, frage ich atemlos. »Ich weiß, was mein Vater von uns will.«

Er kneift die Augen zusammen. Ohne wirklich einen Blick auf den Bildschirm zu werfen, reißt er mit einem unangenehmen Knirschen das Kabel aus seinem Panel.

»Himmel«, keuche ich und weiche zurück. »Was ist passiert?«

»Was passiert ist? Mein Security-Scanner hat mir gerade einen Bericht geschickt.«

Ich schließe die Augen. Der Trojaner. Der Scanner muss ihn gefunden haben. Cole wirkt, als wollte er mich in zwei Hälften zerteilen. Mein Vater hat gesagt, wir würden zusammenarbeiten müssen, und ich habe gerade das wenige Vertrauen zerstört, das bis jetzt zwischen uns entstanden war.

Ich trete zurück und hebe die Hände. »Cole, ich werde es entfernen. Es tut mir leid, ich wollte nur …«

Er bringt mich zum Schweigen, indem er seine Hand durch die Luft sausen lässt. »Ich will es nicht hören, Catarina. Oder vielleicht sollte ich dich *Wildkatze* nennen.«

Die Welt wird ganz still. Mein Skies-Codename. »Moment. Wovon redest du?«

»Mein Scanner hat dein Genkit gescannt und mir einen Bericht geschickt. Du bist die Hackerin; diejenige, von der sie ständig sprechen.«

Oh nein. Hier geht es nicht um meinen dummen kleinen Trojaner. Er weiß, dass ich Teil des Skies-Netzwerks bin.

Das ist viel, viel schlimmer.

»Cole, ich kann das erklären …«

»Du bist diejenige, die den Virus eingespeist hat, der Lachlan umgebracht hat. Du bist diejenige, die alles zerstört hat.«

»*Was?*« Ich trete zurück, bis ich mit den Schultern gegen die Wand stoße. »Nein, das war ich nicht. Und es war auch nicht Skies, das schwöre ich. Wie kannst du denken, ich würde meinen eigenen Vater verletzen?«

»Weil du eine Terroristin bist.«

»Wir sind keine Terroristen. Wir hatten nichts mit dem Angriff auf das Labor zu tun.« Ich trete einen unsicheren Schritt zur Seite, doch er packt meine Schulter und schubst mich wieder gegen die Wand.

»Hör mir zu!«, schreie ich. »Hör mir einfach zu, okay? Mein Vater hat uns einen Plan hinterlassen. Du musst seinen Brief lesen.«

»Du hast unsere Basis gehackt«, knurrt er, »und deinen eigenen Vater getötet. Ich bringe dich zurück zu Cartaxus und lasse sie entscheiden, wie es mit dir weitergehen soll.«

»Warte«, sage ich und umklammere seinen Arm. Er zieht die silbernen Handschellen aus seiner Tasche. Er muss sie sich in die Tasche geschoben haben, als ich gerade nicht aufgepasst habe. »Schau einfach in dein Panel«, sage ich. »Es gibt eine Datei …«

»Ich will keine weiteren Lügen mehr hören.« Seine Hand schießt nach vorne, so schnell, dass ich sie nur verschwommen wahrnehme, dann umklammert er mein Handgelenk.

Mir bleibt nur ein Augenblick Zeit, bevor ich gefangen bin; bevor Cole diese Handschellen schließt und mich in eine Cartaxus-Zelle schleift. Ich habe den Trojaner in seinen Arm eingeschleust. Ich weiß nicht, ob das Programm sich schon installiert hat, doch jetzt scheint der passende Moment, um es herauszufinden.

»Recumbentibus«, flüstere ich und bete, dass der Code funktioniert.

Das Licht in Coles Panel verblasst und er fällt zu Boden.

10

Es dauert eine Viertelstunde, bis Cole sich wieder bewegt, seine Haut bleich und klamm. Ich habe ihn hochgestemmt, sodass er auf dem Boden sitzt, seine Hände hinter dem Rücken an das Gestell des Labortisches gekettet. Sobald ich sichergestellt hatte, dass er nicht an seiner eigenen Zunge ersticken kann, habe ich mich mit meinem Genkit hingesetzt, ihn eingestöpselt und angefangen, mich durch sein Panel zu graben.

Cole trägt ein paar wirklich seltsame, wirklich gefährliche Teks in sich.

Das Schutzprotokoll, das sich einschaltet und seine Augen schwarz werden lässt, ist der komplizierteste Code, den ich je gesehen habe. Auf einer Ebene ist er ganz einfach: In Coles Panel wurde ein Foto von mir eingespeichert, wahrscheinlich von meinem Vater. Das Panel erkennt mich, indem es die Signale auf Coles Netzhaut liest und ständig mich und die Umgebung scannt. Wann immer ich in der Gefahr schwebe, verletzt oder getötet zu werden, zeigt die KI Cole die Bedrohungen über sein VR-Interface in Rot an, um dann Adrenalin in seine Adern zu pumpen. Das Resultat ist, dass er so verängstigt und desorientiert ist, dass er alles angreifen will, was mich gefährdet.

Doch es gibt da noch eine ganz andere Ebene, die ich nicht verstehe. Ganze Seiten voller Code, den ich einfach nicht durchblicke, verbunden mit anderen Dateien, die für mich wie reines Kauderwelsch wirken. Es ist Code von meinem Vater, das erkenne ich an der Schreibweise; aber es ist ganz anders als das, was er sonst geschrieben hat.

Es ist vollkommen anders als alles, was *je* jemand geschrieben hat.

Der Punkt ist: Gentech verändert nicht die DNA. Sie spleißt nicht – schneidet keine Gene heraus, um sie durch neue zu ersetzen –, selbst wenn die meisten Leute das glauben. Bevor Gentech entwickelt wurde, dachten die Leute, spleißen wäre der einzige Weg, DNA zu verändern. Doch das war problematisch. Der Körper erinnert sich, wie er geschaffen wurde. Abnormale Gene in die DNA einzufügen, kann sie korrumpieren, was wiederum einen plötzlichen schmerzhaften Tod nach sich ziehen kann.

Stattdessen verwendet ein Großteil der Gentech Bänder aus Proteinen, die die DNA bedecken, wie Kleidung den Körper bedeckt. Darunter ist man immer noch dieselbe nackte Person, doch man kann sich schicker oder weniger schick anziehen, um anders auszusehen. Deswegen braucht man ein Panel – die DNA versucht immer wieder, sich die Kleidung auszuziehen und einfach nackt herumzulaufen, aber das Panel zwingt sie, sich zu bekleiden.

Doch Coles *zugrundeliegende* DNA, unter den Schichten aus Gentech, wirkt verändert, was eigentlich unmöglich sein sollte. Es ist schwer zu sagen, ob ich sein Panel richtig lese – vielleicht nicht. Aber irgendetwas verrät mir, dass das, was diese Narben auf Coles Brust hinterlassen hat, noch größere Narben auf seiner DNA erzeugt hat.

»Was …«, murmelt er, als er sich wieder rührt. »Wo bin ich?«

Ich schaue vom Bildschirm auf. »Als ich das das letzte Mal gecheckt habe, warst du in South Dakota.«

Er versucht, die Hände zu heben, doch die Handschellen verhindern das. Cole wirft sich nach vorne, sodass der gesamte Arbeitstisch zittert. Doch er gibt kein Stück nach. Es ist ein Stahlrahmen, feuerresistent, mit Bolzen an der Wand befestigt. Cole knurrt. »Was zur Hölle hast du mit mir gemacht?«

»Ich habe dich mit einem Code ausgeschaltet. Ich glaube nicht, dass das gut für dein Nervensystem ist, also bitte zwing mich nicht dazu, es noch mal zu tun.«

»Ich wusste, dass ich dich niemals an mein Panel hätte lassen dürfen.« Sein Blick senkt sich auf das Genkit, dann folgen seine Augen dem Kabel bis zu seinem Unterarm. Er verspannt sich. »Was tust du?«

»Ich lese.«

»Nimm es raus.«

»Ich habe nicht vor, dich zu verletzen.«

»Zieh einfach das Kabel raus.« Seine Stimme ist angespannt und Schweiß glänzt auf seiner Stirn.

»Okay, okay.« Ich tippe einen Befehl. Das Kabel zieht sich aus seinem Arm zurück und schlängelt sich über den Boden, als das Genkit es wieder einzieht.

Cole schließt die Augen. »Danke.«

Ich mustere ihn mit hochgezogenen Brauen. »Tut mir leid, dass ich dich ausgeknockt habe, aber du wolltest mir gerade Handschellen anlegen. Ich hatte keine andere Wahl. Es gibt keinen Grund, Angst zu haben.«

»Sicher. Klar.« Er schüttelt den Kopf. »Du hast wahrscheinlich Angst vor mir.«

»Na ja …«, murmele ich. »Hast du dich selbst mal *gesehen*?«

Er lächelt bitter. »Ich bin nur ein Soldat, Catarina. Ich bestehe aus Muskeln und Training. Aber du bist eine Programmiererin, wie Lachlan. Die meisten Leute haben Angst vor dem Kerl mit der Pistole, doch eigentlich sollten sie Angst vor der Person haben, die mit einem Genkit-Kabel hinter ihnen steht. Diese Welt wird von Software beherrscht, nicht von Hardware. Leute wie du üben *immer* die Kontrolle aus.«

Ich schaue auf den Boden. Mir fällt Coles Miene wieder ein, als ich ihn zum ersten Mal an mein Genkit angeschlossen habe. Er war nervös, hat geschwitzt. Ist zusammengezuckt, als das Kabel sich mit seinem Panel verbunden hat. Ich habe nicht groß darüber nachgedacht, aber mir hätte auffallen müssen, dass er Angst vor dem hatte, was ich mit ihm anstellen würde. Ich habe die Narben auf seiner Brust gesehen. Die stammen nicht von Kämpfen.

Die hat er in einem *Labor* bekommen.

Schuldgefühle breiten sich in mir aus. Ich hatte Angst vor Cole, seitdem er angekommen ist, doch er hat keinerlei Anstalten gemacht, mich zu verletzen. Und was habe ich getan? Ich habe eine Dosis verwendet, um ein Fenster zu sprengen und seine Schulter in Fetzen zu reißen. Ich habe ihn an ein Genkit angestöpselt und ihm Stromstöße durch den Körper gejagt. Ich habe einen Trojaner in sein Panel eingeschleust und ihn mit einem einzigen Wort ausgeknockt.

Natürlich hat er Angst vor mir.

Ich kaue auf meiner Unterlippe. »Tut mir leid. Wahrscheinlich hatten wir keinen besonders guten Start.«

»Das ist eine ziemliche Untertreibung.«

Ich halte seinen Blick. »Hör mal, mein Vater hat einen Plan hinterlassen, wie wir den Impfstoff veröffentlichen können. In deinem Panel ist eine Nachricht versteckt, die alles erklärt. Lies sie, dann wirst du verstehen.«

Seine Augen werden glasig und huschen von rechts nach links, als er in einer VR-Session versinkt. Lange Zeit spricht er kein Wort; dann sieht er mich an. »Hier steht, alles, was wir brauchen, wären die Notizen deines Vaters und eine Klonbox.«

Ich zögere, als ich an den Brief zurückdenke. Klonboxen sind seltene Maschinen, dazu bestimmt, den Code zu lesen, der innerhalb lebender Zellen verarbeitet wird. Sie sind nicht leicht zu finden. Doch das war nicht die einzige Anweisung meines Vaters. »Nein, er hat gesagt, wir bräuchten ein Labor. Er hat gesagt, irgendwo in Kanada würde ein Labor auf uns warten. Er hat uns keine Wegbeschreibung hinterlassen, aber es muss Hinweise auf seine Lage geben.«

»Ich weiß, wo es ist«, murmelt Cole.

»Woher?«

»Es gibt ein Cartaxus-Labor in Kanada. Früher hat Lachlan dort gearbeitet, doch jetzt ist das Labor verlassen. Das muss er gemeint haben.«

»Okay«, sage ich mit einem Nicken. »Also müssen wir nur alle Notizen meines Vaters einsammeln, die wir finden können, zum Labor fahren und uns auf dem Weg dorthin eine Klonbox besorgen.«

Cole beobachtet mich unverwandt. »Es gibt kein *wir*, Catarina. Cartaxus hat Klonboxen und Labore, und ich glaube nicht, dass sie den Zugang zum Impfstoff beschränken werden. Ich verstehe nicht, wieso ich nicht einfach die Notizen kopieren und sie Cartaxus bringen kann, während du allein dem Plan deines Vaters folgst.«

Ich seufze. »Ich brauche die Kopie des Impfstoffes in deinem Arm. Und außerdem schaffe ich es nach Kanada schlecht auf meinem Fahrrad.«

»Wieso bittest du nicht deine Terroristenfreunde um Hilfe?«

Ich balle die Hände zu Fäusten. »Ich habe dir gesagt, dass sie keine Terroristen sind. Sie verbreiten nur medizinischen Code.«

»*Irgendjemand* hat das Labor deines Vaters angegriffen.«

»Ich weiß, und ich habe es ernst gemeint, als ich erklärt habe, dass es nicht Skies war. Aber das bedeutet nicht, dass ich ihnen in dieser Sache vertraue. Sie sind unorganisiert, ihr Code ist schlampig und Cartaxus hört ihr Netzwerk wahrscheinlich sowieso ab. Wenn mein Vater ihre Hilfe gewollt hätte, hätte er es gesagt. Aber das hat er nicht. Er hat nur erklärt, dass du und ich in dieser Sache zusammenarbeiten müssen.«

Cole lässt sich seufzend gegen den Arbeitstisch sinken. »Na ja, das ist ja ein toller Anfang.«

Ich reibe mir das Gesicht. Er hat recht – die Situation ist absurd. Wie soll ich mit ihm quer durchs Land fahren, wenn ich mich nicht mal dazu durchringen kann, seine Handschellen zu lösen?

Doch es muss einen Weg geben, in dieser Sache zusammenzuarbeiten. Der Plan meines Vaters hängt davon ab. Die gesamte *Welt* hängt davon ab.

Ich rutsche auf dem Boden näher, bis ich ihm im Schneidersitz gegenübersitze. »Warum bist du überhaupt hier, Cole?«

Er zieht eine Augenbraue hoch. »Ich dachte, das hätten wir schon geklärt. Drohende Apokalypse, Impfstoff entschlüsseln … schon vergessen?«

»Nein, ich meine – warum du? Du warst sicher in einer Basis mit Luftschleusen und Nahrung … und es ist offensichtlich, dass du mit diesem Plan nichts zu tun haben willst. Mein Vater muss dich aus gutem Grund ausgewählt haben, und ich muss diesen Grund erfahren.«

Er hebt den Kopf ein wenig und betrachtet mich intensiv. »Wieso sollte ich dir das erzählen?«

»Drohende Apokalypse, Impfstoff entschlüsseln, schon vergessen?«

Seine Lippen verziehen sich zu einem winzigen Lächeln. Er mustert mich von oben bis unten. Seine eisblauen Augen sind blutunterlaufen nach dem Befehl, mit dem ich ihn ausgeknockt habe. »Ich bin nicht der herzlose Soldat, für den du mich hältst, und ich bin auch kein Idiot. Die Menschheit ist dem Untergang geweiht, wenn wir diesen Impfstoff verlieren. Natürlich werde ich alles in meiner Macht Stehende tun, um ihn zu dechiffrieren.«

»Also wusste mein Vater, dass du alles einpacken und dich unerlaubt von der Truppe entfernen würdest, weil du ein *Held* bist?«

Seine Lippen werden schmal. »Es gibt noch einen anderen Grund.«

»Erzähl schon …«

»Wie wäre es, wenn du die Handschellen löst und wir uns dann unterhalten?«

Ich schnaube nur abfällig. »Keine Chance, Soldat. Aber netter Versuch.«

Er zieht eine Grimasse und rutscht auf dem Boden hin und her, sodass die Handschellen klappern. »Ich hatte sowieso vor, Cartaxus zu verlassen. Jemand, der mir viel bedeutet, wird vermisst und könnte sich an der Oberfläche aufhalten. Ich will diese Person finden. Dein Vater wusste das. Er wollte mir bei der Flucht helfen, damit ich sie suchen kann.«

»Oh«, sage ich. »Geht es um jemanden, den er auch kannte?«

Cole nickt, dann zögert er, als hätte er nicht vorgehabt, mir das zu verraten. Sein Tonfall und seine angespannte Miene lassen vermuten, dass er nicht über die Person reden will, die er sucht. Offensichtlich geht es um etwas Persönliches. Es könnte völlig belanglos sein, aber ich muss davon ausgehen, dass es wichtig sein könnte – ein Hinweis, den mein Vater für mich hinterlassen hat.

In Gedanken gehe ich die Gespräche durch, die wir bisher geführt haben. Ich glaube nicht, dass Cole Familie oder Freunde erwähnt hat. Doch da war dieses kleine Mädchen in seinem Skizzenbuch. Ich starre an die Decke, während ich versuche, mich an den Namen zu erinnern, den er so sorgfältig neben jede Zeichnung geschrieben hat.

»Geht es um Jun Bei?«

Cole versteift sich. Er muss nicht antworten – seine Reaktion beweist, dass ich richtig geraten habe. Er hat genauso heftig reagiert, als er mich beim Durchblättern des Skizzenbuchs ertappt hat – als wäre ich in seine Privatsphäre eingedrungen, allein dadurch, dass ich ihr Gesicht anschaue oder ihren Namen ausspreche. Was auch immer zwischen ihm und diesem Mädchen passiert ist, es ist offensichtlich nicht vorbei. Sein Blick, als ich ihren Namen ausgesprochen habe, war der eines angeschossenen Tieres.

Einen angespannten Moment später nickt Cole. »Ja, es geht um sie. Wir wurden vor Jahren getrennt. Sie befindet sich nicht im System von Cartaxus, also weiß ich, dass die Chancen, dass sie noch lebt, eher schlecht stehen. Aber sie könnte versteckt hier draußen überlebt haben, wie du.«

Ich nicke und verschränke meine Finger, als dieses neue Puzzlestück in meinem Kopf seinen Platz findet. Langsam verstehe ich, wieso Cole für meinen Vater die perfekte Wahl dargestellt hat. Er ist fähig, mich zu beschützen, da bin ich mir sicher – doch es ist sein Antrieb, der ihn zu etwas wirklich Besonderem macht.

Hoffnung.

Selbst nach zwei Jahren voller Entsetzen und Tod glaubt Cole immer noch, dass ein Mädchen, das er einmal gekannt hat, nach wie vor am Leben sein könnte. In dieser Welt ist das eine *wilde* Hoffnung. Kaum mehr als ein Stoßgebet. Er war bereit, die Sicherheit zu verlassen, die Cartaxus ihm bietet, um sein Leben für eine minimale Chance zu riskieren. Ich kann mir vorstellen, dass nichts uns aufhalten könnte, wenn ich Coles Hoffnung irgendwie an den Plan knüpfe, den mein Vater uns hinterlassen hat.

Ich löse meine Finger voneinander und sehe Cole durchdringend an. »Wenn Jun Bei sich an der Oberfläche aufhält, wird Cartaxus ihr den Impfstoff nicht zur Verfügung stellen. Sie ist jede Sekunde verletzlich, die wir uns hier unterhalten. Du kannst sie nur beschützen, indem du mir dabei hilfst, den Code allen Menschen frei zugänglich zu machen und so zu verhindern, dass Cartaxus ihn für sich behält. Deswegen hat mein Vater *dich* für diese Mission ausgewählt.«

Er schüttelt den Kopf. »Ich glaube nicht, dass Cartaxus den Zugang zum Code beschränken wird.«

»Bist du bereit, Jun Beis Leben darauf zu verwetten?«

Ein Muskel an seinem Kinn zuckt. »Ich weiß ja nicht mal, ob sie noch lebt.«

Ich lehne mich zurück. Er hat recht. Ich kann quasi sehen, wie die Flamme der Hoffnung in ihm brennt, doch das reicht nicht aus, um ihn gegen alles verstoßen zu lassen, wofür er ausgebildet wurde. Ich muss ihm mehr bieten als das. Wenn mein Vater Cole dabei helfen wollte, dieses Mädchen zu finden, muss auch er davon ausgegangen sein, dass sie noch lebt.

Ich ziehe mein Genkit näher an mich heran. »Kennst du die ID ihres Panels?«

»Ich habe bereits überall danach gesucht. Wenn sie mit einem Server verbunden ist, maskiert sie sich bestimmt.«

»Oh, eine Maske«, sage ich, als ich mein Genkit aufklappe. »Wie soll ich daran nur vorbeikommen? Wie lautet ihre ID?«

Er starrt mich schweigend an, scheinbar wenig beeindruckt von meinem Sarkasmus.

Ich seufze. »Hör mal, ich versuche zu helfen. Vielleicht kann ich sie aufspüren.«

Cole schließt die Augen und beginnt, den Hexadezimalcode von Jun Beis Panel zu rezitieren. Ich tippe ihn in ein Dokument in meinem Genkit, dann funke ich das Skies-Netzwerk an und logge mich ein. Wenn Jun Bei sich auf der Oberfläche aufhält, benutzt sie wahrscheinlich die Skies-Satelliten. Der Bildschirm meines Genkits wird schwarz, mit nur einem einzelnen blinkenden Cursor. Ich lasse meine Finger auf die Tastatur sinken und tippe einen Befehl nach dem anderen.

Zuerst muss ich durch das uralte System navigieren, das Skies einsetzt, um die Satelliten zu kontrollieren. Soweit ich es nach einem schnellen Scan sagen kann, hat Jun Beis ID das Netzwerk nie angefunkt, doch wenn sie ihre ID maskiert, dann muss ich eine rekursive Prüfung gegen die üblichen Verschlüsselungen laufen lassen. Ich lade eine Handvoll Skripte, ein paar Fetzen Code und lasse sie durchlaufen, bis der Ventilator meines Genkits vor Anstrengung brummt. Millionen von Usern, Millionen von IDs, Tausende von ihnen maskiert. Zahllose Pings, über das gesamte Netzwerk verteilt, in jeder beliebigen Sekunde des Tages …

»Oh«, sage ich und halte inne.

Cole atmet scharf ein. Als ich aufschaue, sehe ich, dass er bleich geworden ist. »Was? Was hast du gefunden?«

Ich drehe das Genkit, damit er den Bildschirm sehen kann. »Ich weiß nicht, ob sie jetzt im Moment noch lebt, aber anscheinend hat sie vor drei Tagen einen Server in Australien angepingt.«

Cole erstarrt. Ich drehe das Genkit wieder herum, um ihren Aufenthaltsort genauer zu bestimmen. Vor einer Woche hatte sie Kontakt mit einem Server in Simbabwe. Doch das kann nicht stimmen. Selbst hohe Tiere von Cartaxus fliegen heutzutage nicht mehr auf diese Art um die Welt.

Ich starte einen weiteren Scan. Jetzt, wo ich ihre Maskierungsmethode kenne, werde ich schneller fündig. Die Resultate verraten ihre Technik, und sie ist brillant. Sie verbirgt ihren genauen Aufenthaltsort, indem sie die Meldungen ständig über Server auf der gesamten Welt umleitet. Moskau, Peking, Antarktika. Außenposten in der Sahara. Wo auch immer dieses Mädchen sich gerade aufhält, sie will nicht gefunden werden.

»Warte, nicht Australien«, sage ich, als ich die Daten durchsuche. »Ich glaube, sie könnte sich in den USA aufhalten, aber mehr kann ich leider nicht sagen.«

Ich sehe auf. Cole hat die Zähne zusammengebissen und die Augen fest geschlossen. Seine Schultern zucken …

Mist. Er weint.

Ich wende den Blick ab. Das fühlt sich falsch an. Er sollte nicht an den Arbeitstisch gekettet sein, nicht so. Er hat gerade erst herausgefunden, dass das Mädchen, das er liebt, noch lebt. »Ich, ähm … lass mich den Schlüssel zu deinen Handschellen suchen.« Ich taste mit der Hand über den Boden, ohne ihn dabei anzusehen. »Tut mir leid, ich weiß nicht, wo sie hingefallen …«

Er steht vom Boden auf und reibt sich die Handgelenke. Die Handschellen liegen aufgebrochen auf dem Beton, der glänzende

Stahl verdreht und verbogen. Mit dem Handrücken wischt er sich über die Augen. »Ich werde dir helfen«, sagt er und streckt mir eine Hand entgegen. »Ich bin dabei, Catarina – egal was nötig sein sollte, den Impfstoff zu dechiffrieren.«

»Oh«, hauche ich nervös. Vorsichtig ergreife ich seine Hand und lasse mich auf die Füße ziehen. »Bist du dir sicher?«

Er nickt. »Sie *lebt.*« Seine Augen leuchten. Die Flamme der Hoffnung, die ich in ihm gesehen habe, ist zu einem tosenden Feuer herangewachsen. »Sie lebt, und sie ist irgendwo da draußen, was bedeutet, dass du recht hast. Sie ist verletzlich, bis wir den Impfstoff freigegeben haben. Was auch immer du von mir willst, ich werde es tun. Wir werden uns nicht an Cartaxus wenden. Ich werde dich vor ihnen verstecken. Ich werde dich an jeden Ort bringen, den du aufsuchen musst. Ich kann nicht riskieren, sie wieder zu verlieren.«

»Okay«, flüstere ich, doch gleichzeitig stellen sich meine Nackenhaare auf. Von Cole geht eine seltsame Macht aus. Das unordentliche Labor scheint durch seine Gegenwart zu schrumpfen. Es ist, als sähe man direkt in die Sonne. Als könnte er die Welt mit bloßen Händen zerstören, wenn er das wollte.

Er ist eine Waffe von erheblicher Macht. So hat es mein Vater ausgedrückt. Zum ersten Mal glaube ich zu verstehen, was er damit sagen wollte.

»Wir werden morgen aufbrechen«, sagt Cole, als er seinen Blick durch den Raum gleiten lässt. »Wir werden Lachlans gesamte Notizen einpacken und sie auf dem Weg durchsehen. Wir werden eine Klonbox finden – falls es nötig werden sollte, können wir eine stehlen. Wir dürfen keine Zeit verschwenden. Wenn die Straßen frei sind, können wir dieses Labor innerhalb eines Tages erreichen.«

»Sicher«, sage ich, während ich Cole anschaue. Er hört mir nicht mal zu. Ich kann förmlich sehen, wie er sich im Kopf die Pläne für unsere Reise zurechtlegt.

Noch vor zwanzig Minuten war er kurz davor, mir ein paar Handschellen anzulegen und mich in eine Cartaxus-Zelle werfen zu lassen. Jetzt schwört er mir die Treue; verspricht, alles in seiner Macht Stehende zu tun, um mir zu helfen – und das alles nur, weil ein Mädchen, das er vor Jahren geliebt hat, noch am Leben ist. Die Veränderung ist so plötzlich, geht so tief, dass mir der Kopf schwirrt. Und im Herzen meiner Verwirrung brennt ein Gedanke: Mein Vater wusste, dass all dies passieren würde.

Er wusste, dass Cole zu mir kommen würde; dass ich diese Hinweise finden würde; dass ich herausfinden würde, wie ich Jun Bei einsetzen kann, um mich Coles Hilfe zu versichern. Die Stücke des Puzzles, die mein Vater hinterlassen hat, haben ihren Platz gefunden und stehen jetzt vor mir, eine Cartaxus-Waffe, die sich meiner Sache angeschlossen hat.

Ich finde das beängstigend.

Es ist Erpressung. Ich benutze Coles Gefühle, um ihn dazu zu zwingen, mir zu helfen. Und ich weiß, dass mein Vater es genau so geplant hat – er hat Cole perfekt manipuliert. Ich sollte stolz darauf sein, dass ich genug von der Melodie mitbekommen habe, um das Lied allein zu singen, doch aus irgendeinem Grund erschüttert mich dieser Gedanke.

Mein Vater wirkte manchmal kühl, sogar kalt. Er konnte sich wochenlang in seiner Arbeit verlieren und einfach vergessen, mit mir zu sprechen. Er war taktlos, er war exzentrisch, und manchmal war es schwer, mit ihm zusammenzuleben – aber meine Liebe zu ihm ist nie ins Wanken geraten, weil ich tief in meinem Herzen geglaubt habe, er wäre ein guter Mensch.

Er hat sein Leben damit verbracht, Impfstoffe zu programmieren. Medizinische Programme zu erschaffen. Sein Intellekt war scharf wie eine Rasierklinge, doch er hat ihn nur eingesetzt, um Leiden und Krankheiten zu bekämpfen. Niemals so – als Waffe. Als Weg, Leute zu kontrollieren. Als ich dort stehe und Cole dabei beobachte, wie er durch das Labor streift, fühle ich mich, als befände ich mich im Haus eines Fremden.

Cole dreht sich zu mir um. »Weißt du eigentlich, dass du deinem Vater sehr ähnlich siehst, wenn du das tust?«

Mein Herz verkrampft sich. »Wenn ich was tue?«

»Wenn du jemanden musterst, als wäre er ein Problem, das du zu lösen versuchst.«

»Mein Vater hat dich so angesehen?«

»Er hat jeden so angesehen, Catarina.« Er blinzelt, immer noch abgelenkt. »Komm, lass uns nach oben gehen. Wir müssen packen, die Route zum Labor planen. Und wir sollten eine Nacht ordentlich schlafen, bevor wir uns auf den Weg machen. Bist du bereit, das durchzuziehen?«

Ich schlinge die Arme um den Bauch und nicke. »Natürlich.«

Cole wendet sich ab und steigt die Treppe ins Wohnzimmer nach oben. Ich folge ihm schweigend. Endlich gibt es eine Chance, diesen Albtraum von einer Seuche zu beenden. Ich sollte begeistert sein. Mir sollte nach Feiern zumute sein. Doch stattdessen fühle ich mich immer unwohler.

Langsam wird mir klar, dass der Vater, an den ich mich erinnere, nicht die Person ist, die Cole gekannt hat.

11

Am nächsten Morgen erwache ich umgeben von den vertrauten Geräuschen des Waldes, meine Knochen noch schwer vom Schlaf. Ein paar kostbare Augenblicke verbringe ich in einem Dämmerzustand, kuschle mich tiefer in die Decken, verstecke mich vor dem Sonnenaufgang. Gerade als ich fast wieder eingeschlafen bin, sorgt eine quietschende Bodendiele dafür, dass ich mich abrupt aufsetze und plötzlich so hellwach bin, dass mir die Luft wegbleibt.

Mein Vater. Der Impfstoff. Das alles überschwemmt mich in einer herzzerreißenden Welle, die mich zitternd zurücklässt. Ich streiche mir die Haare aus dem Gesicht, atme tief durch und musterte meine Umgebung.

Ich liege auf einer Luftmatratze im Wohnzimmer, meine Beine in einem silbernen Cartaxus-Schlafsack, den Cole mir gegeben hat, als er mich ins Bett geschickt hat. Die Eingangstür steht offen und ich sehe keine der Taschen oder Waffen, mit denen die Hütte gefüllt war, als ich eingeschlafen bin. Die Notizen meines Vaters sind ebenfalls verschwunden. Wir haben gestern alle Papiere aus dem Keller geschleppt, die wir finden konnten, um sie mit auf unsere Reise zu nehmen. Zwei dreckige Kartons voller handschriftlicher Notizen und ein paar Dutzend Memorysticks.

Jetzt ist alles weg, und ich kann Cole nirgendwo entdecken. Mein Atem stockt. Staubpartikel schweben in wirbelnden Mustern über den nackten Dielen. Ich kämpfe mich aus meinem Schlafsack und renne barfuß zur Tür, schlittere über die vordere Veranda und stolpere die Stufen zur Einfahrt hinunter.

Die morgendliche Kühle trifft mich wie eine Ohrfeige. Gänsehaut bildet sich auf meinen Armen. Ich wirble herum und fahre mein Tek hoch, um nach Cole zu suchen. Er lehnt mit verschränkten Armen am Jeep und grinst.

Ich schlage erleichtert eine Hand ans Herz. »Verdammt, Cole. Ich dachte schon, du wärst mit den Notizen abgehauen.«

Sein Grinsen verwandelt sich in ein Lächeln. Er trägt ein schwarzes Tanktop und ebenso dunkle Cargohosen, und dazu ein modernes Gewehr über der Schulter. Der Verband von gestern Abend ist verschwunden – die Haut an seiner Schulter, die vollkommen zerfetzt war, ist zwar noch gerötet und leicht geschwollen, aber seine Verletzungen sind geheilt. Der dunkle Bartschatten an seinem Kiefer lässt ihn älter wirken, und irgendwie interessanter. Mein Blick verweilt länger auf Cole, als ich beabsichtigt hatte.

»Ich habe dir Frühstück gemacht«, sagt er. »Ich will so bald wie möglich aufbrechen.« Er greift durch das offene Jeep-Fenster, zieht eine Flasche aus Metall heraus und wirft sie mir zu. Auf einer Seite ist das Cartaxus-Geweih eingraviert, doch auf der anderen Seite ist mein Name eingeritzt, in der sorgfältigen Schrift, die ich aus seinem Skizzenbuch kenne. Als ich aufsehe, entdecke ich, dass er gerade einen Schluck aus einem identischen Behälter nimmt, aus dessen Öffnung Dampf aufsteigt.

Ich drehe den Behälter in den Händen und fühle, wie Flüssigkeit darin umherschwappt. »Hast du das eingraviert?«

»Ich will nicht, dass wir die Flaschen verwechseln.«

»Was, willst du dir keine Mädchen-Bazillen holen?« Ich schraube den Deckel auf und schnuppere vorsichtig. Kaffee und Haselnuss. Der Duft sorgt dafür, dass mein Magen knurrt. »Nachdem ich Jahre mit dem Studium der Biochemie verbracht habe, kann ich dir versichern, dass es die nicht wirklich gibt.«

»Ich mache mir eher Sorgen um dich.« Er tippt auf eine der schwarzen Kraftleitungs-Kurven, die sich um sein Gesicht ziehen. »Agnes hat gesagt, du hättest Hypergenese, und meine Tek ist nicht immer stabil. Ich will auf keinen Fall etwas kontaminieren und dich damit schädigen.«

»Oh.« Das ist sehr aufmerksam. Ich nehme einen Schluck von dem Kaffee und spüre die kreidigen Rückstände von Nährstoffpuder unter dem Geschmack. Ich hatte keine Sekunde an mögliche Nanobot-Verunreinigungen verschwendet. Das dürfte wahrscheinlich kein Problem darstellen, außer Cole würde mich *küssen* – und darum muss sich keiner von uns Sorgen machen.

Der Gedanke sorgt dafür, dass mein Blick zu seinem Gesicht huscht und meine Wangen zu brennen beginnen.

»Geht es dir … gut?«, fragt er.

Fast hätte ich den Kaffee wieder ausgespuckt. Er kann sehen, dass ich rot anlaufe. Natürlich kann er das – seine Tek hat wahrscheinlich Biosensoren, die sogar meine Herzfrequenz und meine Hauttemperatur anzeigen. »Sicher. I-ich habe mir die Zunge verbrannt«, stottere ich, bevor ich mich mit dem Kaffee in der Hand wieder zur Tür umdrehe. »Ich gehe mich umziehen und schaue mich noch mal in der Hütte um.«

»Lass dir Zeit.«

Ich sehe über die Schulter zurück, als ich reingehe. Er grinst wieder breit.

Nachdem ich frische Kleidung angezogen und den pulvrigen Kaffee ausgetrunken habe, durchsuche ich ein letztes Mal die Hütte. Alle Türen stehen offen, und wir haben jeden Raum nach allem durchstöbert, was wir für unsere Reise vielleicht brauchen könnten. Ich werde nicht zusperren, wenn wir fahren. In einer post-apokalyptischen Welt entspricht das der Höflichkeit: ein leeres Haus steht allen offen. Ich weiß ja nicht mal, ob ich zurückkehren werde. In diesen Wänden lauern zu viele Erinnerungen an die letzten Jahre; an die Dinge, die ich getan habe, um am Leben zu bleiben. Jenseits der Veranda drehe ich mich noch einmal um, werfe einen letzten Blick auf die vernagelten Fenster und verabschiede mich stumm von der Hütte, bevor ich mich abwende.

Cole wartet mit den Händen in den Hosentaschen neben dem Jeep. Er starrt mit gerunzelter Stirn zu den Bergen auf. Sein Gesicht ist wieder glatt; er muss sich rasiert haben, während ich durch die Räume gewandert bin. Der Duft seines Aftershaves hüllt ihn in eine Wolke aus Eis und Kiefer.

»Ist das alles?«

Ich blicke auf den Ordner, den ich an meine Brust drücke, gefüllt mit jedem Fetzen Papier, den ich gefunden habe. »Ja. Wahrscheinlich ist das nur Mist, aber ich wollte nicht riskieren, irgendetwas zurückzulassen. Der Rest der Notizen befindet sich in den Tresorräumen im Minenstollen.«

Er blinzelt. »*Minen*stollen?«

Ich lächle. »Deswegen hat mein Vater dieses Grundstück gekauft. Die Familie, der es vorher gehört hat, hat heimlich ein paar Stollen in den Berg getrieben, in der Hoffnung, Gold zu finden. Ich habe keine Ahnung, ob sie fündig geworden sind, aber sie haben ein ganzes Netzwerk aus Tunneln hinterlassen. Manchmal gibt es hier Waldbrände, und die Minen sind ein gutes Versteck. Mein Vater hat eine Menge Dinge dort untergebracht, inklusive einem Großteil seiner Notizen. Den besten Zugang hat man über einen Wanderweg auf der anderen Seite des Berges. Wir können ihn über die Feuerschneise erreichen.«

»Du willst mir erzählen, dass Lachlan seine genetischen Forschungsergebnisse in von Laien ausgehobenen, illegalen Stollen versteckt hat? Das ist … exzentrisch.«

»Du bist meinem Vater doch begegnet, oder?«

Seine Miene wird weich. »Du hast recht. Ich weiß nicht mal, wieso mich das überrascht.«

Die Worte hängen zwischen uns in der Luft. Ich lasse es zu, während ich darüber nachdenke, wie ich mich dabei fühle, Scherze über meinen Vater zu machen. Ich spüre immer noch die Lawine aus Kummer in meinem Herzen, zurückgehalten durch Wände aus eisernem Willen. Doch da ist noch mehr. Ein Teil von mir ist unglaublich wütend, weil er mir diese Aufgabe übertragen hat – weil er mich mit einem Fremden zusammengepfercht und mir das Schicksal der Welt auf die Schultern geladen hat. Doch ein anderer Teil ist total aus dem Häuschen. Ich will seinen Namen rufen, lachen und die Tatsache feiern, dass er einen Impfstoff programmiert hat.

Dann – tief in mir, aber deswegen nicht stumm – ist da der Teil von mir, der neugierig auf den Mann ist, mit dem ich so wenig Zeit verbracht habe. Cole scheint meinen Vater gut zu kennen. Am liebsten würde ich ihm Löcher in den Bauch fragen; wie er meinen Vater kennengelernt hat; wann sie sich getroffen haben; ob er wusste, wie sein Zimmer bei Cartaxus ausgesehen hat. Die Fragen steigen immer wieder in mir auf, doch wann immer ich sie stellen will, blitzen vor meinem inneren Auge die Narben auf Coles Brust auf, der beängstigende Code in seinem Panel. Ich bin mir einfach nicht sicher, ob ich schon bereit bin, herauszufinden, wie eng mein Vater mit Cole zusammengearbeitet hat.

»Also holen wir die Notizen«, sagt Cole und tätschelt den Jeep. Die Heckklappe senkt sich und versiegelt sich zischend. »Dann können wir aufbrechen. Ich will bis zum Abend die Grenze erreichen.« Er öffnet die Beifahrertür und fordert mich mit einer Geste zum Einsteigen auf.

Ich gehe zu ihm und bewundere den Jeep. Es ist ein Monster von einem Wagen. Schwarz und massig, das Dach verschalt mit glitzernden Nanosolarplatten. Diamantverstärkte Reifen glänzen unter den gepanzerten Seiten, und die Fenster sind dunkel und undurchsichtig. Auch der Innenraum ist ganz im Farbstil von Cartaxus gehalten: Schwarz in schwarz, mit subtilen Goldakzenten.

»Nette Karre«, sage ich, als ich einsteige und den Ordner auf meinem Schoß ablege.

Cole schnaubt. »Du weißt noch gar nichts.«

Er setzt sich auf den Fahrersitz und schließt die Tür. Die Reifen erzeugen einen Sturm aus Kieseln hinter uns, als wir die Einfahrt entlangfahren, um dann auf die Feuerschneise abzubiegen, die sich um den Berg zieht. Der Jeep scheint überwiegend autark zu fahren, doch er besitzt ein Lenkrad, das Cole die ganze Zeit über umklammert.

»Was ist mit der Klonbox?«, frage ich, als die Hütte hinter uns zwischen den Bäumen verschwindet. Mein Vater hat erklärt, wir bräuchten zwei Dinge – seine Notizen und eine Klonbox –, um den Impfstoff zu dechiffrieren.

»Ich habe da ein paar Ideen, wo wir eine finden könnten.«

Ich ziehe eine Augenbraue hoch. Manchmal besitzen Krankenhäuser Klonboxen, doch normalerweise findet man sie nur in Forschungseinrichtungen. Sie sind außergewöhnliche Maschinen – auch wenn es fraglich ist, ob man sie Maschinen nennen kann. Denn streng genommen sind Klonboxen *lebendig.*

Wenn man einen neuen Gentech-Code ausprobieren will, ist er noch nicht sicher genug, um ihn an einer Person zu testen. Schlecht programmierte Codes können tödlich sein. Also testen Wissenschaftler ihre Wirkung stattdessen mit Klonboxen. Das sind Würfel aus Glas und Stahl, mit einer Seitenlänge von vielleicht einem halben Meter, gefüllt mit Zylindern, in denen sich Millionen künstlicher Zellen in flüssiger Form befinden. Die Zellen können an die DNA jeder Person angepasst werden, die ihr Panel mit der Klonbox verbindet – um sie zu *klonen.* Nur dass die Zellen, die man klont, nicht die Form einer Person annehmen – sondern nur eine Suppe aus Blut und Muskeln und Hirnmasse bilden.

Es ergibt Sinn, dass wir eine Klonbox brauchen, um den Impfstoff zu studieren, nachdem der Code, der in Cole läuft, in seinem Panel eingeschlossen ist. Wenn wir Cole an eine Klonbox anschließen, werden die Zellen in der Box als Erweiterung seines Körpers fungieren, was bedeutet, dass sich auch der Impfstoff in sie übertragen sollte. Das löst das Problem, wie wir den Code aus Coles Arm bekommen, hilft aber nicht bei der Frage, wie wir ihn dechiffrieren sollen. Die Antwort darauf sollten wir in den Notizen meines Vaters finden. Sobald wir beides haben, müsste es uns gelingen, den Impfstoff freizugeben.

Cole beugt sich vor und späht durch die Windschutzscheibe zu den Bergen. »Hast du Nachbarn?«

»Nicht mehr. Warum?«

Er kneift die Augen zusammen. »Ich empfange seltsame Signale von diesem Berg, seitdem ich hier angekommen bin. Ich glaube, es könnten Leute sein, aber ich kann nicht herausfinden, wo sie sich aufhalten. Und ich fange keine Gespräche auf.«

Meine Haut beginnt zu kribbeln. »Vielleicht reden sie nicht.«

»Zwei Tage lang?«

»Wenn es Schleicher sind, reden sie vielleicht gar nicht mehr.«

Cole wirkt verwirrt. Natürlich. Er hat die letzten zwei Jahre im angenehmen Schutz von Luftschleusen und Dekontaminationskammern verbracht. Er hat wahrscheinlich nie getötet, um Immunität zu erlangen; musste niemals eine Dosis herunterwürgen oder sehen, wie sich ein Kind, das dem Grimm erlegen ist, auf seine eigene Mutter stürzt.

Ich reibe mir die Arme und starre auf die vorbeihuschenden Bäume. »Du weißt vom Grimm, oder? Dass der Geruch von Menschen in der zweiten Phase die Leute verrückt macht? Wie er …«

»Sie dazu bringt, infizierte Menschen zu essen?«

Ich nicke. Plötzlich bin ich mir des Geruchs der Immunität bewusst, der von meiner Haut aufsteigt, und muss daran denken, was ich getan habe, um ihn zu erlangen. Mit einem Kopfschütteln vertreibe ich diese Gedanken. »Es ist eine neurologische Reaktion, wie eine Psychose. Wenn der Grimm einen überwältigt, verliert man sich selbst. Manche der Betroffenen tauchen nie wieder daraus auf. Wir nennen sie Schleicher. Sie ziehen in Rudeln umher und werden dich töten und fressen, egal ob du infiziert bist oder nicht.«

Cole zieht die Augenbrauen hoch. »Ich habe Geschichten von solchen Leuten gehört, aber ich dachte immer, das wäre Cartaxus-Propaganda: Verlasst die Bunker nicht oder ihr werdet von Leuten umgebracht, die aus Spaß töten.«

Ich schüttle den Kopf. »So ist es nicht. Sie sind eher wie wilde Tiere, wie Bären oder Wölfe. Es ist, als würden sie nur noch von ihren Instinkten getrieben. Sie scheinen sich gegenseitig zu erkennen und bilden Rudel, um gemeinsam zu jagen, doch sie halten sich in den Wäldern auf, wie Tiere. Deswegen nennen wir sie Schleicher. Versteh mich nicht falsch – sie sind blutrünstig, und wenn man einem Rudel begegnet, werden sie versuchen, dich umzubringen. Aber es ist nicht schwer, ihnen aus dem Weg zu gehen.«

»Das ist gut«, sagt Cole und gibt Gas, als der Weg sich vor uns öffnet. »Weil ich ihnen gerne überhaupt nicht begegnen würde.«

Der Weg steigt langsam höher, windet sich näher an den Eingang zur Mine heran. Cole späht immer wieder durch die Windschutzscheibe, als sähe er etwas, was sich zwischen den Bäumen am Berg versteckt.

Ich öffne den Ordner auf meinem Schoß, und er wirft mir einen kurzen Blick zu. »Wo hast du den gefunden?«, fragt er. »Ich dachte, ich hätte alles durchsucht.«

»Im Keller, hinter dem Regal.« Ich blättere mich durch eine Mischung fleckiger Papiere. Auf den meisten prangen hingeworfene Diagramme und Berechnungen – nichts, was uns helfen würde. Mein Vater muss bei dem Impfstoff eine Verschlüsselung verwendet haben, die er schon vorher benutzt hat, vielleicht während seiner Zeit in der Hütte. Irgendwo in seinen Aufzeichnungen muss er Anweisungen hinterlassen haben. Doch bisher habe ich nichts Hilfreiches gefunden. Ich schaue den Rest der Papiere im Ordner durch. Als ich einen Brief mit Wasserzeichen und goldener Prägeschrift auf dem Kopf entdecke, halte ich inne.

Cole sieht zu mir und zieht die Augenbrauen hoch. »Du wurdest in das biomathematische Programm in Cambridge aufgenommen?«

Ich nicke, während ich den Brief lese und mich daran erinnere, wie aufgeregt ich war, als er ankam. Wir lebten erst seit ein paar Monaten in der Hütte und ich hatte mich für ein besonderes Programm für Minderjährige beworben, in der Hoffnung, damit meinen Vater zu beeindrucken. Ich hatte ihnen eine Auswahl meiner Codes geschickt, und sie haben mir ein volles Stipendium für das nächste Jahr angeboten. Mein Vater hatte in Cambridge studiert. Ich hatte gedacht, er wäre begeistert, doch als er es herausgefunden hat, haben wir uns stattdessen gestritten.

Zu jung, sagte er, und zu weit entfernt. Er versprach, mir mehr beizubringen, als die Universität es jemals könnte. Ich schloss mich tagelang schmollend in meinem Zimmer ein. Dann ist Dax aufgetaucht, mit seinem schiefen Lächeln und dem lockeren Charme, und ich erkannte die Vorteile darin, zu Hause zu studieren.

Ich lasse den Brief wieder auf den Stapel fallen und starre aus dem Fenster, während wir langsam den Berg erklimmen. »Mein Vater wollte mich nicht gehen lassen. Ich war gerade erst aus dem Internat zurückgekommen. Ich glaube, er wollte mich noch eine Weile bei sich behalten.«

»Internat?«

»Ja«, sage ich. »Saint Lucia, oben in Kanada. Es war schrecklich. Alle haben ihre Zeit ständig in der virtuellen Realität verbracht, also hatte ich keine Freunde. Allerdings blieb mir damit eine Menge Zeit, programmieren zu lernen. Was ist mit dir? Wo bist du zur Schule gegangen?«

Irgendetwas in Coles Miene verändert sich – wird hart. »Militärakademie.«

Natürlich. Das hätte ich mir denken können. Coles präzise Bewegungen, die Wachsamkeit in seinen Augen … das alles verrät, dass er kein frischer Rekrut ist. Die meisten Cartaxus-Truppen, die ich bisher gesehen habe, verlassen sich sehr auf ihre Teks und ihre Waffen, doch Cole scheint jahrelang ausgebildet worden zu sein.

»Und College?« Ich deute auf den Brief von Cambridge. »Wo wolltest du studieren, bevor die Welt untergegangen ist?«

Sein Blick wird für einen Moment leer; dann rutscht er unangenehm berührt auf seinem Sitz herum. »Keine Ahnung. Habe mir nie wirklich Gedanken darüber gemacht.«

»Du musst doch irgendeine Idee gehabt haben.«

Er schüttelt den Kopf. »Lohnt sich nicht, darüber nachzudenken.«

»Wenn du es mir nicht erzählst, fange ich an zu raten. Im Moment vermute ich, du wolltest auf die Clown-Schule.«

Er seufzt und bremst den Jeep, um eine Kurve zu nehmen. »Ich wollte Kunst studieren.«

»Oh.« Sicher. Ich habe seine Skizzen gesehen, aber nicht weiter darüber nachgedacht. Es ist schwer, den Soldaten mit den Kraftleitungen im Gesicht mit einem Jungen in Einklang zu bringen, der malen will. »Warum Kunst?«

»Warum *Biomathematik*?«, fragt er sarkastisch.

Ich verdrehe die Augen. »Ich will dich doch nur besser kennenlernen. Wir werden den ganzen Weg nach Kanada in diesem Jeep festhängen.«

Cole entdeckt den Zugang zum Wanderweg, der zum Eingang der Mine führt, bevor ich ihn darauf hinweisen kann, und lenkt den Jeep von der Kiesschneise. Wir stoppen und das Armaturenbrett des Jeeps erlischt. Cole öffnet die Tür, um auszusteigen, doch dann zögert er und dreht sich zu mir. Seine Hände spielen unruhig am Stoff seiner Hose herum. Er sieht nicht nervös aus, doch er strahlt wieder diese Energie aus, die ich schon einmal bemerkt habe, sodass die Luft um ihn herum zu knistern scheint. Er sucht meinen Blick und hält ihn so energisch, dass ich gegen den Drang kämpfen muss, wegzuschauen.

Zum ersten Mal habe ich den Eindruck, dass ich wirklich ihn sehe statt den Cartaxus-Soldaten. Er ist jünger, als ich dachte, ungefähr in meinem Alter. Seine eisblauen Augen spiegeln das Morgenlicht. Um seine Nase herum erkenne ich eine Handvoll winziger Sommersprossen.

»Du bist die Programmiererin«, sagt er schließlich. »Welches Gen macht jemanden zum Künstler?«

Ich ziehe eine Augenbraue hoch. Das ist eine Fangfrage, und das weiß er auch. Der Großteil menschlichen Verhaltens und dessen Korrelation mit der DNA ist immer noch unerforschtes Terrain. Wir wissen, welche Gene dafür sorgen, dass Ratten Angst vor Adlern haben, und wir wissen, warum Vögel im Winter nach Süden fliegen – doch die Komplexität menschlichen Verhaltens stellt die Wissenschaft immer noch vor Rätsel.

»Es gibt kein Gen für künstlerische Begabung«, sage ich. »Zumindest haben sie bis jetzt keines gefunden.«

Er nickt, sein Blick fast schmerzerfüllt. »Deswegen wollte ich Künstler werden.«

Er gleitet aus dem Wagen, bevor ich antworten kann, und schlägt die Tür hinter sich zu, sodass ich mit dem Duft seines Aftershaves allein in der versiegelten Stille des Jeeps zurückbleibe.

12

Als ich aussteige, stiefelt Cole gerade den Weg zurück, den wir gekommen sind. Er streckt seinen Arm in die Luft, als ob er Empfang suchen würde. Die Umgebung ist felsig, die Bäume dünn und sparrig, und der Pfad, der zum Mineneingang führt, ist so schmal und gewunden, dass wir ihn zu Fuß hinaufsteigen müssen.

»Ich hätte es wissen müssen«, murmelt er. »Komm, lass uns das schnell hinter uns bringen.«

»Was ist los?«

»Ich bin blind, das ist los. Ich habe Scans abgesetzt, seitdem wir losgefahren sind, aber sie kommen alle gestört zurück. Ich glaube, es ist dasselbe Problem wie bei den seltsamen Meldungen in der Hütte. Irgendetwas an diesen Bergen bringt meine Tek durcheinander.«

»Mineralische Einlagerungen?«

»Nein, eher streng geheime Cartaxus-Technik, die es hier gar nicht geben sollte. Lachlan muss sie gestohlen haben, als er verschwunden ist.«

»Oh. Ja, das klingt vertraut. Er hat irgendetwas in den Minen verkabelt, um die Fledermäuse fernzuhalten. Irgendwas mit Ultraschall …«

»Man nennt es eine Schwarze Kuppel.« Cole klopft auf die Heckklappe des Jeeps. Sie öffnet sich mit einem Zischen. Er klettert in den Wagen und beginnt, die Ladefläche zu durchsuchen. »Sie erzeugt eine tote Zone für jegliche Übertragungen.«

»Na ja, und bei Fledermäusen funktioniert es auch.«

»Super. Ich werde das an Cartaxus weiterleiten.«

Ich werfe einen Blick zum Mineneingang und rufe mein Kommlink auf. Es gibt so viele Stellen mit schlechtem Empfang auf dem

Grundstück, dass mir nie aufgefallen ist, wie übel es in der Nähe der Mine ist. Ich versuche, meine Nachrichten aufzurufen, weil ich auf einen Text von Agnes hoffe, sehe jedoch nur einen wirbelnden Kreis. Immer noch keine Anrufe oder Nachrichten. Möglicherweise hat sie ja herausgefunden, dass Cole den Impfstoff trägt. Er sagte, die Frierpacks wären aufgebrochen, als ich im Eisbad lag; und dass seine Haut geplatzt wäre und er Blut verloren hätte. Vielleicht hat sie sich eine Probe geschnappt und ist direkt zu Skies gefahren.

Cole springt mit einem Rucksack in der Hand aus dem Jeep. Er wirft mir das Gepäckstück zu. Ich fange es, dann stolpere ich unter dem Gewicht. Es besteht aus Nanostoff – elastisch, aber kugelsicher –, und das weiße Cartaxus-Geweih prangt auf der Klappe.

Ich schaue auf. »Wofür ist das?«

»Darin befinden sich ein Medikit, ein Wasserfilter und eine Notfackel. Du musst ihn immer tragen.«

Ich verdrehe die Augen, schwinge mir den Rucksack aber auf den Rücken. »Wo ist meine Waffe?«

»Du kriegst keine.«

»Du machst Witze, richtig? Ich dachte, wir arbeiten zusammen.«

»Das tun wir, aber du kriegst trotzdem keine Waffe. Es ist zu gefährlich. Ich kümmere mich um die Sicherheit.«

»Das ist Bullshit«, murmele ich, als ich den Hüftgurt schließe, um das Gewicht des Rucksacks zu verlagern. »Ich sollte eine Waffe haben. Und dieser Rucksack ist wahrscheinlich das Unbequemste, was ich je getragen habe.«

»Lass mich das machen.« Cole zieht mir den Gurt aus den Händen und schiebt eine Hand um meine Taille, dann hält er mich fest, während er den Gurt festzieht. »Wie ist es jetzt?«

Ich schaue auf. Plötzlich steht er eng neben mir. Das Licht glänzt auf seinen Wimpern, und sein Duft füllt die Morgenluft. Für eine Sekunde treffen sich unsere Blicke, und wir scheinen wortlos zu kommunizieren, bis mir klar wird, dass sein Arm immer noch um meine Taille liegt.

Er bemerkt es im selben Moment und tritt einen Schritt nach hinten. Ein fast schuldbewusster Ausdruck huscht über sein Gesicht.

Oh, nein. Auf keinen Fall. Er hatte seinen Arm nicht gerade absichtlich an meiner Hüfte *verweilen* lassen, oder? Ich werde nicht im selben Auto mit einem muskelbepackten Idioten schlafen, der glaubt, er könnte mich angrapschen, wann immer ihm danach ist.

»Pfoten weg, Soldat«, blaffe ich, »oder ich breche dir die Finger.«

Ich erwarte, dass er zusammenzuckt oder Entschuldigungen ausstößt und mir erklärt, ich würde überreagieren, doch stattdessen lässt er den Kopf sinken. »Tut mir leid, das hatte ich nicht vor. Ich habe nur …«

»Nur was?« Ich verschränke die Arme.

Er kratzt sich verlegen am Kopf. »Ich kann einfach nicht aufhören, an Jun Bei zu denken. Du erinnerst mich ein wenig an sie. Also kann ich, wenn wir uns unterhalten, einfach nicht anders, als mir vorzustellen, wie es wäre, mit ihr zu reden.« Er zögert. »Tut mir leid, jetzt fühlst du dich wahrscheinlich noch unwohler.«

Ich beobachte ihn mit harter Miene, bis mir klar wird, dass das nicht nur eine Ausrede ist, dann seufze ich tief. Er versucht nicht, mich anzubaggern – er hat einfach Liebeskummer. Ich kann mir nicht vorstellen, was er dabei empfindet, nach so langer Zeit herauszufinden, dass seine Freundin noch lebt. Er muss vollkommen fertig sein.

»Nein«, sage ich. »Das verstehe ich. Ich dachte nur, du wärst ein Grapscher.«

»Ich weiß, es ist verrückt, dass sie mir immer noch so viel bedeutet. Sie hat mich seit Jahren nicht kontaktiert. Du musst mich für einen Idioten halten.«

»Wenn du ein Idiot bist, dann gilt dasselbe für mich. Ich habe seit dem Ausbruch nichts von Dax gehört, aber ich denke trotzdem jeden Tag an ihn.«

»Dax?« Cole sieht mich überrascht an. »Du bist in *Crick* verliebt?«

Er wirkt so entsetzt, dass meine Schultern sich verspannen. »Wir waren, irgendwie … Wieso, ist er mit jemand anderem zusammen?«

Es ist Jahre her. Natürlich hat er weitergemacht. Ich habe mir hundert Mal gesagt, dass es so kommen würde … doch ein kleiner dämlicher Teil von mir hat sich trotzdem eingeredet, wir würden wieder zusammenkommen, wenn alles vorbei ist.

Ein unlesbarer Ausdruck huscht über Coles Gesicht. »Nein, ist er nicht. Ich … ich hätte nur nicht gedacht, dass du sein Typ bist. Aber Himmel, es ist perfekt. Agatta und Crick. Was für ein Paar ihr beide abgäbt. Zusammen müsst ihr den IQ eines kleinen Planeten haben.«

Meine Schultern entspannen sich wieder. »Eines mittleren Planeten. Mindestens.«

Einen Augenblick später verziehen sich Coles Lippen zu einem Grinsen. »Okay. Eines mittleren Planeten.«

Ich lächle schief, dann ziehe ich den Rucksack höher und mache die ersten Schritte auf den Wanderpfad. »Nur damit du es weißt, ich habe ernst gemeint, was ich gesagt habe. Ich werde dir die Finger brechen, wenn du mich anfasst.«

Lachend folgt er mir auf den Pfad. »Jun Bei würde das auch tun.«

»Oh, ich *mag* dieses Mädchen. Erzähl mir mehr.«

Er lacht leise. »Na ja, sie ist zäh. Sie könnte mich jeden Tag der Woche besiegen.«

Ich werfe einen Blick zurück, als ich über einen Felsen klettere. »Wirklich? Dann muss sie ziemlich stark sein.«

»Schon, aber vor allem ist sie schnell und irgendwie wild. Sie ist durchaus fähig, Leute zu beißen oder ihnen die Finger in die Augen zu rammen.«

»Okay. Ich mag sie definitiv.« Ich packe einen Ast, um mich über eine steile, felsige Fläche zu ziehen, dann warte ich, dass Cole mir folgt. Er bewegt sich in einer Mischung aus Eleganz und Stärke über die Steine, die mich an einen Löwen erinnert.

»Also wurdet ihr beide beim Ausbruch getrennt?«, frage ich.

Sein Lächeln erstarrt. »Nein, schon vorher.«

»Oh.« Ich richte mich auf. *Vor* dem Ausbruch. Aus irgendeinem Grund war ich davon ausgegangen, dass Jun Bei und Cole zusammen bei Cartaxus waren. Aber das ergibt keinen Sinn. Zu Zeiten des Ausbruchs müssen sie ungefähr sechzehn gewesen sein, und Cartaxus heuert keine Minderjährigen an. »Wie habt ihr euch getroffen?«

Er wischt sich ein paar Schweißtropfen von der Stirn. »Wir sind schon seit unserer Kindheit befreundet.«

»Woher kannte euch mein Vater? Du hast gesagt, er hätte Jun Bei auch gekannt. Also muss er euch beide schon vor dem Ausbruch getroffen haben.«

Wieder huscht etwas über Coles Gesicht. Ein Ausdruck, der mich an die Narben auf seiner Brust denken lässt; daran, wie er mich angefleht hat, das Kabel aus seinem Panel zu ziehen. Dann hebt sich hinter seinen Augen eine Mauer, und sein Blick wird hart. »Lass uns später darüber reden«, sagt er. »Wie ich schon sagte, ohne meine Tek bin ich blind. Wir müssen diese Notizen holen und von hier verschwinden.«

Damit steigt er weiter den Pfad nach oben, während ich zurückbleibe, meine Intuition in Aufruhr. Ich weiß nicht, worauf ich da gerade gestoßen bin, doch irgendwas verrät mir, dass es nichts Gutes ist. Es gibt irgendeine Verbindung zwischen Cole, meinem Vater und Jun Bei. Etwas, was vor der Seuche geschehen ist. Ich rücke den Rucksack zurecht und folge Cole den Pfad hinauf, erfüllt von einem seltsamen Gefühl der Unruhe.

Wir sprechen erst wieder miteinander, als wir den Eingang zur Mine erreichen – ein viereckiges befestigtes Loch aus Dunkelheit, das sich in der Seite des Berges öffnet. Cole stoppt am Eingang zur Finsternis und zieht zwei Stirnlampen aus seinen Taschen – vielleicht drei Zentimeter breite FIPEL-Streifen auf einem schwarzen elastischen Band, auf dem das Cartaxus-Geweih prangt. Er wirft mir eine Lampe zu. Ich ziehe sie über meinen Zopf und schalte sie ein. Die Stahlschienen auf dem steinigen Boden glänzen im Licht, als ich die Mine betrete. Sofort sinkt die Temperatur, und meine Nase brennt vom Gestank nach Ammoniak und Verwesung.

»Oh Mann«, flüstere ich, bevor ich leicht würge. Die rohen Granitwände sind mit einer dichten Schicht Fledermausdung überzogen. Auf dem Boden wurde Sägemehl verteilt, um das Schlimmste aufzusaugen, doch das hilft nicht gegen den Geruch. »Du hast Glück, dass es noch so früh ist. Bei Hitze ist es hier kaum zu ertragen.«

Über uns fiepen und baumeln zahllose braune Fledermäuse. Cole hebt seine Lampe, doch ich weise ihn mit einer Bewegung an, sie auszuschalten. Das Licht lässt die Fledermäuse mit lautem Schnattern abheben.

»Sei still, wenn du nicht willst, dass dir Tausende von ihnen im Gesicht rumschwirren«, sage ich. »Komm, der Hauptlagerraum liegt am Ende dieses Stollens. Dort gibt es keine Fledermäuse, also stinkt es dort auch nicht so.«

Wir eilen einen schmalen, mit Sägemehl ausgestreuten Schacht entlang, an dessen Wänden sich Kisten mit kaputter Technik stapeln. Mein Vater hat diese Minen benutzt wie andere Leute ihre Garage – um alte, staubige Geräte und Kisten voller Gerümpel aufzubewahren. Der Stollen steigt im Berg nach oben, bis er eine riesige natürliche Höhle erreicht, die die Bergarbeiter wohl eher zufällig entdeckt haben. Weiße Kartons ziehen sich an einer der Seitenwände entlang, auf der anderen öffnen sich die Zugänge zu mehreren kleineren, dunklen Höhlen. Keuchend deute ich auf die Kisten.

»Das sind seine Notizen. Könnte allerdings sein, dass auch in den kleineren Höhlen noch etwas steht. Wir sollten auf jeden Fall nachschauen.«

Coles Blick huscht zur hinteren Wand, in der ein etwa dreißig Zentimeter breiter Spalt klafft. »Befindet sich auch hinter diesem Spalt noch eine Höhle?«

Ich nicke. »Ja. Na ja, eher eine Nische. Ich habe dort ein paar Sachen verstaut. Ich dachte, es wäre ein gutes Versteck, falls ich die Hütte je verlassen muss.«

»Wann warst du das letzte Mal hier?« Cole wirft sich sein Gewehr über die Schulter, wandert zum Ende der Höhle und späht durch den Spalt.

Ich lasse meinen Rucksack auf den Boden fallen. »Letzten Winter habe ich ein paar Nächte hier geschlafen. Warum?«

Er zieht ein paar gelbe Glühstäbe aus der Tasche, knickt sie, um den Raum mit Licht zu erfüllen, und deutet auf einen Haufen Asche auf dem Boden. »Jemand hat hier Feuer gemacht. Kann nicht länger her sein als ein paar Tage.«

Ich mustere die Reste des Feuers. Einige halb verbrannte Stöcke und Kiefernnadeln liegen um die Asche verteilt. Aus der Asche ragt ein schlanker geschwärzter Knochen heraus.

Das Schlüsselbein eines Menschen.

»Schleicher«, hauche ich. »Du hast recht. Sie waren hier.«

Cole starrt die Überreste des Feuers an und verspannt sich. »Okay, lass uns die Notizen holen und abhauen. Das gefällt mir gar nicht.«

Ich nicke schnell. »Ich werde in den kleineren Höhlen nachsehen.«

Ein schmaler gewundener Gang führt mich in eine Höhle, von deren Decke lange Stalaktiten hängen. Bis auf eine Kiste mit unbenutzten Leuchtfackeln, die an einem orangefarbenen Kajak lehnt, ist der Raum leer. Cole folgt mir mit dem Gewehr in der Hand. Sein Blick huscht durch die dunklen Nischen des Raums, auf der Suche nach Schleichern.

»Nur ein Kajak«, sage ich. »Und ich habe wirklich keine Ahnung, wieso das hier steht.«

Er nickt. »Schau es dir an. Ich fange inzwischen an, diese Kisten zum Jeep zu tragen.«

Das Kajak liegt unter einer dichten Staubschicht begraben. Ich habe es schon mal gesehen, kann mich aber nicht daran erinnern, es je benutzt zu haben. Wir hatten ein Kanu am See liegen, doch sonst kann ich mich an kein Boot erinnern. Ich ziehe es von der Wand weg und entdecke noch etwas. Ein Karton ruht in einem engen Spalt hinter dem Kajak.

»Ich habe noch eine gefunden«, rufe ich und ziehe die Kiste aus der Nische. Der Karton ist alt und wasserfleckig, und darin liegen nur ein paar modrige Aktenmappen. Ich gehe in die Hocke und ziehe eine der Mappen heraus. Die Seiten sind mit dem Briefkopf von Cartaxus gekennzeichnet und stammen aus einer Zeit ein paar Jahre vor meiner Geburt.

»Diese Akten sind alt«, rufe ich. »Aus der Zeit, als mein Vater für Cartaxus gearbeitet hat.«

»Bring sie mit«, ruft Cole zurück. Seine Stimme hallt durch die Höhlen. »Bring alles, wovon du glaubst, dass es nützlich sein könnte. Ich bin in einer Minute zurück.«

Ich blättere stirnrunzelnd durch die Akte. Hier geht es nicht um Gentech-Forschung. Es wirkt eher wie ein Tagebuch eines psychologischen Experiments. Ich blättere weiter, um zu verstehen, woran mein Vater gearbeitet hat, als sich die Akte auf dem Schwarz-Weiß-Bild eines kleinen Jungen öffnet.

Er trägt kein Hemd und ist dürr, seine Arme hängen schlaff neben einem mit Verbänden umwickelten Oberkörper herunter, und in seinem Gesicht prangt ein purpurner Bluterguss. Ein Infusionsschlauch läuft in seine Halsvene, und sein Haar wurde bis auf die Kopfhaut abrasiert, sodass der Kreis aus Stichen deutlich zu sehen ist, der sich einmal um seinen Kopf zieht.

Ich lasse die Akte fallen und unterdrücke einen Schrei.

Die Beschriftung unter dem Bild lautet: *Versuchsperson 5, Cole Franklin.*

13

»Oh, verdammt«, flüstere ich, dann sinke ich auf die Knie, den Blick unverwandt auf das Foto gerichtet. Ich erkenne Coles Gesichtszüge so deutlich in diesem kleinen Jungen, der nicht älter sein kann als fünf Jahre. Dunkle Narben spähen unter den Verbänden an seiner Brust hervor, und er wirkt tief unglücklich. Ein medizinischer Bericht hinter dem Foto zählt seine Verletzungen auf: gebrochene Finger, Prellungen, abgelöste Hornhaut auf einem Auge und Lungenriss. Selektiver Mutismus, Tendenz zu Gewalttätigkeit, chronische Schlaflosigkeit.

Dutzende Anmerkungen sind an die Ränder seines DNA-Profils gekritzelt, und jeder einzelne Kommentar zeigt die Handschrift meines Vaters. Es kostet mich einen langen, unerträglichen Moment, um zu verstehen, was das bedeutet.

Mein Vater hat Experimente an Cole durchgeführt, als er noch ein kleiner Junge war. Die Narben auf seiner Brust, der experimentelle Code …

Mein Vater hat das einem *Kind* angetan.

Ich blättere durch den Rest der Akte, auf der Suche nach etwas, was diese Experimente hätte rechtfertigen können. Nicht dass ich mir eine Entschuldigung dafür vorstellen könnte, diese Art von Forschung an Kindern durchzuführen. Es ist vollkommen unethisch und absolut illegal. Ein weiteres Foto von Cole ist an einen Sequenzierungsplan ganz hinten geheftet, mit einem einzigen gekritzelten Kommentar von meinem Vater.

Keine Schmerzreaktion, wenn Beta-6 ausgelöst wird! Unglaubliche Toleranz!

»Catarina?« Cole erscheint neben mir und wischt sich die Stirn mit einem Tuch ab.

Ich klappe die Akte zu und stopfe sie zurück in den Karton. »Alles okay. Ich habe mir nur angeschaut, was wir hier haben.«

»Ich trage es zum Jeep, dann können wir los. Dieser Ort ist mir unheimlich.«

»Ich nehme sie schon«, stoße ich hervor und greife nach der Kiste.

»Halt.«

Ich erstarre, weil ich damit rechne, dass Cole seine Akte aus der Kiste zieht, um mir zu erklären, dass er meinen Vater deswegen schon vor der Seuche kannte. Ich will die Wahrheit erfahren, aber gleichzeitig bin ich noch nicht bereit, sie zu hören. Meine Hände zittern. Jedes Mal wenn ich blinzle, sehe ich Coles vernarbten, bandagierten Brustkorb.

Er hebt meinen Rucksack. »Kannst du den wieder anlegen? Ich habe es ernst gemeint, als ich gesagt habe, dass du ihn immer tragen sollst.«

»Oh.« Ich stelle die Kiste ab und werfe mir den Rucksack über, ohne mir die Mühe zu machen, den Hüftgurt zu schließen. Dann greife ich wieder nach der Kiste und steuere durch den engen Gang, wobei ich ungeschickt den vermoderten Karton an meine Brust drücke. Die Fledermäuse kreischen, als ich die Höhle verlasse und den Pfad nach unten steige, ohne meinen Weg wirklich wahrzunehmen.

Keine Schmerzreaktion, stand in der Akte. *Unglaubliche Toleranz!*

Wieso hat mein Vater die Reaktionen eines kleinen Jungen auf Schmerz gemessen?

Die Heckklappe des Jeeps steht offen. Ich verstaue den alten Karton, dann ziehe ich Coles Akte heraus und öffne sie erneut. Der kleine Junge starrt zu mir auf, ausgezehrt und vollkommen verängstigt.

Verletzt und zusammengeflickt durch die Hände meines Vaters.

In dem Karton befinden sich vier weitere Aktenmappen, die genauso aussehen wie Coles. Aus einem Impuls heraus schnappe ich sie mir alle und stopfe sie in meinen Rucksack, dann steige ich über den Weg nach oben und kehre in die Mine zurück. Als ich die Höhle erreiche, steht Cole vornübergebeugt an der hinteren Wand. Ich bringe es kaum über mich, ihn anzusehen.

»Ich habe alle Räume bis auf die kleine Nische noch mal kontrolliert«, sagt er. »Ich passe nicht durch den Spalt.«

»Da drin sind keine Notizen.«

»Kannst du zur Sicherheit noch mal nachschauen?«

Nickend lasse ich den Rucksack zu Boden fallen, froh, dass ich es so vermeiden kann, mit Cole zu reden, bis ich ein wenig Zeit hatte, um mich zu sammeln. Ich schiebe mich in den dreißig Zentimeter breiten Spalt, dann muss ich mich auf die Zehenspitzen stellen, um meine Hüften hindurchzuquetschen. Mein Kinn kratzt über Stein, und raue Vorsprünge bohren sich bei jedem Atemzug in meine Rippen, während ich mich langsam seitwärts voranarbeite.

»Ich habe meine Meinung geändert«, ruft Cole. »Das gefällt mir nicht. Komm bitte zurück.«

»Ist okay. Ich bin fast durch.« Ich strecke den Arm aus und ziehe mich die letzten paar Zentimeter weiter, bis ich endlich in die Nische stolpere. Das Licht meiner Stirnlampe tanzt über die Wände und beleuchtet einen Stapel Energieriegel und meinen verknitterten Schlafsack. Ich war ein paar Mal hier, um Vorräte einzulagern – um mir ein Notlager anzulegen, für den Fall, dass ein Waldbrand ausbricht.

Mit der Stiefelspitze hebe ich den Schlafsack an. Unterwäsche fällt heraus, dann entdecke ich ein paar vergilbte Bücher und das stumpfe Metall eines uralten Revolvers.

Perlmutt am Griff, eingravierte Efeuranken. Diese Pistole hatte ich ganz vergessen. Agnes hat sie mir geschenkt, doch mir war das

Gewehr immer lieber. Mehr Reichweite, bessere Treffgenauigkeit, einfacher aus der Deckung zu benutzen. Im Zylinder des Revolvers befinden sich noch zwei Kugeln. Vorsichtig greife ich danach und drehe ihn langsam hin und her, während ich darüber nachdenke, ob ich ihn behalten soll.

Cole will mir keine Waffe geben, aber das bedeutet nicht, dass ich nicht meine eigene mitbringen darf. Ich denke kurz darüber nach, mir den Revolver in den Hosenbund zu stecken, doch ich weiß, dass das eine dämliche Idee ist. Cole wird ihn sofort bemerken, und außerdem komme ich mit zwei Kugeln nicht weit. Ich lege den Revolver wieder auf den Boden, immer noch unentschlossen.

»Hier ist nichts«, rufe ich. »Zumindest keine Notizen.«

Es vergeht ein Moment, doch Cole antwortet nicht.

»Cole?«, rufe ich und spähe durch den Spalt. Die Haupthöhle ist leer. Ich höre nur das Kreischen der Fledermäuse, lauter, als es eigentlich sein sollte. Lauter als zu dem Zeitpunkt, als wir die Höhle betreten haben. Mein Audio-Implantat fährt hoch und sucht unter dem Lärm der Fledermäuse nach Cole.

Gedämpftes Lachen hallt von den Wänden wider.

Ich schalte die Stirnlampe aus und gehe in Deckung. Die Schritte eines Mannes erklingen in der Haupthöhle, dann verschwinden sie wieder. Ich erhasche im gelblichen Licht der Leuchtstäbe nur einen kurzen Blick auf eine Gestalt, doch mehr braucht es nicht, um zu verstehen, dass wir in ernsten Schwierigkeiten stecken.

Dreckverklebte Haut. Schwarz verfärbte Nägel. Zerfetzte, blutbesudelte Kleidung. Die Schleicher müssen sich versteckt haben, als sie den Jeep gesehen haben.

Und jetzt haben sie es auf uns abgesehen.

»Catarina?« Coles Stimme ist nur ein Flüstern unter dem Lärm der Fledermäuse. »Kannst du mich hören?«

»Ja«, hauche ich, eng gegen die Felswand gedrückt.

»Es sind vier. Sie wissen vielleicht nicht, dass du hier bist, und wahrscheinlich können sie dich durch diesen Spalt nicht erreichen. Du musst unbedingt da drin bleiben, egal, was geschieht.«

»Okay.«

»Verhalte dich ruhig.« Cole rennt aus der großen Höhle. Seine Schritte hallen im Stollen wider. Das Geräusch wird von den Wänden zurückgeworfen und verbindet sich mit dem Rauschen ledriger Flügel, bis ich ihn nicht mehr orten kann.

Plötzlich schreit einer der Schleicher überrascht auf, gefolgt von einer Salve Schüsse, die mein Audiotek überlastet. Ich verziehe das Gesicht, doch das statische Rauschen verklingt schnell genug, dass ich hören kann, wie drei Körper zu Boden fallen.

Cole hat gesagt, es wären vier. Drei erledigt, einer übrig. Ich schließe die Augen, konzentriere mich ganz auf die Geräusche, versuche herauszufinden, was vor sich geht.

Schritte erklingen im Hauptstollen, dann stößt der letzte Schleicher ein Brüllen aus. Er rennt schnell, wobei er wild um sich schießt. Coles Gewehr ist fast lautlos, doch trotzdem höre ich, wie er regelmäßige, sorgfältige Schüsse abgibt. Beide nähern sich der Haupthöhle. Kugeln bohren sich in die Wände, und ich erhasche einen Blick auf Cole, der in einen der Nebeltunnel läuft.

Die Schüsse verklingen. Ich höre zwei Leute atmen. Beide keuchen, beide sind irgendwo am Rand des Raums in Deckung gegangen. Ich glaube nicht, dass der Schleicher mich von seiner Position aus sehen kann. Meine Augen schießen zu dem Perlmuttgriff des Revolvers auf dem Boden.

Er liegt mitten im Spalt, sodass man ihn von der Höhle aus sehen kann. Das Silber ist stumpf, doch trotzdem glänzt es im Licht der Leuchtstäbe. Ich muss die Waffe in den Spalt getreten haben, als ich mich an die Wand gedrückt habe, und jetzt könnte sie den Schleicher direkt zu mir führen. Ich sinke auf die Knie und lehne mich vor, um mir den Revolver zu schnappen, als erneut Schüsse erklingen.

Kugeln treffen die Höhlenwände. Eine schießt durch den Spalt und trifft die Wand der Nische. Ich lasse mich nach hinten fallen, die Waffe in den Händen. Kleine Steinsplitter sausen durch die Luft und bohren sich in mein Handgelenk. Eine Wolke Sägemehl dringt durch den Spalt, als draußen etwas auf den Boden fällt.

Ohne hinzuschauen, ohne wirklich zu lauschen, weiß ich, was passiert ist. Es ist wie ein Tritt in den Magen.

Cole ist getroffen worden.

Getrieben von Panik stecke ich meinen Kopf in den Spalt und erhasche einen Blick auf den Schleicher. Er trägt eine zerfetzte Lederjacke, und sein Haar hängt verfilzt über seine Schultern. Er hält Coles Gewehr in einer dreckigen Hand. Cole liegt auf dem Rücken vor meiner Nische, doch ich kann nicht sehen, wo er verletzt ist.

Ich ziehe mich wieder zurück und drücke mich mit dem Rücken gegen die Wand. Cole ist verwundet. Er braucht meine Hilfe. Ich starre den Revolver in meinen Händen an.

»Hast *versucht*, mir wehzutun«, knurrt der Schleicher, als er durch den Raum schlurft. Er humpelt und atmet schwer. »Hättest nicht *her*kommen sollen.« Seine Stimme klingt gepresst, die Worte seltsam verschwommen. Alle Schleicher, denen ich je begegnet bin, haben so geklungen – also diejenigen, die noch reden konnten. Manche knurren nur noch, weil sie durch den Absturz in reine Brutalität jedes Sprechvermögen verlieren.

Cole antwortet nicht.

Ich riskiere einen weiteren Blick durch den Spalt. Im dämmrigen Licht der Leuchstäbe erkenne ich, dass er eine Hand an den Bauch presst. Er lebt noch, aber es sieht schlimm aus. Sein Hemd ist mit Blut getränkt. Der Schleicher schlurft vorbei, also ziehe ich mich eilig zurück.

»Werde dich jetzt töten«, sagt der Schleicher. Ich höre den Hohn in seiner Stimme.

»D-dann mach«, stottert Cole. »Gib dein Bestes.«

»Schätze schon.«

»Ich schätze …«, setzt Cole an, bevor er vor Schmerzen stöhnt. Er atmet tief durch. »Ich schätze, du bist Fledermausscheiße.«

Der Schleicher lacht auf, ein tiefes Geräusch, das von den Wänden zurückhallt. Dann hält er neben Cole an. Ein metallisches Klicken erklingt, als er Coles Gewehr entsichert.

Mein Kopf ist vollkommen leer, als ich aufstehe und die Hand hochreiße.

Ich drücke den Abzug. Die Kugel saust durch den Spalt und trifft den Schleicher mitten in der Brust.

Meine Welt explodiert in abgehackte Einzelbilder. Der Schleicher heult auf, und seine blutunterlaufenen Augen richten sich auf mich. Er hebt das Gewehr. Cole reißt den Kopf herum und schreit mir zu, in Deckung zu gehen. Seine Stimme verliert sich in dem Rauschen in meinen Ohren. Es gibt nur mich und mein Ziel. Ich atme tief durch und feuere meine letzte Kugel ab.

Der Kopf des Schleichers explodiert. Blut spritzt an die Wände. Sein Körper sackt in einem unordentlichen Haufen zu Boden.

Ich lasse die Waffe fallen und schwanke.

»Catarina!«, brüllt Cole.

»Ich komme!«, rufe ich zurück und presse mich durch den Spalt in der Höhlenwand. Ich falle neben ihm auf die Knie und zerre das Medikit aus meinem Rucksack. Eilig reiße ich eine Packung Gaze mit den Zähnen auf und drücke sie auf die klaffende Wunde in seinem Bauch.

»Oh, verflucht«, flüstere ich, als Blut zwischen meinen Fingern aufwallt.

»D-die Kugel«, keucht er. »Sie ist mit Nanobots präpariert. Du musst sie rausholen und die Wunde ausbrennen, d-damit sie sich nicht verteilen. Sie behindern mein Heiltek.«

Ich hebe die Gaze und sehe nichts außer aufgerissenem Fleisch und im Herzrhythmus austretendem Blut. Ich weiß nicht, wie ich die Kugel entfernen oder die Wunde ausbrennen soll, ohne ihn umzubringen. Mit Nanobots präparierte Munition ist tödlich, wenn sie nicht entfernt wird. Cole braucht einen Chirurgen, oder er wird sterben.

»Ich weiß etwas Besseres«, hauche ich. »Du musst nur ein paar Minuten durchhalten. In der Stadt gibt es einen Arzt. Er ist mit Agnes befreundet – er kann dir helfen. Glaubst du, du schaffst es zum Jeep?«

Cole nickt steif, seine Augen immer noch schwarz. Stöhnend kämpft er sich auf die Beine. Ich schnappe mir den Rucksack und ziehe Coles Arm über meine Schulter, um ihm durch die Stollen zu helfen. Mit zitternder Hand zieht er das Gewehr hinter sich her.

»Okay, du machst das prima«, flüstere ich. Wir treten ins Sonnenlicht und stolpern über den Pfad zurück zum Jeep.

Cole sinkt auf den Beifahrersitz und wirft das Gewehr auf den Rücksitz. »Du wirst fahren müssen. Meine Teks sind gestört.«

Eilig steige ich ein und packe das Lenkrad. Der Sitz ist für einen größeren Menschen als mich gemacht, und das Armaturenbrett ist ein gebogener, glatter LED-Bildschirm. Es gibt Tausende Icons, die mich über das Wetter und die Scans der Umgebung informieren, aber nichts, womit sich der Wagen starten ließe. Nichts, was mir verraten hätte, wie man ihn *fährt*.

Cole lehnt sich stöhnend vor und drückt seinen Unterarm gegen das Armaturenbrett. Plötzlich zeigt das Display eine Karte unserer Umgebung, und der Motor erwacht brummend zum Leben.

»Danke«, schreie ich, als ich den Gurt anlege. Hätte ich ein besseres Panel, müsste ich mir nur vorstellen, wo ich hinwill, und der Autopilot würde den Rest übernehmen. Doch ich sehe nicht mal ein Icon, mit dem ich das GPS laden oder ein Ziel eingeben könnte. Ich werde uns selbst zum Arzt fahren müssen.

»Ich habe so was noch nie gemacht.« Ich werfe einen nervösen Blick zu Cole. »Wir werden es schaffen, das verspreche ich, aber du musst durchhalten.«

Der leiseste Druck auf das Gaspedal reicht aus, um den Jeep nach vorne schießen zu lassen. Ein junger Baum knickt um, als wir in ein kleines Wäldchen rasen. Der Wagen bremst automatisch. Ich drehe mich nach hinten, um zu wenden, dann schießen wir die Feuerschneise entlang, zurück in Richtung Hütte.

Eine Warnlampe auf dem Armaturenbrett verkündet, dass ich als ungeübter Fahrer erkannt wurde. Der Autopilot schaltet sich ein und navigiert für mich um die Kurven der Schneise. Der Wagen scheint meine Unruhe zu spüren, oder vielleicht weiß er auch, dass Cole verletzt ist, denn wir nehmen die Kurven in beängstigender Geschwindigkeit. Ich drehe weiter am Lenkrad und trete die Pedale, doch der Jeep unter mir ist ein fremdes Monster, das sich selbst um die Kurven wirft, bis er sich auf meine Art des Fahrens eingestellt hat. Ventile zischen, und der Sitz zittert, als er schrumpft und sich faltet, um sich dann langsam zu heben, bis er perfekt an meinen Körper angepasst ist.

»Woher hattest du die Waffe?«, fragt Cole. Sein Gesicht ist bleich und verschwitzt. Die Gaze auf seinem Bauch ist bereits mit Blut durchtränkt.

»Sie lag in der Nische. Ich hatte sie ganz vergessen.«

Er beißt die Zähne zusammen. »Ich habe dir gesagt, dass ich mich um die Sicherheit kümmere.«

»Ernsthaft?« Ich lenke den Jeep quer über einen Hügel, um schneller die Straße am Rand des Grundstücks zu erreichen. »Wenn du dich erinnerst, habe ich dir gerade das Leben gerettet.«

»Ich hatte alles unter Kontrolle.«

»So sah es für mich nicht aus. Dieser Bastard wollte dich gerade mit deinem eigenen Gewehr erschießen.«

»So lautete der Plan.«

Ich stoße ein gepresstes Lachen aus. »Dich erschießen zu lassen? Ich glaube, du verlierst zu viel Blut.«

Er stöhnt schmerzerfüllt. »Das Gewehr hätte bei ihm nicht funktioniert. Es ist auf mein Panel registriert.«

»Was meinst du mit ›registriert‹?«

Cole verzieht das Gesicht, als wir um einen Findling herumbrettern und in Höchstgeschwindigkeit auf den Zaun am Rand des Grundstücks zuhalten. »Die Waffe ist an mein Panel gebunden. Ich habe sie auf Verteidigungsmodus gestellt, was bedeutet, dass sie – wenn er versucht hätte, auf mich zu schießen – einfach nach hinten losgegangen wäre und ihn getötet hätte.«

Der Jeep rammt durch den Zaun und schlittert mit quietschenden Reifen auf die Straße in Richtung Süden.

»Oh«, murmele ich. »Das war mir nicht klar.«

Cole hebt den Verband, um eine kurzen Blick auf seine Verletzung zu werfen, dann drückt er ihn wieder auf die Wunde und schließt die Augen. »Wenn ich dich anweise, in Deckung zu bleiben, musst du mir gehorchen.«

»Ich nehme keine Befehle von dir entgegen«, sage ich, als ich das Gaspedal bis auf den Boden durchdrücke. »Wir hängen gemeinsam in dieser Sache drin. Nur so wird das funktionieren.«

»Es funktioniert nur, wenn du am Leben bleibst, Catarina. Ich gebe dir keine Befehle. Ich versuche, dich zu beschützen, wie es meiner Ausbildung entspricht. Du bist meine Verantwortung.«

Meine Verantwortung. Für wen zur Hölle hält er sich? Ich lenke den Jeep um eine Kurve. Hinter uns wirbeln Steinchen und Staub in die Bäume. »Weißt du, ein einfaches Danke hätte gereicht.«

»Wenn du in Deckung geblieben wärst, wie ich es dir gesagt habe, dann wäre das alles nicht passiert.«

»Was meinst du damit? Ich habe meine Deckung nur ein einziges Mal verlassen, um den Schleicher zu erschießen, und da warst du bereits verletzt …«

Meine Stimme verklingt, als mir klar wird, dass das so nicht stimmt. Erneut sehe ich die Szene vor meinem inneren Auge. Ich habe mich gegen die Wand gedrückt, als Cole die ersten drei Schleicher getötet hat, und dann …

Dann habe ich meine Deckung verlassen, um mir den Revolver zu greifen. Und genau in diesem Moment hat der Schleicher angefangen zu schießen.

»Du hast die Kugel abgefangen, weil sie sonst mich getroffen hätte.«

Cole antwortet nicht. Sein Gesicht ist bleich, und er drückt den Verband fest auf seinen Bauch.

»Cole, hätte diese Kugel mich getroffen?«

Er wendet den Kopf ab. In seinen Wimpern glitzern Schweißtropfen. »Laut meiner Technik bestand eine vierzigprozentige Wahrscheinlichkeit.«

Ich keuche und halte meinen Fuß auf das Gaspedal gepresst. Meine Hände am Lenkrad zittern. »Vierzig Prozent? Verdammt, Cole. Wieso hast du stattdessen die hundertprozentige Chance gewählt, getroffen zu werden?«

Er schluckt schwer. »Habe ich nicht. Blackout-Agent, schon vergessen? Ich besitze nicht immer die Kontrolle über meine Handlungen.«

Ich schaue auf seinen Bauch, auf das Blut, das sein Hemd versaut. Er hat eine Kugel für mich abgefangen. Er hat mir das Leben gerettet, und ich habe mir eingebildet, *ich* hätte *ihn* gerettet.

»Das ist mein Job, Catarina. Dafür wurde ich ausgebildet.«

»Ich weiß«, sage ich, den Blick auf die Straße gerichtet. Ich zweifle keine Sekunde an Coles Bedürfnis, mich zu beschützen – nicht mehr. Ich will nur nicht für seinen Tod verantwortlich sein.

Ich lenke den Jeep von der Straße und durch eine Lücke zwischen den Bäumen auf eine überwucherte Schotterpiste. Es ist der Arzt, zu dem Agnes und ich an dem Abend wollten, als Cole angekommen ist. Vor der Seuche war er Neurochirurg. Früher habe ich ab und zu auf seine Töchter aufgepasst. Seine Frau hat preisgekrönte Pferde gezüchtet und sie im ganzen Land auf Ausstellungen präsentiert.

Letzten Winter haben sie die letzte Stute gegessen.

»Hier sind wir«, sage ich, als wir die Zufahrt erreichen. »Nur noch ein paar Minuten, dann bringt der Doc alles in Ordnung.«

Cole antwortet nicht. Seine Hand liegt immer noch auf seinem Bauch, doch seine Finger sind schlaff, und auf seiner Stirn glänzt Schweiß.

»Komm schon«, schreie ich und ramme ihm meinen Ellbogen in die Seite, als wir um eine Kurve biegen. »Bleib bei mir, Arschloch.« Wenn er weiter so blutet, bleibt ihm nicht mehr viel Zeit. Nicht genug, um ihn nach drinnen zu schaffen und die Kugel zu entfernen.

Ich überlasse das Steuer dem Autopiloten und drehe mich im Sitz, um nach hinten zu greifen.

»Was tust du?«, flüstert Cole.

»Halt einfach durch«, brülle ich, als ich mein Genkit nach vorne zerre. Es gibt da einen Code, den mein Vater an dem Abend benutzt hat, an dem ich mein Panel gehackt habe; als ich beinahe auf dem Boden der Hütte verblutet bin. Das Programm nennt sich ›Sprung‹ und löst einen heftigen Stoß synthetischer Hormone und Chemikalien aus, die sich durch den Körper verteilen und dem Nervensystem einen Schock verpassen. Es ist schmerzhaft und gefährlich. Und nicht unwahrscheinlich, dass ich Cole damit umbringe; doch er ist schon fast tot, und mir bleibt keine andere Wahl.

Ich klappe das Genkit auf und ramme das Kabel in sein Panel, flehe die Festplatte an, sich schneller hochzufahren, während der Jeep über die Einfahrt rast. Der Bildschirm erwacht zum Leben, und meine Finger tanzen über die Tastatur, durchsuchen die gespeicherten Dateien nach dem Code. Dank des neuen Passworts habe ich Zugang zu Coles Panel, daher blinken auf dem Bildschirm meines Genkits die verschiedensten Alarm-Meldungen.

»Ich weiß«, knurre ich. Ich weiß, dass sein Blutdruck fällt. Ich weiß, dass seine Vitalparameter schwach sind. Was ich nicht weiß, ist, ob der Sprung ihn retten oder umbringen wird.

»Was …«, flüstert Cole wieder, gerade, als ich die Datei finde.

Meine Finger schweben über der Tastatur. Keine Ahnung, ob das Programm funktionieren wird. Mein Vater hat den Code speziell für mich geschrieben. Er könnte sich mit den Teks beißen, die sie Cole eingesetzt haben, und ihn sofort töten.

»Es tut mir leid«, sage ich, als Blut unter der Gaze herausrinnt und über seinen Gürtel tropft. Seine Lippen formen ein Wort, doch ich höre nichts. In diesem Moment wirkt er dem Tod so nahe, dass ich förmlich spüren kann, wie das Leben seinen Körper in einem tiefen Atemzug verlässt. Für einen Augenblick halte ich noch inne, gefangen in Zweifeln.

Dann flattern Coles Lider, und mir wird klar, dass er stirbt. Wirklich *stirbt.*

Meine Finger huschen über die Taste, und ich sende den Befehl.

14

Cole sitzt nur neben mir, fahl und unbeweglich wie der Tod, während der Jeep über die Schlaglöcher in der Einfahrt des Doktors rumpelt.

»Komm schon«, flüstere ich, doch er atmet nicht. Er bewegt sich nicht. Vielleicht ist sein Körper nicht mit dem Sprung klargekommen.

»Cole!«, dränge ich und umfasse sein Gesicht. »Du darfst nicht sterben, verdammt!«

Sein Körper zuckt plötzlich, sodass sein Kopf in den Sitz gepresst wird. Die kobaltblauen Punkte in seinem Panel blinken wie wild. Das Genkit gibt eine Serie hochfrequenter Piepser von sich. Cole blinzelt wild, und sein Körper krümmt sich in Krämpfen. Er reißt den Kopf in den Nacken und stößt ein Brüllen aus, dann schießt sein Arm nach oben und trifft mich hart genug an der Brust, dass ich gegen das Fenster geworfen werde.

»Cole«, schreie ich, als ich mich zu einem Ball zusammenrolle, ein Bein unter dem Lenkrad verklemmt. Das Armaturenbrett des Jeeps leuchtet plötzlich rot auf, dann stoppt der Wagen. »Cole, hör auf!«

Doch seine Miene verändert sich nicht. Seine Augen sind wie die eines Hais, glänzend und leer. Er starrt mich an, als wüsste er nicht, wer ich bin.

Ich drücke gegen seinen Arm, und er fletscht die Zähne. Ich taste in meinem Rücken nach dem Türgriff, reiße daran und falle nach hinten ins Gras.

»Hör auf damit, du Psychopath. Du bist verletzt!« Ich kämpfe mich auf die Beine.

Er zögert und schwankt im Sitz, sodass die Gaze von seiner

Wunde rutscht. »Catarina?« Ich sehe das Erkennen in seinem Blick. »Mir ist … kalt.«

»Weil ich dein Panel überbrückt habe. Du stirbst, Cole. Du musst dich hinsetzen, damit ich dich zum Arzt bringen kann.«

Er sieht auf seine Hände hinunter, blutverschmiert und zitternd, dann mustert er blinzelnd die klaffende Wunde an seinem Bauch. »Oh scheiße«, flüstert er und lässt sich wieder in den Sitz sinken. Als ich in den Wagen zurückklettere, greift er nach einem frischen Verband.

»Ich muss verrückt sein«, murmele ich. Erneut setzt sich der Wagen in Bewegung. »Ich dachte, du wärst darauf programmiert, mich zu beschützen.«

»Ich hatte einen Aussetzer.«

»Ach ja? Das war ein heftiger Aussetzer.«

»Wie viel Zeit bleibt mir?« Er hebt eine Infusion aus dem Medikit, hält den Beutel mit Kochsalzlösung mit den Zähnen fest, als er die Kanüle in seinen Arm rammt. Sein Panel blinkt immer noch, weil es sich resettet, während die Nanobots des Sprungs durch seine Zellen rasen. Er starrt auf seinen Unterarm und blinzelt mehrmals, als versuche er, das Panel wieder einzuschalten.

»Ein paar Minuten«, sage ich. »Du läufst gerade auf ernsthaft höllischer Tek. Wir sind fast da. Du musst nur noch etwas länger durchhalten.«

»Wer ist dieser Arzt?«

»Ein Freund.« Ich packe das Lenkrad, in dem Versuch, die schlimmsten Schlaglöcher zu umfahren.

»Vertraust du ihm?«

Ich werfe einen Blick zu Cole. Marcus, der Arzt, ist Mitglied der Skies, und er hasst Cartaxus sogar noch mehr, als ich es tue. Auch wenn Cole ganz offensichtlich einer ihrer Soldaten ist und wir in einem ihrer Jeeps vorfahren, hoffe ich, dass Marcus uns helfen wird.

»Ja«, sage ich und trete das Gas durch. »Ich vertraue diesem Mann vollkommen.«

Die Einfahrt steigt an und verschwindet zwischen hochaufragenden Zedern. Die Schatten der Bäume flackern auf der Motorhaube des Jeeps, als Marcus' Haus zwischen den Stämmen erscheint. Es ist ein zweistöckiges Blockhaus mit vernagelten Fenstern. Der Vorgarten ist verwildert und mit Müll übersät. Marcus' Wagen ist nirgendwo zu sehen.

»Komm schon …«, hauche ich, als ich meinen Blick über das Haus gleiten lasse. Schlitternd stoppe ich den Wagen.

»Ist er da?«

»Ich weiß nicht. Es wirkt …« Ich bringe es nicht über die Lippen, es auszusprechen. Das Haus wirkt verlassen. Hoffnungslos.

»Er ist weg«, sagt Cole. Er schließt die Augen. Jegliche Farbe verlässt sein Gesicht. »Es ist okay, Cat.«

Die Sanftheit in seiner Stimme trifft mich tief. Irgendetwas in mir verkrampft sich. »Nein«, sage ich und reiße die Tür auf. »Ich werde ihn suchen gehen.«

Bevor ich aussteigen kann, packt Cole mein Handgelenk. »Hier ist niemand. Das ist nicht deine Schuld, aber du musst jetzt schnell sein. Hol dir aus dem Kofferraum Papier und schreib dir den Weg zum Labor auf. Du wirst mein Panel heraustrennen oder es einfrieren müssen, weil du sonst den Impfstoff verlierst. Dann musst du nur noch das Labor erreichen. Du kannst das schaffen.«

»Cole, bitte«, flüstere ich. »Vielleicht kann ich die Blutung stoppen. Lass uns reingehen.«

»Uns fehlt die Zeit.« Seine Züge werden weich. »Es ist wichtig weiterzumachen. Also hol jetzt etwas zu schreiben. Schnell.«

Ich klettere aus dem Jeep, mein Blick tränenverschleiert. Blind stolpere ich zum Heck. Als ich die Klappe öffne, schießt etwas an meinem Ohr vorbei und trifft mit einem Knall den Baum hinter mir.

Cole wirbelt herum und starrt mich an. Entsetzt wird mir klar, dass seine Augen blau sind. Der Sprung hat sein Panel neu gestartet, was bedeutet, dass seine Implantate noch nicht funktionieren. Wir könnten von Schleichern umzingelt sein und keiner von uns beiden wüsste es. Ohne seine Tek ist er blind. Er packt sein Gewehr und wirft sich aus dem Jeep. Der blutbesudelte Verband fällt zu Boden.

»Cole, nein!«, schreie ich, doch ich habe keinen Plan, keine Alternativen – nur einen sterbenden Mann und die Kugel eines Fremden zwischen den Bäumen. Es könnte Marcus sein – oder Schleicher. Auf jeden Fall wird Cole verbluten, wenn ich noch länger warte.

»Marcus!«, schreie ich und springe mit hoch erhobenen Händen in die Einfahrt. »Marcus, bitte! Wir haben nichts mit Cartaxus zu tun. Bitte, wir brauchen deine Hilfe!«

Für einen Moment herrscht Stille. Coles Augen sind groß und voller Panik. Mit zusammengebissenen Augen mustert er die Baumlinie.

Eine Gestalt tritt in die Einfahrt, ein Gewehr im Anschlag. »Catarina! Bist du das wirklich?«

»Ja!«, schreie ich, dann lache ich erleichtert. »Ich bin so froh, dass du da bist, Marcus. Ich dachte, du wärst weg.«

Marcus senkt seine Waffe und beäugt Cole misstrauisch. Seine zwei Töchter treten hinter ihm zwischen den Bäumen heraus. Die Jüngere, Eloise, trägt pinke Schleifen im Haar. Ihr Gesicht leuchtet auf, sobald sie mich sieht. Ihre ältere Schwester Chelsea beobachtet vorsichtig Cole. Tiefe Schatten liegen unter ihren unruhigen wachsamen Augen.

»Ich weiß, wie das aussieht, Marcus«, rufe ich. »Der Jeep, die Ausrüstung … Ich *weiß*. Aber du musst mir vertrauen. Dieser Mann ist ein Freund meines Vaters.«

Marcus blickt auf Coles Wunde und schenkt mir ein dünnes

Lächeln. »Dann ist er auch mein Freund, für wen auch immer er arbeitet. Lass ihn uns reinbringen.«

Marcus schickt seine Töchter los, um seine Tasche zu holen, dann schiebt er sich unter Coles Arm, um ihm ins Haus zu helfen. Coles Gesicht wird gespenstisch weiß, und seine Füße schlurfen über den Boden, als wir ihn in Marcus' Küche zerren. Der Holztisch ist mit Kratzern übersät, die Fenster mit Blut verschmiert, weil Marcus und seine Frau Amy es schon vor langer Zeit aufgegeben haben, sie sauber zu machen.

»Die Kugel war mit Nanobots präpariert«, sage ich, als ich Cole auf den Tisch wuchte. »Sie stören sein Heiltek. Vor ein paar Minuten habe ich sein Panel neu gestartet, weil ich ihn auf dem Weg hierher fast verloren hätte. Ich hatte keine andere Wahl.«

Marcus reißt Coles Hemd auf und entfernt den Stoff von der Wunde. »Das ist wahrscheinlich das Einzige, was ihn noch am Leben hält, aber du bist ein großes Risiko eingegangen. Seine Heiltek ist vollkommen zum Stillstand gekommen. Wir werden kämpfen müssen, ihn stabil zu halten, bis wir die Kugel entfernt und seine Tek wieder zum Laufen gebracht haben.« Er wendet sich vom Tisch ab und gießt Desinfektionsmittel in eine Schüssel, um sich dann bis zu den Ellbogen damit abzureiben.

Chelsea kommt mit Marcus' Arzttasche in die Küche gerannt, einer verkratzten Ledertasche gefüllt mit Skalpellen und einer glänzenden Säge. Sie löst die Kochsalzlösung von der Infusion und stöpselt stattdessen einen Beutel mit Betäubungsmittel ein. »Ich bereite mich vor, Daddy«, sagt sie und rollt die Ärmel nach oben.

Ich ziehe die Augenbrauen hoch. Chelsea ist noch ein Kind. »Hilft nicht normalerweise deine Mom bei Operationen?«

»Sie fühlt sich nicht gut«, sagt Chelsea, als sie ihre Arme in die Schüssel taucht. Langsam hebt sie sie wieder und säubert sich mit langsamen, professionellen Bewegungen. »Keine Sorge. Ich weiß, was ich tue.«

»Ja, wahrscheinlich …«

»Ich glaube, wir könnten Glück haben.« Marcus zieht ein Skalpell heraus. »Seine Tek fährt wieder hoch, und er wirkt wie ein starker Junge.«

»Gut«, sage ich, dann schlucke ich schwer. Normalerweise macht mir so etwas nichts aus, aber aus irgendeinem Grund trifft mich der Anblick von Cole auf Marcus' Tisch schwer. Coles Haut ist fahl und klamm, sein Blut tropft auf den Boden. Er wirkt so schwach, so verletzlich. Ich kann nicht aufhören, auf seine Brust zu starren; zu beobachten, wie sie sich hebt und senkt. Jedes Mal wenn sein Atem stockt, verkrampft sich mein Magen. Chelsea rammt eine lange glänzende Kanüle in seinen Bauch. Das sorgt dafür, dass ich schwanke und mich an der Wand abstützen muss.

Ich bohre meine Fingernägel in meine Handfläche, versuche, mir selbst zu erklären, dass das eine vollkommen natürliche Reaktion ist, dass ich mir nur deswegen Sorgen um Cole mache, weil ich ihn brauche, um den Impfstoff zu dechiffrieren. Doch ich weiß, dass mehr dahintersteckt. Ich kenne ihn noch nicht mal zwei Tage, doch es gibt bereits eine Verbindung zwischen uns, entstanden durch Blut und Gefahr. Ein Teil von mir hat das Gefühl, dass wir uns inzwischen bis ins Innerste vertraut sind.

Ich nehme an, so was passiert, wenn jemand eine Kugel abfängt, um einem das Leben zu retten.

Chelsea schaut zu mir auf, ihre Finger immer noch um die Kanüle geschlossen. »Du siehst nicht gut aus, Cattie. Willst du lieber im Wohnzimmer warten?«

Ich zögere. Meine Instinkte weisen mich an, zu bleiben, aber mein Magen hebt sich, und ich weiß einfach nicht, ob ich noch länger hier stehen und alles beobachten kann. »Ich …«, setze ich an, doch dann schiebt Marcus eine lange Pinzette in Coles Wunde. Das war's. Mehr kann ich nicht ertragen.

»Ich werde draußen warten«, murmele ich und ziehe mich ins

Wohnzimmer zurück. Coles Leben liegt jetzt in Marcus' Händen. Ich kann nichts mehr für ihn tun.

Zwei Stunden später sitze ich im Schneidersitz auf der Couch im Wohnzimmer, während Eloise mit dem Kopf auf meinem Schoß schläft. Kopfweh pulsiert an meiner Schädelbasis. Das ist die Migräne, auf die ich seit meinem Erwachen gestern in der Hütte gewartet hatte. Diese Kopfschmerzattacken treffen mich alle paar Monate – Tage des Schmerzes, vor denen es kein Entkommen gibt; nicht seitdem mir die Schmerzmittel ausgegangen sind. Ich sitze so still wie nur möglich, um die Schmerzen zu minimieren, die mit jedem Schlag von Coles Herzen durch meinen Körper schießen.

Ich höre nichts anderes. Mein Audio-Implantat läuft an der oberen Grenze, verfolgt jedes Klappern in der Küche, jedes Wort, jeden Atemzug. Cole lebt noch, und die Blutung ist gestoppt. Es klingt, als wäre er stabil. Marcus glaubt, seine Tek hätte inzwischen den Heilungsprozess übernommen.

Es fällt mir schwer zuzugeben, wie erleichtert ich bin.

Eloise murmelt im Schlaf. Geistesabwesend lasse ich eine Hand durch ihre Haare gleiten, beobachte, wie ihre Wimpern auf ihren Wangen flattern. Hin und wieder zittert sie noch, doch bei Weitem nicht mehr so schlimm wie damals, als ich sie zum ersten Mal getroffen habe. Sie ist der Grund, warum Marcus' Familie sich Skies angeschlossen hat, und ihretwegen sind sie noch hier draußen statt in einem Bunker. Eloise wurde mit einer nukleotoxischen Krankheit geboren, für die es keine Heilung gibt, keine Behandlung, und die letztendlich ein Todesurteil ist. Die Krankheit ist so selten, dass Cartaxus und die anderen Pharma-Programmierer sich nie die Mühe gemacht haben, ein Heilprogramm zu entwickeln, obwohl sie sich mühelos mit Gentech behandeln ließe. Ohne andere Alternativen haben verzweifelte Familien wie die von Marcus begonnen, ihre eigenen Heilungen zu programmieren, indem sie ihr Wissen gebündelt haben. Sie haben eine Datenbank aus Open-Source-Gentech-Code für Tausende seltene Krankheiten aufgebaut, aus der sich letztendlich Skies entwickelt hat.

Novak war ihre Anführerin, schon vor der Seuche. Sie hatte Creutzfeldt-Jakob. Sie hat eine Cartaxus-Gehirnerschütterungs-App gehackt und in ein Heilmittel verwandelt, um ihr eigenes Leben zu retten. Es war ein wunderbarer Code, aber Cartaxus hat sie wegen des Copyrightverstoßes verklagt. Sie hat um das Recht gekämpft, die App weiter nutzen zu dürfen, und die Gemeinschaft hat sich hinter ihr gesammelt. Eine Gruppe ganz normaler Leute, die sich weigerte, hilflos zuzusehen, wie geliebte Menschen starben. Autodidakten, die alles selbst getestet und selbst finanziert haben. Einige von ihnen fingen an, eindrucksvolle Programme zu schreiben und kostenlos zu verteilen.

Sie haben Cartaxus eine Höllenangst eingejagt.

Das war vor dem Hydra-Virus. In den Zeiten vor dem Ausbruch schien fast jeder mindestens eine Amateur-App in seinem Panel zu tragen. Eine kleine Schönheitsanpassung, eine kleine Stimulation. Doch Cartaxus hat diesen Code von den Panels jeder Person gelöscht, die sich in ihre Bunker begeben hat. Wenn Marcus und seine Familie nach Homestake gegangen wären, hätten sie den gehackten Code löschen müssen, der Eloise am Leben hält. Das ist eine lächerliche Forderung. Was helfen Luftschleusen und andere Schutzmaßnamen gegen das Virus, wenn die zehnjährige Tochter dafür sterben musste?

Ich sehe auf, als mein Audiotek meldet, dass Amy sich im Schlafzimmer am Ende des Flurs bewegt. Schritte tapsen durch den Raum, dann kratzt etwas Schweres über den Boden. Ihre Tür öffnet sich, und eine Gestalt erscheint im Flur, vornübergebeugt und zitternd.

»Hallo?«, ruft sie, ihre Stimme tief und krächzend.

»Amy?«, frage ich. »Ich bin's, Catarina Agatta. Chelsea hat gesagt, du fühlst dich nicht gut.«

Sie schlurft näher, ihr Gesicht in den Schatten verborgen. Eine dicke graue Decke liegt um ihre Schultern. Sie zittert, und ihr Atem geht schwer.

»Amy?« Ich schiebe Eloise von meinem Schoß. »Amy, geht es dir gut?«

»Stimmen«, sagt sie. »Ich habe Stimmen gehört.«

»Das sind Marcus und Chelsea. Sie operieren …« Meine Stimme verklingt entsetzt, als Amy ins Licht tritt.

Ihre Augen sind eingesunken, ihr Mund auf einer Seite schrecklich verzerrt, ihre Haut mit offenen, nässenden Stellen übersät. Ihr Kopf ist fast kahl. Nur noch ein paar einzelne verklebte weiße Strähnen kleben an einem verschorften, blutenden Schädel, aus dem kleine Hörner wachsen.

Sie sieht aus wie ein Monster.

»Amy?«, presse ich hervor. Diese mutierte Erscheinung im Flur ähnelt nicht im Geringsten der lachenden, hübschen Frau, an die ich mich erinnere. Ihre Wirbelsäule ist gekrümmt, ihre Hände verlängert und schrecklich gebogen von einem Schimpansen-Gen, das an die falsche Stelle gesetzt wurde. Mein Blick rast über ihren Körper und entdeckt Hinweise auf mindestens ein Dutzend abnormale Gene. Python, Ratte, Rind – alle gehackt und zusammengestopft, ohne das geringste Verständnis, was sie ihr antun werden.

In meinem gesamten Leben, in all meiner Zeit bei Skies, habe ich noch nie eine so mutierte Person gesehen.

Eloise richtet sich auf. »Mommy, du sollst nicht aufstehen. Du bist krank.«

»Ich habe Stimmen gehört«, sagt sie. Sie tritt vor, dann rutscht die Decke von ihren Schultern. Eiserne Handfesseln liegen um ihre Handgelenke, befestigt an einem Ring um ihre Taille.

»Verdammt«, flüstere ich. »Amy, was haben sie dir angetan?«

Sie sieht mich an. Instinktiv gehe ich einen Schritt nach hinten. Plötzlich wirkt sie irgendwie wild. Sie tritt näher und verzieht ihren Mund.

»Amy?«

Sie stürzt sich knurrend auf mich, ihr Mund gefüllt mit gelblichen Reißzähnen.

Ich weiche zur Couch zurück und klettere über die Lehne, bis ich an der Wand stehe. Die Kette um ihre Taille spannt sich und reißt Amy zurück. Grollend kämpft sie gegen ihre Fesseln, wie ein Tier in einer Falle. Ihre Augen sind ausdruckslos und unmenschlich, bleiben unverwandt auf meinen Hals gerichtet.

»Hör auf, Mommy«, schreit Eloise.

»Sie ist ein Schleicher«, keuche ich und packe Eloise' Schultern. »Ihr könnt sie nicht hierbehalten. Das ist einfach nicht sicher, Süße. Das ist der Grimm.«

»Nein, Mommy ist nur krank«, antwortete Eloise. »Sie erholt sich langsam, aber sie muss sich ausruhen.«

»Halt dich von ihr fern, Eloise.« Mein Blick huscht zu der dicken Kette zwischen Amys Händen. »Wer hat ihr das angetan?«

Marcus öffnet die Küchentür. Schweiß glänzt auf seinem Gesicht, und seine Plastikschürze ist mit Blut verschmiert. »Dein Freund ist stabil«, sagt er, als er sich mit dem Handrücken die Stirn abwischt. »Ich habe die Kugel entfernt und die Wunde desinfiziert.« Er blickt kurz zu seiner knurrenden Ehefrau und versteift sich. »Chelsea, Eloise«, blafft er. »Bringt eure Mutter wieder in ihr Zimmer und verschließt die Tür.«

Die Mädchen führen ihre Mutter durch den Flur. Irgendwie scheint Amy ihre Töchter nicht angreifen zu wollen, wie sie es bei mir getan hat. Sie redet immer noch, also hat sie sich dem Wahnsinn bisher nicht ganz ergeben. Aber ihr Verfall ist unvermeidlich. Selbst angekettet und eingeschlossen ist es nicht sicher, sie noch länger hierzubehalten.

Marcus wischt sich die blutigen Hände an der Schürze ab. Ich starre ihn mit klopfendem Herzen an. »Hast du ihr das angetan, Marcus? Hast du sie so mutiert?«

»Nein«, sagt er betrübt. »Nein, Kind, das war ich nicht. Sie hat den Code selbst heruntergeladen, als ihr klar wurde, dass sie langsam abgleitet. Es hat funktioniert, aber die Belastung war zu viel für ihren Körper. Und der Grimm machte sich trotzdem bemerkbar, also habe ich die verdammten Apps deinstalliert und sie gefesselt, um unsere Sicherheit zu garantieren. Jetzt versuche ich einfach, sie zu heilen. Ich warte auf einen sichereren Code.«

Mir dreht sich der Kopf. »Was für einen Code? Es gibt keine Heilung für den Grimm.«

»Es gibt mehrere«, sagt Marcus, »aber keine funktioniert zu hundert Prozent. Und wie du siehst, gibt es Nebenwirkungen. Leute auf der ganzen Welt arbeiten daran, Catarina. Wir sind nicht die einzige Familie, denen ein geliebter Mensch entgleitet.«

»Aber das ist verrückt.« Mit einer Grimasse reibe ich mir die Stirn, weil die Migräne mich quält. »Der Grimm ist ein neurologisches Problem – das kann man nicht mit Code heilen. Gentech verändert nicht die Hirne von Menschen.«

»Noch nicht«, antwortet Marcus, »aber eines Tages wird sie das tun. Gerade du solltest das wissen. Die Leute haben auch für unmöglich erklärt, robuste antivirale Mittel zu programmieren, bis dein Vater es getan hat. Alles, was nötig ist, sind Zeit und Forschung. Jeden Tag gibt es Fortschritte. Der Code, den Amy heruntergeladen hat, wurde von Tausenden Familien geschrieben, die überall auf der Welt versuchen, ihre Lieben vor dem Grimm zu retten.«

Ich lasse mich auf die Couch fallen und senke den Kopf in die Hände. Diese Art des Programmierens stellt die Essenz von Skies dar – keine Regeln, keine Testläufe, keine Sicherheitsmechanismen –, doch ich habe noch nie zuvor jemanden gesehen, der so schlimme Mutationen aufwies. Wissenschaftler haben über die Jahrhunderte hinweg immer wieder Selbstversuche durchgeführt. Ich bin mir sicher, dass Amy sich des Risikos bewusst war, das sie einging, doch der Anblick ihrer verschorften Hörner macht mich nervös.

Das ist Flickwerk. Unmenschlich. Aber Cartaxus ist auch nicht besser, das beweist das Foto eines fünf Jahre alten Cole mit Narben auf der Brust. Hat mein Vater ihm das wirklich angetan? Mein Kopf pulsiert vor Schmerz. Ich wünsche mir, ich könnte einfach aufwachen und diesen Tag noch mal von vorne beginnen.

»Du hast Migräne, oder? Bekommst du immer noch Anfälle?«

»Ja«, sage ich und reibe mir den Nacken. Ich habe Marcus vor einer Weile, als mir die Schmerzmittel ausgegangen sind, einen Besuch abgestattet. Er hatte auch keine Pillen, nur Gentech-Code, den ich nicht benutzen konnte. »Liegt wahrscheinlich nur am Stress, aber so schlimm war es lange nicht mehr.«

»Zu sehen, wie jemand angeschossen wird, ist ziemlich stressig, ja«, sagt Marcus, dann wendet er sich einer Kommode neben der Couch zu. »Chelsea und ich haben neulich Nachschub aufgetrieben, und … Ah, hier ist es.« Er zieht ein Tablett voller Spritzen heraus und hebt es triumphierend. »Ein Schmerzmittel, normale Stärke. Ich habe nur das Injektionsmittel, weil es eigentlich für Arthritis gedacht ist, aber ich denke, das sollte deine Migräne zumindest dämpfen.«

Wachsam mustere ich die Kanülen, doch dann rolle ich meinen Ärmel bis zur Schulter auf. Mit Schmerzmitteln im Körper kann ich fahren. Der Jeep wird den Großteil der Arbeit übernehmen, und Cole kann auf dem Rücksitz schlafen. Vielleicht kommen wir nicht weit, aber zumindest können wir heute aufbrechen.

»Danke, Marcus. Du kannst dir nicht vorstellen, wie sehr mir das hilft.«

Er pikt eine Nadel in meinen Oberarm. Das Medikament entfaltet sofort seine Wirkung – das Brennen in meinem Kopf lässt nach, als hätte jemand einen Eimer Wasser über ein Feuer gegossen. Ich schließe die Augen und lasse den Kopf in den Nacken gleiten, versunken in der wunderbaren Leichtigkeit, die mit der Abwesenheit von Schmerz einhergeht.

»Das ist toll …«, murmele ich, bevor ich auf die Couch sinke. Die Nerven in meinem gesamten Körper schalten sich langsam aus, wie ein Stromausfall, der sich in einer Stadt ausbreitet. Meine Lippen kribbeln, und meine Lider sind seltsam schwer, als ich versuche, sie zu öffnen, mich von der Couch hochzustemmen …

Aber ich kann mich nicht bewegen.

»Marcus«, hauche ich verwirrt. Meine Sicht verschwimmt, doch ich erkenne, dass er über mir aufragt. Dann erscheinen seine Töchter neben ihm.

»Genau darum habe ich gebetet, Mädchen«, murmelt er. Seine Stimme klingt, als käme sie von weit entfernt.

»Gut gemacht, Daddy«, sagt Chelsea. »Ich hole ein Skalpell.«

15

Ich wache schweißgebadet auf und schaue wild umher. Alles wirkt verschwommen und seltsam. Ich scanne den Raum, dann beschleunigt sich mein Herzschlag, als mir klar wird, was anders ist.

Ich sehe die Welt mit ungefiltertem, natürlichem Blick.

Ich stoße ein Keuchen aus. Mein Sinnestek ist weg. Es ist Jahre her, dass meine Implantate auf diese Weise ausgeschaltet waren. Sie liefen immer im Hintergrund, um meine Wahrnehmung anzupassen.

Jetzt wirkt alles falsch.

Mein Atem klingt krächzend und fremd, und meine Haut erscheint in vager, verschwommener Bräune vor meinen Augen. Ich bin es gewöhnt, meine Hände anzusehen und jede Pore zu erkennen, doch jetzt muss mein Hirn darum kämpfen, sie überhaupt als *Hände* zu identifizieren. Es ist, als sähe man alles auf dem Kopf stehend, in durcheinandergewirbelten Farben.

Was zur Hölle hat Marcus mit mir gemacht?

Mein trüber Blick findet meinen Unterarm. Alle leuchtenden Punkte meines Panels sind verschwunden. Stattdessen prangt dort eine lange Naht. Ein vielleicht zehn Zentimeter langer Schnitt pulsiert an meinem Arm, verfärbt durch gelbes Desinfektionsmittel.

Der Mistkerl hat mich ausgeknockt und mir dann den Arm aufgeschlitzt.

Bei dem Gedanken will ich mich übergeben. Ich drücke verzweifelt die Fingerspitzen auf die Naht, taste die Haut ab, bis ich die glatten Kanten des Silikons unter meiner Haut spüre. Erleichtert atme ich auf. Ich weiß nicht, was Marcus mit mir angestellt hat, aber zumindest ist mein Panel noch da.

Unsicher versuche ich aufzustehen, doch mein Arm bleibt hängen, und ich falle zurück auf die Couch. Ich stelle fest, dass eine Infusion in meinen Arm läuft.

»Marcus!«, brülle ich, reiße an dem Schlauch, bis die Nadel zischend aus meiner Vene gleitet. »Marcus, was zur Hölle hast du getan?«

»Shhh«, flüstert er, als er aus dem Flur auf mich zugelaufen kommt. Er wedelt mit etwas, doch die Bewegung sorgt nur dafür, dass sich mir der Kopf dreht.

Mein Hirn ist nicht daran gewöhnt, ohne Hilfe meines Panels beweglichen Objekten mit den Augen zu folgen. Mein Sichttek ist primitiv im Vergleich zu dem anderer Leute, aber mir war vorher nie bewusst, wie sehr es meinen Realitätssinn beeinflusst. Mit meinen Implantaten habe ich alles scharf gesehen, auch am Rand des Blickfeldes. Jetzt fühle ich mich, als sähe ich durch einen schmalen, undeutlichen Tunnel.

»Es geht dir gut«, sagt Marcus, als er sich neben mich sinken lässt. »Es geht dir mehr als gut, meine Liebe. Du hast unsere Familie gerettet. Der Einschnitt tut mir leid, aber ich musste es mir nehmen. Die Firewall hat nicht zugelassen, dass ich den Code transferiere.«

»Was meinst du mit ›nehmen‹?«

Plötzlich wird mir alles klar. Eisige Kälte breitet sich in meinem Körper aus. Meine Finger gleiten zu meinem Handgelenk, zu einem Loch in meinem Panel, genau an der Stelle, wo einer der Funktionskerne stecken sollte.

Mein Heiltek. Er hat es gestohlen. Ich starre auf meinen Arm hinunter, und mein Magen hebt sich. Marcus hat den Funktionskern meines Heilteks herausgeschnitten, um den Code zu stehlen. Es gibt keine brutalere Methode, Gentech zu übertragen.

Das Silikongitter, das den Korpus eines Panels bildet, hat Platz für Tausende von Apps, jede getrennt von den anderen untergebracht in einem eigenen Funktionskern. Die Kerne sind auf Austauschbarkeit angelegt, wie die Festplatten in einem alten Computer. Aber man kann sie nicht einfach so herausschneiden. Man soll sie langsam auswerfen; abwarten, bis die Verbindungskabel sich zurückziehen, um das verletzliche Betriebssystem des Panels nicht zu stören. Marcus' Eingriff könnte die Teks dauerhaft schädigen. Mein Panel schaltet sich vielleicht nie wieder ein.

Ich packe Marcus am Kragen und zerre ihn an mich heran. »Was zur Hölle hast du getan?«

»Ganz ruhig«, sagt er, als er zurückweicht. »Ich brauchte den neuronalen Code, den dein Vater dir hinterlassen hat. Ich wusste einfach: Wenn es irgendetwas gibt, was uns helfen könnte, dann hat er es geschrieben und dir vielleicht hinterlassen. Und es hat sich herausgestellt, dass ich recht hatte. Das war genau das, was ich für Amy gebraucht habe.«

Sprachlos gebe ich seinen Kragen frei. Das kann nicht wahr sein. Es gibt keinen neuronalen Code – Apps können das Hirn nicht verändern. Das ist ein reiner Mythos. Gentech kann so etwas nicht. Und sie kann auch Schleicher, die ihren Verstand verloren haben – wie Marcus' Ehefrau – nicht wieder in die Leute verwandeln, die sie vorher waren.

»Ich hatte keinen verdammten *neuronalen* Code«, sage ich. »Du hast mein Heiltek herausgeschnitten, Marcus. Ich hatte nur sechs Apps, und jetzt funktioniert davon keine einzige mehr.«

»Das wird schon wieder. Dein Panel wird den Funktionskern schon bald regenerieren.«

»Nein, wird es nicht«, blaffe ich. »Ich habe nicht mal einen Backup-Knoten.« Ich schlage die Hände vors Gesicht. Ein Backup-Knoten ist eine komprimierte Version aller Codes auf einem Panel. Jeden Tag wird eine Sicherung auf den Knoten gefahren, damit sich das Panel regenerieren kann, falls es beschädigt wird. Die meisten Leute tragen einen oder zwei Knoten irgendwo in ihrem

Körper – doch mein Vater hat nie einen entwickelt, der mit meiner hypergenese-freundlichen Technik funktioniert.

Das bedeutet, dass mein Heil-Code weg ist, für immer. Vielleicht wird sich der Rest meiner Apps erholen, doch auch hier besteht die Gefahr, dass Marcus sie irreparabel beschädigt hat. Er hat den Verstand verloren. Er hat mich unter Drogen gesetzt, mich aufgeschlitzt …

Plötzlich reiße ich den Kopf hoch. »Wo ist Cole?«

»Es geht ihm gut. Er wacht gerade auf.«

»Dann bleibt uns nicht viel Zeit.« Ich starre noch mal auf meinen Arm, doch die Furcht verdrängt meine Wut. Ich weiß nicht, wie Coles Blackouttek darauf reagieren wird, wenn er herausfindet, was Marcus getan hat … doch auf keinen Fall wird es angenehm.

»Hör mal, Catarina. Ich weiß, dass du wütend bist …«

»Du hast verdammt recht damit, dass ich wütend bin! Aber zufällig mag ich deine Töchter, und ich will nicht, dass sie verletzt werden. Wir müssen diese Naht verdecken.«

»Warum? Was stimmt nicht?«

Ich taste auf der Couch nach meiner Jacke. »Hast du Coles Implantate nicht gesehen, Marcus? Hast du seine Kraftleitungen nicht bemerkt? Er ist ein Blackout-Agent von Cartaxus, und seine Aufgabe besteht darin, mich zu beschützen. Du musst meinen Arm verbinden, dann werde ich ihn hier wegschaffen, bevor er versteht, was du getan hast.«

Marcus' Gesicht wird kreidebleich, dann dreht er sich um und eilt in die Küche. Die Tür schwingt nur langsam hinter ihm zu, sodass ich einen Blick auf Cole erhasche – einbandagiert und benommen. Er sitzt auf dem Küchentisch und reibt sich die Augen.

»Catarina«, ruft er leicht lallend. »Wo bist du?«

Marcus eilt wieder zu mir. Seine zitternden Hände öffnen bereits eine Verbandsrolle. Ich reiße sie ihm aus den Fingern und wickle den Stoff um meinen Unterarm.

»Es geht mir gut!«, rufe ich. »Marcus verbindet meinen Arm.«

»Was stimmt nicht mit deinem Arm?«

»Nichts, nur ein Kratzer. Mich hat in der Mine ein Steinsplitter getroffen. Marcus hat die Wunde für mich gesäubert.«

»Du wurdest verletzt?« Coles Stimme wird sanfter. Er schlurft durch den Raum und öffnet die Tür, um sich dann gegen den Türrahmen zu lehnen. Sein Oberkörper ist gelb vom Desinfektionsmittel, und auf seinem Bauch ist eine Kompresse festgeklebt. Er wirkt irgendwie dünner, als hätte sein Körper sich selbst ausgezehrt, um die Wunde zu heilen.

»Es geht mir gut«, sage ich mit zusammengebissenen Zähnen. »Es ist wirklich nur ein Kratzer.«

Marcus bindet den Verband ab und tritt zurück. Seine Hände zittern immer noch. »Sieht gut aus. Lasst mich euch zum Auto helfen.«

»Könnten wir noch eine Weile bleiben?«, fragt Cole und reibt sich erneut die Augen. »Ich bin mir nicht sicher, ob ich schon aufbrechen kann.«

»Nein, lass uns fahren.« Ich trete neben Cole und packe seinen Arm. »Ich kann fahren. Keine Sorge, ich bringe uns zum Labor. Ich fühle mich gut.«

Das ist die Wahrheit. Trotz der Wut, die in mir kocht, fühle ich mich gut. Was auch immer Marcus mir in den Körper gejagt hat, es hat auch die letzten Reste meiner Migräne vertrieben. Mein Kopf ist klar, trotz der Tatsache, dass meine Augen sich ohne meine Tek scheinbar nicht scharfstellen lassen wollen.

»Welches Labor?« Amy erscheint im Flur, Chelsea und Eloise neben sich.

Mir bleibt der Mund offen stehen. Sie wirkt *klar.*

Ihre verschorften Hörner sind unter einem Handtuch verborgen, und sie trägt einen pinkfarbenen Bademantel, der die schlimmsten Mutationen verbirgt. Amys Gesicht ist immer noch ausgezehrt, ihre Augen schrecklich eingesunken, doch ich kann keinen Hinweis mehr auf den Grimm in ihrem Gesicht entdecken. Sie tritt zu Cole. »Sie gehören zu Cartaxus, oder? Sind ihre Leute inzwischen näher daran, einen Impfstoff zu entwickeln?«

»Wir stehen kurz davor, Ma'am«, antwortet Cole. »Catarina hilft uns.«

Amy nickt, dann überläuft ein Zittern ihren Körper. Ihr linker Arm trägt einen Verband und hängt schlaff herunter, was bedeutet, dass Marcus mein Heiltek herausgeschnitten und direkt in sie eingenäht hat. Das war eine leichtsinnige, gefährliche Aktion. Doch als ich Amy dabei beobachte, wie sie ins Wohnzimmer humpelt, wirkt es, als hätte es funktioniert.

Aber das ist unmöglich. Marcus hat ihr lediglich den Funktionskern eines Heilteks übertragen, das kaum stark genug war, um oberflächliche Kratzer zu schließen. Amy wirkt vernünftig, doch das muss am Placebo-Effekt liegen. Bald schon wird sie sich wieder in ein zähnefletschendes Monster verwandeln, und Marcus wird bereuen, ihre Fesseln gelöst zu haben.

»Wir sollten gehen«, sage ich und stupse Cole an. »Komm schon, lass uns beeilen. Wir müssen das Labor erreichen.«

»Das Labor?«, fragt Amy wieder, dann kneift sie die Augen zusammen. Ich kann sehen, wie sie gegen den Grimm kämpft; die Zähne zusammenbeißt, um ihn unter Kontrolle zu halten.

Sie tritt näher an uns heran. Ich versteife mich, weil ich halb erwarte, dass sie sich auf uns stürzt; dass Cole reagiert und das Gemetzel verübt, das ich so dringend vermeiden will.

Stattdessen starrt sie mich nur an. »Bitte, nimm die Mädchen mit.«

»Nein«, keucht Marcus. »Du denkst nicht klar, du …«

»Klarer war ich seit Monaten nicht«, blafft sie. »Hier ist es nicht sicher, zumindest nicht für längere Zeit. Glaubst du wirklich, du könntest sie beschützen, wenn ein Rudel Schleicher uns findet?«

»Ma'am, ich fürchte, das können wir nicht tun«, sagt Cole.

»Chelsea kann schießen«, erklärt Amy eilig, »und auch Eloise kann sich nützlich machen. Sie werden alles tun, was ihr ihnen sagt. Bitte. Bei Lachlan werden sie in Sicherheit sein.«

»Es tut mir leid, Ma'am. Lachlan ist tot.«

Amy schnappt nach Luft, und Marcus wird noch bleicher. »Wenn er tot ist, dann möge Gott uns beistehen«, flüstert er.

Eloise beginnt zu weinen. Ich packe Coles Hand. »Lass uns einfach gehen«, sage ich. »Komm, wir müssen los.«

»Okay«, murmelt Cole, während er Amy beäugt, als würde ihm langsam die Gefahr bewusst, die unter ihrer zitternden Maske lauert.

Wir durchqueren die Küche. Coles Schritte sind langsam und schwer. Marcus folgt uns auf den Fersen und liefert Ratschläge. »Stell sicher, dass er sich ein paar Stunden ausruht, und sorg dafür, dass sein Körper warm gehalten wird«, sagt er.

»Werde ich machen«, murmele ich, während ich gegen den Drang kämpfe, ihn anzuschreien.

Ich steige in den Jeep. Cole klettert auf den Beifahrersitz, um ihn sofort nach hinten zu klappen. Mein Blick schießt zu Marcus, als ich wende, begleitet von fliegendem Kies. Er wirkt schuldbewusst, was er auch sein sollte. Offensichtlich glaubt er, dass der Funktionskern, den er aus meinem Arm entnommen hat, seiner Frau helfen wird. Doch er versteht es einfach nicht – mein Vater hat alle Apps selbst programmiert. Jede App war so nichtssagend und allgemein wie nur möglich, um meine Hypergenese nicht auszulösen. In diesem Code befand sich nichts, was seiner Frau helfen könnte. Wenn er mich einfach gefragt hätte, hätte ich es ihm selbst gezeigt.

Der Jeep fährt uns wieder die Einfahrt hinunter. Ich halte meinen Blick auf den Bildschirm der Heckkamera gerichtet. Marcus beobachtet uns, mit seiner mutierten, kranken Frau neben sich. Chelsea hat einen Arm um Eloise gelegt, die in ihre Hände schluchzt. Marcus ist ein Metzger, und seine Frau ist ein Monster.

Vielleicht hätten wir die Mädchen doch mitnehmen sollen.

Zwei Stunden später beginnt ein Licht am Armaturenbrett des Jeeps zu leuchten. Wir befinden uns in Wyoming, nachdem wir einen Umweg gefahren sind, um Homestake und den dort stationierten Soldaten auszuweichen. Jetzt fahren wir durch überwuchertes Farmland, umgeben von weitläufigen Feldern. Gelegentlich entdecke ich eine Büffelherde. Häuser gibt es nur selten. Die meisten sind entweder vernagelt oder niedergebrannt. Seit dem Ausbruch sind erst zwei Jahre vergangen, doch dank der ätzenden Hydra-Wolken sieht alles aus, als wäre es seit Jahrzehnten verlassen. Die Farbe hängt in Fetzen von den Gebäuden, der Beton wirft Blasen, und breite Roststreifen überziehen die Straßenschilder. Selbst die Highways weisen tiefe Risse auf. Mit meinem Rad war es schwer, auf diesem Asphalt zu fahren, doch der Jeep fliegt über die Schlaglöcher, als gäbe es sie gar nicht.

Cole schläft, sein Sitz so weit nach hinten geklappt, wie es die Kisten auf der Ladefläche eben zulassen. Seine Lider flattern, wann immer ein Zittern seinen Körper überläuft. Er muss immer noch regenerieren. Sein Gesicht hat wieder Farbe, und seine Atmung ist gleichmäßig, doch trotzdem wird es seinen Körper einige Zeit kosten, sich zu reparieren. Die blinkenden Punkte auf seinem Panel lassen mich vermuten, dass auch seine Technik eine Überholung nötig hat.

Doch es sind nicht seine blinkenden Lichter, die mir Sorge bereiten. Das leuchtende Symbol auf dem Armaturenbrett strahlt inzwischen tiefrot und zeigt einen stilisierten Blitz. Ich mustere die leeren Äcker um uns herum und kaue nervös auf der Unterlippe, bevor ich den Jeep an den Straßenrand lenke.

»Was ist los?«, fragt Cole, der aufwacht, als unsere Reifen über den Kies knirschen. »Wieso halten wir an? Geht es dir gut?«

Ich schalte den Motor aus. Das Armaturenbrett wird schwarz, doch das rote Blinken bleibt. »Ich glaube, uns geht der Sprit aus. Der Jeep zeigt eine Warnleuchte.«

»Was?« Cole richtet sich auf und reibt sich die Augen. »Wir sollten auf Batterie fahren, nicht mit Benzin. Heute Morgen war der Akku noch voll.«

Ich schnippe gegen das Display, doch das Licht leuchtet weiter. Kälte breitet sich in mir aus.

»Und wir sollten auch einen vollen Tank haben«, sagt Cole. »Bist du dir sicher, dass du das richtig deutest?«

»Warte kurz«, sage ich und öffne meine Tür. Ich packe den Rand des Daches und ziehe mich nach oben – doch noch bevor ich wirklich hinschaue, weiß ich schon, dass sie weg sind. Das Dach fühlt sich zu niedrig an, zu flach.

Marcus hat unsere Solarplatten gestohlen, als ich bewusstlos war.

»Verdammt!« Ich sinke wieder in den Sitz und schlage auf das Lenkrad. Die Hupe tönt über die leere Straße.

»Sie haben die Solarzellen gestohlen«, sagt Cole.

Ich nicke, die Augen fest geschlossen, die Hände vors Gesicht geschlagen.

»Aber da ist noch mehr«, meint er langsam. »Catarina, was haben sie getan?«

Ich seufze, dann spähe ich zwischen den Fingern heraus. »Marcus hat mir einen meiner Funktionskerne aus dem Arm geschnitten. Mein Panel funktioniert nicht mehr, und ich weiß nicht, ob es sich selbst reparieren wird.«

Für einen Moment schweigt Cole angespannt, dann reißt er seine Tür auf und springt aus dem Wagen. »Raus!«, schreit er, als er um den Jeep stiefelt. »Raus, Catarina. Jetzt!«

»Nein!« Ich klammere mich am Lenkrad fest. »Wir können nicht zurück!«

Er zerrt meine Tür auf, packt mich um die Taille und zieht mich auf die Straße.

»Sie haben unsere Solarplatten gestohlen«, schreit er. »Sie haben dich aufgeschnitten! Und du beschützt diese Leute! Steig auf den Beifahrersitz. Wir müssen zurück.«

»Nein!«, brülle ich. »Dafür haben wir keine Zeit. Wir müssen weiter!«

»Wie!«, schreit Cole, als er zu mir herumwirbelt. »Wie sollen wir deiner Meinung nach das Labor erreichen? Wir haben kein Benzin mehr und auch keine Solarplatten. Mit dem bisschen Sprit, das wir noch haben, werden wir nie dort ankommen. Und wir müssen noch eine Klonbox auftreiben.«

»Uns wird schon etwas einfallen.«

Seine Augen brennen. »Mir ist schon etwas eingefallen. Wir fahren zurück und holen uns unsere verfluchten Solarplatten zurück.«

Ich fahre mir mit den Händen durch die Haare. Er zittert tatsächlich vor Wut, als er mit geballten Fäusten über die Straße zurückstarrt. Mein Blick fällt auf seinen Verband, wo sich ein Blutfleck auf dem Stoff abzeichnet.

Oh scheiße. Er zittert nicht vor Wut. Er hat seine Naht aufgerissen und steht kurz vor einem Schock.

»Cole«, sage ich und strecke die Hand nach seinem Arm aus. »Du …«

Er entreißt mir seinen Arm. »Wir brauchen diese Solarplatten. Wir müssen zurück.«

»Cole, hör mir zu. Du blutest.«

Scharlachrote Stellen erscheinen auf dem Verband. Kalter Schweiß glänzt auf seiner Stirn.

»Ich komme schon klar«, sagt er.

»Nein, tust du nicht. Du bist nicht unbesiegbar.«

»Mir geht es gut!«, sagt er, dann blinzelt er, als erneut ein Zittern seinen Körper überläuft. Sein Gesicht wird bleich, und er stolpert nach hinten gegen den Jeep.

»Oh, nein, nein«, hauche ich, springe auf ihn zu und schiebe mich unter seinen Arm. Seine Haut ist kalt und klamm, klebrig vor Schweiß. »Du frierst, Cole. Du solltest dich nicht bewegen.«

»Aber wir müssen …«

»Steig in den verdammten Jeep«, sage ich und umfasse sein Gesicht. »Du musst dich ausruhen. Ich *brauche* dich. Allein schaffe ich es nicht.«

Er starrt mich noch einen Moment böse an; dann verblasst die Wut auf seinem Gesicht. »Okay«, flüstert er schließlich.

Wir schlurfen nach hinten, wobei ich einen Großteil seines Gewichts tragen muss. Irgendwie gelingt es mir, die Heckklappe zu öffnen. Cole klettert hinein, und ich verschiebe die Kisten so, dass er genug Platz hat, um sich hinzulegen. Er bricht auf der Seite zusammen, wobei er schmerzerfüllt stöhnt. Die scharlachroten Punkte auf seinem Verband sind zu einem beängstigenden großen Fleck verschmolzen.

»I-Ich muss mich warm halten«, stottert er. »Mein Tek wird von Hitze gespeist. Ich muss meine Körpertemperatur hoch halten, damit es mich heilen kann.«

»Okay.« Ich schnappe mir einen der Cartaxus-Schlafsäcke und reiße ihn aus seiner Hülle, dann klettere ich neben Cole, bis die Kisten an den Rand gequetscht werden.

»Halt einfach still.« Ich werfe den Schlafsack über ihn. »Du wirst dich erholen.«

Doch die Ruhe in meiner Stimme ist eine Lüge. Coles Hände sind eiskalt, sein Gesicht ist bleich, seine Pupillen kaum mehr als winzige Punkte. Ich muss ihn aufwärmen, damit sein Tek wieder läuft. Und so wie er zittert, muss ich das schnell hinkriegen.

»Okay, schließ die Augen.« Ich reiße mir Jacke und Tanktop vom Körper.

»W-was tust d-du?« Seine Zähne klappern so heftig, dass ich die Worte kaum verstehe, aber trotzdem dreht er den Kopf, um mich anzusehen.

»Ich habe dir gesagt, du sollst die Augen schließen.« Ich lege mich neben ihn, gleite nur in BH unter den Schlafsack und drücke meine Brust an seinen Rücken.

»D-du musst mir schon w-wenigstens einen Drink spendieren, bevor ich mit dir ins Bett s-steige.«

»Halt den Mund«, flüstere ich, als ich einen Arm um ihn lege.

»W-wenn das hier vorbei ist, werde ich Crick erzählen, dass d-du mich angebaggert hast.«

Ich schnaube, dann dränge ich meine Wange an seinen Nacken. »Na ja, erzähl nur deiner Freundin nichts davon. Ich vermute, sie würde mir ordentlich in den Hintern treten.«

Er schweigt einen Moment, immer noch zitternd. »I-ich weiß nicht, es ist Jahre her. Sie hat nie eine Nachricht geschickt, sie …«

»Shhh«, sage ich und ziehe ihn fester an mich. »Denk nicht darüber nach, okay. Versuch einfach, dich zu entspannen.«

Er nickt, dann hebt er seine Hand und verschränkt seine Finger mit meinen. Ich spüre seinen Pulsschlag in seinen Händen und an seinem Hals, wo unsere Haut sich berührt. Schweigend liegen wir nebeneinander, bis sein Körper aufhört zu zittern. Seine Körpertemperatur steigt, und sein Atem fällt in einen langsamen, gleichmäßigen Rhythmus, der mir verrät, dass Cole eingeschlafen ist.

Ich drücke meine Wange weiter an seinen Nacken, während sich ein seltsamer Druck in meinen Ohren aufbaut. Überall, wo wir uns berühren, scheint ein elektrisches Kribbeln über meine Haut zu laufen. Es ist alles andere als romantisch, wie wir hier liegen – es geht einfach um Leben und Tod –, doch aus irgendeinem Grund kann ich nur daran denken, wie er meine Hand hält.

Ich weiß, dass das nichts bedeutet. Wir haben beide andere Menschen in unserem Leben, und Cole ist so vollgepumpt mit Beruhigungsmitteln, dass er wahrscheinlich gar nicht weiß, was er tut. Das erzähle ich mir immer wieder. Doch gleichzeitig kann ich nichts anderes riechen als sein Aftershave und den einzigartigen Duft seiner Haut.

Etwas in mir entzündet sich, bis ein Feuer in meiner Brust brennt.

Tief durchatmen, Catarina.

Das könnte sich noch zum Problem entwickeln.

16

Ich bin hinter Cole eingeschlafen. Irgendwann in der Nacht müssen wir uns bewegt haben, denn ich wache an seine Brust gedrückt auf, in seinen Armen. Sein Atem streicht sanft über mein Haar, eine Hand berührt vorsichtig meinen Nacken, und die nackte Haut seiner Brust wärmt meine Wange.

Es ist eine absurd intime Position – die in unserer Lage allerdings nichts zu bedeuten haben sollte. Auf der Ladefläche des Jeeps ist es kalt und eng. Es ist ganz normal, dass Leute sich in der Nacht auf der Suche nach Wärme aneinanderdrängen.

Zumindest wäre es normal, wenn ich nicht mit dem Gefühl aufgewacht wäre, dass ein tief in mir vergrabener, verlorener Teil meines Selbst endlich nach Hause gekommen ist. Es wäre normal, wenn ich nicht umgeben von Coles Duft erwacht wäre, um Cole sofort näher an mich zu ziehen und seinen Namen zu flüstern.

Seinen *Namen.*

Ich versteife mich, kaum dass das Wort über meine Lippen gedrungen ist. Coles eisblaue Augen öffnen sich langsam, dann sucht er verwirrt meinen Blick. Ich weiß nicht, ob er mich gehört hat, doch er löst seine Umarmung und rollt sich auf den Rücken, um sich dann das Gesicht zu reiben, als müsste er einen Traum vertreiben.

Nicht gut.

Ich setze mich ungeschickt auf, schiebe mir die Haare aus dem Gesicht, befreie mich aus dem Schlafsack. Ich trage immer noch nur meinen BH. Mein Tanktop klemmt unter einer Kiste. Ich reiße es heraus und ziehe es mir hektisch über den Kopf.

Mein Herz rast. Cole muss es hören. Auf jeden Fall kann er die Röte auf meinen Wangen sehen und die Gänsehaut in meinem Nacken. Ich rücke mein Oberteil zurecht, wende mich von ihm ab und versuche, mich hinter dem dunklen Vorhang meiner Haare zu verstecken.

Draußen herrscht fahle Morgendämmerung. Die getönten Scheiben des Jeeps zeigen mir eine flache, grasbewachsene Ebene, die sich bis zum Horizont erstreckt. Mein Hirn gewöhnt sich langsam daran, die Welt ohne Tek zu betrachten. Es ist beinahe angenehm, abwechselnd verschiedene Teile der Landschaft scharfzustellen. Ich kann keine Häuser entdecken, keine Krater oder verrosteten Autowracks – keinen Hinweis darauf, dass selbst vor der Seuche jemand hier gelebt hätte. Der dunkle Highway erstreckt sich über Meilen, leer und schwarz, bis mein nicht länger verstärkter Blick dem dunklen Band nicht mehr folgen kann.

»Ich hätte nicht über Nacht hier parken dürfen«, sage ich. »In der Nähe der Highways ist es nicht sicher. Schleicher folgen den Straßen auf der Jagd nach Menschen. Ich hätte Deckung suchen müssen.«

Cole brummt nur, bevor er sich langsam aufsetzt und sich gegen eine Kiste lehnt. Sein Verband ist durchnässt von Blut, und dunkle Ringe ziehen sich unter seinen Augen entlang, doch er sieht besser aus als gestern Abend. Er mustert mich, von den dreckigen Stiefeln, in denen ich geschlafen habe, zu den verknoteten Haaren, die um mein Gesicht wippen. Ich wappne mich gegen Fragen in Bezug auf das, was gerade geschehen ist – wie ich in seinen Armen gelandet bin, wieso ich seinen Namen geflüstert habe –, doch er nickt nur in Richtung meines Handgelenks.

»Wie geht es deinem Arm?«

Überrascht sehe ich nach unten. »Meinem Arm? Alles okay. Wie geht es dir? Du bist derjenige, der angeschossen wurde. Du hast eine Kugel abgefangen, die für mich bestimmt war, schon vergessen?«

Ein Lächeln umspielt seine Lippen. »Klingt ja fast, als wäre ich ein Held.«

»Na ja, lass uns versuchen, die Heldentaten in nächster Zeit auf ein Minimum zu reduzieren. Du wärst mir fast weggestorben. Wahrscheinlich solltest du dich gar nicht bewegen.«

»Mir geht es gut.«

Ich ziehe eine Augenbraue hoch. »Aber sicher, Soldat.«

Er zuckt mit den Achseln, dann zieht er an dem Verband, der auf seinem Bauch klebt. »Schau es dir selbst an.«

»Cole, nicht …«, setzte ich an, als er das Klebeband löst, doch dann klappt der Verband nach unten und gibt den Blick frei auf seine Wunde.

Sie ist silbern.

Die Haut um die Schusswunde hat sich nahtlos geschlossen. Allerdings wirkt ein vielleicht zwei Zentimeter breiter Streifen auf seinem Bauch jetzt, als bestände er aus Metall. Ich erkenne glänzende Silberstreifen, die sich verästeln wie Adern. Je weiter sie sich von der Wunde entfernen, desto blasser werden sie. Genau in der Mitte der Fläche, wo ich vor Stunden nur zerrissenes, blutiges Fleisch sehen konnte, leuchtet ein strahlend silberner Fleck.

Das ist Nanogeflecht. Ein Mythos. Eine App, über die in den Foren von Skies geflüstert wird; Gerüchten zufolge existiert das Programm nur in einer Handvoll Prototypen. Ein Gitter im Nanoformat, das sich durch den Körper einer Person zieht, um durch einen einzigen Befehl heranzuwachsen. Dieser Fleck auf Coles Bauch ist kein Fleisch – es ist ein dünnes Gitter, das sich über Nacht gebildet hat und das seine eigenen Zellen nach und nach besiedeln und füllen wird. Das Silber wird schrumpfen, bis alles wieder nur aus lebendem, atmendem Gewebe besteht.

Coles Wunde wird vollkommen verheilen. Doch Nanogeflecht dient nicht nur der bloßen Heilung. Man könnte es auch einsetzen, um Körperteile wieder wachsen zu lassen oder ganz neue Glieder zu erschaffen. Mit seinem Tek könnte Cole sich ein Exoskelett zulegen, oder Augen im Hinterkopf. Mit dem richtigen Code könnte er sich sogar *Flügel* wachsen lassen.

»Du bist mit Nanogeflecht ausgestattet?«, hauche ich. »Was zur Hölle *bist* du, Cole?«

Er sieht auf die Wunde herab. »Ich bin eine sehr teure Waffe.«

Etwas in seiner Stimme lässt mich zögern. Ein versteckter Schmerz – der jedoch nichts mit der Verletzung auf seinem Bauch zu tun hat. Sondern damit, wie er das Wort ›Waffe‹ ausspricht – als wäre er nur ein *Gegenstand.* Ein geistloses Werkzeug statt einer Person mit eigenen Gedanken und Träumen. Als wir noch in der Hütte waren, hat er gesagt, Cartaxus hätte ihn dazu gemacht; doch jetzt bin ich mir nicht mehr so sicher.

Ich kann nicht anders, als mich an die Formulierung zu erinnern, die mein Vater in seiner Nachricht an mich verwendet hat: *Er ist eine Waffe von erheblicher Macht.*

Was, wenn es mein Vater war, der Cole in diese Waffe verwandelt hat?

Ich lehne mich gegen eine Kiste, fahre mir mit den Fingern durchs Haar und versuche vorsichtig, die Knoten darin zu lösen. Vor meinem inneren Auge sehe ich das Foto von Cole. Es ist eine Sache, sich selbst in einen Blackout-Agenten ummodeln zu lassen, aber es ist etwas vollkommen anderes, wenn einem dieser Vorgang als Kind *aufgezwungen* wird.

»Das Nanogeflecht«, sage ich. »Das hast du von meinem Vater, nicht wahr?«

Cole sucht meinen Blick. Er nickt nicht, doch ich kenne die Antwort bereits. Es war eigentlich nicht mal eine Frage. Es gibt nur einen Genetiker in der neueren Geschichte, der die Fähigkeit besitzt, so etwas zu schaffen. Vielleicht hätte ein anderes Team nach Jahrzehnten der Forschung etwas Ähnliches entwickeln können, doch Coles nahtlose perfekte Version des Nanogeflechts ist zweifellos das Werk meines Vaters. Es hat nichts damit zu tun, dass mein Vater ein Genie war – das war er, aber vor dem Ausbruch gab es zahllose Genies in der Gentech-Forschung. Seine Stärke lag in seiner Sichtweise auf DNA … als wäre sie eine Sprache, die er von Geburt an gesprochen hat, während alle anderen sie in der Schule lernen mussten. Er kannte alle Feinheiten; alle versteckten Regeln, die selbst die aufwendigsten Programmieralgorithmen gewöhnlich übersehen.

Deswegen dreht sich mir der Kopf, als ich auf den silbernen Fleck auf Coles Bauch starre und auf das Netzwerk aus Narben, das sich über seine Brust zieht. Ich kann einfach nicht verstehen, was sich mein Vater davon versprach, diese schreckliche, schmerzhafte Forschung an einem fünfjährigen Jungen zu betreiben.

Mein Blick huscht zu dem Rucksack, in dem ich die Akten aus den Minen versteckt habe. Ich will danach greifen, doch in diesem Moment stößt Cole ein frustriertes Brummen aus.

Ich zögere. »Alles gut bei dir?«

Er fährt sich mit den Händen über das Gesicht. »Nein, nichts ist gut. Ich bin hungrig und müde und habe immer noch heftige Schmerzen. Daher würde ich es sehr schätzen, wenn du mich nicht schlagen würdest.«

»Warum sollte ich dich schlagen?«

Er lässt die Hände sinken, und ein schuldbewusster Ausdruck huscht über sein Gesicht. »Weil ich glaube, dass Cartaxus weiß, wo wir uns befinden.«

Ein langer Augenblick vergeht. »*Was?!*«

Er sackt in sich zusammen. »Ich habe bisher mein Panel gegen sie abgeschirmt, aber es könnte sein, dass es selbsttätig ein Signal geschickt hat, als letzte Nacht alles zusammengebrochen ist. Wie ich schon gesagt habe – ich bin eine teure Waffe, und Cartaxus achtet auf seine Investitionen. Ich glaube, sie haben jemanden losgeschickt, um uns zu finden.«

Wie erstarrt schaue ich aus dem Fenster. Wenn Cartaxus uns

jetzt findet, werden sie uns in einen Bunker verschleppen und sich die gesamten Notizen meines Vaters unter den Nagel reißen. Sie werden herausfinden, wie man den Impfstoff dechiffriert; dann hätten sie die absolute Kontrolle darüber, was bedeutet, dass die Leute auf der Oberfläche leer ausgehen werden. Millionen Menschen, dem Tod überlassen. Familien wie die von Marcus. Der gesamte Plan meines Vaters wäre zerstört.

»Wie viel Zeit bleibt uns?« Ich binde mein Haar zu einem Pferdeschwanz und starre auf den Highway. Unser Benzin ist fast alle, und wir haben keine Solarplatten. Wir sind mindestens noch eine Tagesfahrt von dem Labor entfernt, zu dem mein Vater uns geschickt hat. Aber vielleicht gibt es trotzdem noch Hoffnung. Vielleicht schaffen wir es in eine Stadt und finden ein anderes Auto – auch wenn das möglicherweise nicht groß genug ist, um die Kisten mit den Aufzeichnungen meines Vaters zu transportieren. Bisher habe ich keine davon geöffnet. Keine Ahnung also, ob sich darin Hinweise auf die Dechiffrierung des Impfstoffes befinden, und uns fehlt die Zeit, jetzt alles durchzugehen.

Aber vielleicht ist das auch gar nicht nötig.

Ich werfe einen Blick zu Cole. Mein Vater hatte diesen Brief in seinem Arm verborgen, und dann habe ich eine Akte über die Zeit gefunden, als Cole noch ein kleiner Junge war. Das kann kein Zufall sein. Diese modrigen Akten, die ich hinter dem Kajak gefunden habe, sind diejenigen, die ich benutzen soll – aus irgendeinem Grund bin ich mir in diesem Punkt absolut sicher.

»Wie viel Zeit, Cole?« Ich ziehe meinen Rucksack zu mir und schaue auf die Aktenmappen. Fünf braun verfärbte, dünne Ordner, versteckt neben meinem Genkit. »Cole, wie lang? Hörst du mir überhaupt zu?«

Das tut er nicht. Seine Augen sind glasig, er hält den Kopf schräg und presst eine Hand gegen die Wand des Jeeps. Er lauscht auf etwas, was ich ohne meine Implantate nicht hören kann.

Mein Magen verkrampft sich. »Sie sind schon da, oder?«

Er nickt langsam, dann taucht er blinzelnd aus seiner Session auf. »Ungefähr vor einer halben Stunde ist ein Comox über uns weggeflogen. Ihr Scan ist einfach über uns hinweggeglitten, also bin ich davon ausgegangen, dass sie den Jeep nicht bemerkt haben. Aber jetzt haben sie umgedreht. Ich weiß nicht, wer darin sitzt, aber es könnte eine ganze Truppe sein.«

Aus dem Fenster blickend, kaue ich an meinem Daumennagel. Wir können nicht fliehen. Und uns nicht verstecken. Wir …

»Moment. Hast du gesagt, vor einer halben Stunde?«

Coles Wangen röten sich leicht. »Ja.«

Ich blinzle. Zu diesem Zeitpunkt habe ich noch geschlafen, meine Wange auf seiner Brust. Ich dachte, wir hätten beide geschlafen. Er hatte seine Hand an meinem Nacken …

»Du warst *wach*?«

Die Röte auf seinen Wangen vertieft sich, dann erstarrt er und legt erneut den Kopf schräg. Diesmal höre ich es auch. Das tiefe Geräusch eines Comox, der direkt auf uns zuhält.

Cartaxus ist da.

»Bleib hier drin«, sagt Cole, als er sich auf die Knie rollt.

Ich zerre an meinem Rucksack und schüttle den Kopf. »Ich komme mit dir. Wir wissen nicht, wie viel sie wissen oder was Dax ihnen erzählt hat. Es ist besser, wenn wir so tun, als hätten wir nichts zu verbergen.«

Er runzelt nachdenklich die Stirn. »Okay. Aber halt dich hinter mir, und halte dich bereit, zum Jeep zu rennen, wenn ich es dir sage.«

»Damit du was tun kannst? Sie in die Luft sprengen?«

Mit einer Grimasse zieht er sich ein Hemd über den Kopf. »Ich weiß es noch nicht.«

»Na ja, also als du mir das letzte Mal deine Pläne nicht verraten hast, hat das damit geendet, dass du angeschossen wurdest.«

Die Rotorgeräusche werden lauter, und Cole packt sich sein Gewehr. »Okay, Cat. Ich habe es verbockt. Du musst mich nicht daran erinnern.«

Ich kralle eine Hand in den Stoff seines Oberteils, als er seine Finger nach dem Türgriff ausstreckt. »Nein, Cole. Das hier ist nicht vorbei. Selbst wenn Cartaxus uns gefangen nimmt, könnte es noch einen Weg geben, den Impfstoff zu verbreiten. Aber wir müssen zusammenarbeiten, jetzt mehr als jemals zuvor. Bitte tu nichts Leichtsinniges.«

Cole wendet sich wieder zu mir um, doch ich kann den Blick in seinen Augen nicht deuten. Dann öffnet er die Heckklappe und springt nach draußen. Das Knattern der Rotorblätter wächst zu einem Brüllen an, als ich von der Ladefläche gleite, eine Hand über den Augen.

Cole steht unbeweglich wie eine Statue mitten auf der Straße und starrt zum Himmel auf, wo ein gedrungener schwarzer Quadrokopter langsam herabsinkt. Mit einem Knall landet er in einer Staubwolke mitten auf dem leeren, mit Schlaglöchern überzogenen Highway.

Ich wende das Gesicht ab, dann beobachte ich mit zusammengekniffenen Augen, wie die Seitentür geöffnet wird und sich eine Metallrampe auf die Straße senkt. Ich wappne mich für Soldaten – rechne mit einer bis an die Zähne bewaffneten Einheit, wie die, die nach dem Ausbruch unsere Hütte gestürmt hat. Doch die Tür bleibt leer. Die Rotoren werden langsamer, dann joggt hinter der Staubwolke eine einzelne Gestalt über die Rampe nach unten.

Der Mann hat leuchtend grüne Augen, Sommersprossen und rotes Haar.

»Hey, Prinzessin«, sagt Dax. »Ist lange her.«

17

Meine Welt scheint zu kippen. Mir rutscht der Rucksack von der Schulter.

»Dax«, stoße ich hervor und renne auf ihn zu.

Er fängt mich und wirbelt mich im Kreis. Sein Körper zittert, seine Atmung geht schnell. »Du bist wirklich hier«, flüstert er. »Du kannst dir nicht vorstellen, wie glücklich ich bin, dich zu sehen.«

Ich lehne mich halb lachend, halb weinend zurück und wische mir die Tränen aus den Augen. »Dax, schau dich an! Du bist ein ganz anderer Mensch!«

Der Mann vor mir ist nicht mehr der Dax, an den ich mich aus der Hütte erinnere. Sein Pferdeschwanz ist genauso verschwunden wie die weiße Strähne in seinem Haar, das er jetzt in einer schicken Frisur trägt. Die weichen Konturen seines Gesichts sind schärfer geworden und werden durch die einzelne Kraftlinie betont, die sich an seinem Hals nach oben zieht, um an seiner Schläfe zu enden. Sein Körper ist nicht so muskulös wie der von Cole. Dax ist schlanker und größer, doch seine Bewegungen wirken genauso geschmeidig wie in meiner Erinnerung. Er trägt eine schwarze Metallmanschette um den Unterarm, über seinem Panel. Sie sieht aus wie die Krypto-Manschette meines Vaters, nur dass an diesem Gerät scharlachrote Lichter an der Seite blinken.

»Catarina, schau *dich* an«, sagt er, als er zurücktritt, um mich von Kopf bis Fuß zu mustern. »Du bist erwachsen und absolut atemberaubend. Lachlan wäre so stolz, wenn er dich jetzt sehen könnte.«

Meine Kehle wird eng. Zu hören, wie Dax den Namen meines Vaters ausspricht, trifft mich härter, als ich erwartet habe. Aus Dax' Mund klingt er so anders, als wenn Cole ihn ausspricht. So vertraut, so rau. Dax hat meinen Vater genauso geliebt wie ich. Ich muss darum kämpfen, nicht laut loszuheulen.

»Oh, Prinzessin«, haucht Dax und zieht mich wieder in seine Arme. »Es tut mir so leid. Du musst am Boden zerstört sein.«

»Nein, es geht mir gut.« Ich trete zurück und reibe mir kurz die Augen. »Ich … ich kann nur gerade nicht darüber nachdenken.«

»Natürlich.« Mit einem Nicken ergreift Dax meine Hände. »Wir haben viel zu tun.«

Cole räuspert sich laut. Seine Miene wirkt hart. Doch einen Moment später grinst er breit, als eine weitere Gestalt an der Tür des Quadrokopters erscheint. Es ist ein Soldat, der dieselben schwarzen Kraftleitungen auf Armen und Gesicht trägt und sich genauso anmutig und minimalistisch bewegt wie Cole. Auch seine Silhouette erinnert an Cole – lächerlich breite Schulter, raspelkurzes Haar, sogar dieselbe Kleidung aus Tanktop und Cargohosen – doch im Detail könnten sie kaum unterschiedlicher sein. Dieser Soldat lächelt ausgelassen, und unter seinen Augen sind kobaltblaue Ringe. Tätowierungen von Adlern und Wölfen ziehen sich über die dunkle Haut seiner Arme, und sein Haar ist entweder gebleicht oder zu einem strahlenden Weißblond gehackt.

»Leoben!«, ruft Cole lachend. Die beiden Männer laufen aufeinander zu und umarmen sich fest, ohne Zurückhaltung, ohne Zögern. Ihre Umarmung ist vollkommen natürlich und voller Zuneigung, und mir fällt ein Wort ein, als ich sie beobachte: Brüder.

Cole lehnt sich zurück, die Hände immer noch an Leobens Schultern. »Lee, es stimmt. Jun Bei *lebt.*«

Cole klingt aufgeregter, als ich es je gehört habe. Sein Gesicht leuchtet genauso wie seine Augen. Die Andacht, mit der er Jun Beis Namen ausspricht, sorgt dafür, dass sich mir die Nackenhaare aufstellen.

Das ist Liebe.

Reine, euphorische, ungezügelte Liebe. Ich kann das Gefühl so deutlich auf Coles Gesicht erkennen, dass ich wegschauen muss. Meine Brust ist wie zugeschnürt von etwas, was sich fast anfühlt wie Eifersucht.

Aber das wäre verrückt.

»Was?« Leoben tritt mit großen Augen zurück. Seine Hände ballen sich zu Fäusten, dann stößt er einen Jubelschrei aus. »Was habe ich dir gesagt? Sie ist unbesiegbar, Mann!«

»Ja, wahrscheinlich ist sie das.« Cole grinst, immer noch aufgeregt. »Was zur Hölle treibt ihr beide hier?«

Leoben wirft einen Blick zu Dax. »Wir haben dein Signal abgefangen und sind gekommen, um dir deinen hässlichen Hintern zu retten. Ich bin seit gestern Dax' offizieller Bodyguard. Er hat Cartaxus irgendeinen Dreck serviert, dass er unbedingt mal wegmüsste, und sie haben mich ihm zur Seite gestellt.«

Ich wende mich an Dax. »Cartaxus weiß, dass ihr hier seid?«

Dax streicht sich die Haare aus der Stirn. »Ja und nein. Sie glauben, ich sammle Lachlans Notizen ein, für den Fall, dass darin etwas zu finden ist, was beim Impfstoff helfen könnte.«

»Und sie haben dich *gehen* lassen?« Ich dachte, Dax wäre ein Gefangener; dass er und mein Vater eingesperrt und gefoltert worden wären. Doch Dax wirkt gesund und selbstbewusst, als hätte er ein gutes Leben gehabt.

Zwei Jahre sind vergangen. Ich habe nie etwas von ihm gehört. Wenn Dax verschwinden konnte, wann immer er wollte, wieso hat er mich nicht besucht?

»Prinzessin«, sagt Dax und ergreift meine Hände, »es gibt einiges, worüber wir reden müssen. Du musst eine Menge Fragen an mich haben, und für mich gilt dasselbe. Aber im Moment müssen wir uns darauf konzentrieren, den Impfstoff zu dechiffrieren. Wir brauchen die Notizen deines Vaters – alles, was er zurückgelassen hat und was vielleicht mit der Entschlüsselung zu tun hat.«

Ich reibe mir die Stirn und versuche, mich zu konzentrieren. »Ja, ich weiß. Wir haben alle Notizen im Jeep. Auf Coles Panel war eine Nachricht.«

»Auf meinem auch, und auf dem von Leoben. Dein Vater wollte nichts riskieren. Ich nehme an, ihr wart auf dem Weg zu diesem Labor in Kanada?«

Ich nicke. Mir dreht sich immer noch der Kopf. Dax ist hierher geflogen. Er hat einen Comox genommen. Er ist gesund; er wirkt glücklich. Ich habe zwei Jahre allein überlebt, weil mein Vater mir erklärt hat, das wäre sicherer – dass Cartaxus böse wäre, dass sie mich verletzen würden, um ihn zu erpressen.

Doch nachdem ich gesehen habe, welche Art von Forschung mein Vater an Cole betrieben hat, weiß ich einfach nicht mehr, was ich glauben soll.

»Wir brauchen immer noch eine Klonbox«, sagt Cole. »Habt ihr eine mitgebracht?«

»Nicht direkt«, antwortet Dax. Er und Leoben wechseln einen Blick.

Cole starrt sie eine Sekunde lang an, dann tritt er kopfschüttelnd zurück. »Nein. Auf keinen Fall. Das ist zu gefährlich.«

Leoben grinst. »Aber du hast bereits daran gedacht.«

Ich sehe zwischen den dreien hin und her. »Woran gedacht?«

Leoben lacht leise. »Daran, eine Klonbox aus einem der Bunker zu stehlen. Homestake liegt nicht weit entfernt.«

»Machst du Witze?«, frage ich fassungslos. »In einen Bunker gehen? Ich habe die letzten zwei Jahre damit verbracht, mich vor Cartaxus zu verstecken. Und Cole hat sich unerlaubt von der Truppe entfernt. Wieso rufen wir sie nicht einfach an und bitten sie, uns einzusperren?«

»So wird es nicht sein«, sagt Dax. »Ich habe Cartaxus erzählt, dass ich Lt. Franklin losgeschickt habe, dich zu suchen. Ich habe nicht erklärt, wer du bist, sondern nur gesagt, du wärst eine befreundete Programmiererin und dass die Chance bestünde, dass du uns helfen kannst. Ich habe uns in Homestake bereits zum Auftanken angemeldet. Das wird schon. Wir können dort mühelos wieder verschwinden.«

»Nein, können wir nicht«, hält Cole dagegen. »Homestake ist eine Sicherheitsstufe-Eins-Einrichtung. Wenn wir reingehen und sie die Anlage dichtmachen, könnten wir wochenlang dort festhängen. Wir werden irgendwo anders eine Klonbox auftreiben müssen. Wir können es nicht riskieren, in einen Bunker zu gehen. Lachlan hat in seiner Nachricht absolut klargestellt, dass wir Cat von Cartaxus fernhalten müssen.«

Dax verschränkt die Arme. »Hör mal, Leutnant. Cat wird es gutgehen, keine Sorge. Ich weiß nicht, ob du es schon bemerkt hast, aber wir befinden uns in einer Art kleiner Apokalypse. Die Chancen, eine lebende Klonbox auf der Oberfläche zu finden, sind gering bis nicht vorhanden. Uns bleibt keine andere Wahl. Wir müssen in einen Bunker, und uns fehlt die Zeit, hier herumzustehen und darüber zu diskutieren. In Homestake rechnen sie mit uns. Wir werden unsere Vorräte auffüllen, und dann schnappen wir uns die Klonbox und fahren zum Labor.«

»Das klingt ja alles ganz toll«, sagt Cole, als er ebenfalls die Arme verschränkt, ein Spiegelbild von Dax' Haltung. »Aber sag mal, Crick, wird Homestake nicht merken, wenn wir eine ihrer Klonboxen stehlen?«

Dax hält Coles Blick. »Na ja, nachdem sie nur eine besitzen … doch. Ich nehme an, sie werden es bemerken. Und dann werden sie, wie du schon angemerkt hast, alles abriegeln.« Er tippt auf die schwarze Manschette an seinem Arm und schaut kurz zu Leoben. »Glücklicherweise hat Lachlan mir Zugang zu seiner persönlichen Bibliothek gegeben, und ich habe ein Programm gefunden, das sie lange genug beschäftigt halten sollte, dass wir entkommen können.«

»Welches Programm?« Ich schiebe mich zwischen Dax und Cole, um das Starrduell zu unterbrechen.

»Es ist eine Simulation«, erklärt Leoben. »Wir bezeichnen sie als Kick, wie wenn man jemandem die Tür eintritt, um irgendwo reinzukommen – nur dass wir das Programm benutzen, um rauszukommen. Es wurde von einer Freundin von uns geschrieben.«

Ich nicke. Ich habe schon ähnlichen Code für Skies geschrieben. Schonungslose Angriffe, um Computersysteme zu verkrüppeln. So bin ich in Coles Panel eingedrungen. Allerdings habe ich in den Arbeiten meines Vaters noch nie etwas Ähnliches gesehen. Er hat seine Programmierfähigkeiten nur auf DNA angewandt.

»Ist das eine Cartaxus-Sache?«, frage ich.

»Irgendwie«, antwortet Leoben. Er fährt sich mit einer Hand über die kurz rasierten weißblonden Haare. »Tatsächlich wurde die Simulation von Jun Bei geschrieben. Jetzt, wo ich so darüber nachdenke, könnte sie diejenige gewesen sein, die dieses Chaos angerichtet hat. Der Angriff, der das Labor in die Luft gesprengt hat, bestand nur aus Explosionen und Datenkorruption. Das ist absolut Jun Beis Stil.«

»Was?« Ich wirble zu Cole herum. »Wovon redet er?«

Cole tritt von einem Fuß auf den anderen. »Jun Bei … sie war Programmiererin, ein Wunderkind. Sie hat vor der Seuche mit deinem Vater bei Cartaxus gearbeitet, doch sie haben sich nie besonders verstanden.«

»Oh, sie haben sich verstanden«, murmelt Leoben. »Wie Hund und Katze.«

Mein Magen macht einen Sprung, und ich drehe mich zu Dax um. »Wusstest du davon?«

Dax wirkt genauso erschüttert wie ich. »Jun Beis Name tauchte bei einer Menge der Codes auf, die ich entdeckt habe. Aber sie ist vor dem Ausbruch verschwunden, also habe ich sie nie kennengelernt. Cartaxus hat gesagt, der Angriff wäre von Skies ausgegangen.«

Leoben schnaubt. »Genau. Diese Typen programmieren wie die letzten Deppen. Auf keinen Fall haben sie das angerichtet.«

Mir schwirrt der Kopf. Leoben hat recht – ich habe schon die ganze Zeit versucht, Cole klarzumachen, dass nicht die Leute von Skies Cartaxus gehackt und das Labor meines Vaters zerstört haben. Es war jemand anderes; jemand, der besser ist. Jemand, der sich im System von Cartaxus auskannte. Und nach dem, was Leoben sagt, hätte es absolut dieses Mädchen sein können.

»Cole.« Meine Stimme zittert. »Wieso hast du mir das noch nicht erzählt?«

»Ich hätte es dir erzählt, wenn es wichtig wäre; aber das ist es nicht. Sie kann es nicht gewesen sein.«

»Mein Vater ist tot.« Ich balle die Hände zu Fäusten. »Mir fällt nichts ein, was wichtiger sein könnte als das. Du sagst, sie hat seit Jahren nicht mit dir geredet. Woher willst du wissen, dass sie es nicht war?«

»Ich kenne sie«, sagt Cole. »Das hätte sie nicht getan.«

»Na ja, vielleicht kanntest du sie nicht so gut, wie du denkst.« Die Worte dringen über meine Lippen, bevor ich darüber nachdenken kann. Schmerz blitzt in Coles Augen auf, dann versteinert seine Miene.

Leoben pfeift leise. »Zwischen euch beiden läuft echt was Seltsames.«

»Ja«, sagt Dax, der stirnrunzelnd zwischen mir und Cole hin und her sieht. »Ich bin mir sicher, ihr beide habt viel durchgemacht. Je eher wir eine Klonbox kriegen, desto eher können wir das hinter uns bringen. Ich bleibe dabei: Homestake ist unsere beste Chance.«

Cole schüttelt den Kopf, wobei er mich nach wie vor böse anstarrt. »Das ist zu riskant. Ihr könnt reingehen, aber Catarina und ich werden hierbleiben.«

»Wer hat dich zum Chef ernannt?«, blaffe ich.

Cole beißt die Zähne zusammen. »Du bist diejenige, die gesagt hat, wir könnten nicht zu Cartaxus. Ich weiß, dass du wütend bist, aber das ist eine schlechte Idee. Wir haben noch genug Benzin, um die nächste Stadt zu erreichen. Wir werden ein paar Solarplatten finden und den Jeep zum Laufen bringen. Wir können das Labor immer noch bis heute Abend erreichen.«

Ich schüttle den Kopf. Cole hat recht in Bezug auf meine Wut, doch das ist noch nicht alles. Ich bin müde, ich bin verwirrt, und ich habe eine Naht am Unterarm. In meinem Rucksack stecken Aktenmappen, deren Inhalt mir Angst macht, ich befinde mich auf einer Mission, die ich nicht kapiere, und Dax steht neben mir, mit einem Comox und einem Cartaxus-Bodyguard.

Ein Teil von mir will sich immer noch an den Plan halten und auf Nummer sicher gehen. Das Klügste wäre, zum Labor zu fahren und unterwegs nach einer Klonbox zu suchen. Doch ein Teil von mir will auch Homestake sehen – den Bunker, der die letzten zwei Jahre immer nur eine Stunde entfernt lag. Ich möchte genau wissen, was mein Vater mir vorenthalten hat.

Und wenn ich ehrlich bin, will ein Teil von mir auch Cole wütend machen.

»Bist du dir sicher, dass du uns wieder rausbringen kannst?«, frage ich Dax.

Er nickt. »Locker.«

»Dann lass es uns durchziehen«, sage ich. »Lass uns nach Homestake gehen.«

18

Dax, Cole und ich sitzen angegurtet auf der Ladefläche des Comox, während sich Leoben auf dem Pilotensessel zurücklehnt, die Beine auf der Steuerung verschränkt. Der Comox ist eigentlich eine Drohne, doch anscheinend weiß Leoben, wie man ihn fliegt – nur für den Fall, dass die eingebaute KI sich mitten in der Luft ›dämlich benimmt‹.

Cole *kocht* vor Wut. Er hat die Arme verschränkt, schaut finster drein und hat kein Wort mit mir geredet, seitdem ich Dax' Plan zugestimmt habe. Doch das spielt keine Rolle. Sobald wir den Impfstoff dechiffriert haben, wird er losziehen, um Jun Bei zu suchen, und ich werde ihn nie wieder sehen müssen.

Bei diesem Gedanken verkrampft sich mein Magen. Ich weiß nicht, ob ich aus lächerlichen, unerklärlichen Gründen Eifersucht empfinde oder ob es eher etwas damit zu tun hat, dass Leoben glaubt, Jun Bei könnte meinen Vater getötet haben. Sie klingt wie ein echtes Prachtstück. Ich verstehe nicht, wieso Cole sie verteidigt. Sie hat ihn verlassen und seit Jahren keinen Kontakt aufgenommen.

Doch genau dasselbe haben auch Dax und mein Vater getan.

Ich lehne mich gegen die Seitenwand des Comox und beobachte, wie Felder und Wälder unter uns hindurchgleiten. Der Jeep ist in der Ferne verschwunden, auch wenn er uns auf dem Boden folgt. Leoben hat eine der Batterien aus dem Comox in den Wagen eingebaut, womit er genug Saft haben sollte, um selbstständig nach Homestake zu fahren. Die Notizen meines Vaters befinden sich immer noch im Wagen, doch die fünf Aktendeckel, die ich hinter dem Kajak gefunden habe, stecken nach wie vor in meinem Rucksack. Irgendetwas sagt mir, dass sie alles sind, was wir brauchen werden.

»Fast da«, sagt Dax, als er aus dem Fenster späht. Ich verrenke mich in meinem Gurt, um besser sehen zu können. Wir haben die Pufferzone um Homestake erreicht – ein Stück Brachland von einer Meile Durchmesser um den Bunker herum, das Berster davon abhält, in der Nähe zu explodieren. Die Schutzzone ist mit einem tiefen Graben und einer von scharfem Stacheldraht gekrönten Betonmauer gesichert. Innerhalb der Zone ist jedes Haus niedergerissen worden, jeder Baum ist verschwunden, und die Straßen liegen unter einer dicken Schicht aus Asche.

Es sieht aus wie eine Kriegszone. Trotzdem kauern Menschenmengen an der Grenze und versuchen, in die Pufferzone einzudringen. Wahrscheinlich sind sie infiziert. Die Berster lieben die Bunker – sie strömen aus allen Himmelsrichtungen heran, getrieben von der verzweifelten Hoffnung, dass Cartaxus ihnen helfen könnte. Vor den Kontrollpunkten wird die Menge durch Kanonen-Bots auf gebogenen Metallbeinen zurückgehalten, die sich bewegen wie riesige Spinnen aus Stahl. Eine ganze Armee aus Drohnen schwebt in geringer Höhe über dem Areal, bereit, jeden in Flammen aufgehen zu lassen, dem es gelingt, die Verteidigungslinie zu durchbrechen.

»Könnte ruhig ein bisschen mehr Security sein, oder?«, ruft Leoben nach hinten. Das soll ein Witz sein, aber Cartaxus hat recht damit, diesen Streifen Ödland erbittert zu verteidigen. Ich bin mir sicher, die Luftschleusen von Homestake sind aufwendig, doch trotzdem ist die Pufferzone die beste Verteidigung der Bunker. Keine Luftschleuse ist narrensicher, und ein einziges Viruspartikel reicht aus, um jemanden zu infizieren. Die Berster eine gute Meile von den Bunkern fernzuhalten, ist der einzige Weg, sicherzustellen, dass die Luft sauber ist.

»Bald wird das nicht mehr reichen«, sage ich und deute auf eine Wolke am Rand des Bereichs. Einer der Menschen ist detoniert, während die anderen fliehen. Die Wolke wird seitwärts getrieben, vom Wind zerrissen, doch sogar von hier oben wirkt sie riesig. Die anderen folgen meinem Blick, doch keiner von ihnen scheint zu verstehen, was ich sagen will.

Natürlich nicht. Sie haben nicht wie ich gelernt, die Wolken zu lesen, ihre Form und Farbe zu analysieren und eventuelle Wechsel der Windrichtung mit einzukalkulieren. Seit dem Ausbruch hing mein Leben davon ab. Die anderen drei haben die letzten zwei Jahre *drinnen* verbracht.

»Diese Wolke ist doppelt so groß wie frühere«, erkläre ich. »Das Virus entwickelt sich, und die Explosionen werden stärker. Eine Meile ist immer noch akzeptabler Radius, um die Luft rein zu halten, doch bald schon werden die Wolken den Bunker erreichen.«

Dax' Miene verfinstert sich, als er auf die Wolke hinunterstarrt. »Das wird hoffentlich nicht mehr lange ein Problem sein.«

Ich nicke, während ich die Wolke dabei beobachte, wie sie über die Pufferzone treibt. »Ja, hoffentlich.«

Der Comox sinkt tiefer. In der Mitte der Pufferzone erhebt sich ein einzelner Wachturm aus dem geschwärzten Boden. Das ist Homestake, oder zumindest das, was wir davon sehen können. Der gesamte Rest des Bunkers befindet sich unter der Erde, eingebaut in die Stollen einer riesigen, verlassenen Goldmine. Ich habe den Turm oft aus der Ferne gesehen, und ich bin auf Beschaffungsausflügen mit Agnes daran vorbeigekommen, aber so nah dran war ich noch nie. Schon die reine Größe der Anlage verblüfft mich, zusammen mit der Erkenntnis, dass sich unter mir gerade achtzigtausend Leute befinden. Es fällt mir schwer, das zu verarbeiten.

Dax tippt auf der schwarze Manschette an seinem Unterarm herum. Ein Diagramm des Bunkers erscheint auf dem Boden des Comox, projiziert von einer Reihe Lampen an der Seite der Manschette. »Das obere Drittel von Homestake ist militärisch«, sagt er. »Die Level für Zivilisten befinden sich darunter, in einem anderen Luftschleusensystem. Der einzige Zugang ist der zentrale Schacht.«

Ich mustere das Diagramm. Der Grundriss des Bunkers wirkt wie ein riesiges unterirdisch erbautes Haus, in dem die Bereiche für Zivilisten ein riesiges Rechteck bilden. Die Militärebenen erheben sich darüber wie ein Dach, mit der Oberfläche verbunden durch einen Aufzugschacht, der aussieht wie ein Kamin.

»Die Klonbox steht hier«, sagt Dax und deutet auf einen roten Punkt in der oberen Ebene. »Sie steht im Hauptlabor, zu dem ich Zugang habe. Aber sobald die Box ausgeschaltet wird, wird ein Alarm losgehen. Cartaxus denkt, wir werden ein paar Nächte bleiben, also habe ich uns Zimmer in den Militärbaracken gebucht, um jeden Verdacht zu zerstreuen. Wir werden uns anmelden, dann kannst du duschen und etwas essen. Das einzige Problem könnte dein Panel sein. Keine der Hypergenese-freundlichen Apps, die dein Vater geschrieben hat, steht auf der Liste anerkannter Cartaxus-Technik. Ich werde mit den Wachoffizieren reden, und …

»Ist nicht nötig«, sage ich. Ich schiebe meinen Ärmel nach oben, um ihm den Verband an meinem Unterarm zu zeigen. Ein paar schwarze Nähte stehen unter dem weißen Stoff heraus, und eine dünne Linie getrocknetes Blut leuchtet über dem Einschnitt.

Dax runzelt die Stirn. »Was ist passiert?«

»Jemand hat einen meiner Funktionskerne entfernt. Eventuell repariert sich das Panel selbst, doch da bin ich mir noch nicht sicher. Ich habe keinen Backup-Knoten, also könnte es auch zerstört sein.«

Dax' Miene wird grimmig. »Tut mir leid, das zu hören. Ich werde dir helfen, es in Ordnung zu bringen, sobald alles vorbei ist. Wir werden dein Panel wieder zum Laufen bringen, das verspreche ich dir. In der Zwischenzeit dürfte das die Sache um einiges einfacher machen. Du und Leoben könnt in den Barracken einchecken, aber Lt. Franklin und ich müssen wahrscheinlich zu einer Nachbesprechung der Mission, auf die ich ihn angeblich geschickt habe. Das könnte ein paar Stunden dauern.«

»Werden sie nicht auch mit mir sprechen wollen?«

»Schon, aber nicht heute. Ich habe ihnen erzählt, du wärst eine Freundin von mir und dass du bestimmt Angst hast. So habe ich sie davon überzeugt, dir einen Tag Zeit zu geben, um dich einzugewöhnen. Keine Sorge, wir werden innerhalb weniger Stunden wieder verschwinden. Sobald Lt. Franklin und ich die Besprechung hinter uns gebracht haben, hole ich die Klonbox und wir können abhauen.«

»Was passiert dann? Wie kommen wir raus?«

Dax dreht das Diagramm und vergrößert die oberen paar Stockwerke. »Sobald wir die Kick-Simulation starten, haben wir die Kontrolle über die Lifte und die Türen zur Parkgarage. Homestake wird annehmen, sie würden angegriffen. Wir werden evakuieren, unter dem Vorwand, meine Sicherheit garantieren zu müssen. Dann schicken wir den Comox zum Los-Angeles-Bunker, während wir nach Norden fahren – du und Cole in seinem Jeep, Leoben und ich in einem zweiten. Bis Cartaxus herausfindet, dass wir uns nicht im Comox befinden, haben wir das Labor schon fast erreicht, und sie haben keine Chance mehr, uns aufzuspüren.«

Ich starre das Diagramm an, bemüht, ein Gefühl für die Ausmaße des Bunkers zu entwickeln. Er scheint sich unglaublich tief in die Erde zu erstrecken. Seitdem Homestake eröffnet wurde, habe ich versucht, mir vorzustellen, wie es dort wohl aussieht. Eine riesige verbotene Festung, deren Drohnen-Patrouillen ich manchmal aus der Ferne sehen konnte. Tausende Leute, eingeschlossen unter der Erde. Die dort leben, essen, atmen.

Ich schaue Dax an. »Ich will sehen, wie die Zivilisten leben.«

Er schüttelt den Kopf. »Wie ich schon sagte, die Zivilisten befinden sich in einem anderen Luftschleusen-System. Es ist unglaublich nervig, zwischen den zwei Systemen hin und her zu wechseln.«

Ich verschränke die Arme. »Ich will es sehen.«

»Wo wir gerade von ›unglaublich nervig‹ reden«, ruft Leoben nach hinten.

Cole grinst schief, die erste Emotion, die er zeigt, seitdem wir abgehoben haben.

»Ich meine es ernst«, sage ich. »Ich will sehen, wie sie leben.«

»Schön«, gibt Dax seufzend nach. »Ich werde die Buchung auf die Zivilebenen ändern, aber du schuldest mir was. Die Luftschleusen versauen mir die Frisur.«

»Was, wenn mir deine Frisur verwuschelt besser gefällt?«

Der Comox kippt zur Seite, dann schießt er nach oben, sodass ich erst in meinen Gurt geschleudert und dann gegen die Wand gerissen werde.

»Was war das?«, murmele ich, als ich mir den Hinterkopf reibe.

»Eine Fehlfunktion«, ruft Leoben ein wenig angespannt. »Du solltest dich besser festhalten, Agatta.«

Ich werfe einen Blick zu Cole, um herauszufinden, ob meine Beule sein Schutzprotokoll ausgelöst hat, doch seine Augen sind noch blau. Sein Grinsen ist noch breiter geworfen. Dax verschränkt die Arme und beobachtet Leoben mit steinerner Miene.

Wir nähern uns dem Wachturm. Jetzt sinkt der Comox kontrolliert nach unten, um auf einem schwarzen Asphaltquadrat zu landen. Wolken aus Asche und Staub werden aufgewirbelt. Ein Laserscanner zieht eine leuchtend rote Spur über uns, und eine Reihe glänzender Kanonen-Bots stampft auf uns zu, um sich in einer Linie zwischen uns und der Basis aufzustellen.

Die Rotoren des Comox werden langsamer. Mein Gurt öffnet sich automatisch. Ich stolpere nach vorne, meinen Rucksack an die Brust gedrückt. Diesmal schießt Coles Arm automatisch vor, um mich zu halten, dann ergreift er meine Hand.

Unsere Blicke treffen sich für einen kurzen Moment, daraufhin lässt er los und schaut weg.

»Willkommen in Homestake«, sagt Dax, als er die Tür öffnet, sodass eine wirbelnde Wand aus Staub eindringt.

Ich schlage mir die Hände über die Augen und spähe zwischen meinen Fingern auf die Kanonen-Bots, die immer noch vor dem Comox stehen. »Was machen wir jetzt?«

Eine Hand in einem schwarzen Handschuh umfasst meinen Ellbogen, und ich sehe in dunkelbraune Augen, die von blauen Ringen umrahmt werden. »Du kommst mit mir, Agatta«, sagt Leoben. Seine Stimme klingt scharf. »Diese beiden müssen zur Besprechung. Ich werde dich durch die Luftschleusen in den Zivilisten-Bunker bringen.«

Nervös schlüpfe ich in die Gurte meines Rucksacks. Leoben strahlt dieselbe angespannte Energie aus wie Cole, doch gleichzeitig wirkt er vollkommen anders. Cole ist reserviert, konzentriert, kontrolliert – doch Leoben macht den Eindruck, als könnte er jemanden durch eine Wand rammen, einfach weil es ihm gerade Spaß macht.

Und der harte Ausdruck in seinen Augen verrät mir, dass er mich nicht leiden kann.

Er tritt an die Tür und er zieht mich mit sich. Als wir gerade aussteigen wollen, packt Cole seinen Arm, um ihre Panel aneinanderzudrücken. Sie scheinen etwas auszutauschen, auch wenn ich so etwas noch nie gesehen habe. Offensichtlich ist das eine Art, Nachrichten zu übertragen, ohne dass Cartaxus mithören kann.

Leoben verengt die Augen zu Schlitzen, dann nickt er. Ich weiß nicht, was Cole ihm gesagt hat, doch als Leoben mich über die Rampe nach unten schiebt, bohren seine Finger sich in meine Haut. Er schaut einmal zurück, um Dax' Blick aufzufangen, sagt aber nichts. Er zerrt mich einfach nur über das Brachland. Ich schlucke schwer, dann falle ich in einen Trab, um mit seinen langen Schritten mithalten zu können.

Leoben mag mich *definitiv* nicht.

Dax und Cole bleiben beim Comox, während Dax' Bodyguard mich an den zuckenden Kanonen-Bots vorbei in eine Luftschleusentür im Turm führt. Wir folgen einer Reihe schwach beleuchteter Flure mit abfallenden Böden, die meines Erachtens aufgebaut sind wie ein Labyrinth, um Eindringlinge abzuhalten. Schon nach ein paar Biegungen habe ich jegliche Orientierung verloren. Ich bin mir nicht mal mehr sicher, ob wir nach oben gehen oder tiefer in die Erde eindringen, ob wir tatsächlich vorankommen oder uns nur im Kreis bewegen. Irgendwann erreichen wir eine unscheinbare Lifttür, die sich öffnet, sobald wir vor sie treten, um sich dann mit einem Zischen hinter uns zu schließen.

Leoben lehnt sich gegen die Wand und verschränkt die Arme. Ein Summen erklingt, dann beginnt der Aufzug langsam zu sinken.

»Du und Dax scheint euch ganz gut zu verstehen«, sage ich.

Er brummt nur, statt zu antworten.

»Ist bei ihm alles … okay? Wurden er und mein Vater im Labor gut behandelt?«

Er mustert mich von oben bis unten, bemerkt die Narben auf meiner Wange genauso wie meine dreckigen Fingernägel und meine zu dünnen Schultern. »Verglichen mit dir haben sie gelebt wie die Könige. Ich kann nicht glauben, dass du nur eine Stunde von hier entfernt warst. Du hast das Fleisch von Infizierten gegessen, um am Leben zu bleiben? Ihr Leute an der Oberfläche seid alle verrückt.«

Etwas verrät mir, dass er versucht, das Thema zu wechseln, doch ich kann nicht anders, als auf seine Provokation zu reagieren. »Es ist nicht verrückt, in Freiheit leben zu wollen.«

Leobens Augen glitzern kalt. »Versuch mal, das den netten Leuten zu erzählen, die gezwungen waren, hier unten zu bleiben, weil Mörder wie du die Seuche am Leben erhalten habt.« Er tritt näher an mich heran – nahe genug, dass mir klar wird, dass er mir

Angst machen will. Es kostet mich all meine Kraft, nicht vor ihm zurückzuweichen. »Ihr Leute an der Oberfläche redet ständig von Freiheit«, sagt er, »aber ihr scheint nicht zu verstehen, dass ihr diejenigen seid, die den Rest der Welt als Geisel halten. Ihr seid die Kerkermeister, nicht Cartaxus. Wenn wir euch alle mit Waffengewalt zusammengetrieben hätten, wie wir es hätten tun sollen, wäre das Virus längst ausgestorben und wir hätten alle sicher wieder an die Oberfläche ziehen können.«

Ich halte seinen Blick. »Das ist lächerlich. Glaubst du wirklich, das Virus würde einfach verschwinden, nur weil alle auf der Oberfläche in die Bunker gehen? Dort draußen liegen Millionen gefrorene Körper, die jederzeit auftauen und explodieren können, und jedes Labor im Land besitzt virale Proben, die durch einen Unfall freigesetzt werden könnten. Es gibt nur eine Art, die Leute in diesen Bunkern zu beschützen, und es ist dieselbe Art, wie man die Leute auf der Oberfläche schützt – wir müssen den Impfstoff entschlüsseln.«

Leoben zieht sich einen Schritt zurück. Ich weiß nicht, ob er frustriert oder beeindruckt davon ist, dass ich mich nicht habe einschüchtern lassen. »Okay, also würde das Virus nicht verschwinden«, sagt er. »Aber es würde auch nicht mutieren. Wenn wir während des Ausbruchs alle zusammengetrieben hätten, hätte der erste Impfstoff funktioniert, den Lachlan geschrieben hat.«

Ein kalter Schauder gleitet mir über den Rücken, und das liegt nicht nur an der gefühllosen Art, wie Leoben darüber spricht, Millionen von Menschen zusammenzutreiben. Es liegt eher daran, dass er diesmal tatsächlich ein Argument hat. Cole hat gesagt, mein Vater hätte den Impfstoff in den ersten Tagen des Ausbruchs codiert, doch dann ist das Virus mutiert und hat den Impfstoff so obsolet gemacht. Wenn Cartaxus alle unter die Oberfläche in Bunker gezwungen hätte, hätte das Virus keine Chance zur Mutation bekommen. Der Impfstoff wäre sicher gewesen – fragil, aber sicher. Vielleicht hätte sich die Gesellschaft danach wieder erholen können.

Nur dass das so nicht stimmt.

Wenn es möglich gewesen wäre, alle Menschen auf dem Planeten zusammenzutreiben, hätten nicht alle überlebt, um den Wiederaufbau der Gesellschaft mitzuerleben. Eloise hätte nicht überlebt, genauso wenig wie Novak oder die ganzen Leute bei Skies, deren Leben von nichtstandardisierten Programmen abhängt.

»Cartaxus redet ständig von Sicherheit«, sage ich, womit ich Leobens eigene Worte gegen ihn wende, »aber ihr versteht nicht, dass ihr diejenigen seid, die uns zwingen, in ständiger Gefahr zu leben. Wenn ihr die Beschränkungen auf ungenehmigten Code in den Bunkern aufgegeben hättet, dann wären nicht Millionen Menschen gezwungen, an der Oberfläche zu bleiben, weil ihr Leben von ungenehmigten Programmen abhängt.«

»Bist du deswegen dort oben geblieben?«

»Mein Vater wollte, dass ich mich von Cartaxus fernhalte.«

Er zieht eine Augenbraue hoch. »Du siehst aus wie er«, sagt er schließlich. »Dieselben Hände, was ich irgendwie seltsam finde. Ich hätte nie gedacht, dass ich mal Hände erkennen werde.«

»Du kanntest meinen Vater?«

»Cole hat es dir nicht erzählt?«

»Mir was erzählt?«

Leoben wirft einen Blick zu der Kamera an der Decke, dann zieht er sein Tanktop nach oben.

Ich keuche. Seine Brust sieht genauso aus wie die von Cole – selbe Breite, selbe Form –, nur dass Leobens Brust mit Tätowierungen von Adlern, Bären und Wölfen überzogen ist. Doch nicht das lässt mich aufkeuchen, sondern die Narben, die ich unter den Tattoos erkenne. Das Netz aus zerrissener, erhabener Haut, die seine Brust bedeckt.

»Sie haben das auch mit dir gemacht …«, setze ich an, dann

fällt es mir wieder ein. Nicht Cartaxus ist für Coles Narben verantwortlich, sondern mein Vater. Ich trage fünf Aktenmappen in meinem Rucksack, doch bis jetzt habe ich nur eine davon aufgeschlagen. Aus irgendeinem Grund war ich davon ausgegangen, dass alle Dokumente sich mit Cole beschäftigen.

Aber das war ziemlich naiv. Natürlich gibt es noch mehr Kinder.

»Es gab fünf von euch, nicht wahr?«, frage ich. »Du, Cole …« Plötzlich verstehe ich. »Und Jun Bei.«

Leoben nickt und zieht sein Top wieder nach unten.

»Mein Vater hat euch das angetan, oder?«

»Ja, das hat er. Er wollte sehen, wie wir von innen aussehen – wollte herausfinden, wie wir *funktionieren*.«

»Aber warum? Was wollte er damit erreichen?«

Leoben verengt die Augen zu Schlitzen. »Soll ich seine Misshandlungen für dich schönreden? Ich war ein Kind, Agatta. Fragst du mich wirklich, warum er das getan hat?«

Verletzt wende ich den Kopf ab. Er hat recht. Es gibt keine Rechtfertigung dafür. Es gibt keinen Grund, fünf hilflose Kinder zu foltern.

»Also hat Cole dir nicht von Jun Bei erzählt?«, fragt Leoben.

»Er hat sie erwähnt. Hat gesagt, sie wäre klug gewesen und zäh …«

»Zäh«, schnaubt er. »Das ist mal eine Untertreibung. Es gab da dieses eine Mal, als wir noch Kinder waren, als eine Krankenschwester versucht hat, Cole dazu zu zwingen, eine Geiger-Pille zu schlucken, um eine Strahlenbehandlung zu überwachen. Diese Dinger sind riesig. Sie hat ihm dabei aus Versehen den Kiefer ausgerenkt. Jun Bei ist quer durch den Raum gesprungen, süßes kleines Ding, das sie war – und hat eine Schere in die Kehle der Krankenschwester gerammt. Drei Chirurgen waren nötig, um ihr Leben zu retten. Danach haben wir keine Scheren mehr bekommen. Die nächsten zehn Jahre mussten wir mit Plastikbesteck essen.«

»Scheiße«, keuche ich.

»Ja, Jun Bei war der Renner«, sagt Leoben und tritt näher an mich heran. »Sie wird dich unter die Erde bringen, wenn sie herausfindet, dass du mit Cole schläfst.«

»Wir schlafen nicht miteinander. Er hilft mir nur.«

»Genau, er hilft dir ins Bett. Ich kann ihn überall an dir riechen.«

»So ist es nicht.« Meine Wangen brennen. »Und außerdem geht dich das nichts an.«

»Ich bin sein Bruder«, sagt Leoben. »Vielleicht nicht genetisch, aber in jeder anderen Hinsicht, die zählt. Ich kenne ihn gut genug, um zu erkennen, dass du ihm unter die Haut gehst.«

»Das ist nur das Schutzprogramm …«

»Es ist mehr«, blafft Leoben. »Ich weiß es, und du weißt es auch. Ich will dich nur wissen lassen, dass Coles Herz bereits einmal gebrochen wurde. Das Letzte, was er gebrauchen kann, ist, dass du mit seinen Gefühle spielst, jetzt, wo tatsächlich die Chance besteht, Jun Bei zurückzubekommen. Die beiden sind füreinander bestimmt.«

Ich senke den Blick, als der Lift seine Fahrt verlangsamt. Unter dem scharfen Geruch meiner Immunität kann ich den Duft ebenfalls wahrnehmen. Eis und Kiefer. Coles Aftershave auf meiner Haut. Nur ein Hauch, der mich daran erinnert, wie es war, heute Morgen im Schutz seiner Arme aufzuwachen. Ich hatte das so nicht geplant. Ich glaube nicht, dass einer von uns auch nur daran *gedacht* hat. Doch das ändert nichts daran, dass meine erste Reaktion nach dem Aufwachen war, ihn näher an mich zu ziehen.

Das ergibt keinen Sinn. Leoben hat recht – Cole hat die Chance, Jun Bei wiederzufinden. Egal was ich auch von ihr halte, ich habe die Liebe in seiner Stimme gehört, wann immer er ihren Namen ausspricht. Sobald wir den Impfstoff freigegeben haben, wird er sich auf die Suche nach ihr machen. Nur deswegen hat er diese Mission übernommen. Deswegen macht er das alles.

Für sie.

Dieser Gedanke sorgt dafür, dass ich tief in mir einen Stich spüre. Einen Stich der Eifersucht, obwohl ich weiß, dass ich kein Recht habe, so zu empfinden.

»Ich spiele nicht mit seinen Gefühlen«, flüstere ich. »Ich habe nicht geplant, dass wir uns näherkommen.«

»Natürlich hast du das nicht«, murmelt Leoben. »Aber nichts ist gefährlicher als die besten Absichten eines Agatta.«

19

Der Lift stoppt ruckelnd. Die Lifttüren öffnen sich zu einem schlichten Raum aus Beton, mit einer an ein Raumschiff erinnernden Luftschleuse an der gegenüberliegenden Wand. Der Rahmen ist rund, und die glänzenden Stahltüren, die sich nach rechts und links öffnen, überlappen sich wie Schuppen. Mit rotem Stift hat jemand die Worte Waschen und Fönen darübergeschrieben, und der ganze Raum stinkt nach Desinfektionsmittel – derselbe scharfe Geruch, an den ich mich aus dem Internat erinnere.

Ich schlurfe aus dem Aufzug und folge Leoben zu einem Tisch neben der Luftschleuse, wo in Habachtstellung eine Wache steht, mit verspiegeltem Visier und einer schwarzen Uniform, auf deren Brust das Cartaxus-Geweih in Gold prangt.

Leoben grinst den Wachmann an. »Wir sind als Teil von Dr. Cricks Gruppe angemeldet. Alpha-Priorität, Code Dreizehn.« Er wirft einen Blick zu mir. »Das bedeutet, dass wir VIPs sind, wie es sie wichtiger kaum gibt.«

Der Wachmann nickt nur. »Ja, Sir. Die Reservierung wurde bearbeitet. Ihr Zugang ist genehmigt. Aber ich muss ihre persönlichen Gegenstände und Waffen scannen.«

Leoben macht sich daran, sein Holster zu lösen. Der Wachmann wendet sich an mich. »In der Schleuse sind keine Sprengstoffe erlaubt, Ma'am. Ihre persönlichen Gegenstände können durch die Vakuum-Schleuse.«

»Ich habe keine Sprengstoffe«, sage ich. Ich umklammere die Gurte des Rucksacks. Da drin sind mein Genkit und die Aktenmappen meines Vaters. Ich darf nicht riskieren, etwas davon zu verlieren.

»Die Scanner im Aufzug haben ein Genkit unter ihren persönlichen Gegenständen identifiziert, Ma'am«, sagt der Wachmann. »Priorität dreizehn bedeutet, dass sie es behalten dürfen, aber sie dürfen es nicht mit durch die Schleuse nehmen. Falls es sich selbst zerstört, könnte es die Drucksensoren im Glas der Schleuse zur Reaktion bringen und dafür sorgen, dass die gesamte Anlage abgeriegelt wird.«

Ich starre ihn nur an. Genkits *explodieren* nicht einfach aus dem Nichts heraus. Sie besitzen einen Selbstzerstörungsmechanismus, um sie davon abzuhalten, zur Schädigung von Menschen eingesetzt zu werden, aber es braucht viel, um sie tatsächlich zur Explosion zu bringen. Die meisten der Geräte stoßen einfach nur eine Menge Rauch aus, wenn sie sich zerstören. Um ein Genkit wie meines wirklich zur Detonation zu bringen, muss man gefährlichen Code laufen lassen, mit den Lasern auf höchster Stufe.

Ich denke darüber nach, dem Wachmann genau das zu erklären, doch Leoben fängt meinen Blick auf und schüttelt den Kopf.

»Rück es einfach raus. Du wirst es zurückbekommen.« Er legt sein Holster auf den Tisch. Eine weitere Pistole ist an seinem Kreuz verborgen, und aus seinem Stiefel taucht noch ein Messer auf. Dann leert er seine Taschen. Zum Vorschein kommen eine Packung Kaugummi, ein Feuerzeug und ein langer Draht, von dem ich annehme, dass es eine Garotte ist.

Falls der Wachmann überrascht ist, lässt er sich nichts anmerken. Er packt Leobens Arsenal auf ein Plastiktablett und schiebt es durch eine Stahlklappe in der Wand. Widerwillig ziehe ich meinen Rucksack aus, und der Wachmann lässt ihn ebenfalls in der Wand verschwinden. Dann holt er einen schwarzen Scan-Stab aus der Tasche.

»Panelkontrolle.«

Leoben streckt ihm seinen Unterarm entgegen. Fünf schwarze Kraftleitungen schlängeln sich aus seinem Panel und verbinden sich mit seinen Tätowierungen. Der Wachmann zieht den Stab über Leobens Panel, und ein grünes Licht leuchtet auf.

»In Ordnung. Ihr Panel, Ma'am.«

Ich strecke meinen verbundenen Arm aus. »Es wurde beschädigt und funktioniert gerade nicht. Ich muss es ersetzen lassen.«

Der Wachmann zieht den Stab über meinen Arm, dann wiederholt er den Vorgang. »Sieht aus, als würde es sich regenerieren. Sollte bald so weit sein.« Das Licht an seinem Stab leuchtet grün, und der Wachmann tritt zurück, dann streift er seinen Arm über einen Sensor an der Wand. Sofort öffnet sich die Schleuse. »Alles in Ordnung. Willkommen in Homestake.«

»Was … was meinen Sie mit ›alles in Ordnung‹?« Ich starre auf meinen Arm.

»Er meint damit: Halt den Mund und geh rein.« Leoben packt meine Schultern und führt mich in die Schleuse. Die winzige Stahlkammer ist gerade groß genug für uns beide, mit einem Metallgitter als Boden und einem riesigen verschlossenen Absaugrohr an der Decke. Die Tür schließt sich hinter uns. Das einzige Licht stammt von ein paar schwachen Lampen unter dem Bodengitter.

»Was bedeutete dieses grüne Licht?«, frage ich.

»Es bedeutet, dass dein Vater einen Weg gefunden hat, unser System so zu überlisten, dass es nicht standardisierte Technik zulässt.«

»Oh«, hauche ich. »Natürlich.«

»Was für einen Wlan-Chip hast du?«

»Grundmodell, Linie K-40. Verbindet sich mit fast gar nichts.«

»Ist aber leicht zu frisieren«, meint Leoben. »Er hat vielleicht einen Spiegel eingebaut.«

Ich schaue zu ihm auf. »Du weißt, wie man programmiert?«

Er verdreht die Augen. »Ich habe nicht einfach nur ein hübsches Gesicht. Ich weiß so gut wie gar nichts über DNA, aber meine Hardware-Fähigkeiten sind ganz okay.«

Ich hebe eine Augenbraue. »Dann weißt du auch, dass ein Spiegel auf einem K-40 nicht laufen wird. Man müsste ein Joburg-Echo verwenden.«

»Ah«, sagt er und legt den Kopf in den Nacken. »Na klar. Ziemlich altmodisch. Nett.«

Er senkt den Kopf wieder und fängt meinen Blick ein. Für einen Moment scheint seine Miene weicher zu werden, bevor er den Kopf abwendet.

Eine elektronische Stimme erklingt von der Decke. *»Luftwirbelung beginnt.«*

Das Absaugrohr über uns öffnet sich einen Spalt, und eiskalte Luft trifft mich so hart, dass ich mich Schutz suchend an die Wand drücke. Eine gefühlte Ewigkeit kauere ich mit über den Kopf geschlagenen Armen an der Wand, bis das Rohr sich wieder schließt.

Erneut erklingt die Stimme: *»Luftwirbelung beendet. Keine viralen Partikel erkannt.«*

»D-du hättest mich warnen können«, sage ich zähneklappernd.

Leoben zuckt nur mit den Achseln. »Wo bliebe da der Spaß?«

Ich starre ihn böse an und schlinge die Arme um den Körper, als sich die Wand neben uns öffnet. Dahinter erstreckt sich ein langer hexagonaler Flur, an dessen Ende eine weitere runde Tür wartet. Die Wände des Flurs bestehen aus glattem Beton mit winzigen darin eingelassenen Düsen, und auf dem Boden liegt wieder ein Metallgitter. Meine Augen tränen vom scharfen Geruch des Desinfektionsmittels.

»Bitte betreten Sie Druckschleuse zwei.«

Mir rutscht das Herz in die Hose. »Das ist dann wohl der Teil mit dem Waschen.«

Nickend schiebt Leoben mich weiter. »Richtig geraten.«

Die Tür schließt sich zischend hinter uns, dann beginnt das Gitter unter unseren Füßen zu vibrieren.

»Willst du mich diesmal vor irgendwas warnen?«

Leoben mustert mich von oben bis unten, wobei ein leises Lächeln seine Lippen umspielt. »Darauf kann man sich nicht vorbereiten, Agatta, aber du solltest besser die Augen schließen.«

Ich gehorche. Ein leises Summen erklingt und wird lauter, bis der gesamte Flur brummt. Tausende dünne Strahlen eiskalter Flüssigkeit treffen auf meine Haut und erfüllen die Luft mit einem unangenehm beißenden Vanilleduft. Ich halte den Atem an, doch trotzdem gerät etwas von der bitteren Flüssigkeit in meinen Mund. Keuchend schlage ich mir die Hände vors Gesicht. Nach ein paar Sekunden versiegt die Dusche. Als ich nach Luft schnappe, scheinen meine Atemwege zu brennen.

»Bitte halten Sie die Augen geschlossen. Phase zwei ist fast abgeschlossen.«

»Fast abgeschlossen?«, stoße ich hervor und öffne meine Augen gerade lange genug, um zu sehen, wie sich ein Hurrikan in der Luftschleuse bildet. Es ist, als stände ich in einem horizontalen Tornado. Der Windwiderstand ist heftig genug, dass ich nach hinten stolpere, bis Leoben mein Handgelenk packt und mich festhält. Mein feuchtes Haar peitscht um mein Gesicht, wird in meinen Mund geweht. Etwas über uns klickt, dann verebbt der Luftstrom so schnell, wie er gekommen ist. Die dritte und letzte Tür öffnet sich mit einem Zischen.

»Danke«, sagt die mechanische Stimme. *»Willkommen in Homestake.«*

»Ich verstehe jetzt besser, wieso Dax sich über die Luftschleusen beschwert hat«, sage ich.

Leoben lacht leise, dann zerrt er mich durch die Tür in einen weiteren Beton-Raum mit einer Reihe Türen am anderen Ende.

»Du siehst unglaublich witzig aus«, sagt er, als er seine Hände schüttelt, sodass Desinfektionsmittel an die Wände spritzt. Flüssigkeit tropft von seiner Kleidung, doch der Stoff muss hydrophob sein, weil das Tanktop bereits trocken aussieht. Die blauen Schatten unter seinen Augen sind überhaupt nicht verwischt, was mich vermuten lässt, dass es sich um eine Pigmentierungs-App handelt, und zwar eine, die wirklich meisterhaft programmiert wurde. Mein Rucksack wartet auf einem zerkratzten Stahltisch auf mich, zusammen mit Leobens Ausrüstung. Er befestigt das Holster wieder um seine Hüfte und steckt die Waffen weg. »Bereit, dir anzuschauen, wo die Zivilisten leben?«

Zitternd nicke ich. Meine Augen brennen, eines meiner Ohren ist verstopft, und mein Haar klebt in verknoteten Strähnen an meinem Gesicht. Aber ich bin bereit. Zwei Jahre lang habe ich mich gefragt, wie dieser Bunker wohl von innen aussieht. Ich will wissen, wovon ich mich auf Anweisung meines Vaters ferngehalten habe.

Ich werfe mir den Rucksack über und streiche mir das klatschnasse Haar hinter die Ohren. »Okay. Lass uns gehen.«

Leoben führt mich durch eine der Türen in einen riesigen Lift. Zuerst fährt er knirschend seitwärts, dann sinkt er eine gefühlte Ewigkeit lang nach unten. Als er endlich anhält, höre ich das Murmeln von Stimmen auf der anderen Seite. Aus irgendeinem Grund kann ich kaum atmen.

Die Türen öffnen sich. Ich rechne damit, noch mehr Beton zu sehen, oder eine Reihe von Zellen.

Stattdessen finde ich mich mitten auf einer Straße wieder.

Es gibt Bäume und Blumen. Leuchtend grünes Gras. Gepflasterte Wege, die sich zwischen Cafés, verschiedenen Läden und hübschen Steingebäuden hindurchwinden. Ich weiß, dass irgendwo über uns eine Decke ist, ich weiß, dass wir uns unter der Erde befinden – doch alles, was ich sehe, als ich nach oben schaue, ist ein azurblauer Himmel.

Menschen wandern plaudernd herum, alle in Blau gekleidet – manche in Overalls, manche in T-Shirts mit dem Cartaxus-Logo auf der Brust. Gegenüber dem Aufzug liegt ein großes Café, auf dessen Terrasse Leute auf Couchen sitzen und aus dampfenden

Tassen etwas trinken, was aussieht wie Kaffee. Familien teilen sich Essen. Kinder rennen zwischen den Tischen umher, spielend und kreischend, während ihre Eltern sich gegenseitig Teller hinhalten.

Plötzlich weiß ich, warum niemand, der nach Homestake gegangen ist, jemals wieder herausgekommen ist.

Dieser Ort ist kein Gefängnis. Es ist ein verdammtes *Paradies*.

Leoben ergreift meinen Ellbogen, um mich aus dem Lift zu führen, doch seine Berührung ist sanfter als vorhin, als wir den ersten Lift betreten haben. Er muss meine Erschütterung spüren. »Bei dir alles okay, Agatta?«

Ich nicke wie betäubt, während ich die Leute anstarre. Ein einziger Blick verrät mir, dass keiner von ihnen je getötet hat, um immun zu werden; dass sie sich nie in der Dunkelheit des Grimms verloren haben. Sie haben im Winter niemals gehungert oder sich vor Schleichern versteckt. Sie haben nie mit angesehen, wie ein weinendes Kind mit Verfärbungen auf der Haut mitten auf der Straße explodiert ist.

Sie alle sind nach Homestake geeilt, sobald der Bunker eröffnet wurde, und seitdem sind sie hier – essen Muffins, trinken Kaffee.

Ich bin innerlich tausend Tode gestorben, und warum? Weil mein Vater es mir gesagt hat? Weil er behauptet hat, Cartaxus wäre böse?

Die Akte über Cole in meinem Rucksack wirkte für mich auch ziemlich böse.

Das Geräusch der Menge verstummt langsam. Köpfe drehen sich in unsere Richtung, bis alle mich anglotzen. Ich sehe Entsetzen in ihrem Blick und höre Gesprächsfetzen.

»Neuankömmling. Noch ein Kind.«

»Schau dir an, wie dünn sie ist. Ich kann nicht glauben, dass sie so lange durchgehalten hat.«

»Ich frage mich, was sie getan hat, um zu überleben.«

Ich ziehe meine feuchten Ärmel über meine Hände nach unten, um meine dreckigen Fingernägel zu verstecken, weil ich mich plötzlich durch die Augen der Leute hier sehe. Als vernarbten, dreckigen Freak. Ein Monster. Jemand, der getötet hat, um zu überleben, statt hierher zu kommen.

Wieso sollte mein Vater mich von *dem hier* fernhalten wollen?

»Willst du was essen?«, fragt Leoben.

Ich schüttle den Kopf, die Augen immer noch auf die Menge gerichtet. »Ich hätte hier sein können, aber er hat mir das Versprechen abgenommen, mich fernzuhalten. Er hat nie angerufen. Er hätte mir sagen können …«

Leoben verengt die Augen zu Schlitzen

»Ich habe Leute getötet«, flüstere ich mit brechender Stimme. »Ich wollte es nicht tun, aber er hat gesagt … er hat gesagt, ich müsste mich vor Cartaxus verstecken.«

»Oh, gottverdammt«, murmelt Leoben und reibt sich das Gesicht. »Komm, Agatta. Lass uns hier verschwinden.«

Er legt einen Arm um meine Schultern und führt mich in ein Gebäude, in dem wir einem Gewirr aus Fluren folgen, bis ich keine Ahnung mehr habe, wo wir uns befinden. Irgendein Wohngebäude. Durchnummerierte weiße Türen gehen von den Fluren ab, jede davon luftdicht verschließbar. Die meisten sind geschlossen, doch manche stehen offen, sodass ich kurze Blicke auf die Räume dahinter erhasche. Sie sind winzig, mit Betten, die man an die Wände hochklappen kann, Arbeitsflächen mit Schnellkochern und Waschbecken, in denen manchmal dreckige Teller stehen. Ich entdecke einen Jungen in meinem Alter, der auf einem Sitzsack flackt, seine Augen glasig, weil er offensichtlich einen Film in der virtuellen Realität schaut. Als wir vorbeigehen, lacht er schnaubend. Das Geräusch trifft mich wie ein Schlag.

Jede Beobachtung, jedes lächelnde Gesicht öffnet eine weitere Wunde.

Wie konnte mein Vater mich hiervon fernhalten?

Leoben führt mich durch eine offene Tür. »Dax hat uns ein paar Räume gebucht, obwohl wir nicht lange bleiben werden. Der hier gehört dir und Cole. Es, ähm, sollte alles geben, was du brauchst. Dax und ich wohnen direkt nebenan. Du kannst duschen und dich ein wenig sammeln, bevor wir wieder verschwinden.«

Ich betrete den Raum und schaue mich um. An der hinteren Wand stehen zwei Hochbetten, jedes mit einem Vorhang, der zumindest ein bisschen Privatsphäre verspricht. Ein Ausklappbett an der Wand gegenüber einer kleinen Küchenzeile soll wohl als Couch dienen, und ganz hinten gibt es ein winziges Bad.

Alles ist etwas klein, etwas beengt, aber es gibt ein Bett und Wasser und Nahrung. Ich hätte hier glücklich sein können.

Leoben, der im Türrahmen stehen geblieben ist, tritt nervös von einem Fuß auf den anderen. »Ich nehme an, wir sind nicht die Einzigen, mit denen Lachlan gespielt hat. Ich würde ihn mir jedenfalls nicht als Vater wünschen. Ich werde Cole runterschicken, sobald die Nachbesprechung beendet ist.«

Ich nicke abwesend, die Arme eng um den Oberkörper geschlungen, während ich heftig gegen den Druck in meiner Kehle anschlucken muss. Leoben verschwindet ohne ein weiteres Wort, und die Tür schließt sich zischend hinter ihm.

Sobald er verschwunden ist, breche ich zusammen.

20

Als Cole endlich auftaucht, habe ich gegessen, geduscht, meine Haare zu einem Zopf geflochten und trage saubere Cartaxus-Kleidung. Meine Augen sind immer noch gerötet, obwohl ich sie mit eiskaltem Wasser bespritzt habe, um zu verstecken, dass ich geweint habe.

Jetzt weine ich nicht mehr. Ich bin wütend. Meine Schultern sind angespannt, und ich muss gegen den Drang ankämpfen, einfach aufzuspringen und stundenlang zu rennen oder irgendetwas zu zerstören. Ich sitze im Schneidersitz auf dem Boden, mein Genkit vor mir, die modrigen Aktenmappen meines Vaters um mich verteilt.

Cole beachtet mich kaum, als er den Raum betritt, noch feucht vom Desinfektionsmittel der Schleuse. Er ist nach wie vor wütend, dass ich hierher kommen wollte. Er weicht meinem Blick aus, als er die Tür hinter sich schließt, doch dann entdeckt er die Mappen auf dem Boden und wird bleich. »Woher hast du die?«

»Aus den Minen. Cole, du musst mir erzählen, was mein Vater dir angetan hat.«

Er presst die Handballen auf die Augen und atmet tief durch. »Okay. Aber erst dusche ich.«

Ohne ein weiteres Wort verschwindet er im Bad und schließt die Tür. Ich öffne für einen kurzen Moment Leobens Akte, dann mache ich sie wieder zu. Die Notizen darin ergeben für mich wenig Sinn, und das hinten angeheftete Foto eines jungen verängstigten Leoben vermittelt mir das Gefühl, ich würde seine Privatsphäre verletzen. Er war nur ein Kind. Sie alle waren das. Mein Magen hebt sich bei dem Gedanken.

Warum zur Hölle hat mein Vater an diesen Kindern geforscht?

Cole taucht wieder aus dem Bad auf, in frischer Kleidung, den Vanilleduft der Cartaxus-Seife auf seiner Haut. Er schnappt sich eine Flasche Wasser aus der Kochnische und setzt sich neben mich auf den Boden. Einen Moment lang starrt er die Mappen nur an, dann greift er nach seiner Akte. Seine Miene ist ausdruckslos. Es ist dieselbe Maske, die ich schon öfter an ihm gesehen habe, und inzwischen verstehe ich, was sie bedeutet: Diese harte Miene setzt er auf, wenn er mit zu viel Schmerz umgehen muss.

»Ich glaube, das könnten die Notizen sein, die wir brauchen, um den Impfstoff zu dechiffrieren«, sage ich. »Das Zeug in den anderen Kisten ist überflüssig. Diese Akten sind anders.«

Cole nickt, während er auf das Foto von sich selbst als Jungen starrt, dann blättert er durch die anderen Mappen. Jun Beis Akte betrachtet er am längsten. »Das ist meine Familie«, sagt er schließlich. »Das ist … das ist sie.«

Er gibt mir die Mappe, aufgeschlagen auf einem Foto ganz hinten. Es zeigt ein kleines Mädchen, das böse in die Kamera schaut, ihr Mund vor Wut verzerrt. Sie hat einen Verband um die Brust und Narben, die an ihrem Hals nach oben kriechen. Die Beschriftung unter dem Bild lautet: *Versuchsperson 1, Jun Bei Meng.*

»Sie war die Stärkste von uns«, sagt Cole. »Sie ist vor drei Jahren entkommen. Ich wusste nicht, ob sie es wirklich geschafft hat, bis du mir die Ergebnisse deiner Server-Suche gezeigt hast. Ich weiß nicht, wieso sie mir nichts gesagt hat; wieso sie mich nicht gebeten hat, mitzukommen. Wir waren zusammen. Ich dachte, wir würden uns lieben. Aber vielleicht war sie der Meinung, ich würde sie aufhalten.«

Cole öffnet die anderen Akten und ordnet sie in der richtigen Reihenfolge auf dem niedrigen Couchtisch an. Versuchsperson zwei ist ein blondes Mädchen namens Anna, und Versuchsperson drei ist Ziana, ein Mädchen mit kahlem Kopf und so bleicher

Haut, dass man die Venen darunter sehen kann. Versuchsperson vier ist Leoben und fünf ist Cole, dessen junges Gesicht mich verfolgt, seitdem ich dieses Foto zum ersten Mal gesehen habe.

»Ziana ist während des Ausbruchs entkommen«, sagt Cole und reibt sich das Gesicht. »Und Anna war den Großteil des letzten Jahres in einer anderen Einrichtung. Wir hatten fast keinen Kontakt. Leoben und ich waren letztendlich die Einzigen, die in der Basis zurückgeblieben sind. Wir konnten nirgendwohin, sonst wären wir vielleicht auch verschwunden.«

Ich schließe die Augen. »Mein Vater …«, sage ich, wobei ich mich bemühen muss, ruhig zu sprechen. »Was hat er mit euch gemacht?«

Cole seufzt. »Ich weiß nicht, ob du das wirklich erfahren musst, Cat. Es gibt Dinge, die man nie wieder vergessen kann, und wir bewegen uns hier auf gefährliches Terrain.«

»Es ist bereits gefährlich, Cole. Mein Vater hat Experimente an Kindern durchgeführt. Falls du dir Sorgen machst, dass ich ihn deswegen hassen könnte …«

»Genau das befürchte ich.«

»Was spielt das für eine Rolle?«

Er ergreift meine Hand, hält sie zwischen seinen. »Es spielt eine Rolle, weil dein Vater der Grund ist, wieso wir das tun. Wir folgen Anweisungen, die wir nicht verstehen, und könnten dadurch alle in Gefahr geraten. Wenn du kein Vertrauen in den Mann hast, der er war, dann gibt es keinen Grund, warum wir weitermachen sollten.«

»Aber du vertraust ihm? Du glaubst immer noch an ihn, trotz allem?«

Cole nickt ernst. »Ich setzte mehr Vertrauen in ihn als in jeden anderen Menschen auf dem Planeten.«

Ich entziehe ihm meine Finger und fahre mir durch die Haare, um mich dann gegen das niedrige Couchbett zu lehnen. »Cole, mein Vater hatte Geheimnisse. Das wusste ich immer. Ich vermute, ein Teil von mir wollte gar nicht erfahren, welche Geheimnisse das waren. Aber jetzt muss ich es wissen. Ich glaube, hier könnte der Schlüssel zur Dechiffrierung des Impfstoffes liegen.«

Er sieht mich einen langen Moment an, dann seufzt er tief. »Na ja, das Erste, was du wissen musst, ist, dass wir alle bei Cartaxus geboren wurden. Ich habe meine Eltern nie kennengelernt. Wir wurden von Krankenschwestern in einem Labor betreut, als wir jung waren, also kannten wir nichts anderes. Ich glaube, das hat es einfacher gemacht. Erst nach dem Ausbruch haben wir uns dem Rest von Cartaxus angeschlossen. Doch wir waren von Beginn an Soldaten. Das war der Sinn der Zarathustra-Initiative.«

Die Zarathustra-Initiative. Die Worte jagen einen kalten Schauder über meinen Rücken. Ich werfe einen Blick auf die Akten, doch der Name steht dort nirgendwo. Ich habe das vage Gefühl, dass mein Vater die Worte einmal erwähnt haben könnte, kann jedoch keine Erinnerung aufrufen. Vielleicht hat er mit Dax darüber geredet, und ich habe es nur im Vorbeigehen gehört.

»Also haben sie euch in Supersoldaten verwandelt? Wieso sollten sie dafür Kinder benutzen? Die Upgrades hätten alle auch auf Erwachsene angewandt werden können.«

Etwas in Coles Miene lässt mich zögern, dann erinnere ich mich an die Abweichungen in seiner DNA, die mir beim Hacken seines Panels aufgefallen sind. Ich habe gedacht, mein Vater hätte irgendwie seine Gene verändert – durch Spleißen neue DNA eingefügt –, aber ich hätte es besser wissen müssen.

Spleißen funktioniert nicht. Die Zellen stoßen die veränderte DNA ab, und das bringt einen um. Man muss mit diesen Genen *geboren* worden sein.

Ich blättere durch Jun Beis Akte. Ihr Sequenzierungsbericht und das Gendiagramm verraten mir, dass sie allergisch auf Milchprodukte reagiert und dass ihre Augen grün sind; aber sie verraten mir auch, dass mehrere ihrer Chromosomen sich wesentlich von denen eines normalen Menschen unterscheiden.

»Was zur Hölle ist das?« Ich öffne die anderen Mappen. »Mit Gentech kann man so was nicht erreichen. Man kann die DNA eines Menschen nicht in diesem Maß verändern, ohne denjenigen damit umzubringen.« Ich deute auf eine umkringelte Stelle in einem der Berichte. »Das hier ist die Anthro-Zone – wir haben diesen Teil des menschlichen Genoms noch nicht mal kartiert. Das ist nicht Spleißen. Das wäre nicht möglich, es würde …«

Meine Stimme verklingt, während ich auf die Akten starre. »Sie haben keine Soldaten geschaffen, oder? Sie haben Knockout-Kinder geschaffen.«

Die Sache mit Gentechnik ist die, dass es keine Anleitung gibt, wie die Sache funktioniert – man muss alles durch Herumprobieren herausfinden, im Trial-and-Error-Verfahren. Damals, als wir das Genom zum ersten Mal sequenziert haben, war es eine unverständliche Datenmasse, die von Wissenschaftlern in kleinere Mengen – Gene – aufgespalten wurde, wie die Worte eines Satzes. Aber niemand wusste, was die Worte bedeuteten, oder was die Gene taten. Also haben sie bei Mäusen ein Gen nach dem anderen herausgeschossen und gewartet, was daraus wird – was eine Knockout-Maus ergab. Wenn die Maus blind war, dann musste das Gen, das entfernt worden war, mit der Sehkraft in Verbindung stehen. Vielleicht war die Knorpelbildung gestört, oder das Fell wurde lockig. Die Wissenschaftler haben Tausende dieser Mäuse geschaffen, haben auf diese Weise nach und nach das Genom von Mäusen kartiert. Und nachdem Menschen und Mäuse eine ähnliche DNA teilen, haben wir dabei viel über uns selbst gelernt.

Doch dann wurde es schwierig, wie bei Sprache – wenn man die Worte in einem Satz verschiebt, erzeugt das eine andere Bedeutung. Gene funktionieren genauso. Irgendwann hatten wir die

Grenzen dessen erreicht, was Mäuse uns verraten konnten. Übrig blieben Teile des menschlichen Genoms, die wir immer noch nicht verstanden. Die Wissenschaftler haben mit Hasen weitergemacht, mit Schimpansen, schließlich mit Bonobos, um sich der Anthro-Zone anzunähern – einer Reihe von Genkombinationen, die nur dem Menschen zu eigen sind. Es verstößt gegen das Gesetz, Gene aus Babys herauszuschießen, und das aus gutem Grund. Sie könnten mit schrecklichen Mutationen geboren werden oder gar nicht überlebensfähig sein. Das zu tun, ist der schlimmste Verstoß gegen ethische Grundsätze, den man sich nur vorstellen kann. Die Anthro-Zone steht für Experimente nicht zur Verfügung, und darin befinden sich Tausende Genkombinationen, die wir immer noch nicht verstehen.

Aber jemand bei Cartaxus muss es trotzdem getan haben.

Die Zarathustra-Initiative hat eine Reihe von Knockout-Kindern geschaffen.

»Was war die Aufgabe meines Vaters?«, flüstere ich. Doch ich weiß es bereits. Ich kann es in den Notizen erkennen – darin sehe ich die Leidenschaft, den Besitzanspruch in Bezug auf die Forschungsergebnisse.

»Lachlan war der Leiter des Projekts«, sagt Cole und bestätigt damit meine Ängste. »Er hat es initiiert. Er war schon vor unserer Geburt dabei, bis zum Moment, wo er Cartaxus verlassen hat.«

Ich stehe auf, dann setze ich mich wieder. Ich will antworten, doch ich traue meiner Stimme nicht. Und weiß auch nicht, was ich sagen soll. Ich dachte, ich könnte mit der Wahrheit umgehen, aber ich hatte nicht erwartet, dass ich *so was* herausfinde. Das hier ist nicht die Arbeit eines Wissenschaftlers – sondern die eines Monsters.

»Du hast nicht gefragt, warum er das getan hat«, sagt Cole. »Lachlan hatte immer gute Gründe für seine Arbeit.«

»Einen guten Grund, Kinder zu foltern?« Ich stehe erneut auf und tigere zur Spüle, um meine Hände auf die Arbeitsfläche zu stützten. »An ihnen zu experimentieren? Sie aufzuschneiden und zu schauen, wie sie von innen aussehen?«

»Das war nur ein Teil davon«, sagt Cole, als er hinter mich tritt. »Doch er hat nach etwas Bestimmtem gesucht; etwas, was er nur herausfinden konnte, indem er die Teile von uns kartiert, die uns zu Menschen machen. Denk nach, Catarina. Was trennt den Menschen von den Tieren?«

Ich stoße ein bitteres Lachen aus. »Zum einen sind wir die einzige Spezies, die Kindern so etwas antut.«

»Nein«, sagt Cole sanft und legt eine Hand auf meine Schulter. »Jetzt im Moment, was ist der größte Unterschied? Du warst in der Wildnis. Was hast du gesehen?«

Ich schließe die Augen und denke an die Schwärme von Wandertauben; daran, wie sie auf ihrem Zug tagelang den Himmel verdunkeln. Ich denke an die Rehe, die sich auf verlassenen Feldern fettfressen, an die Explosionskrater auf den Straßen leerer müllverseuchter Städte.

Ich öffne die Augen. »Der größte Unterschied ist, dass wir sterben.«

»Das stimmt. Hydra befällt nur Menschen.« Cole dreht mich zu sich herum. »Dein Vater hatte einen Grund für seine Arbeit, Catarina. Er hat versucht, einen Impfstoff zu entwickeln.«

Mein Herzschlag verlangsamt sich. »Nein. Hydra war zu diesem Zeitpunkt noch gar nicht entdeckt …«

Aber diese Annahme ist naiv. Vorsätzlich ahnungslos. Ich stehe in einem Bunker, in dem achtzigtausend Leute Platz finden, perfekt darauf ausgerichtet, sie vor einer durch die Luft übertragbaren Pandemie zu beschützen. Die Anlage hat ihre Pforten nur ein paar Wochen nach dem Ausbruch geöffnet.

»Du willst mir erzählen …«, hauche ich. »Du willst sagen, dass sie es wussten.«

»Seit dreißig Jahren. Cartaxus erforscht das Hydra-Virus schon seit vor deiner Geburt.«

»Dreißig Jahre?« Ich drücke mir eine Hand an die Stirn. Mein Kopf dreht sich.

»Komm und setz dich.« Cole wedelt mit der Hand in Richtung der Betten.

»Ich will mich nicht setzen.«

»Bitte«, drängt er. »Ich kann mich nicht entspannen, wenn du dich so quälst.«

Ich senke den Blick. Eine meiner Hände ist zur Faust geballt, und meine Fingernägel bohren halbmondförmige Dellen in meine Handfläche. Als ich die Finger vorsichtig öffne, fließt ein dünnes Rinnsal Blut über meinen kleinen Finger.

Cole setzt sich auf das untere Bett, und ich lasse mich neben ihn fallen, den Kopf gesenkt, die Ellbogen auf die Knie gestemmt.

»Alles hat vor dreißig Jahren begonnen«, erklärt er. »Forscher haben im Permafrostboden der Arktis eine prähistorische Leiche gefunden. Als sie auftaute, drang eine Gaswolke heraus. Die Forscher wurden krank, der Seuchenschutz hat sich eingeschaltet, und dann sind die Erkrankten geborsten. Das war der erste Ausbruch. Die Regierungen der Welt haben ihn unter Kontrolle gebracht, doch sie haben auch die Gefährdung erkannt, die von Hydra ausgeht. Eine Forschergruppe wurde zusammengestellt. So hat Cartaxus angefangen. Dein Vater hat sich ihnen angeschlossen, als es überwiegend noch um genetische Studien ging. Aber irgendwann hat Cartaxus sich in zwei Fraktionen aufgespalten: diejenigen, die versuchten, einen Impfstoff zu schaffen, und diejenigen, die alle Vorbereitungen für den unvermeidlichen Ausbruch trafen. Sie haben angefangen, luftdichte Bunker zu bauen, und entschieden, dass alle ethischen Vorbehalte zurückgestellt werden mussten.«

Ich reibe mir den Unterarm, weil der Verband über meinem

Panel juckt. »Also war die Zarathustra-Initiative mit den Knockout-Kindern …«

»Der Versuch, einen Impfstoff zu finden. Zehn Jahre waren vergangen und sie sind kaum weitergekommen, also waren sie langsam bereit, wirklich alles zu versuchen.«

»Und es hat funktioniert?«

Cole nickt. »Leobens Genom bildet die Basis für den Code des Impfstoffes. Hätte es die Forschung deines Vaters nicht gegeben, wären wir alle dem Untergang geweiht.«

Ich atme tief durch, kratze meinen Arm, dann falle ich nach vorne auf die Knie, um nach Leobens Akte zu greifen. Sein junges Gesicht hat dunkle Haut, seine schwarzen Haare sind abrasiert, und Nähte ziehen sich über seinen Hals nach oben. Sein Genom sieht vollkommen anders aus als alles, was ich bisher gesehen habe.

Meine Hände zittern, doch trotzdem denke ich klar. Langsam ergibt die ganze Sache eine verdrehte Art von Sinn.

Mein Vater hat Cartaxus gehasst, weil er sich selbst gehasst hat. Er war sich bewusst, wie falsch es war, dieses Projekt zu beginnen. Hat er mich zu meinem eigenen Besten angewiesen, mich von Cartaxus fernzuhalten, oder hatte er nur Angst davor, was ich denken würde, wenn ich die Wahrheit herausfand?

»Ich weiß, dass das alles schwer zu akzeptieren ist«, sagt Cole.

»Ich verstehe nicht, warum er mir nie davon erzählt hat«, sage ich. Mein Arm beginnt zu brennen, und ich reibe ihn an meinem Oberschenkel.

»Was stimmt nicht mit deinem Arm?«

Mein Blickfeld verdunkelt sich einen Moment, um dann zu verschwimmen, bevor meine Sicht wieder scharf wird. »Der Wachmann hat gesagt, mein Panel würde sich regenerieren. Ich hätte nicht gedacht, dass es das kann, aber anscheinend schon. Ich glaube, mein Sichttek startet wieder.«

»Lass mich mal sehen.«

»Ist schon okay«, sage ich, aber er greift unnatürlich schnell nach meinem Arm. Er zieht meinen Ärmel nach oben, sodass der Verband darunter freiliegt.

Sofort keuche ich verängstigt auf.

»Was?« Cole reißt die Hände zurück, als hätte ich ihn verbrannt. »Habe ich dir wehgetan? Was ist passiert?«

»Oh scheiße«, flüstere ich, reiße an dem Verband, löse den blutbefleckten Stoff. Fahle Haut leuchtet um den Schnitt herum, wo hässliche schwarze Fäden sich zehn Zentimeter weit über meinen Arm ziehen.

Der Schnitt verheilt gut. Die Wunde ist sauber.

Aber unter meiner Haut leuchten *vierundzwanzig* kobaltblaue Punkte.

Mein Herz rast, als ich zu Cole aufstarre. »Hol das Medikit. Beeil dich, Cole. Du musst mir das Panel aus dem Arm schneiden.«

21

Cole steht auf und starrt mit großen Augen auf mich herunter. »Wovon zur Hölle sprichst du?«

»Das hier ist keine Hypergenese-freundliche Installation. Dieses Ding wird mich umbringen.«

Der blinkende kobaltblaue Streifen auf meinem Unterarm wirft ein unheimliches Licht auf Coles Gesicht. Das rhythmische Aufleuchten verrät mir, dass die Installation läuft, was bedeutet, dass die Hypergenese-Protokolle bereits überbrückt worden sind. Marcus muss etwas mit meinem Panel angestellt haben, während ich bewusstlos war. Es verätzt haben, neuen Code hinzugefügt haben – ich habe keine Ahnung, wie er es so vermasseln konnte. Ich schließe die Augen, und ein Bild von Amys verzerrtem Mund und diesen verschorften widerlichen Hörnern blitzt auf.

Marcus' Code ist jetzt im Moment in meinem Körper, tobt durch meine Zellen. Ich schlage eine Hand vor den Mund, weil ich fürchte, mich übergeben zu müssen.

»Kannst du es ausschalten?«, fragt Cole.

»Ich glaube nicht.« Ich schließe die Augen, versuche, mich zu konzentrieren, doch keiner meiner mentalen Befehle funktioniert. Ich kann mein Sichttek nicht kontrollieren, kann nicht mal mein Kommlink aufrufen. Das hier ist ein nagelneues System – es könnte Wochen dauern, bis es eingerichtet ist, weil es meine Hirntätigkeit scannen muss, bevor es erfassen kann, wie es auf meine Gedanken reagieren muss. Das Panel auf diese Art abzuschalten, wird nicht klappen.

Der einzige Weg ist, das ganze Ding aus meinem Arm zu schneiden.

»Sollte es nicht einen Hypergenese-Check durchführen?«, fragt Cole.

Ich packe meinen Rucksack und ziehe das Medikit heraus, um es auf dem Boden zu öffnen. Skalpell, Faden. Ich werde eine Aderpresse brauchen. »Sollte es eigentlich, aber dieses Ding hier installiert sich bereits. Es blinkt, siehst du das nicht?«

»Dann stopp es.«

»Das kann ich nicht«, blaffe ich. »Wie ich schon sagte, es installiert sich. Es reagiert nicht auf meine Befehle. Wenn es das endlich tut, werde ich schon tot sein.«

Cole scheint immer noch nicht zu verstehen. Er starrt mich an, als wäre ich ein Kind, das sich für eine Extremlösung entschieden hat, ohne die Folgen zu bedenken. Normalerweise hätte er recht. Panels haben Dutzende Schichten von Security, um genau so etwas zu verhindern. Doch meines muss kaputt sein. Ich kann es nicht erklären. Ich kann nur nach einem Skalpell greifen und den Eingriff selbst machen.

»Immer langsam«, sagt Cole mit großen Augen, als ich eine blitzende Klinge aus dem Medikit ziehe. »Die Nanobots verteilen sich noch nicht. Wir können einen Arzt finden.«

»Du hörst mir nicht zu«, blaffe ich und reiße mir mein marineblaues Homestake-Shirt über den Kopf. Ich schmeiße es durch den Raum und wirbel im BH herum, um ihm das Netz aus faltigen Narben über meiner Wirbelsäule zu zeigen. »Als ich das letzte Mal mein Panel gehackt habe, hat es *siebenunddreißig* Sekunden gedauert, bis das hier passiert ist. Ich hatte Löcher in der Haut, durch die man meine *Wirbelsäule* sehen konnte! Und das war nur eine einzelne App. Jetzt habe ich vierundzwanzig davon in meinem Arm. Es besteht die realistische Chance, dass ich sterben werde, selbst wenn wir das Panel herausschneiden.«

Cole wird bleich, antwortet aber nicht. Plötzlich spüre ich den Drang, ihn zu schlagen. Es ist schwer genug, mich selbst davon abzuhalten, in Panik zu verfallen. Mir fehlt einfach die Energie, jetzt mit ihm zu streiten. Ich trete direkt vor ihn. »Du musst das tun. Ich kann mir das Panel nicht aus dem eigenen Arm schneiden.«

»I-ich kann nicht«, stammelt er. »Ich kann dich nicht verletzen. Das Schutzprotokoll …«

»Dein Schutzprotokoll geht mir auf den Sack.« Ich öffne einen Verband aus dem Medikit und kauere mich auf den Boden, um dann meinen Arm auszustrecken. »Okay, wir werden unten anfangen. Halt dich an den Schnitt, den Marcus bereits gemacht hat. Das ist ein Anfang. Aber es wird trotzdem höllisch wehtun.«

Als ich aufsehe, entdecke ich, dass Cole mit geschlossenen Augen an der Wand lehnt, seine Hände zu Fäusten geballt.

»Du weißt doch, wie es geht, oder? Cartaxus muss euch in Panel-Wartung unterrichtet haben.«

»Nein … ja«, flüstert er. »Keine Ahnung. Es muss einen anderen Weg geben.«

»Uns läuft die Zeit davon. Wir müssen das jetzt machen.«

»Aber ich kann nicht«, haucht er. Sein Blick huscht von meinem Arm zu den Skalpellen auf dem Boden. »Catarina, es tut mir leid. Ich kann einfach nicht …«

»Hol Dax her, er weiß, wie man das macht.«

»Crick reagiert nicht. Ich glaube, er ist in der Schleuse.«

»Himmel, Cole!«, brülle ich und springe auf. Ich ramme ihm meinen Unterarm an die Kehle und presse ihn gegen die Wand. Das Hochbett zittert unter seinem Gewicht, und er reißt überrascht die Augen auf. »Hol Dax«, brülle ich ihm ins Gesicht. »Ich sterbe, hast du das nicht verstanden?«

Er blinzelt mit leerer Miene, dann reißt er die Tür auf und rennt den Flur entlang.

Ich lasse mich wieder in die Hocke sinken und hole tief Luft. Mit der Naht komme ich klar, aber vielleicht wäre es besser, eine Schere zu verwenden. Ich finde eine winzige scharfe Nagelschere im Medikit und setze mich im Schneidersitz auf den Boden. Meine Hände beben, als ich die Klinge unter den ersten Knoten schiebe.

Okay, das ist um einiges schmerzhafter, als ich erwartet habe.

Ein dünnes Rinnsal Blut fließt über meinen Arm und tropft von meinem Daumen. Ich schiebe die Zarathustra-Akten zur Seite und öffne die nächste Naht, wobei ich tief durchatme, um meinen Kopf zu beruhigen. Zwei erledigt, zehn vor mir. Und dann muss ich die Fäden noch ziehen. Sie hängen aus meiner Haut, glitzernd vor Blut. Die nächsten fünf durchschneide ich, so schnell ich nur kann. Die Schere dringt in meine Haut ein und sorgt dafür, dass noch mehr Blut fließt.

Ich schließe die Augen, um gegen die Übelkeit und den pulsierenden Schmerz in meinem Unterarm anzukämpfen. Dann steigt die Erinnerung in mir auf, wie das Fleisch auf meinem Rücken sich gehoben hat und geplatzt ist. Ich zwinge mich, die Augen wieder zu öffnen. Wenn Cole sich nicht beeilt, bleibt uns keine Zeit mehr, das ordentlich zu machen.

Vielleicht sollten wir einfach meinen Arm amputieren.

Ich durchschneide einen weiteren Faden, und der dünne Film frischer Haut um die Wunde reißt in einer Explosion aus Schmerz. Meine Haut öffnet sich in einer rautenförmigen Wunde. Ich beiße mir auf die Lippe und öffne den Rest der Naht. Tränen brennen in meinen Augen, als sich etwas unter meiner Haut *verschiebt*.

Ein Brummen erklingt, und die Lichter auf meinem Unterarm schalten sich ab. Der Einschnitt klafft weit auf, wie ein blutiges blindes Auge. Ich verziehe das Gesicht und beiße die Zähne gegen den Schmerz zusammen, als mein Unterarm sich aufwölbt und das Panel unter meiner Haut vibriert.

Es wirft sich selbst aus. Das Panel hat registriert, dass ich versuche, es zu entfernen, und hat entschieden, mir zu *helfen*.

Ein Dutzend winzige schwarze Kabel schlängeln sich aus der

Wunde, schwankend wie Schlangen, und ziehen das weiche, pinkfarbene Plastik meines Panels in die Luft. Ein schmatzendes Geräusch erklingt, und die Kabel zucken heftiger, um eine scharlachrot verfärbte Lasche aus der Wunde zu schieben.

Der Raum dreht sich um mich. Ich würge und schaffe es gerade noch zur Spüle, wo ich einen Mundvoll säuerlicher Galle ausspucke. Mein Körper zittert vor Adrenalin, als ich auf dem Betonboden auf die Knie falle und atemlos auf die Wunde starre.

Eine Armee aus zuckenden schwarzen Kabeln fächert sich aus meiner Haut auf, dehnt die Wunde und versucht, mein Panel auszuwerfen. Aber es geht nicht. Das Panel klemmt. Der Schnitt ist nicht lang genug.

Ich werfe einen Blick zur Tür. Niemand kommt. Ich werde es selbst machen müssen.

»Okay, okay, okay«, flüstere ich, als ich auf dem Boden nach dem Skalpell taste, das ich aus dem Medikit gezogen habe. Meine blutverschmierten Finger beben. Zweimal rutschen sie von dem kühlen Stahlgriff ab, bevor ich es schaffe, die Klinge zu packen. Meine Hand schwankt gefährlich, als ich die Klinge auf meinen Unterarm setze, während ich überlege, wie ich ihn am besten aufschneide. Ich könnte den Schnitt verlängern, oder quer schneiden, oder die Wunde in L-Form öffnen. Ich weiß nicht, was besser ist, und ich will keine Vene treffen.

»L-Form, L-Form«, murmele ich, als eine vage Erinnerung an irgendein Training mit Holoschirmen in mir aufsteigt, bei der ich an anderen Kindern geübt habe. Ich schließe die Augen, drücke die Spitze des Skalpells auf meine Haut und hole tief Luft.

Aber ich schaffe es einfach nicht.

Unsichtbare Hände aus Angst scheinen sich um das Skalpell zu schließen, um es wie erstarrt in der Luft zu halten.

»Komm schon«, knurre ich und werfe den Kopf nach hinten. Ich drücke die Klinge auf meine Haut, bis ich einen Stich spüre, doch mir gelingt es einfach nicht, den schnellen, sauberen Schnitt auszuführen, der das alles zu Ende bringen würde.

Dann eben nicht schnell. Ich beiße die Zähne zusammen und stoße die Klinge in das Ende der Wunde. Blut quillt hervor, und meine Finger verkrampfen sich. Aber es ist ein Anfang. Jetzt muss ich das Skalpell nur weitere fünf Zentimeter über meine Haut ziehen.

Die Lichter des Panels blinken, als ich tief Luft hole, um mich zu sammeln. Es zittert und brummt, und die schwarzen Kabel winden sich wie Tausende kleine Schlangen, schließen sich enger um den Korpus des Panels. Sie umschlingen den Plastikstreifen, hüllen ihn vollkommen ein.

Es zieht sich wieder in meinen Arm zurück.

»Nein!«, schreie ich. Das Panel hat seine Meinung geändert. Es denkt nicht mehr, ich würde versuchen, es zu entfernen – jetzt glaubt es, ich wäre verletzt und installiert sich schneller, um mir zu helfen. »Nein, nein, nein, bitte!«

Die Lichter blinken in einer langen Reihe auf meinem Arm. Eilig presse ich die Augen zu und ziehe die Klinge über meinen Arm.

Der Schmerz ist wie ein Feuerwerk in meinem Kopf. Ich höre ein Pfeifen in den Ohren, als die Pein in einer Welle aus Hitze und Licht und Wut aufsteigt und schließlich explodiert. Schmerzen rasen über meine Haut. Ich stoße einen unterdrückten Schrei aus, zucke, presse meinen Arm an die Brust. Warmes Blut tropft auf meinen Bauch. Das Panel summt erneut, bewegt sich, wechselt zurück auf das Auswurf-Protokoll. Ein erneuter Schrei entringt sich meiner Kehle, als es warm und glatt aus der Wunde gleitet.

Ich stoße ein Keuchen aus, zitternd vor Erleichterung. Tränen tropfen von meinen Wangen und erzeugen saubere Punkte in dem glänzenden Blut auf dem Betonboden. Ich lasse den Arm sinken, packe das warme Bündel aus Kabeln, das mein Panel ist, doch dann spüre ich einen Widerstand, der sich meinen gesamten Arm entlangzieht. Ein einzelnes Kabel aus dem hinteren Teil des Panels erstreckt sich in die Wunde, ungefähr so dick wie mein kleiner Finger. Es ist schwarz mit goldenen Akzenten, was es als eines der Netzwerkkabel kennzeichnet, die Nanobots durch meinen Körper pumpen. Die meisten davon sind kaum dicker als ein menschliches Haar, aber dies hier ist das primäre Verteilungskabel. Es läuft in eine Kupplung in meiner Schulter, wo es sich anscheinend verklemmt hat.

Aber das ist okay. Ich habe mir ein paar weitere Minuten erkauft, bevor das Panel versucht, sich wieder einzuschalten. Dieses verunstaltete Ding ist immer noch mit der Verkabelung in meinem Körper verbunden, aber zumindest befindet es sich nicht mehr in meinem Arm.

Ich wische mir mit dem Handrücken über den Mund und stelle fest, dass ich schwanke. Hitze steigt rechts und links an meinem Hals nach oben. Der Raum verschwimmt, und ich versuche, mich an der Wand abzustützen. Letztendlich rutsche ich einfach nur daran nach unten, wobei ich einen roten Streifen auf dem Beton hinterlasse.

Draußen schreit jemand, die Worte unterlegt von eiligen Schritten. Die Tür öffnet sich, und eine Hand schließt sich um meinen Kopf, umfasst meine Wange. Ich blinzle und rechne damit, Cole zu sehen, doch stattdessen entdecke ich leuchtend grüne Augen und widerspenstige Haarsträhnen, die an einer sommersprossigen Stirn kleben.

»Dax«, flüstere ich schwach. Er ist klatschnass und stinkt nach Desinfektionsmittel. »Du hast mich gefunden.«

»Ja, Prinzessin. Es ist okay. Ich bin da.« Er legt mich sanft auf den Rücken, schiebt mir mit fahlen schlanken Fingern die Haare aus dem Gesicht. Ich trage immer noch nur meinen BH, aber das spielt keine Rolle. Eigentlich spielt nichts mehr eine Rolle. Dax hat mich gefunden, und jetzt wird alles gut.

»Du hast es geschafft«, haucht er, als er vorsichtig meinen verwundeten Arm anhebt. »Oh, gutes Mädchen, du hast es entfernt.«

Cole erscheint wie ein Geist hinter ihm, jeder Muskel in seinem Körper angespannt, die Augen groß und sein Blick gehetzt, als er auf meinen Arm starrt. »Ich …«, flüstert er, dann werden seine Augen schwarz. »Ich kann nicht hier sein. Es tut mir leid …« Er stolpert wieder aus dem Raum.

»Was für ein Held«, murmelt Dax und dreht den Korpus des Panels in den Händen. »Was stimmt nicht mit dem Primärkabel?«

»Schulterkupplung. Hat sich verklemmt, wie damals, als ich mein Panel gehackt habe. Das Kabel zieht sich nicht zurück.« Ich balle die gesunde Hand zur Faust, um meinen Kopf zu lüften. Wenn wir das Panel nicht in den nächsten paar Minuten entfernen können, wird das Notfallprotokoll versuchen, es wieder einzuschalten. Das könnte dafür sorgen, dass eine ganze Welle von Heiltek sich durch das Kabel in meinen Körper ergießt. Mit der Hypergenese wäre das mein Todesurteil.

»Wir müssen es entfernen, Dax«, sage ich. »Du musst es rausreißen.«

»Ich reiße gar nichts raus. Diese Kupplung ist mit deiner Wirbelsäule verbunden. Es ist zu gefährlich.«

»Aber das Kabel ist graphenbeschichtet – wir können es nicht durchtrennen.« Ich werfe einen kurzen Blick auf das blutverschmierte Panel, dann zwinge ich meine Augen an die Decke. »Wir müssen die Kupplung rebooten.«

Dax' Miene verfinstert sich. Eine Schulterkupplung zu rebooten ist riskant. Es bedeutet, das Panel wieder anzuschalten … was genau das ist, was wir vermeiden wollen. Doch sobald es sich anschaltet, werden die Befestigungen der Schulterkupplung sich für einen kurzen Moment öffnen, was uns die Chance gibt, das Kabel herauszuziehen. Wenn wir es rechtzeitig entfernen, wird mir nichts passieren.

»Ich bin mir nicht sicher …«, sagt Dax.

»Das ist unsere einzige Chance.«

»Ich weiß. Aber ich bin mir nicht sicher, ob ich gleichzeitig coden und das Kabel entfernen kann.«

»Ich schaffe es.« Ich rolle mich auf die Seite, meinen Arm ungeschickt hinter mir ausgestreckt. »Du ziehst, sobald ich es dir sage. Ich werde den Befehl schicken.«

Dax packt mein Genkit und zieht das Anschlusskabel heraus, um es in mein blutiges Panel zu stecken. Silberne Stecker erscheinen, um sich mit einem Klicken zu verbinden. Der Bildschirm des Genkits flackert, und Dax umklammert das goldgefleckte Kabel. Ich spüre die Spannung unter meinem Bizeps und über meinen gesamten Arm nach oben.

»Okay«, erkläre ich mir selbst, als ich durch die Dateien des Genkits navigiere. Einhändiges Tippen war nie meine Stärke, aber trotzdem gelingt es mir, ein paar Befehle einzugeben, wobei ich blutige Flecken auf meiner Tastatur hinterlasse. Ich navigiere durch das Installationssystem des Panels zu dem Skript, das die Schulterkupplung kontrolliert, dann erzwinge ich einen Reboot. Der Bildschirm blitzt auf, und Codezeilen huschen über den Bildschirm, als der Befehl gesendet wird.

»Es rebootet«, sage ich und verziehe das Gesicht, weil meine Schulter plötzlich brennt. »Mach dich bereit, es herauszuziehen. Wenn die Klammern sich lösen, bleibt uns nicht viel Zeit.«

Dax nickt. Codezeilen scrollen über den Bildschirm, und etwas in meiner Schulter klickt.

»Jetzt!«, schreie ich, und Dax reißt das Kabel heraus.

22

Ich stoße einen Schrei aus, und mein gesamter Körper verkrampft so heftig, dass mein Rücken den Kontakt zum Boden verliert. Das Kabel löst sich mit einem Ruck aus meiner Schulter, dann zieht es sich in Windungen aus meinem Arm zurück. Dax lässt den von Kabeln umschlungenen, blutigen Korpus meines Panels auf den Betonboden fallen. Das goldgefleckte Kabel zieht sich zurück, rollt sich zusammen wie eine Schlange.

Es ist draußen.

Ich lasse den Kopf in den Nacken sinken, schluchzend vor Erleichterung. Mein Körper zittert immer noch vor Adrenalin.

»Du hast es geschafft«, keucht Dax, dann ergreift er meine blutverschmierten Finger und starrt mich an. Sein Gesicht ist so weiß wie der mit Desinfektionsmittel getränkte Laborkittel, den er trägt. Mir wird schwindlig vor Erleichterung. Ich will lachen; ich will schreien. Ich will Dax an seinem Kittel packen und seinen Kopf für einen Kuss zu mir herunterziehen.

Doch meine Glieder fühlen sich an, als wären sie versteinert. Ich bin so erschöpft, dass ich mich kaum bewegen kann. Das Geräusch meiner Atmung verblasst, und mein Blick verschwimmt. Etwas Heißes läuft über meinen Arm und sammelt sich in meiner Handfläche. Ich schaue nach unten und schlucke schwer. »Dax, ich blute.«

»Oh scheiße. Halt durch.« Er löst seinen Gürtel, zieht ihn aus seiner Hose und schließt ihn fest um meinen Oberarm, um die Blutung zu verlangsamen. Schmerzen schießen durch meinen Arm, doch der Blutfluss lässt nach, und ich sehe wieder klarer. Dax gräbt im Medikit herum und zieht eine Rolle schwarzen Faden und eine Nadel heraus. »Lass uns das vernähen, damit ich die Wunde verbinden kann.«

Ich wende den Blick ab, als er den ersten Stich setzt. Stattdessen starre ich mein besudeltes Panel auf dem Boden an. Der blutige Haufen aus Kabeln zuckt immer noch, und ein paar Windungen tasten blind über den Boden, auf der Suche nach etwas, mit dem sie sich verbinden können.

»Es ist so hässlich«, flüstere ich.

»Es ist raus, das ist alles, was zählt.« Dax zieht an meinem Arm, um den ersten Knoten zu binden. »Du warst brillant, Prinzessin. Gott, wie ich dich vermisst habe.«

»Ich habe dich auch vermisst, Dax.«

Er zögert, eine Hand auf meinem Arm, in der anderen die Nadel. »Du fragst dich wahrscheinlich, wieso ich nie angerufen habe.«

Ich schaue zu ihm auf. Sein Gesicht wirkt angespannt. Er kann mich nicht mal ansehen. »Ich frage mich eine Menge Dinge, aber das gehört definitiv dazu.«

Er setzt eine weitere Naht, beugt sich über meinen Arm. Desinfektionsmittel aus der Schleuse tropft aus seinen Haaren und brennt auf meinem Arm wie Feuer. »Als Cartaxus kam, um uns aus der Hütte zu holen, war ich unglaublich erleichtert, dass sie dich nicht gefunden haben. Die Soldaten waren schrecklich. Sie haben auf Lachlan geschossen. Ich dachte, ich käme in die Hölle … bis wir das Labor erreichten.«

Ich schließe die Augen. Wieder spüre ich ein Ziehen an meinem Arm, als er den zweiten Knoten abbindet.

»Als wir dort angekommen waren, brachten sie Lachlan auf die Krankenstation, und ich habe den Rest des Teams getroffen. Es waren dreißig Leute, alles Programmierer. Sie waren brillant, aber du hättest sie alle überflügelt. Alle anderen waren glücklich, dort zu sein. Sie hatten ihre Familien mitgebracht. Wir waren in Sicherheit und lebten bequem. Mir wurde klar, dass Lachlan sich geirrt hatte. Ich konnte einfach nicht glauben, dass wir dich zurückgelassen hatten.«

Er setzt einen weiteren Stich. »Ich bin in die Krankenstation gegangen, um Lachlan mitzuteilen, dass wir dich holen müssen. Das Virus hatte Kalifornien erreicht, die Infektionsraten gingen durch die Decke, und wir arbeiteten an einem Impfstoff-Entwurf, den Lachlan vor Jahren geschrieben hatte. Du kanntest Lachlans Code besser als jeder andere, also hättest du seine rechte Hand sein sollen. Doch er hat mir erklärt, du dürftest niemals kommen. Er hat mich schwören lassen, dich nicht zu kontaktieren.«

Mein Herz scheint stehen zu bleiben. »Warum?«

»Er hat unnachgiebig darauf bestanden, dass du sterben würdest, wenn sie dich je erwischen; dass es eine Katastrophe wäre. Aber er wollte mir nicht verraten, warum. Er war so davon überzeugt, dass ich ihm geglaubt habe. Ich habe ihn noch nie so ernst gesehen. Die einzige Möglichkeit, die mir eingefallen ist, war, dass du vielleicht an irgendeiner Krankheit leidest, die er mit nicht standardisierter Technik geheilt hat. Ich dachte, es hätte vielleicht etwas mit deiner Hypergenese zu tun.«

Eine tödliche Krankheit? Meine Hypergenese? Meine Gedanken rasen. Mir fällt Marcus' Tochter Eloise ein. Ihre blonden Wimpern und weichen Wangen. Die nukleotoxische Krankheit, die ihr Hirn zerstört, zurückgehalten von nicht zugelassenem Code.

Wenn ich eine solche Krankheit hätte – etwas, was mein Vater mit einem selbst geschriebenen Programm geheilt hätte –, dann würde es Sinn ergeben, dass ich mich vor Cartaxus verstecke. Er hat mir das Versprechen abgenommen, nicht in die Bunker zu gehen. Er hätte nie jemanden losgeschickt, um mich zu finden.

Denn wenn sie mich fänden, könnten sie den Code aus meinem Arm löschen und mich damit umbringen.

»Aber das kann nicht stimmen«, sage ich, als ich die Augen öffne. »Er hat nie etwas in der Art erwähnt, und so etwas hätte er nicht vor mir geheim gehalten. Das ergibt keinen Sinn.«

Diesmal sucht Dax meinen Blick, seine smaragdgrünen Augen besorgt. »Nichts von alledem ergibt Sinn, Prinzessin, und das macht mir Angst. Was Lachlan geplant hat, seine Motivation … meiner Meinung nach müssen wir genau das herausfinden, um den Impfstoff zu dechiffrieren.«

Ich starre auf meinen Arm, blutverschmiert, geschwollen, wund. Dax verknotet den letzten Stich und dreht das Genkit. Das Lesekabel ist immer noch mit dem Chaos meines Panels verbunden, das inzwischen nicht mehr zuckt, sondern schlaff auf dem Boden liegt.

»Das Erste, was wir herausfinden müssen«, sagt Dax, »ist, wieso dein Panel gerade fünf Ebenen Hypergenese-Schutzprotokolle durchbrochen hat. Ich werde einen vollen Strukturscan durchführen, um vielleicht zu verstehen, was zur Hölle gerade passiert ist.«

Ich nicke. Seine Augen werden glasig, und der Bildschirm des Genkits flackert, als er sich über die VR-Verbindung im Panel drahtlos einloggt. Das Genkit beginnt zu brummen, und Dax' Gesichtszüge werden schlaff, als er sich auf eine virtuelle Realität konzentriert, zu der ich keinen Zugang habe.

Ein unablässiger Strom von Text und Gleichungen huscht über den Bildschirm des Genkits, zeigt mir die Dateien, die er durch Gedankenkraft aufruft und in unglaublicher Geschwindigkeit durchliest. Ich stemme mich auf meinen guten Ellbogen und beobachte, wie seine glasigen Augen hin und her springen.

Von allen Apps, die ich nicht verwenden kann, ist VR diejenige, die ich am meisten vermisse; besonders nachdem ich die meisten Implantate besitze, die dafür nötig wären. Wie quasi jeder mit einem Panel besitze ich ein grundlegendes Schädelnetz – ein Geflecht aus mikroskopischen Kabeln, die sich als Gitter über die Innenseite meines Schädels verteilen. Das Netz fängt die elektrische Aktivität meines Hirns auf, übersetzt meine Gedanken in Befehle, die die Prozessoren meines Panels verarbeiten und verstehen können.

Außerdem besitze ich einen optischen Feed – ein Bündel aus

Kabeln, die von der Grafikkarte in meinem Panel zu meinem Sehnerv führen. Zusammen sollten diese Implantate eigentlich ausreichen, um mich VR nutzen zu lassen, doch die Grafikkarte in dem angepassten Panel, das mein Vater mir eingepflanzt hat, ist uralt und langsam. Sie kann nicht mit den Berechnungen mithalten, die nötig sind, um Virtual Reality zu nutzen – sie konnte kaum mit dem Text vor meinen Augen umgehen, wann immer ich Nachrichten an Agnes geschickt habe. Sie konnte nur die eingebauten Filter aufrufen und Text und Symbole darstellen. Ich habe Monate damit verbracht, nach Wegen zu suchen, wie ich die Grafikkarte upgraden kann, aber jeder alternative Chip, den ich gefunden habe, brauchte eine andere Energiequelle, oder ein aufwendigeres Betriebssystem, oder einen Wärmetransferchip, um zu verhindern, dass die Grafikkarte ein Loch in meinen Arm brennt. Keiner der anderen Codes war hypergenese-freundlich, also habe ich irgendwann aufgegeben. Aber ich habe nie aufgehört, mir zu wünschen, ich könnte mich in eine allumfassende VR-Welt versenken.

Während ich dort liege und Dax beobachte, will ich nichts mehr, als mich seiner Session anzuschließen und Seite an Seite mit ihm zu programmieren.

Es lässt sich nicht leugnen, dass sein Gesicht eine strenge Schönheit besitzt, doch ich habe mich nie wegen seines Aussehens von ihm angezogen gefühlt. Sondern wegen dem hier – seiner Konzentration, dem Huschen seiner Augen, als er mühelos seine Gedanken in Absätze perfekten Codes formt. Wenn ich arbeite, muss ich jedes Wort Buchstabe für Buchstabe tippen, aber Dax kann ganze Logikblöcke in jeden Gedanken werfen. Mein Code baut sich auf wie ein Haus, ersteht langsam aus einem Fundament, jeder Ziegel vorsichtig an seinen Platz gelegt, bevor die Bauweise sichtbar wird. Doch bei Dax, dessen Hirn in Harmonie mit seinem Panel funktioniert, bilden sich in einem Wirbelwind aus Gedanken ganze Räume und Wände. Ich kann es auf dem Bildschirm des

Genkits beobachten – Hunderte geöffnete Dateien. Ganze Seiten werden in einem Herzschlag ausgewählt und verändert. Mit einem einzigen Gedanken kann Dax Algorithmen und Regeln aufrufen, sie herumwirbeln und neu anordnen, bevor er sie wieder an ihren Platz setzt. Zu sehen, wie sein Geist Seiten von Code auseinandernimmt wie Puzzlestücke, um sie mit einem bloßen Gedanken neu zusammenzufügen, ist fast magisch.

Seine Augen huschen hin und her, sein Atem beschleunigt sich. Der Drang, mich seiner Session anzuschließen, ist so heftig, dass ich es kaum mehr aushalte. Ich will mein Bewusstsein mit seinem verbinden, unsere Gedanken eins werden lassen und Codeblöcke in Meisterstücke verwandeln. Zusammen wären wir doppelt so schnell. Zwei Hirne, die in Harmonie zusammenarbeiten.

Dax und ich wären etwas ganz Besonderes, wenn wir zusammenarbeiten könnten.

Instinktiv hebe ich den Arm, lasse meine blutverschmierten Finger über die Seite seines Gesichts gleiten. Sie hinterlassen eine rote Spur auf seiner fahlen sommersprossigen Haut, doch er zuckt nicht zusammen. Er scheint die Berührung nicht einmal wahrzunehmen. Ich ziehe meine Hand genau in dem Moment zurück, als er aus seiner Session auftaucht und das Kabel aus dem zerstörten Panel reißt.

»Was zur Hölle?«, keucht er. Er greift nach meinem Arm. »Ich brauche eine Gewebeprobe, etwas Lebendiges. Ich muss einen Scan durchführen.«

»Was stimmt nicht?« Ich strecke ihm meinen Arm entgegen, und er bohrt das Kabel mit der Nadel am Ende direkt in die frisch vernähte Wunde an meinem Arm. Ich stoße zischend den Atem aus, als das Metall sich in den Schnitt gräbt und erneut Blut hervorquellen lässt. Das Kabel zuckt und nimmt eine Gewebeprobe, die mein Genkit analysieren kann. Dax zieht das Kabel wieder zurück, und seine Augen werden für einen kurzen Moment glasig.

»Dax, was ist los? Stimmt etwas nicht?«

»Du hast einen Backup-Knoten.« Er wirkt erschüttert. Er wirkt vollkommen *verängstigt*.

»Nein, habe ich nicht. Deswegen habe ich mir ja solche Sorgen gemacht, als mein Panel beschädigt wurde.«

Er schüttelt den Kopf. »Ich weiß nicht, was ich dir sagen soll, aber du hast einen Backup-Chip in deiner Wirbelsäule. Er maskiert seinen Zugang, aber scheinbar ist er ein Standardmodell. Ich verstehe das nicht.«

Ich starre ihn an. Meine Gedanken rasen. Wenn ich einen Backup-Knoten hätte, könnte ich mein altes Panel regenerieren, statt mir ein neues einpflanzen zu lassen. All meine hypergenese-freundlichen Apps würden sich wieder installieren, und zwar innerhalb von Tagen. Ein ganz neues Panel heranwachsen zu lassen, dauert gewöhnlich mehrere Wochen. Aber ich habe im Code meines Panels nie einen Hinweis auf ein Backup entdeckt. Wenn Dax einen Backup-Knoten in meiner Wirbelsäule gefunden hat, bedeutet das, dass mein Vater ihn dort eingepflanzt hat, ohne mir je etwas davon zu erzählen.

Kälte breitet sich in mir aus; dann verarbeite ich den Rest von Dax' Worten.

»Moment, hast du gesagt, ein Standardmodell? Wie ein normales Panel?«

Dax nickt, seine Augen bereits wieder glasig. »Ich kann nicht sehen, was sich darin befindet, aber es ist auf keinen Fall hypergenese-freundlich. Ich kontrolliere die Gewebeprobe.«

»Wofür brauchst du die Gewebeprobe?«

»Ich überprüfe es, aber …« Sein Gesicht wird bleich. »Aber ich bekomme immer wieder dasselbe Ergebnis.«

»Was für ein Ergebnis? Dax, was siehst du?«

Seine Augen stellen sich wieder scharf, dann schluckt er schwer und starrt auf die Naht an meinem Arm. »Ich weiß nicht, wie ich es dir sagen soll … aber ich glaube, du hast gar keine Hypergenese.«

23

Die Welt um mich herum erstarrt. Dax' Worte hallen in meinem Kopf wider.

Ich glaube, du hast gar keine Hypergenese.

»Das ist lächerlich.« Ich stemme mich mit meinem guten Arm nach oben, bis ich im Schneidersitz auf dem blutverschmierten Betonboden sitze. Die Bewegung sorgt dafür, dass mein Blick verschwimmt. Ich reibe mir die Augen und schüttle den Kopf. »Ich wurde mit Hypergenese geboren.«

Dax starrt mich nur an. »Ich weiß nicht, was ich sagen soll. Die Ergebnisse sind alle negativ. Hier, schau es dir selbst an.« Er dreht das Display des Genkits zu mir um. Ganz oben leuchtet ein hellgrünes Banner. Die Worte sind deutlich, so klar wie der helle Tag.

Keine Hypergenese gefunden.

Jedes Mal, wenn ich mein Panel eingestöpselt habe, stand dort eine rote Hypergenese-Warnung. Ich muss sie hundert Mal gesehen haben. Das kann nicht sein.

»Aber mein Rücken«, sage ich zitternd. »Dax, du warst in dieser Nacht dabei. Ich habe mein Panel gehackt, und die Hälfte meines Rückens hat sich abgelöst.«

»Ich weiß. Glaub mir, Prinzessin, das hier macht mir genauso viel Angst wie dir.«

Das bezweifle ich. Mein Magen verkrampft sich wie eine Faust, mein Herz rast. Ich tippe einen Befehl in mein Genkit, um den Scan erneut zu starten. Das grüne Banner blinkt ein weiteres Mal auf. Ich versuche es mit einem anderen Scan, dringe tiefer vor, teste das Verhalten jeder einzelnen Komponente meiner Zellen.

Das Resultat erscheint. Eine gezackte Linie, die darstellt, wie die Probe, die Dax aus meinem Arm entnommen hat, auf eine

Reihe von Test-Nanobots reagiert. Eine Hypergenese-positive Auswertung würde ein wildes statisches Rauschen ohne jedes Muster darstellen, eine negative Auswertung eine fast flache Linie. Meine Linie sieht aus wie ein Bergrücken. Nicht flach, aber auch kein Chaos. Ich starre sie an, während mir ein kalter Schauder über den Rücken läuft.

Das verrät mir, dass ich nicht an Hypergenese leide, aber auch nicht *normal* bin.

»Dax, schau dir das an. Ich habe keine Ahnung, was das bedeutet. So ein Ergebnis habe ich noch nie zuvor gesehen.«

Er beugt sich vor, dann schaut er mich an. »Hatte deine Mutter nicht Hypergenese?«

»Ja. So haben sie und mein Vater sich kennengelernt. Er hat verschiedene Tests an ihrem Blut durchgeführt.«

Hypergenese ist selten. Auf der ganzen Welt ist nur eine Handvoll Fälle bekannt, aber Proben von Leuten mit der Krankheit sind sehr begehrt. Ihre Zellen benehmen sich nicht, wie sie es eigentlich sollten – und wann immer das in der Wissenschaft geschieht, gibt es etwas Interessantes herauszufinden. Als mein Vater bei Cartaxus angefangen hat, war meine Mutter die einzige lebende Hypergenese-Spenderin im ganzen Land. Sie ist ihm so oft und für so lange Zeiträume begegnet, dass sie Witze darüber gerissen hat, dass sie heiraten sollten. Als ihm die Codes ausgingen, die er an ihr testen konnte, hat er ihr einen Antrag gemacht.

Sie hat noch fünf Jahre gelebt, bevor ein wohlmeinender Arzt ihr nach einem Unfall eine Spritze voller Heiltek verpasst hat. Die meisten Leute mit Hypergenese sterben jung. Die Krankheit ist ein Fluch. Etwas, was niemand seinem Kind wünschen würde. Ich habe nicht mehr an meine Mutter gedacht, seitdem wir die Hütte verlassen haben, aber Dax hat recht damit, sie zu erwähnen. Hypergenese ist eine nicht-mendelsche Eigenschaft – sie wird nicht über die Chromosomen eines Elternteils weitergeben, ist aber trotzdem erblich. Jedes Kind, das je von einer Mutter mit Hypergenese geboren wurde, hatte auch die Krankheit geerbt.

Doch keines dieser Kinder hatte Lachlan Agatta zum Vater.

»Oh Gott, Dax. Er hat irgendwas mit mir *angestellt*, oder?«

Dax nickt, ohne den Blick von der gezackten Linie auf dem Bildschirm des Genkits abzuwenden. »Anscheinend. Er muss einen Weg gefunden haben, die Krankheit zu unterdrücken, aber sie ist nicht ganz verschwunden. Ich weiß nicht, was dieses Ergebnis bedeutet, aber die Ausprägung der Hypergenese ist schwach. Fremder Code würde wahrscheinlich nicht mal einen Ausschlag verursachen. Also bin ich mir nicht sicher, was mit deinem Rücken passiert ist. Als du an diesem Abend dein Panel gehackt hast, muss noch etwas anderes passiert sein, was die Reaktion ausgelöst hat.«

Dax und ich drehen uns gleichzeitig zu dem scheußlichen Haufen um, der mein Panel ist. Dax rammt das Kabel des Genkits in seine Seite, wo es sich mit einem Klicken verankert. Seine Augen werden glasig und huschen hin und her. »Hier«, sagt er. »Da ist etwas in einem deiner alten Module.«

Er legt den Kopf schräg und schickt die Daten für mich auf das Display meines Genkits. Es ist der Code meines Heilteks – vierhundert Seiten in der einzigartigen Schreibweise meines Vaters. Das Installations-Protokoll, das daneben erscheint, lässt mich vermuten, dass dies die App war, die Marcus aus meinem Arm geschnitten hat. Er hat sie für neuronalen Code gehalten und geglaubt, sie könnte seiner Frau helfen. Doch das ist lächerlich – dieser langsame jämmerliche Code hat Tage gebraucht, um Wunden zu heilen, die über einen Kratzer hinausgingen.

Ich lasse meinen Finger über das Touchpad des Genkits gleiten, um die Befehle zu lesen. Ich habe mir nie die Mühe gemacht, mich hinzusetzen und die Gesamtheit des Codes zu betrachten. Zu Hause in der Hütte wollte mein Vater nicht, dass ich mich daran zu schaffen mache, und nachdem das mit meinem Rücken passiert war, hatte ich zu viel Angst, mich auch nur in mein Panel einzuklinken. Der Code ist kompliziert, doch ich stelle fest, dass ich ihn mühelos lesen kann, so wie es bei der Arbeit meines Vaters immer der Fall war. Nach ein paar Seiten finde ich einen Abschnitt, der sich vom Rest unterscheidet. Stirnrunzelnd mustere ich die Kommentare.

Unregistrierter Code … Analyse … Epidermis … Zersetzen …

Mein Herzschlag verlangsamt sich. »Dieser Code wurde geschrieben, um meine *Haut* anzugreifen.«

Dax nickt. »Er wäre bei jeder App aktiv geworden, die nicht auf dein Panel registriert ist. Ziemlich bösartig, aber umgebracht hätte es dich nicht. Ich glaube, dein Vater hat das geschrieben, um es *aussehen* zu lassen, als hättest du Hypergenese, obwohl du gar keine hast.«

Die vernarbte Haut an meinem Rücken kribbelt, als ich die Codezeilen anstarre. »Aber mein Vater hätte nicht …«

Ich breche ab und vergrabe meine Fingernägel in meiner Handfläche. Er hätte mich nicht verletzt – das wollte ich sagen. Doch das erscheint mir inzwischen unglaublich naiv.

Natürlich hätte mein Vater mich verletzt. Ich habe gesehen, was er Cole angetan hat. Er hat fünf Kinder aufgeschnitten und Experimente an ihnen durchgeführt. Wie komme ich bloß darauf, dass er mich nicht auch verletzt hätte? Wie konnte ich das übersehen? Ich schließe fest die Augen, um die Beweise auf dem Bildschirm des Genkits auszublenden.

»Prinzessin«, sagt Dax.

Er berührt meine Schulter, doch ich zucke zurück. Ich will nicht getröstet werden. Ich will sein Mitgefühl nicht. Ich will weg von hier, zurück zur Hütte fahren und alles bis auf die Grundmauern niederbrennen.

Ich öffne die Augen wieder und starre auf den Bildschirm. Der Schmerz, der von mir Besitz ergriffen hat, verwandelt sich langsam in Wut. Mein Atem geht schnell, und meine Sicht wird trüb. Mein Blutdruck ist immer noch im Keller, und ich sollte eigentlich eine Infusion bekommen. Ich sollte mich hinlegen oder meinen Arm verbinden, doch im Moment kann ich mich auf nichts anderes konzentrieren.

»Aber siehst du denn nicht?«, fragt Dax. »Was auch immer dein Vater getan hat, um deine Hypergenese zu heilen, er hat sich große Mühe gegeben, es zu verbergen. Es muss illegal sein. Das muss der Grund dafür sein, dass er dich zurückgelassen hat. Er musste das vor Cartaxus geheim halten.«

»Cartaxus ist mir egal«, blaffe ich, entsetzt über die Wut in meiner Stimme. »Er hat es vor *mir* geheim gehalten. Er hat mich glauben lassen, ich hätte Hypergenese und hat Code in meinem Arm versteckt …«

Ich reiße den Kopf hoch. Mein Blut scheint in den Adern zu gefrieren. Dann schnappe ich mir das Genkit und zerre es näher an mich heran.

»Was ist?«, fragt Dax.

Alle Farben im Raum scheinen zu verblassen. Ich bin so konzentriert, dass meine Welt auf den blinkenden Cursor auf dem Display des Genkits schrumpft. Ich springe durch die Ordner im Betriebssystem meines Panels und starte eine Reihe von Scans.

»Cole hat mir erzählt, wie Cartaxus angefangen hat«, sage ich, immer noch tippend. »Mein Vater hat schon *vor* dem Ausbruch versucht, einen Impfstoff zu programmieren, richtig?«

»Er hat seit zwanzig Jahren versucht, einen Hydra-Impfstoff zu schaffen.«

»Das heißt, er hatte zwei Jahrzehnte Zeit, darüber nachzudenken, wie er den Impfstoff an alle freigeben kann; wie er sicherstellen kann, dass Cartaxus das Heilmittel nicht kontrolliert. Er hat gesehen, wie sie den Influenza-Code verschlüsselt haben, und wusste, dass sie es auch mit Hydra machen würden. Er hatte nicht vor, das noch mal zuzulassen.« Ich tippe mit meiner guten Hand eine Reihe von Befehlen in mein Genkit, um weitere Scans durchzuführen. »Dieser Plan, dem wir alle folgen, ich erkenne langsam seine Form. Er reicht nur weiter zurück, als ich gedacht habe.«

Dax runzelt die Stirn. »Was schaust du nach?«

Ich blicke zu ihm auf. Die Bewegung sorgt dafür, dass sich mir der Kopf dreht. Ich atme langsam durch und zwinge mich dazu, in einer aufrechten Position zu bleiben. »Ich bin die ganze Sache ganz falsch angegangen. Ich dachte, ich würde meinem Vater etwas bedeuten …«

»Das hast du, Prinzessin. Er hat dich mehr geliebt als jeden anderen Menschen.«

»Lass mich *ausreden*«, zische ich.

Dax wirkt für eine Sekunde wie vor den Kopf geschlagen, dann nickt er. Ich starte einen weiteren Scan auf dem Genkit und schaue ihm in die Augen. »Ich dachte, er liebt mich, wie die meisten Leute ihre Kinder lieben. Aber das hat er nicht getan, Dax, weil er nicht so war wie die *meisten Leute*. Als Cole bei der Hütte aufgetaucht ist, wollte er dem Plan meines Vaters nicht folgen, aber ich habe seine Gefühle für Jun Bei als Druckmittel eingesetzt. Ich dachte, das hätte mein Vater gewollt. Und ich bin mir ziemlich sicher, dass es auch so *war*, aber ich habe mich schlecht damit gefühlt, Cole so zu manipulieren.«

Dax nickt langsam. Meine Sicht verschwimmt immer wieder. Ich verlagere mein Gewicht, um nicht umzukippen.

»Aber mein Vater hat das die ganze Zeit getan. Jetzt sehe ich es, Dax. Er hat Leute manipuliert und sie wie Werkzeuge benutzt. Der gesamte Plan, den Impfstoff freizugeben, ist wie eine riesige Schachpartie – und er bewegt die Figuren immer noch, obwohl er tot ist. Mein einziger Fehler war, dass ich davon ausgegangen bin, dass ich das Spiel mit ihm spiele.« Ich schlucke schwer. »Aber so ist es nicht, Dax. Ich bin nur eine der Figuren.«

»Was meinst du damit?«, fragt Dax leise.

Ich senke den Blick auf den Bildschirm. Der letzte Scan läuft noch, durchsucht den Inhalt meines Panels. »In seiner Nachricht hat er mir gesagt, ich solle die Notizen nutzen, die er hinterlassen hat, aber ich glaube nicht, dass er über *Papiere* sprach. Er hat die Nachricht in Coles Panel versteckt und hat auch in deinem und Leobens Panel etwas hinterlassen. Mir ist nie die Idee gekommen, in meinem eigenen Panel nachzusehen.«

Dax erstarrt. Ich sehe den Moment, als die Erkenntnis ihn trifft – jetzt versteht auch er, was mir seit ein paar Minuten klar ist. Ich habe nie auf meinem Panel nach verborgenen Dateien gesucht. Warum auch? Aber der Plan meines Vaters reicht Jahre zurück, also gibt es keinen Grund, warum er mir nichts hinterlassen haben sollte – ein Passwort, eine Sicherung, einen Schlüssel. Etwas, was er auf jeden Fall in seinen Code einbauen würde, wenn er den Impfstoff fertigstellte.

Auf diese Weise gäbe es jemanden, der nicht der Kontrolle von Cartaxus unterliegt, der den Impfstoff entschlüsseln konnte, falls er gezwungen würde, den Code zu verschlüsseln. Selbst wenn Cartaxus versuchen sollte, die Verteilung zu kontrollieren. Selbst wenn sie ihn umbrachten.

Er hat mich in der Hütte zurückgelassen, weil er mich *dafür* gebraucht hat.

Das Ergebnis des Scans erscheint. Der Bildschirm wird schwarz, mit einer langen Liste verborgener Dateien in leuchtend weißer Schrift. Mit den Systemprotokollen und der Liste der Updates hatte ich gerechnet, aber nicht mit der Verfahrensdatei in einem eigenen Order. Sie wurde am Morgen vor dem Ausbruch auf mein Panel eingespielt, das letzte Mal, als mein Vater ein Software-Update für mich hat laufen lassen.

VERFAHREN_NOTIZEN.txt, 184MB

Die Worte leuchten weiß und kalt. Das ist der Schlüssel zum

Impfstoff. Das verrät mir das Kribbeln an meiner Schädelbasis. Meine Hand zittert, als ich sie anklicke. Der Bildschirm flackert und öffnet die erste Textseite. Zuerst wirkt es wie reiner unlesbarer Quaternär-Code, doch als ich weiter nach unten scrolle, wird mir klar, dass es der Code meines Vaters ist. Die Datei ist Tausende Seiten lang, doch eine kurze Suche ruft alle Kommentare auf. Ich beuge mich vor und zwinge meine müden Augen, sie zu lesen.

»Das ist ein Programm«, sagt Dax, der kabellos über sein Panel mitliest. »Aber ich weiß nicht, wofür.«

Die Welt scheint stillzustehen, als die Mathematik und die Chemie sich in meinem Kopf zu einem einzigen Algorithmus verbinden. Dieser Code beinhaltet eine Million Variablen, eine Million Zelltypen und einzelne Gene. Sie alle werden erst ausgebreitet, um dann in einem umwerfend komplexen Tanz zusammengeführt zu werden. Es ist ein genetisches Ballet, bei dem jeder Tänzer Teil eines größeren Musters ist, so wunderschön und elegant, dass es mir fast den Atem raubt.

»Ich schon.«

Plötzlich ist mir die Logik dahinter vollkommen klar. Ich scanne den Code, wie betäubt von dem, was mein Vater geschaffen hat. Ich hatte mit einem Entschlüsselungsalgorithmus gerechnet – mit etwas, um den Code zu dechiffrieren, der in Coles Panel versteckt ist. Doch das hier ignoriert den Aufbau des Panels vollkommen. Stattdessen zielt es auf die synthetische DNA des Impfstoffs ab – die Proteinbänder, die durch Coles Blut schwimmen.

Ich habe so etwas noch nie gesehen. Die Nanobots, die Gentech-Code transportieren, sind darauf programmiert, DNA-Stränge zu bauen, die zu komplexen Knoten gebunden sind, wie kleine Wollknäuel. Diese Knoten sind so gebunden, dass sie sich immer nur auffalten und um einen bestimmten Teil der natürlichen DNA winden können. Wir könnten eine Probe von Coles Blut nehmen und es destillieren, bis nur noch der DNA-Knoten übrig bleibt, der den Impfstoff darstellt, doch es wäre fast unmöglich, ihn zu lösen und zu sequenzieren. Zu klein, zu weich, zu unvorhersehbar. Die Berechnungen würden Jahre dauern.

Doch genau das tut dieser Code hier.

Er setzt eine Klonbox ein, um den Impfstoff aus Coles Arm zu ziehen; um eine Kopie des verschlüsselten Codes zu erzeugen, wie sein Panel es tut, wenn seine Apps gesichert werden. Das allein wäre immer noch nutzlos. Doch dann fächert sich die Prozedur zu etwas Neuem auf. Die Gleichungen scheinen sich in meinem Kopf zu entzünden und ziehen brennende Logikspuren durch mein Gehirn.

Es ist wunderbar und schrecklich. Es ist das Meisterstück meines Vaters. Er hat *meine DNA* als den Schlüssel für den Impfstoff verwendet – meinen eigenen Körper als das Objekt, das die Verschlüsselung brechen wird. Wir müssen mich nur an die Klonbox anschließen und das Programm in dieser Datei laufen lassen; dann wird der Impfstoff meine Zellen durchdringen und sich wie eine Blume öffnen, ein Blütenblatt nach dem anderen.

Catarina kann den Impfstoff entschlüsseln.

Das hat mein Vater von Anfang an gesagt.

»*Ich* bin es«, hauche ich.

»Du hast recht.« Dax wird bleich. »*Du* bist es. Du bist der Schlüssel.«

Ich nicke, ohne vom Bildschirm wegzuschauen. Meine Augen kämpfen darum, meinen Blick scharf zu stellen. Meine Muskeln werden schwächer, und ich weiß, dass ich mich hinlegen sollte. Wir sollten einen Arzt rufen und meinen Arm verbinden. Es gibt Dutzende Dinge, die ich tun sollte … doch ich kann einfach nicht aufhören, auf die endlosen Codezeilen zu starren, die mein Vater mir hinterlassen hat.

Ich habe so etwas noch nie gesehen. Wenn dieser Programmcode richtig ist, dann ist das Passwort, mit dem der Impfstoff verschlüsselt wurde, eine eigene synthetische DNA. Wir müssen nur den Knoten lösen. Dieser Code wird den Impfstoff aus der Klonbox ziehen und in jede Zelle meines Körpers zwingen. Diese Prozedur wird meine DNA verwenden, um die komplizierte Struktur des Impfstoffes zu entwirren, doch eine Blutprobe von mir würde nicht ausreichen. Das hier muss durch meine Haut laufen, meine Muskeln, mein Blut und meine Neuronen, solange all das lebt und im Gleichklang arbeitet. Jede Zelle meines Körpers ist Teil des Schlüssels. Jede von ihnen wird den Knoten ein wenig mehr lösen. Und wenn er sich ganz geöffnet hat, können wir den Quellcode freischalten und können den Impfstoff freigeben.

Der Code wird frei übertragen werden können. Die Leute werden wieder ohne Angst leben können. Sie werden aus den Bunkern kommen und die Welt neu aufbauen.

Doch ich werde nicht da sein, um das zu bezeugen.

Die Erkenntnis trifft mich wie ein Schlag. Es gibt zu viele Eintrittspunkte in diesem Code. Er nutzt nicht nur meine Zellen, um den Impfstoff zu entwirren – er reißt sie auseinander, zerfetzt meine DNA in winzige Stücke. Ein paar Sekunden nachdem wir das Programm gestartet haben, wird mein Körper sich *auflösen*.

Der Impfstoff wird entschlüsselt, aber die Prozedur dafür wird mich umbringen.

Schwärze bildet sich an den Rändern meines Sichtfeldes. Ich reibe mir die Augen und spüre ein heißes Rinnsal auf meinem Arm. Ich blute immer noch aus der Wunde, wo mein Panel sein sollte, trotz der Naht. Ich habe die ganze Zeit über geblutet. Mein Blutdruck fällt rapide, und ich schaffe es kaum noch, die Augen offen zu halten.

Ich hätte Dax dazu bringen müssen, meinen Arm zu verbinden. Ich hätte mir eine Infusion legen lassen sollen. Doch wir wurden beide von den Geheimnissen mitgerissen, die sich in meinem Arm verstecken. Und jetzt ist es zu spät. Ich spüre, wie ich schwanke. Der Boden scheint sich zu öffnen und mich zu verschlingen.

»Dax«, hauche ich. Er hört mich nicht. Er tigert im Raum auf und ab, seine Augen glasig. Gleich wird er lesen, was der Code mit mir anstellen wird. Ich weiß, dass er sich in diesem Moment zu mir umdrehen wird, aber ich brauche jetzt seine Hilfe, bevor ich bewusstlos werde. »Dax …«, sage ich lauter, doch er blinzelt nicht einmal. Ich falle zu Boden, versinke in die Dunkelheit. Entweder Dax kann mich nicht hören, oder er ist zu abgelenkt, um sich darum zu kümmern. Es gibt nur eine Person, die mir helfen kann.

Ich kann nur beten, dass er nah genug ist, um mich rechtzeitig zu finden.

»Cole«, schreie ich mit jedem Quäntchen Stärke, das ich noch aufbringen kann. Kälte überzieht meine Haut, und meine Zähne beginnen zu klappern. Ich versuche, mich mit meinem guten Arm nach oben zu stemmen, doch meine Hand rutscht in dem Blut auf dem Boden weg.

Mein Kopf fällt nach hinten. Der Raum um mich herum wird schwarz. Die Tür öffnet sich mit einem Zischen.

»Crick!«, schreit Cole. »Verdammt, sie fällt in Schock!«

Starke Arme heben mich vom Boden, eine warme Brust drückt sich an meine Seite. »Ich bin jetzt da«, flüstert Cole, als er mich sanft aufs Bett legt.

Meine Lider öffnen sich flatternd. Dax steht mit großen Augen hinter Cole. »Scheiße«, flüstert er. »Oh scheiße, es tut mir leid. Ich habe nicht bemerkt …«

»Was zur Hölle treibst du?« Cole schnappt sich das Medikit.

»Hier, benutz das.« Dax zieht eine Phiole aus der Tasche. Sie ist mit einer glitzernden silbernen Flüssigkeit gefüllt: Notfall-Heiltek – ursprüngliche Nanobots, die kein Panel brauchen, um sie zu verwenden. Sie sind nicht hypergenese-freundlich, aber das spielt keine Rolle mehr.

Nichts spielt mehr eine Rolle. Ich bin nur eine Schachfigur im Plan meines Vaters.

»Das kann sie nicht benutzen«, sagt Cole. »Hast du den Verstand verloren?«

»Nein«, sagt Dax, als er die Phiole öffnet. »Es ist okay, sie kann es benutzen.« Er drückt den silbernen Behälter an meinen Hals. Cole steht wie erstarrt daneben, als die Nanobots in meinen Körper drängen. Sie breiten sich mit dem Gefühl von Eiszapfen über meinen Hals und meine Brust aus.

Ich spüre, wie sie mein Herz finden. Es setzt für einen Schlag aus, dann verliert mein Rücken den Kontakt zum Bett, als die Nanobots in mir explodieren, in jede Zelle meines Körpers eindringen.

»Wieso kann sie Heiltek verwenden?«, fragt Cole mit großen Augen. »Crick, was hast du gerade getan?«

»Ich habe sie geheilt«, sagt Dax. »Sie hat keine Hypergenese. Lachlan hat die Krankheit vorgetäuscht. Sie wird sich erholen, aber wir müssen weiterarbeiten. Sie besitzt den Schlüssel zum Impfstoff – wir haben das Programm gefunden, um ihn zu dechiffrieren. Ich brauche Proben, um Tests durchzuführen und den Rest des Plans zu verstehen …«

»Nein«, sagt Cole und lässt eine Hand durch die Luft sausen. »Wir müssen im Moment gar nichts verstehen. Catarina muss sich ausruhen.«

»Aber der Impfstoff«, sagt Dax. »Wir sollten in ein paar Stunden aufbrechen.«

»Das kann auch bis morgen warten.«

»Du verstehst nicht«, drängt Dax.

Cole reißt den Kopf herum und erhebt sich in einer geschmeidigen Bewegung. Eine Sprungfeder, die sich spannt. Eine Klinge, die aus der Scheide gezogen wird. »Du bist derjenige, der nicht versteht«, knurrt er. Die Luft um ihn herum scheint durch seine Wut zu knistern. »Sie war kurz davor zu sterben, als ich den Raum betreten habe, während du direkt neben ihr standest. Du sagst, sie wäre der Schlüssel zum Impfstoff; du redest über diesen Plan, als wäre er etwas Unabhängiges, etwas rein Intellektuelles. Aber das ist er nicht. *Sie* ist der Plan, und Lachlan hat mich ausgeschickt, sie zu beschützen. Mein Job ist es, sicherzustellen, dass sie nicht verletzt wird, und ich habe vor, ihn zu erledigen. Das bedeutet, dass sie sich jetzt ausruhen wird, während du verschwindest.«

Dax starrt Cole finster an. »Du kannst mir nicht befehlen, was ich zu tun habe.«

»Nein, kann ich nicht«, knurrt Cole, »aber wenn du mir nicht sofort aus den Augen gehst, werde ich dir das Genick dafür brechen, dass du Catarina so hast ausbluten lassen.«

Dax und Cole starren einander böse an, sodass die Wut mit Händen greifbar ist. Dann huscht Dax' Blick zu mir, hart und kalt. Er nickt mir einmal kurz zu, dann zieht er noch eine Grimasse in Coles Richtung und wirbelt auf dem Absatz herum, um den Raum zu verlassen.

Es dauert eine volle Minute, bis Coles Fäuste sich öffnen; dann dreht er sich wieder zu mir um und sinkt neben dem Bett auf die Knie. »Geht es dir gut?«

Ich schüttle den Kopf. Mir fehlt die Kraft, aufzuzählen, auf wie viele Arten es mir gerade nicht gut geht.

»Ich bin müde«, ist das Einzige, was ich hervorpressen kann.

Cole zieht die Decke über mich. »Dann schlaf, Cat. Du bist jetzt in Sicherheit. Ich gehe nirgendwohin.«

24

Stunden später, nach kurzen Schlafphasen und halb erinnerten Träumen, finde ich mich zu Hause wieder. Ich stehe in der Hütte. Es ist kalt, aber ich schwitze. Ich weiß nicht, ob Tag oder Nacht ist. Mein Vater muss hier irgendwo sein, aber ich kann ihn nicht hören.

»Hey, Prinzessin.«

Dax fängt meinen Arm ein und wirbelt mich herum. Sein Haar flackert zwischen lang und kurz, sein Gesicht zwischen jung und alt. »Bist du nicht glücklich, mich zu sehen?« Er streicht mir die Haare aus der Stirn. »Wieso freust du dich nicht, mich zu sehen, Prinzessin?«

»Ich weiß nicht.«

»Du blutest«, sagt er, löst seine Hand von meinem Gesicht und hält seine Finger ins Licht. Seine Haut ist mit Blut besudelt, das sich wie Regentropfen auf Glas in immer kleineren Tropfen auffächert, bis es seine gesamte Hand bedeckt.

»Nanobots«, murmelt er, während er das Blut anstarrt, das inzwischen kaum mehr ist als ein scharlachroter Nebel. »Ich wusste immer, dass etwas mit dir nicht stimmt.«

Ich hebe die Hand an die Stelle, wo er mich berührt hat, und spüre feuchte, verschorfte Haut, die sich unter meinen Fingern löst, um in Fetzen nach unten zu fallen. »E-es tut mir leid«, stottere ich und weiche zurück. »Ich muss weg.«

Er starrt mich nur an. Ekel spiegelt sich in seiner Miene wider.

Ich drehe mich um und renne weg. Ich brauche meinen Vater. Wenn ich die Reaktion nicht bald stoppe, wird sich auch mein Rücken häuten. Das ist meine Hypergenese. Wenn ich keine Hilfe bekomme, werde ich ausbluten wie meine Mutter.

Aber das stimmt nicht.

Ich stoppe schlitternd. Ich habe keine Hypergenese – das war nur eine App in meinem Panel. Wieso also platzt meine Haut auf?

Ich drehe mich um und finde mich vor dem Büro meines Vaters wieder. Ein Teil von mir weiß, dass ich die Tür öffnen muss, doch gleichzeitig habe ich Angst.

Etwas lauert auf der anderen Seite dieser Tür. Etwas, dem ich mich noch nicht stellen kann. Etwas Dunkles, Mächtiges, das langsam aufsteigt wie eine lang vergessene Erinnerung.

Ich schließe die Augen, atme tief durch und öffne die Tür.

Mein Vater ist nicht da. Eine Wand des Raums ist weggesprengt. Bücher und Regale sind mit getrocknetem, pinkfarbenem Schaum überzogen. Draußen wechselt ein Schwarm aus einer Million Wandertauben abrupt die Richtung und kommt auf mich zu. Ihre Augen sind schwarz. Ihre Flügel ein Chaos aus Flammen. Kreischend schwärmen sie in den Raum und wogen um mich herum.

Ich erwache mit einem Ruck. Mein Herz rast, als ich wild um mich taste. Betonwände. Ein zweites Bett über mir.

Es war nur ein Traum.

Ich befinde mich in Homestake, in einem kleinen Zimmer unter der Erde, und mein leerer verletzter Arm schmerzt. Stoff liegt über der Wunde, also muss Cole mich verbunden haben, ohne dass ich davon aufgewacht bin. Langsam rolle ich mich auf die Seite, um mich umzuschauen.

Es ist relativ dunkel im Raum, doch ein fahles Licht in der Decke lässt mich die Form einer Matratze auf dem Boden erkennen. Das Chaos meines Panels und die Blutpfützen sind verschwunden, mein Genkit und die Zarathustra-Akten ruhen ordentlich in einer Ecke. Cole liegt schweigend auf der Matratze, doch zwei leuchtende Punkte verraten mir, dass er wach ist.

Und mich beobachtet.

Wie in einem Traum stehe ich auf und wandere über den Boden, bis ich mich über ihm befinde. Ich weiß nicht, was ich hier tue, und ich weiß nicht, was ich von ihm brauche. Ich weiß nur, dass ich *etwas* brauche, und dieses *etwas* ist Cole.

Er sucht meinen Blick, seine Arme nackt über der Decke. Der Ansatz der Narben auf seiner Brust glänzt im gedämpften Licht. Ich öffne den Mund, doch ich weiß nicht, was ich sagen soll. Ich weiß nicht, warum ich mitten in der Nacht hier über ihm stehe.

Dann öffnet er die Arme, als hätte er auf mich gewartet; als wäre es das Natürlichste der Welt, dass ich heute Nacht zu ihm komme. Ich lasse mich fallen, und seine Arme schließen sich um meinen Körper, warm und sicher.

Ich schmiege mich an seine Brust und falle in einen traumlosen Schlaf.

25

Erneut wache ich neben Cole auf, doch diesmal ist es mir nicht unangenehm – und ich zwinge mich auch nicht dazu, mich aufzurichten und wegzudrehen. Er rollt sich auf den Rücken, ich tue dasselbe. Einfach so sind wir wach, und es fühlt sich normal an. Es fühlt sich *richtig* an.

Ich weiß nicht, ob das, was zwischen uns vorgeht, eine romantische Komponente hat, oder ob es einfach nur die Bindung ist, die zwischen Leuten entsteht, wenn sie zusammen Schweres durchmachen. Ich fühle mich, als hätte die Schwerkraft sich verändert, um uns näher zueinanderzuführen. Doch in gewisser Weise fühlt es sich auch an, als wären wir uns immer schon nahe gewesen.

»Also hast du keine Hypergenese?«, fragt er.

»Nein. Na ja, ich glaube, irgendwann muss ich sie mal gehabt haben. Aber jetzt nicht mehr.«

»Wie soll das funktionieren?«

»Ich weiß es wirklich nicht.« Ich hebe meinen Arm und drehe ihn langsam. Ich kann den Gewichtsunterschied spüren, jetzt wo mein Panel verschwunden ist. »Es ist nicht genetisch, aber mein Vater muss trotzdem eine Behandlung gefunden haben. Wahrscheinlich, nachdem meine Mutter gestorben ist. Er hätte sein Bestes gegeben, um mich davor zu bewahren, auf dieselbe Art zu sterben.«

»Aber er hat es dir nicht erzählt?«

Ich lasse den Arm wieder sinken. »Nein. Er hat es geheim gehalten, vor mir und vor Cartaxus. Dax glaubt, dass das der Grund dafür ist, dass ich mich von den Bunkern fernhalten sollte.«

Cole starrt an die Decke und kratzt sich geistesabwesend an der Brust. »Das ist krass.«

»Erzähl mir was Neues. Ich hätte die ganze Zeit über ein normales Panel haben können.«

Er sieht zu mir. »Aber du kannst ein neues Panel säen lassen, diesmal mit richtigen Apps, richtig? Wäre das für dich sicher?«

»Ich glaube schon. Aber wir müssen kein neues Panel säen. Es hat sich herausgestellt, dass ich ein Backup in der Wirbelsäule trage. Schon jetzt im Moment müsste ein neues Panel heranwachsen.«

Cole setzt sich auf, schnappt sich sein T-Shirt und zieht es an. »Wenn ein neues Panel wächst, dann brauchst du eine Menge Kalorien. Wie wäre es, wenn ich in die Cafeteria gehe und uns ein Frühstück hole?«

Ich setze mich ebenfalls auf und binde mein vom Schlaf verknotetes Haar zu einem Pferdeschwanz. »Was steht zur Wahl?«

»Rührei, Bohnen, Reisbrei, Toast, Waffeln, Burritos …«

»Sie haben hier Waffeln?«

Grinsend steht Cole auf. »Zwei Portionen Waffeln, kommen sofort. Bin bald zurück.«

Er zieht seine Stiefel an und gleitet durch die Schleusentür, wobei er mir ein Lächeln zuwirft, das ich einfach erwidern muss. Ich stehe auf und gehe ins Bad, nur um abrupt zu stoppen, als ich mich selbst im Spiegel erblicke.

Die heilenden Nanobots haben über Nacht weitergearbeitet – und sie haben nicht nur den Schnitt in meinem Arm geschlossen. Meine Haut ist immer noch vernarbt, aber sie glänzt. Meine Lippen sind nicht länger aufgesprungen, sondern glatt, und die dunklen Ringe unter meinen Augen sind fast verschwunden. In ein paar Tagen, sobald mein Panel wieder vollständig herangewachsen ist, könnte ich so gut aussehen wie jeder andere Mensch im Bunker. Gesund, frisch, sauber. Zwei Jahre Elend und Entsetzen, einfach getilgt. Ich sähe aus wie ein ganz neuer Mensch.

Aber das wird nicht geschehen.

Ich habe in der Nacht beschlossen, dass ich die Entschlüsselung durchziehen werde. Ein Teil von mir wusste schon, dass ich es tun werde, sobald ich den Code gelesen hatte. Das bedeutet nicht, dass ich bereit bin, und es bedeutet auch nicht, dass ich es gerne tue – aber die Welt kann nicht darauf warten, dass Cartaxus den Impfstoff mit Gewalt entschlüsselt. Leute sterben. Das Virus mutiert. Diese Prozedur ist der einzige Weg, die Menschheit aus diesem Albtraum zu erlösen.

Die Tür zum Wohnzimmer öffnet sich zischend. Ich drehe mich um, als Dax den Raum betritt und stirnrunzelnd auf Coles Matratze starrt. Sein Tek kann wahrscheinlich die Hitzesignaturen lesen. Er wird bemerken, dass ich mir das Bett mit Cole geteilt habe. Mein Magen hebt sich.

»Prinzessin.« Seine Miene ist ausdruckslos. »Wie geht es deinem Arm?«

Ich trete aus dem Bad. »Es geht ihm … gut.«

»Schön.« Er sieht sich im Raum um, wobei sein Blick für einen Moment auf meinem mit getrocknetem Blut verklebten Panel in der Spüle hängen bleibt. »Ich hatte Zeit, den Rest des Programmcodes zu lesen. Ich bin mir nicht sicher, ob ich ihn richtig deute, aber …«

»Er wird mich umbringen.«

Dax schluckt schwer, dann sieht er mir in die Augen. Sein rotes Haar ist verwuschelt, und seine smaragdgrünen Augen blutunterlaufen. Er war wahrscheinlich die ganze Nacht wach, um den Code zu lesen und herauszufinden, was das Programm mit mir anstellen wird. Ich habe es schon beim ersten Lesen kapiert, aber ich habe das Ganze noch nicht aus Dax' Warte betrachtet. Er ist derjenige, der die Ausrüstung vorbereiten, mich anstöpseln und die Prozedur starten muss.

Das ist die Aufgabe, die mein Vater ihm hinterlassen hat: mich umzubringen.

»Es muss einen anderen Weg geben«, sagt er angespannt. »Dein Vater hat das Programm als letzte Lösung hinterlassen, aber das bedeutet nicht, dass wir es anwenden müssen.«

»Natürlich müssen wir das. Wir können nicht länger warten. Das Virus wird mutieren.«

Er starrt mit hochgezogenen Schultern auf den Boden. »Es muss einen anderen Weg geben. Ich verstehe nicht, warum er dich benutzt hat. Wieso nicht jemand anderen? Millionen Leute wären glücklich, dafür zu sterben.«

Ich senke den Blick. Dieselbe Frage kreist in meinem Kopf, seitdem ich den Code zum ersten Mal gelesen habe. Wie konnte mein Vater diese Aufgabe *mir* übertragen? Wieso sollte er mich zum Tod verurteilen?

Hat er mich überhaupt geliebt?

Ich glaube nicht, dass ich die Antwort jemals erfahren werde. Obwohl wir zusammengelebt haben, hatte ich nie das Gefühl, ein zentraler Teil des Lebens meines Vaters zu sein. Er hat mich beschützt, ja; und ich weiß, dass ich ihm etwas bedeutet habe. Aber er hat sich auch immer wieder in seiner Arbeit verloren, hat vergessen zu essen, hat seinen Stoffwechsel gehackt, um tagelang wach bleiben zu können. In diesen Zeiten habe ich kein Wort von ihm gehört, oder er hat einfach durch mich hindurchgeschaut, wenn er redete, verloren in einem Gentech-Puzzle, das faszinierender war als das Gesicht seiner Tochter. Seine Arbeit war die Sonne in seinem Leben. Ich dagegen existierte nur auf einem entfernten Planeten, sichtbar nur auf bestimmten Phasen der Umlaufbahn, als vorübergehende Dämpfung des Lichts.

Doch manchmal war ich nicht seine Tochter – sondern seine Programmier-Partnerin. Wir saßen Seite an Seite im Keller, haben als gleichberechtigte Partner zusammengearbeitet. Ich kannte seinen Code besser als jeder andere. Ich wusste, was er ihm bedeutete.

Deswegen werde ich die Entschlüsselung durchziehen.

»Der Impfstoff war alles für meinen Vater«, sage ich, »und ich bin die einzige Person, der er die Entschlüsselung anvertrauen wollte. Das ist keine Strafe, Dax. Sondern eine Ehre. Er hat mich ausgewählt, weil er wusste, dass ich verstehen würde, was auf dem Spiel steht. Er wusste, dass ich die Wahrheit erkennen würde – dass die Verbreitung des Impfstoffes mehr wert ist als mein Leben.«

Dax vergräbt eine Hand in den Haaren, ballt seine Finger zur Faust. Für einen Moment wirkt er jünger – wie der Junge, den ich vor der Seuche kannte. »Prinzessin«, sagt er, doch seine Stimme bricht. Er schlägt eine Hand vor den Mund.

Ich trete vor und ziehe ihn in eine Umarmung.

Sein Arm schließt sich um mich. Sein Körper zittert wie vor zwei Tagen, als er zum ersten Mal aus dem Comox getreten ist. Er riecht nach Seife und Labor-Desinfektionsmittel. Bei dem Geruch steigen Erinnerungen in mir auf – an das Programmieren im Keller; wie ich mich Hals über Kopf in den Jungen verliebt habe, der vor unserer Tür aufgetaucht ist. Ich erinnere mich daran, wie wir uns über Algorithmen gestritten haben und im See geschwommen sind. Meinem Vater zugehört haben, als er uns abends Gedichte vorgelesen hat.

Dax drückt mich eng an sich, vergräbt sein Gesicht in meinen Haaren. »Bist du dir sicher?«, flüstert er. »Du musst das nicht machen. Ich kann den Code löschen. Wir können behaupten, die Anweisungen wären zerstört worden, als wir dein Panel entfernt haben.«

»Nein.« Steif trete ich einen Schritt zurück. »Nein, das können wir nicht machen. Das Virus wird mutieren …«

»Vergiss das Virus. Wir bleiben in den Bunkern.« Er packt meine Schultern. »Du und ich können den Impfstoff selbst stärken. Du musst nicht freiwillig zu deiner Hinrichtung gehen, nur weil Lachlan sie für dich anberaumt hat.«

Dax' Worte sind reiner Wahnsinn – auf keinen Fall können wir uns vor alledem einfach verstecken – doch der Ausdruck in seinen Augen lässt jeden Zweifel in mir aufsteigen, den ich je am Plan meines Vaters gehegt habe. Mein Blick huscht zu den Zarathustra-Akten, die ordentlich auf dem Boden aufgestapelt liegen. Ich vertraue dem Code meines Vaters, aber trotzdem liefere ich mein Leben einem Mann aus, der Kinder aufgeschnitten hat.

Doch er hatte immer gute Gründe für seine Handlungen. Cole hat gesagt, er vertraue meinem Vater mehr als jedem anderen auf dem Planeten, selbst nach allem, was er durchgemacht hat. Mein Vater war ein komplizierter Mensch, aber er war nicht verschwenderisch. Er hätte kein solches Programm geschrieben, wenn es eine andere Wahl gegeben hätte.

»Nein, Dax«, sage ich, wobei ich darum kämpfen muss, ruhig zu sprechen. »Wir müssen den Impfstoff entschlüsseln, und zwar so schnell wie möglich. Wir können es heute Abend machen, wenn wir mit der Klonbox hier rauskommen und es zum Labor schaffen.«

Seine grünen Augen glänzen, doch ich sehe auch, dass sein Widerstand nachlässt. Er weiß genauso gut wie ich, dass wir nicht anders können. Schließlich sinken seine Schultern nach unten, und er beginnt, im Raum auf und ab zu tigern. »Ich dachte immer, wir würden eines Tages heiraten«, murmelt er, »wenn das alles vorbei ist.«

»Dax …«

»Ich hatte einfach das Gefühl, dass es so sein sollte. Wir würden zusammenleben, zusammen programmieren, aber jetzt … werden wir das nicht tun.« Erneut sinkt sein Blick auf Coles Matratze.

»Es war nicht so, wie du denkst«, sage ich, obwohl ich gar nicht weiß, was Dax denkt. Und wenn ich ehrlich bin, weiß ich auch nicht, was zwischen mir und Cole vor sich geht. »Ich war aufgewühlt …«

Er wedelt nur mit der Hand. »Du musst nichts erklären. Ich hätte den Code schneller lesen müssen. Ich hätte es verstehen müssen.«

»Es war im Quaternär-Code.«

»Ja.« Er schenkt mir ein trauriges Lächeln. »Du und dein Vater scheinen die Einzigen zu sein, die ihn einfach so lesen können.«

Ich halte seinen Blick für einen langen Moment und erkenne eine Trauer darin, die mir Angst einjagt. Irgendwie ist dieser Ausdruck schlimmer als seine Verzweiflung oder seine Wut. Dax *trauert* bereits um mich.

Schon morgen bin ich nicht mehr auf dieser Welt, und Dax wird mit dem Wissen leben müssen, dass er derjenige war, der mich getötet hat. Es wird kein sauberer Tod sein und auch kein schmerzloser. Ich habe diesen Aspekt der Entschlüsselung bisher verdrängt, doch der Kummer in Dax' Miene sorgt dafür, dass das nicht länger möglich ist. Meine Angst verstärkt sich zu Panik, bis ich mich am Rande eines Abgrunds wiederfinde, kurz davor, hineinzustürzen.

Ich werde sterben. Es wird keine Rückkehr geben. Mein Körper wird sich auflösen. Ich weiß, dass der Tod unvermeidlich ist, aber ich bin noch nicht bereit dafür. Wenn ich glauben würde, dass irgendetwas auf diese Welt folgt, dann könnte ich mich an die Hoffnung klammern wie an ein Seil. Aber so ist es nicht. Nach diesem Leben sehe ich nur kalte, unendliche Dunkelheit.

Dax kneift besorgt die Augen zusammen. Ich hole tief Luft und halte den Atem an, bringe meine Emotionen wieder unter Kontrolle. Die Angst in mir schrumpft, zieht sich unter der Kraft meines Willens zurück.

Ich atme aus und wappne mich selbst. »Sag mir einfach, was ich tun muss.«

Dax mustert mich von Kopf bis Fuß, die Augen immer noch zu Schlitzen verengt, dann dreht er sich um und schaut durch den Raum. »Pack deine Sachen. Ich werde die Klonbox holen und den

Kick starten, um uns hier rauszuholen. Sobald es so weit ist, müssen du und Lt. Franklin zu der Garage gehen, wo euer Jeep wartet. Leoben und ich werden einen zweiten nehmen.« Sein Blick fällt erneut auf Coles Matratze. »Du darfst ihm nichts davon erzählen, Prinzessin.«

»Cole?«

Er nickt. »Er ist ein Blackout-Agent, der mit deinem Schutz beauftragt ist. Ich weiß nicht, wie er auf diese Sache reagieren wird. Vielleicht kommt er damit klar. Vielleicht tickt er aber auch aus und versucht, dich zu entführen. Er könnte die Prozedur sabotieren. Das ist ein Risiko, das wir nicht eingehen dürfen.«

Ich schließe die Augen. Der Gedanke, Cole anzulügen, gefällt mir nicht. Cole hat es verdient, die Wahrheit zu hören. Ich will ihn nicht anlügen. Aber Dax hat gute Argumente. Ich weiß nicht, was Coles Schutzprogramm tut, wenn es erfährt, dass ich sterben werde.

Cole könnte ausrasten und versuchen, mich zu beschützen. Er könnte während der Prozedur die Kontrolle verlieren.

Er könnte aus Versehen jede Chance auf eine Entschlüsselung des Impfstoffs zunichtemachen.

»Okay«, sage ich. »Ich werde ihm nichts erzählen. Wie schnell können wir los?«

»Innerhalb einer Stunde. Ich kann mich sofort an die Arbeit machen.« Er tritt zur Tür. Sie gleitet auf, doch Dax bleibt im Rahmen stehen. »Bist du bereit?«

Ich schlinge die Arme um den Oberkörper. »Bin ich verrückt, weil ich das mache, Dax?«

Er mustert mich mit sanfter Miene. »Nein, Prinzessin. Du bist absolut nicht verrückt. Ich finde, du bist sehr mutig.«

Mutig. Das Wort beruhigt mich. Es hallt in meinem Kopf wider und löscht die brennende Angst in meiner Brust. Mein Vater hat mich nicht für die Entschlüsselung ausgesucht, weil ich pflichtbewusst dem Plan folgen würde, den er für mich hinterlassen hat. Sondern, weil er wusste, dass ich mich der Aufgabe *stellen* würde.

Weil ich stark bin. Weil ich eine Kämpferin bin. Weil ich keine Angst davor habe, das Richtige zu tun.

Mein Vater hat mir diese Aufgabe hinterlassen, weil ich *mutig* bin.

»Okay«, sage ich. Meine Stimme klingt fest, standhaft. »Lass es uns durchziehen. Starte die Simulation.«

Dax nickt einmal, ohne wegzuschauen, dann dreht er sich um und verlässt den Raum.

***

Als Cole mit einem Tablett voller Waffeln zurückkehrt, habe ich bereits unsere Taschen gepackt und wandere im Raum auf und ab, wobei ich nervös an den Fingernägeln kaue. Das habe ich mir irgendwie in den letzten Tagen angewöhnt, obwohl ich so etwas bisher nie getan habe. Anscheinend macht sich der Stress bemerkbar.

Mein Genkit ist sicher in meinem Rucksack verstaut, zusammen mit den Zarathustra-Akten. Meine blutbesudelte blaue Homestake-Kleidung liegt in einem Haufen neben dem Bett. Ich trage wieder das Tanktop und die Cargohosen, die Cole für mich mitgebracht hat, und meine Haare sind zum Pferdeschwanz gebunden. Ich frage mich ständig, ob das wohl die letzten Klamotten sein werden, die ich in meinem Leben trage.

»Hey«, sagt Cole, als er das Tablett abstellt. »Geht es dir gut? Crick hat mich angefunkt und mir mitgeteilt, dass wir bald aufbrechen. Was ist los?«

»Er holt die Klonbox und startet die Kick-Simulation. Wir fahren zum Labor.«

Cole beißt die Zähne zusammen. Ich spüre sofort, dass etwas nicht stimmt.

»Was?«, frage ich. »Ist etwas mit dem Plan nicht in Ordnung?«

Cole sucht meinen Blick, sagt jedoch nichts. Meine Gedanken schießen zurück zum letzten Morgen, als Dax und Leoben angekommen sind. Dax hat erklärt, die Simulation würde uns hier rausbringen, und Leoben hat gesagt, sie wäre von Jun Bei geschrieben worden …

Das Mädchen, das eventuell für den Hackerangriff verantwortlich ist, der meinen Vater getötet hat. Das Mädchen, das einer Krankenschwester eine Schere durch die Kehle in die Wirbelsäule gerammt hat.

»Oh«, flüstere ich. »Das hatte ich vergessen. Der Kick ist Jun Beis Code.«

Er nickt. »Es ist ein Computervirus, der simuliert, dass der Bunker einer Cyberattacke ausgesetzt ist. Was er wahrscheinlich auch ist. Der Virus wird jedes Computersystem infizieren und vorübergehendes Chaos anrichten. So ist Jun Bei aus dem Labor entkommen.«

Chaos? Mein Magen verkrampft sich. Ich weiß nicht viel über Jun Bei, aber nach allem, was ich bisher gehört habe, wirkt sie beängstigend. Was irgendwie verständlich ist. Ich kann mir nicht vorstellen, welche Grausamkeiten die Testpersonen des Zarathustra-Projekts durchlebt haben. Wenn Jun Bei ein gefährlicher Mensch ist, dann wahrscheinlich, weil mein Vater sie dazu gemacht hat.

Aber bei der Vorstellung, ihren Code einzusetzen, um aus Homestake zu entkommen, breitet sich eisige Kälte in mir aus.

»Cole, diese Simulation … Es wird doch niemand verletzt werden, oder?«

Er öffnet genau in dem Moment den Mund, um mir zu antworten, als das Licht flackert und ein Alarmton von der Decke heult. Eine Computerstimme erklingt und wiederholt immer wieder dieselben Anweisungen.

»*Warnung. Abriegelung steht bevor. Begeben Sie sich in Ihre Quartiere.*«

Coles Augen werden glasig. »Crick hat die Klonbox und hat soeben die Simulation gestartet. Er und Leoben hatten eine kleine Auseinandersetzung mit ein paar Wachen, aber es geht ihnen gut. Sie sind bereits auf dem Weg zu den Garagen. Es ist Zeit zu verschwinden.« Cole schwingt sich seinen Rucksack auf den Rücken, dann hebt er meinen an, damit ich die Arme durch die Träger schieben kann. Nervös rücke ich das Gewicht auf meinem Rücken zurecht.

»Du hast mir nicht geantwortet, Cole. Wird jemand verletzt werden?«

Er schenkt mir ein schnelles, unglaubwürdiges Lächeln. »Natürlich nicht.«

26

Cole stürmt in den Flur, der voller Zivilisten ist, die zu ihren Räumen eilen. »Wir müssen zu den Liften«, ruft er, als er sich durch das Gewirr drängelt. »Ich habe die Route im Kopf. Halt dich dicht hinter mir.«

Ich jogge hinter ihm her, die Hände an den Trägern des Rucksacks. Mein verbundener Arm tut ein wenig weh. Ich nutze die Schmerzen, um mich zu konzentrieren. Cole geht voraus, folgt einer virtuellen Karte in seinem Panel, die ich nicht sehen kann, um uns durch eine scheinbar endlose Reihe von Fluren zu führen. Alle Apartmenttüren stehen offen, sodass ich die winzigen Räume dahinter sehen kann. Handgestrickte Decken liegen über Betten, hin und wieder beäugt uns ein Hund aus einem kniehohen Gitter heraus. Die Familien in den Räumen haben sich eng aneinandergedrängt, ihre Augen glasig. Wahrscheinlich warten sie auf weitere Anweisungen oder die Meldung, dass sie sicher sind.

Aber ich bin keineswegs davon überzeugt, dass sie das sind. Coles Tonfall hat eine unbestimmte Angst in mir entzündet. Ich weiß nichts über die Simulation, die wir gestartet haben. Sie könnte harmlos sein. Doch nach allem, was ich bisher über Jun Bei gehört habe, stand Sicherheit ganz unten auf ihrer Prioritätenliste.

Und ich will diese Leute nicht in Gefahr bringen, nur um von hier zu entkommen.

»Fast da«, ruft Cole, als er endlich in einen Flur abbiegt, den ich erkenne. Am anderen Ende sehe ich das falsche Sonnenlicht und das Grün von Blättern. Cole beschleunigt seine Schritte zu einem Joggen, nachdem die meisten Zivilisten sich bereits wieder in ihren Räumen befinden. Ein kleiner Junge wirft mir aus einer der

Türen einen traurigen Blick zu. Er versucht, die Tür zuzuschieben, doch sie bewegt sich nicht.

Plötzlich wird mir bewusst, dass *alle* Türen offen stehen.

Im Prozess der Abriegelung müssen sie geöffnet werden, damit alle Leute in ihre Zimmer zurückkehren können. Doch irgendwas kann nicht stimmen. Diese Räume sind luftdicht, um die Sicherheit der Menschen hier zu garantieren. Das Wichtigste bei einer Abriegelung müsste es doch sein, die Türen zu *versiegeln*, oder nicht?

»Nicht mehr weit«, ruft Cole über die Schulter.

Ich jogge weiter, um mit ihm Schritt zu halten, wobei ich nervös zu den Türen schaue. Sie stehen immer noch offen. Inzwischen zerren immer mehr Leute daran und rufen sich gegenseitig Anweisungen zu. Sie müssen schon Abriegelungsübungen gehabt haben, und ihrer Erwartung nach sollten die Türen offensichtlich inzwischen geschlossen sein. Es muss irgendeine Verzögerung geben, einen Konflikt innerhalb der Simulation. Aber das System wird das Problem sicherlich jede Minute beheben.

Wir verlassen das Gebäude und laufen auf die leere Straße. Tische und Stühle liegen umgeworfen vor dem Café. Essen klebt auf den Pflastersteinen. In der Eile, die Räume zu erreichen, wurde alles zur Seite gestoßen und über den Haufen gerannt. Cole winkt auffordernd, führt mich die Straße entlang, vorbei an einem Erholungszentrum, aus dem Familien in Sportkleidung strömen.

»Weg da«, ruft Cole. Wir biegen auf den Platz mit der Reihe von Liften, durch die Leoben und ich gekommen sind. Eine Menge hat sich versammelt und wartet darauf, in ihre jeweiligen Geschosse zurückkehren zu können. Cole muss eine Art virtuelle Botschaft ausgeschickt haben, denn sie weichen sofort zurück und geben den Weg frei, als sie uns sehen.

»Ist das eine Übung?«, ruft jemand.

»Bitte bleiben Sie ruhig, Sir.« Cole zieht mich in einen leeren

Aufzug. Er drückt seinen Unterarm an die Wand, und die Türen schließen sich langsam. »Begeben Sie sich in Ihr Quartier und versiegeln Sie die Türen.«

»Aber meine Tür lässt sich nicht schließen, Sir! Irgendetwas sti…«, schreit eine Frau, doch dann gleitet die Tür zu, und ihre Stimme verklingt.

Ich drehe mich zu Cole um. »Die Wohnungstüren haben sich nicht geschlossen.«

»Das macht nichts. Diese Geschosse haben Dutzende Level luftundurchlässiger Security.«

»Und wie viele davon genau durchbrechen wir gerade, um zu entkommen?«

»Das wird schon, Cat. Wir sind in ein paar Minuten draußen, dann ist das alles vorbei.«

Ich hebe die Hand, um an meinem Daumennagel zu kauen. Ich mache mir keine Sorgen um uns, sondern um die achtzigtausend Homestake-Bewohner ohne Immunität. Das System aus Luftschleusen ist das Einzige, was ihre Sicherheit garantiert, und ich kann das bange Gefühl nicht unterdrücken, dass Jun Beis Simulation das System beschädigt hat.

Der Lift stoppt zitternd, und die Türen öffnen sich mit einem Bimmeln. Warme, feuchte Luft dringt aus einer Etage voller Aquaponik-Systemen zu uns herein. Regale voller Pflanzen erstrecken sich, so weit ich sehen kann, aufgebaut über Aquarien voller winziger iridisierender Fische. Eine Frau und ein kleiner Junge eilen zu uns in den Lift.

»Ma'am, Sie müssen …«, setzt Cole fluchend an, als die Türen sich schließen.

Die Frau zieht sich ein Paar Gummihandschuhe aus und reibt sich die Stirn. »Gibt es ein Problem, Sir?«

»Ich habe diesen Aufzug beschlagnahmt.«

»Oh«, sagt sie. »Tut mir leid, das wusste ich nicht. Wir waren im Gewächshaus. Mein Sohn hat mir bei der Pflege der Tomaten geholfen.«

»Ist nicht Ihre Schuld«, murmelt Cole. »Eigentlich sollten wir gar nicht anhalten.«

Ich werfe ihm einen besorgen Blick zu. Es klingt, als wäre unser Plan nicht ganz wasserdicht. Zuerst wollten sich die Wohnungstüren nicht versiegeln – jetzt treten auch Fehler an den Liften auf.

»Wo fahren wir hin?«, fragt die Frau, als der Lift sich erneut aufwärts in Bewegung setzt. »Das war mein Stockwerk. Wieso halten wir nicht an?«

Cole antwortet nicht.

»Was ist los?« Panik schleicht sich in die Stimme der Frau, als der Lift die Wohnebenen hinter sich lässt. »Wir können nicht nach oben – das ist nicht sicher. Diese Aufzüge sollten gar nicht nach oben fahren können.«

»In einem Notfall schon, Ma'am.«

Die Frau packt die Hand ihres Sohnes fester, dann kauern sie sich gemeinsam in eine Ecke. Ich werfe Cole einen fragenden Blick zu, doch er schüttelt nur den Kopf. Wir steigen eine gefühlte Ewigkeit, mindestens weitere dreißig Stockwerke, bis die Türen sich schließlich zu einer Parkgarage öffnen. Auf den Wänden und dem Boden prangen rote diagonale Streifen, mit Zeichen, die davor warnen, dass dieses Stockwerk unbehandelter Luft ausgesetzt ist. Zwischen uns und dem Rest des Stockwerks liegt eine riesige Waschen-und-Föhnen-Luftschleuse, mit Sci-Fi-artigen runden Türen.

Doch sie sind alles andere als geschlossen.

Die Lichter sind aus, die Türen der Luftschleuse stehen weit offen und ein kalter Windstoß dringt in den Lift. Am anderen Ende der Parkgarage führt eine Rampe nach oben, hinter der ich Tageslicht erkennen kann. Die Frau schlägt die Hand über den Mund ihres Sohnes, bevor sie selbst einen Schrei ausstößt.

Sie haben gerade Wind von draußen geatmet.

»Was zur Hölle?« Ich packe Coles Arm und starre durch die offen stehende Schleuse auf die Parkplätze. »Wieso ist die Luftschleuse auf? Dieser Aufzug fährt direkt in die bewohnten Ebenen.«

»Wir sind immer noch sicher«, sagt Cole sowohl zu mir als auch zu der Mutter, als er auf ein grünes Licht an der Wand zeigt. »Die Luft ist sauber.«

»Aber sie steht offen! Hier drin leben achtzigtausend Menschen, Cole. Das ist überhaupt nicht sicher.«

Die Mutter nickt mit bleichem Gesicht. »Wir können nicht wieder nach unten. Das ist gegen das Sicherheitsprotokoll. Wir müssen in Quarantäne.«

Cole seufzt, dann reibt er sich den Nasenrücken. Er packt das Panel in der Wand des Liftes und zerrt es aus der Wand. Darunter erscheint ein roter Knopf. »Drücken sie den, sobald wir draußen sind, und der Lift wird sie in einen sicheren Bereich bringen.«

»Werden wir angegriffen?«, fragt die Frau. »Wird meiner Familie etwas geschehen?«

Cole zerrt mich aus dem Aufzug. An seinem Kinn zuckt ein Muskel. »Bleiben Sie einfach ruhig. Ich bin mir sicher, alles wird gut.« Er drückt einen Knopf an der Wand. Sofort schließen sich die Lifttüren, sodass die Frau und ihr Sohn verschwinden.

Ich laufe durch die Schleuse Richtung Parkgarage, wirble herum und schlage mir entsetzt die Hand vor den Mund.

Unsere Luftschleuse ist nicht die einzige, die offen steht. Zwölf riesige Waschen-und-Föhnen-Anlagen sind sperrangelweit geöffnet. Jede einzelne von ihnen führt zu den Liftschächten, die zu den Wohnebenen führen. Die Sicherungssysteme sind ausgefallen. Die gesamte Anlage ist kompromittiert. Unter mir versuchen achtzigtausend Leute immer noch, ihre Türen zu versiegeln.

Aber das wird ihnen nicht gelingen. Die Kick-Simulation hat

jede einzelne Security-Ebene von Homestake zerstört, nur um uns hier rauszubringen.

»Warte hier«, sagt Cole. »Ich hole den Jeep. Leoben und Crick haben die Garage bereits mit der Klonbox verlassen. Bist du bereit?«

»Nein«, kreische ich und wirble zu ihm herum. »Alle Luftschleusen stehen offen, stimmt's? So sah Jun Beis Fluchtplan aus, richtig? Sie hat alles aufgemacht, um schneller entkommen zu können. Cole, es halten sich Dutzende Infizierte im zweiten Stadium an den Grenzen der Sicherheitszone auf, und niemand hier besitzt Immunität.«

»Wieso bist du wütend auf mich?«, blafft er. »Du bist diejenige, die hierher kommen wollte, schon vergessen? Ich wollte mich fernhalten. Du bist diejenige, die diesem Plan zugestimmt hat.«

Meine Wangen brennen. Er hat recht. Ich bin diejenige, die diese Entscheidung getroffen hat. Ich habe mich entschieden, hierher zu kommen und eine Klonbox zu stehlen, statt irgendwo an der Oberfläche ein Gerät zu finden. Dieser Gedanke macht mich nur noch entschlossener, das hier aufzuhalten. Alles in Ordnung zu bringen und die Sicherheit dieser Leute zu garantieren.

Ich lasse meinen Rucksack fallen und ziehe mein Genkit heraus. »Ich werde alles hier dicht machen.«

Cole schüttelt den Kopf. »Cat, die Leute sind in Sicherheit. Homestake hat eine Sicherheitszone von einer Meile Durchmesser.«

»Und das reicht nicht – nicht mehr. Das Virus entwickelt sich, und die Wolken werden größer. Falls die Infizierten am Zaun explodieren, während die Luftschleusen noch offen stehen, könnte die Wolke eindringen, und dann kann niemand die Seuche aufhalten. Ich muss diese Simulation durchbrechen.«

Ich stelle mein Genkit auf den Betonboden und richte die Wlan-Antenne auf. Einer der Viren, die ich geschrieben habe, um Cartaxus für Skies zu hacken, sollte fähig sein, eine Notfallschließung zu veranlassen. Der Bildschirm flackert, als das Genkit hochfährt und sich automatisch mit dem Netzwerk von Homestake verbindet. Dax hat seine Login-Daten gespeichert, als er es eingesetzt hat, um mein Panel zu scannen. Das macht alles um einiges einfacher.

»Cat, wir haben keine Zeit für so was. Wir müssen verschwinden.«

»Dann geh los und hol den Jeep.« Meine Augen bleiben auf den Bildschirm gerichtet, weil ich bereits durch das Security-System von Homestake navigiere.

Cole stößt ein frustriertes Knurren aus. »Okay. Du hast zwei Minuten, dann zerre ich dich hier weg, bevor die Wachen erscheinen.«

»Kein Problem«, sage ich. »Ich brauche nicht lang.«

Cole lässt seinen Rucksack fallen und rennt über den Parkplatz zu einer Reihe glänzender Wagen. Meine Finger rasen über die Tastatur, als ich die Systeme von Homestake durchsuche. Dax' Login ist wie Magie; er hat die höchste Freigabestufe. Seine Passworte garantieren mir Zugang zu jedem Server, in jede Datenbank. Der Ventilator meines Genkits brummt, als ich ins System der Luftschleusen eindringe und die Liste der Notfall-Protokolle hochlade. Der Bildschirm flackert und zeigt mir ein Dutzend verschiedene Fail-Safes, die ich auslösen kann, um die Schleusen zu verschließen. Ich wähle die einfachste und starte die Anwendung. Wenn ich nicht komplett danebenliege, sind die Luftschleusen so gebaut, dass es schwerfällt, sie zu *öffnen*. Sie zu *schließen* sollte dagegen relativ einfach sein.

Relativ.

Nach ein paar Befehlen stelle ich fest, dass ich gegen etwas kämpfe, was zu Jun Beis Kick-Simulation gehören muss. Es ist ein Virus, das ist sicher. Die aufwendigste Malware, die mir je begegnet ist. Dax muss sie auf ziemlich clevere Art eingeschleust haben, weil sie irgendwie Zugang zu *allem* hat. Nicht nur zu den Liften und den Luftschleusen – sie ist auch im Belüftungssystem, der Lichtanlage, dem Kommunikationsnetzwerk … obwohl es aussieht, als wären die Server für die verschiedenen Systeme durch Firewalls getrennt. Die Simulation überbrückt Kreisläufe und richtet in jedem System, das ich mir anschaue, Chaos und Verwirrung an. Ich habe keine Ahnung, wie sich die Malware so schnell verbreiten konnte. Meine Hackerangriffe haben teilweise Stunden gedauert, und die Vorbereitungen dafür Tage.

Dieser Code hat in wenigen *Minuten* ganz Homestake übernommen.

Ich werfe eine Handvoll Befehle auf die Sensoren der Luftschleusen, doch die Simulation wehrt mich ab, noch bevor ich fertig getippt habe. Der Bildschirm flackert, und der Text verschwimmt vor meinen Augen, als die Simulation sich verändert, sich abwandelt, um meine Verbindung anzugreifen.

Sie weiß, dass ich hier bin. Dieses Programm ist clever, und jetzt hat es mich ins Visier genommen. Ich reiße die Antenne meines Genkits heraus, doch leider einen Augenblick zu spät.

Der Bildschirm erlischt.

»Nein!«, schreie ich und schlage auf die Ein/Aus-Taste. Das Genkit fährt wieder hoch, doch wahrscheinlich kann ich die Wlan-Verbindung nicht mehr sicher nutzen. In der Ferne höre ich Schüsse, gefolgt von einem lauten *Bumm*. Es könnte eine Granate gewesen sein, oder auch einer der Infizierten am Rand der Anlage. Auf jeden Fall läuft mir die Zeit davon. Ich schaue mich nach Cole um und sehe aufleuchtende Scheinwerfer.

Er hat den Jeep gefunden. Er kommt zurück.

»Okay, denk nach«, murmele ich. Ich schließe die Augen, versuche, mich an die Liste zu erinnern, in der alle Möglichkeiten standen, die Luftschleusen zu schließen. Es gab ein paar Optionen, die ohne Netzwerk funktionierten; die Jun Beis Code auf keinen Fall verhindern kann. Ein Schalter in der Nähe der Wachstation. Ein Hebel im Wachturm. Explosionen in den Luftschleusen …

Eine Explosion. Das muss klappen. Wenn ich eine der Glasscheiben innerhalb der Schleuse zerstören kann, wird das die Notfall-Abriegelung auslösen, vor der der Wachmann mich gewarnt hat. Ich weiß nicht, ob damit das gesamte System wieder zum Leben erwachen wird, aber es ist einen Versuch wert. Für alles andere fehlt mir die Zeit.

Der Jeep rast über den Parkplatz, um mit quietschenden Reifen hinter mir zu bremsen. Cole reißt die Tür auf. »Die Zeit ist um. Wir müssen weg. Sie kommen.«

»Ich brauche eine Bombe«, sage ich, als ich mich zu ihm umdrehe, immer noch in der Hocke neben meinem Genkit. »Oder eine Granate. Irgendwas. Ich muss eine dieser Luftschleusen sprengen.«

»Machst du Witze? Steig in den Jeep, Cat.«

»Ich werde nicht gehen, bevor diese Schleusen nicht geschlossen sind. Ich brauche eine Bombe, um eine Luftschleuse zu sprengen.«

Cole springt aus dem Jeep und schnappt sich seinen Rucksack. »Ich werde gar nichts in die Luft sprengen, Catarina. Wir müssen jetzt verschwinden. In wenigen Sekunden wimmelt es hier von Soldaten.«

»Bitte, Cole!«

Er schmeißt den Rucksack in den Jeep und kommt zurück, um meinen zu holen. »Es ist vorbei, Cat. Du hast es versucht. Jetzt müssen wir *fliehen*.«

Er greift sich meinen Rucksack und umrundet den Jeep, um ihn in den Kofferraum zu räumen. Ich starre auf mein zuverlässiges, angeschlagenes Genkit. Die Tastatur ist voller Krümel und immer noch mit getrocknetem Blut besudelt; das Klebeband, mit dem der Bildschirm befestigt ist, löst sich langsam. Es ist eine alte Kiste, aber es ist *meine* alte Kiste. Ohne dieses Genkit kann ich weder hacken noch coden. Es ist mein Sidekick, mein Rettungsanker.

Doch wenn ich es dazu bringen kann, sich selbst zu zerstören, ist es auch eine winzige Bombe.

Ich muss nicht lange darüber nachdenken. Dann reiße ich das Kabel mit der Nadel am Ende aus dem Gerät und ramme mir die Kanüle seitlich ins Knie. Es springt förmlich aus meiner Hand und vergräbt sich in meiner Haut, verbindet sich mit der Kupplung unter meiner Kniescheibe. Mein Bein zuckt, als die Nadel sich mit einem *Klick* verbindet. Der Bildschirm des Genkits leuchtet auf.

Nur Notfall-Code

Ich habe kein Panel im Arm, was bedeutet, dass ich keine Möglichkeit habe, den Code zu überprüfen, den ich gleich in mein System jagen werde. Ein Panel ist nicht nur ein Computer; es ist ein Torwächter, der verhindert, dass toxische Nanobots oder schädlicher Code in meinen Körper eingeschleust werden. Ohne Panel besitze ich keine Security. Ich könnte mir selbst Nanobots schicken, die das Fleisch von meinen Knochen nagen, die durch meine Zelle jagen und sie alle verschlingen.

Und genau das tue ich jetzt.

Es kostet mich nur ein paar Anschläge der Tasten, die Laser scharfzumachen; sicherzustellen, dass das Genkit – wenn es denn explodiert – hochgeht wie eine Rakete. Ich tippe ein Dutzend Befehle, ziehe bösartigen Code aus meinen gespeicherten Dateien und umhülle ihn, um ihn dann in mein Knie schicken zu können. Eine bösartige Waffe von Code, die meine Zellen genauso angreifen wird wie der Code, mit dem mein Vater dafür gesorgt hat, dass die Haut sich von meinem Rücken löst. Ich weiß nicht, wie weit der Schaden sich über mein Knie hinaus ausbreiten wird, aber ich weiß, dass es bestimmt höllisch wehtut. Ich werde mir eine klaffende Wunde ins Bein reißen. Doch das spielt keine Rolle.

Heute Abend, sobald wir das Labor erreicht und den Impfstoff entschlüsselt haben, werde ich tot sein. Ein kaputtes Knie ist dabei mein geringstes Problem.

Das Kabel mit der Nadel vibriert, als die Befehle sich ihren Weg durch das Genkit bahnen und einen Strom von Nanobots in mein Knie schicken. Es dauert nur eine Sekunde, bis die internen Sicherheitsprotokolle des Genkits realisieren, was ich tue, und das Notfallsystem aktiv wird.

Illegale Operation erkannt. Selbstzerstörungssequenz eingeleitet. Operation sofort stoppen, um Selbstzerstörung zu verhindern.

Das ist die Sache mit Genkits – sie sind keine Waffen. Für diese Art der Verwendung sind sie nicht geschaffen. Wenn das Gerät denkt, dass man versucht, jemanden damit umzubringen, sprengt es sich selbst in die Luft. Jahrelange Prozesse, Gerichtsurteile, Proteste und hastig verabschiedete Gesetze haben die Hersteller dazu gezwungen, winzige Bomben in jeden Prozessor einzubauen. Bevor ein Gerät illegalen Code abspielt, löst es sich in einer Rauchwolke auf.

Hoffentlich ist die Detonation heftig genug, um die Luftschleuse zu schließen.

Der Bildschirm des Genkits flackert. Brennender Schmerz ergießt sich in mein Knie. Das Nadelkabel versucht, sich aus der Kupplung zu lösen, doch ich halte es mit zusammengebissenen Zähnen fest. Der Schmerz nimmt zu, breitet sich in meinen Unterschenkel aus. Nur noch ein paar Sekunden …

Dieses Gerät wird sich selbst zerstören in 10, 9 …

»Endlich«, keuche ich, reiße das Kabel aus meinem Körper und krieche auf meinem guten Knie vorwärts, um das Genkit in die offene Schleuse zu schieben.

»Was tust du da?«, ruft Cole. »Steig in den Jeep. Wir müssen sofort abhauen!«

»Ich komme gleich«, murmele ich. »Es ist nur … ich glaube nicht, dass ich laufen kann.«

»Was hast du getan?« Cole starrt das Genkit an. Seine Augen werden schwarz.

Selbst zerstören in 5, 4 …

Cole schiebt einen Arm um meine Taille, reißt mich vom Boden. Der Parkplatz dreht sich um mich, als er mich auf den Beifahrersitz wirft. Der Bildschirm des Genkits leuchtet rot auf. Cole rennt um die Motorhaube des Jeeps zur Fahrerseite, dann scheint alles gleichzeitig zu passieren.

Mein Genkit explodiert in einem Lichtblitz und einer Rauchwolke, gleichzeitig zerreißt ein ohrenbetäubender Knall die Luft. Der Betonboden unter uns zittert. Cole hechtet auf den Fahrersitz und knallt die Tür zu. Ich packe den Türgriff und starre nach hinten, als der Jeep losbrettert, über die Rampe und nach draußen. Das war eine heftige Explosion für ein Laptop-Genkit, aber es hat funktioniert. Die runden Stahltüren der Luftschleuse knallen zu.

»Ich habe es geschafft«, hauche ich, den Blick immer noch nach hinten gerichtet, als wir in die Einöde der Sicherheitszone einfahren. Mein gesamtes Bein pulsiert vor Schmerz. »Ich habe die Luftschleusen geschlossen, Cole.«

Er antwortet nicht. Wahrscheinlich ist er immer noch wütend – obwohl er mir keine andere Wahl gelassen hat. Ich habe gerade mein Knie ruiniert, nur weil er keine verdammte Granate einsetzen wollte. Ich drehe mich nach vorne, die Hand bereits nach dem Stoff meiner Hose ausgestreckt, um den Schaden zu begutachten, doch dann erstarre ich.

Der Knall, den ich gehört habe, hatte nichts mit dem Genkit zu tun. Es war nicht meine kleine Explosion, die den Bunker erschüttert hat. Das war etwas anderes, etwas Größeres. Am Rand von Homestakes Sicherheitszone hebt sich eine Wolke … doch das kann auf keinen Fall das sein, wofür ich es halte.

Sie ist zu groß, zu mächtig. Diese Wolke sieht aus wie ein Tornado. Ein massiver Kegel, gute fünfzehn Meter im Durchmesser, der sich unter den Wolken ausbreitet. Ich schließe fest die Augen und öffne sie wieder, in der Hoffnung, dass es sich um eine optische Täuschung handelt. Doch so ist es nicht. Diese Wolke ist mindestens doppelt so groß wie jede, die ich bisher gesehen habe. Sie steigt nach oben wie eine Rakete, in der Farbe von pulverisiertem Blut.

Es lässt sich nicht leugnen. Das ist eine Hydra-Wolke.

27

Coles Augen sind glasig und schwarz. Schweißtropfen glänzen auf seiner Stirn, als er das Lenkrad – und damit den Jeep – herumreißt. Der Wagen schwankt, als wir uns vom Wachturm entfernen und über den steinigen, staubigen Boden von Homestakes Pufferzone rumpeln. Die Wolke hinter uns fächert sich auf. Sie ist eine Wand aus rotem Nebel, die immer näher kommt. Hoch über uns erheben sich wie scharlachrote Berge drei Gipfel aus Gas. Der Anblick lässt meinen Atem stocken, weil mir in diesem Moment klar wird, was gerade geschehen ist.

Drei Berster sind genau im selben Moment explodiert, um eine einzelne Wolke zu schaffen, größer als jede, die ich bisher gesehen habe. Die Infizierten detonieren oft in Gruppen – manchmal im Abstand von Minuten, manchmal auch von Stunden –, aber ich habe noch nie gesehen, dass sie auf diese Weise explodieren, um in einer einzigen riesigen Wolke zu verschmelzen. Diese Fahne wird sich über Meilen erstrecken. Homestakes Pufferzone ist nicht weit genug. Die Wolke ist zu allumfassend, zu groß.

Ohne die Luftschleusen wäre Homestake dem Untergang geweiht.

Ich drehe mich in meinem Sitz, um durch das Fenster nach hinten zu starren, als wir über das Brachland auf die Grenzmauer aus Beton zurasen. Der Nebel ist wie ein lebendes Wesen. Er wabert durch die Luft, breitet sich über den aschebedeckten Boden aus. Er begräbt den Bunker unter sich, lässt den Wachturm verschwinden – eine unaufhaltsame Welle aus heiß kriechendem Scharlachrot.

»Was zur Hölle war das?«, ruft Cole.

»Das ist eine Hydra-Wolke.«

»Das kann nicht sein.« Cole reißt den Kopf herum. »Dafür ist es zu groß.«

»Es waren drei Bester«, erkläre ich. Ich drehe mich wieder nach vorne und beiße die Zähne gegen den Schmerz in meinem Bein zusammen. »Dreimal so stark.«

»Die Luftschleusen ...«

»Ich habe sie geschlossen.«

»Wie?« Cole reißt das Lenkrad herum, schlittert über den Kies. Zwei Kanonen-Bots liegen auf unserem Weg. Ihre Laserscanner huschen über den Boden. Die gebogenen Stahlbeine zappeln, als wären sie riesige auf dem Rücken liegende Insekten. Jun Beis Simulation muss wirklich jede Ebene von Homestakes Security zerstört haben.

Das war der eindrucksvollste Code, den ich je gesehen habe.

Neid wallt in mir auf. Ich habe noch nicht viele Computerviren gesehen, die besser sind als mein eigener Code, aber neben dem von Jun Bei erscheinen meine Programme wie ein Witz. Cole hat gesagt, sie und mein Vater hätten bei Cartaxus zusammen programmiert.

Vielleicht wirkte er deswegen in der Hütte oft so distanziert. Weil ich mit ihr einfach nicht mithalten konnte.

Ich unterdrücke diesen Gedanken. Stattdessen greife ich nach meinem Rucksack und ziehe ihn auf den Schoß. Der Schmerz in meinem Knie breitet sich langsam auf meine Wade aus.

»Wie?«, wiederholt Cole. »Wie hast du die Luftschleusen geschlossen?«

»Ich habe eine Abriegelung erzwungen.« Ich öffne den Rucksack. »Ich musste mein Genkit zur Selbstzerstörung zwingen.«

Wir erreichen die Kontrollstation am Rand, um die noch weitere hilflose Kanonen-Bots verteilt liegen. Die Stahlbarrikaden sind verbogen und haben Brandflecken. Rauch hängt in der Luft. Leoben und Dax müssen sich den Weg vor uns frei geschossen haben. Cole tritt aufs Gaspedal. Wir rasen durch das Loch auf den Highway, lassen Homestake und die riesige Hydra-Wolke hinter uns. Ich suche in meinem Rucksack nach dem Medikit und ziehe eine Phiole mit Heiltek heraus.

Coles mitternachtsschwarze Augen werden groß. »Was hast du getan, Cat?«

»Ich habe getan, was ich tun musste. Ich habe es dir doch erklärt – ich brauchte eine Bombe.« Ich halte die Phiole mit den Zähnen fest und ziehe mein Hosenbein hoch, um mein Knie freizulegen. Der Stoff bleibt an der Wunde hängen, sodass ich vor Schmerz keuche. Ein dünnes Rinnsal Blut läuft über meinen Unterschenkel. Das Fleisch ist geschwollen, der Stoff spannt. Ich beiße die Zähne zusammen, schließe die Augen und zerre die Hose höher.

Der Schmerz überrollt mich wie eine Lawine. Er röhrt in meinen Ohren, überwältigt meine Sinne. Silberne Sterne tanzen vor meinen Augen. Ich blinzle dagegen an und starre auf die Reste meines Knies.

Es ist schlimmer, als ich dachte. Die Haut ist purpurn verfärbt und aufgesprungen, mit roten Rissen, die sich wie Klauenspuren über mein Bein ziehen. Die Schwellung hat sich als dunkelviolette Verfärbung über meinen Schenkel verbreitet, folgt meine Venen bis hinunter auf meinen Knöchel.

Der einzige Hoffnungsschimmer sind die Bläschen, die sich wie kleine silberne Tropfen um die Stelle gebildet haben, wo ich das Kabel angestöpselt hatte. Mein Körper versucht, die Nanobots abzustoßen, die das Chaos in meinen Zellen anrichten. Das wird helfen, wird den Schaden aber nicht davon abhalten, sich auszubreiten. Ohne ein Genkit und ein wirklich herausragendes Programm werde ich es nicht stoppen können. Diese Nanobots werden in meinem Körper randalieren, bis sie sterben – vielleicht in Minuten, vielleicht in Stunden. Ich kann nur den Schmerz ertragen und mich mit Heiltek vollpumpen, um die Wunden wenigstens unter Kontrolle zu halten.

Mit zitternden Fingern öffne ich die Phiole. Cole schaut zu mir und versteift sich.

»Oh, nein, nein«, flüstert er. Die Reifen des Jeeps quietschen. Wir kommen von der Straße ab und rasen zwischen die Bäume. Blätter schlagen gegen die Windschutzscheibe, Äste kratzen über die Türen, dann brechen wir auf eine Lichtung durch und stoppen mit einem Ruck.

»Nein, nein.« Cole reißt sich den Sicherheitsgurt vom Körper. Seine Stimme ist voller Panik, seine Augen schwarz. »Warum, Cat? Was hast du dir selbst angetan?«

»Ich habe getan, was ich tun musste«, sage ich und zucke zusammen, als eine Welle aus Schmerz mich überschwemmt. »Ich habe dir doch gesagt, dass wir die Luftschleusen schließen müssen. Achtzigtausend Menschen, Cole.« Ich ramme mir die Spritze mit dem Heiltek in die zerstörte Haut über meinem Knie, wobei ich den Schmerz genauso ignoriere wie die Tatsache, dass mein Fleisch nachgibt wie eine verfaulte Frucht.

»Verdammt, Catarina!« Cole zuckt zusammen und wendet sich ab. Die Sehnen an seinem Nacken treten hervor. »Ich wollte nicht, dass du dich selbst verletzt.«

»Mir blieb keine Zeit für etwas anderes.« Ich werfe ihm einen bösen Blick zu. »Ich habe eine Entscheidung getroffen, du hattest eine andere Meinung. *So etwas* passiert, wenn du nicht auf mich hörst.«

Cole verzieht das Gesicht, dann reißt er die Tür auf und marschiert um den Jeep herum zu meiner Seite des Wagens. Die Venen an meinem Bein werden dunkler und scheinen zu zucken, als das Heiltek sich verteilt. Manche der tieferen Risse in meiner Haut verengen sich, sodass pinkfarbenes verdünntes Blut über meinen Schenkel rinnt. Die Muskeln beginnen, sich zu regenerieren. Mit genug Heiltek sollte ich mich ganz erholen.

Nicht dass es eine Rolle spielen würde. Schon bei Einbruch der Nacht werden wir das Labor erreicht haben und die Entschlüsselung laufen lassen. Mein verletztes Knie wird kaum noch eine Rolle spielen.

Cole öffnet meine Tür und starrt mich an, die Schulter angespannt. Seine Augen werden langsam wieder blau, als er sich mit einer Hand das Gesicht reibt. »Ich werde dich nach hinten tragen und die Wunde verbinden. Ich weiß nicht, ob ich damit den Schaden eindämmen kann, aber ich will es wenigstens versuchen.« Er streckt die Arme aus, um mich hochzuheben, aber ich stoße ihn zurück.

»Hör auf damit, ich kann laufen.« Ich rutsche zu Boden und lande auf meinem guten Bein, doch die Landung erschüttert meinen ganzen Körper.

»Nein, kannst du nicht.«

Ich schließe die Augen und atme gegen den Schmerz an. Er hat recht, aber ich bin wütend, und auf keinen Fall will ich, dass er mich trägt.

»Cat, lass mich dir helfen.«

»Nein.«

»Bitte.«

Ich öffne die Augen. Coles Miene ist angespannt, und seine Arme hängen ausgestreckt in der Luft. Er wirkt frustriert, als stände er kurz davor, mich trotz meines Widerstandes hochzureißen. Das macht mich nur noch wütender – dass er mir *jetzt* helfen will, aber keinen Finger gerührt hat, um den Zivilisten von Homestake beizustehen.

»Ich kann laufen«, knurre ich, dann gehe ich die drei schmerzhaften Schritte zur Ladefläche des Jeeps, wobei ich mich an der staubverschmierten Seite des Autos abstützte, um nicht umzufallen. Jede Bewegung jagt Feuer durch mein Bein, doch ich beiße die Zähne zusammen und schlurfe weiter, ohne darauf zu achten, wie Cole mich anstarrt.

Als ich die Heckklappe erreiche, öffnet sie sich automatisch. Es gelingt mir, mich nach oben zu ziehen, dann lehne ich mich gegen die Seite der Ladefläche. Die Anstrengung lässt mich zitternd zurück. Blut mit silbernen Punkten tropft aus der aufgesprungenen Haut an meinem Knie. Cole folgt mir wie ein Schatten, stumm und angespannt, dann starrt er lange Zeit auf die Wunde an meinem Bein.

Ohne ein Wort greift er an mir vorbei und packt seinen Rucksack, um ein Medikit voller Verbände und Spritzen herauszuziehen. In einigen davon scheint sich Heiltek zu befinden, doch andere sind rot oder schwarz, markiert mit Zeichen, die ich nicht deuten kann. Wahrscheinlich irgendeine unheilige Cartaxus-Technik. Cole zieht eine dicke, feucht wirkende Bandage heraus und sprüht etwas darauf, bevor er den Verband um mein Knie wickelt.

Es fühlt sich an wie *Eis*.

Ich keuche, drücke den Rücken durch, geschockt von der plötzlichen Mischung aus Kälte und Schmerz. Gänsehaut bildet sich auf meinen Armen. Nach einer Sekunde vergeht das eisige Gefühl, und die Pein in meinem Knie lässt langsam nach, verdrängt von Taubheit.

»Du hast das getan, um dein Genkit zur Selbstzerstörung zu zwingen?«, fragt er.

Ich nicke, während ich an meiner Unterlippe kaue. Mein kleines, zuverlässiges, angeschlagenes Genkit. Drei Jahre lang hat es mir stolz gedient, und jetzt ist es weg. Plötzlich bin ich traurig.

»Du solltest dich vor der Entschlüsselung ein paar Tage ausruhen«, meint er. »Dein Körper muss heilen, bevor du ihn einer solchen Belastung aussetzt.«

Ich reiße den Kopf hoch. Woher weiß er, was die Entschlüsselung mit mir anstellen wird? Auf keinen Fall kann Cole wissen, dass sie mich umbringt.

Er zieht eine Augenbraue hoch. »Ich bin kein Idiot, Catarina. Ich weiß, dass du Angst hast. Und ich wurde an genug Genkit-Kabel angestöpselt, um zu wissen, dass Lachlan keinen schmerzlosen Code schreibt. Die Prozedur wird dich verletzen, nicht wahr? Du hast es mir nicht erzählt, weil du dir Sorgen machst, ich könnte versuchen, es zu verhindern.«

Ich kann nicht antworten. Zum einen weiß ich nicht, was ich sagen soll, und zum anderen bin ich mir nicht sicher, ob meine Stimme ruhig bleiben wird.

Er seufzt. »Hör mal, du kannst machen, was immer du willst, okay? Aber Lachlan war derjenige, der mich mit dem Schutzprotokoll ausgestattet hat, und ich rede mir gerne ein, dass er das aus gutem Grund getan hat. Ich bin für so etwas ausgebildet, ich kann die Risiken einschätzen …«

»Hast du deswegen die Luftschleusen von Homestake offen gelassen? Weil du die Risiken *eingeschätzt* hast?«

»Tatsächlich ja«, knurrt er durch zusammengebissene Zähne. »Diese Tiefgarage war nicht darauf ausgerichtet, einer Explosion standzuhalten. Sie wurde so gebaut, dass sie einstürzt, um den Bunker zu beschützen, falls ein Berster eindringt und dort explodiert. Hätte ich die Glasscheiben mit einer Granate zerstört, hätte vielleicht die Decke nachgegeben und uns beide unter sich begraben. Hast du eine Ahnung, was passieren würde, wenn du stirbst?«

»Wenn ich sterbe? Da drin waren achtzigtausend Leute.« Ich deute auf den Himmel, wo die Wolke immer noch als dreckiger Nebel hängt. »Diese Wolke hätte sie alle infizieren können.«

»Und du besitzt den Schlüssel zum Impfstoff«, blafft er. »Wenn du stirbst, sind wir *alle* dem Untergang geweiht. Mein Job ist es, dich zu beschützen, und genau das habe ich getan. Denkst du, ich *wollte* das Leben dieser Leute riskieren?«

»Keine Ahnung. Wolltest du das?« Meine Stimme klingt schärfer als beabsichtigt. Ich weiß, dass ich blind um mich schlage, aber ich kann einfach nicht anders. Ich bin frustriert, mein Knie ist hinüber, ich habe mein Genkit verloren und mir bleiben nur noch ein paar Stunden, bevor ich sterbe.

»Natürlich wollte ich ihnen nicht schaden«, sagt Cole. »Verdammt, für was für ein Monster hältst du mich? Ich wollte nicht mal Homestake verlassen. Ich habe mich dort besser gefühlt als seit Jahren. Ich wollte mit dir dort bleiben. Ich dachte, wir könnten …« Er bricht ab und löst seine Hände von meinem Knie.

Mein Atem stockt.

Hat er gerade gesagt, dass er *mit mir zusammen* in Homestake bleiben wollte? »Was … was meinst du damit? Was ist mit Jun Bei?«

Er senkt den Blick. »Du hast ihren Code gesehen, wie skrupellos er war. Bei ihrer Flucht aus dem Labor hat sie vierzehn Leute getötet.«

Ich schnappe nach Luft. Vierzehn Menschen. Wer zur Hölle *ist* dieses Mädchen? In was hat die Forschung meines Vaters sie verwandelt?

»Das ist einfach ihre Art«, fährt Cole fort. »Ich war früher auch einmal so – jeder von uns. Nach allem, was man uns angetan hatte, wollten wir die Leute einfach nur verletzen.« Er dreht seinen Unterarm, bis sein Panel nach oben zeigt und die schwarzen Kraftleitungen freigibt, die an seinem Arm nach oben streben. »Ich habe mich von Cartaxus in *das hier* verwandeln lassen, weil ich vergessen wollte. Ich wollte eine Waffe ohne Gefühle sein. Aber das bin ich nicht. Das habe ich jetzt erkannt. Ich will keine Leute mehr verletzen. Ich will ihnen helfen, wie du es tust.«

Er hebt seine eisblauen Augen, schluckt schwer und tritt näher heran. Diesmal stoße ich ihn nicht zurück. Ich kann kaum atmen. Eine Sekunde lang glaube ich, er wolle mich küssen, und stelle schockiert fest, dass ich es *mir wünsche.*

Ich will Coles Lippen auf meinen fühlen. Ich will meine Finger in seinem Hemd vergraben, ihn an mich ziehen, den Abstand zwischen uns überbrücken und mich an seine Brust drängen. Ich will mich so fühlen, wie ich mich heute Morgen gefühlt habe. Sicher, warm, geborgen.

Aber das darf nicht passieren. Ich kann das nicht zulassen.

Es ist nicht sicher, hier zu sitzen und mich von Cole so ansehen zu lassen. Es fühlt sich an, als würde sich ein Fenster in mir öffnen. Doch er fährt mich in meinen Tod. Er darf mir keine Hoffnung schenken.

Cole darf mich nicht so ansehen und mich damit dazu bringen, leben zu wollen.

»Wir können das nicht tun«, sage ich und wende das Gesicht ab. Ich muss es nicht aussprechen, denn die Energie knistert zwischen uns. Wir fühlen sie beide. Wir wissen, dass sie da ist – aber ich muss einen Weg finden, das hier zu unterdrücken, bevor es stärker wird.

»Ich weiß, dass du es auch spürst«, drängt er. »Ich fühle das nicht allein.«

Ich schließe die Augen. Er hat recht. Etwas breitet sich in meinen Adern aus. Eine magnetische Kraft zieht mich zu Cole, zerrt an meinem Herzen. Ich kann mich nur an der Seite des Jeeps festklammern und versuchen, den sanften Tonfall seiner Stimme genauso zu ignorieren wie seinen Duft, der mir die Sinne vernebelt.

Ich stehe nur einen Herzschlag davor, Cole an mich zu ziehen, ihm mein Gesicht entgegenzuheben. Ich muss diesen Wahnsinn aufhalten, und zwar jetzt.

Ich öffne die Augen. »Wo ist Dax?«

Die Frage ist wie ein Schlag. Ich hasse mich dafür, dass ich sie stelle, und ich hasse den Schmerz, der über Coles Gesicht huscht. Es dauert nur einen Moment, bevor seine Miene sich verschließt und er zurücktritt, jede Verletzlichkeit aus seinem Gesicht getilgt.

»Er ist bei Leoben. Sie sind nördlich von uns, auf dem Highway.«

Ich nicke, dann beiße ich mir auf die Unterlippe. »Wir müssen ihnen von dieser Wolke erzählen, wenn sie sie nicht bereits gesehen haben.«

Cole dreht sich zu dem Nebel am Horizont um. »Ihnen geht es gut. Sie sind beide geimpft.«

Ich verlagere mein Gewicht, gleite vorsichtig von der Ladefläche des Jeeps. Ein dumpfer Schmerz durchfährt mein Knie, aber das Schlimmste ist vorüber. »Ich mache mir keine Sorgen um sie – sondern um das Virus. Ich habe noch nie gesehen, dass mehrere Leute auf diese Art simultan explodieren, aber ich hätte damit rechnen müssen. Das ändert alles.«

»Warum?«

Ich schlucke, dann verlagere ich mein Gewicht auf mein verletztes Bein und verziehe vor Schmerz das Gesicht. »Weil das bedeutet, dass das Virus sich weiterentwickelt, und zwar schnell. Ich kann mich nicht ausruhen, nicht mal ein paar Tage. Das wäre zu gefährlich. Wir müssen uns beeilen, Cole. Wir müssen den Impfstoff freigeben.«

28

Wir fahren drei Stunden lang, fast ohne ein Wort zu sprechen, bis wir in der Nähe der Grenze zu Montana auf eine lange, gerade Strecke des Highways kommen. Wir haben uns ein Stück nördlich von Homestake mit Leoben und Dax getroffen. Jetzt folgen sie uns, mit der Klonbox in ihrem Jeep. Wir wollten nach Angaben des Armaturenbretts ein Tiefdruckgebiet mit Zyklon umfahren, aber der Sturm hat die Richtung gewechselt, und jetzt befinden wir uns mittendrin. Regen hämmert auf die Windschutzscheibe und fliegt wieder davon, abgestoßen von der hydrophobischen Oberfläche des Glases. So weit ich sehen kann, erstreckt sich ein Chaos aus Regen und wütenden Wolken, das sich über die unheimliche, verlassene Einöde von Wyoming erstreckt.

Ich mustere den Horizont, instinktiv auf der Suche nach weiteren Hydra-Wolken, obwohl meine nicht-verstärkten Augen zu schwach sind, um den Regen zu durchdringen. Ich spüre den Anflug von Kopfschmerzen an meiner Schädelbasis, doch es ist bei Weitem nicht so schlimm wie meine übliche Migräne. Das könnte etwas mit dem Heiltek zu tun haben, das durch meine Adern fließt und unablässig an meinem Knie arbeitet. Es tut immer noch weh, doch der größte Schmerz ist überstanden.

Ständig lasse ich meine Finger über den Verband an meinem Unterarm gleiten, auf der Suche nach dem ersten Hinweis auf Silikon, das unter meiner Haut heranwächst. Die Wunde ist zu geschwollen, um viel zu spüren, aber ich habe nicht das Gefühl, dass sich schon ein Panel bildet. Es könnte noch einen ganzen Tag dauern. Als Marcus mein Heiltek herausgeschnitten hat, musste mein Panel nur einen winzigen Teil seines Selbst regenerieren. Jetzt baut der Backup-Knoten in meiner Wirbelsäule ein *gesamtes* Panel neu auf. Das Netzwerk aus goldgefleckten Kabeln zieht sich bereits durch meinen Körper, also muss mein Körper nur das Silikon regenerieren und die Apps neu installieren. Trotzdem: Wenn wir unserem Zeitplan folgen, werde ich nicht mehr erleben, wie es das erste Mal anspringt.

Mutig, erkläre ich mir selbst. Das ist mein Mantra. Ich werde stark sein; ich werde mutig sein. Alles, was ich tun muss, ist Cole fahren und Dax die Ausrüstung aufbauen lassen, um dann einen Weg zu finden, mich zu verabschieden. Nicht dass viele Leute übrig wären, von denen ich mich verabschieden muss. Nur Agnes, und ich kann sie nicht mal mehr anfunken. Sie könnte versucht haben, mich anzurufen, oder mir eine Nachricht zu schicken, um mir zu sagen, was mit ihr passiert ist. Ich kann nicht nachsehen, bis mein Panel nachgewachsen ist.

Was bedeutet, dass ich es wahrscheinlich nie erfahren werde.

Cole schaut zu mir herüber, als er bemerkt, dass ich an meinem Unterarm herumspiele. »Bist du dir sicher, dass ein normales Panel dir nicht schaden wird?«

Ich nicke. »Ich denke schon. Schließlich war mein Vater derjenige, der mir den Backup-Knoten eingebaut hat. Er dachte wahrscheinlich, ich würde ihn selbst finden. Eigentlich hätte ich das auch tun müssen. Ich hatte nur nach seiner Entführung durch Cartaxus einfach zu viel Angst, irgendetwas mit meinem Panel anzustellen. Er hat wahrscheinlich erwartet, dass ich mich einstöpsle, sobald er verschwunden ist, um mich mal darin umzusehen. Irgendwann hätte ich es herausgefunden. Eigentlich war das Backup gar nicht so gut versteckt.«

Cole nickt, aber er wirkt zweifelnd. »Wieso sollte er das vor dir verbergen?«

Ich senke den Blick. »Auch dazu habe ich eine Theorie.«

»Oh?«

Ich kaue an der Unterlippe. »Na ja, er hat eine Behandlung für meine Hypergenese entwickelt. Ich weiß nicht, wie sie ausgesehen hat, aber ich glaube, das war es, was er verstecken wollte. Und nachdem die Hypergenese nur bei Menschen auftritt, was bedeutet, dass sie wahrscheinlich in der Anthro-Zone beheimatet ist, dachte ich …«

Cole packt das Lenkrad fester. »Du glaubst, er hat die Behandlung auf Grundlage der Forschungsergebnisse der Zarathustra-Initiative entwickelt.«

Ich schließe die Augen und nicke. Silhouetten der fünf Kinder steigen vor meinem inneren Auge auf, zusammen mit Experiment-Notizen aus den Akten. Chirurgische Eingriffe. Toxizitätstests. Längere Phasen vollkommenen Reizentzugs. Cole hat erklärt, mein Vater hätte den Hydra-Impfstoff auf der Grundlage der Experimente an Leoben entwickelt … aber was, wenn auch die Behandlung meiner Hypergenese dieser Forschung entspringt? Das hätte er mir nicht erklären können, ohne die Wahrheit preiszugeben.

Ich hätte erfahren, was er Cole und den anderen angetan hat. Ich hätte ihn *gehasst.*

»Was hast du vorhin gemeint?«, frage ich leise. »Als du gesagt hast, du wolltest zur Waffe werden, wegen dem, was Cartaxus … was mein Vater dir angetan hat?«

Er rutscht auf seinem Sitz herum. »Lass uns darüber reden, wenn wir das Labor erreicht haben.«

»Ich will es wissen. Es ist wichtig. Was ist dir und den anderen Kindern geschehen?«

Cole seufzt schwer. »Für jeden von uns war es anders. Wir besitzen unterschiedliche Mutationen. Dein Vater hat sie ›Gaben‹ genannt.«

»Wie Superkräfte?«

Er verzieht den Mund. »Nicht mal ansatzweise.«

Ich ziehe langsam mein gesundes Bein an, bis mein Fuß auf

dem Sitz ruht. Das verletzte Knie lasse ich gestreckt. »Wie sahen diese Gaben aus?«

»Na ja, eigentlich wurde es uns nie wirklich gesagt. Dein Vater wollte sicherstellen, dass die Experimente sauber sind, also sollten wir nicht verstehen, worauf wir getestet wurden. Aber ein paar von uns haben es sich zusammengereimt. Lees Mutation war offensichtlich. Sie haben ihm jahrelang Blut- und Gewebeproben entnommen, und nach einer Weile haben sie ihn mit Hydra-Dosen in einen Raum eingeschlossen und gewartet, bis sie explodieren.«

Ich schließe die Augen, tief getroffen von der Brutalität dieser Handlungen. Dann schlucke ich schwer. »Also war Leoben von Natur aus immun?«

»Vollkommen. Er trägt nicht mal den Impfstoff im Arm, wie Crick und ich. Aber dein Vater war wahrscheinlich der einzige Mensch, der verstehen konnte, wie seine Immunität zustande kommt. Wir wissen nur, dass es ihn fast achtzehn Jahre gekostet hat, das, was er in Lees DNA gefunden hat, in einen Impfstoff zu übersetzen.«

»Was ist mit den anderen?« Ich lehne mich vor, um nach meinem Rucksack zu greifen und die Aktenmappen herauszuziehen. Cole versteift sich, doch er hält mich nicht davon ab. Ich öffne eine Mappe und entdecke das Bild eines kleinen Mädchens mit abrasiertem blondem Haar. Anna Sinclair. Ihre Haut wirkt ungewöhnlich – als wäre sie mit kleinen Beulen überzogen –, aber es fällt schwer, auf dem Foto etwas Genaueres zu erkennen. Sie hat die Augen zusammengekniffen und starrt in die Kamera, als wollte sie der Person dahinter Schmerzen zufügen. »Was ist mit ihr?«

Cole wirft einen kurzen Blick auf das Bild und lächelt. »Ah, Anna. Sie hätte deinen Trick mit dem explodierten Genkit in der Luftschleuse ziemlich gut gefunden. Wenn irgendetwas mit Sprengstoffen zu tun hat, ist Anna dabei. Wir wissen nicht, wie genau ihre Mutation aussieht, doch als sie jünger war, hatte sie ständig diese Wucherungen. Ihre Hautzellen hörten einfach nicht auf zu wachsen. Du siehst es sogar auf dem Bild. Sie konnte auch nicht essen. Sie hat eine Menge Zeit auf der Krankenstation verbracht, bis Lachlan eine App entwickelt hat, die das Problem scheinbar über Nacht behoben hat. Sie ist jetzt irgendwo im Süden, in einer anderen Anlage von Cartaxus. In einem zivilen Bunker. Sie haben eine Firewall zwischen uns aufgebaut, daher hatten wir in den letzten paar Monaten kaum Kontakt.«

»Wieso ist sie dort?«

Cole wirkt überrascht. »Ich weiß es nicht. Solche Sachen erzählen sie uns im Blackout-Programm nicht.«

»Sie ist auch dabei?«

Er nickt. »Ich, Anna und Leoben. Anna ist wahrscheinlich am besten ausgebildet. Sie stand schon auf dieses militärische Zeug, als wir noch klein waren. Sie will eines Tages Cartaxus anführen.«

»Was ist mit …« Ich blättere durch die Akten, dann öffne ich die Aufzeichnungen über das kahle Mädchen. Ihre Haut ist so fahl, dass ich die Adern auf ihren Wangen sehen kann. Sie kommt mir vor wie eine Glaspuppe. »Was ist mit Ziana?«

»Ziana …« Cole seufzt. »Ziana ist weg. Sie ist während des Ausbruchs entkommen. Sie hat uns gesagt, dass sie fliehen würde, und dass sie nicht will, dass wir sie suchen. Ich probiere jede Woche, sie zu kontaktieren, aber ich dringe nicht durch. Sie stand eigentlich nur Jun Bei wirklich nahe.«

»Wusstest du, wie ihre Mutation aussah?«

»Ja.« Coles Stimme klingt hart.

Ein Schauder gleitet über meine Haut. »Was war es?«

»Bist du dir sicher, dass du es hören willst?«

Ich packe die Mappen fester. »Ich muss das erfahren, Cole.«

Er atmet langsam aus. »Ziana besitzt … einen zusätzlichen Sinn.«

»Was, wie … Magnetrezeption?«

Er schüttelt den Kopf. »Sie kann Teile ihres Körpersystems fühlen. Ihre Organe sind mit ihrem Hirn verbunden, wie es bei uns mit den Nerven der Fall ist. Wenn ich angeschossen wurde, habe ich Schmerzen empfunden, weil meine Nerven mir diese Signale geschickt haben. Ziana hätte diese Schmerzen ebenfalls empfunden, aber sie fühlte auch ihr Blut, ihre Hormone und hundert andere Dinge genauso klar wie den Schmerz. Sie hat zu viele Neuronen im Körper – zumindest war Jun Bei davon überzeugt. Aber es hat uns eine Weile gekostet, draufzukommen.«

Zu viele Neuronen. Mein Gedanken überschlagen sich. Jedes Panel besitzt ein paar einfache Messgeräte, die Daten aus dem Körper des Besitzers auslesen: Blutzuckerspiegel, Histaminausstoß, Hormongleichgewicht, die Anzahl von Zellen, die stündlich im Magen abgestoßen werden. Bei den meisten Leuten senden die Messstationen diese Daten an die VR-Übersicht – doch die Werte zu *sehen,* ist etwas ganz anderes, als sie tatsächlich zu *fühlen*. Jemand wie Ziana könnte mehr über den menschlichen Körper wissen, als jeder Wissenschaftler je herausgefunden hat – einfach, indem sie auf ihren eigenen Körper lauscht.

»Das ist erstaunlich.«

»Ja, davon war Lachlan wohl auch überzeugt. Er hat oft mit Ziana gearbeitet. Aber mit dem Rest von uns kam sie nicht klar. Sie war immer … seltsam. Sie hat so gut wie nie gesprochen und den Großteil ihrer Zeit auf der Krankenstation verbracht.«

»Warum?«

Cole antwortet nicht. Plötzlich wird mir bewusst, warum er mir nicht von Ziana erzählen wollte. Der einfachste Weg, das Körperbewusstsein eines Menschen zu testen, wäre, ihn zu verletzen und die Körperfunktionen zu stören. Die Person an ihre Grenzen zu treiben. Ziana zu beugen, bis sie bricht.

Der beste Weg, um die Überlebensfähigkeit eines Menschen zu testen, liegt darin, zu versuchen, ihn zu *töten*.

Ich schließe die Augen. Ich habe die Narben auf Coles Brust gesehen, doch bisher habe ich mich davon abgehalten, wirklich darüber nachzudenken, wie sie entstanden sind. Die Forschung meines Vaters war nicht einfach nur brutal; sie war *vorsätzlich* brutal. Er hat versucht, diese Kinder an ihre Grenzen zu treiben, um herauszufinden, was ihr Zusammenbruch für Erkenntnisse preisgibt.

Langsam öffne ich die Augen, während ich gegen die Wut ankämpfe, die in mir aufsteigt. »Was ist Jun Beis Mutation?«

Cole wirft mir einen schnellen Blick zu, doch ich öffne Jun Beis Akte nicht. Ich will nicht sehen, wie er das Foto anschaut. Ich befinde mich gerade sowieso schon im Auge eines Sturms – aus Wut, aus Ekel, aus Angst. Auf Eifersucht kann ich im Moment gut verzichten.

»Wir haben nie herausgefunden, was ihre Mutation war. Oder zumindest hat sie es mir nie gesagt. Was auch immer es sein mag, es war nicht offensichtlich.«

»Was ist mit dir?«

Er presst die Lippen aufeinander. »Ich habe eine Mutation, die mich nachhaltig auf neuronale Gentech reagieren lässt.«

»Was, wie Erinnerungsblocker?«

»Nein, echte neuronale Gentech. Code, der innerhalb des Hirns läuft.«

»Ich dachte, wir wären noch Jahrzehnte von dieser Art von Technik entfernt?«

»Na ja, vielleicht war Lachlan seiner Zeit einfach weit voraus.«

»Wow.« Ich lasse mich in meinen Sitz sinken und beobachte, wie die Regentropfen von der Scheibe abprallen. Von Code, der die Hirne von Menschen beeinflusst, sind seit Erfindung der Panels alle Verschwörungstheoretiker besessen. Ihrer Vermutung nach musste man auch das Bewusstsein von Menschen verändern können, wenn man ihre Haut verändern konnte – was bedeutet, dass man eines Tages auch die Gedanken kontrollieren könnte.

Doch nach jahrelanger Arbeit und unzähligen Test an Primaten haben die Wissenschaftler erklärt, dass es einfach zu *kompliziert* wäre.

Das Problem ist folgendes: Das Hirn ist einfach nicht wie andere Organe. Unsere Gedanken und Erinnerungen werden in Milliarden kleiner Schaltkreise gespeichert, was bedeutet, dass die *Strukturen* der Zellen eine Rolle spielen, nicht nur die Zellen selbst. Es geht darum, wie sie organisiert sind, auf welche Art sie miteinander verbunden sind. Der Rest des Körpers ist viel einfacher gebaut: Wenn man das Gen für Melanin anpasst, dann verschwinden die Sommersprossen. Man will größere Muskeln? Dann muss man einfach nur mehr Muskelzellen wachsen lassen. Die meisten Gentech-Apps folgen diesem einfachen System. Die Kunst des Programmierens liegt darin, den sichersten, elegantesten Weg zu finden, diese winzigen Gen-Anpassungen vorzunehmen.

Doch das Hirn ist eine Masse aus Milliarden Neuronen, und ihre Struktur ist bei jeder Person einzigartig. Wenn man das Hirn eines Menschen verändern will, müsste man zuerst eine Karte davon erstellen. Und nicht mal das können wir. Jedes Neuron zu kartieren, ist eine Aufgabe, die ungefähr so schwer ist, wie ein nagelneues Hirn *aufzubauen* – und ich hätte nicht gedacht, dass wir dazu auch nur ansatzweise fähig sind.

»Was willst du damit sagen?«, frage ich. »Du hast Code in dir, der deine Gedanken kontrolliert?«

Cole lacht. Es ist ein tiefes, volles Lachen, das mir nach dem angespannten Schweigen der letzten Stunden beinahe in den Ohren wehtut. »Nein, so ist es nicht.«

»Wie ist es dann?« Ich drehe mich zu ihm um, wobei ich mein verwundetes Knie vorsichtig bewege. »Gibt es Code für neuronale Restrukturierung? Wie gelingen ihnen die Berechnungen?«

»Es gibt keine Gedankenkontrolle«, sagt Cole. »Nicht in dieser Art. Eigentlich ist es recht einfach. Es fing an, als Lachlan die unkartierten Teile meines Genoms angepasst und gewisse Verhaltensveränderungen bemerkt hat.«

Erneut schließe ich die Augen. Ich bemühe mich, nicht über die Risiken nachzudenken, die mein Vater eingegangen ist, als er sich auf die unkartierten Teile von Coles DNA konzentriert hat. Das hätte Cole umbringen können. Es hätte ihn in den Wahnsinn treiben können. Das ist das genetische Äquivalent dazu, einem Kind wahllos Chemikalien einzuflößen, um zu schauen, wie es reagiert.

»Und was hat er herausgefunden?«

Cole sieht zu mir. Zum ersten Mal, seitdem wir wieder losgefahren sind, treffen sich unsere Blicke. »Erklär, warum du dein Knie zerstört hast, um diese Luftschleusen zu schließen.«

Ich streiche langsam über den Verband an meinem Bein. »Es erschien mir einfach richtig.«

»Hast du erst eine Weile darüber nachgedacht, um die Vor- und Nachteile abzuwägen? Oder hast du instinktiv gehandelt?«

Ich erinnere mich zurück, denke an die Parkgarage in Homestake und daran, wie ich das Kabel in mein Knie gerammt habe, bevor ich einen Rückzieher machen konnte. »Ich nehme an, überwiegend war es eine instinktive Handlung.«

Er nickt. »Du wolltest die Leute in diesem Bunker beschützen. Das ist instinktiv, Cat. Tiefer kann ein Instinkt kaum reichen. Andere zu beschützen, ist ein universeller Instinkt, der ziemlich überwältigend sein kann, wenn er die Kontrolle übernimmt. Wir alle werden damit geboren, was bedeutet, dass er irgendwo in unserer DNA codiert liegt. Unsere bewussten Gedanken und Erinnerungen bauen sich über ein ganzes Leben auf, aber bei Instinkten ist es anders. Instinkte sind *genetisch*. Und das macht sie empfänglich für Codierung.«

Ich kaue nachdenklich an der Unterlippe, während ich langsam verstehe, was Cole mir sagen will. Wenn unsere Instinkte genetisch sind, dann können wir sie vielleicht eines Tages umschreiben. Aber zuerst müssen wir die Gene finden, die unsere Instinkte kontrollieren – was sich als unmöglich herausstellen könnte. Selbst Forschung mit Knockout-Kindern würde irgendwann an ihre Grenzen stoßen. Wenn ein Kind Angst vor der Dunkelheit hat, liegt es dann daran, dass es ein fest codierter Instinkt ist, oder daran, dass es Erfahrungen gemacht hat, die diese Angst bedingen? Die Einflüsse von Genen und Erfahrungen auf unsere Persönlichkeit voneinander zu trennen – Anlage gegen Umwelt –, stellt die Wissenschaft seit Jahrhunderten vor Probleme.

»Also ist dein Schutzprogramm ein Instinkt?«

Cole nickt. »Schutz war der erste Instinkt, den Lachlan an mir bemerkt hat. Als ich acht Jahre alt war, hat er mit einem Code eines meiner Gene aktiviert, und sofort habe ich eine Krankenschwester angegriffen, die Jun Bei Blut abnehmen wollte. Das Verhalten anderer wurde durch den Code nicht beeinflusst, aber in meinem Hirn explodierte damit plötzlich ein Feuerwerk. Lachlan ist davon ausgegangen, dass ich gewisse Instinkte *spüren* würde, wenn er die Gene anpasste, die mit Instinkten in Verbindung gebracht wurden. Er hat ein Genbündel in den Zellen meines Hirns aktiviert, und plötzlich hatte ich Angst vor Wasser. Er hat sie deaktiviert, und die Furcht verschwand. Das hat bei niemandem sonst funktioniert – aber bei mir war es, als würde er einen Schalter umlegen. Er konnte mich Angst empfinden lassen, oder Beschützertrieb … alles, indem er einfach ein paar Zeilen Code laufen ließ.«

»Ferngesteuerte Instinkte.« Mir dreht sich der Kopf. »Das ist unglaublich. Aber … das bedeutet, dass er dich benutzen könnte, um eine Karte zu erstellen; um herauszufinden, welche Gene welche Instinkte kontrollieren. Dazu war bisher niemand fähig. Du wärst quasi der Rosetta-Stein des menschlichen Gehirns.«

Ein seltsamer unlesbarer Ausdruck huscht über Coles Gesicht, wie eine Wolke, die sich vor die Sonne schiebt. »Genau so hat er mich immer genannt. Er hat Hunderte Instinkte auf meiner DNA kartiert, alles von Schutztrieb bis zu einem Verlangen nach Zucker. Der Drang zu jagen, zu töten …«

Plötzlich trifft es mich wie ein Schlag. »Er hat dich all diese Dinge empfinden lassen? Aber wie hat er das getestet? Du warst ein Kind. Du konntest nicht klar erklären, was du gerade empfindest. Und er hätte das alles in verschiedenen Umgebungen testen müssen, mit verschiedenen Aufbauten und in verschiedenen Intensitäten. Er hätte sicherstellen müssen, dass du nicht nur vorgibst …«

Cole senkt den Blick.

»Er hat dich dazu gebracht, Leute zu töten, als du noch ein Kind warst?«

Er nickt. Ich starre ihn einen langen Moment nur an, dann zwinge ich mich dazu wegzuschauen. Eine Träne rinnt über meine Wange, bevor mir überhaupt bewusst wird, dass ich weine. Dann beiße ich mir auf die Lippen, um nicht ernsthaft loszuheulen.

»Cat, bitte, weine nicht. Das ist alles schon lange her. Ich habe das überwunden.«

»Aber es war falsch.« Meine Stimme klingt belegt, und meine Kehle schmerzt von der Anstrengung, nicht zu schluchzen. »Er war mein Vater, und du warst ein Kind. Er hat euch behandelt wie Laborratten, obwohl er sich eigentlich um euch hätte kümmern müssen.«

»Wäre er es nicht gewesen, dann wäre es jemand anderes gewesen. Vielleicht ein paar Jahre, vielleicht sogar ein paar Jahrzehnte später – aber es war unvermeidlich.«

»Nein«, flüstere ich, obwohl ich weiß, dass er recht hat. Wenn mein Vater es nicht getan hätte, hätte sich irgendwann ein anderer Forscher gefunden. Das ist das Problem an Tierversuchen. Sie sind so einfach, dass die Leute irgendwann nur noch auf diese Weise forschen. Wenn sie alles von Ratten gelernt haben, was möglich ist, dann ziehen sie einfach so weiter – zu Hasen, Hunden, Affen,

Bonobos. Es war unvermeidlich, dass die Forscher sich irgendwann auch Menschen zuwenden.

Aber das ist immer noch keine Entschuldigung für das, was mein Vater getan hat.

Cole seufzt. »Hör mal, Cat, ich habe eine Menge durchgemacht, aber das gilt eigentlich für jeden. Glaubst du, die Kinder, die den Ausbruch durchstehen mussten, sind glücklich? Manche von ihnen haben ihre Eltern *gegessen*. Wir leben in einer harten Welt, und dein Vater hat mich hart genug gemacht, um darin zu überleben.«

»Hör auf, ihn zu verteidigen.« Ich wische mir mit dem Handrücken über die Augen. »Er hat die ganze Zeit auf mich aufgepasst, während er euch verletzt hat. Das ist nicht richtig. Er hat dich eingeschlossen …«

Cole fällt mir ins Wort. »Er hat den Impfstoff geschaffen. Das ist alles, was zählt. Es gibt kein Richtig und Falsch mehr – das hat ein Ende gefunden, als die Seuche ausgebrochen ist. Manchmal müssen wir schreckliche Dinge tun, um noch entsetzlichere Dinge zu verhindern. Du denkst immer noch in Richtig und Falsch; aber wir befinden uns im Krieg, und die Regeln haben sich verändert.

»Ich weiß«, sage ich, dann reibe ich mir erneut die Augen. Ich weiß, was er sagen will – dasselbe habe ich auch empfunden, als ich den Entschlüsselungscode für den Impfstoff gelesen habe. Cole hat seine Kindheit geopfert, und ich opfere mein Leben. Aber das bedeutet nicht, dass ich das tun *will*. Das sorgt nicht dafür, dass irgendetwas davon *in Ordnung* ist.

Das Armaturenbrett des Jeeps leuchtet plötzlich rot auf, aber ich bin so wütend und verwirrt, dass ich das Mädchen nicht sehe, bis wir sie schon fast überfahren haben.

29

»Stopp!«, kreische ich und reiße das Lenkrad herum, sodass wir von der Straße abkommen. Der Jeep rammt durch einen Stacheldrahtzaun und knallt gegen einen Baum. Ich werde nach vorne geschleudert, bis ein Airbag meine Brust trifft und dafür sorgt, dass schimmernde Sterne vor meinen Augen tanzen.

»Catarina!« Cole stößt den Airbag beiseite. Seine Augen sind schwarz und verängstigt. »Was zur Hölle! Bist du okay?«

»Das Mädchen!« Ich löse eilig meinen Gurt und trete die Tür auf, um in den Regen zu springen. Die dunklen Sturmwolken über uns erwecken den Eindruck, es würde bereits dämmern, obwohl es erst Mittag ist. Der Boden ist schlammig und glatt, und die Luft schmeckt nach Blitzen. Jedes Mal wenn ich blinzle, sehe ich die smaragdgrünen Augen des Mädchens, ihr ascheschwarzes Haar, das im Wind um ihren Kopf flattert.

Was zum Teufel hat sie mitten auf der Straße getrieben?

»Wir haben sie nicht getroffen, oder?«, rufe ich. Ich blinzle und halte einen Arm über meinen Kopf, um den prasselnden Regen aus meinen Augen zu halten. »Was ist mit dem Jeep passiert?«

Cole starrt mich vom Fahrersitz aus an. »Wovon redest du?«

»Das Armaturenbrett, Cole! Es hat rot geleuchtet, und dann haben wir sie fast überfahren. Ich muss sie finden – sie könnte verletzt sein.«

Ich gehe in die Hocke, um unter dem Jeep nachzusehen, nur um kurz darauf vor lauter Schmerzen in meinem Knie das Gesicht zu verziehen. Ein Teil von mir weiß, dass wir sie nicht verfehlt haben können. Ich habe sie zu spät entdeckt, und bei unserer Geschwindigkeit kann sie den Aufprall nicht überlebt haben. Ich humple um den Jeep herum und mustere die Motorhaube. Das schwarze

Metall glänzt vom Regen und hat kaum einen Kratzer, obwohl der Baum, den wir gerammt haben, fast nur noch aus Splittern besteht. Ich kann kein Blut an der Stoßstange entdecken – überhaupt keinen Hinweis auf das Mädchen.

»Cole, ich brauche deine Hilfe. Ohne mein Tek höre ich so gut wie gar nichts.«

Seine Tür schwingt auf. Ich drehe mich im Kreis, blinzle durch den Regen. Doch ich sehe nur leere Weizenfelder, die sich im Sturm verlieren. Wir sind Meilen von jeder Zivilisation entfernt, befinden uns mitten auf verlassenem Farmland.

Das bedeutet allerdings nicht, dass sich hier draußen nicht irgendwo noch Familien verstecken.

»Vielleicht geht es ihr gut«, sage ich. »Vielleicht haben wir sie nicht erwischt.« Meine Stiefel versinken im Schlamm, als ich unserer Bremsspur auf die Straße folge. Der Highway nach Norden ist leer. Der Asphalt glitzert im Regen, und die einzige Bewegung im Süden stammt von den entfernten Scheinwerfern von Leobens Jeep.

»Catarina ...«

»Sie war hier«, sage ich, während ich weiter in den Regen starre. Doch ich kann keinen Hinweis auf das Mädchen entdecken. Keine Fußabdrücke, kein Blut. Nur leere Felder und vernagelte Häuser. Es gibt hier kein Versteck, sie hätte nirgendwo hinlaufen können. »Hat der Jeep keine Aufzeichnungsfunktion oder irgendwas?«

Cole runzelt die Stirn. »Reagiert nicht. Ich glaube, der Aufprall hat einen Reboot ausgelöst.«

»Also, ich habe sie gesehen, ich schwöre es. Aber sie ist einfach verschwunden.«

Cole beobachtet mich wachsam. Der Regen rinnt über seine Arme nach unten, glänzt in seinen Wimpern. »Es gibt keine menschlichen Lebenszeichen oder Leichen in der Nähe. Vielleicht war es ein Vogel.«

»Ein Vogel?«, stoße ich hervor, dann reibe ich mir die Augen.

Ich habe das Mädchen nur eine Sekunde lang gesehen, doch das reichte aus, um zu verstehen, dass sie real ist. Sie stand still wie eine Statue auf der Straße und starrte uns entgegen.

»Hier ist niemand, Cat.« Cole wirkt beunruhigter als jemals zuvor. Als wäre ich verletzt und er wüsste nicht, wie er mich schützen soll. »Wie hat sie ausgesehen?«

»Ich weiß nicht«, sage ich, als ich zitternd im Regen stehe. »Sie war klein, nur ein Kind, mit grünen Augen und schwarzem Haar. Und sie trug einen weißen … Kittel, oder etwas in der Art. Wie ein …« Meine Stimme verklingt. Ein Krankenhauskittel, das wollte ich sagen. Aber das klingt vollkommen verrückt. Was sollte ein Mädchen in einem Krankenhauskittel mitten auf der Straße wollen? Ich zucke zusammen, als ich verstehe.

Cole hat recht. Sie war nicht real. Das kleine Mädchen war kein Kind, dass sich im Regen verlaufen hat; sie war eine Halluzination von Jun Bei, sah genauso aus wie in der Akte meines Vaters. Direkt vor dem Aufprall habe ich über die Zarathustra-Kinder nachgedacht. Ich kann einfach nicht glauben, dass ich gerade *halluziniert* habe.

»Oh Scheiße«, flüstere ich, beuge mich vor und presse mir eine Hand auf den Mund. Ich verliere den Bezug zur Wirklichkeit. Ich fange an, Dinge zu sehen, die nicht da sind.

Wir stehen mitten im Nirgendwo, und ich habe uns gerade gegen einen Baum gefahren. Wie soll ich mich lang genug zusammenreißen, um den Impfstoff zu entschlüsseln?

»Vielleicht sollten wir mal eine Pause machen«, sagt Cole. »Du hast eine Menge durchgemacht.«

Ich reibe mir das Gesicht, lasse den Blick über die Straße gleiten. Vielleicht habe ich einen Vogel gesehen, irgendetwas, was mein Hirn halb wahrgenommen und in eines der Zarathustra-Kinder verwandelt hat. Doch ich sehe keinerlei Hinweise auf ein Tier. Nur ein Gesicht, das in mein Hirn eingebrannt ist, und dem sich bald vier weitere Kinder anschließen. Erneut reibe ich mir die Augen, wieder und wieder, bis ich nur die leere Straße sehe. Nur den Regen, die Felder und Coles besorgte Miene.

»Es geht mir gut«, hauche ich, als ich mich aufrichte.

Cole runzelt die Stirn. Im dämmrigen Licht unter den Sturmwolken wirken die Kraftleitungen, die sich um sein Gesicht ziehen, wie Rinnsale reiner Dunkelheit auf seiner Haut. Wasser tropft aus seinem kurz geschnittenen Haar, läuft über sein kantiges Gesicht.

Ich kann nicht aufhören, jede Pore anzustarren, jeden Tropfen Regen auf seiner Haut …

Ich blinzle. »Ich glaube, mein Sichttek schaltet sich wieder ein.« Ich ziehe den Verband an meinem Unterarm zurück. Ein einzelner kobaltblauer Punkt strahlt von meiner misshandelten Haut zu mir auf. Er blinkt einmal alle zwei Sekunden. Das bedeutet, die ersten Kabel sind gewachsen und haben sich mit der Technik verbunden, die mein altes Kabel in mir gebildet hat. Es gibt immer noch keine Batterie, keine Funktionskerne, kein Betriebssystem, aber das könnte erklären, wieso ich gerade Coles Freundin im Regen gesehen habe.

»Das muss eine Fehlfunktion in meinem Tek gewesen sein, als die Kabel sich verbunden haben«, sage ich. »Tut mir leid. Ich habe es verbockt.«

Cole seufzt erleichtert. »Mach dir deswegen keinen Kopf. Wir sollten dich aus dem Regen schaffen.« Er packt genau in dem Moment meine Schulter, um mich von der Straße zu führen, als Leobens Jeep mit quietschenden Reifen hinter uns hält.

»Was ist los?«, ruft Leoben aus dem Fenster.

»Nichts«, ruft Cole zurück. »Lasst uns weiterfahren. Catarina dachte, sie hätte etwas gesehen, aber es war ein Irrtum.«

»Das glaube ich nicht.«

Cole spannt sich an, dann dreht er sich zu dem zweiten Jeep um. »Wieso nicht?«

Leoben öffnet die Tür und steigt mit einem Gewehr in der Hand aus dem Wagen. »Weil ich nicht auf die Bremse gestiegen bin. Der Jeep hat von alleine angehalten, und jetzt will er nicht wieder starten.«

Cole packt meine Schulter fester.

Dax springt ebenfalls in den Regen. Er stiefelt an den Rand der Straße und wittert die Luft. »Riecht ihr das?«

Cole atmet tief durch, dann werden seine Augen schmal. »Ozon. Ich dachte, es läge an den Blitzen.«

Dax mustert kopfschüttelnd die Straße. Dann lässt er sich auf die Knie sinken und fährt mit den Fingern über den Asphalt. Als er seine Hand hebt, klebt etwas Silbernes daran. Seine Augen werden für einen Moment glasig, dann schießt sein Blick zu mir. »Das ist Triphase. Sie ist überall auf der Straße.«

Ich schlucke schwer, hebe meine eigenen schlammverschmierten Hände und mustere sie im Licht der Scheinwerfer. Meine Finger zittern, feucht vom Regen, doch gleichzeitig entdecke ich ein seltsames Glitzern auf der Haut, das nicht da sein sollte – winzige schillernde Silberpunkte. Ein Film aus Nanobots, wie sie in Genkits und Panels gebaut werden, nur dass diese hier nicht auf Heilung codiert sind.

Sondern zum Töten.

Triphase wird gebaut, um zu vernichten, um jedes organische Molekül eines Lebewesens zu zerstören, mit dem sie in Kontakt kommt. Ich sehe zu Cole und Leoben, erkenne denselben silbernen Film auf ihren Füßen, ihren Händen, an ihren Hälsen.

Wir alle sind damit überzogen.

»Woher kommt das?«, fragt Cole.

»Sie ist in der Luft«, sagt Leoben mit einer Grimasse. »Scheiße, sie ist überall. Wieso fressen die kleinen Mistkerle uns nicht?«

»Sie wurden noch nicht aktiviert.« Dax' Stimme klingt fast abwesend. »Sie sind codiert, warten auf ein Signal, und sie sind noch nicht lange hier. Es ist, als wären sie mit dem Sturm gefallen.«

Cole und Leoben versteinern und starren gleichzeitig in den Himmel. Ich folge ihren Blicken, blinzle durch meine Finger. Dunkle Wolken bedecken den Himmel, geben in prasselnden Böen Regen frei, doch durch den Sturm meine ich, noch etwas anderes zu erkennen.

Etwas Dunkles, was sich in einer losen Formation bewegt.

Drohnen.

Leoben tritt sofort näher zu Dax und hebt sein Gewehr.

»Das würde ich nicht tun, wenn ich Sie wäre, Leutnant«, hallt eine Stimme aus dem Himmel. Scharf, weiblich, frech. Ich kenne diese Stimme von irgendwoher, kann sie aber nicht einordnen. »Diese Drohnen sind darauf programmiert, im Fall ihrer Zerstörung einen Impuls auszusenden, der die Triphase aktiviert. Unsere Wissenschaftler gehen davon aus, dass es ungefähr vierzehn Sekunden dauert, bis der Tod eintritt.«

»Was wollen Sie?«, schreit Cole nach oben. »Wir haben nichts, das Sie brauchen könnten.«

»Ganz im Gegenteil. Sie halten ein Ende dieses schrecklichen Albtraums in ihrem Besitz.« Kleine Lichtblitze huschen über den Himmel und offenbaren so, dass ein Netzwerk aus mindestens hundert Drohnen über uns schwebt. Sie sinken langsam nach unten, immer tiefer, bis ich das Summen ihrer unzähligen Propeller hören kann. Irgendwann stoppen sie und erhellen die Straße mit winzigen Lichtstrahlen.

Die Strahlen tanzen durch den Regen, bringen die fallenden Tropfen zum Glitzern, dann verbinden sie sich langsam, um die lebensgroße Gestalt einer Frau zu bilden. Sie schwebt mitten in der Luft, und unter ihrem Torso löst sich die Figur in Vektoren aus Licht auf, die auf der silberüberzogenen Straße glänzen. Ihr Gesicht ist verzerrt, kräuselt sich, als Regen durch das rudimentäre

Hologramm fällt, doch dieses typische Lächeln würde ich überall erkennen.

Ich balle die Hände zu Fäusten. »Novak.« Die Anführerin von Skies. Die Frau, für die ich die letzten zwei Jahre gearbeitet habe. »Verdammt, was soll das?«

Sie breitet die Arme aus. »Wir sind hier, um dir zu helfen, Catarina. Du hattest eine schwere Reise, nachdem Lt. Franklin angeschossen wurde. Wir sind wirklich beeindruckt von deiner Entschlossenheit, sind aber davon überzeugt, dass es Zeit wird, dir die Hilfe zukommen zu lassen, die du brauchst, um diese Mission zu Ende zu bringen.«

Zitternd starre ich zu ihr auf, meine Kleidung vollkommen durchnässt. Woher weiß sie, dass Cole angeschossen wurde? Woher weiß sie überhaupt irgendwas?

Plötzlich verstehe ich. »Marcus.« Ich drehe mich zu Cole um. »Marcus hat sie uns auf den Hals gehetzt.«

»In der Tat«, sagt Novak. »Anscheinend hat seine Frau spontan Hypergenese entwickelt, nachdem ihr eine App aus deinem Arm installiert wurde. Unglücklicherweise liefen bereits die verschiedensten Programme in ihrem Körper. Soweit Marcus es mir berichtet hat, war es ein Wunder, dass sie sie retten konnten.«

Mir stockt der Atem. Amy. An sie habe ich kein einziges Mal gedacht. Ich war so sauer, dass mir einfach nicht der Gedanke gekommen ist, dass der Code, den sie mir gestohlen haben, bei ihr dasselbe auslösen könnte wie bei mir: die Haut an ihrem Rücken dazu bringen, sich abzulösen. Die Installation hat wahrscheinlich ein paar Stunden gedauert; die App muss aktiv geworden sein, kurz nachdem wir verschwunden waren.

»Marcus war natürlich wütend«, fährt Novak fort, »also hat er mir alles geschickt, was er aus euren Paneln heruntergeladen hat, um zu verstehen, was passiert ist.«

Mein Magen hebt sich. Cole versteift sich, dann blickt er mich an.

»Was wir in deinem Panel gefunden haben, Catarina«, sagt Novak mit einem kalten Lächeln in meine Richtung, »war so komplex, dass es unsere besten Programmierer Jahre kosten würde, es wirklich zu verstehen. Aber die Botschaft in Ihrem Arm, Leutnant, hat mir alles gesagt, was ich wissen musste. Sieht aus, als wäre Miss Agatta der Schlüssel, auf den wir alle gewartet haben.«

30

Novaks Hologramm hört nicht zu, als ich ihr erkläre, dass wir zu einem Labor in Kanada müssen, um die Ausrüstung zu verwenden, die mein Vater für uns hinterlassen hat. Sie versteht nicht, dass die Prozedur, die wir anstoßen wollen, so komplex und speziell ist, dass sie auf hundert verschiedene Weisen schieflaufen könnte. Sie glaubt Leoben nicht, als er ihr erklärt, dass Cartaxus das Skies-Netzwerk abhört, dass selbst dieses Gespräch mit ihr ihnen unsere Position verraten hat.

Sie hört uns überhaupt nicht zu, und nachdem sie die Triphase auf unserer Haut kontrolliert, gibt es nicht viel, was wir dagegen tun können.

»Wir sind am Arsch«, sage ich zu Cole, als wir wieder in den Jeep steigen, unsere Kleidung durchnässt vom Regen und glitzernd von der Triphase. Sie klebt überall auf uns, und es ist unmöglich, sie zu entfernen. Die Nanobots befinden sich jetzt in unserer Lunge, zwischen unseren Zellen. Der leiseste Impuls von Novaks Drohnen wird sie aktivieren und uns zu Staub zerfallen lassen, wenn wir ihren Anweisungen nicht folgen. Wir müssen einer von ihr vorgegebenen Route nach Sunnydale folgen, dem geheimen Skies-Hauptquartier, von dem ich gehört habe, das ich aber noch nie gesehen habe. Die Drohnen werden uns folgen. Sie werden jede unserer Bewegungen beobachten, bereit, auf Novaks Befehl hin ein Signal auszusenden und die Triphase zu aktivieren. Wenn wir das Hauptquartier von Skies erreicht haben, will sie den Impfstoff live entschlüsseln, in einer ihrer Übertragungen.

Natürlich will sie das.

Ich schlage die Tür zu und schiebe mir die feuchten Strähnen aus dem Gesicht. »Wenn Leoben recht damit hat, dass Cartaxus

Skies überwacht, dann haben sie wahrscheinlich dieses gesamte Gespräch mitgehört. Wir haben gerade eine ihrer Klonboxen gestohlen. Sie werden uns verfolgen.«

»Ich bin mir sicher, dass sie das tun werden.« Coles Stimme ist leise vor Wut. Er umklammert das Lenkrad so fest, dass seine Knöchel weiß hervortreten.

»Wir könnten fliehen«, flüstere ich, wobei ich durch das Fenster zu den Drohnen schaue. »Wir könnten sie zwingen, Farbe zu bekennen.«

»Nein.« Er schüttelt den Kopf, als er den Motor startet. »Nicht so. Wir können nichts machen, solange wir dieses Zeug auf der Haut haben.« Wir entfernen uns rückwärts von dem gesplitterten Baum und fahren zurück auf den Highway. Leobens Jeep folgt uns mit ein paar Autolängen Abstand. Die Scheinwerfer erzeugen kleine Lichtkränze im Regen. »Außerdem«, sagt Cole, »bin ich mir nicht sicher, ob sie bluffen.«

»Sie werden uns nicht töten«, sage ich. »Sie brauchen den Impfstoff aus deinem Arm, und sie brauchen mich, um ihn zu entschlüsseln.«

Cole schaut zum Heckmonitor, dann beißt er die Zähne zusammen. »Ich mache mir keine Sorgen um uns.«

Ich folge seinem Blick, dann umklammere ich die Seiten meines Sitzes, um durch das Heckfenster zu starren. Hinter Leobens Jeep schweben immer noch ein paar Drohnen über der Straße, wo wir gerade noch standen. Ein rotes Licht blitzt auf. Ich kann den Impuls nicht sehen, der gesendet wird, doch der Effekt auf die Triphase folgt unmittelbar.

Lichtpunkte erheben sich vom Boden und formen glitzernde silberne Wolken, die sich immer weiter ausbreiten, über die Straße schießen und dabei Leobens Jeep gefährlich nahe kommen. Die Wolken rollen über das Gras, zerstören alles in ihrem Weg, sodass nur schwarze kahle Erde zurückbleibt.

Leobens Jeep beschleunigt, bis er uns fast berührt. Ich kann durch die Windschutzscheibe weder Leoben noch Dax erkennen, doch ich bin mir sicher, dass sie Angst haben. Novaks Botschaft ist klar: Die Triphase ist real, und Skies hat keine Scheu, sie einzusetzen. Vielleicht nicht gegen mich und Cole.

Aber sie würden unsere Freunde töten.

Ich drehe mich wieder nach vorne und lasse mich in den Sitz fallen, die Hände zu Fäusten geballt. Ich habe jetzt schon Panik wegen der Entschlüsselung, und nun wird sie auch noch unter Zwang stattfinden. Bei diesem Gedanken will ich laut schreien. Ich opfere mein Leben. Dafür will ich wenigstens zu meinen Bedingungen sterben.

Aber vielleicht kann ich das immer noch.

Mein Blick huscht zu der Pistole an Coles Gürtel. Wir haben kaum Druckmittel – nicht mit der Triphase auf unserer Haut und den Drohnen über uns –, aber es gibt eine finale Karte, die ich ausspielen könnte. Aus dem Code meines Vaters ergibt sich deutlich, dass jeder, der den Impfstoff entschlüsseln will, mich lebendig braucht. Ich kann mich mit einer Waffe nicht gegen hundert Drohnen oder eine Truppe von Cartaxus-Soldaten wehren, aber ich kann sie mir an die eigene Schläfe setzen und mich selbst als Druckmittel einsetzen. Ich habe keine Ahnung, was für Forderungen ich stellen oder was es überhaupt bringen würde, aber zumindest bekäme ich damit einen Teil der Kontrolle über die letzten Stunden meines Lebens zurück.

»Du solltest mir eine Pistole geben«, sage ich.

Cole wirft mir einen schnellen Blick zu. »Wofür?«

»Um … mich selbst zu schützen. Das hier könnte in einem Kampf zwischen Cartaxus und Skies enden. Was, wenn du wieder verletzt wirst?«

»Kannst du schießen?«

»Ich habe in der Mine diesen Schleicher in den Kopf getroffen.«

»Aus fünf Metern, okay. Aber hättest du ihn auch aus zwanzig Meter Entfernung außer Gefecht setzen können, ohne ihn zu töten, während es regnet und er im Zickzack läuft?«

Ich stoße ein frustriertes Seufzen aus. »Natürlich nicht.«

»Dann hilft dir eine Pistole rein gar nichts. Aber ich habe etwas Besseres für dich. Ich brauche nur ein paar Minuten, um es rauszuholen.«

Blitze zucken in der Ferne und beleuchten die Silhouette einer Bergkette am Horizont. »Sicher«, sage ich. »Es ist ja nicht so, als müsste ich irgendwohin.«

Cole schaut nach hinten, dann werden seine Augen für einen kurzen Moment glasig. Die Scheinwerfer des Jeeps strahlen heller, und das Armaturenbrett blitzt warnend auf, was mir verrät, dass er in den vollen Autopiloten-Modus geschaltet hat. Cole dreht sich um, greift nach hinten, zieht seinen Rucksack näher heran und öffnet einen Reißverschluss. Dann zieht er ein Messer heraus.

Ich verdrehe die Augen. »Machst du Witze? Ein Messer ist ganz sicher nicht besser als eine Pistole.«

»Das habe ich auch nie behauptet. Gib mir eine Minute.«

Er kippt den Sitz nach hinten, lässt den Jeep alleine fahren und zieht sein T-Shirt über die Brust nach oben. Die Schusswunde aus den Minen ist nur noch ein kleiner silberner Punkt auf seinem muskulösen, straffen Bauch, mitten in der Spur aus schwarzen Haaren, die unter seinem Gürtel verschwindet. Bei dem Anblick wird mir warm. Ich kämpfe gegen das Gefühl und schaue weg.

»Was genau tust du da?«, frage ich.

Cole umklammert das Messer mit einer Hand, während er mit der anderen seine Rippen abtastet. »Ich suche nach etwas.«

»Wonach?«

Er dreht das Messer, sodass die Klinge auf seine Brust zeigt. »Danach.« Er rammt sich die Klinge zwischen die Rippen.

Ich weiche bis ans Fenster zurück. Mein Herz rast wie verrückt. »Was zur *Hölle* tust du da?«

Er dreht die Klinge und zieht eine Grimasse. »Shit, das ist eng. Habe es seit einer Weile nicht benutzt.«

»Was benutzt?« Ich schlage mir eine Hand vor die Augen und spähe nur durch die Finger hindurch. »Oh Scheiße. Es ist in deiner Brust, richtig?«

Er nickt, dann ächzt er, als er die Klinge wieder herauszieht. Ich höre ein Kratzen, kurz darauf ein metallisches Knirschen. Der Wundkanal ist sauber und blutet aus seltsamen Gründen nicht. Cole drückt seine Finger darauf. Ein Schwarz von Kabeln taucht aus seiner Brust auf und drängt mit einem *schmatzenden* Geräusch etwas aus der Wunde.

»Oh, verflucht, nein.« Ich drehe mich zum Fenster um und presse meine Stirn gegen das Glas. Wieder wird mir heiß, doch diesmal, weil ich mich gleich übergeben muss. »Das hast du nicht gerade getan.«

»Diese Phiole wäre nicht besonders nützlich, wenn ich sie außerhalb meines Körpers aufbewahren würde. Der Punkt dabei ist, dass ich sie so im Notfall nicht verlieren kann.«

Er zieht einen kleinen Anhänger aus der Öffnung zwischen seinen Rippen, in Form einer kleinen Kapsel und glänzend wie polierter Stein. Die Kabel ziehen sich sofort wieder in seine Brust zurück und schließen hinter sich den Einschnitt. Cole gräbt in seinem Rucksack herum, zieht eine silberne Kette heraus und befestigt den schwarzen Anhänger daran, bevor er ihn mir schließlich gibt. »Das ist eine *Nachtkapsel.* Trag sie immer um den Hals und dreh einfach die Enden, wenn du sie einsetzen willst. Nachdem du noch kein Panel hast, ist das wahrscheinlich die beste Waffe für dich.«

Vorsichtig nehme ich ihm den Anhänger ab und lege mir die Kette um den Hals. Die Nachtkapsel ist warm. Warm, weil sie in

Coles Körper war. Der Gedanke sollte mich anwidern, doch aus irgendeinem Grund tut er das nicht. »Was kann sie?«

Cole drückt eine blaue Kompresse an seine Brust und zieht das T-Shirt wieder nach unten. »Sie macht Leute bewusstlos, wahrscheinlich auf dieselbe Weise, wie du mich in der Hütte ausgeknockt hast. Sie wirkt auf jedes Panel in einem Umkreis von sechs Metern, inklusive der Person, die sie benutzt. Sehr gut bei Geiselnahmen, oder wenn man weiß, dass die Verstärkung bereits unterwegs ist. Der Effekt hält nur ein paar Minuten an, aber für dich ist das mehr als ausreichend, immerhin bist du gegen die Wirkung immun.«

»Weil ich kein Panel habe.«

»Genau.«

Ich nicke beeindruckt. »Das ist ziemlich brillant.«

Er lächelt, klappt seine Lehne nach oben und legt die Hände wieder ans Lenkrad. »Hin und wieder bin ich das.«

Ich sinke tiefer in meinen Sitz und lasse meine Finger über die schwarze Kapsel gleiten. Sie wird mir nicht dabei helfen, mich selbst als Geisel zu nehmen, aber letztendlich könnte es sein, dass sie nützlicher ist als eine Pistole. Eine vage Idee nimmt in meinem Kopf Gestalt an – die allerdings nichts damit zu tun hat, mich selbst zu beschützen. Es geht um etwas Größeres. Etwas, was ich noch nicht ganz verstehe. »Wie kann dieses Ding jedes Panel beeinflussen? Strahlt es elektromagnetische Impulse aus?«

»Keine Ahnung. Der Code ist Top Secret. Warte mal …« Coles Augen werden erneut für einen kurzen Moment glasig. »Nachdem du Zugang zu meinem Panel hast, kannst du es ja selbst lesen.«

Die gebogene Glasfläche des Armaturenbrettes flackert, dann erscheinen weiße Textzeilen in einer Mischung aus Sprachen: Backslash und DNAssembly. Gentech-Code. Ich lehne mich vor, schiebe meine Finger über das Armaturenbrett, um weiterzuscrollen, während die Algorithmen in meinem Kopf Gestalt annehmen.

Der Code ist präzise und ohne Kommentare, militärisch streng, aber das Angriffsmuster, das verwendet wird, würde ich überall wiedererkennen. Die Kapsel stößt einen Impuls aus, der die Stromversorgung jedes Panels in sechs Meter umkreist und außer Gefecht setzt. Damit nutzt sie eine Schwäche in den Gentech-Batterien. Der Code ist fast identisch zu dem Code, den ich verwende, um in Panel einzudringen. So habe ich Coles Arm gehackt – ich habe meine gesamte Anstrengung auf eine einzige winzige Schwäche konzentriert. Ich habe nie auf genau dieselbe Weise angegriffen, wie die Nachtkapsel es tut, doch das grundlegende Vorgehen ist dasselbe: Die Stromversorgung aufbrechen, in die Risse eindringen und Befehle hindurchschleusen.

Dieser Code schickt nur einen Befehl. Er nutzt eine andere Notation, hat aber denselben Effekt wie mein Virus, als ich Cole mit Recumbentibus ausgeschaltet habe.

Ich schaue auf. »Bist du dir sicher, dass das bei jedem Panel funktioniert?«

»Ja, warum?«

Ich konzentriere mich wieder auf die Codezeilen. »Weil es eine Schwäche in den Gentech-Batterien ausnutzt. Wenn Cartaxus diesen Code geschrieben hat, bedeutet das, dass sie von der Schwäche wissen. Wieso haben sie das Loch nicht geschlossen?«

»Vielleicht wollen sie es so, als Hintertür.«

Das ergibt Sinn. Jedes Panel der Welt ist auf demselben Cartaxus-Gerüst aufgebaut, und ich bin mir sicher, dass sie eine Hintertür haben wollen, um die Panel der Leute auch ohne deren Zustimmung kontrollieren zu können – aber dafür ist diese Schwachstelle zu klein. Das hier ist eigentlich keine Tür. Sondern eher ein Fenster, ein Spalt. Kaum groß genug, um einen Befehl hindurchzuschicken.

Aber trotzdem ist das Vorgehen so elegant, so einfach. Es fällt mir schwer zu glauben, dass nicht noch mehr Leute versucht haben, diese Lücke auszunutzen.

Aber vielleicht haben sie das getan.

Ich wende mich Cole zu. »Hast du eine Kopie von Jun Beis Kick-Simulation?«

»Ich glaube schon, aber sie wurde für Cartaxus-Systeme geschaffen. Sie wird uns nicht helfen, aus einer Basis von Skies zu entkommen.«

»Darum geht es mir nicht. Ich muss sie nur einfach mal sehen.«

Cole blickt mich zweifelnd an, doch dann schickt er die Simulation ans Armaturenbrett. Ich drücke mich in meinen Gurt und reibe mir das wunde Knie, als ich Jun Beis Code durchlese. Er ist wunderschön. Voller Kommentare, voller fantasievoller Variablennamen und Bezügen auf ihre eigene Bibliothek von maßgeschneiderten Apps. Es muss Jahre gekostet haben, dieses Programm zu schreiben. Mein Magen verkrampft sich vor Neid. Jun Bei ist klüger als ich. Und skrupellos.

Sie ist absolut *furchterregend*.

Und wie ich vermutet habe, hat Jun Bei dieselbe Angriffsmethode verwendet wie der Code der Nachtkapsel. Ich konnte nicht verstehen, wie sie Homestake so schnell übernommen hat, nachdem doch jeder Server für sich geschützt war und jedes System durch eine Firewall gesichert. Es hätte Stunden dauern müssen, doch stattdessen passierte es in Minuten. Jetzt kapiere ich, dass es damit zu tun hat, dass sie die Systeme nicht gehackt hat.

Stattdessen hat sie die *Leute* gehackt.

Jun Beis Kick-Simulation funktioniert kabellos, genau wie die Nachtkapsel, aber sie erreicht jedes Panel in einem Umkreis von einer Meile. Sie hat dem winzigen versteckten Zugangspunkt einen Namen verliehen: die *Falltür*. Allein der Anblick des Wortes jagt mir einen kalten Schauder über den Rücken. Ein winziges gut verborgenes Portal, das ihr Code, meine Viren und die Nachtkapsel alle ausnutzen. Ihre Simulation schleust zwei Zeilen Code durch die Falltür – zwei perfekte, makellose Zeilen, die sich einnisten und ihr Zugang zum Panel des Nutzers bieten.

Von dort gibt es ihr Zugang zu allen Dateien, ihren Kommlinks, ihren Login-Daten. Wieso sollte man eine Firewall hacken, wenn man das Passwort dafür direkt aus dem Arm des Ingenieurs ziehen kann?

»Das ist erstaunlich«, sage ich. »Jun Bei, sie … sie ist unglaublich. Die meisten Viren sind wie Granaten. Das hier ist ein verdammtes Scharfschützengewehr.«

Cole nickt schweigend. Trotz der Eifersucht und Jun Beis Skrupellosigkeit muss ich zugeben, dass ich beeindruckt bin. Sie ist grausam, aber auch brillant. Dieses Mädchen ist ein eiskaltes Genie. Vielleicht ist sie sogar besser als mein Vater.

Wenn ich nicht zielstrebig auf meinen Tod zusteuern würde, würde ich sie gerne mal kennenlernen.

»Dieser Code«, sage ich, »bedeutet, dass jeder auf der ganzen Welt verletzlich ist. Jedes Panel besitzt dieselbe Schwäche, die ausgenutzt werden kann. Das ist unfassbar. Die Leute würden vollkommen austicken, wenn sie das wüssten.«

»Und was willst du jetzt mit dem Wissen anfangen?«

Ich starre auf den Bildschirm. »Ehrlich gesagt weiß ich es nicht.«

»Na ja, dir bleibt nicht viel Zeit, um es herauszufinden. Wir sind fast da.«

Wir biegen über eine mit Blättern übersäte Abfahrt vom Highway ab. Die Straße führt in ein Tal, über eine alte Brücke und in einen dichten Wald. Durch die Bäume erkenne ich in der Ferne Hinweise auf Gebäude. Das Glänzen eines Fensters. Eine Rauchfahne.

Wir haben Sunnyvale erreicht.

In den Außengebieten der Stadt herrscht Dunkelheit. Sie wirkt wie eine alte Minensiedlung, die wahrscheinlich schon vor Jahrzehnten aufgegeben wurde, zumindest wenn man nach dem Zustand der Häuser geht. Doch als wir uns dem Zentrum nähern, werden die Vorgärten ordentlicher, und die Fenster sind durch Epoxydharz luftdicht verschlossen. Ich habe im Skies-Forum schon von Sunnyvale gehört und war davon ausgegangen, dass es eine Art Barackenstadt ist, doch das hier ist ganz anders, als ich es mir vorgestellt habe. Dieser Ort ist sauber und hübsch. Wir fahren an kleinen Nebenstraßen vorbei, an denen Blumenbeete und Gemüsegärten liegen. Es ist, als wären wir in die Zeit vor der Seuche zurücktransportiert worden. Ich wusste nicht mal, dass es auf der Welt noch solche Orte gibt.

Wir rollen am Hauptplatz vorbei zu einem Lagerhaus, vor dem Wachleute in Schutzanzügen auf uns warten. Cole fährt den Jeep in die Halle und schaltet den Motor aus. Die Wachen wedeln befehlend mit den Armen, damit wir aussteigen.

Cole greift nach seinem Türgriff, doch dann zögert er und schaut auf den schwarzen Anhänger an meinem Hals. »Die Reichweite liegt bei ungefähr sechs Metern. Denk immer daran, Cat.«

Ich nicke. »Lass uns einfach ruhig bleiben, bis wir wissen, was hier vor sich geht.«

Misstrauisch verlassen wir den Jeep, die Hände erhoben. Das Lagerhaus ist leer, bis auf zwei riesige Rollen Stahlkabel, die an den gegenüberliegenden Enden des Raums von der Decke hängen.

Leobens Jeep hält neben uns, die Fenster verdunkelt. Dax und Leoben steigen aus. Ihre Kleidung ist immer noch feucht, und ihre Haut glitzert.

»Ehrlich Leute«, meint Leoben, als er sich umsieht. »Ich dachte, ihr von Skies wärt ein Haufen Idioten. Aber jetzt bin ich irgendwie beeindruckt.«

»Wir geben unser Bestes.« Ein Mann im Schutzanzug tritt vor, dann schließen sich die Türen zum Lagerhaus und sperren uns ein.

Cole versteift sich. Seine Augen schlagen in Schwarz um.

Ich packe seinen Arm. »Hey, alles okay. Sie müssen erst die Triphase entschärfen.«

»Wie funktioniert das?«

»Mit einem elektromagnetischen …« Ich breche ab, als plötzlich ein Summen die Luft erfüllt. Es kommt von den riesigen Drahtspulen an den Wänden, wird immer lauter, bis es in etwas umschlägt, was mehr Gefühl als Geräusch ist. Meine Brust vibriert, dann hört der Ansturm abrupt auf und lässt mich zitternd zurück. »Mit … so etwas.«

Cole klappt hustend zusammen. Leoben stößt einen johlenden Schrei aus. Dax steht nur mit verschränkten Armen da und starrt die Wachen böse an.

Ich fahre mir mit einem Finger über den Arm. Der Staub auf meiner Haut glitzert immer noch silbern, aber der Effekt lässt langsam nach, als die Triphase sich in harmlosen Klumpen sammelt.

Der Wachmann, der auf uns zugetreten ist, zieht sich die Schutzbrille vom Gesicht und öffnet den Schutzanzug. Er ist jung, mit alabasterweißer Haut und langem schwarzen Haar, in dem eine einzelne weiße Strähne prangt, wie auch Dax sie früher getragen hat. Er schenkt uns ein breites Lächeln, womit er den Blick auf gebogene Reißzähne freigibt. Vampirfan. Ich frage mich, ob er seinen Magen so angepasst hat, dass er Blut verdauen kann.

»Willkommen in Sunnyvale«, sagt er. »Tut uns leid, dass wir Sie so holen mussten, aber wir konnten nicht riskieren, Sie entkommen zu lassen. Nicht mit Ihrer kostbaren Fracht. Für Sie alle stehen Zimmer bereit, und Sie können sich frei in der Stadt bewegen. Sie sind keine Gefangenen. Wir wollen nur Ihre Hilfe beim Impfstoff, danach können Sie uns auch wieder verlassen.«

»Hey, danke«, murmelt Leoben. »Sehr großzügig von euch.«

»Sie wollen sicher duschen und sich umziehen«, fährt der Mann fort, wobei seine Reißzähne aufblitzen. »Meine Leute können Sie gerne sofort in Ihre Räume bringen, aber Miss Agatta wird mit mir ins Hauptquartier kommen müssen.«

Dax tritt mit bleicher Miene vor. »Sie können sie nicht einfach entführen.« Er glaubt, dass sie die Prozedur jetzt durchführen wollen; dass ich sterben werde. Ihm ist nicht klar, dass Skies keine so begabten Programmierer besitzt, um die Datei meines Vaters prozessfähig zu machen. Deswegen ist Dax hier. Deswegen hat mein Vater dafür gesorgt, dass er Teil dieser ganzen Sache ist. Er ist einer der wenigen Menschen auf der Welt, die dazu fähig sind, die Entschlüsselung durchzuführen.

»Was ist los?«, fragt Cole, die Augen zu Schlitzen verengt. Er wendet sich an Dax. »Stimmt etwas nicht?«

»Nein, alles okay. Ich werde mit ihnen reden«, sage ich und werfe Dax einen vielsagenden Blick zu. »Ich meine es ernst. Mir wird nichts passieren.«

Dax nickt widerwillig. Cole dagegen beäugt mich misstrauisch, als ich dem Wachmann folge.

Ich *hoffe* zumindest, dass mir nichts passieren wird.

31

Der Wachmann führt mich durch von Bäumen gesäumte Straßen, an denen saubere, hübsche Häuser stehen. Manche haben Gärten, die fast überquellen von Bohnen, Kräutern und perfekt aussehenden Tomaten, die wahrscheinlich gengehackt sind bis zum Anschlag. Wir stoppen vor einem der größeren Häuser, das ziemlich normal aussieht, bis auf die Metallgitter, die die Wände umschließen. Sie formen einen hausgroßen Faradayschen Käfig, der jede drahtlose Übertragung von innen oder außen stoppen sollte. Der Wachmann führt mich die abgetretenen Steinstufen nach oben, durch eine eiserne Tür und in das Herz von Novaks Netzwerk.

Drinnen ist der Boden bedeckt mit Kabeln, die sich zwischen Computerterminals hin und her ziehen. Davor sitzen Techniker mit glasigen Augen. Fast alle hier sind ganz offensichtlich vollgepumpt mit etwas, was Cartaxus als ›nicht-standardisierten‹ Code bezeichnet. Neben einigen Dingen, die ich sehe, wirken die Vampirzähne des Wachmanns beinahe wie Kinderkram. Eine Frau trägt eine Löwenmähne zur Schau, die sich bis auf ihren Rücken erstreckt, eine andere hat drei glänzende Linsen in ihrem Hinterkopf. Und ein Mann, der gerade eine Kabelrolle an uns vorbeiträgt, hat einen Schwanz, der zuckt, als er mich sieht.

»Catarina.« Novak kommt lächelnd durch den Raum auf mich zu, gekleidet in die Uniform, die ich aus ihren Übertragungen kenne: schwarzes Kunstleder mit leuchtend kobaltblauen Streifen auf der Schulter. Sie wirkt jünger, höchstens Anfang dreißig, und ihre Augen sind irgendwie unheimlich. Eines von ihnen glänzt ein wenig zu hell, was bedeutet, dass dieses Auge wahrscheinlich künstlich ist – eine winzige Kamera, die so verkabelt ist, dass sie zusätzliche Wellenlängen sehen kann. Das ist sicher nützlich, aber trotzdem ziemlich gruselig.

Tatsächlich ist alles an Novak irgendwie gruselig.

»Ich bin so froh, dich nach all dieser Zeit mal persönlich zu treffen.« Sie streckt mir ihre Hand entgegen. Seitlich an ihrer Nase glitzert ein silberner Stecker, und an ihrem Hals zieht sich die Tätowierung einer DNA-Doppelhelix nach oben, um unter ihrem scharlachroten Haar zu verschwinden. Ihr Händedruck ist fest, aber ihre Finger sind kalt und so unbeugsam wie die Härte in ihrem Blick. »Ich habe mir Sorgen um dich gemacht, seitdem du letze Woche unser Gespräch abgebrochen hast.«

Ich sehe auf die deaktivierte Triphase, die immer noch auf meiner Haut klebt. »Schon komisch, wie du dich um meine Sicherheit sorgst.«

Sie lächelt nur. »Du bist meine beste Hackerin, Wildkatze. Natürlich habe ich mir Sorgen gemacht. Ich habe Agnes rübergeschickt, um nach dir zu sehen, habe aber nichts von ihr gehört. Ich hatte schon darüber nachgedacht, eine Suchmannschaft loszuschicken, doch dann haben wir einen anonymen Tipp bekommen, dass du mit einer verschlüsselten Kopie eines Impfstoffs durchs Land reist. Als wir von Marcus gehört haben, haben wir beschlossen, alles in unserer Macht Stehende zu tun, um dich aufzuspüren. Ich bin so froh, dass du zugestimmt hast, dich uns anzuschließen.«

Ich runzle die Stirn. Einen anonymen Tipp? Das muss Agnes gewesen sein. Aber wenn sie Novak kontaktiert hat, wieso hat sie sich nicht bei mir gemeldet?

»Ich helfe gerne dabei, den Impfstoff freizugeben«, sage ich, »aber ich habe ein paar Forderungen.«

Novak blinzelt. »Forderungen?«

»Du hast doch bestimmt den Code gelesen, der die Entschlüsselung erklärt, oder?«

Sie nickt, und etwas in ihrer Miene verrät mir, dass ich mit meiner Vermutung richtiglag – sie hat den Code gelesen, ihre Leute wissen, dass mein Körper benutzt wird, um den Impfstoff zu entschlüsseln, aber sehr viel mehr wissen sie nicht. Nur Dax und ich sind so gut mit dem Codierstil meines Vaters vertraut, um auf die Schnelle die Feinheiten der Prozedur zu verstehen. Das verschafft mir einen Vorteil. Wenn ich meine Karten richtig ausspiele, könnte ich Novak und ihre Leute durch einen geschickten Bluff für meine Zwecke einspannen.

»Dann weißt du, dass der Impfstoff nur ordentlich entschlüsselt werden kann, wenn ich das zulasse«, sage ich. »Mein Vater hat ihn so geschrieben, damit Cartaxus mich niemals zur Entschlüsselung zwingen kann. Ich werde es nämlich nur zulassen, wenn er frei verteilt wird, an jeden Überlebenden an der Oberfläche und in den Bunkern.«

Novak verengt die Augen zu Schlitzen.

Alles, was ich gerade gesagt habe, ist eine Lüge, klingt aber gleichzeitig wahr genug, um glaubhaft zu sein. Ich muss nicht zustimmen, den Impfstoff zu entschlüsseln – ich muss nicht mal zwangsweise bei Bewusstsein sein. Wichtig sind nur meine Zellen, aber Dax und ich sind die Einzigen, die das wissen.

»Ja«, sagt sie schließlich. »Dessen bin ich mir bewusst. Aber es gibt da auch ein paar Dinge, über die *du* dir bewusst sein solltest, Miss Agatta.«

»Zum Beispiel?«

Sie zieht eine Augenbraue hoch. »Dinge, die dein Vater dir vielleicht schon vor langer Zeit hätte erklären müssen.«

Novak sagt, sie müsste ein paar Dinge vorbereiten, also führt sie mich zum Warten in einen Raum, der mit Fotos gefüllt ist, die die letzten zwei Jahre dokumentieren. Ein kreisförmiges Bild mit verschwommenen Rändern wurde von einem Augenimplantat geknipst und zeigt einen Aufstand auf einer geschäftigen Innenstadt-Straße. Ich habe dieses Bild schon gesehen. Es wurde gemacht, als ein Bus mit Dutzenden Infizierten im zweiten Stadium in Chicago liegen geblieben ist. Einige Leute sind in Panik verfallen und haben die Türen geöffnet, der Duft ist auf die Straße gedrungen und hat so das größte bisher bekannte Auftreten des Grimms ausgelöst. Der Wahnsinn verstärkt sich in Menschenmengen. Normalerweise zieht einen der Duft zu den Infizierten, doch in einer Menge steigt die Hysterie ins Unendliche, und die Leute stürzen sich blind auf jeden in ihrer Nähe.

Als der Grimm an diesem Tag wieder verklang, lagen mehr als hundert Leichen auf der Straße verteilt.

Ich kaue an meinem Daumennagel, starre auf die wilden Gesichter der Leute auf dem Foto. Es gibt kein schlimmeres Gefühl, als den Geruch in die Nase zu bekommen und zu wissen, dass man in den Grimm abrutscht – dass man gleich Leute verletzen wird, ohne es zu wollen. Ob Cole sich wohl so fühlt, wenn sein Schutzprotokoll sich einschaltet?

»Miss Agatta?«

Ich zucke zusammen und wirble herum. Ein Wachmann mit Kraftleitungen um das Gesicht wartet neben der Tür. »Wir sind bereit für Sie. Hier entlang, bitte.«

Ich nicke und senke die Hand vom Mund. Ich habe meinen Daumennagel zum ersten Mal vollkommen abgekaut. Ich zwinge mich, meine Arme hängen zu lassen, als ich hinter dem Wachmann eine Treppe im hinteren Teil des Hauses nach unten steige.

Wir erreichen den Keller und treten durch eine zischende Luftschleuse in einen Raum, dessen Wände mit schallisolierenden Schaumstoffmatten mit Spitzen versehen sind. Darin wartet Novak mit zwei Leuten auf mich – einem Mann mit leuchtend gelbem Haar und einer Frau mit glatter, fast durchsichtiger Haut, die aussieht, als wäre Frosch-DNA in ihrem Körper. So etwas ist mir noch nie begegnet. Die glasigen Hautschichten geben den Blick frei auf Muskelstränge und die dunklen Pfade der Adern.

Die glashäutige Frau starrt leer vor sich hin, als ich den Raum betrete. Einer ihrer Mundwinkel zuckt. Der gelbhaarige Mann hält den Kopf schief und sabbert. Ich sehe wachsam zwischen den beiden hin und her, dann ziehe ich fragend eine Augenbraue hoch.

»Diese beiden gehören zu den führenden Experten für das Hydra-Virus«, sagt Novak. »Oder zumindest sind sie die Besten, die wir so kurzfristig erreichen konnten.«

Der Mann nickt mir einmal gemessen zu, dann zuckt sein gesamtes Gesicht.

»Moment«, sage ich. »Ihr benutzt *Marionetten*?«

Die Marionetten-Verbindung gehört zu den gefährlichsten Apps der Gentechnik, eines der wenigen Programme, die von der UN definitiv für illegal erklärt wurden. Die App benutzt ein Netz aus Tausenden winziger Kabel, die sich durch das Nervensystem des Nutzers erstrecken, um einem Marionettenspieler – einer Person an einem weit entfernten Ort – zu erlauben, den Körper der Marionette zu übernehmen. Jeder kann ein Marionettenspieler sein; dafür braucht man keine spezielle Technik. Ihre Hirnaktivität wird über ihr Schädelnetz eingefangen, wie es auch sonst der Fall ist. Diese Aktivität beinhaltet die mentalen Befehle, die ihre Stimme und Bewegungen kontrolliert, und genau das wird direkt in die Muskeln der Marionette übertragen.

Gewöhnlich funktioniert das recht gut. Die meisten Gehirne und Körper von Menschen ähneln sich genug, dass die mentalen Befehle des Marionettenspielers, mit dem Kopf zu nicken, auch auf die Muskeln der Marionette wirken sollten. Aber die App ist nicht perfekt. Marionetten neigen zu Zuckungen, und manchmal ist die Sprache sehr verschwommen. Aber trotzdem ist es eine der sichersten Verbindungen überhaupt. Jeder, der eine Übertragung hackt, wird nur einen Strom von unverständlichen Muskelimpulsen entdecken. Sie in Worte zu übersetzen, würde eine Maschine erfordern, die fast so komplex ist wie der menschliche Körper.

Doch es ist gefährlich. Es ist schon vorgekommen, dass Marionetten einen Herzstillstand erlitten haben, weil sich Signale des Marionettenspielers dorthin verirrten. Manchmal wachsen die Kabel auch nicht richtig und lähmen die Marionetten. Und manchmal werden sie zu Dingen gezwungen, die sie nicht tun wollen. Die Marionetten sollen eigentlich bei Bewusstsein sein, um die Sitzung aus eigenem Willen abbrechen zu können, doch ich habe schon von einer gehackten Version des Codes gehört, die die Leute in ihrem Körper einsperrt. Sie in einem Körper gefangen hält, der sich nach dem Willen eines andren Menschen bewegt, unfähig zu entkommen. Ich kann mir nichts Beängstigenderes vorstellen.

Ich hätte nie gedacht, dass ich die App einmal in Aktion sehen würde. Und jetzt, wo ich in diese seltsam leeren Augen der zwei Marionetten blicke, hoffe ich, dass ich es nicht noch mal erleben muss.

»Das ist der sicherste Weg, sich zu unterhalten«, meint Novak.

»Mit wem sprechen wir, dass eine solche Geheimniskrämerei nötig ist?«

Novak zieht eine scharlachrote Augenbraue hoch. »Mit Cartaxus.«

Ich blinzle, dann sehe ich zwischen den Wissenschaftlern und Novak hin und her. »Mit *Cartaxus*? Bist du verrückt?«

»Du musst etwas verstehen«, sagt Novak. »Obwohl unsere Methoden sich unterscheiden, versuchen sowohl Skies als auch Cartaxus, das Virus zu besiegen und so viele Leben zu retten wie möglich. In der Vergangenheit haben wir einander bekämpft, es gab sogar Tote, aber wir wissen, wann es Zeit ist, unsere Differenzen beizulegen und zusammenzuarbeiten.«

»Ihr arbeitet *zusammen*?«

»Natürlich tun wir das. Ohne den Impfstoff ist die Menschheit dem Untergang geweiht. Dein Vater war der Einzige, der solchen Code schreiben konnte. Vielleicht werden einige in der jüngeren Generation talentiert genug heranwachsen, aber bis dahin dürfte das Virus jeden an der Oberfläche ausgelöscht haben.«

Der gelbhaarige Mann hustet. »Und jetzt, wo das Virus stärker wird, sind auch die Bunker mit ihren Luftschleusen nicht mehr sicher. Unsere Pufferzonen sind inzwischen nutzlos, wie Sie gesehen haben, als Sie Homestake verlassen haben.«

Ich trete unruhig von einem Fuß auf den anderen. »Wenn ihr also in diesem Punkt zusammenarbeitet, wieso dachte mein Vater dann, ihr würdet den Impfstoff zurückhalten?«

Die glashäutige Frau lächelt. »Weil wir das vorhatten.«

Novak streicht sich eine Strähne aus dem Gesicht. »Ehrlich, Catarina, ich dachte, du hättest es inzwischen verstanden.«

Verwirrt sehe ich von einem zum anderen. Die Cartaxus-Wissenschaftlerin lächelt. »Sie haben sicherlich bemerkt, Miss Agatta, dass wir unsere Server nicht so gut geschützt haben, wie es möglich gewesen wäre. Ihre Angriffe waren wirklich beeindruckend, aber sehr wenige ihrer Freunde bei Skies teilen diese Begabung, und trotzdem waren sie fähig, medizinischen Code zu stehlen. Und zwar weil wir sie *gelassen* haben. Als wir das Bunkersystem entworfen haben, wussten wir, dass die Bevölkerung sich zwangsläufig in zwei Fraktionen spalten würde – diejenigen in den Bunkern und die auf der Oberfläche. Uns war bewusst, dass nur sehr wenige Leute dem medizinischen Code vertrauen würden, wenn wir ihn über unsere Satelliten verbreitet hätten.«

Langsam ergibt alles Sinn. »Aber wenn die Apps gestohlen waren …«

Novak lächelt. »Genau. Hätte Cartaxus Code verschenkt, hätten die Leute misstrauisch reagiert, doch wenn er gestohlen und von uns dechiffriert wurde, haben sie ihm vertraut. Dasselbe gilt für den Impfstoff. Wenn Cartaxus ihn frei ausstrahlen würde,

würde das die Leute misstrauisch machen und sie würden ihn vielleicht nicht herunterladen. Niemand will eine Wiederholung der Influenza-Tragödie. Doch wenn du ihn stiehlst und für Skies freigibst, würden sie ihn sofort herunterladen.«

Mir dreht sich der Kopf. »Also bin ich die ganze Zeit vor Cartaxus weggelaufen ...«

»Obwohl wir nur dabei helfen wollen, den Code zu entschlüsseln«, sagt der gelbhaarige Mann.

Ich starre ihn argwöhnisch an. »Wieso darf ich dann nicht den Anweisungen meines Vaters folgen? Wir sollen zu einem Labor fahren ...«

»Ja, und die Prozedur durchführen. Das wissen wir«, sagt Novak. »Aber was dann? Wie willst du den Code verbreiten? Wie willst du Milliarden Leute davon überzeugen, ihn herunterzuladen? Es gibt keine klinischen Tests, keine Langzeitstudien. Dein Vater war die einzige Person, die erklären konnte, wie der Impfstoff funktioniert, aber er ist tot. Du willst Milliarden Leute bitten, ein Rätsel in ihre Körper zu speisen. Wie willst du das schaffen?«

Ich verlagere mein Gewicht so, dass mein schmerzendes Knie entlastet wird. Ich habe kaum darüber nachgedacht, wie der Impfstoff verbreitet werden soll. Ich habe mich nur darauf konzentriert, ihn zu dechiffrieren. »Ich ... ich weiß es nicht«, sage ich. »Davon hat mein Vater in seinem Brief nichts erwähnt. Ich dachte, die Leute würden den Impfstoff einfach *wollen.*«

»Sollte man meinen«, sagt der Mann, »aber Cartaxus hat Millionen Leute dabei beobachtet, wie sie an Influenza X gestorben sind, nachdem der Impfstoff deines Vaters frei zugänglich gemacht wurde. Der Hydra-Code ist vollkommen neu, er wurde sehr eilig getestet. Manche Leute werden abwarten wollen, ob er wirklich funktioniert. Wenn das geschieht, sind wir dem Untergang geweiht. Das Virus entwickelt sich gefährlich schnell. Sie haben gesehen, wie die Berster vor Homestake simultan explodiert sind – das ist eine Mutation von drei Genen. Dieser Code könnte innerhalb von Wochen obsolet werden, wenn wir nicht jeden an der Oberfläche impfen können.«

»Na ja, alle werden wir nie erwischen«, murmelt Novak. »Nicht alle da draußen denken noch rational. Es gibt Leute, die in Rudeln herumziehen und sich gegenseitig fressen.«

Ich schlucke schwer. Die Schleicher. Novak hat recht – sie sind verrückt. Ich bezweifle, dass sie überhaupt noch klar genug denken, um ihre Download-Settings zu bedienen.

»Und was wollt ihr von mir?«, frage ich.

»Das ist der Punkt«, sagt Novak seufzend. »Wir wissen nicht, wie wir es machen sollen, Catarina. Wir hatten gehofft, dein Vater hätte einen Weg gefunden.«

»Aber zusammen besitzt ihr zwei Satelliten-Netzwerke.«

»Ja«, sagt die Frau mit der gläsernen Haut, »und wir kontrollieren aus genau diesem Grund die Panels von jedem in unseren Bunkern. Wir können ihnen den Impfstoff einfach *geben*, ohne sie um Erlaubnis zu fragen. Aber bei den Menschen an der Oberfläche ist das nicht möglich.«

Ich nicke langsam, wobei meine Hand fast geistesabwesend die schwarze Kapsel an meinem Hals betastet. Ein Algorithmus steigt aus den Tiefen meines Hirns auf, der erste Funke von etwas Wildem, Schrecklichem. Etwas, was vielleicht erklärt, wieso mein Vater Dax eine Kopie von Jun Beis Kick-Simulation hinterlassen hat.

»Wir werden eine Übertragung senden«, meint Novak.

»Das ist deine Antwort auf alles«, seufzt der Mann.

Novak wirft den Kopf zurück. »Diese Übertragung wird anders sein. Wir werden Catarina und Crick präsentieren. Wir werden eine Geschichte erfinden, wie wir ihn aus der Gefangenschaft von Cartaxus befreit haben …«

»Oh, das gefällt mir«, meint die Frau.

Die drei beginnen, eine Art riesige Übertragung zu planen, doch ich höre ihnen nicht zu. Jun Beis Simulation kreist in meinen Gedanken. Mein Vater hat sie uns nicht hinterlassen, um uns die Flucht aus einem Bunker zu ermöglichen; diese Simulation war ein weiterer Notfallplan – von dem er wusste, dass ich ihn verstehen würde. Jun Beis Simulation hat jedes Panel in Homestake gehackt, mithilfe desselben Falltür-Mechanismus, auf den sich auch die Nachtkapsel um meinen Hals verlässt: die eine Schwäche in der Sicherheit jedes Panels.

Und ich denke, ich kann sie ebenfalls verwenden.

Ich sehe abrupt auf und fange Novaks Blick auf, als das letzte Puzzlestück des Plans meines Vaters seinen Platz findet.

»Ich kriege das hin«, sage ich und unterbreche damit das Gespräch. »Ich kann den Impfstoff in jedes Panel einschleusen. Aber ihr müsst meinen Anweisungen haargenau folgen.«

32

»Wunderschön«, sagt Novak, die über meine Schulter den Code liest, den ich geschrieben habe.

»Bösartig«, antworte ich.

Lächelnd richtet sie ihren harten Blick auf mich. »Wir leben in bösartigen Zeiten, Catarina. Manchmal müssen wir das Böse umarmen, um zu überleben.«

Ich lehne mich zurück, verschränke die Arme und starre auf den Bildschirm des Computers. Es hat mich weniger als eine Stunde gekostet, den Code zu schreiben, der den Impfstoff in jedes Panel einschleusen wird. Novak hat ein Server-Terminal mit Bildschirm und Tastatur für mich aufgetrieben, und ich habe mich hingesetzt, um aus Jun Beis Falltür-Code eine Waffe zu schaffen. Ich habe Elemente aus meinen eigenen Viren mit Zeilen aus der minimalistischen Präzision von Cartaxus' Nachtkapsel gemischt und sie zu etwas Schrecklichem verbunden.

Einer Abscheulichkeit.

Während ich gearbeitet habe, haben Cartaxus und Novak versucht, ein gemeinsames Satelliten-Netzwerk aufzubauen – eine formale Allianz, um Gentech-Code und Informationen zu teilen. Das war eine meiner Forderungen, und sie sind ihr nachgekommen. Sie bereiten ihre Leute auf eine geeinte Welt vor.

»Und was passiert jetzt?«, frage ich. »Seid ihr bereit, die Entschlüsselung laufen zu lassen?«

»Noch nicht ganz.« Novak tritt zurück. »Ich habe immer gesagt, dass du einmal in einer meiner Übertragungen auftreten wirst. Ich möchte, dass du neben mir stehst, wenn wir der Welt die Existenz des Impfstoffs verkünden.«

Mein Magen verkrampft sich. Ich habe mich gezwungen, dieses Programm zu schreiben, und ich bin bereit, mein Leben für den Impfstoff zu opfern, aber ich weiß nicht, ob ich es schaffe, so zu tun, als wäre ich darüber glücklich. »I-ich weiß gar nicht, was ich sagen soll.«

»Darum kümmere ich mich.« Novaks Blick gleitet über mein Gesicht, dann hebt sie stirnrunzelnd eine meiner verklebten Haarsträhnen. »Aber zuerst einmal müssen wir dich zurechtmachen.«

Drei Stunden später stehe ich unter einer Kuppel, die an ein Iglu erinnert und deren Wände und Decke mit Kameras übersät sind. Sie starren auf mich herunter wie tausend Augen. Novaks tägliche Übertragungen werden in VR aufgenommen, damit die Leute sie auf ihren Panels sehen können; als ob sie in ihrem Wohnzimmer stehen würde und direkt zu ihnen spräche. Die meisten Virtual-Reality-Segmente werden von nur zwei oder drei Kameras aufgenommen, deren Material dann durch Animationsmaschinen gejagt wird, die ein 3-D-Bild daraus aufbauen. Aber solche Animationen sind nie perfekt. Manchmal geht es schief. Der einzige Weg, ein perfektes Bild zu erzeugen, liegt darin, jeden einzelnen Teilnehmer in einer VR-Kuppel zu filmen – aber die sind teuer und selten. Es hat sich herausgestellt, dass Skies sogar mehrere davon besitzt.

Ein Dutzend Scheinwerfer sind sorgfältig zwischen den Kameras verteilt, um mein Haar und mein Gesicht zu beleuchten. Ein Visagist tupft panisch eine letzte Schicht Puder auf meine Wangen, bevor er durch ein Loch in der Seite der Kuppel verschwindet.

Ich stehe angespannt da, meine Hände in den Hosentaschen vergraben. Novaks Team hat mich in eng anliegende schwarze Jeans, ein weißes Tanktop und kniehohe Stiefel gesteckt. Drei Visagisten haben sich eine Stunde lang an meinem Gesicht zu schaffen gemacht, bevor sie die Hände in die Luft geworfen und erklärt haben, dass sie ihr Bestes gegeben haben. Meine vernarbte Haut ist mit Nanofüller geglättet worden, mein Haar wurde gewaschen, behandelt und in weiche Wellen geföhnt. Meine verwucherten

Augenbrauen wurden gezupft, meine Augen mit Schwarz umrahmt. Meine Wimpern wirken auf wunderbare Weise dichter. Wenn ich mein Spiegelbild in einer der Linsen sehe, ist es, als blicke mir ein fremdes Wesen entgegen. Ich schaue immer noch aus wie ich selbst, aber eine Version meines Selbst, die ich nie für möglich gehalten hätte. Ich wirke schick, kultiviert. Es ist die perfekte Maske, um meine Nervosität dahinter zu verstecken.

»Sendung in fünf«, sagt eine vertraute Stimme, die aus einem Lautsprecher am höchsten Punkt der Kuppe dringt. Das rote Licht über mir wird heller, und ein paar handflächengroße Bildschirme zwischen den Kameras schalten sich ein. Auf dem zu meiner Linken sehe ich, wie Dax den Kopf dreht, um sich in den Kameras zu betrachten. Der rechte Bildschirm zeigt, wie eine Stylistin Novaks Haar richtet.

Wir werden nebeneinanderstehen – ein Wissenschaftler von Cartaxus, die Anführerin von Skies und Lachlan Agattas Tochter – und eine Rede aufsagen, die Novaks Team geschrieben hat. Sie beschäftigt sich damit, wie wichtig es ist, dass alle den Impfstoff herunterladen; wie sicher das Mittel ist, wie intensiv der Code getestet wurde. Ich werde der Welt erzählen, dass Dax und ich jahrelang im Verborgenen Kontakt hatten, wie heimliche Liebende. Das wir beide es schließlich geschafft haben, Cartaxus und Skies von einer Zusammenarbeit zu überzeugen.

Das ist alles gelogen.

Die Ansprache erwähnt nicht, dass Dax sich Cartaxus nur angeschlossen hat, weil er mit Waffengewalt dazu gezwungen wurde. Sie beschäftigt sich nicht damit, dass außer Dax niemand den Impfstoff je auch nur gesehen, geschweige denn getestet hat.

Dass die einzige Person, die den Code verstanden hat, tot ist.

Aber das spielt keine Rolle. Die Übertragung dient nur als Ablenkung, um von dem abzulenken, was die Satelliten in Wahrheit ausstrahlen. Während wir reden, wird mein Falltür-Code an alle

Satelliten im Orbit gesendet, um von dort aus still und heimlich in den Arm jeder Person auf dem Planeten zu kriechen. Niemand bekommt eine Wahl. Die Leute werden nicht einmal ahnen, was geschehen ist. Der Code wird von derselben Firewall verborgen, die Coles Blackout-Code vor ihm versteckt hat. Der Impfstoff wird still und heimlich laufen, bis irgendein Hacker ihn irgendwann entdeckt, doch bis dahin wird das Virus ausgerottet sein.

»Stell dich auf die Markierung, Agatta«, sagt die Stimme aus dem Lautsprecher.

Ich trete zurück, bis ich genau über dem aufgeklebten Kreuz auf dem Boden stehe, dann schaue ich auf die Kameras. »Leoben, bist du das? Wo bist du?«

Er lacht leise. »Ja, ich bin's. Ich stehe in Novaks Kommandozentrale und helfe ihnen, sich in das Netzwerk von Cartaxus einzuklinken. Ich werde deinen Code laufen lassen. Ich habe gesehen, dass du dir Teile aus Jun Beis Arbeit geliehen hast.«

Unruhig verschränke ich die Arme. »Ich hatte keine andere Wahl.«

»Von mir wirst du keinen Widerspruch hören. Jeder, der verrückt genug ist, den Impfstoff nicht herunterzuladen, sollte sowieso wahrscheinlich besser keine Kontrolle über sein Panel haben.«

Ich beiße mir auf die Unterlippe, dann nicke ich. Als Leoben erneut spricht, klingt seine Stimme weicher. »Ach ja, Dax hat mir von der Entschlüsselung erzählt.«

Ich erstarre und werfe einen Blick zu dem Bildschirm mit Dax darauf. Er dreht immer noch seinen Kopf hin und her, um sich selbst zu betrachten. Er kann nicht hören, was wir sagen. Ich kann nur hoffen, dass dasselbe für Cole gilt, wo auch immer er sein mag.

»Was hat er gesagt?«

»Er hat mir alles erzählt. Hat gesagt, ich solle wissen, was passieren wird, für den Fall, dass Cole, na ja … für den Fall, dass Cole tut, wofür er ausgebildet wurde.«

»Oh.« Ich kratze mir nervös den Nacken, unsicher, was ich dazu sagen soll.

»Ich habe dich falsch eingeschätzt«, meint Leoben. »Ich dachte, du wärst genau wie Lachlan, aber das bist du nicht. Tut mir leid. Und keine Sorge, ich werde mich um Cole kümmern.«

Ich schlucke schwer. »Cole und ich, wir sind nicht … Ich hatte die ganze Zeit im Kopf, was du gesagt hast. Ich habe versucht, auf Abstand zu gehen.«

Leoben seufzt. »Na ja, vielleicht hättest du nicht auf mich hören sollen.«

»Was meinst du damit?«

Bevor er antworten kann, blitzt das rote Licht über mir erneut auf und der Lautsprecher gibt nur noch Rauschen von sich.

Die Übertragung fängt an.

Auf ihren jeweiligen Bildschirmen starren Dax und Novak geradeaus, hoch aufgerichtet und selbstsicher, während die beiden darauf warten, dass wir live übertragen werden. Sie sind bereit, im Gegensatz zu mir. Ich weiß immer noch nicht, wie ich mich verhalten soll. Ich weiß nicht, wie ich stehen oder schauen oder lächeln soll. Mein Spiegelbild zeigt eine Fremde, und meine Worte werden die Lügen einer Fremden sein.

Aus dem Lautsprecher dringt eine Melodie, die ich als die Cartaxus-Hymne erkenne – eine Abfolge von frischen, leicht pompösen Akkorden. Langsam geht die Musik in die Trompeten über, die immer den Anfang von Novaks Übertragungen ausmachen. Die Einführung endet, und plötzlich füllt sich die Kuppel mit gleißend hellem Licht. Ich versuche, nicht zusammenzuzucken oder mir die Hand vor die Augen zu schlagen. Soweit ich weiß, sind wir live auf Sendung, und im Moment starren drei Milliarden Leute in mein Gesicht.

Auf ihrem Bildschirm schenkt Novak dem Publikum ihr typisches Lächeln. »Guten Abend allerseits«, sagt sie. »Danke, dass

Sie uns zuschauen; dass Sie zusammengekommen sind, um diese besondere Übertragung mit uns zu teilen. Wie sie nach den Ankündigungen des heutigen Tages wissen, werden wir bald den Hydra-Virus-Impfstoff aussenden. Wir haben heute zwei wichtige Leute zu Besuch, um genau darüber zu sprechen. Links von mir steht Miss Catarina Agatta, Tochter des verstorbenen Dr. Lachlan Agatta, und gleichzeitig die Skies-Hackerin mit dem Namen Wildkatze.«

Ich zwinge mich dazu, zu lächeln und kurz zu winken. Die Kameralinsen in der Kuppel scheinen zu pulsieren, als würden sie die Aufmerksamkeit der Welt zu mir übertragen statt andersherum.

Novak wendet sich nach rechts. »Und das ist Dr. Dax Crick höchstpersönlich. Unser Held, meine Damen und Herren. Der Autor des Hydra-Impfstoffs.«

Mein Lächeln gefriert auf meinem Gesicht. Ich starre Dax' Bildschirm an. Er sollte Novak korrigieren. Er sollte erklären, dass mein Vater den Impfstoff geschrieben hat, dass er selbst nur als Assistent geholfen hat. Er sollte erklären, dass er nicht einmal weiß, wie der Impfstoff funktioniert, doch stattdessen schenkt Dax Novak ein Lächeln.

»Es war eine Gruppenarbeit«, sagt er. »Dr. Agattas Hilfe bei der Programmierung des Impfstoffs war unendlich wichtig, genau wie die Hilfe meines restlichen Teams.«

Seines Teams? Mein Magen verkrampft sich. Was zur Hölle soll das? Wie kann er bei etwas so Wichtigem so eiskalt lügen?

»Sie sind zu bescheiden«, sagt Novak. »Ich habe die Berichte über die Fehlfunktion gelesen, die kürzlich den Homestake-Bunker bedroht hat, als sich die Luftschleusen während einer Routine-Absperrung verklemmt haben. Sie haben sich eingeloggt und diese Schleusen geschlossen, haben Ihr Leben aufs Spiel gesetzt, um diese Leute zu retten. Und Sie haben die letzten zwei Jahre Ihres Lebens der Aufgabe gewidmet, einen Impfstoff zu schreiben, der uns alle retten wird. Ich glaube, es ist nur richtig, Sie als den Helden anzuerkennen, der Sie sind.«

Mein Herz schlägt wie wild gegen meine Rippen. Nein. Das war nicht Dax. Ich habe in Homestake zwar seine Login-Daten und sein Passwort verwendet, aber *ich* war es, die die Schleusen geschlossen hat. Dax ist derjenige, der überhaupt erst vorgeschlagen hat, die Kick-Simulation einzusetzen.

Und jetzt heimst er den Ruhm für alles ein. Für die Arbeit meines Vaters. Für meine Arbeit.

Und es gibt absolut nichts, was ich dagegen tun kann.

Dax live in Verruf zu bringen, würde bedeuten, den Impfstoff in Verruf zu bringen. Ich darf nichts sagen, was bei den Überlebenden, die diese Übertragung sehen, Zweifel säen könnte. Aber wenn ich einfach nur dastehe und Dax und Novak lügen lasse, dann werden alle mein Schweigen als Zustimmung deuten.

Das sollte keine Rolle spielen. Ich brauche keinen Ruhm, und ich weiß, dass es meinem Vater egal wäre, unter wessen Namen der Impfstoff veröffentlicht wird, solange er alle Leute erreicht, die ihn brauchen. Aber das macht es nicht leichter, hier zu stehen und mir die Lügen anzuhören, die über die Lippen des Mannes dringen, der schon in wenigen Stunden ein Kabel in mich einstöpseln und mich umbringen wird.

Ich stehe kurz davor, mich von diesen Leuten umbringen zu lassen, und sie lügen mir lächelnd ins Gesicht.

Mein Kopf dreht sich. Dax und Novak sprechen weiter über den Impfstoff, über Cartaxus und ihre Labore, über das neue gemeinsame Netzwerk. Ich kann nur dastehen und starren, bis Novak meinen Namen ausspricht und alles still wird.

»Catarina?« Novak runzelt die Stirn. »Ist das nicht richtig?«

Ich glotze sie nur an. Ich weiß nicht mal, welche Frage sie mir gerade gestellt hat. Ich habe durch den Schock und das Gefühl des Verrats, das mich erfüllt, kein Wort gehört. Ich will der Welt die

Wahrheit verkünden – dass Dax die Leute in Homestake nicht gerettet hat, dass er den Impfstoff nicht geschrieben hat, dass er nicht mal weiß, wie der Code aussieht. Keiner von uns weiß das, und trotzdem werden wir ihn bald in jeden Arm einspeisen, ohne ihn die Leute auch nur lesen zu lassen.

So soll es nicht sein. Mein Vater hatte einen Plan für uns, aber er kann auf keinen Fall gewollt haben, dass es so endet. Dieser Plan ist in einem Gewirr aus Lügen verbrannt, doch es gibt kein Zurück mehr, und meine Hände sind auch nicht unschuldig.

Der Bildschirm des Teleprompters leuchtet heller, zeigt mir die Worte, die ich sprechen soll. Die Täuschung, wegen derer man sich an mich erinnern wird.

Ich hole tief Luft, starre auf die Wand voller schwarzer Linsen und sage, was mir vorgeschrieben wurde.

Ich werde nicht mehr lange mit dieser Last leben müssen.

33

Sobald die Lichter in meiner Kuppel verlöschen, dränge ich mich durch die Gummitür. Dabei erwische ich einen Kamerabot, sodass er über den Beton schlittert. Dax' Kuppel ist neben meiner. Seine fahle Hand schiebt sich durch die Öffnung, doch ich stoße sie wieder hinein, schiebe mich in die Kuppel und ramme ihn gegen die Wand.

Er reißt die Augen auf und stolpert, sein Kopf schlägt in der engen Kuppel gegen eine Kameralinse. Das polierte schwarze Glas zerspringt sofort. Ein blutiger Fleck blüht an Dax' Schläfe auf. Er berührt die Wunde, dann starrt er mich schockiert an. »Prinzessin, was zur Hölle?«

»Was zur Hölle?«, wiederhole ich, quasi knurrend. »Was zur Hölle war das gerade, Dax? Du hast in Bezug auf alles gelogen.«

»Hey, hey«, sagt er, als er meine Handgelenke packt und meine Finger von seinem Hemd löst. »Das musste ich. Novak und Cartaxus haben gesagt, der Impfstoff bräuchte ein Gesicht.«

»Mein Vater war das Gesicht«, sage ich, als ich die Hände zurückziehe. »Es ist sein Code, sein Vermächtnis. Du kannst nicht den Ruhm für etwas einheimsen, was du nicht mal verstehst.«

»Dein Vater war vorbelastet.« Dax wischt sich mit einem Stirnrunzeln das Blut von der Stirn. »Er hat den Influenza-Impfstoff versaut und sich dann in einen Einsiedler verwandelt. Der Impfstoff brauchte ein frisches Gesicht, jemanden, der anziehender ist als er.«

»Anziehender? Wie der Kerl, der die armen Menschen von Homestake gerettet hat? Du warst derjenige, der fast alle umgebracht hätte, Dax. Wie konntest du in diesem Punkt lügen?«

»Weil ich musste.« Seine Stimme wird scharf. »Du glaubst, es gefällt mir, mir Lachlans Verdienst ans Revers zu heften? Ich werde den Rest meines Lebens für etwas gefeiert werden, was ich nicht getan habe. Ich habe gelogen, weil es das war, was die Leute brauchten; weil Cartaxus und Novak mich darum gebeten haben. Ich habe gelogen, damit *du* es nicht tun musst.«

»Aber du hast mich zur Komplizin gemacht. Ich hatte keine andere Wahl, als dort zu stehen und dir zuzustimmen. Du hast mich gezwungen, vor der gesamten Welt das Vermächtnis meines Vaters auszuradieren.«

»Was interessiert dich sein Vermächtnis?« Dax wirkt ehrlich verwirrt. »Wie kann er dir noch etwas bedeuten, wenn sein Code dich in ein paar Stunden töten wird?«

Die Worte treffen mich wie ein Messerstrich. Ich starre ihn an, ohne zu atmen, unfähig, den Schmerz in mir in Worte zu fassen. Tief in meinem Innersten weiß ich, dass ich wütend auf meinen Vater bin und es an Dax auslasse. Ich weiß, dass ich panische Angst vor der Prozedur habe und deswegen um mich schlage.

Aber das ist noch nicht alles – er hat recht. Ich werde heute Abend sterben, und ich kann nicht mal einen Anflug von Schmerz in Dax' Gesicht entdecken.

»Es ist dir egal«, hauche ich schließlich und trete zurück. »Ich war dir immer egal, richtig? Alles war eine Lüge. Du hast nur mit mir geflirtet, weil ich seine Tochter war. Alles nur, um näher an ihn heranzukommen.«

»Das stimmt nicht …«

»Natürlich stimmt es. Deswegen hast du mich nie kontaktiert, richtig? Zwei Jahre lang habe ich allein überlebt und dabei nicht das Geringste von dir gehört. Du hättest einen Weg finden können, mich anzurufen, mir die Wahrheit zu sagen.«

»Dein Vater hat mich nicht gelassen, Prinzessin.«

»Nenn mich nicht so! Wag es nicht, mich nach dem, was du gerade getan hast, noch so zu nennen.«

»Was ich getan habe?«, fragt Dax. Seine Augen brennen. »Ich

bin nicht derjenige, der dich zurückgelassen hat, und ich bin nicht derjenige, der einen Impfstoff geschaffen hat, dessen Schlüssel dein *Leben* ist. Ich habe nicht an Kindern experimentiert, während meine eigene Tochter allein in einem Internat aufwuchs. Du hast kein Problem mit mir, Catarina, sondern mit deinem Vater. Lass nicht an mir aus, dass du deine eigene verdammte DNA hasst.«

Mein Atem stockt. Ich trete einen weiteren Schritt zurück und stolpere in die Wand aus Kameras. Die Kuppel ist plötzlich beengend klein. Ich muss von Dax weg. Ich drehe mich um und dränge mich durch die Gummitür, lasse Dax zurück, ignoriere, als er meinen Namen ruft.

Ich werde nicht zurückgehen. Mir ist egal, wo ich hingehe, solange es mich nur von ihm wegbringt. Ich renne an der Reihe von VR-Kuppeln entlang, weiche einer Gruppe Arbeiter aus. Tränen lassen meine Sicht verschwimmen. Ich biege um eine Ecke und krache direkt gegen eine Mauer.

Nur dass es keine Mauer ist, auch wenn er sich so anfühlt.

»Hey, Agatta?«, fragt Leoben, als er mich stützt. »Ich suche eigentlich nach Dax. Geht es dir gut?«

Dax' Name sorgt dafür, dass ich auch Leoben angreifen will, doch stattdessen fange ich seinen besorgten Blick auf, unter dem ich fast zusammenbreche.

»Cole«, flüstere ich mit brechender Stimme. »Bitte, Leoben, ich muss Cole finden.«

Leoben mustert mich von oben bis unten, dann greift er mit einem Nicken nach meinem Arm, um mich durch einen Flur und nach draußen zu führen. Wir durchqueren einen Park, dann schiebt er mich in die Eingangshalle eines Hotels mit zerbrochenem Neonschild, die nach gengehacktem Gras stinken.

»Er ist in Zimmer achtundvierzig, im ersten Stock«, sagt er und deutet auf eine Treppe. »Ich werde jemanden schicken, der dich holt, sobald wir alles für die Entschlüsselung vorbereitet haben.«

»D-danke«, sage ich. Leoben verschwindet ohne ein weiteres Wort, und ich renne die Treppe nach oben. Als ich Coles Tür erreiche, packe ich die Klinke und stürme, ohne zu klopfen, in den Raum. Ich will nicht, dass Cole mich so sieht – im Kampf gegen die Tränen, so schwer atmend, dass ich mich kaum auf den Beinen halten kann –, aber im Moment brauche ich ihn so dringend, dass ich einfach nicht anders kann.

Die Tür öffnet sich zu einem winzigen Raum mit vernageltem Fenster. Cole, immer noch in seiner mit silbernem Staub verklebten Kleidung, sitzt auf dem Rand eines Bettes mit Metallgestell. Sein Kopf ist gesenkt, sein Notizblock offen in den Händen, doch als er mich sieht, lässt er ihn fallen und steht auf. Mein Herz rast, weil ich die Treppe nach oben gelaufen bin, doch beim Anblick des Notizblocks setzt es trotzdem für einen Moment aus.

»Was fehlt dir?« Mit zwei großen Schritten steht Cole neben mir. »Cat, du zitterst. Was ist passiert? Hat dich jemand verletzt?«

Ich werfe einen Blick auf den Block, dann wieder auf Cole, und ich werde unsicher. Er hat seine Zeichnungen von ihr angesehen. Von Jun Bei. Er ist immer noch nicht über sie hinweg, und ich bin immer noch nicht über Dax hinweg, wenn man bedenkt, wie tief mich seine Worte getroffen haben.

Aber wenn ich länger darüber nachdenke: Vielleicht ist das okay. Cole und ich sind beide kaputt, aber vielleicht sind wir auf dieselbe Weise kaputt. Gebrochen an derselben Stelle, zwei Hälften eines Ganzen, beide von Leuten verletzt, die uns zurückgelassen haben, ohne auch nur einmal zurückzusehen.

Vielleicht wird es Zeit, dass wir uns auch von ihnen abwenden.

»Ich habe die Übertragung gesehen. Du warst ziemlich gut …« Coles eisblaue Augen sind besorgt zusammengekniffen. Plötzlich scheint er zu verstehen. »Sie haben es dir nicht gesagt, richtig? Du wusstest nichts. Du warst nicht eingeweiht in diesen Teil der Farce.«

Ich beiße mir auf die Lippe, dann schüttle ich den Kopf. Ich vertraue meiner Stimme im Moment einfach nicht.

Coles Hände ballen sich zu Fäusten. »Sie benutzen dich, Cat. Das ist es, was diese Leute tun. Sie benutzen dich, und du bist ihnen vollkommen egal. Aber du musst es nicht zulassen. Wir können hier verschwinden, jetzt sofort. Sag mir einfach, was ich tun soll.«

»Nein …«, setze ich an, ohne wirklich zu wissen, was ich sagen soll. Ich weiß nicht mal, wieso ich hier bin – wieso mein erster Instinkt in meinen finstersten Momenten darin besteht, in Coles Arme zu laufen. Es kommt mir so vor, als hinge ich an einem dünnen Faden, der immer in seine Richtung schwingt, wenn er neben mir steht. Ich weiß, dass er das Einzige ist, was sich an diesem ganzen Plan richtig anfühlt, und dass ich keine weitere Chance mehr bekommen werde, wenn ich es ihm jetzt nicht sage.

»Cat, brauchst du was?«

Ich kaue an der Unterlippe, sammle meinen gesamten Mut, dann trete ich dicht an ihn heran und lasse meine Hände über seine Brust gleiten.

»Ich brauche dich.«

Er sieht mich einen Moment lang schweigend an, dann blitzt Verständnis in seinen Augen auf. Er mustert forschend mein Gesicht, als versuche er zu entscheiden, ob ich es wirklich ernst meine. Etwas huscht über seine Züge – ein Ausdruck des Zweifels, der Sorge –, dann saugen sich unsere Blicke aneinander fest.

Es ist wie ein Blitzschlag.

Dies hier ist etwas vollkommen anderes als die peinlich unbeholfenen Momente zwischen Dax und mir. Es herrscht eine unwiderstehliche Anziehungskraft, die die Luft zum Knistern bringt. Meine gesamte Welt scheint zu schrumpfen, bis sie nur noch aus dem Licht in Coles Augen besteht.

Er beobachtet mich einfach nur, so nahe, so unbeweglich. Er wartet darauf, dass ich den Abstand zwischen uns überbrücke, dass ich den Abgrund überquere, der zwischen uns klafft. Wieder scheint die Schwerkraft sich zu verändern, uns näher zueinanderzudrängen, und ich lasse mich von der Kraft über den Abgrund werfen. Meine Hände zittern, als ich sie in seinem Nacken verschränke, die Augen schließe und meine Lippen auf seine presse.

Für eine Sekunde ist es, als küsste ich Stein. Cole bewegt sich kein Stück, widersteht mir wie eine Statue. Plötzlich flackert Entsetzen in mir auf – ich habe mich geirrt; er will mich nicht. Der Schock trifft mich wie ein Schlag, bis Cole auf einmal seine Arme um meine Taille schließt.

Seine Lippen öffnen sich mit einem tiefen Stöhnen aus Sehnsucht und Verlangen, dann erwidert er den Kuss hart. Er schmeckt nach Salz und Schweiß. Sein Duft erfüllt meine Sinne, drängt all meine kreisenden, panischen Gedanken in den Hintergrund.

Das hier ist *richtig*.

Seine Berührung, sein Geschmack, sein Duft allein füllt eine Lücke in meinem Herzen, die genau seine Form und Größe hat. Seine Brust an meiner. Seine Finger an meinem Rücken. Die Art, wie meine Schultern sich perfekt in seine Umarmung einfügen.

Ich unterbreche den Kuss, um nach Luft zu schnappen, und Cole hebt eine Hand an mein Gesicht. »Cat …«, setzt er an, aber ich will nicht reden. Im Moment brauchen wir keine Worte. Ich will nur seine Lippen auf meinen spüren, seine Hände auf meiner Haut. Ich packe sein Shirt und ziehe ihn wieder an mich, öffne seine Lippen mit meiner Zunge.

Kurz steht er still, dann stößt er ein tiefes Knurren aus. Er drängt mich mit den Hüften nach hinten, führt mich zum Bett. Zusammen fallen wir auf die Matratze, seine Fäuste in meinem Tanktop vergraben.

»Ich will dich«, flüstere ich, als ich an seinem Hemd zerre. Es verschwindet in einer schnellen Bewegung, sodass eine Wolke glitzernder Nanobots um uns herum entsteht. Die Narben auf Coles

Brust glänzen. Ich schiebe ihn nach hinten, lasse meine Lippen über jede dieser grausamen Linien auf seiner Brust gleiten.

Er stöhnt leise. Dann zieht er mich an sich, um mich zu küssen, während seine Hände unter mein Tanktop gleiten.

»Du bist so schön, Cat.« Er lässt sich in die Kissen sinken und starrt zu mir auf. »Du hast ja keine Ahnung, wie schön du bist.«

Ich schließe die Augen, drücke den Rücken durch, hake die Finger genau in dem Moment unter den Saum meines Tops, um es mir über den Kopf zu ziehen, als es an der Tür klopft.

Ich erstarre.

Cole springt derart schnell auf, dass ich seine Bewegungen kaum verfolgen kann, mit nackter Brust und geröteter Haut. Ich falle aufs Bett zurück. Er hält seine Pistole in der Hand und hat sich zwischen mir und der Tür postiert, bevor ich mich auch nur aufsetzen kann.

Ein zweites Klopfen erklingt, dann öffnet sich eine Klappe unten an der Tür und ein in braunes Papier eingeschlagenes Päckchen wird durch einen Metallschlitz geschoben. Schritte entfernen sich langsam durch den Flur. Cole legt seine Pistole auf den Tisch und holt das Päckchen.

Er dreht es in den Händen, dann reißt er das Papier auf und mustert den Inhalt, bevor er mir das Päckchen entgegenstreckt. »Das ist für dich.«

»Für mich?« Ich nehme das Paket entgegen. Ein weißer Bademantel aus Baumwolle und passende Hausschuhe fallen in meinen Schoß, zusammen mit einem silbernen Stoffteil, das so glatt wie Wasser über meine Finger fließt. Daran ist eine Nachricht befestigt.

Trag das für die Prozedur. Zieh dich im Badezimmer um, wenn du nicht willst, dass wir zuschauen – Novak

Ich reiße den Kopf hoch und nehme die Ecken des Raums ins Visier. »Cole, gibt es hier Kameras?«

Er verlagert unangenehm berührt sein Gewicht. »Ähm, ja.«

»Wieso hast du mir das nicht gesagt? Ich wollte gerade mein Top ausziehen!«

Er reibt sich den Nacken. »Na ja, ich war ein wenig davon abgelenkt, dass du … ähm, dein Top ausziehen wolltest.«

Ich starre ihn nur an. Ich will wütend sein, doch seine Wangen sind gerötet und in seinem Haar glitzern tote Nanobots. Noch nie in meinem Leben habe ich etwas Schöneres gesehen.

»Verflucht, Cole.« Ich stehe auf, drücke mir Bademantel und Stoffteil an die Brust. Meine Haut kribbelt, wo er mich geküsst hat. Noch vor einer Sekunde hat sich das so richtig angefühlt, doch jetzt bin ich nur verwirrt. Ich weiß nicht, wieso ich hier bin oder was ich damit anrichte.

Ich werde bald sterben, und er wird mich verlieren. Es war ein Fehler, in sein Zimmer zu kommen. Ich hätte mich nicht von meinen Gefühlen überwältigen lassen dürfen.

»Ich sollte gehen.«

»Cat, warte.« Er umfasst meinen Arm. »Es tut mir leid. Ich hätte dir von den Kameras erzählen müssen. Ich wollte es tun, das schwöre ich.«

Ich schüttle den Kopf. »Darum geht es nicht. Es geht um die Prozedur, meinen Vater, alles. Ich kann im Moment nicht klar denken. Ich hätte nicht herkommen sollen. Das war ein Fehler.«

»Für mich hat es sich nicht so angefühlt.« Er tritt näher heran, hebt eine Hand an mein Gesicht.

Mein Blick senkt sich auf den Notizblock auf dem Boden. »Wirklich? Wieso hast du dann deine Zeichnungen von Jun Bei angesehen, als ich hereingekommen bin?«

»Habe ich nicht.« Er beugt sich vor und hebt den Zeichenblock auf. »Zumindest habe ich nicht sie angesehen.«

Er öffnet den Block im hinteren Teil, wo das Gesicht eines Mädchens mit hellen, scharfen Augen zu mir aufstarrt. Ihr Mund ist ein wenig verzogen, ihre Kinnlinie wölbt sich elegant, um hinter langem, wirbelndem dunklem Haar zu verschwinden. Sie wirkt schön und stark. Doch das ist nicht Jun Bei. Das ist eine Skizze von mir während der Übertragung. Jede Kontur meines Gesichts ist so perfekt, so sorgfältig eingefangen, dass es mir den Atem raubt.

Ich reiße meinen Blick von der Zeichnung und schaue Cole an. Etwas in mir zittert, als ich seinen Ausdruck sehe.

Reine Verletzlichkeit. Ein tief empfundenes, pures Gefühl auf dem Gesicht eines Mannes, der zur Waffe umfunktioniert worden ist. Seine Miene elektrisiert mich. Ich höre eine Stimme in mir, eine Antwort. Ein Gefühl steigt in mir auf, so mächtig, dass meine Hände beben.

Er hat recht. Das hier ist real. Ich kann es zwischen uns spüren wie einen Riss in Zeit und Raum, eine Verwerfung in den Naturgesetzen. Ich kann mich nicht davor verstecken. Wir sind bereits zu weit gegangen. Ich habe Leoben versprochen, dass ich Cole nicht verletzen würde, doch er hat mir sein Herz gerade rechtzeitig geöffnet, um mir beim Sterben zuzusehen.

Ich habe ihn angelogen. Ich lüge immer noch. Und er wird mich dafür hassen. Es gibt nichts Gefährlicheres als die guten Absichten eines Agatta.

»Cole«, hauche ich, dann bricht meine Stimme. Ich will gehen, weglaufen, die Uhr zurückdrehen und uns mehr Zeit zusammen erkaufen. Stattdessen kann ich nur in seine Arme treten und zulassen, dass er mich eng an sich drückt.

Als er mich diesmal küsst, ist nichts von dem Feuer zu spüren, das uns vorhin angetrieben hat. Es ist ein sanfter Kuss, die Art von Kuss, die die Welt ausschließt. Wir halten einander fest, und irgendwo im Schlag seines Herzen finde ich einen seltsamen Frieden.

Wenn ich den letzten Nachmittag meines Lebens so verbringen kann, dann ist vielleicht alles okay.

Vielleicht bin ich doch bereit zu sterben.

34

Die Nacht ist angebrochen, als eine Wache an die Tür klopft und uns mitteilt, dass Skies bereit ist, die Entschlüsselung durchzuführen. Wir werden nach draußen zu einem Auto mit schwarz gefärbten Fenstern geführt, das uns in Sunnyvales Forschungslabor bringt, wo Dax und Novak auf uns warten. Cole sitzt neben mir auf der Rückbank, als wir durch die Stadt rollen, eine Hand auf seinem Knie, die andere auf meinem Schoß. Unsere Finger sind verschränkt.

»Du siehst wunderschön aus«, sagt er. »Dieses Outfit ist der Hammer.«

Ich verdrehe die Augen. Ich trage den Baumwollbademantel, aber darunter habe ich diesen silbernen Fetzen Stoff an, den Novak mir geschickt hat. Es hat sich als Druckanzug entpuppt, ein Badeanzug-ähnliches Outfit aus einer mikrometerdünnen Schicht Gewebe, das dafür geschaffen wurde, Nanolösungen in meine Haut zu transferieren. Ich fühle mich nackt und sehe im Grunde auch so aus, aber trotzdem war es ganz schön mühsam, das Ding anzuziehen. Der Stoff ist elastisch und lässt sich fast bis ins Unendliche dehnen, aber trotzdem musste Cole mir beim Anziehen helfen.

Zumindest habe ich das gesagt, laut genug, dass jeder, der Coles Zimmer ausspioniert, es hören musste, bevor wir uns in das winzige Bad zurückgezogen haben. Es war eng und muffig, aber Coles Suche nach Kameras ergab nichts. Er hat mir geholfen, den silbernen Stoff über die Haut zu zerren, und sofort wurde die Glut zwischen uns wieder zu Flammen angefacht.

»Ich sage ja nur, dass du gut aussiehst.« Er schenkt mir ein träges Lächeln, das Hitze durch meinen Körper schickt. »Mir gefällt, was du mit deinem Haar gemacht hast.«

»Agnes hat ihn ordentlicher hingekriegt.« Ich fasse mir mit der freien Hand an den Fischgrätenzopf, zu dem ich meine Haare gebunden habe, genau wie Agnes es immer getan hat. Ich habe immer noch nichts von ihr gehört. Ich habe ihr eine E-Mail von meinem Terminal geschickt, als ich am Falltür-Code gearbeitet habe, doch die lag einfach ungelesen in ihrem Posteingang. Ein Teil von mir weiß, wie naiv es ist, immer noch anzunehmen, dass es ihr gut geht. Sie würde mich nie so ignorieren. Vom Kopf her weiß ich, dass ihr etwas Schlimmes zugestoßen sein muss.

Doch für den Moment ignoriere ich meinen Kopf. Logik reicht nicht aus, um mich durch diese Sache zu bringen. Ich sitze in einem Auto, das mich in meinen Tod fährt, werde meinen Körper gleich einem tödlichen Code preisgeben, den mein eigener Vater für mich geschrieben hat. Es gibt keine Garantie, dass es funktionieren wird, oder dass wir überhaupt das Richtige tun.

Statt für Logik entscheide ich mich für das Licht in Coles Augen, das aufflammt, wann immer er mich ansieht.

Ich entscheide mich für die *Hoffnung.*

Jede Berührung von Cole, jedes Lächeln erzeugt eine Wärme in mir, die die Kälte der bevorstehenden Entschlüsselung vertreibt. Wenn er mich ansieht, bin ich für eine Sekunde das Mädchen in seiner Zeichnung, mit hocherhobenem Kopf und brennendem Blick. Er ist wie eine Droge, und zwar eine harte. Die Stärke meiner Gefühle jagt mir Angst ein – ich verstehe einfach nicht, wie unsere Herzen sich so schnell finden konnten. Vielleicht liegt es an allem, was wir durchgemacht haben, oder wir sind wirklich auf dieselbe Weise zerbrochen, sodass unsere gezackten Kanten sich perfekt ergänzen. Ich wünsche mir, wir hätten mehr Zeit zusammen. Ich wünsche mir, ich könnte ihm die Wahrheit sagen.

Ich hoffe, dass er es verstehen wird, wenn ich nicht mehr da bin.

»Sie errichten ein Freudenfeuer«, sage ich, als wir uns dem Labor nähern und ich aus dem Fenster blicke. Holz wurde auf dem

Football-Feld der Highschool zu einem hohen Haufen aufgestapelt. Darum hat sich eine Menge versammelt, um diesen historischen Moment zu bezeugen. Ich kann ihre Aufregung spüren. Auch Cole strahlt sie aus. Der Nervenkitzel, der durch das Wissen ausgelöst wird, dass wir nur Stunden vom Ende dieses Albtraums entfernt sind, dass wir kurz davor stehen, das Virus zu vernichten und die Welt neu aufzubauen.

Für den Preis meines Lebens kann ich diesen Leuten wieder eine Zukunft schenken.

Wer kann das schon von sich behaupten?

Der Wagen fährt auf den Parkplatz vor einem dreistöckigen Gebäude, das früher mal eine Schule war, aber jetzt als Forschungslabor dient. Silberne Rohre hängen ungeordnet aus den Fenstern, und die Rasenfläche ist verwildert und mit Müll übersät.

»Bist du dir sicher, dass die Leute hier das hinkriegen?«, fragt Cole. »Hier sieht es aus wie auf einer Müllkippe.«

Ich lächle. »Dasselbe hast du über das Labor meines Vaters gesagt, erinnerst du dich?«

Er schnaubt. »Habe ich wahrscheinlich. Bist du bereit, das durchzuziehen?«

Ich nicke und drücke seine Hand. »Ja. Lass uns gehen.«

Cole und ich halten uns weiter an den Händen, als der Wachmann uns durch die luftdichten Türen der Schule in einen langen, nur schwach erleuchteten Flur führt. Die Türen rechts und links öffnen sich zu alten Klassenzimmern, die ich im Vorbeigehen mustere. Tafeln hängen an den Wänden und die Stühle sind aufgestapelt. Ich rechne jeden Moment damit, dass nostalgische Gefühle wegen meiner Internatszeit in mir aufwallen, doch ich kann an nichts anderes denken als an Cole.

Seine Finger sind mit meinen verschränkt. Sein Duft scheint in meine Haut eingezogen zu sein. Ständig werfe ich ihm kurze Blicke zu, um herauszufinden, ob er mich auch ansieht. Ich sollte panische Angst haben, doch solange er an meiner Seite ist, fühle ich mich mutig.

Das hier ist nicht einfach nur eine Schwärmerei. ES ist mehr.

Es könnte Liebe sein.

Ich drücke Coles Hand, als wir um eine Ecke biegen. Er erwidert den Druck und stößt mich leicht mit der Schulter an. Meine Wangen brennen.

Ich kann nicht glauben, dass ich mich am letzten Tag meines Lebens verliebe.

Der Wachmann führt uns durch eine angeschlagene Schwingtür in die Turnhalle der Schule. Vollgestellte Labortische ziehen sich in Reihen über die Fläche. Es riecht nach Desinfektionsmittel – dieser scharfe Vanille-Geruch, den ich immer mit Cartaxus in Verbindung bringe. Dutzende Wissenschaftler in weißen Laborkitteln treiben sich zwischen den Tischen herum, kümmern sich um brummende Genkits, kontrollieren alle Geräte. Die Wände sind mit Schaubildern und Bildschirmen behängt, mit Karten und genetischen Verweistabellen. Kabel ziehen sich kreuz und quer über den Boden, befestigt mit Klebeband. Es sieht genauso aus wie im Labor der Hütte – planlos, unordentlich, organisch. Dieser Gedanke ist seltsam beruhigend.

»Novak hat wirklich eine Schwäche für Kameras«, sagt Cole und gibt meine Hand frei.

Ich folge seinem Blick zur Decke, dann ziehe ich den Bademantel enger um den Körper. Mindestens tausend Minicopter-Drohnen schweben unter den Dachbalken, die meisten von ihnen kaum größer als eine Stubenfliege. Sie schießen herum wie Wandertauben, bewegen sich in einem großen Schwarm durch die Luft. Jede einzelne der Drohnen trägt eine winzige Kamera mit schwarzer Linse. Jetzt wo ich sie gesehen habe, höre ich nichts anderes als das hohe Summen ihrer Propeller.

Die Türen hinter uns schließen sich mit einem Klicken. Novaks

Stimme hallt durch die Luft. »Kameras. Tonprobe. Schön sprechen, Leute. Kommende Generationen werden sich die Aufnahmen des heutigen Tages in der Schule ansehen.«

Ich runzle die Stirn. Das ist unheimlich. Ich schiebe mich näher an Cole heran, als die Lichter an der Decke heller werden und die Drohnen nach unten fallen wie Regen. Sie sausen an meinem Gesicht vorbei, kreisen wie irre um mich herum, um eine dreidimensionale Karte meines Körpers aufzubauen.

»Willkommen, Miss Agatta«, sagt Novak, als sie den Raum durchquert, um uns zu begrüßen. Sie spricht mit der warmen, selbstbewussten Stimme, die ihre Übertragungen auszeichnen. Die Drohnen schießen um sie herum, doch sie scheint sie kaum zu bemerken. Ihr scharlachrotes Haar ist in einem Zopf auf ihrem Kopf aufgetürmt und erinnert an eine Irokesenfrisur. Ihre Uniform hat sie gegen spiegelbesetzte Pumps und einen Laborkittel eingetauscht. Leoben und Dax stehen mit einer Gruppe Wissenschaftler am anderen Ende des Raums neben der Klonbox. Dax beobachtet mich durch die Wolke der Drohnen, doch ich ignoriere ihn.

»Wir haben alles für dich bereit gemacht, Catarina«, sagt Novak. »Ich bin dem Code der Entschlüsselungsprozedur bis auf den letzten Buchstaben gefolgt.«

»Bist du?«, frage ich und ziehe eine Augenbraue hoch. Ich weiß, dass sie lügt. Ich bezweifle, dass sie den Code überhaupt gelesen hat. Wenn sie das getan hätte, wäre sie nicht so scharf darauf, alles zu filmen. Sobald der Impfstoff auf meine Zellen trifft, wird mein Körper sich auflösen. Das ist nicht unbedingt ein geeigneter Anblick für zukünftige Generationen von Schulkindern.

»Wir haben alles vorbereitet«, antwortet sie. »Wir werden eine Kammer verwenden, damit du dich wohlfühlst.« Sie deutet auf einen schulterhohen Tank aus dickem, gebogenem Glas. Er ist mit einer blauen Flüssigkeit in der Farbe eines wolkenlosen Himmels gefüllt, die unheimliche, kräuselnde Lichtspiegelungen auf ihre Umgebung wirft. Eine Immersionskammer. Ich habe sie in Filmen gesehen. In der Flüssigkeit befinden sich Schmerzmittel, Betablocker und eine ordentliche Menge Heiltek, aber das wird nicht ausreichen, um mich am Leben zu halten. Bei Weitem nicht.

Ich trete näher heran, mustere die riesige Wanne, meine Hände im Stoff des Bademantels vergraben. Dieser blubbernde Glastank ist der Ort, an dem ich sterben werde. In diesem Raum, umgeben von Kameras und Leuten, die ich nicht kenne. Plötzlich wird mein Tod *real*, steht direkt vor mir, und ich kann ihm nicht länger entkommen.

»Geht es dir gut?«, fragt Cole.

Ich schaue auf, dann wird mir klar, dass ich mitten in der Bewegung erstarrt bin. Ich versuche, mich zu rühren, doch meine Füße scheinen mit dem Boden verwurzelt, meine Stimme in meiner Kehle gefangen.

»Cat, was ist los?«, fragt Cole besorgt. »Ist alles in Ordnung?«

»M-mir geht es gut«, sage ich, schlucke gegen die Panik an, versuche, die Angst zu verdrängen. *Sei mutig*, erkläre ich mir selbst, doch die Worte klingen hohl. Ich suche nach der Wärme, die ich noch vor Minuten empfunden habe, doch ich kann sie nicht mehr finden.

Coles Augen leuchten nicht mehr; sein Blick wirkt kalt und besorgt. Er hat Angst, und seine Angst verstärkt meine. Das kann er sehen, also gibt es nichts, woran ich mich festklammern könnte. Ich habe die Entschlüsselung, so lange es ging, verdrängt, doch jetzt ist der Zeitpunkt gekommen, und mein Schicksal ist besiegelt. Die letzten Minuten meines Lebens ziehen an mir vorbei, ohne dass ich bereit dafür bin.

Ich bin nicht bereit zu sterben.

Ich schließe die Augen, zwinge die Panik zurück. Ich bin stärker als sie. Ich bin mutig, und ich brauche Coles Leuchten nicht, um das zu wissen. Ich habe gekämpft, ich habe zwei Jahre lang in dieser Albtraum-Welt überlebt. Ich war stark, und jetzt wird dieselbe Willensstärke mir bei meinem Tod beistehen.

»Es ist nur dieses Desinfektionsmittel«, sage ich und räuspere mich. »Ich habe den Geruch immer gehasst.«

Cole nickt, ohne den Blick von meinem Gesicht zu wenden. Er weiß, dass irgendetwas nicht stimmt, doch meine Stimme zittert nicht, und ich lasse mir den Sturm, der in meinem Inneren wütet, nicht anmerken.

Novak sieht zwischen uns hin und her. »Okay, lasst uns anfangen. Lt. Franklin, nachdem wir den Impfstoff aus Ihrem Panel klonen werden, besteht die Möglichkeit, dass es zu Fehlfunktionen in Ihrer Technik kommt.«

Cole nickt, den Blick immer noch auf mich gerichtet. »Ich bin bereit, dieses Risiko auf mich zu nehmen.«

Novak lächelt und zeigt eine Reihe strahlender, scharfer Zähne. »Es ist nicht das Risiko für Sie, das mir Sorgen bereitet. Ich habe den Code Ihres Panels gesehen, und meinem Verständnis nach könnte schon eine kleine Fehlfunktion recht … problematisch werden.« Sie schenkt ihm einen vielsagenden Blick und deutet auf einen Stuhl, der ein paar Meter entfernt steht. An seinen Armlehnen sind lederne Fesseln befestigt.

Cole schaut hinüber, dann sieht er wieder mich an. Widerwillig nickt er. »Das ist wahrscheinlich eine gute Idee. Okay, Cat, lass uns das durchziehen.«

»Ich bin froh, dass ich dich getroffen habe«, stoße ich hervor. »Was auch immer geschieht, ich will, dass du das weißt.«

Er runzelt die Stirn. »Es wird alles gut gehen.«

»Ich weiß. Es ist nur …« Meine Stimme verklingt. Ich weiß nicht, wie ich mich verabschieden soll. Nach allem, was wir durchgemacht haben, hätte er so viel mehr verdient als das. Die Drohnen müssen die Emotionen in meiner Stimme auffangen, weil sie heransausen, um den Moment einzufangen, uns umschwärmen und um unsere Gesichter sausen wie Motten ums Licht.

Cole kommt näher, um sie zu vertreiben, und ergreift meine Hand. »Ich werde hier sein, Cat.«

»Das weiß ich.«

Er drückt meine Hand und will sich zurückziehen. In einem Anfall von Verzweiflung vergrabe ich meine Finger in seinem Hemd und drücke meine Lippen auf seine.

Es ist ein einfacher Kuss. Ohne Tränen, ohne aufflackernde Flammen. Wir sind zwei Menschen, die für einen kurzen Moment zusammenkommen. Trotzdem reicht es aus, um mein Herz zu beruhigen und mich wieder mit der Wärme seines Lächelns zu erfüllen.

Grinsend löst er sich von mir. »Okay, das reicht jetzt«, murmelt er. »Steig in deine leuchtende Badewanne und rette die Welt.«

Ich lasse meine Hand sinken. Meine Wangen brennen. »Wünsch mir Glück.«

Er zwinkert mir zu. »Das brauchst du nicht.«

»Wir sehen uns auf der anderen Seite.«

35

Eine Krankenschwester führt mich zu der Immersionskammer und hilft mir aus dem Bademantel. Ich verschränke die Arme vor der Brust, verlegen in dem silbernen Druckanzug. Ich versuche, das Starren der Leute im Raum auszublenden, doch das Summen der Drohnen lässt sich nicht ignorieren. Mein Gesicht ist immer noch geschminkt, immer noch perfekt glatt und mit gesundem Teint, doch die fahlen Narben an meinen Beinen lassen sich genauso wenig verbergen wie die Kruste an meinem Knie. Niemand hat heutzutage noch solche Haut, nicht mit Gentech. Keiner hat Haare an den Beinen oder Hautverfärbungen – außer, man will es so.

Jetzt wo ich weiß, dass meine Hypergenese eine Lüge war – um die wie auch immer geartete Behandlungsmethode meines Vaters zu vertuschen – kann ich nicht mehr verstehen, wieso er mir keine ästhetische App gegeben hat. Er wusste, wie unglücklich ich mit meiner schlechten Haut und meinem strohigen Haar war, damit, mir die Zähne putzen und altmodisches Deo horten zu müssen, während alle anderen eine App dafür hatten. Ich kann fast verstehen, dass er seine Hypergenese-Behandlung vor mir geheim gehalten hat, aber mir nur ein so rudimentäres Panel zu geben, erscheint mir *grausam*.

Ich weiß nicht, was die Leute, die sich die Aufzeichnung des heutigen Abends ansehen, mehr schockieren würde: die heftigen, gengehackten Körperverbesserungen von einigen von Novaks Wissenschaftlern, oder die Tatsache, dass ich nichts davon besitze.

Die Krankenschwester deutet auf eine Metalltreppe, die in die Wanne führt. Ich schlüpfe aus meinen Pantoffeln und steige die Stufen schnell hinauf, um mich so schnell wie möglich in der blauen Flüssigkeit zu verbergen. Sie ist dickflüssig und warm wie Honig, aber nicht wirklich feucht. Wo immer ich sie berühre, bildet sie eine seltsame konvexe Schicht um mich. Der Tank ist tief genug, dass ich bequem stehen kann, während mir die Flüssigkeit bis zu den Schultern reicht, aber gleichzeitig ist die Füllung fest genug, dass ich die Beine heben und darauf treiben kann, ohne auf den Grund zu sinken.

Dax durchquert den Raum, einen klappernden Stahlwagen mit einer Ansammlung von chirurgischen Instrumenten vor sich. Auch er trägt einen weißen Laborkittel. Seine Haare sind perfekt gestylt, und seine Haut wirkt noch bleicher als gewöhnlich. Er wirkt nervös, das sollte er auch. Er fragt sich wahrscheinlich, ob ich ihn wieder anschreien werde, sodass er den Rest seines Lebens diese Last auf seinen Schulter tragen muss.

Ehrlich, der Gedanke ist verlockend.

Die meisten Drohnen sind Novak und Cole zu dem Stuhl mit den Fesseln gefolgt, doch eine Handvoll umkreist brummend den Tank. Ich könnte jetzt in diesem Moment eine Szene machen, vor den Kameras, und es gibt nichts, was Dax tun könnte, um das zu verhindern. Ein paar scharfe Worte darüber, dass er derjenige war, der die Kick-Simulation in Homestake gestartet hat, sollten ausreichend, um seine goldene Reputation zu zerstören.

Aber das werde ich nicht machen.

Tief drinnen hasse ich Dax nicht, und ich will ihn auch nicht verletzen. Er ist gefühllos und ehrgeizig, aber ich glaube, ein Teil von mir war sich dessen immer bewusst. Vielleicht machte das sogar seine Anziehung aus. Ich mochte ihn wegen seiner Intelligenz und seines Potenzials, weil er damit dasselbe in mir angesprochen hat. Ich weiß, dass er ähnlich empfunden hat. *Ich dachte immer, wir würden heiraten*, hat er gesagt, als er erfahren hat, was die Entschlüsselung mir antun würde. Wir würden zusammen coden. Die meisten Leute hätten Kinder erwähnt, oder Liebe, oder gemeinsam alt werden, aber Dax wusste, dass unsere gemeinsame Zukunft sich hauptsächlich um unsere Arbeit drehen würde.

Unsere Verbindung war eine des Intellekts, und das hat sie so stark gemacht.

Aber wenn man jemanden wegen seiner Intelligenz liebt, kann man nicht erwarten, dass er einem auch sein Herz schenkt.

Er hält neben dem Tank an. »Ich habe alles hundertmal kontrolliert, und wir können die Prozedur laufen lassen. D-das vorhin tut mir leid.«

Ich lasse mich in die leuchtende Flüssigkeit sinken und seufze tief. »Du bist ein Arsch«, murmele ich. »Und es ist dein Verlust. Ich hoffe, das ist dir bewusst.«

Er schließt seine langen, fahlen Finger um den Rand des Tanks und wirft einen scharfen Blick zu Cole. »Das bin ich, Catarina. Mehr, als du ahnst.«

Etwas in seiner Stimme verrät mir, dass die Worte ehrlich sind. Dax' smaragdgrüne Augen sind so unlesbar wie immer, doch ich erkenne einen Anflug von Trauer darin. Ich schaue weg, quer durch den Raum zu Cole. Ein Arzt macht sich an seinem Arm zu schaffen, während Novak vor der Wolke aus Kameras eine weitere Ansprache hält.

»Sag mir, dass Novak weiß, was passieren wird«, flüstere ich.

»Beunruhigenderweise tut sie das. Sie wollte von Anfang an Kameras dabeihaben, doch als ich erklärt habe …« Er sieht über die Schulter zu Cole. »Als ich die Auswirkungen der Prozedur erklärt habe, hat sie einen ganzen Schwarm angefordert. Ich glaube, sie will einen Film drehen. Aber mach dir keine Sorge. Nichts wird live übertragen. Die Übertragung wird verzögert, und überwiegend wollen sie Bilder von ihr und ihrem Team zeigen. Die Leute werden während der Entschlüsselung nicht *dich* beobachten.«

»Na, da bin ich ja erleichtert.« Ich bewege mich in der Flüssigkeit, lehne mich gegen den gebogenen Rand der Wanne. Die

Schmerzmittel und Betablocker tun bereits ihre Wirkung. Ich habe immer noch Angst vor der Entschlüsselung, aber der Schmerz in meinem Knie ist verschwunden und die Ausläufer meiner Panik verklingen bereits in Ruhe.

»Ich habe schlechte Nachrichten«, sagt Dax. »Nachdem du kein Panel besitzt, werden wir dich über ein Spinalkabel an die Klonbox anschließen müssen.«

Ich verziehe das Gesicht. Spinalkabel werden nur im äußersten Notfall eingesetzt und laufen über eine Art Steckdose, die in den Nacken eingelassen ist. Sie wächst dort heran, nur für den Fall, dass Leute ihre Arme verlieren und eine Notfallbehandlung brauchen – doch es bedeutet auch, die Muskeln dort zu durchtrennen und ein Kabel in die Wirbelsäule zu schrauben. Ich hätte wissen müssen, dass das nötig werden wird, aber wahrscheinlich habe ich es einfach verdrängt. Ich ziehe den Fischgrätenzopf über die Schulter nach vorne. »Machst du es?«

Er wedelt mit der Hand über dem Rollwagen aus Stahl herum, den er mitgebracht hat, auf dem im blauen Licht der Flüssigkeit mehrere Skalpelle glitzern. »Ich glaube, das ist das Beste. Bist du bereit?«

Ich sehe mich im Raum um, in dem Versuch, mich auf das vorzubereiten, was passieren wird. Cole ist bereits angeschlossen. Sein Kopf liegt im Nacken, seine Augen sind geschlossen. Ein dickes Kabel ragt aus einem Schnitt in seinem Unterarm und schlängelt sich zu der Klonbox, die brummend mitten im Raum steht. Das Gerät ist ein vielleicht hüfthoher Würfel aus Glasscheiben, hinter denen man ein Chaos aus Schläuchen sieht, durch die ständig neunzig Liter grauer Flüssigkeit gepumpt werden. Ungefähr dieselbe Menge Flüssigkeit würde man erhalten, wenn man Cole dazu bringen könnte, auf dem Boden zu einer Pfütze zu zerfließen, und genau das soll die Klonbox imitieren. Jede Zelle in Coles Körper muss dupliziert werden, also kodiert sich die suppenartige Flüssigkeit in der Klonbox so um, dass sie Coles DNA abbildet. Würde dasselbe im Körper einer Person passieren, würden ihre Zellen zerfetzt werden, wie es gleich bei meinen passieren wird. Aber innerhalb der schäumenden Flüssigkeit der Box können sie von Grund auf neu kodiert werden, ohne Cole im Geringsten zu beeinflussen.

Sein Panel wird die Klonbox als Verlängerung des eigenen Körpers sehen und somit alle Apps, inklusive des Impfstoffes, aussenden, um sie zu schützen. Und dann werden wir mich einstöpseln. Ein weiteres dickes schwarzes Kabel steht aus der Klonbox und zieht sich über den Boden der Turnhalle zu meiner Wanne. Dax wird es an den Stecker in meiner Wirbelsäule anschließen, und wenn der Code der Prozedur so funktioniert, wie er sollte, werden die goldmarkierten Kabel in meinem Körper den Code des Impfstoffes in mich hineinpumpen. In jeden Muskel, jeden Nerv. Meine eigene DNA wird ihn Stück für Stück dechiffrieren, und mein Körper wird den entschlüsselten Code zurückschicken, bereit für die Freigabe.

Ich starre auf die brummende Klonbox, auf das Kabel in Coles Panel, auf die summende Wolke aus Drohnen in der Luft. Ich habe immer noch Angst, doch ich habe meine Entscheidung in dem Moment getroffen, als ich den Code der Prozedur in meinem Panel gefunden habe. Jetzt kann ich nur noch entscheiden, wie ich mich der Sache stellen will.

Ich sehe zu Dax auf und wappne mich. »Ja, ich bin bereit. Ziehen wir es durch.«

Ich lasse zu, dass Dax meinen Kopf nach vorne schiebt, bis mein Nacken freiliegt und mein Kinn auf dem gebogenen Rand der Wanne liegt. Seine Finger tasten über meine Wirbelsäule, dann spüre ich einen schmerzhaften Stich, als er eine Spritze mit Lokalanästhetikum in meine Haut einführt.

»Okay, jetzt geht es los«, sagt er. Ein Skalpell klappert, gefolgt von einem kurzen Schnitt, einem Hauch von Schmerz und einem scharfen Ziehen an meinem Nacken. Das Kabel vibriert, als es den Stecker findet und sich mit einem feuchten, metallischen Klick in meiner Wirbelsäule verankert.

Mein Sichtfeld flackert. Der Strom, der durch das Kabel fließt, verbreitet sich in meiner Verkabelung und beeinflusst mein Sichttek. »Es hat funktioniert.«

»Gut.« Dax löst seine Finger von meinem Nacken. »Ich werde einen biometrischen Scan starten.«

Ich nicke, dann hebe ich langsam den Kopf und blinzle gegen den plötzlichen Lärm in meinem Kopf an. Es ist nicht nur mein Sichttek, das Fehlfunktionen hat. All meine Implantate schalten sich gleichzeitig an, überfluten meine Sinne, verwandeln das Summen der Drohnen in ein Brüllen.

»Dieser Scan wirkt sauber«, murmelt Dax, seine Augen glasig. »Deine Level befinden sich innerhalb akzeptabler Grenzen, und … Ah.«

»Was?«

Er runzelt die Stirn. »Dieser Backup-Knoten in deiner Wirbelsäule, den wir gefunden haben … ich sehe ihn jetzt genauer. Er maskiert seinen Zugang nicht mehr, und er lässt ein neues Panel in deinem Arm heranwachsen. Wie vermutet. Der Knoten hat eine Festplatte, und anscheinend liegen darauf Daten. Vielleicht wurde darauf ein Backup von deinem Genkit geschrieben.«

»Vielleicht …«, sage ich verwirrt. »Kannst du noch irgendetwas über die Hypergenese-Behandlung finden?«

»Ich schaue gerade nach. Ich sehe nichts Offensichtliches, bis auf eine nachklingende Dosis ERO-86 in deinem Blut. Sieht aus, als wäre das Mittel von deinem alten Heiltek synthetisiert worden. Ich werde einen Befehl schicken, um das Level zu senken, dann sollten wir loslegen können.«

Das Kabel in meinem Nacken vibriert, und ein Stromschlag rast über meine Wirbelsäule nach unten.

»Was …«, hauche ich, weil mir plötzlich schwindlig ist. »Was ist ERO-86?«

»Ein Mittel, das bei posttraumatischem Stress angewendet wird«, erklärt Dax. »Es unterdrückt Erinnerungen. Sie benutzen es auch im Blackout-Training. Aber wahrscheinlich ist das eine fehlerhafte Lesung. Nachdem dein Panel gerade neu sprießt, gibt es jede Menge Chemikalien in deinem Blut. Ich würde mir deswegen keine Sorgen machen.«

»E-rinnerungsunterd-drückung?«, lalle ich, weil meine Lippen taub werden. Welchen Befehl Dax auch gerade in mich geschickt hat, er sorgt dafür, dass ich kaum noch sprechen kann. Aber er muss mir zuhören. Er kann die Meldung einer Erinnerungsunterdrückung nicht einfach ignorieren, nicht nach allem, was wir bisher herausgefunden haben. Wenn der Backup-Knoten in meiner Wirbelsäule eine Festplatte mit Daten darauf besitzt, könnte sich darauf etwas über die Entschlüsselung befinden. Etwas Wichtiges, von dem mein Vater erwartet hat, dass ich es finde.

Was, wenn es einen Weg gibt, den Impfstoff zu entschlüsseln, ohne mich dabei zu töten?

»Okay«, sagt Novak. Ihre hohen Absätze klappern über den Boden, und die Drohnen sausen zurück zu mir. Novak steht neben der Wanne, ihre Hände mit den spiegelbesetzten Fingernägeln auf dem Rand. Ich zwinge mich, die Augen zu öffnen, kämpfe darum, aufrecht stehen zu bleiben. Meine Stimme ist kaum mehr als ein Hauchen, als ich versuche, etwas zu sagen, und als ich Novaks Ärmel packen will, bewegt sich mein Arm kein Stück.

Novak sieht Dax fragend an, ohne mich zu beachten. »Es ist Zeit, Geschichte zu schreiben, Dr. Crick. Die Klonbox läuft. Ist sie bereit für den Vorgang?«

»Alles in Ordnung«, sagt Dax, seine Augen immer noch glasig. »Wir können die Entschlüsselung auf Ihr Kommando hin starten.«

Ich schüttle den Kopf. »St…«, murmele ich mit zitternden Lippen. Ich versuche zu schreien, doch man hört nur ein leises Seufzen.

»Klonen aktiv«, sagt Novak und richtet ihren intensiven Blick auf mich. Die Drohnen sausen um uns herum, eine Wolke aus Tausenden Augen, die alle auf mich gerichtet sind. Doch kein einziges davon kann erkennen, dass ich will, dass sie aufhören. Novak zieht eine scharlachrote Augenbraue hoch und schenkt mir ein scharfzähniges Lächeln. »Halt dich gut fest, Catarina. Einspeisung auf mein Kommando.«

»St…«, hauche ich und schließe die Augen.

Das Kabel in meinem Nacken vibriert.

»Installation startet in drei … zwei … eins.«

36

Das Labor verschwindet. Die Wanne, die Drohnen und Novaks künstliches Auge lösen sich auf, ersetzt durch unendliche Schwärze. Ich drehe mich in der Dunkelheit, suche nach einem Licht und finde mich auf einem gefliesten Boden neben einem bodentiefen Fenster wieder.

Draußen erheben sich drei Berge wie Wachposten, gehüllt in Nebel. Unter ihren gezackten Spitzen erstreckt sich ein dichter grüner Wald. Der Himmel zeigt eine schiefergraue Färbung, und dünne Frostspuren ziehen sich über die Ränder des Fensters. Ich spüre die Kälte bis in die Knochen. Ich drehe mich um, sehe durch den Raum, doch ich entdecke nur nackte Wände, die irgendwann in Schatten verschwinden. Das Fenster ist nichtssagend, und an der Decke über mir leuchtet eine einzelne fluoreszierende Lampe.

»Okay, Liebling«, sagt mein Vater. Ich wirble herum und entdecke ihn hinter mir, gekleidet in einen weißen Laborkittel, sein Haar zu einem Seitenscheitel gekämmt. Auf einem glänzenden Rollwagen neben ihm steht ein Genkit, aus dem sich ein Kabel in meinen Arm schlängelt.

»Lass es uns noch mal versuchen«, sagt er.

Ich senke den Blick. Eine Reihe von kobaltblauen Lichtern leuchtet an meinem Unterarm – ein Panel mit Tausenden von Apps. Es blinkt ein Morse-Signal, was mir verrät, dass es gerade eine neue App aus dem Kabel des Genkits akzeptiert. Lächelnd sehe ich zu meinem Vater auf.

»Denk daran, dich auf deine Atmung zu konzentrieren«, sagt er. »Ich werde nicht zulassen, dass du dich übergibst. Ich werde genau hinhören.«

»Aber wenn der Schmerz zu stark wird, kann ich nicht reden.« Meine Stimme klingt jung, und verängstigt.

Er lächelt. »Ich werde nicht auf deine Stimme lauschen, Liebling. Dein Herzschlag wird schon zu mir übertragen, seitdem du noch ein ganz kleines Mädchen warst.«

Er deutet über sich. Eine Grafik erscheint über ihm in der Luft. Eine grüne, gezackte Linie, die dem Schlagen meines Herzens entspricht. Die Schläge sind stark und gleichmäßig, aber schnell vor Angst.

»Bist du bereit?«, fragt er.

Ich nicke, die Hände zu Fäusten geballt. Meine Fingernägel sind bis auf die Haut abgekaut. »Ich bin bereit.«

Mein Vater dreht einen Regler am Genkit, und das Kabel, das in mein Panel läuft, vibriert. Schmerzen wandern an meinem Arm nach oben, in meine Schulter und über meinen Rücken. Ich schlucke schwer, kämpfe gegen die Panik, versuche, mich auf meine Atmung zu konzentrieren …

Doch hier stimmt etwas nicht.

Ich bin nicht hier. Ich bin in einem Labor in Sunnyvale, mit einem Kabel in meiner Wirbelsäule. Ist das die Erinnerung, die mein Vater mit dem ERO-86 unterdrückt hat? Dax hat meinen Körper gesäubert, also kehrt meine Erinnerung vielleicht zurück. Ich reiße den Kopf hoch und sehe mich im Raum nach etwas um, was mir vertraut erscheint.

Aber ich kann mich nicht an diesen Ort erinnern – ich erinnere mich an nichts von alledem. Das Panel in meinem Arm, das Genkit, der Code, den mein Vater hat laufen lassen. Ich mustere den Raum, sehe jedoch nichts außer dem gezackten Bergrücken mit den drei Spitzen vor dem Fenster.

»Catarina?«

Coles Stimme. Ich wirble herum, doch ich sehe nur meinen Vater, der mit glasigen Augen codiert.

»Cat, geht es dir gut?«

»Cole?« Der Raum verschwimmt. Die Erinnerung verblasst, aber ich weiß immer noch nicht, was sie bedeutet. Ich weiß nicht, was mein Vater mit mir gemacht hat.

Und wenn ich mich jetzt nicht erinnere, werde ich es nie mehr tun.

»Was zur Hölle geht hier vor? Seht ihr nicht, dass sie Schmerzen hat?«

Das Bild wird undeutlich. Coles Stimme zieht mich zurück zu ihm. Ich kämpfe gegen den Sog an, suche nach einem Hinweis – etwas, was mir hilft, mich daran zu erinnern, was hier geschehen ist.

»Cat, rede mit mir!«

Die Berge schwanken, und die Erinnerung flackert.

»Cat!«

Ich schließe die Augen und versinke in einer Welt aus hellem, funkelndem Schmerz.

37

Mein Körper zuckt in der Glaswanne. Dax und Novak stehen neben mir. Jeder von ihnen umklammert einen meiner Arme, um meinen Kopf über der Oberfläche zu halten. Ich keuche und trete um mich. Meine Füße gleiten über den Boden des Tanks. Schmerzen schießen über meine Wirbelsäule wie Funken über eine Zündschnur.

Das ist die Entschlüsselung. Ich habe keine Ahnung, wieso ich noch lebe, aber bei den höllischen Schmerzen dürfte das nicht mehr lange der Fall sein.

»Was ist mit einem Beruhigungsmittel?«, fragt Novak.

»N-nein«, keuche ich. Ich will nicht bewusstlos werden. Wenn das jetzt mein Ende ist, will ich dabei sein.

Dax reißt den Kopf zu mir herum. »Du bist zurück.« Er klingt überrascht. »Was brauchst du, Prinzessin? Schmerzmittel?«

»Ich …« Ich keuche. »Ich muss aufhören zu reden.«

Er nickt. »Verständlich.«

Novak dreht sich, um über die Schulter zu rufen. »Dimmt das Licht, Leute. Holt ein paar Spritzen mit Tek. Und ziehen Sie sich zurück, Leutnant. Niemand tut Ihrem Mädchen etwas an.«

Ich reiße den Kopf hoch. Cole steht hinter Dax, seine Augen schwarz, das Kabel der Klonbox immer noch im Arm.

»C-Cole«, flüstere ich. Er sollte nicht auf den Beinen stehen. Er sollte an diesem Stuhl festgebunden sein. Wenn er die Entschlüsselung abbricht, werden wir keine zweite Chance bekommen.

Als ich spreche, verschwindet das Schwarz aus Coles Augen, und sie werden wieder blau. Er tritt näher heran. »Catarina, geht es dir gut? Was passiert hier?«

»M-mir ist nur … nicht so gut.«

»Es ist okay«, sagt Dax. »Ich werde die Nanbots anpassen.« Die Flüssigkeit in der Wanne leuchtet heller, und der Schmerz verklingt.

»Trotzdem stimmt etwas nicht«, sagt Cole. »Ihre Herzfrequenz ist zu hoch. Sie hat Schmerzen.«

»Es geht mir gut«, presse ich hervor, wobei ich unwillkürlich um mich trete. Aber das ist nicht wahr – der Schmerz kehrt bereits zurück, und ich bringe kaum die nötige Kraft auf, um zu sprechen. Die Pein schwappt um mich herum wie die Flüssigkeit in der Wanne, überschwemmt meine Sinne, raubt mir den Atem.

Ich versuche, mich zu konzentrieren und den Schmerz zu verdrängen, doch es ist, als versuche ich, eine Flut zurückzuhalten. Ich werde einfach davongerissen.

»Vierzig Prozent entschlüsselt«, sagt eine Stimme.

»Was?«, keuche ich. Das kann nicht stimmen. Ich müsste inzwischen tot sein. Irgendetwas in meinem Nacken entzündet sich. Ich reiße den Kopf zurück, und mein gesamter Körper zittert.

»Haltet sie still!«, schreit Novak.

Hände in Handschuhen packen meinen Kopf und meine Arme. Meine Brust wird gegen das Glas gepresst. Die Flüssigkeit schwappt in glühenden Wellen über den Rand und löst sich auf dem Boden in Tropfen auf.

»Ihr Blutdruck steigt«, schreit Cole, als er sich seinen Weg zu mir bahnt. »Verdammt, Crick, wir müssen aufhören!«

»Ignoriert ihn«, blafft Dax. »Es funktioniert. Sechzig Prozent sind entschlüsselt.«

»Novak!«, schreit Cole. »Sie stirbt! Stoppt den Code!«

Ich will antworten, doch die Worte wollen sich nicht bilden. Meine Zähne sind zusammengebissen, und mein Sichttek wandert durch die verschiedensten Filter.

»Siebzig Prozent!«

Die Welt wird plötzlich blau, dann grün, dann schwarz-weiß,

als mein Kopf gegen das Glas knallt und mein Mund sich zu einem Schrei öffnet.

»Runter von ihr!«

Ein Kreischen hallt durch den Raum, dann fällt krachend einer der Labortische um. Die Menge um mich herum springt auseinander, Bewegung kommt in den Raum.

Die Lichter flackern. Cole ist an meiner Seite, seine Augen schwarz. Er greift in die Flüssigkeit, um mich nach oben zu ziehen. Ich weiche zuckend zurück, versuche, ihm zu sagen, dass er das Kabel nicht berühren soll, doch es ist zu spät. Dann verschwindet er wieder.

Ein weiterer Knall hallt durch den Raum. Über mir dreht sich die Decke über der Wolke aus Drohnen, zoomt hin und her, während Schmerzen mich erschüttern. Ich senke den Blick gerade rechtzeitig, um zu sehen, wie Leoben gegen Cole kämpft. Ihre Fäuste flackern im blitzenden Licht. Sie fallen nach hinten um, reißen einen weiteren Labortisch mit sich, dann sinke ich zurück in die Flüssigkeit.

Der Schmerz hat eine Stimme, und einen Geruch, und ein Bewusstsein. Er rast durch meine Nerven, lässt nichts zurück als Rauch und Asche. Ich presse die Augen zu. In der Dunkelheit hinter meinen Lidern sehe ich die aufragende Silhouette der drei gezackten Berge. Das Bild blubbert und verzieht sich wie ein Foto, das in Flammen steht, wird immer heller, bis es mich blendet; dann ergießt sich der Schmerz in meinen Nacken.

Mein Bewusstsein schwebt plötzlich davon, erhebt sich aus meinem Körper in einer Fahne aus Hitze, die sich anfühlt wie der Tod persönlich. Die Welt unter mir scheint zu schrumpfen, verblasst zu einem kleinen Punkt, reißt meinen Körper und meine Schreie mit sich hinweg.

Dann ist es vorbei.

Der Schmerz verklingt so schnell, wie er begonnen hat. Ich sinke in die Flüssigkeit, treibe unter der Oberfläche. Meine Glieder sind schlaff. Das Bild der Berge schwebt immer noch vor meinem inneren Auge, spricht zu meiner Erinnerung wie ein lang vergessenes Lied.

»Holt sie raus, sofort!«

Die behandschuhten Hände ziehen mich wieder über die Oberfläche. Ich spucke einen Mundvoll saurer Flüssigkeit aus, meine Kehle rau vom Schreien. Stimmen hallen durch den Raum, und die Drohnen umkreisen mich wie Aasfresser ein sterbendes Tier.

»Spritzt ihr Tek«, ruft eine der Krankenschwestern.

Mein Kopf kippt zur Seite. Cole liegt auf dem Boden und versucht immer noch, Leoben abzuwerfen; Dax steht neben mir, seine smaragdgrünen Augen unverwandt auf mich gerichtet.

Das ist es. Ich kann es in seinem Blick erkennen und ich kann es fühlen. Die Lichter werden matter, die panischen Stimmen um mich herum verstummen. Auf der anderen Seite des Raums schleudert Cole Leoben von sich und rennt zu mir, seine Augen schwarz und verängstigt.

Doch er wird es nicht schaffen. Das hier lässt sich nicht aufhalten. Es gibt kein Entkommen. Wenn der Schmerz jetzt nachlässt, dann nur, weil die meisten meiner Nerven bereits tot sind. Ich versuche, mich damit abzufinden, doch mein Herz schlägt nur schneller. Vielleicht wäre es einfacher, wenn ich glauben würde, dass es jenseits dieser Welt noch etwas gibt. Aber das tue ich nicht, also habe ich panische Angst. Die Welt war vor meiner Geburt hier, und sie wird sich auch nach meinem Tod weiterdrehen. Das Universum ist endlos; Ich bin die Anomalie. Ich bin der Faden mit Anfang und Ende, die Flamme, die verlischt. Eine zufällige Ansammlung von Proteinen und Molekülen, die sich selbst am Leben hält, angetrieben von dem elektrischen Feuer meines Geistes.

Dieses Feuer verklingt jetzt. Die verschlungenen Proteine

meines Körpers lösen sich auf, und bald schon werde ich verschwunden sein. Ich bin mir dessen seit Tagen bewusst; ich habe den Raum in diesem Wissen betreten.

Aber trotzdem bin ich noch nicht bereit.

»Tek-Schub«, ruft eine Krankenschwester und jagt mir eine Spritze in die Brust, schickt damit eine neue Welle aus Pein durch meinen Körper. Meine Gliedmaßen zucken und schlagen gegen das Glas.

So viel zu der Theorie, dass meine Nerven bereits tot wären.

Ich keuche, winde mich in der Flüssigkeit, als Cole die Krankenschwester zur Seite schiebt und die Arme um mich schlingt, um mein Gesicht über der Oberfläche zu halten.

»Cat«, höre ich ihn durch die Wand aus Qual hauchen, die über mir zusammenbricht. »Bleib bei mir. Halt einfach durch – du schaffst es.«

Ich blinzle. Ich sehe unscharf, meine Arme schlagen gegen ihn und spritzen ihm Tropfen der Flüssigkeit ins Gesicht. Erneut steigt die Silhouette der Berge vor meinem inneren Auge auf, um sich dann aufzulösen wie Rauch im Wind.

»Cole«, hauche ich. »Ich erinnere mich … an etwas. Ich verstehe nicht.«

Doch er hört mir nicht zu. Seine Augen sind glasig, seine Arme immer noch um mich geschlossen. Verblüffung breitet sich auf seiner Miene aus, und es wird still im Raum.

»Vollständig dechiffriert«, verkündet Novak über die Lautsprecher und bricht damit das Schweigen. Das Brummen von Stimmen wallt auf. »Test erste Charge … abgeschlossen. Test zweite Charge … abgeschlossen. Die Tests aus Europa und Asien werden gesendet. Sie sind ebenfalls abgeschlossen. Vierhundertdreiundneunzig Permutationen getestet, ohne jede Infiltration. Es ist offiziell! Wir haben einen Impfstoff!«

Alle im Raum beginnen zu jubeln. Die Drohnen sausen in irren Spiralen durch den Raum und die Menge, um den Moment einzufangen.

»Das … das war's?«, flüstere ich. Niemand hört mir zu. Die Krankenschwestern lachen und weinen, umarmen sich gegenseitig. Ich will Cole erklären, dass das nicht stimmen kann, dass sie weitere Tests durchführen müssen, doch er schließt seine Arme fester um mich und drückt meinen nassen Körper an seine Brust. Er presst mich an sich und küsst mich, während die Menge herandrängt und jubelt.

»Du hast es geschafft«, flüstert er, seine Lippen an meinem Ohr. »Es ist vorbei. Du hast es geschafft.«

Mein Körper zittert, aber das ist nur Erschöpfung. Ich sehe klar. Mein Herz rast, aber seine Schläge sind gleichmäßig und stark.

Dax starrt mit gehetztem Blick durch die Menge zu mir. Er weiß, was ich weiß, doch ich bin zu schwach, es auszusprechen.

Auf keinen Fall hätte ich eine solche Prozedur überleben dürfen.

Es ist unmöglich. Es ist Wahnsinn.

Ich hätte in dieser Wanne sterben müssen.

38

Die Krankenschwestern lösen das Kabel aus meiner Wirbelsäule, dann reiben sie mich mit einem Schwamm ab, der die blaue Flüssigkeit aufsaugt. Novak verschwindet mit Dax, um eine Übertragung zu starten, in der sie der Welt ihren Erfolg verkünden.

Das ist allerdings nicht alles, was sie übertragen werden. Der Code, den ich geschrieben habe, läuft inzwischen auf dem neuen Satellitennetzwerk und installiert den Impfstoff im Panel von jedem Menschen auf dem Planeten. Die Leute in den Bunkern werden damit rechnen, und die meisten Leute an der Oberfläche werden ihn freiwillig herunterladen. Bei denjenigen, die sich weigern, den Impfstoff zu installieren, wird er heimlich im Hintergrund ihres Betriebssystems laufen. Wir verletzen ihre Rechte, aber zumindest werden sie vor der Seuche geschützt sein.

Jubel erklingt in einer Ecke des Raums, wo einige Leute ihre Unterarme durch die Luft wedeln, um die Installation des Impfstoffs zu feiern. Die Geste ist ansteckend, und die Drohnen umkreisen die Leute, um das kobaltblaue Leuchten einzufangen. Der Jubel verbreitet sich wie eine Welle, bis in der Turnhalle ein Chaos aus Tränen und Gelächter herrscht. Die Leute lassen die Arme sinken, um sich gegenseitig mit glasigen Augen zu umarmen.

Es ist vorbei. Der Impfstoff ist freigegeben. Es ist *vollbracht*.

Ich kann das alles nicht verarbeiten. Ich stehe stumm da, die Hände im Stoff des Bademantels zu Fäusten geballt. Die Menge um mich herum beginnt zu singen, doch ich schließe mich ihnen nicht an. Meine Gedanken drehen sich in einer endlosen Spirale in meinem Kopf.

Ich bin am *Leben*.

Das ergibt keinen Sinn. Es sollte unmöglich sein; mein Körper hätte in eine klebrige, wässrige Masse zerfließen müssen. Stattdessen bin ich nur ein bisschen müde, und meine Muskeln brummen förmlich von dem Heiltek, das mir die Krankenschwester in die Brust gejagt hat.

Cole steht vor mir und beobachtet mich voller Staunen. Er sieht mich an, als würde ich in einer Wellenlänge leuchten, die nur er sehen kann.

»Du hast die Welt gerettet«, sagt er. Seine Hand gleitet an meinen Rücken, dann beugt er sich vor, um mir einen Kuss auf die Schläfe zu drücken. Ich weiß nicht, wie ich reagieren soll, also schließe ich einfach die Augen. Ich sollte glücklich sein, doch ich kann an nichts anderes denken als die Bilder, die ich während der Prozedur gesehen habe. Die drei Berge. Das Gespräch mit meinem Vater. Es müssen Erinnerungen sein, und sie müssen irgendwie erklären, wieso ich überlebt habe. Aber die Erinnerungen festhalten zu wollen, ist wie der Versuch, mit der Hand Rauch einzufangen.

Ich will Cole davon erzählen, aber ich weiß nicht, wie.

Tut mir leid, das hatte ich dir nicht gesagt, aber eigentlich hätte ich heute sterben müssen?

Als ich die Augen wieder öffne, drängt sich Leoben gerade durch die Menge, mit einer schäumenden Flasche Champagner in der Hand. Er gibt mir ein Glas und kippt die Flasche, um es zu füllen.

»Du siehst aus, als bräuchtest du einen Drink, Agatta.«

»Leoben …«, setze ich unsicher an. Er weiß, dass ich bei der Entschlüsselung eigentlich hätte sterben müssen. Dax hat es ihm erzählt, damit er Cole zurückhalten kann, wenn es dazu kommen sollte – und so war es. In Leobens weißblondem Haar glänzt ein kleiner Fleck Blut, und sein Hemd ist aufgerissen.

»Ja, was auch immer«, sagt er, begleitet von einem vielsagenden Blick. »Man soll Heiltek und Alkohol nicht mischen, ich weiß. Aber ich denke, das können wir heute mal ignorieren. Es ist Zeit zu feiern. Den Code können wir uns morgen anschauen.«

Ich starre auf das Glas Champagner in meiner Hand. Er will mir sagen, dass ich es einfach vergessen soll, dass ich genießen soll, dass wir geschafft haben, was wir uns vorgenommen haben.

Der Impfstoff ist in der Welt. Er funktioniert. Es ist vollbracht.

Aber wie soll ich feiern, wenn ich hier stehe, unversehrt in einem Körper, der hätte zerbrechen müssen wie Glas?

»Auf den großen Lachlan Agatta«, ruft Leoben und reißt die Flasche in die Luft. »Möge er uns immer wieder verblüffen!«

Die Menge um uns herum wiederholt den Toast, verwirrt aber enthusiastisch. Ich starre noch einen Moment auf mein Glas, dann leere ich es in einem Zug.

»So geht das!«, schreit Leoben und schlägt mir auf die Schulter.

Cole lacht, entreißt ihm die Flasche und setzt zu einem großen Schluck an. Jemand öffnet die Türen zum Football-Feld, wo das Freudenfeuer bereits brennt. Musik erfüllt die Luft. Die Menge driftet langsam nach draußen, um dort weiterzufeiern.

Leoben holt sich die Flasche zurück und duckt sich, um sein Spiegelbild in der gebogenen Fläche der Wanne zu betrachten. Dann kippt er sich den Champagner über den Kopf und wäscht sich das Blut aus den Haaren. »Das kriegst du zurück, Bruder.«

»Das kannst du ruhig versuchen«, sagt Cole. Er zieht mich an seine Seite und will sich erneut die Flasche schnappen. Leoben schüttelt sie, einen Daumen auf der Öffnung, dann besprüht er uns beide mit Schaum. Sogar ich muss jetzt lachen und versuche, mich hinter Cole zu verstecken. Er hält mich fester, dann schenkt er mir ein Lächeln, von dem ich dachte, ich würde es nie wieder sehen.

Plötzlich wird mir bewusst, dass das real ist. Ich stehe neben Cole in einer Welt, die vor Hoffnung leuchtet. Der Impfstoff ist veröffentlicht, und ich werde am Leben sein, um zu beobachten, wie die Zivilisation neu errichtet wird. Der Gedanke sorgt dafür, dass mir schwindelig wird.

Es ist schwer zu fassen, dass ich wieder eine Zukunft habe.

»Glaubst du, sie werden jetzt die Bunker öffnen?«, fragt Leoben, als er sich nach einem Platz umsieht, an dem er die leere Flasche abstellen kann. Letztendlich lässt er sie in die blaue Flüssigkeit der Wanne fallen.

»Wahrscheinlich schon«, meint Cole. »Sie warten vielleicht noch ein paar Wochen ab, aber ich glaube, viele der Leute sind bereit, wieder nach draußen zu gehen.«

Die Cartaxus-Hymne erklingt und die Bildschirme an den Wänden blinken, um danach Videoübertragungen aus der ganzen Welt zu zeigen. Wir sehen Feuerwerk über Lagern mit Überlebenden, und große Gebetskreise. Menschenmassen in den Bunkern, die mit ihren Kindern im Arm auf die öffentlichen Flächen strömen. Zwei Jahre voller Albträume. Zwei Jahre Seuche.

Ich erkläre mir immer wieder, dass es endlich vorbei ist, aber ich kann diese Tatsache einfach noch nicht verarbeiten.

Draußen hallt ein Knall durch die Luft. Ich zucke instinktiv zusammen und reiße den Kopf zum Football-Feld herum, weil ich mit der aufsteigenden Wolke eines Bersters rechne. Statt des rosafarbenen Nebels sehe ich jedoch nur das Glühen einer Rakete, die die nach oben gerichteten Gesichter in der Menge in strahlend weißes Licht taucht.

»Kommt, suchen wir Dax«, sagt Leoben. Er winkt uns in die Nacht, wobei er einem Mädchen neben sich eine Flasche abnimmt. Zwei weitere Raketen zischen in die Luft und explodieren, blau und scharlachrot. Diesmal weiß ich, was mich erwartet, aber trotzdem zucke ich bei dem Geräusch zusammen.

Die Menge singt, die Musik hämmert. Das Feuer ist riesig. Die Bildschirme an der Wand zeigen eine Million glücklicher Gesichter. Plötzlich kann ich nicht mehr atmen. Ich blinzle und sehe die drei Berge unter reinweißem Schnee. Ich sehe die stechend grauen Augen meines Vaters auf mich gerichtet.

Cole tritt vor, doch ich bleibe wie erstarrt stehen.

»Alles klar, Cat?«, fragt er.

Es ist einfach zu viel für mich. Zu viel Freude, zu viel Verwirrung. Wir haben getan, was wir vorhatten – haben den Impfstoff entschlüsselt und verbreitet –, doch ich fühle mich immer noch, als stände ich schwankend auf Treibsand.

»Cole«, flüstere ich, »können wir an einen ruhigeren Ort?«

»Bei dir alles okay? Brauchst du eine Krankenschwester?«

»Nein, es geht mir gut. Ich bin nur … überwältigt.« Ich ziehe den Bademantel enger um mich. »Ich würde gerne duschen und mir etwas anziehen.«

Coles Blick wird für einen kurzen Moment glasig. »Sie haben dir Kleidung in ein Zimmer gelegt. Dort gibt es ein Bad – und ein Bett.«

»Also, also, Soldat.«

Er grinst. »Das habe ich nicht gemeint, aber der Gedanke gefällt mir.«

Ich ramme ihm den Ellbogen in die Rippen. Er grinst, packt meinen Arm und zieht ihn um seine Taille.

»Ich bringe Cat in ihr Zimmer, damit sie duschen und sich umziehen kann«, ruft er Leoben zu.

»So genau wollte ich es gar nicht wissen!«, ruft Leoben zurück. Er kippt die Champagnerflasche über seinem Mund in die Senkrechte, dann wirft er sie in einem perfekten Bogen hinter sich in die Wanne.

Cole legt zufrieden einen Arm um meine Schultern und führt mich durch die Menge. Hände greifen nach mir, Leute wollen mich abklatschen, Gesichter leuchten im Feuerschein. Ein Dutzend Leute versucht, uns aufzuhalten, um mit uns über die Entschlüsselung zu reden, aber Cole weicht ihnen geschickt aus, bis wir in einem Flur verschwinden.

Die Tür fällt hinter uns ins Schloss, dämpft das Geknatter des

Feuerwerks, den Lärm der fröhlichen Menge auf dem Feld um das Feuer.

»Besser?«, fragt Cole, als er mich den dämmrigen Flur entlangführt.

Ich seufze und lehne mich an ihn. »Und wie.«

Er führt mich durch die Schule, vorbei an Reihen leerer Klassenzimmer, um schließlich vor einer unauffälligen Tür anzuhalten. Dahinter liegt ein winziger Raum, der früher mal das Krankenzimmer gewesen sein muss. Ein paar Pritschenbetten stehen an den grauen Betonwänden aufgereiht. Ein Satz frischer Cartaxus-Kleidung liegt ordentlich auf einem Tisch neben der Tür, zusammen mit einem Paar Stiefel, einer Bürste und einem Päckchen Reinigungstücher mit Vanilleduft. Das Licht im Raum brennt bereits, und Dax wartet mit unlesbarer Miene auf uns.

Cole verengt die Augen zu schlitzen, und sein Arm packt meine Schultern fester. »Was tust du hier, Crick? Ich dachte, du und Novak wärt eifrig mit einer ihrer Übertragungen beschäftigt.«

»Wir sind fertig. Den Großteil davon hatten wir vorher aufgezeichnet. Ich muss mit Catarina unter vier Augen sprechen. Du solltest los und nach Leoben sehen. Er hat mich gerade per Kommlink kontaktiert – er ist bereits betrunken. Die Raketen gehen aus, daher hat er gefragt, wo der Jeep steht. Hat irgendetwas von einem Raketenwerfer gemurmelt.«

»Ah, das ist nicht gut«, murmelt Cole. »Ich sollte wahrscheinlich …« Er dreht sich zu mir um.

»Ist okay«, sage ich. »Geh. Ich muss sowieso mit Dax reden.«

»Bist du dir sicher?«

Mein Magen verkrampft sich. Ich muss mit Dax über die Entschlüsselung reden, aber ich bin mir nicht sicher, ob ich für das bereit bin, was er sagen will.

»Mach schon«, sage ich und stoße Cole leicht gegen die Brust.

»Es geht mir gut, ehrlich. Halt Leoben auf, bevor er etwas in die Luft jagt.«

Cole drückt meine Hand, dann joggt er durch den Flur davon. Dax sagt kein Wort, sondern beobachtet mich nur schweigend. Sobald Coles Schritte verklungen sind, betrete ich das Zimmer. Mein Körper sackt erleichtert in sich zusammen, als ich mich auf eine der Pritschen sinken lasse.

Dax' smaragdgrüne Augen verfolgen jede meiner Bewegungen. Er sieht aus, als versuche er irgendetwas in meinem Gesicht zu lesen, was er nicht versteht.

»Welche Farbe haben deine Augen, Catarina?«

Ich runzle die Stirn. Ich habe mit einer Menge Dinge gerechnet, aber damit nicht. »Sie sind grau, wie die meines Vaters. Ein Polymorphismus auf OCA2. Das weißt du doch.«

»Ja, das tue ich.« Er setzt sich neben mir auf das Bett, um mich so intensiv anzustarren, dass ich am liebsten zurückgewichen wäre. »Was hast du während der Entschlüsselung getan?«

»Ich weiß nicht, wieso ich überlebt habe. Es gibt eine Menge, was ich nicht verstehe, wie …«

»Davon spreche ich nicht«, fällt er mir ins Wort. »Was hast du mit dem Impfstoff getan?«

Ich blinzle. »Dem Impfstoff? Wovon sprichst du?«

Er steht auf und tigert unruhig durch den Raum. »Du bist ein Genie, Catarina. Spiel nicht die Närrin, das steht dir nicht.«

Mein Atem geht schneller. »Dax, ich schwöre, ich habe keine Ahnung, wovon du sprichst. Hat das irgendwas mit dem ERO-86 zu tun?«

Dax stoppt abrupt. »Der Gedächtnisunterdrücker. Natürlich.« Er dreht sich um. Sein Gesicht wird seltsam sanft, als er mich langsam von oben bis unten mustert. »Du weißt es wirklich nicht, oder?«

»Was?« Ich stehe auf und gehe zu ihm, den Bademantel eng um

den Körper gezogen. »Dax, ich verliere hier langsam den Verstand. Sag mir, was vor sich geht.«

Er schluckt. »Ich habe die Lesungen von der Klonbox analysiert und festgestellt, was das ERO-86 generiert hat. Du besitzt ein Implantat an der Schädelbasis, das Neurochemikalien produziert. Es wurde von einer Subfunktion im Code deines Heiltek kontrolliert, hat sich aber ausgeschaltet, als dein Panel beschädigt wurde.«

Die Welt erstarrt. Ich suche in Dax' Miene nach einem Hinweis, dass er nur einen Witz macht, stoße jedoch nur auf Angst. Dann hebe ich eine zitternde Hand an meinen Kopf. Meine Schädelbasis. Dort beginnen meine Migränen.

»Hast du gesagt, mein Heiltek?«

Dax nickt. Ich atme tief durch. Das ist der Funktionskern, den Marcus aus meinem Arm geschnitten hat, weil er behauptet hat, ich besäße neuronalen Code. Ich habe ihm nicht geglaubt, doch in gewisser Weise hatte er recht. Es war kein neuronaler Code, aber er hat Neurochemikalien produziert. Gedächtnisunterdrücker. Vielleicht hat Amy deswegen kurz nach der Implantation so klar gewirkt.

Aber warum zur Hölle hat mein Vater das mit mir gemacht?

»Okay«, sage ich, aber meine Stimme zittert. »Was hat das mit der Prozedur zu tun?«

Dax presst die Lippen aufeinander. »Das Implantat hat sich während der Entschlüsselung wieder eingeschaltet, hat aber kein ERO-86 mehr produziert. Mir war nicht klar, was es tut, bis ich das Feedback aus der Klonbox gesehen habe.«

»Was hat es getan?«

Dax verschränkt seine langen, fahlen Finger. »Es hat vier Millionen Zeilen Code an den Impfstoff angefügt.«

Ich trete zurück. »Nein. Ich dachte, ihr hättet den Code kontrolliert. Ich dachte, er funktioniert.«

»Das tut er. Aber der Impfstoff sollte ungefähr fünf Millionen

Zeilen haben, und die Version, die deinen Körper verlassen hat, hat neun Millionen. Ich habe keine Ahnung, was dieser Code macht, aber es sieht aus, als arbeite er im Hintergrund – als liefe er unabhängig, ohne Anweisungen. So etwas habe ich bisher noch nie gesehen.«

Ich starre ihn schweigend an. Der Lärm der Feiernden von draußen verwandelt sich in ein statisches Rauschen in meinen Ohren. Es befinden sich vier Millionen Zeilen ungeprüften, unkontrollierten Codes im Arm *jedes einzelnen Menschen.*

Und ich bin diejenige, die dafür verantwortlich ist.

»Wie konnte das passieren?«, hauche ich. »Wieso hat das niemand bemerkt?«

»Novak hat auf schnelle Tests gedrängt. Sie wollte den Impfstoff so schnell wie möglich ausstrahlen, und Cartaxus hat grünes Licht gegeben. Der Impfstoff wirkt trotzdem gegen das Virus, aber dieser Code läuft ebenfalls. Und ich verstehe ihn nicht. Ich kann ihn kaum *lesen.*«

Mein Herz rast. Ich schließe die Augen. Vier Millionen Zeilen entarteter Code, die durch meine eigene Falltür in jede Familie, jedes Kind eingeschleust wurden. Bei dem Gedanken wird mir schlecht. Der Code könnte tödlich sein oder giftig. Ich kann nicht glauben, dass Cartaxus den Code nicht kontrolliert hat, bevor sie Novak erlaubt haben, ihn auszusenden.

»Vielleicht ist es nur administrativer Müll von der Entschlüsselung.« Inhaltsleere Füllmasse, die keinerlei Effekt auf die DNA einer Person haben sollte. »Du kannst ihn mit meinem Patch bereinigen, oder?«

»Vielleicht.« Dax klingt sehr ernst. »Ich weiß nur, dass dieser Code an alle gesendet wurde, mit meinem Namen darauf, obwohl ich nicht den blassesten Schimmer habe, was er tut.«

Ich fahre mir mit der Hand durch die Haare, balle sie dort zur Faust, während ich versuche, alles zu verstehen, was geschehen ist.

Ich habe die Prozedur überlebt. Hatte einen Gedächtnisdämpfer in meinem Körper, produziert von einem Implantat, das vier Millionen Zeilen entarteten Code an den Impfstoff angehängt hat.

»Das ist noch nicht alles«, sagt Dax. »Ich habe dich nach deiner Augenfarbe gefragt, weil sie laut der Klonbox eigentlich grün sein sollte.« Er zieht einen Swabber aus der Tasche, ein Abstrich-Röhrchen in der Form eines Stiftes, Chrom mit einer Nadel an einem Ende und einem Tupfer am anderen. »Darf ich?«

Ich strecke ihm meinen Arm entgegen. »Sie sind grau – das siehst du doch selbst. Vielleicht stimmt irgendwas mit den Ergebnissen der Klonbox nicht. Vielleicht ist alles in Ordnung.«

»Vielleicht«, murmelt er, als er den Tupfer über meine Ellbogenbeuge zieht. Dann dreht er ihn um und drückt die Nadel gegen mein Handgelenk. Ich fühle den Einstich kaum. Dax' Augen werden glasig, dann deutet er mit dem Swabber auf die Wand. Die flackernde Projektion eines Berichtes erscheint. Die erste Probe ist die aus meinem Ellbogen – tote Hautzellen, Tage alt, abgestoßen vor der Prozedur. Die zweite Probe stammt von Blutplättchen – die ständig frisch gebildet werden. Biologische Kurzdarstellungen beider Proben leuchten auf der Betonwand. Sie listen jedes Gen detailliert auf, von der Mutation, die mir erlaubt, Milchprodukte zu verdauen, bis hin zu der Gruppe von Genen, welche die Größe und Form meiner Zähne bestimmt.

Dax blinzelt. Die Zusammenfassungen verschwinden, bis nur ein einziges Resultat zurückbleibt. Meine Augenfarbe.

Probe 1: Weiblich. 16-18. Augen: Grau.

Probe 2: Weiblich. 16-18. Augen: Grün.

Ich fühle, wie ich anfange zu schwanken. Dieser Scan sucht nicht nach Apps; er erfasst die unveränderliche, immer gleiche DNA in meinen Zellen. Gentech kann daran nichts ändern. Sie soll sich um die Gene schlingen wie Papier um ein Geschenk, ohne dass meine natürliche DNA beeinflusst wird.

Aber wenn dieser Bericht stimmt, dann wurde meine zugrundeliegende DNA verändert. Das ist, als würde man ein Paket einwickeln und damit irgendwie verändern, was sich in der Schachtel befindet.

»Das ist unmöglich«, hauche ich, doch der Beweis leuchtet direkt vor meinen Augen. Laut diesem Scan bin ich mit grauen Augen in die Wanne getreten, um sie mit grünen Augen zu verlassen. Das ist ein Verstoß gegen alles, was ich je über Codierung gelernt habe. Es ist ein Verstoß gegen die grundlegenden Gesetze von Gentech. Es sollte unmöglich sein. Aber andererseits sollte ich auch tot sein.

Ich habe keine Ahnung mehr, was ich glauben soll.

»Was zur Hölle hat mein Vater mit mir gemacht?« Ich wirble zu Dax herum. »Das muss mit dem Hypergenese-Code zusammenhängen, den wir gefunden haben. Das Implantat, der Impfstoff, die Art, wie ich die Prozedur überlebt habe. Er hat etwas mit mir gemacht, und dann hat er dafür gesorgt, dass ich es vergesse.«

Ich schließe die Augen. Ein Bild der Berge, an die ich mich während der Entschlüsselung erinnert habe, steigt in mir auf, doch es verschwimmt, sobald ich versuche, mich darauf zu konzentrieren. Das war ein Ort, den ich kannte. Ich war dort. Ein Hämmern beginnt tief in meinem Bewusstsein, doch ich höre es nicht klar genug, um die Erinnerung aufzurufen.

Als ich die Augen wieder öffne, ist Dax' Gesicht bleich. Das Licht über uns flackert und verlischt. Die Musik von draußen verklingt, sodass nur noch das Knistern des Feuers zu hören ist. Das Jubeln und Singen der Menge verwandelt sich in ein verwirrtes Raunen.

»Stromausfall?«, frage ich, als ich nach dem Lichtschalter an der Wand taste. »Dax, zieh deinen Ärmel hoch. Ich brauche Licht.«

Aber er antwortet nicht.

Meine Finger berühren die Türklinke. Ich öffne sie, sodass ein dünner Lichtstreifen in den Raum fällt; das Licht des Feuers, das durch die Fenster des Flurs dringt. »Dax, geht es dir gut?«

Er steht unbeweglich wie eine Statue. Nur seine Lippen bewegen sich leicht, als ob er tief in einer Codierungssession versunken wäre. Die mit Sommersprossen übersäten Kurven seiner Wangen glühen Orange, erleuchtet vom flackernden Licht des Freudenfeuers.

Nein, nicht des Feuers. Das Licht stammt von seinem Panel.

Es glüht plötzlich in hellem *Orange*.

»Was zur Hölle geht hier vor sich?«, frage ich.

»Es ist der Impfstoff«, haucht Dax. »Es ist unglaublich.«

»Was ist unglaublich? Wieso glüht dein Panel orange?«

»Es ist ein Angriff.« Dax runzelt konzentriert die Stirn, dann versteift sich sein Körper. »Aber ich kann ihn nicht aufhalten. Du musst Hilfe holen, Prinzessin. Schnell. *Lauf weg.*«

Mein Magen hebt sich. Ich will weitere Fragen stellen, doch das Drängen in Dax' Stimme erfüllt mich mit Angst. Nervös ziehe ich mich aus dem Raum zurück und lasse meinen Blick durch den Flur gleiten. Er ist leer, ohne irgendeinen Hinweis auf Cole oder Leoben. Jenseits der Fenster höre ich erneut den Lärm der Menge. Böllerschläge erschüttern die Luft. Die Feier hat wieder an Fahrt aufgenommen.

»Cole?«, rufe ich, als ich den Flur entlangjogge. Ich erreiche eine Kreuzung und schaue in den Korridor, doch auch er ist leer. Alle sind draußen beim Feuer. Cole muss immer noch mit Leoben sprechen.

Hinter mir erklingt ein *Knack*, dann zerbricht eines der Fenster. Instinktiv lasse ich mich in die Hocke sinken. Glasscherben sausen klirrend gegen Wände und schlittern über die Fliesen. Erst jetzt wird mir bewusst, dass ich barfuß bin. Durch das zerbrochene Fenster dringt der Lärm von draußen ins Gebäude – das Röhren des Feuers und ein Chaos aus wild schreienden Stimmen.

Adrenalin schießt in meine Adern. Das Knallen, das ich vorhin gehört habe, waren keine Böller, sondern Schüsse. Vor ein paar Minuten haben die Leute um das Feuer noch gejubelt.

Aber jetzt *schreien* sie.

Ich richte mich mit klopfendem Herzen wieder auf und strecke mich, bis ich aus dem nächstgelegenen Fenster schauen kann. Dax hat gesagt, es wäre ein Angriff, doch er hat nicht verraten, wer dahintersteckt. Wenn es Cartaxus ist, hätte ich mit Hubschraubern und Drohnen gerechnet, doch der Himmel ist leer. Im Licht des Scheiterhaufens erkenne ich nur eine wogende Masse aus Silhouetten.

Ich trete näher ans Fenster, weiche den Glasscherben aus und starre in die Nacht. Da sind keine Lastwagen, keine Gewehre schwenkenden Truppen, die die Leute zusammentreiben. Die Kämpfe folgen überhaupt keiner Ordnung. Das sieht nicht aus wie ein Angriff, nein, die Leute in der Menge schreien und kämpfen *miteinander.* Es wirkt wie ein Massenausbruch des Grimms, aber das ergibt keinen Sinn. Hier gibt es keine Personen im zweiten Stadium, nicht den Anflug des Geruchs, der die Menge in diesen Wahn treiben könnte. Es ist, als wären alle plötzlich *verrückt* geworden.

Und all ihre Panels glühen in hellem Neonorange.

Ich schnappe nach Luft, sinke wieder in die Hocke, während Panik von mir Besitz ergreift. Das ist kein Angriff – es gibt keine Soldaten da draußen, keine Drohnen, die Bomben fallen lassen. Das hier ist schlimmer. Es ist der Impfstoff. Der Code des Hintergrundprogramms, der in der Entschlüsselung hinzugefügt wurde, muss diese Leute irgendwie beeinflussen. Er hat sie alle in den Grimm katapultiert, und jetzt bringen sie sich gegenseitig um wie Tiere.

Und das ist alles meine Schuld.

Eine Tür quietscht am Ende des Flurs. Angespannt drehe ich den Kopf. Dax tritt aus dem Krankenzimmer, seine Schultern hochgezogen, seine Bewegungen abgehackt. Sein Panel leuchtet immer noch Orange, und er hält etwas in der Hand. Es sieht aus wie der Swabber, doch im schwachen Licht des Feuers könnte es auch eine Pistole sein.

»Willst du irgendwohin, Prinzessin?«, fragt Dax und legt den Kopf schief. Seine Stimme klingt seltsam, tief und unheimlich.

»Dax?«, frage ich unsicher. »Dax, was tust du?«

Er hebt seine Hand in meine Richtung. Der Schatten tanzt über die Wände. Das Licht des Feuers enthüllt, dass sein Gesicht zu einer knurrenden Grimasse verzogen ist. Einen Augenblick zu spät verstehe ich, dass auch er den Verstand verloren hat, springe auf die Beine und laufe.

In diesem Moment trifft mich die Kugel.

39

Ich sehe keine Farben mehr. Die Türen am Ende des Flurs schlagen in schwarz-weiße Schlieren um, als ich von den Füßen gerissen werde. Ich lande hart auf der Seite und rolle mich keuchend auf den Rücken. Die Decke müsste dunkel sein, doch im Moment pulsiert sie in weißem Licht.

Dax hat auf mich geschossen. Ich weiß es, obwohl der Schmerz mich noch nicht erreicht hat. Ich habe die Kugel gefühlt. Ich habe den Knall gehört.

Ich kann immer noch nicht glauben, dass er tatsächlich abgedrückt hat.

»Dax«, keuche ich, als ich zur Seite kippe und nach Luft schnappe. Die Wunde in meiner Schulter explodiert in Feuer. Ich versuche, mich auf die Knie zu heben, aber die Pein überschwemmt mich und ich falle wieder zu Boden.

Schritte erklingen im Flur. Ich kauere mich zu einem Ball zusammen, warte auf die nächste Kugel. Stattdessen steht Dax nur über mir, bleich und mit großen Augen. Verwirrt starrt er auf die Pistole in seiner Hand.

»P-Prinzessin?« Er entlädt die Waffe, wirft sie durch den Flur, dann sinkt er neben mir auf die Knie und schlägt entsetzt die Hände vor den Mund.

»Dax«, jammere ich. Das ist wieder er. Vielleicht ist der Angriff vorbei. Ich beiße die Zähne zusammen, stütze mich an der Wand ab und kämpfe mich nach oben. Die Menge draußen kämpft immer noch, schreit, tobt. Schüsse zerreißen die Luft. Dax scheint wieder er selbst zu sein, doch es klingt, als wären alle anderen immer noch wahnsinnig.

Er greift nach meinem Arm, um mir auf die Beine zu helfen.

»Du musst fliehen, Prinzessin. Ich verliere die Kontrolle. Ich kann mich nicht viel länger widersetzen.«

»Aber ich brauche deine Hilfe. Wir müssen das aufhalten – ohne dich schaffe ich das nicht.«

Dax' Augen werden glasig. Er kämpft gegen den Angriff, wie auch immer er aussehen mag. »Ich glaube nicht, dass das irgendwo anders auch passiert«, flüstert er. »Nur in Sunnyvale. Cartaxus, sie … sie glauben mir nicht.« Seine Stimme bricht. »Prinzessin, ich habe dich angeschossen. Du musst fliehen, bevor es zurückkommt und ich dich erneut verletze.«

»Nein«, sage ich und packte seinen Kragen. »Hör mir einfach zu, Dax. Ich weiß, dass du dagegen kämpfen kannst. Du musst es versuchen.«

Er schüttelt den Kopf. »Es ist zu spät. Ich kann nicht aufhören. Ich fühle es – ich will dir wehtun. Ich will …« Seine Stimme senkt sich zu einem Knurren.

»Nein«, schreie ich und weiche zurück, als er zusammenklappt, immer noch bemüht, die Kontrolle zu wahren. »Dax, hör auf meine Stimme. Kämpf dagegen an, bitte! Ich kriege das allein nicht hin!«

»Nein!«, schreit Dax. Er vergräbt die Fäuste in seinem Haar und schreit, jeder Muskel in seinem Körper verkrampft. Ein Schauder überläuft seine Gestalt, dann schießt ein Blick zu mir, wild und leer.

Erneut trägt er diese Grimasse zur Schau. Jeder Hinweis auf meinen Freund ist verschwunden.

»Oh scheiße.« Ich stolpere rückwärts, bevor ich mich endlich an die Nachtkapsel erinnere. Ich greife an meinen Hals, suche nach dem Anhänger. Dax wirft sich auf mich, seine Hände ausgestreckt, um meine Handgelenke zu umfassen, dann rammt er mich gegen die Wand.

Schmerzen zerbersten in meiner verletzten Schulter, mein Kopf knallt gegen den Beton. Lichtpunkte tanzen vor meinen Augen. Dax' Hände schießen zu meinem Hals. Er reißt die silberne Kette ab und wedelt mit dem Anhänger vor meiner Nase herum.

»Nachtkapsel, Prinzessin? Wie hinterhältig.«

Seine Stimme ist tief, unheimlich ruhig. Er wirft die Kette zu Boden. Der Anhänger rutscht über die Fliesen, verschwindet unter einer Reihe Spinde. Dax legt für einen Moment seine Hand sanft an mein Gesicht, dann schließt er seine Finger um meine Kehle.

»Ich weiß, dass du immer noch da drin bist, Dax«, keuche ich, während ich versuche, seine Hand zur Seite zu stoßen. »Ich weiß, dass ich dir etwas bedeute. Du willst mich nicht verletzen.«

»Oh, und ob ich das will«, sagt er mit glänzenden Augen. »Du weißt ja gar nicht, wie sehr ich dich verletzen will, Catarina. Ich will dir den Schädel öffnen und herausfinden, was Lachlan in dir hinterlassen hat.«

Ich schließe für einen Moment die Augen. Panik tobt in meiner Brust. Das hier ist nicht Dax; das ist etwas, was seinen Körper übernommen hat – eine dunkle, verdrehte Version meines Freundes. Ich weiß nicht, wie ich ihn zurückholen kann. Mir fällt nichts anderes ein, als ihm die Wahrheit zu sagen und zu beten, dass *mein* Dax – wo auch immer er sein mag – mich hören kann.

»Dax, ich brauche dich«, flehe ich und schaue ihn eindringlich an. »Du bist der Einzige, der den Impfstoff lesen kann. Ohne dich kann ich das nicht in Ordnung bringen.«

Für einen kurzen Moment blitzt etwas in seiner Miene auf. Ein Anflug von Zweifel, ein winziger Hinweis darauf, dass meine Worte ihn erreicht haben. Sein Blick flackert, seine Hand um meinen Hals lockert sich.

Dann wird sein Blick wieder hart, und er fletscht die Zähne.

»Lügnerin!«, schreit er und stößt mich gegen die Wand. Meine Schulterwunde knallt gegen den Beton, was mir einen Schrei entreißt. »Glaubst du, ich hätte vergessen, dass du immer besser warst als ich? Lachlans Code immer gelesen hast, als wäre er ein verdammtes Bilderbuch?«

»Nein«, kreische ich, als meine Sicht verschwimmt. »Bitte, Dax! Hör auf!«

Er zieht die Hand zurück, ballt sie zur Faust. Mit einer Stärke, von der ich nicht wusste, dass ich sie besitze – getrieben von Instinkten, die ich bisher nie gefühlt habe –, vergrabe ich meine Finger in seinem Hemd und reiße ihn an mich, um ihm meine Stirn auf die Nase zu rammen.

Er brüllt auf, umklammert sein Gesicht. Blut spritzt zwischen seinen Fingern heraus. Ich stoße mich von der Wand ab und versuche zu fliehen, aber ich bin nicht schnell genug. Er erwischt meine Haare und reißt mich zurück. Hart falle ich zu Boden. Meine Kopfhaut brennt, der Flur dreht sich um mich.

»Jetzt bist du tot, Prinzessin!« Er rammt mir einen Stiefel in die Rippen.

Ich keuche, spucke Blut aus, will mich zusammenrollen. Er tritt ein weiteres Mal in meine Seite, sodass ich nicht mehr atmen kann. Ich schnappe verzweifelt nach Luft, als er mich mit einem Fuß auf den Rücken dreht und sich dann rittlings über mich setzt, sodass ich auf den Boden gedrückt werde. Meine Schulter ist ein einziger Sturm aus Schmerzen. Jede Kraft scheint mich zu verlassen, meine Muskeln zittern.

»Genau so«, murmelt er, als ich zittere. Meine Fingernägel kratzen nutzlos über den Boden. Die Decke über mir ist eine wirbelnde Masse aus Schatten, meine Lunge vollkommen verkrampft.

»B-bitte!«, presse ich mühsam hervor, als er seine Hände an meine Kehle legt. »Dax, bitte! Du willst das nicht tun! Hör mir zu!«

Aber er hört nicht auf mich. Er ist nicht hier. Seine Nase ist verbogen und blutet. Er hebt seine Hände, um das Blut abzuwischen. Plötzlich passiert alles wie in Zeitlupe.

Die Welt um mich herum wird still. Er wird mich umbringen.

Ich sehe es so deutlich kommen, dass es fast ist wie ein Film, der in meinem Kopf abläuft. Er wird die Hände wieder senken – stärker als meine, durch Teks verstärkt – und sie werden sich in einem grausamen Ring um meine Kehle schließen. Er wird mich nach unten drücken und würgen, bis ich aufhöre zu kämpfen, bis meine Lippen blau und kalt sind.

Ich kann ihn nicht zurückrufen. Ich kann nicht argumentieren. Es hat keinen Sinn zu betteln. Der Mann über mir ist nicht länger mein Freund.

»Es tut mir leid, Dax«, hauche ich, in dem kurzen Moment, als er seine Hände von mir löst, in der Zehntelsekunden, die ich mich bewegen kann. »Es tut mir wirklich leid.«

Seine Augen werden groß, als ich mich mit schmerzenden Muskeln nach oben katapultiere und ihm mit den Zähnen das Ohr vom Kopf reiße.

40

Dax schreit und schreckt zurück. Ich spucke sein Ohr aus, mein Mund erfüllt von metallischem Blutgeschmack. Er ist so schrecklich und vertraut, dass sich mein Magen hebt. Ich schlucke gegen die Galle in meiner Kehle an und kämpfe mich auf die Beine.

Meine Schulter brennt vor Schmerzen. Ich schlurfe zu der Reihe Spinde, verzweifelt auf der Suche nach dem kleinen schwarzen Anhänger. Ein silbernes Blitzen fällt mir genau in dem Moment ins Auge, als Dax durch den Flur stolpert. Blut rinnt an seinem Hals nach unten.

»Komm schon«, hauche ich, schnappe mir die Kette, ziehe den Anhänger unter den Schränken heraus. Ich drehe die beiden Enden in entgegengesetzte Richtungen, wie Cole es mir erklärt hat. Ein elektrischer Schlag knistert über meine Haut und durchzieht die Luft mit dem Geruch von verbranntem Plastik.

Dax holt mit einer Hand aus, um mich zu schlagen; dann verblassen die Lichter seines Panels, und er bricht auf dem Boden zusammen.

Ich stoße einen erleichterten Schrei aus, dann lasse ich den Anhänger fallen und stehe über Dax' zusammengesacktem Körper. Seine Nase ist gebrochen, sein Ohr ist weg, und sein Gesicht ist blutverschmiert. Er wirkt so jämmerlich, dass ich ihn nicht zurücklassen will, aber mir bleibt keine andere Wahl. Cole hat gesagt, der Effekt der Nachtkapsel würde nur ein paar Minuten wirken. Ich muss nach draußen, einen Jeep finden und mich in Sicherheit bringen.

Ich drehe mich um und laufe schwankend durch den Flur, stolpere blind gegen die Spinde. Schüsse durchschneiden die Schreie von draußen. Meine Schulter pulsiert, der Rücken des Bademantels ist mit Blut verschmiert, als ich auf der Suche nach einem Ausgang an den Klassenzimmern vorbeirenne.

Da. Die luftdichten Türen. Ich reiße sie mit dem guten Arm auf und stolpere nach draußen auf die Straße. Rauch hängt in der Luft, und immer noch erklingen Schüsse. Das Feuer wirft flackerndes Licht auf die Leute auf der Straße. Mein Atem stockt.

Ihre Augen sind wild und unmenschlich. Jedes Gesicht ist zu einer blutigen Grimasse verzogen. Ihre Unterarme glühen im selben Orangeton wie Dax' Panel. Alle kämpfen gegeneinander, beißen um sich, reißen sich vor meinen Augen in Stücke, und ich bin diejenige, die ihnen das angetan hat.

Ich bin diejenige, die den Code geschaffen hat, der den Impfstoff in ihre Arme eingeschleust hat. Ich wollte nur helfen, sie retten.

Stattdessen habe ich sie alle in den Wahnsinn getrieben.

Gewehrfeuer hallt durch die Straße. Betonsplitter treffen meine Beine, aufgewirbelt von einer Salve, die den Gehweg hinter mir trifft. Ich stolpere zurück, suche verzweifelt nach der Quelle der Schüsse und entdecke Bewaffnete, die sich aus den Fenstern eines benachbarten Gebäudes lehnen. Sie schütteln sich vor Lachen, erschießen jeden unter sich. Und auf der Straße gibt es kein Versteck, keinen sicheren Weg, dem man folgen könnte.

Ich werde rennen müssen.

Ich springe auf die Straße, laufe im Zickzack durch die Menge, während ich versuche, mich daran zu erinnern, wo der Jeep geparkt steht. Plötzlich schießt ein Licht durch die Fenster im Gebäude der Scharfschützen, und eine Explosion erschüttert die Luft. Ich spüre den Druck in den Ohren, als der Boden zittert. Brennende Trümmer werden aus dem Gebäude katapultiert, sausen in Parabolkurven durch die Nacht. Eine wallende Rauchwolke steigt auf, als das Dach in einer Staubwolke einstürzt. »Oh nein, nein, nein«, hauche ich und stolpere rückwärts. Trümmer regnen vom Himmel. Die rasenden Menschen um mich herum zerstreuen sich, suchen Deckung. Ich drehe mich um und renne. Meine Ohren rauschen von der Explosion, doch dann höre ich etwas in der Ferne.

»Catarina!«

Coles Stimme, die nach mir ruft. Leidenschaftlich, am Leben und geistig gesund.

Das schönste Geräusch, das ich je gehört habe.

»Cole!«, kreische ich, wirble herum und laufe über die Straße zurück. Asche und Staub rieseln um mich herum zu Boden. Auf der Straße liegen Glasscherben, und meine Füße bluten, aber ich habe es fast geschafft. Wir werden von hier entkommen. »Cole, ich komme!«

Schüsse pfeifen durch die Luft. Weitere Kugeln zischen an mir vorbei und treffen geparkte Autos, sodass ihre Fenster explodieren.

»In Deckung!«, ruft Cole. »Ich hole dich gleich hier raus, aber ich brauche noch eine Explosion!«

Ich eile von der Straße, ducke mich hinter eines der Autos. Eine weitere Explosion erschüttert die Luft, macht die Nacht für einen Moment zum Tag. Ein Gebäude in der Nähe der Schule geht in Flammen auf, sodass Ziegel und Körper in einem Wirbel aus Rauch durch die Luft schießen. Meine Ohren klingeln, als Ziegel und Splitter um mich herum auf den Boden regnen. Die Luft ist grau vom Staub.

»Cole«, presse ich hervor und kämpfe mich auf die Beine, nur um entsetzt auf das Chaos um mich herum zu starren. Cole ist derjenige, der die Gebäude sprengt – er hat das getan, um mich zu schützen. Rauchender Schutt erstreckt sich, so weit mein Auge reicht. Vor den Ruinen liegen Leichen unter verbogenen Metallstücken. Auf ihnen flackern kleine Feuer.

Cole steht in der Mitte der Straße, in einem Wirbel aus Asche, seine Augen schwarz wie die Nacht. Er trägt einen Raketenwerfer auf der Schulter und ein Gewehr in der Hand. Das Panel auf seinem Unterarm glüht in klarem, strahlendem Blau.

»Cole, hör auf damit!«, rufe ich.

»Sie wollen dich töten.«

Er schwingt das Gewehr in einem Bogen und feuert eine Salve ab. Eine Gruppe Leute, die in meiner Nähe kämpft, fällt schreiend um. Ich renne hinter dem Auto heraus. »Stopp, Cole, sie können nichts dafür – es ist der Impfstoff! Wir müssen von hier verschwinden. Wir müssen das aufhalten!«

»Bleib in Deckung!«, ruft er.

»Nein!«, schreie ich und laufe auf die Straße. Wenn ich in Deckung bleibe, wird er weiterhin jeden töten, der eine Bedrohung für mich darstellt. Und das sind im Moment alle. Nur wegen mir. »Hör auf, sie zu erschießen! Bitte, Cole, wir müssen hier weg!«

Die Splitter auf der Straße bohren sich in meine Füße, als ich auf Cole zurenne. Wo auch immer ich hinschaue, sehe ich Gemetzel. Staubverschmierte Leichen, deren orangefarbene Panel langsam verlöschen, liegen auf der Straße. Zahllose weitere sind in den Ruinen verteilt. Cole hat zwei Gebäude gesprengt und die Menge auseinandergetrieben, hat jeden um mich herum getötet.

Doch es kommen mehr.

Ich höre sie, bevor ich sie sehe. Ich drehe den Kopf, dann stockt mir der Atem. Eine Masse aus knurrenden, schreienden Menschen schwärmt über die Straße in unsere Richtung. Sie müssen die Lichtblitze gesehen und die Explosionen gehört haben. Jetzt stürmen Hunderte von ihnen direkt auf uns zu.

Es sind zu viele, um gegen sie zu kämpfen, selbst mit einem Raketenwerfer.

»Cole«, schreie ich, um dann vor Staub zu husten. »Wir müssen fliehen, jetzt!«

Wie als Antwort rast ein Jeep um die Ecke und hupt laut. Das Licht der Scheinwerfer gleitet über mich, dann stoppt er mit quietschenden Reifen. Er dreht sich, rutscht über den Schutt auf der Straße, und noch in der Bewegung schwingen die Türen auf.

»Steig ein!«, brüllt Cole, seine Waffe auf die Menge gerichtet.

Ich renne, so schnell ich kann, während Schüsse die Luft zerreißen, dann werfe ich mich kopfüber durch die offene Tür. Cole springt auf den Fahrersitz und streckt sich, um die Tür hinter mir zuzuknallen; dann rast der Jeep denselben Weg zurück.

»Geht es dir gut?«, schreit Cole, als er das Gaspedal durchtritt. Kugeln treffen die Fenster. »Haben sie dich verletzt, Cat?«

Ich schüttle den Kopf. Jedes Mal wenn ich die Augen schließe, sehe ich Blut und Leichen. »Nur eine ... Fleischwunde.«

»Was?«

»Nichts«, flüstere ich. Das Armaturenbrett des Jeeps zeigt ein Chaos aus Warnsymbolen. »Weißt du, was los ist? Passiert das gerade überall?«

»Nein«, knurrt Cole. »Das ist ein Angriff. Cartaxus wollte uns nicht glauben, bis Lee ihnen Bildmaterial aus seinen Augen geschickt hat.«

»Leoben geht es gut?«

»Alles okay. Er ist losgezogen, um Crick zu suchen. Novak war ebenfalls nicht betroffen, zusammen mit ungefähr der Hälfte ihrer Wissenschaftler. Wer auch immer das tut, er wählt seine Ziele aus.«

»Es ist der Impfstoff, Cole. Es wurde zusätzlicher Code angehängt ... und ich habe ihn in jedes Panel eingeschleust.«

»Was auch immer hier passiert, es ist auf keinen Fall deine Schuld.«

Ich schüttle nur den Kopf. Wir sausen am Besucherzentrum vorbei, holpern über die Brücke. Ich beiße die Zähne zusammen. Blut rinnt über meinen Rücken, als die Nadel am Tacho steigt. Wir müssen weg von hier. Ich will meilenweit von diesem Wahnsinn entfernt sein, bevor wir auch nur daran denken, anzuhalten.

Zwei Minuten vergehen, dann vier. Wir erreichen die Schnellstraße und brettern die Auffahrt hinauf auf die mit Blättern bedeckte Straße. Meine Schulter brennt wie eine glühende Kohle. Ich versuche, meine Fingernägel in meine Handflächen zu bohren, aber nichts geschieht. Da wird mir klar, dass ich zum ersten Mal in meinem Leben alle meine Nägel fast vollkommen abgekaut habe.

Cole beäugt das Blut auf meinem Gesicht, meinen Händen. »Was ist mit dir passiert, Cat?«

Ich beuge mich vor, um ihm die Wunde an meiner Schulter zu zeigen. »Ang-geschossen«, flüstere ich.

Cole trampelt fluchend auf die Bremse. Er springt so schnell aus dem Jeep und erscheint vor meiner Tür, dass ich seine Bewegungen nur verschwommen wahrnehme, dann trägt er mich nach hinten.

»Shhh«, flüstert er, als er die Klappe öffnet und mich auf der Seite auf die verknitterten Schlafsäcke legt. »Es ist okay. Atme einfach, Cat. Du wirst dich erholen.«

Kalte Luft trifft meinen Rücken, als er den Bademantel aufschneidet und den blutdurchtränkten Stoff von der Wunde hebt. Dann zieht er den dünnen silbernen Druckanzug zur Seite, klettert in den Jeep und setzt sich rittlings über mich. »Immer ruhig jetzt. Ich werde dir Tek spritzen, und dann werde ich dich zusammenflicken.«

Ich drehe den Kopf, um ihn anzuschauen. Als ich mein Panel herausschneiden musste, hat sich sein Schutzprotokoll eingeschaltet und er konnte mich kaum ansehen. Jetzt habe ich eine Kugel in der Schulter, aber seine Augen zeigen ein klares, strahlendes Blau. »Ist das … für dich okay?«, frage ich. »Trotz Schutzprotokoll?«

Er zögert, dann sieht er auf mich herunter. »Ja«, murmelt er. »Ich denke schon.« Er zieht den Deckel von einer Phiole mit Heiltek und drückt sie gegen meinen Rücken. Prickelnde Hitze rinnt über meine Wirbelsäule, und der Schmerz verebbt langsam.

»Das ist gut«, flüstere ich.

Er lehnt sich vor, um mir einen Kuss aufs Haar zu drücken. »In einer Minute denkst du das vielleicht nicht mehr. Die Kugel steckt in deinem Schulterblatt. Ich muss sie rausholen.«

Ich nicke, dann balle ich die Hände zu Fäusten. »Ist okay. Ich komme damit klar.«

»Das weiß ich.«

Als er sich wieder nach vorne lehnt, hat er eine handflächengroße gelbe Plastikkiste in der Hand, mit einer Kurbel an der Seite, die klickt, wenn er sie dreht. Das Plastik ist mit tiefen Kratzern überzogen. Ich weiß, was es ist. Das ist ein Golden Retriever. Ein Elektromagnet. Er wird die Kugel aus mir herausziehen.

»Bist du bereit?«, fragt Cole, als er die Kiste an die Wunde in meiner Schulter drückt.

Ich nicke, beiße die Zähne zusammen und vergrabe mein Gesicht in den Händen.

Die Kiste stößt ein Jaulen aus, dann trifft die Kugel krachend auf das Plastik. Schmerzen rasen durch meinen Rücken, strahlen über die Rippen nach vorne aus.

»Sie ist draußen, sie ist draußen«, flüstert Cole, als er etwas Eiskaltes auf meinen Rücken sprüht. Sobald es meine Haut berührt, wird es heiß und verhärtet sich wie Plastik. »Das wird die Wunde sauber halten, bis sie sich von alleine schließt. Das Heiltek ist bereits an der Arbeit.«

Ich nicke zitternd. Mein Atem pfeift durch die zusammengebissenen Zähne. Der Schmerz brandet noch einmal auf, bevor er langsam abebbt. Coles Blick gleitet von meinem Gesicht zu meinem Hals. »Du hast Quetschungen am Hals. Und dein Gesicht … Cat, was ist mit dir passiert?«

Ein Kloß bildet sich in meiner Kehle. »Dax … er war wie sie, Cole. Er hat versucht, dagegen anzukämpfen, aber das konnte er nicht. Er ist derjenige, der mich angeschossen hat.«

Coles Miene wird leer. Er dreht sich, um über den Highway zurückzustarren, und seine Augen schlagen zu Schwarz um.

»Nein«, flüstere ich, weil ich seine Gedanken erahnen kann. »Nein, ich brauche dich hier. Wir müssen herausfinden, wie wir das aufhalten können.«

»Es würde nur eine Minute dauern.« Er starrt weiter die Straße entlang. »Ich habe ein Scharfschützengewehr. Ich könnte es vom Hügel aus machen.«

Ich schließe die Augen und verdränge die Erinnerung an Dax' Hände. Seine Finger um meinen Hals, die sich in meine Kehle bohren. Wut brennt in meiner Brust, doch Rache nützt mir jetzt nichts. Es war nicht Dax, der mich verletzt hat; es war etwas anderes. Das Hintergrundprogramm, das er gefunden hat, die vier Millionen Zeilen, die an den Code des Impfstoffs angehängt wurden. Ich habe klar wie der helle Tag gesehen, wie die Veränderung von ihm Besitz ergriffen hat. Das ist jedem mit orangefarbenem Panel zugestoßen. Es stößt ihnen immer noch zu.

Wir müssen das aufhalten.

»Ich brauche ein Genkit«, sage ich, strecke die Hand aus und ziehe mich nach oben. »Wenn ich den Code des Impfstoffs lesen kann, verstehe ich vielleicht, was hier vor sich geht. Vielleicht gibt es eine Möglichkeit, den Code auszuschalten.«

»Das ist eine gute Idee …«, setzt Cole an, um dann zu erstarren. »Lee hat mich gerade angefunkt. Er konnte Dax nicht finden und ist auf dem Weg hierher. Er hat gesagt, Cartaxus … Oh shit, sie schicken Drohnen.«

»Warum?«

»Ich weiß es nicht.« Cole wirft einen Schlafsack über mich. »Leg dich hin, bleib unten. Du musst dich an irgendetwas festhalten.«

»Cole?«

Er schließt die Klappe und steigt wieder vorne ein.

»Cole, was ist los? Sie werden doch nicht angreifen, oder?«

Er antwortet nicht. Der Jeep rast wieder über den Highway, während ich in der Ferne ein hochfrequentes Heulen höre. Ich kämpfe mich auf Hände und Knie und starre aus dem Heckfenster, als Lichtpunkte über den Bergen erscheinen. Drohnen. Tausende, in einer Clusterformation.

Genug, um ganz Sunnyvale zu vernichten.

»Warte, Cole!«, schreie ich. »Sag ihnen, dass sie aufhören müssen! Du musst es ihnen erklären!«

Der Jeep rast weiter über den Highway.

»Sie hören nicht auf mich«, ruft Cole zurück.

Ich umklammere seinen Rucksack, um mehr Halt zu haben. »Du musst es noch mal versuchen. Dax ist da unten – sie dürfen ihn nicht umbringen.«

Wir rasen um eine Kurve, und ich werde gegen das Fenster geworfen. Immer noch starre ich entsetzt zum Himmel. Die Drohnen schweben jetzt, tausend Lichtpunkte in einer geodätischen Kuppel, über Sunnyvales zerstörter Stadtmitte. Ich öffne den Mund, um Cole erneut etwas zuzuschreien, aber es ist zu spät. Die Formation löst sich auf, und ich weiß, dass es vorbei ist.

Ich sehe die Detonationen, bevor ich sie höre – strahlende Lichtblitze, die den nächtlichen Himmel erhellen. Tausende Leben, die in einem Augenblick ausgelöscht werden und in einer Staubwolke vergehen.

Der Jeep poltert mit laut surrenden Reifen über die Straße.

Fünf Sekunden später trifft uns die Schockwelle und schleudert uns in die Luft.

41

Als die Dunkelheit sich lichtet, stehe ich in einem großen Labor, dessen Fenster den Blick auf diese drei Berge freigeben, bewachsen mit leuchtend grünem Wald. Ich kann mich nicht erinnern, wie ich hierhergekommen bin. Ich trage graue Kleidung, meine Hände sind klein, und meine Fingernägel sind fast vollkommen abgekaut.

»Vorsichtig, Liebes.«

Ich drehe mich um und entdecke meinen Vater hinter mir. Er trägt einen weißen Laborkittel mit den überkreuzten Geweihstangen von Cartaxus auf der Tasche.

»Du wirst die Replikation verpfuschen, wenn du nicht auf diese Proteine aufpasst.« Er deutet auf den strahlenden Schreibtisch vor mir, über dem neben ein paar Zeilen Code das Hologramm eines gekrümmten DNA-Strangs schwebt. Die DNA dreht sich, als ich mit der Hand darüberfahre und sie dann vergrößere, bis ich den Fehler in meiner Arbeit entdeckt habe.

»Ist das besser?« Ich konzentriere mich, bis das Bild flackert und sich verändert.

Mein Vater nickt und legt mir eine Hand auf die Schulter. »Das ist perfekt. Gutes Mädchen.«

Stolz füllt meine Brust. Ich habe so hart gearbeitet, um ihm zu gefallen, und endlich mache ich es richtig.

»Es gibt etwas, worüber ich mit dir reden will«, sagt er, als er sich neben mich setzt. Er wedelt mit der Hand, und das Hologramm verschwindet. »Es geht um das Hydra-Virus. Du weißt davon, oder?«

Ich nicke. Der Geruch, die Explosionen. Ich studiere das Virus seit Monaten.

»Also weißt du auch, dass ich hart daran arbeite, einen Impfstoff zu finden, oder?«

»Hmm-mmm«, sage ich mit der Stimme eines kleinen Mädchens. »Ich weiß, dass du einen schaffen wirst. Du bist so klug.«

Kleine Fältchen bilden sich in seinen Augenwinkeln, als mein Vater lächelt. »Da gibt es etwas, wobei ich deine Hilfe brauche, aber es wird lange dauern und schwer sein. Du wirst sehr stark sein müssen.«

»Ich kann das schaffen«, sage ich eifrig.

Er lächelt. »Das weiß ich.«

»Was soll ich machen?«

»Im Moment noch nichts. Das ist ein besonderes Projekt. Es wird nicht einfach werden, aber wenn wir es richtig machen, werden wir alle retten.«

Ich balle die Hände zu kleinen Fäusten. »Wir werden das Virus besiegen. Das weiß ich.«

»Oh, wir werden viel mehr tun als das, Liebling. Wir werden die Leute vor sich selbst retten.«

Mein Vater streckt die Hand nach dem leuchtenden Panel an meinem Arm aus, doch seine Finger fühlen sich an, als würden sie brennen, als er mich berührt. Die Haut an meinem Unterarm öffnet sich und fällt in spröden, brennenden Flocken zu Boden. Ich reiße meinen Arm zurück, drücke ihn an die Brust, doch der Prozess breitet sich schnell weiter aus, wie Risse auf Glas.

»Was tust du da?«, keuche ich.

Mein Vater lacht nur, als die Risse in meiner Haut meinen Hals erreichen und brennende Flocken in die Luft wirbeln wie brennendes Papier. Auch mein Gesicht bröselt und verbrennt. Ich stoße einen Schrei aus, aber mein Vater lächelt nur auf mich herab.

»Das ist mein gutes Mädchen.«

42

Ich erwache mit einem Ruck, starre wild um mich, während der Traum langsam verklingt. Ich liege auf dem Bauch auf der Ladefläche des Jeeps, eingewickelt in eine silberne Thermaldecke. Ich höre Coles gleichmäßigen Atem in der Nähe, aber ich habe keine Ahnung, wo wir uns befinden.

Wir haben Sunnyvale verlassen; das ist das Letzte, woran ich mich erinnere – das Hintergrundprogramm, die orangefarbenen Panel, die Kämpfe. Wir waren auf der Straße, um zu entkommen, und dann …

Dann hat Cartaxus das Tal bombardiert.

Die Erinnerung trifft mich wie ein Schlag. Ich schließe die Augen, sehe erneut die Lichter der Cartaxus-Drohnen. So viele Leben, ausgelöscht. Ich dachte, den Impfstoff freizugeben, würde die Welt wieder normal werden lassen.

Stattdessen habe ich alles nur schlimmer gemacht.

Ich hebe den Kopf, um mich umzusehen, dann verziehe ich das Gesicht, als die Bewegung einen schmerzhaften Stich durch meine Schulter jagt. Der Jeep ist in einem Wald geparkt, und die Heckklappe steht offen. In der Luft hängt der Duft von Kiefern und Holzrauch. Der Morgen beginnt zu dämmern. Dünne Nebelschwaden schwanken zwischen den Bäumen, wabern über das taubedeckte Gras. Wir stehen auf etwas, was aussieht wie der alte Lagerplatz eines Nationalparks, mit einem Toilettenhäuschen aus großen Holzstämmen und ein paar geschwärzten Grillstellen.

Cole schläft auf einer Matte neben den glühenden Resten eines Feuers. Seine Atmung ist tief und gleichmäßig, und er hat die Arme über der Brust verschränkt. Er sieht aus, als wäre ihm kalt, als hätte er sich neben ein warmes Feuer gekauert und wäre eingeschlafen, bevor er sich dazu aufraffen konnte, eine Decke zu holen. Dunkle Ringe erstrecken sich unter seinen Augen, und der dunkle Bartschatten verrät mir, dass ich länger als nur ein paar Stunden bewusstlos war. Mindestens einen Tag, wenn nicht zwei.

Ich blicke zum Horizont, um herauszufinden, wo wir uns befinden, dann stockt mein Atem.

Auf der anderen Seite eines Sees ragen drei felsige Spitzen aus dem Wald in eine tief hängende Wolkendecke auf. Ich *kenne* diese Berge. Ich habe sie während der Prozedur und in meinem Traum gesehen. Sie jetzt erneut zu sehen, stößt etwas in meiner Erinnerung an. Hat mein Vater mich hierhergebracht? Der Gedanke kristallisiert sich für einen Moment, dann zersplittert er in tausend Teile und entzieht sich erneut meinem Zugriff. Es ist wie ein Name, der mir auf der Zunge liegt. Ein Song, den ich nicht ganz fassen kann. Jedes Mal wenn ich versuche, mich zu erinnern, verschwindet der Gedanke wieder.

Ich werfe die silberne Decke zur Seite und krieche auf der Ladeklappe nach hinten, um mich genauer umzusehen. Cole öffnet die Augen, die sofort zu Schwarz umschlagen. In einer schnellen Bewegung setzt er sich auf und schnappt sich das Gewehr, das neben ihm liegt.

»Cole, es ist okay. Ich bin's nur.«

Er reißt den Kopf zu mir herum. Seine Pupillen werden kleiner. »Cat«, haucht er. »Wie fühlst du dich?«

»Ich fühle mich, als ... als wäre ich in den Rücken geschossen worden.«

»Das ist ein häufiger Nebeneffekt, nachdem man in den Rücken geschossen wurde.« Cole steht langsam auf und streckt sich. Seine Bewegungen sind steif, und ich kann erkennen, dass er nicht viel geschlafen hat, seitdem wir Sunnyvale verlassen haben. Er trägt immer noch dieselbe staubverschmierte, zerknitterte Kleidung, und er hat einen Verband am Arm, der vorher nicht da war.

Seine Augen sind blutunterlaufen, als hätte er geweint. Mein Magen verkrampft sich. »Hat Leoben es geschafft?«

»Es geht ihm gut«, sagt Cole und reibt sich das Gesicht. »Er ist nicht weit weg von hier.«

Ich stoße ein erleichtertes Seufzen aus. »Du siehst ziemlich scheiße aus.«

»Dasselbe könnte ich von dir sagen.« Er dreht den Kopf von rechts nach links, bis es in seinem Nacken knackt. »Du wurdest ziemlich durchgerüttelt. Einige deiner Quetschungen haben sich noch mehr verfärbt, während du geschlafen hast.«

»Oh«, sage ich, als ich die Hand ans Gesicht hebe. Meine Wangen und Augen fühlen sich geschwollen an, wo Dax mich geschlagen hat. »Ich hatte gehofft, das wäre nur ein Traum gewesen.«

»Ich hätte zurückfahren und ihn umbringen sollen.«

Ich senke den Blick. Cole meint das ernst. Seine Stimme ist kalt wie Eis. Doch es ist nicht Aggressivität in seiner Stimme, die mich schockiert. Es ist das Bild von Dax' verzerrtem Gesicht, das vor meinem inneren Auge aufsteigt, seinem Ellbogen in meinem Gesicht und die leise Stimme in mir, die sagt: *Vielleicht hätte ich dich lassen sollen.*

Ich schlucke. »Na ja, ich nehme an, das haben die Drohnen von Cartaxus für dich erledigt.«

»Nein, Crick ist nicht tot. Novak hat den Mistkerl rausgeschafft, und irgendwie hat er es hingekriegt, wieder *normal* zu werden. Sie sind auf allen VR-Kanälen, geben Interviews, sprechen über den Impfstoff.«

»Was?« Ich richte mich auf die Knie auf, wobei ich die Zähne zusammenbeißen muss. »Wer steckte hinter den orangefarbenen Panels? Was sagt Skies dazu?«

»Das ist der Punkt – sie sagen gar nichts. Es ist, als wäre das alles nie passiert. Novak und Dax planen ein neues vereintes Hauptquartier für Cartaxus und Skies. Alle arbeiten immer noch zusammen. Sie sagen, die Seuche wäre besiegt. Es sind zwei Tage vergangen, und es gab keinerlei neue Infektionen. Sie sprechen sogar davon, die Bunker zu öffnen.«

Ich drücke eine Hand an meine Stirn und schwanke. Das ist alles, was ich je hören wollte, aber es ergibt keinen Sinn. Wieso sollte Skies Cartaxus helfen, nachdem ihre Drohnen Sunnyvale in die Hölle gebombt haben? Einer von ihnen muss die orangefarbenen Panel ausgelöst haben. Jemand hat alle in den Wahnsinn getrieben …

Aber vielleicht war es wirklich keiner der beiden.

Mein Pulsschlag verlangsamt sich. Cartaxus und Skies würden ihren Waffenstillstand nicht aufrechterhalten, wenn nicht jemand anderes hinter den orangefarbenen Panels stecken würde. Jemand, den sie allein nicht bekämpfen können. Jemand, der fähig ist, sie zu manipulieren, der fähig ist, einen Plan zu entwerfen, der bösartigen Code in jedes Panel der Welt schmuggeln kann.

Jemand wie der *große* Dr. Lachlan Agatta.

»Mein Vater war es«, hauche ich. »Dax hat gesagt, ein Implantat in meinem Nacken hätte vier Millionen Codezeilen an den Impfstoff angehängt. Aber er wollte das von Anfang an … Deswegen brauchte er mich, um den Impfstoff zu entschlüsseln. Er wollte den Code in jeden Arm einschleusen, ohne dass Cartaxus etwas merkt.« Ich schlage mir eine Hand vor den Mund. »Cole, ich habe dafür gesorgt, dass dieser Code an alle geschickt wird.«

»Das ist nicht deine Schuld. Rede dir das nicht ein. Es war Lachlan, er allein. Leoben und ich glauben, dass er derjenige sein muss, der hinter dem Angriff auf Sunnyvale steckt.«

Es dauert einen Moment, bis ich wirklich verstehe. »Du glaubst, dass er noch am Leben ist?«

Das ist keine Frage. Ich sehe die Antwort in Coles Blick, und der Gedanke presst sämtliche Luft aus meiner Lunge.

»Wir wissen nicht sicher …«

»Aber die Chance besteht?«

Cole nickt. »Nach der Explosion in seinem Labor war nicht viel von ihm übrig. Ich habe den Bericht studiert. Sie haben ein paar Blutstropfen und Gewebeteile gefunden, die zu seiner DNA passten. Er könnte von Anfang an hinter dem Hackerangriff gesteckt haben, der das Labor in die Luft gesprengt hat. Eine riskante Aktion, aber Lachlan ist klug genug, um zur Ablenkung ein wenig Gewebe zurückzulassen.«

Klug genug. Ich stoße ein kurzes, bitteres Lachen aus. Natürlich ist er klug genug, um seinen eigenen Tod vorzutäuschen. Er ist klug genug, uns so zu manipulieren, dass wir diese Abscheulichkeit von Impfstoff für alle freigegeben haben.

Und er ist immer noch aktiv. Wie auch immer sein Plan aussehen mag, er hat sicherlich sein Ziel noch nicht erreicht. Eine ganze Stadt voller Leute in den Wahnsinn zu treiben, reicht einem Mann wie meinem Vater nicht. Jeden Moment könnte er den Impfstoff dazu nutzen, die orangefarbenen Panels auf der ganzen Welt zu aktivieren.

Er könnte uns alle umbringen. Aber *warum*?

»Wir müssen ihn finden«, sage ich. »Was auch immer er vorhat, er ist noch nicht fertig.«

»Ich weiß. Deswegen sind Lee und ich hierher gekommen. Wir befinden uns in der Nähe des Labors, zu dem er uns geschickt hat; das, das er in seinen Briefen erwähnt hat. Wir haben eine Weile gebraucht, es zu finden, aber letzte Nacht haben wir ein paar Orientierungshilfen entdeckt. Lee ist zu Fuß dorthin unterwegs, um es sich anzusehen.«

Orientierungshilfen. Das Labor. Etwas regt sich in meinem Hinterkopf – dasselbe Gefühl, das mich vor einer Migräne erfüllt. Aber diesmal ist es anders. Ich starre die Berge am Horizont an. Sie sind die Orientierungshilfen, von denen Cole spricht – ich weiß es. Ich muss sie gesehen haben, als ich noch ein Kind war, aber ich kann mich einfach nicht erinnern, *wann* das gewesen sein soll.

In meinem Kopf existiert eine Mauer, die ich einfach nicht durchbrechen kann. Eine weggeschlossene Erinnerung, die tief in meinem Unterbewusstsein versteckt liegt. Jedes Mal wenn ich die Berge betrachte – jedes Mal wenn ich über die Bilder nachdenke, die ich während der Prozedur gesehen habe –, steigt sie ein wenig näher an die Oberfläche. In dieser Wanne ist etwas mit mir geschehen. Etwas, was ich nicht erklären kann.

»Cole, es gibt da etwas, was ich dir erzählen muss.« Ich nehme seine Hand, um von der Ladefläche des Jeeps zu klettern.

»Was?« Er stützt mich am Ellbogen, dann sieht er mir in die Augen und zuckt zusammen. Abrupt tritt er zurück. Sein Gesicht wird bleich und er starrt mich an, als hätte ich ihn gerade mit einer Waffe bedroht. »W-was hast du mit deinen Augen gemacht?«

»Was?« Ich hebe die Finger an die Augen und betaste die geschwollene, brennende Haut. »Wovon sprichst du?«

»Das Upgrade. Sie sind grün – du hast deine Augenfarbe verändert. Wieso hast du das gemacht?«

»Ich habe nichts getan.« Ich drehe mich zum Jeep um und mustere mein Spiegelbild in einem der schlammverklebten Fenster. Mein Gesicht ist gerötet, eines meiner Augen fast zugeschwollen und in meinen Haaren klebt Staub von den Explosionen. Meine Wangen wirken ausgezehrt; meine Lippen sind rissig …

Und ich habe leuchtend grüne Augen.

Ich blinzle. »Mein neues Panel muss …« Meine Stimme verklingt, als ich auf meinen Unterarm sehe und dort nichts entdecke als Nähte auf verfärbter, dreckiger Haut. Es wächst immer noch. Es hat noch nicht mal angefangen, sich zu installieren. Auf keinen Fall kann es meine Augenfarbe verändert haben.

Dann fällt mir ein, was Dax gesagt hat.

Nach der Prozedur hat er mir erklärt, dass das Gen für die

Augenfarbe während der Entschlüsselung mutiert war. Eigentlich unmöglich, aber er hatte darauf bestanden, dass es passiert war. Ein winziges Gen, das die Farbe meiner Iris kontrolliert, war gekippt. Ich war mit grauäugiger DNA in die Wanne gestiegen und hatte sie mit grünen Augen verlassen.

»Cole«, flüstere ich, während ich immer noch meine Augen im Fenster anstarre. »Ich habe dich in Bezug auf die Prozedur angelogen. Eigentlich hätte ich sterben müssen.«

»Wovon sprichst du?«

»Die Entschlüsselung – eigentlich hätte der Impfstoff, der durch meine Zellen dringt, sie zerstören müssen. Dax und Leoben wussten davon, sonst niemand. Wir wussten nicht, wie du reagieren würdest, also habe ich Dax darum gebeten, dir nichts zu erzählen.«

Cole packt meine gute Schulter und wirbelt mich herum, um intensiv mein Gesicht zu mustern. »Machst du Witze?« Er weicht langsam zurück. »Du meinst es ernst, nicht wahr? Du dachtest, du würdest sterben? Bist du deswegen in mein Zimmer gekommen? Verdammt, Cat. Du wolltest dich nicht mal verabschieden?«

»Ich konnte nicht riskieren, dass dein Schutzprotokoll sich einschaltet.« Das klingt nach einer jämmerlichen Ausrede; als wäre er mir vollkommen gleichgültig.

Er starrt mich nur an. »Was zur Hölle, Catarina? Du wolltest einfach zulassen, dass ich dir beim Sterben zuschauen muss?«

»Du verstehst nicht, was ich sage, Cole. Ich hätte sterben müssen. Eine normale Person wäre gestorben, sobald dieser Code aktiv wurde.«

Cole versteift sich. »Was meinst du mit *normal*?«

Ich schlucke schwer und reibe mir den Nacken. Dort sitzt ein Schmerz, der ganz anders ist als jede Migräne, die ich bisher hatte. Das hier fühlt sich an, als würde etwas Funken schlagen, in mir brennen. Als kratze etwas von innen in meinem Schädel, um freigelassen zu werden. »Ich weiß es nicht. Ich weiß eigentlich gar nichts mehr. Ich glaube, mein Vater hat irgendetwas mit mir angestellt und dafür gesorgt, dass ich es vergesse.«

»Und deine Augen?«

Ich starre auf meinen Unterarm, auf die Quetschungen auf meiner Haut, die verblassen werden, sobald mein Panel leuchtet und seine Arbeit aufnimmt. »Das ist der Punkt, der keinen Sinn ergibt. Während der Prozedur ist etwas passiert. Dax meinte, meine DNA hätte sich … einfach verändert.«

Coles Atem stockt. »Also ist das kein Upgrade?«

»Nein«, antworte ich. »Meine *zugrundeliegende* DNA, die eigentlich unveränderlich sein sollte, hat sich verändert. Es ist unmöglich, aber es ist geschehen. Die Prozedur hätte mich umbringen müssen, trotzdem lebe ich noch. Ich verstehe nicht, wie mein Vater das geschafft hat, ich erinnere mich nur an ein paar Dinge.«

Cole steht für einen Moment wie erstarrt da. Ich bin mir nicht mal sicher, ob er atmet. »Woran erinnerst du dich, Cat?«, flüstert er schließlich.

Ich drehe mich zu den Bergen um und hebe meinen gesunden Arm, um auf sie zu zeigen. »Die da. Ich war schon hier, aber die Bilder sind nicht klar …« Ich schließe die Augen, bemühe mich, die Erinnerung hervorzukramen. Es ist, als versuche man, sich daran zu erinnern, wie man eingeschlafen ist – man weiß, dass es passiert ist, aber jegliche Details vergehen in Nebel, wenn man sich darauf konzentriert. Es hilft auch nicht, dass mein Kopf immer mehr schmerzt, je näher ich der Erinnerung komme, bis ich kaum noch atmen kann.

Als ich die Augen wieder öffne, ist Coles Gesicht bleich. »Was noch?«

»Mein Vater und ich haben uns gestritten. Wir waren in einem … einem Labor, wie dem in der Hütte. Ich war jünger und trug graue Kleidung. Durch die Fenster konnte ich diese Berge sehen.«

»Nein«, sagt Cole. Er starrt mich aus großen, gehetzten Augen an. Die Intensität seines Blickes jagt mir fast Angst ein. »Dort war sonst niemand. Keine anderen Kinder. Das Labor im Tal ist der Ort, an dem ich aufgewachsen bin. Dort war die Basis des Zarathustra-Programms. Es gab zehn Wachen, acht Krankenschwestern, zwei Ärzte und deinen Vater. Das ist alles. Ich kannte jeden Herzschlag. Ich erinnere mich an jeden Besucher.«

»Dort bist du aufgewachsen?« Ich starre an den Horizont, und mein Blick wird glasig. Die Berge liegen nicht länger im Nebel, und die Erinnerung hebt sich. Die Bilder sind schärfer geworden. Drängender. Meine Schädelbasis steht in Flammen. »Ich erinnere mich an ein Hologramm. Ich war jung. Ich habe an den Nägeln gekaut …«

Zitternd sehe ich auf meine Fingernägel. Sie sind abgekaut. Ich beiße seit ein paar Tagen daran herum, seitdem Marcus mir das Heiltek aus dem Arm geschnitten hat. Nein, nicht nur das Heiltek – den *Gedächtnisdämpfer.*

Ich glaube nicht, dass ich vorher jemals an den Nägeln gekaut habe.

Als ich wieder aufsehe, starrt Cole mich an, als wäre er einem Geist begegnet. »Oh Gott«, haucht er. »Oh nein. Oh *nein.*«

Meine Kehle wird eng. »Du machst mir Angst.«

»Er hat deine Erinnerungen verändert«, flüstert Cole, packt meine Schulter so fest, dass seine Finger sich in meine Haut graben. »Er hat sie blockiert. Und deine DNA, sie hat sich verändert, also ist es möglich. Es ist möglich … Himmel, ich wäre fast durchgedreht, als ich deine Augen gesehen habe. Sie haben genau die Farbe, an die ich mich erinnere.«

Ich blinzle verwirrt. »Cole, du tust mir weh.«

»Oh Gott.« Er schluckt schwer, dann treten Tränen in seine Augen. Es ist, als könnte er mich nicht hören. »Es ist wahr. Ich kann es sehen. In der Nacht, als du zu mir gekommen bist, da hat es ein Teil von mir schon gespürt, glaube ich. Sie ist immer so zu mir gekommen. Immer mitten in der Nacht, wenn sie Albträume hatte. Seitdem wir Kinder waren, hat sie sich so neben mir zusammengerollt. Ich habe dich in dieser Nacht im Arm gehalten und habe sie gefühlt. Ich konnte sie riechen, aber ich dachte, ich wäre verrückt.«

»Cole«, presse ich hervor und kämpfe gegen seinen Halt. Der Schmerz in meinem Hinterkopf breitet sich über meine Wirbelsäule nach unten aus, in meine Glieder, jagt Feuer durch meinen Körper. Ich unterdrücke einen Schrei und hole zitternd Luft. »Cole, was willst du damit sagen?«

»Du bist es«, haucht er. Er schließt die Arme um mich, presst mich an sich. Sein Körper ist hart wie Stein, aber seine Schultern zittern.

»Du bist es«, flüstert er, seine Lippen an meinem Ohr. »Du bist *Jun Bei.*«

43

Gleißend helle Funken tanzen vor meinen Augen wie das Knistern von überkreuzten Stromkabeln. Coles Stimme hallt in meinem Kopf wider.

Du bist Jun Bei.

»Nein«, fauche ich und stoße ihn von mir. »Weißt du, wie verrückt das klingt? Ich bin Lachlans Tochter. Ich habe meine DNA *gesehen.*«

»Was, wenn er sie verändert hat?«

»Das ist unmöglich. Das würde mich umbringen, würde ....«

»Wie erklärst du, was während der Entschlüsselung geschehen ist?«, fällt Cole mir ins Wort. »Was mit deinen Augen geschehen ist? Hätte dich das nicht auch umbringen müssen?«

»Ich weiß es nicht.« Meine Stimme zittert. »Aber sie war eine vollkommen andere Person, Cole. Es ist nicht möglich.«

»Sie hat an den Nägeln gekaut«, sagt er. »Sie war so groß wie du, so gebaut wie du. Sie hat ständig mit Lachlan programmiert mithilfe eines holografischen Displays im Labor.«

»Nein.« Ich trete zurück und reibe mir die Augen. »Ich bin nicht sie. Das kann nicht sein. Ich war auf dem Internat. Ich erinnere mich an meine Vergangenheit. Ich hatte ein Zimmer voller Bücher und habe meine gesamte Zeit mit Programmieren verbracht. Die Schule lag in den Bergen, in Kanada.«

»Genau dort befinden wir uns gerade.« Coles Stimme bricht. »Verstehst du nicht? So erzeugt man falsche Erinnerungen – man baut eine Geschichte um etwas herum auf, was wahr ist, und erzählt das einer Person wieder und wieder, bis sie es glaubt. Das haben sie mit mir gemacht, mit uns allen. Was glaubst du, warum ich die Narben behalten habe? Sie sind das Einzige, dem ich vertrauen kann.«

»Meine Erinnerungen sind nicht falsch!«, brülle ich Cole entgegen. Ein Teil von mir will ihn schlagen, um diese Anschuldigungen zu stoppen, die sich wie Nägel in meinen Schädel bohren. »Ich erinnere mich an das Essen, die Kleidung, die ich getragen habe, die verdammte Seife, die ich benutzen musste.«

Dann erstarre ich. Die Seife. Dieser scharf-süßliche Vanilleduft, den ich in den letzten Tagen so oft gerochen habe. In den Wischtüchern, die Cole mir in der Hütte gegeben hat. In der Luftschleuse in Homestake. In der Turnhalle von Skies. Es ist ein Desinfektionsmittel von Cartaxus. Ich habe diesen Geruch immer *gehasst.*

»Du fängst an, es zu sehen«, flüstert Cole. »Deine Erinnerungen sind verschwommen, nicht wahr? Es gibt nichts, was du packen kannst, dessen du dir ganz sicher sein kannst. Versuch, an etwas Spezielles zu denken. Wie waren deine Geburtstage? Wann hast du deine erste Periode bekommen?«

»Ich weiß es nicht«, antworte ich. »Hör einfach *auf.* Halt den Mund!«

Seine Fragen treffen mich wie Pfeile. Ich erinnere mich nicht an meine Geburtstage. Sie haben mir sowieso nie viel bedeutet, also habe ich sie vielleicht einfach in meinem Zimmer verbracht. Aber meine erste Periode – eine körperliche Veränderung. Ich wäre fasziniert gewesen; ich hätte mich an mein Genkit angestöpselt und meine Hormone analysiert. Ich schließe die Augen und versuche, mich an den Tag zu erinnern, als das passiert ist.

Aber da ist nichts. Absolut keine Erinnerungen.

Mein Atem beschleunigt sich, meine Kehle brennt. Ich öffne die Augen und stelle fest, dass Cole mich mit vor den Mund geschlagener Hand beobachtet. Er greift nach mir, doch ich weiche zurück, klettere in den Jeep, um meinen Rucksack hervorzuzerren. Ich drehe ihn auf den Kopf und schüttle den Stoff, bis die Zarathustra-Akten herausrutschen. Ich lasse mich auf ein

Knie sinken und packe mir Jun Beis Mappe. Ihre Augen starren wütend zu mir auf, als ich zu dem Schwarz-Weiß-Foto am Ende blättere.

Immer wieder explodieren Schmerzen in meinem Nacken, wie Feuerwerk.

Jun Bei. Das Mädchen, das ich auf der Straße gesehen habe. Klein, vernarbt, leidenschaftlich. Das wilde, mörderische Genie, das in Cole verliebt war.

Ich blinzle und sehe ihre Augen im Spiegel. Weinend. Verängstigt. Für einen Moment erscheint der Gedanke beängstigend real, doch dann vertreibe ich ihn mit einem Kopfschütteln. Ich bin nicht sie – ich bin Catarina. Ich habe die Haut meines Vaters, sein Gesicht, seine Hände, trage seine Gene in meinem gesamten Körper. Ich habe meine DNA gesehen, ich habe sie sequenziert, und so etwas hätte ich bemerkt …

Nur dass das nicht stimmt.

Ich hatte nie Hypergenese, und auch das habe ich nicht herausgefunden. Mein Vater hat dafür gesorgt, dass ich zu viel Angst davor hatte, mein eigenes Panel zu berühren. Ich blättere durch Jun Beis Akte, ignoriere ihr Foto, lese stattdessen die Notizen, die mein Vater in ihren Sequenzierungsreport gekritzelt hat.

Schnelle Auffassungsgabe. Ganzkörper-Regeneration. Zellulare Anomalitäten.

Ich blättere verzweifelt durch die Seiten, bis ein Kommentar mich innehalten lässt.

Jun Bei ist eine weiße Leinwand, die nur darauf wartet, bemalt zu werden. Noch ist sie nur ein Kind, aber sie könnte ein Meisterwerk werden.

»Oh nein«, hauche ich und lasse mich auf die Fersen sinken. »Nein, das kann nicht sein. Er ist mein Vater …«

»Wieso erinnerst du dich dann an das Labor?« Cole kniet sich neben mich, eine Akte in den Händen.

Nein, keine Akte. Seinen Skizzenblock. Seine Zeichnungen.

Der pulsierende Schmerz in meinem Schädel verstärkt sich zu einem tosenden Sturm, als er den Block öffnet, durch die verschiedenen Zeichnungen blättert. Jedes Bild trifft mich wie eine Gewehrkugel. Diese Augen. Dieses Lächeln. Die bleichen Tränenspuren auf ihren Wangen.

»Nein«, keuche ich. »Bitte, hör auf ...«

Coles Schultern zittern, und in seinen Wimpern hängen Tränen. »Du bist es. So muss es sein. Als ich dich das erste Mal gesehen habe, konnte ich kaum atmen.« Er unterdrückt ein Schluchzen. »Ich habe dich die ganze Zeit schon geliebt.«

Die Wand in meinem Kopf zerbricht mit einem Brüllen.

Leuchtend grüne Augen, schwarze Haare, die mir ins Gesicht fallen. Meine Haut ist bleich und meine Knöchel verschorft, und ich sehe das Gesicht einer Fremden im Spiegel. Ich fühle ihre Tränen und ihre Wut, fühle, wie ihre Hände DNA-Modelle in der Luft drehen, um tief in einem weißen Labor Rätsel zu lösen. Ich wurde dort festgehalten, seitdem ich mich erinnern kann. Ich sehe Gitterstäbe und Zellen aus Beton. Ich sehe Skalpelle und Spritzer von meinem eigenen Blut.

Und ich sehe Cole.

Ich sehe ihn als Kind. Ich sehe ihn grinsen, lachen, schreien. Mit Verbänden umwickelt und gebrochen, sehe ihn mit jedem einzelnen Herzschlag. Die Erinnerung an Coles Lächeln trifft mich wie ein Blitzschlag, der den Schmerz und die Verwirrung durchdringt, die Mauern in meinem Kopf niederreißt.

Er ist mein Freund und mein Vertrauter. Mein Seelenverwandter und mein Beschützer. Ich bin ein Mädchen namens Jun Bei, und ich liebe Cole.

Diese Wahrheit explodiert in mir, breitet sich in Wellen über meine Haut aus. Meine Erinnerungen an das Internat lösen sich auf, zerfallen zu Staub.

»Cole«, keuche ich und blinzle gegen Tränen an. »Cole, ich erinnere mich.«

Seine Arme schließen sich um mich, ziehen mich an seine Brust. »Du bist es«, haucht er mit tränenschwerer Stimme. Seine Lippen finden meine Wange, seine zitternden Hände vergraben sich in meinem Haar. »Du bist es. Du *bist* es.«

Ich stoße einen Schrei aus, spüre tausend schmerzhafte Stiche in einem Körper, der nicht mein eigener ist, der verändert und zu etwas anderem verdreht wurde. Tränen rinnen aus Augen, die einer Fremden gehören. Meine Hände und Gliedmaßen und Lippen und Zähne sind falsch und verändert und entweiht.

Das ist nicht mein Körper.

»Wer bin ich?«, schluchze ich. Mein Geist richtet sich gegen sich selbst, trennt sich in wer ich *war* und wer ich *bin*. »Wer war ich?«

»Du warst wundervoll«, sagt Cole, bevor er seine Lippen an meine Stirn drückt. »Du warst clever und tapfer und stur, genau wie du es jetzt auch bist.«

»Wir waren … zusammen«, keuche ich.

Cole stößt ein seltsames Geräusch aus, irgendwo zwischen einem Schluchzen und einem Lachen. »Ja«, haucht er. »Ja, wir waren zusammen.«

Meine Kehle ist wie zugeschnürt. Ich schließe die Augen, blinzle gegen Tränen an und sehe einen Schlafsaal mit grauen Decken, einen Verband, der auf Coles Brust festgeklebt ist. Er trug immer einen Verband, kam ständig aus dem OP zurück, um an meine Seite zu humpeln. Ich sehe sein vierzehnjähriges Selbst, bereits zu stark, um rein menschlich zu sein. Seine Augen brennen in der Dunkelheit, als er mir erklärt, dass wir weglaufen werden. Wir sind allein, er hält mich im Arm, und ich spüre Entschlossenheit in ihm. Er küsst mich, sagt mir, dass er mich liebt. Ich verspreche, dass wir immer zusammen sein werden.

»Ich liebe dich«, keuche ich, berühre seine Rippen, seine Arme, sein schlagendes Herz. Ich kenne es. Ich liebe es. Ich vergrabe mein Gesicht an seinem Hals.

Dann finden seine Lippen meine. Ich klammere mich an ihm fest, als er mich küsst. Ein Tosen wallt in mir auf, als er seine Lippen auf meine presst. Ein tiefer, schmerzerfüllter Schrei, der aus meiner Kehle aufsteigt und aus meinem Mund dringt. Ich werfe den Kopf in den Nacken und brülle in den Himmel.

Er hat das getan. Der Mann, der nicht mein Vater ist. Er hat mich auseinandergenommen, Zelle für Zelle, und meinen Körper nach seinem eigenen verdrehten Bild neu geschaffen.

Cole drückt seinen Kopf an meine Brust, umschlingt meine Taille mit den Armen, während ich in den mit Gold überzogenen Himmel starre, Tränen auf meinen Wangen. Weitere Erinnerungen steigen aus der Vergangenheit auf, kribbeln in meinem Kopf, blitzen vor meinen Augen auf wie ein fehlerhafter Videofeed.

Ich sehe Bäume und Highways, einen Wald und einen See. Ich bin nicht länger im Labor. Ich bin fünfzehn, ich bin in der Hütte und Lachlan erklärt mir, dass das der Ort ist, an dem wir leben werden. Er zeigt mir das Grundstück, er versucht, freundlich zu sein, aber er ist schwach. Er kann Cole nicht aus meinem Bewusstsein reißen, egal was er meiner DNA auch antut. Ich sehe, wie ich durch die Schächte der Mine laufe, eine Kiste mit gestohlenen Akten hinter einem orangefarbenen Kajak verstecke und mir verspreche, dass ich zurückkehren werde, um mir das Foto von Cole anzusehen. Um niemals zu vergessen, obwohl mein Gedächtnis bereits in verschwommene Teile zerfällt, die mir durch meine Hände rinnen wie Wasser, wann immer ich sie festhalten will.

Ich sehe, wie Lachlan mich findet, mich anschreit, mich zurück zur Hütte zerrt. Ich sehe, wie seine Augen groß werden, als ich die Fenster einschlage und mir die Hände am Glas verletze, als ich auf diesem Weg fliehen will. Ich sehe, wie er gegen mich kämpft, mich zurückschleift. Ich sauge an meiner Wunde, spucke ihm Blut entgegen, schreie nach Cole.

Dann schließt er mich ein, und es gibt keine liebevollen Arme in der Dunkelheit, die mich halten. Ich bin allein mit dem Monster, das mein Gesicht verändert hat, und er erklärt mir, dass ich mich nicht erinnern werde.

Aber das tue ich.

44

»Fast geschafft«, sagt Cole. »Wie geht es dir?«

»Okay«, sage ich. »Solange ich bei dir bin.«

Lächelnd wirft er mir einen Blick zu. Wir sitzen im Jeep, die Fenster nach unten gekurbelt, und folgen einer Schotterstraße, die in das Tal am Fuß des Berges mit den drei Spitzen führt. Es ist Vormittag, und der Himmel zeigt ein dunkles, stürmisches Grau, während die schlagenden Schreie der Wandertauben durch die Luft hallen.

Ich sitze verdreht auf dem Beifahrersitz, um meine verletzte Schulter zu schonen, eine Hand auf Coles Bein. Ich bin ihm den gesamten Morgen nicht von der Seite gewichen. Ich fürchte, dass ich ohne seine Berührung zerbrechen werde. Meine Gedanken rasen immer noch, doch Cole ist mein Anker in der Realität.

Jetzt, wo wir uns wiedergefunden haben, werde ich niemals zulassen, dass wir wieder getrennt werden.

»Kommen noch mehr Erinnerungen zurück?«, fragt Cole und nickt in Richtung meines Schoßes, wo die Fotos aus den Zarathustra-Akten in einer Reihe liegen.

Jedes Mal wenn ich sie ansehe, fällt mir etwas Neues ein. Ziana, die lautlos vor sich hinsingt. Wie Leoben mich durch die Gänge jagt. Anna, die in das Rohrsystem des Labors einsteigt und es bis aufs Dach schafft, bevor die Wachen sie wieder nach unten zerren. Winzige Erinnerungsfragmente kehren zurück, aber sie sind chaotisch und unzusammenhängend, verschwinden wieder, bevor ich sie festhalten kann. Ich weiß nicht, ob das ein Nebeneffekt des ERO-86 ist, das langsam verklingt, oder ob meine Erinnerungen so bleiben werden.

»Ich kann mich immer noch nicht klar erinnern«, sage ich.

»Es sind nur Fetzen, als hätte ich einfach keine Vergangenheit mehr.«

»Was ist mit den Erinnerungen an das Internat?«

»Da ist es sogar noch schlimmer. Sie erinnern mich an ... Schwarz-Weiß-Fotos. Ich verstehe nicht, wie ich sie je für real halten konnte.«

»So funktioniert das Gehirn.« Cole sieht aus dem Fenster, blickt über die Bäume. »Wenn du Erinnerungen unterdrückst, erfindet das Gehirn eine Geschichte, um sie zu ersetzen. Sie haben das auch mit mir gemacht. Kurz nach dem Ausbruch war ich zwei Wochen lang nicht im Labor, aber ich weiß nicht, wo ich war. Meine Blackout-Tech hat sich eingeschaltet und verhindert, dass ich mich erinnere. Als ich zurückkam, hat Lachlan mir Fotos von mir in Los Angeles gezeigt. Er hat behauptet, ich hätte einen Wissenschaftler aus der Stadt vor den Unruhen gerettet. Er hat mir erzählt, wie das Wetter war und was ich gegessen habe. Und schließlich habe ich angefangen, mich an alles zu *erinnern*.«

»Und warst du wirklich dort?«

»Das ist der Punkt. Ich habe eines der Fotos genommen und es durch eine Prüf-Software gejagt. Es war gefälscht. Das hat aber nichts daran geändert, dass ich mich erinnert habe, dort gewesen zu sein. Erinnerungen sind schwach. Sie sind fehlbar. Deswegen habe ich meine Narben behalten.«

Instinktiv hebe ich die Hand an die Brust. Die Haut dort ist glatt und geschmeidig, und ich habe keinerlei Erinnerung daran, dass ich ausgesehen hätte wie Cole. Aber auf dem Foto zieht sich ein Netzwerk aus Nähten und erhabener Haut bis zu Jun Beis Hals.

Narben können leicht geheilt werden. Hautfarbe kann verändert werden. Das Haar, die Gesichtsform, die Augenfarbe – all das kann mit genug Zeit geändert werden. Aber es sollte keine Möglichkeit geben, zu verändern, was sich innerhalb meiner Zellen befindet.

Ich schnappe mir meine Akte von dem Stapel auf dem Boden

und öffne sie, lasse meinen Blick über den Inhalt gleiten. Ich sehne mich so sehr nach einem Genkit-Kabel, um es an meinen Arm anzuschließen. Ich könnte alles so viel schneller verstehen, wenn ich mich selbst analysieren könnte. Die Sequenzierungsberichte in der modrigen Akte werden in einem Format dargestellt, mit dem ich nichts anfangen kann, und einige der experimentellen Resultate sind so bizarr, dass ich kaum verstehe, worauf Lachlan getestet hat. Aber da ist etwas, was vielleicht erklärt, was er mit mir gemacht hat.

»Hast du was entdeckt?«, fragt Cole.

Ich blättere wieder zurück, wobei ich an meinem Daumennagel kaue. »Ich glaube, ich verstehe, wieso ich die Entschlüsselung überlebt habe. Es sieht aus, als wären meine Zellen *flexibel.* Aber ich weiß nicht, wie das funktioniert. Die Zellen der meisten Menschen können mit Veränderungen der natürlichen DNA in ihrem Inneren nicht umgehen. Sie stoßen alles ab, was meistens die Zelle gleich mitzerstört. Aber es scheint, als würden meine Zellen sich einfach … angleichen. Sie verändern sich, um sich jeglicher DNA in sich anzupassen. Aber ich verstehe nicht, wie.«

»Bedeutet das, dass du deinen Körper zurückverändern könntest?«

Coles Worte hängen zwischen uns in der Luft. Ich frage mich bereits seit ein paar Stunden dasselbe, doch es ist seltsam, die Frage laut ausgesprochen zu hören. Ich trage Lachlans Gesicht und Haut, ich habe seine Augen und seinen Haaransatz. Seine Gene zeigen sich in der Form meiner Nase und meinem leicht spitzen Kinn. Aber es ist nicht mehr nur sein Gesicht – es ist meines. Es ist das Gesicht, das ich in den letzten drei Jahren im Spiegel gesehen habe. Während des Ausbruchs, während der verzweifelten Winter allein in der Hütte. Meine Augen sind Lachlans so ähnlich, doch sie gehören auch zu mir. Das Feuer in ihnen, mein entschlossenes Kinn, die wirren Knäuel meiner Haare.

Wenn ich Jun Beis Foto ansehe, habe ich immer noch das Gefühl, *sie* anzusehen statt *mich*.

Der Gedanke, dass ich Lachlans Gesicht trage, ist widerlich, aber die Vorstellung, mich zurückzuverwandeln, ist traumatisierend. Ich weiß nicht, wie ich aussehen will. Ich weiß ja nicht mal, wer ich bin.

»Ich … ich weiß es nicht«, sage ich leise.

»Tut mir leid«, meint Cole. »Die Frage hätte ich nicht stellen sollen. Es spielt keine Rolle, wie du aussiehst.«

Aber das tut es. Er hat recht – es gehört zu meinem Ich. Wie eine Person aussieht, hängt von ihrer DNA ab, und Lachlan hat meine DNA verändert. Meine Brust wird eng. »Ich bin nicht Jun Bei, Cole, nicht laut dem, was ich in mir trage. Ich bin jemand anders, aber ich weiß nicht wer. Ich weiß eigentlich gar nichts mehr.«

Seine Hand gleitet an meinem Rücken nach oben, bis sie auf meiner gesunden Schulter liegen bleibt. »Wir werden es zusammen herausfinden.«

Ich nicke schweigend. Ich fühle mich, als würde ich ertrinken, als würde ich in einem kalten, dunklen Meer versinken. Coles Hand auf meiner Haut ist wie ein Rettungsfloß, das mich über der Oberfläche hält, doch sie ist nicht genug. Ich muss etwas in mir selbst finden. Die Flamme meines Mutes.

Ich versenke mich in mir selbst, doch ich erkenne nur Schatten.

Der Jeep wird langsamer. Coles Augen werden glasig, dann fährt er von der Straße ab auf einen überwucherten Waldweg. »Wir sind nahe am Labor«, sagt er. »Nur noch ein paar Meilen. Lee hat es über Nacht zu Fuß ausgekundschaftet, aber er ist im Tarnmodus, also kann ich ihn nicht hören.«

Wir holpern über Steine und gefallene Äste, bis wir neben Leobens Jeep anhalten, der zwischen mehreren Bäumen steht.

Cole steigt aus, sein Blick immer noch glasig. Er bedeutet mir mit einer Geste, im Wagen zu bleiben, doch ich bin schon halb aus dem Jeep. Ich lande schwer auf meinen Füßen und verziehe das Gesicht, als mein immer noch verwundetes Knie protestiert.

Über uns kreisen die Tauben, ihre Rufe so ohrenbetäubend wie das Trommeln von Hagel auf einem Dach. Trotzdem höre ich ein leises Pfeifen. Drei scharfe Noten, die an meinem Gedächtnis zerren. Ich reiße den Kopf hoch und schaue über die Baumlinie. Das ist das Signal, das wir als Kinder verwendet haben, um uns gegenseitig zu rufen. Ich kenne die Antwort – ein Echo aus zwei Noten. Ich pfeife sie, ohne nachzudenken, und plötzlich keucht hinter mir jemand auf.

Ich wirble herum und entdecke Leoben, der aus dem Wald tritt, ein Gewehr in der Hand, einen schlammverschmierten Rucksack auf dem Rücken. Dreck und Asche kleben in den Linien seines Gesichts. Sein Hemd ist aufgerissen und offenbart so die Narben und die dunklen Tätowierungen, die seine Brust überziehen. Seine Arme sind verkratzt und verbunden, von blutigen Striemen gezeichnet. Als seine braunen Augen mir begegnen, bleibe ich wie erstarrt stehen.

Er vertraut mir immer noch nicht. Ich trage das Gesicht des Mannes, der ihn gefoltert hat, der ihn aufgeschlitzt hat, um zu sehen, wie sein Inneres aussieht. Er hat gesagt, es gäbe nichts Gefährlicheres als die guten Absichten eines Agatta.

Aber ich bin keine Agatta.

»Lee«, hauche ich. Frische Erinnerungen schießen in mir hoch wie winzige Raketen, explodieren in meinem Kopf. Ich sehe Leoben, klein und mager, der im Flur spielt. Ich fühle, wie er sich mit mir zusammenkauert, zitternd vor Schmerz. Ich sehe, wie er schreiend vor den Krankenschwestern flieht, eine Spur aus Blut hinter sich, eine Glasscherbe in einer kleinen Hand.

Er ist mein Freund, mein Bruder. Wir kennen uns, seitdem wir Babys waren. Wie kann es sein, dass ich das bisher nicht erkannt habe?

Leoben verengt die Augen zu schlitzen, doch als ich seinen Blick halte, wird seine Miene ungläubig. Er schaut kurz in den Jeep, wo die Aktenmappen auf dem Boden verteilt liegen. »Nein …«, sagt er und weicht langsam zurück. »Nein, das ist unmöglich.«

»Es stimmt«, sagt Cole. »Sie ist es, Lee. Jun Bei.«

»Das *kann* nicht sein.«

»Lee«, sage ich wieder, starre auf die Tätowierungen, die seine Arme bedecken. Plötzlich kann ich die Geschichte lesen, die in seine Haut graviert ist.

Adler, Bär, Wolf, Skorpion und Wildkatze klettern an seinen Armen nach oben, ein Tier für jedes der Zarathustra-Kinder. Meines ist die Wildkatze – klein, aber ungezähmt –, und seine Geschichte endet in einem Kreis auf Leobens Brust.

»Du hast Jun Bei über dein Herz gesetzt«, flüstere ich.

»Natürlich habe ich das«, sagt er. »Sie war meine Schwester.«

»Wunderschön«, murmele ich und hebe den Arm, um meine Finger über die tintengefärbte Haut gleiten zu lassen. »Ich muss dir das bestimmt schon tausendmal gesagt haben, Lee. Aber Wildkatzen haben keine Flecken.«

Meine Worte hängen für einen Moment in der Luft; dann kann ich nicht mehr atmen, als Leoben gegen mich rammt und mich von den Füßen reißt. Er umarmt mich fest, vergräbt sein Gesicht in meinem Haar und wirbelt mich im Kreis.

»Au!«, sage ich lachend. »Lee, meine Schulter.«

»Tut mir leid, tut mir leid.« Er stellt mich ab, lässt die Hände aber auf meinen Armen liegen und schüttelt mich, als müsste er sich davon überzeugen, dass ich wirklich vor ihm stehe. »Ich kann es immer noch nicht glauben. Himmel, warum hat er dir das angetan?«

Ich berühre sein Gesicht, seine Brust, seine Narben. Die Zuneigung, die ich für ihn empfinde, lässt ein Licht in mir aufflackern. »Ich weiß nicht, warum er das alles getan hat, Lee. Ich kann mich nicht erinnern.«

Er schluckt schwer, drückt meine Hand auf sein Herz. Tränen stehen in seinen Augen. Er sieht zwischen mir und Cole hin und her. »Dann lass uns losziehen und ihn fragen.« Seine Stimme zittert. »Ich habe einen Herzschlag im Labor aufgefangen. Ich kann nicht länger warten. Ich will ihn tot sehen.«

45

»Eine Nachtkapsel könnte funktionieren«, meint Cole. »Einer von uns löst sie aus, die anderen stürmen den Raum.«

Leoben schüttelt den Kopf. »Auf Code wird er vorbereitet sein. Wir müssen mit Waffengewalt eindringen.«

Die beiden sitzen vorne in Leobens Jeep, während der von Cole uns selbstständig folgt. Ich sitze auf der Rückbank, höre zu, wie sie Pläne schmieden, ein schwarzes Holster um die Hüfte und eine Pistole an meiner Seite. Wir sind unterwegs, um uns Lachlan im Labor zu stellen. Wir haben überlegt, Cartaxus oder Skies zu rufen, oder eine Flotte von Drohnen schicken zu lassen, haben aber entschieden, dass es zu gefährlich wäre. Für so etwas ist Lachlan zu klug. Er wird jede Kommunikation überwachen, nach jedem Hinweis auf einen Angriff Ausschau halten. Wenn er sich bedroht fühlt, könnte er die orangefarbenen Panels überall auf der Welt aktivieren, so wie er es in Sunnyvale getan hat.

Er hält die ganze Welt als Geisel. Uns bleibt keine andere Wahl. Wir müssen ihn davon überzeugen, uns nahe genug an ihn heranzulassen, und dann müssen wir ihn umbringen.

Der Gedanke lauert am Rande meines Bewusstseins wie der Schatten eines Hurrikans am Horizont. Ich weiß, dass er kommen wird, aber noch kann ich wegschauen. Ein paar Minuten länger vorgeben, dass wir nicht den Mord an dem Mann planen, den ich bis vor ein paar Stunden Vater genannt habe.

Wenn ich zu lange darüber nachdenke, könnte ich den Mut verlieren, den Plan durchzuziehen.

Wir fahren weiter, Cole und Leoben in ein Gespräch vertieft, das überwiegend aus militärischen Kurzbeschreibungen besteht, sich mit Schusswinkeln, Waffen, Fallen und Eventualitäten beschäftigt.

Ihre Wut flimmert in der Luft wie Hitze, wird mit jedem Moment intensiver. Ihre Zusammenarbeit ist unglaublich. Zwei majestätische, mächtige Wachen, die einen Angriff planen, den sie dann mit chirurgischer Präzision durchführen werden.

Oder zumindest *könnten* sie ihn durchführen, wenn es nicht um einen Angriff auf Lachlan Agatta ginge.

Ich starre durch das Heckfenster des Jeeps auf die drei Bergspitzen in der Ferne. Wenn Lachlan sich in dem Labor aufhält, zu dem wir gerade fahren, bedeutet das, dass er dort ganz allein ist. Das ist der Ort, an den er uns laut dem Brief in Coles Panel geschickt hat. Was wäre wohl geschehen, wenn Novak uns nicht nach Sunnyvale verschleppt hätte?

Wären wir hier angekommen und hätten festgestellt, dass er auf uns wartet? Hätte er mir die Wahrheit über meine Vergangenheit erzählt?

Aus irgendeinem Grund glaube ich das nicht. Lachlans Plan ist komplexer. Ich weiß noch nicht, was für ein Spielchen er spielt, aber er wollte, dass alles genau so geschieht, wie es passiert ist.

Als wir in Sunnyvale waren, hat Novak erklärt, sie hätte einen anonymen Tipp bekommen – dass ich mit dem Impfstoff durchs Land reise. Damals habe ich gedacht, es könnte Agnes gewesen sein, doch sie hätte nicht gewusst, wohin wir wollen. Es hätten auch Dax oder Leoben sein können, doch irgendetwas lässt mich vermuten, dass dem nicht so war.

Damit bleibt nur Lachlan.

Ich glaube langsam, dass er wollte, dass wir in Sunnyvale enden. Er wollte, dass Novak die Regie übernimmt, sich nicht davon abhalten kann, die Entschlüsselung live zu übertragen und die Tests am Impfstoff zu übereilen. Er wollte, dass ich mit einem Kabel in meiner Wirbelsäule in dieser Wanne ende, damit mein Körper als Überträger der vier Millionen Zeilen Code des Hintergrundprogramms dient.

Wenn das stimmt, dann ist sein Plan brillant und er hat uns mühelos manipuliert. Ich sollte von einem Mann wie Lachlan nichts anderes erwarten, und deswegen habe ich panische Angst.

Denn wenn er alles geplant hat, was bis jetzt geschehen ist, bedeutet das, dass er immer noch die Kontrolle ausübt.

Es beginnt zu nieseln, Donner grollt in der Ferne. Cole dreht sich in seinem Sitz, um zu mir nach hinten zu schauen. »Bist du bereit? Wir werden direkt zum Labor fahren und es unbewaffnet betreten. Je normaler wir uns benehmen, desto näher wird er uns an sich heranlassen.«

»Ja, das klingt vernünftig«, sage ich, immer noch aus dem Fenster blickend, während ich nervös am Reißverschluss von einem der Schlafsäcke neben mir herumspiele. Sowohl Leobens als auch Dax' Schlafsäcke liegen nach unserer gemeinsamen Reise noch im Jeep.

»Du musst nicht mal mitkommen«, sagt Cole.

Das bringt mich dazu, ihn anzusehen. »Machst du Witze? Ich habe mehr Gründe als jeder andere, ihn tot sehen zu wollen.«

Leoben grinst. »Ich habe dir doch gesagt, dass ihr das nicht gefallen wird.«

Cole runzelt die Stirn. »Ich will ja nur sagen, dass es nicht sicher sein wird. Es könnte Fallen geben. Er könnte Waffen besitzen, gegen die wir uns nicht verteidigen können.« Er nickt in Richtung meines Unterarms, auf dem unter der heilenden Haut eine Handvoll kobaltblaue Punkte leuchten. Mein neues Panel initialisiert sich, aber bisher haben sich nur ein paar Apps fertig installiert. »Funktionieren deine Apps schon?«

Ich senke den Blick. »Nein, aber ich sehe ein grobes Interface. Das Heiltek und die VR-Module sollten sich bald einschalten.« Ich blinzle und rufe ein paar Zeilen schwarzen Text vor meinen Augen auf. Ich lese die Installations-Nachrichten, die langsam durch mein Sichtfeld scrollen. In einer Stunde, vielleicht zwei, werde ich fähig sein, ein volles VR-Interface zu benutzen, ohne eine Tastatur zu programmieren, mich in VR-Welten zu versenken. Und laut dem Text vor meinen Augen werde ich auch bald Zugriff auf die Daten gewinnen, die Dax in meiner Wirbelsäule gefunden hat.

Diese Terabytes von Daten sind keine Sicherungen aus meinem Genkit. Die Speicherdaten, die ich sehe, sind Jahre alt. Die Namen und Dateitypen sind offensichtlich – es sind persönliche Dateien. Ich trage immer noch alles mit mir herum, was Jun Bei in ihrem Arm gespeichert hat.

Jede Codezeile. Jede archivierte Aufnahme. Lachlan hat nichts gelöscht, als er meine DNA verändert hat. Er hat alles aufgehoben, damit es gefunden wird. Jun Beis Leben, gespeichert in Kommaufzeichnungen und Dokumenten, ist immer noch in mir vorhanden.

Davon weiß Cole noch nichts.

Wenn ich es ihm sage, könnte er verstehen, was das bedeutet. Er könnte das volle Ausmaß von Lachlans Plan durchschauen, so wie er mir klar geworden ist, nachdem wir losgefahren waren. Er würde erkennen, dass wir immer noch nichts anderes sind als Schachfiguren, die über ein Brett geschoben werden.

Wenn Cole wüsste, was ich vorhabe, sobald wir das Labor erreicht haben, würde er mich zurücklassen.

Leoben lenkt den Jeep von der Straße auf einen schlammigen Weg, der einen Hügel nach unten und durch einen gewundenen Bach führt. Eine einsame Erinnerung steigt in mir auf – eisiges Wasser, das gegen meine Beine spritzt, während ich durch die Dunkelheit laufe – doch das Bild verschwindet wieder, als wir durch ein kleines Gehölz fahren und eine grasbewachsene Lichtung erreichen.

Ich keuche auf. Vor uns erhebt sich das Labor – ein viereckiges, dreistöckiges Gebäude, umgeben von verwildertem Gras. Die gekalkten Betonwände zeigen rostige und modrige Flecken, und das Flachdach wird von Rissen durchzogen, in denen Gestrüpp wächst. Die Fenster sind zerbrochen, auch wenn die Gitter daran noch halten, und über der Tür prangt ein Cartaxus-Logo in abblätternder Farbe.

Ich schlinge die Arme um den Körper, als ich das Gebäude mustere. Ich erinnere mich vage an dämmrige Flure, Betten aus Holz und kratzige graue Decken. An Laserscanner, Riegel und knurrende gengehackte Hunde.

Es ist ein albtraumhafter Ort.

»Trautes Heim, Glück allein«, murmelt Leoben. Er lenkt den Jeep auf die Überreste eines kiesbestreuten Parkplatzes und schaltet den Motor aus. Hinter uns trudelt Coles leerer Jeep über das Gras und fährt zur Rückseite des Labors, um das Gebäude von der anderen Seite aus zu überwachen.

»Es befindet sich nur eine Person im hinteren Teil des Labors«, sagt Leoben. »Ich bin mir ziemlich sicher, dass er es ist. Soweit ich es erkennen kann, ist er schwer verwundet. Er hat Probleme mit dem Atmen. Von hier aus werden massenweise Daten an die Satelliten gesendet. Ich glaube, das ist der Ort, von dem aus er den Code des Wahnsinns kontrolliert.«

»Wie wollen wir das Signal blockieren?«, frage ich. »Er könnte es in dem Moment aussenden, in dem wir das Labor betreten.«

»Das ist mein Job«, sagt Leoben. »Ihr beide geht zuerst allein rein. Ich werde hier draußen bleiben und die Schwarze-Kuppel-Chips in den Jeeps dazu einsetzen, die Verbindung zu blockieren. Er wird die Frequenzen ändern, und die Jeeps können sich nicht selbstständig anpassen. Dabei werde ich ihnen helfen. Ich glaube, ich kann ihn fünf Minuten lang blockieren, ohne dass er es merkt – vielleicht auch zehn. Aber irgendwann wird er es herausfinden, und wenn es so weit ist, werde ich ihn nicht mehr aufhalten können. Ihr müsst da reingehen und zerstören, was auch immer er einsetzt, um den Code zu kontrollieren – könnte eine

Serverstation sein oder eine Reihe von Genkits, was Lachlan irgendwie ähnlichsähe. Sobald ihr die Verbindung von innen unterbrochen habt, werde ich reinkommen und wir kümmern uns höchstpersönlich um den alten Mann.«

»Kann nicht Cole hier draußen bleiben und die Verbindung blockieren?«, frage ich.

»Negativ«, antwortet Leoben. »Cole ist darin noch schlechter als die Jeeps. Du und ich waren immer die Einzigen mit *echten* Fähigkeiten.«

Cole dreht sich zu mir um. »Wieso willst du, dass ich draußen bleibe?«

»Weil ich vermute, dass er dich irgendwie gegen mich einsetzen wird. Er hätte mich während der Prozedur umbringen können, aber das hat er nicht. Er hätte fliehen können, aber trotzdem ist er noch hier. Er hat sogar ein Backup meines alten Panels in mir zurückgelassen, obwohl er gewusst haben muss, dass ich es bei der Entschlüsselung entdecken würde.«

»Du glaubst, er wollte, dass du dich erinnerst?«, fragt Cole.

»Natürlich wollte er das«, sage ich. »Wieso sonst hätte er dich losschicken sollen, um mich zu finden? Das gehört alles zu seinem Plan.«

Leoben schnaubt. »Dann ist das ein ziemlich dämlicher Plan. Wenn er tot ist, wird er das noch bereuen.«

»Nein«, gebe ich zurück. »Es ist ein genialer Plan. Ich verstehe immer noch nicht, was Lachlan plant, aber ich bin mir ziemlich sicher, dass er dafür meine Hilfe braucht. Ich glaube, Sunnyvale war eine Art Testlauf, um herauszufinden, ob er die Leute mit dem Impfstoff kontrollieren kann. Deswegen hat er die orangefarbenen Panels nicht auf der ganzen Welt aktiviert. Aber sein Plan hat sicher eine größere Dimension – Lachlan hat das nicht getan, um alle in den Wahnsinn zu treiben. Ihr glaubt, wir hätten momentan die Situation unter Kontrolle, aber in Wirklichkeit sind wir nach wie vor Figuren auf einem Schachbrett, und er ist derjenige, der uns hin und her schiebt. Wie auch immer sein wahres Ziel aussieht, er hat darauf gewartet, dass wir hier ankommen. Weil er meine Hilfe braucht.«

»Aber du wirst ihm auf keinen Fall noch helfen«, sagt Cole. »Nicht nach allem, was er dir angetan hat.«

»Ich will ihm nicht helfen, aber vielleicht habe ich keine andere Wahl.«

»Aber er hat kein Druckmittel. Nicht wenn wir die Verbindung blockieren. Er kann dich zu gar nichts zwingen.«

»Verstehst du denn nicht?«, flüstere ich gepresst. »Er hat dafür gesorgt, dass ich mich an dich erinnere. Dein Körper ist voll von seinem Code – das habe ich deutlich gesehen, als ich dein Panel gehackt habe. Ich habe es jedes Mal gesehen, wenn deine Augen mitternachtsschwarz werden. Wenn du mit mir zusammen da reingehst, wird er einen Weg finden, dich zu verletzen. Ich weiß es einfach. Und dann werde ich tun, was auch immer er sagt. Er hat mich absichtlich dazu gebracht, mich an meine Vergangenheit zu erinnern, damit er meine Gefühle für dich einsetzen kann, um mich zu kontrollieren. Das liefert ihm das Druckmittel, das er braucht.«

Cole starrt mich mit gerunzelter Stirn an. Er hat dunkle Ringe unter den Augen, und seine Wangen wirken ausgezehrt. Er wirkt schwächer und erschöpfter als zu dem Zeitpunkt, als er angeschossen worden war. Ich kann den Gedanken einfach nicht ertragen, ihn erneut zu verlieren. Ich werde nicht zusehen, wie er verletzt wird. Er hat seit seinem Auftauchen jede Minute damit verbracht, mich zu beschützen. Jetzt bin ich dran.

Er versteift sich, als ihm klar wird, was ich vorhabe. »Oh nein, du gehst da nicht allein rein. Auf keinen Fall.«

»Du musst mich das machen lassen.«

»Niemals.« Coles Augen brennen. »Ich habe dich gerade erst

wiedergefunden. Ich werde nicht riskieren, dich wieder zu verlieren.«

»Das kannst du nicht entscheiden.«

Coles Gesicht wird bleich. Er kann es in meinem Gesicht erkennen, bevor ich das Wort ausspreche. Er reißt die Hände hoch, um sie auf meinen Mund zu pressen.

Aber er kommt zu spät.

»Recumbentibus.«

Das Wort trifft ihn wie eine Kugel. Er keucht, dann sackt er in seinem Sitz zusammen.

»Verflucht«, sagt Leoben. »Was hast du gerade getan?«

Ich klettere auf die Ladefläche des Jeeps und öffne die Heckklappe. »Ich habe ihn ausgeknockt. Er bleibt für ungefähr eine Viertelstunde ausgeschaltet. Ich werde allein da reingehen – versuch nicht, mir zu folgen. Warte hier draußen und blockier die Verbindung.«

»Ja, Ma'am«, sagt Leoben wie betäubt. »Willkommen zurück, Jun Bei.«

Ich nicke, dann drehe ich mich um und gehe zum Labor, auch wenn ich mir nicht sicher bin, was ich bei seinen Worten empfinde.

Die Stahltür, die ins Gebäude führt, ist unverschlossen. Ich drücke sie auf und sehe ein düsteres Wartezimmer, wie ich es in einer Arztpraxis erwartet hätte. Staubbedeckte Stühle stehen vor einem leeren Empfangsschreibtisch, auf dessen Seite ein Schild mit dem Cartaxus-Logo hängt. Dreieckige Lampen an der Decke beginnen in dem Moment zu leuchten, als ich den Raum betrete. Sie erhellen einen leuchtenden Pfad in einem Flur auf der anderen Seite.

Lachlan weiß, dass ich da bin. Natürlich weiß er das. Er hat wahrscheinlich jede unserer Bewegungen seit Sunnyvale getrackt. Die Lichter pulsieren, drängen mich, ihnen zu folgen. Lachlan führt mich durch das Labor.

»Okay«, murmele ich. »Dann komme ich eben zu dir.«

Ich lasse die Tür hinter mir zufallen und humple den Flur entlang. Die Deckenlichter flackern, während ich gehe, führen mich an staubigen Räumen vorbei, die mir seltsam vertraut erscheinen. Ich bin diesen Flur schon entlanggelaufen, ich wurde ihn sogar an den Haaren entlanggeschleift, schreiend und um mich schlagend, mit Kabeln in meinen Armen.

Die Lichter stoppen vor einer nicht markierten Tür, doch selbst ohne sie weiß ich, dass dies der Ort ist, an den ich gehen muss. Ich fühle es, tief in mir. Ein Kribbeln an meiner Schädelbasis. Ich beiße die Zähne zusammen und drehe den Türknauf.

Die Tür schwingt auf zu einem glänzenden Labor, das ich schon so oft gesehen habe. Es ist der Raum aus meinen Träumen, aus den Bildern, die während der Entschlüsselung in mir aufgestiegen sind. Der gekachelte Boden und die Glaswände, die den Blick auf die drei Berggipfel freigeben. Sie ragen nebelverhangen hinter dem Fenster auf.

Lachlan sitzt auf der anderen Seite des Raums und beobachtet mich mit einem Lächeln.

»Hallo, Liebling«, sagt er. »Ich habe auf dich gewartet.«

Ich erstarre. Ich habe die letzten zwei Stunden versucht, mich auf diese Begegnung vorzubereiten, doch trotzdem trifft mich sein Anblick wie ein Blitzschlag. Er ist schwer verwundet. Die Haut auf seinem Gesicht ist verkrustet, und er sitzt in einem mechanischen Stuhl, der auch in eine Zahnarztpraxis passen würde. Eine Hand ist verbunden; die andere zeigt ein Chaos aus Blasen. Seine Handgelenke und sein Hals sind mit blutigen Verbänden umwickelt.

Aber es ist *er*. Lachlan. Der Mann, den ich bis vor Kurzem als meinen Vater bezeichnet habe. Seine Augen rufen eine Flut von ungeordneten Erinnerungen wach. Ich sehe unsere gemeinsamen Tage in der Hütte gemischt mit den Jahren, die ich als Gefangene in diesem Albtraum von Labor verbracht habe.

Ich war sein Testobjekt. Sein Opfer.

Doch in den letzten drei Jahren war ich auch seine *Tochter.*

»Du bist es wirklich«, sage ich und trete in den Türrahmen. Lachlans blutunterlaufene Augen senken sich auf die Pistole an meiner Seite. Etwas im Türrahmen beginnt zu brummen.

Ich schaue nach unten, gerade rechtzeitig, um zu sehen, wie zwei Elektromagnete die Kupplung aus meinem verletzten Knie reißen.

46

Ich falle zu Boden und schreie, als Schmerzen durch mein Bein schießen. Blut spritzt auf die Fliesen. Meine Lunge verkrampft sich wie eine Faust, und ich rutsche zur Seite.

Mein rechtes Knie scheint intakt zu sein. Es war weiter von der Tür entfernt, als die Magnete sich eingeschaltet haben.

Mein linkes Knie, das, dass ich bereits in Homestake zerstört habe, hatte bei Weitem nicht so viel Glück.

Der schwarze Stoff meiner Hose ist zerrissen und offenbart eine klaffende Wunde in meinem linken Bein. Sie erstreckt sich von der Mitte meines Oberschenkels bis zu meinem Unterschenkel, macht dunkle Muskeln, pulsierende Adern und weiß glänzende Knochen sichtbar.

Lachlan hat Elektromagnete in die Tür eingebaut. Das ist meine Falle, meine eigene, gottverdammte Falle. Woher zur Hölle weiß er das?

Die Pistole an meiner Seite ist verschwunden, von den Magneten aus dem Holster gerissen. Die Waffe knallt gegen den Türrahmen und rutscht dann über die Fliesen, bis sie gerade außerhalb meiner Reichweite liegen bleibt. Die metallene Kupplung aus meinem linken Knie hat sich tief im Türrahmen vergraben, und das Ende des goldgesprenkelten Kabels, das sich durch mein Bein gezogen hat, hängt aus meiner Wunde. Es schlängelt sich funkensprühend auf dem Boden, in dem Versuch, sich wieder mit der Kupplung zu verbinden.

»Nimm deinen Gürtel. Schnell.«

Ich sehe benommen auf. Lachlan sitzt bewegungslos auf seinem Stuhl und beobachtet teilnahmslos, wie mein Blut auf dem Boden eine glänzende, dunkle Pfütze bildet.

»Du musst dir einen Druckverband am Oberschenkel anlegen, oder du verblutest. Das ist eine Arterie, Liebling. Du solltest dich besser beeilen. Bald schon wirst du bewusstlos.«

Ich reiße mir mit blutbesudelten Fingern den Gürtel aus der Hose und binde ihn ungeschickt um mein Bein.

»Schön eng.«

Ich keuche und beiße die Zähne gegen den Schmerz zusammen, als ich den Gürtel fest anziehe.

»So ist es gut. Tut mir leid, dass ich dich verletzen musste, Catarina, aber ich wollte sicherstellen, dass wir uns unterhalten können, bevor du versuchst, mich umzubringen.«

Ich schließe den Gürtel, halte das Ende fest, um die Wunde abzubinden, aber trotzdem dringt dickflüssiges, heißes Blut heraus. Das Gewebe in meinem Knie ist nach meiner Verletzung in Homestake neu und anfällig. Die Magnete haben es aufgerissen, wie ein Messer eine Frucht zerschneidet. Ich halte die Luft an und zurre den Gürtel noch fester. »Ich werde nicht lange reden können, wenn ich weiterhin so blute.«

Lachlan mustert mich einen Moment, dann nickt er. Eine Stahlschublade neben mir öffnet sich mit einem Zischen kühler Luft und enthüllt eine Reihe von silbernen Spritzen.

»Heiltek«, sagt er. »Direkt in die Wunde, das ist der schnellste Weg. Es ist die neueste Generation. Ich habe es selbst entwickelt.«

Ich beiße mir auf die Lippe, dann greife ich nach einer der Spritzen. Ich traue Lachlan nicht, nicht im Geringsten, aber die Pfütze um mich herum wird mit jeder Sekunde größer. Die Blutung will nicht stoppen. Ich kann fühlen, wie mein Blutdruck sinkt. Mir bleibt keine andere Wahl, als zu tun, was er sagt.

Ich jage die Nadel in mein zerstörtes Fleisch, wobei ich fest die Augen schließe.

»Das ist mein Mädchen«, sagt er. »Gut gemacht.«

Fast sofort verebbt der Schmerz. Mit einem erleichterten Keuchen lasse ich die blutverschmierte Spritze zu Boden fallen. Die Blutung aus meiner Wunde lässt nach, dann bleibt nur noch ein Rinnsal. Ich verlagere mein Gewicht, schiebe mich zitternd nach hinten, bis ich an der Wand lehne, meine Beine vor mir ausgestreckt.

Lachlan beobachtet mich, seine Miene steinern und unlesbar. Ein Teil von mir wird zu dem Moment zurückkatapultiert, als Cole mir gesagt hat, dass er tot ist. Ich habe um diesen Mann geweint. Ich habe ihn geliebt. Vielleicht tut ein Teil von mir das immer noch. Das würde meine zugeschnürte Kehle erklären, das Rasen meines Herzens. Ich bin heute mit einer Pistole hierher gekommen und dem festen Vorsatz, sie einzusetzen, doch als ich jetzt hier sitze und in Lachlans Augen sehe, weiß ich nicht, ob ich es wirklich könnte.

Er hustet rasselnd. Er scheint ernsthaft verletzt. Auch seine Knöchel und Füße sind verbunden, und die Haut, die ich an seinen Händen und seinem Hals erkennen kann, ist mit Blasen übersät und verschorft.

»Du bist ebenfalls verletzt«, sage ich. »Sieht aus, als könntest du selbst eine dieser Spritzen gebrauchen.«

Sein Blick senkt sich auf die verbundene Hand. »Unglücklicherweise ist das nicht möglich. Ich habe mich bei der Zeit verrechnet, die ich bei der Flucht aus dem explodierenden Cartaxus-Labor gebraucht hätte. Die Genkits haben bei ihrer Explosion mein Panel korrumpiert. Ich kann kein Heiltek riskieren, bevor mein System wieder sauber ist.«

»Das sieht dir gar nicht ähnlich. Gewöhnlich bist du so vorsichtig.«

Lachlan zuckt mit den Achseln, dann verzieht er das Gesicht. Zu meinem Entsetzen fällt es mir immer noch schwer, seine Schmerzen zu bezeugen.

»Ein anderer Hacker hatte unser System bereits geschwächt«,

sagt er, »und die Selbstzerstörung der Genkits lief etwas schneller, als ich geplant hatte.«

Ich blinzle verwirrt. Kann es wirklich sein, dass er nicht weiß, dass dieser Hacker ich war? Ich denke einen Augenblick darüber nach, es ihm zu sagen, doch dann ändere ich meine Taktik.

»Du hast meine Hypergenese gefälscht.«

»Ah. Ja. Das war bedauernswert. Ich musste dich davon abhalten, zu tief in dein Panel einzudringen. Du hättest sonst viel zu früh viel zu viel herausgefunden.«

»Was ist mit meiner Mutter? War sie … *gab* es sie überhaupt wirklich?«

Etwas huscht über sein Gesicht. Ein Schatten eines Gefühls, tiefempfunden und wahr. »Es gab sie absolut, Catarina. Ich habe sie sehr geliebt, so wie ich dich liebe. Aber sie ist nicht deine Mutter, wie dir inzwischen sicherlich bewusst sein dürfte.«

Ich starre ihn nur an. Ich muss nicht antworten. Die Wut in meinen Augen sollte ihm alles verraten, was nötig ist.

»Ich nehme an, du würdest gerne erfahren, wie ich deine DNA geändert habe.«

Ich nicke mit zusammengebissenen Zähnen. Die Haut um meine Wunde beginnt, Blasen zu werfen – aber nicht, als würde sie zerfallen. Eher, als würde sie wieder *zusammen*schmelzen.

»An wie viel erinnerst du dich vom Zarathustra-Programm?«, fragt er.

Ich keuche, drücke den Rücken durch, als mein Bein zittert. Meine Nerven stehen in Flammen. Fetzen feuchten Gewebes verschmelzen, ziehen sich über die Wunde, zerren die Wundränder wieder aufeinander zu.

»An n-nicht viel«, stottere ich. Mein Blick verschwimmt. »Außer daran, dass du an Knockout-Kindern herumexperimentiert hast und einen Impfstoff schaffen wolltest.«

»Nah dran, aber nicht ganz richtig. Ihr wart keine Knockout-

Kinder. Die genetische Umkodierung, die im Zarathustra-Projekt geschehen ist, wurde von der Natur selbst vorgenommen. Sie hat ihre Gaben auf euch *übertragen*.«

Ich reiße den Kopf hoch. Er spricht über Gentransfer. Wenn zwei Spezies miteinander interagieren, teilen sie manchmal ihre DNA. Menschen tragen Gene von Pflanzen, Bakterien und sogar Viren, die im Laufe der Evolution Eingang in unser Genom gefunden haben.

Mein Atem stockt. »Du hast das Virus verwendet.«

Lachlan lächelt. »In der Tat. Du und die anderen wurden in Tanks im Labor gezüchtet, und schon als kleine Ansammlung von Zellen mit dem Hydra-Virus infiziert. Die meisten Proben sind sofort gestorben, aber eine Handvoll hat überlebt. Eure Zellen haben sich so schnell repliziert, dass das Virus nicht Schritt halten konnte. Seine Trigger wurden zerstört, als eure Zellen sich teilten und reduplizierten. Teile der Hydra-DNA haben sich mit eurer verbunden. Das hat eure Zellstruktur verändert. Es hat eure Körper aufgebaut und geformt. Es ist wahr, du bist nicht meine Tochter. Du bist die Tochter der Seuche.«

Die Welt steht still. Das Geräusch meiner Atmung und meines schlagenden Herzens werden lauter. Die nebelverhangenen Berge jenseits der Fenster scheinen zu beben. Selbst das Fundament des Gebäudes bebt, bis meine Zähne klappern. Doch es ist nicht der Boden, der zittert: Ich bin es.

Meine Identität zerbricht, wie ein Schiff, das an einer Klippe zerschellt. Ich fühle, wie mein Mast bricht, meine Segel in Fetzen gerissen werden. Ich wusste, dass ich nicht normal bin. Ich wusste, dass meine Zellen verändert und verdreht wurden – auf keine andere Art hätte ich die Entschlüsselung des Impfstoffs überleben können. Ich wusste, dass Lachlan mich verändert hat, mich zerbrochen hat, mich zu etwas anderem geformt hat – doch ich wusste nicht, wie unnatürlich ich wirklich bin.

Ich bin nicht einfach nur anomal. Hier geht es um mehr als nur eine genetische Anpassung. Ich wurde geschaffen, aufgebaut und umgeformt vom Virus.

Ich bin nicht mal ganz *menschlich.*

»Aber ich habe meine DNA gesehen«, flüstere ich. »Sie sieht aus wie deine. Ich konnte nichts von Hydra darin erkennen.«

»Oh, es ist da, du kannst es nur nicht sehen. Genkits führen ihre Scans an den sechsundvierzig menschlichen Chromosomen durch, mit einer oberflächlichen Kontrolle auf Doubletten. Sie verwerfen alles, was nach einer Kontaminierung aussieht, was bedeutet, dass deine zusätzlichen zwei Chromosomen auf dem durchschnittlichen Scan nicht auftauchen.«

»Ich besitze achtundvierzig Chromosomen?« Mein Magen hebt sich. Ich presse die Lippen aufeinander, um mich nicht zu übergeben.

»Reg dich deswegen nicht zu sehr auf. Cole hat vierundfünfzig, und Ziana hatte sechzig, aber sie war zu den besten Zeiten kaum menschlich. Deine zusätzlichen Chromosomen können nicht verändert werden, aber die sechsundvierzig, an denen ich gearbeitet habe, sind unglaublich flexibel. Du bist ein Chamäleon, Liebling. Der Rest von uns kann winzige Teile von uns selbst maskieren, aber du kannst tatsächlich zu allem werden, was du willst. Du kannst dich von Grund auf neu kodieren.«

Jedes Wort von Lachlan facht den Sturm in meinem Kopf nur weiter an. Ich presse meine Handflächen auf den kalten, harten Fliesenboden, als könnte mich der Kontakt irgendwie erden.

»Das ist meine *Gabe*, nicht wahr? Das hast du erforscht, als du mich aufgeschnitten hast.«

Er nickt – eine kurze, abgehackte Bewegung. »Diese Forschung hat es mir erlaubt, die Prozedur für die Entschlüsselung des Impfstoffs zu entwickeln. Jeder andere wäre gestorben, bevor sie vollendet war. Deswegen brauchte ich deine Hilfe, Catarina. Ich wollte dich nie verletzen. Ich wollte nie jemanden verletzen – deswegen habe ich diesen Plan in Gang gesetzt. Der Impfstoff ist unsere letzte Chance, und das Überleben der Menschheit hängt davon ab. Ich habe alles nur getan, um die Freigabe des Impfstoffes sicherzustellen.«

»Aber der Impfstoff ist dir vollkommen egal! Ich habe mit Cartaxus gesprochen. Sie wollten vorgeben, den Code zurückzuhalten, um ihn dann von Skies an alle an der Oberfläche verteilen zu lassen. Das hätte funktioniert, und das weißt du auch. Doch dir war nur wichtig, diese Abartigkeit zu verbreiten, die du eingefügt hast. Du weißt, dass ich in Sunnyvale dabei war. Ich habe die orangefarbenen Panels gesehen und was sie diesen Leuten angetan haben. Du hast sie ermordet. Das hat absolut nichts mit dem Überleben der Menschheit zu tun.«

»Oh, das hat es«, sagt Lachlan lauter. »Du bist so auf das Virus konzentriert, aber die größte Bedrohung geht nicht von Hydra aus. Wieso kannst du das nicht erkennen, Liebling? Ich habe so viel durchgemacht, um dich verstehen zu lassen. Von Beginn an habe ich all das für dich getan. Sunnyvale war für *dich*, Catarina.«

Er hält unverwandt meinen Blick. Meine Hände liegen auf dem Boden, doch ich fühle mich, als würde ich gegen Felsen geschleudert, von wütenden Wellen herumgeworfen. Ich schließe die Augen und sehe Drohnen am Himmel. Blut und zerbrochene Knochen. Orangefarbene Panels, die an den Armen knurrender Monster leuchten.

Er hat das alles für mich getan. Das Monster, das mein Vater ist. Ich bin diejenige, die es zugelassen hat, die ihm den Weg gepflastert hat.

Es war alles meine Schuld.

»Aber ich verstehe nicht«, sage ich. »Sunnyvale war ein Albtraum. Dax hätte mich fast umgebracht.«

Er lächelt nur. »Es gab keine Person in dieser Stadt, die fähig gewesen wäre, dich umzubringen, Liebling. Du magst dich nicht an dein Training erinnern, aber ich versichere dir, dass es immer noch vorhanden ist.«

»Warum?«, frage ich mit brechender Stimme. »Warum hast du alle in den Wahnsinn getrieben?«

»Man kann Leute mit Gentech nicht in den Wahnsinn treiben«, antwortet Lachlan. »Und das weißt du, Catarina. Erzähl mir, wie ich diese Leute mit einem Programm hätte kontrollieren sollen. Erklär mir, wie ich sie dazu gebracht haben soll, sich gegenseitig umzubringen. Das menschliche Gehirn ist zu komplex, um auf diese Weise kontrolliert zu werden. Man kann nur Teile verstärken oder unterdrücken, die bereits da sind. Das war der Sinn hinter Sunnyvale, Liebling. Du musstest es persönlich bezeugen.«

Ich blinzle. Schmerzen toben in meinem Bein, und mein Atem kommt stoßweise, doch mein Verstand ist klar. Ich beginne zu verstehen, wovon er spricht – was er mir durch den Horror in Sunnyvale vor Augen führen wollte. Es ist dasselbe, was ich in den letzten zwei Jahren so oft gesehen habe, doch ich habe die Puzzlestücke bisher noch nie zusammengesetzt. Ich schließe zitternd die Augen, als die letzten Stücke ihren Platz finden.

Die Schleicher. Die Horden in Sunnyvale. Die Reaktion auf den Geruch des Virus.

Sie gehen alle auf denselben Instinkt zurück, wie verschiedene Noten im selben Akkord.

»Instinkte«, hauche ich. »Das hast du mit Cole erforscht. Du hast versucht herauszufinden, wo auf unserer DNA unsere Instinkte liegen, und du hast sie gefunden.«

Er lächelt. »Das ist richtig. Durch Cole habe ich sie alle gefunden und gewissenhaft ihre Position in unserem Genom kartiert. Wir halten uns gerne für komplexe Kreaturen, reden uns ein, dass wir von Logik geleitet werden, doch tatsächlich werden wir überwiegend von Instinkten regiert. Du siehst ihre hässliche Fratze in jedem Skandal. In jeder kriegerischen Handlung. Wir versuchen, unsere Instinkte zu beherrschen, doch es ist, als versuchten wir, die Sonne zu löschen. Sie haben Einfluss auf unser Leben, auf jeden Aspekt der Gesellschaft. Ich habe diese Instinkte kartiert, Catarina, dabei habe ich einen gefunden, den ich nicht ignorieren konnte. Ein kleines Gen, gut versteckt, das in jedem von uns ruht. Dieses Gen ist die Quintessenz der Wut, die du in Sunnyvale bezeugt hast.«

»Der Grimm«, flüstere ich.

»Ja, Liebling. Der Grimm. So viele Aspekte von gewalttätigem Verhalten können auf dieses eine kleine Gen zurückgeführt werden. Der Geruch der Infizierten verändert das Bewusstsein von Leuten nicht, es schaltet nur einen Teil von ihnen an, der immer schon da war. Einen uralten Teil unseres Reptilienhirns, ein Relikt aus der Zeit, als wir Wilde waren. Ich habe die Gräuel von Sunnyvale nicht erzeugt, ich habe sie nur an die Oberfläche gebracht.«

Ich schließe die Augen, sehe flackerndes Feuer und knurrende Horden, sehe, wie blutige Unruhen die Straßen von Sunnyvale überschwemmen. Aber ich habe es schon früher gesehen. Ich habe es jahrelang gefühlt, habe das Flüstern in mir gehört, das um Freiheit bettelt. Der Abgrund. Die Dunkelheit in mir, die das Messer hielt, wann immer ich einen Infizierten im zweiten Stadium getötet habe, um zu überleben. Das Biest. Ich kann es selbst jetzt hören. Es lauert in meinen Zellen.

Ein winziger Ball aus Bosheit, destilliert in einem einzelnen Gen.

»Als ich dieses Gen gefunden hatte, wusste ich, dass wir gerettet sind«, sagt Lachlan. »Die Menschheit könnte sich endlich zu einer höheren Rasse entwickeln und ihre schreckliche Vergangenheit hinter sich lassen. Ich habe versucht, Cartaxus darauf aufmerksam zu machen, doch sie haben das große Ganze nicht verstanden – dass das Virus nicht die wahre Bedrohung unserer Existenz darstellt. Sondern der Grimm. Er kontrolliert uns, seitdem wir in Höhlen gelebt haben. Unsere gesamte Geschichte besteht aus einem Krieg nach dem anderen, alles nur wegen dieses winzigen, unbedeutenden Gens. Wir sind verdammt, wenn wir so weitermachen, ob wir das Virus nun besiegen oder nicht. Der einzige Weg, die Menschheit zu retten, liegt darin, einen Weg zu finden, uns zu verändern.«

»Und das versuchst du?«, frage ich. »Mit dem Impfstoff? Du … veränderst die Gene der Menschen? Du willst die gesamte menschliche Spezies neu kodieren?«

»Wenn du einen Apfel mit einer verfaulten Stelle erwischt hast, isst du dann das verdorbene Fruchtfleisch? Nein, du schneidest es heraus. Die Menschheit hat eine verfaulte Stelle, Catarina. Sie ist winzig, aber sehr mächtig, und sie hält uns zurück, fesselt uns an die überkommenen Instinkte unserer Vorfahren. Einst brauchten wir das, um zu überleben, aber jetzt nicht mehr.«

»Hörst du dir eigentlich selbst zu?«, keuche ich. »Es steht dir nicht zu, eine Wahl zu treffen!«

»Die Wahl ist offensichtlich!« Lachlans Augen werden groß. »Das menschliche Gehirn hat sich in fünfzigtausend Jahren kaum weiterentwickelt. Bei einem Computerchip dauert es gerade mal zehn Jahre, bis er veraltet ist, aber wir laufen mit fünfzigtausend Jahre alter Hardware. Die Menschheit muss sich weiterentwickeln, oder wir werden sterben.«

»Aber du zerstörst Menschen«, sage ich zitternd. »Du hast den Menschen in Sunnyvale nicht geholfen – du hast sie in Stücke gerissen.«

Lachlan streckt mir eine Hand entgegen, die Haut aufgeplatzt und nässend. »Es war wichtig, dich sehen zu lassen, welche Finsternis in uns herrscht. Deswegen musste ich das tun. Du musstest es aus der Nähe bezeugen, mit eigenen Augen, sonst hättest du nicht verstanden, was ich erreichen will. Ich brauche deine Hilfe, Catarina. Du hast sie mir vor Jahren versprochen. Ich habe den Instinkt isoliert und den Impfstoff eingesetzt, um ihn zu unterdrücken, aber der Effekt ist temporär. Mit deiner Hilfe, und mit deiner *Gabe*, können wir ihn permanent machen.«

Permanent. Ich schließe die Augen. Mein Kopf dreht sich. Er will die DNA von jedem Menschen auf dem Planeten verändern, so wie er meine verändert hat. Will ihre zugrundeliegenden Gene ändern. Die Vorstellung ist beängstigend – aber nur, weil sie von einem Mann stammt, der der Welt diese Veränderung aufzwingen will. Ich habe den Grimm gesehen, ich habe ihn empfunden, und ich werde mich immer wegen der Dinge schämen, die ich unter seinem Einfluss getan habe. Die Immunität. Das Hochgefühl, das ich danach gespürt habe. Hätte ich eine Wahl gehabt, hätte ich alles dafür getan, um mich nicht in dieses Biest zu verwandeln.

Und da wäre ich sicherlich nicht die Einzige.

»Aber warum erzählst du den Leuten nicht einfach davon?«, frage ich. »Niemand will diesen Instinkt in sich. Nicht nach dem Hydra-Virus und dem, was es uns angetan hat. Wir könnten als gesamte Spezies entscheiden, das aufzuhalten, es mit dieser Generation enden zu lassen. Du hast bereits eine Reihe von Seuchenkindern in Tanks herangezüchtet – wieso hast du keinen Weg gefunden, möglich zu machen, dass die Leute diese Wahl für ihre Kinder treffen können?«

Lachlan schließt die Augen und seufzt. Es ist ein raues Geräusch; seine Kehle ist verbrannt. »Glaubst du, das hätte ich nicht versucht, Catarina? Bestimmt tausend Mal. Das menschliche Genom ist eine perfekt austarierte Gleichung mit so vielen Variablen, dass wir es immer noch nicht verstehen. Man kann nicht einfach ein Gen entfernen und erwarten, dass das Resultat stabil bleibt. Deswegen kann Gentech die natürliche DNA nicht verändern. Der Kern dessen, was uns menschlich macht, ist konstant und unveränderlich. Ich habe versucht, Proben ohne das Gen für den Grimm zu züchten, doch ihre Gehirne haben sich nie ordentlich entwickelt. Eines Tages wird die Wissenschaft der Zukunft herausfinden, wie man diesen Teil von uns sauber entfernt, doch für den Moment hängt alles von *dir* ab.«

Ein Zittern überläuft meinen Körper. Ich drücke mich fester gegen die Wand, als ich Lachlan anstarre. »Wovon sprichst du?«

»Meine Forschung an Cole hat mir Muster unserer Instinkte in unseren Genen gezeigt, und seine Gabe hat mir eine Methode verschafft, mit der ich sie aktivieren oder unterdrücken kann. Aber du gehst weit darüber hinaus. Du bist der Code, der sich selbst schreibt. Dein Körper kann Lärm aufnehmen und in eine Symphonie verwandeln. Deine DNA löst die Gleichung der Menschheit auf eine Art, die ich erst noch ergründen muss. Wenn du dich mir anschließt, Catarina, wenn wir zusammen an dieser Aufgabe arbeiten, dann können wir deine Gabe reproduzieren und sie mit der Welt teilen.«

»Ich weiß, dass du sie ändern willst«, flüstere ich. »Du willst ihre DNA umschreiben, wie du meine umgeschrieben hast. Aber ich verstehe nicht, was das mit Instinkten zu tun hat?«

Er lächelt. »Du erkennst nicht die Schönheit deiner Talente, Catarina. Wann immer du eine Veränderung deiner DNA akzeptierst, ist es nicht nur dein Körper, der sich rekodiert. Dein Geist öffnet sich wie eine Blume, imitiert die Persönlichkeit der Person, deren DNA du aufnimmst. Dein Gehirn restrukturiert sich mit einer Leichtigkeit, die wir erst in Jahrhunderten entwickeln könnten. Du kannst die Persönlichkeit und Stärken jeder beliebigen Person übernehmen.«

»Mein … mein Gehirn?« Eisige Kälte ergreift Besitz von mir. »Was meinst du damit?«

Lachlan lacht leise. »Du warst immer clever, Liebling, selbst als du noch klein warst. Hast Rätsel schneller gelöst als andere, hast dich immer an alles erinnert, was dir gesagt wurde. Aber die Behandlungen haben früh angefangen. Ein Großteil deiner Intelligenz stammt von mir. Du trägst nicht nur mein Gesicht, Catarina. Ich habe dir auch meinen Verstand geschenkt.«

47

»Nein«, hauche ich. Ein Riss in meinem Kopf verbreitert sich, zerstört meine letzte Hoffnung, die letzten Reste meiner Selbstkontrolle.

Nicht mein Verstand. Mein Körper – damit kann ich umgehen. Das sind nur Haut und Knochen und Fleisch. Vergänglich.

Mein Gehirn kann er nicht haben.

»Denkst du nicht manchmal wie ich?«, fragt Lachlan. »Liest du nicht meinen Code, als hättest du ihn selbst geschrieben, Liebling?«

Mein Magen verkrampft sich. Ich werfe mich würgend zur Seite. Er hat mir seinen Verstand aufgedrängt. Damit hat er mir alles genommen, was mich ausmacht.

Und jetzt will er dasselbe allen anderen antun.

Wut durchfährt mich wie ein Blitz. Durch meine Tränen sehe ich die Pistole, die ich fallen gelassen habe, ein kleines Stück außerhalb meiner Reichweite. Ich werfe mich nach vorne, strecke mich nach dem Lauf, doch meine Hand rutscht in der Blutpfütze aus und meine Knie knallen auf den Boden. Der Schmerz entreißt mir einen gepressten Schrei. Instinktiv krümme ich mich zusammen.

»Da ist er!«, ruft Lachlan. »Der Grimm, Catarina! Ich sehe ihn in dir, so klar wie der helle Tag.«

Ich ringe um Luft, versuche, mich zu der Pistole zu schleppen. Er hat verdammt recht damit, dass das der Grimm ist – ich rufe ihn mit aller Macht herbei. Das Biest heult, hebt sich in mir, wirft einen roten Schleier über mein Sichtfeld, und ich rufe es zu mir, flehe es an, mich zu verschlingen.

Lachlan muss sterben. Er hat mich ermordet; es gibt kein anderes Wort, um zu beschreiben, was er mir angetan hat. Er hat mir jeden Fetzen der Person genommen, die ich einmal gewesen bin.

Meine Hände erreichen den Lauf, zerren ihn über die Fliesen. Ich hebe die Pistole, drehe sie in meinen Händen, schließe einen Finger um den Abzug.

»Was würde Cole denken, wenn er dich jetzt sehen könnte?«

Ich stoppe, die Waffe auf Lachlans Herz gerichtet. Mein Blick gleitet zum Fenster. Darin sehe ich mein Spiegelbild vor dem Hintergrund der Berge, mein Gesicht vor Wut verzerrt.

Mein Atem stockt. Ich habe mich noch nie so gesehen, habe es nie gewagt, in den Spiegel zu schauen, nachdem der Grimm mich überkommen hatte. Das Mädchen im Fenster ist niemand, den ich kenne, doch in ihren Augen sehe ich das Echo eines Kindes, an das ich mich gerade erst wieder zu erinnern beginne.

Das Mädchen, das eine Schere in die Kehle einer Krankenschwester gerammt hat. Das vierzehn Wachen getötet hat, um aus dem Labor zu entkommen, in dem sie ihre Kindheit verbracht hat. Sie würde nicht zögern; sie würde Lachlan Kugeln in die Brust jagen, bis das Magazin leer ist.

Aber ich bin nicht länger sie.

Ich schließe fest die Augen, stoße einen frustrierten Schrei aus. Mein Finger löst sich vom Abzug. Der Grimm, der in mir tobt, will Lachlan jetzt erschießen, doch ich darf mich diesem Drang nicht hingeben. Ich kann Lachlan nicht in einem Anfall von Wut töten, und ich kann es nicht aus Rache tun. Ich will das Mädchen sein, das Cole voller Bewunderung angesehen hat. Das Mädchen, das aus seinem Skizzenblock zu mir aufgelächelt hat.

In seinen Augen bin ich wild, aber ich bin keine Mörderin.

Ich werfe die Pistole zu Boden, vor Adrenalin zitternd. »Ich werde dich nicht töten, aber ich werde dir auch nicht bei deinem Plan helfen. Du musst diesen Wahnsinn stoppen. Die Leute haben das Recht, selbst zu entscheiden. Du kannst diese Entscheidung nicht für sie treffen.«

»Du verteidigst den Grimm, Catarina! Ich will nur einen Teil von uns entfernen, den wir schon lange hätten herauszüchten müssen. Er ist ein Artefakt aus der Zeit, als diejenigen überlebt haben, die alle anderen getötet haben. Damals waren wir abhängig von diesem Instinkt, doch jetzt brauchen wir ihn nicht mehr. Er hält uns zurück, verhindert, dass wir unser wahres Potenzial entfalten. Was in Sunnyvale wäre es wert gewesen zu retten?«

Ich schließe erneut die Augen und sehe, wie Dax seine Hände um meinen Hals schließt. Sehe das dunkle Leuchten in seinem Blick, nachdem er mich in den Rücken geschossen hat. Sunnyvale war eine Ansammlung blutrünstiger Tiere. Dort gab es nichts, was ich verteidigen kann. Nicht das Geringste, das eine Rettung verdient hatte.

Aber das bedeutet trotzdem nicht, dass ich bereit bin, die gesamte Menschheit einer Lobotomie zu unterziehen.

»Diese Wahl betrifft nicht nur dich. Sie betrifft uns alle.« Ich beiße die Zähne zusammen und setze mich aufrechter hin. »Ich habe gesehen, wie Dax sich aus dem Grimm gelöst hat, als er erkannt hat, was er mir angetan hatte. Wenn er stark genug war, deinen Code zu bekämpfen, dann sind wir auch stark genug, um gegen den Instinkt zu kämpfen. Wir können ihn allein überwältigen.«

Lachlan schüttelt den Kopf. Eine abgehackte, zuckende Bewegung. »Solange der Grimm in unseren Genen verbleibt, wird die Menschheit nie wirklich frei davon sein. Er wird immer in unserem Hinterkopf sitzen wie eine Krankheit, die jede Wahl, jede Handlung beeinflusst. Er hat uns immer kontrolliert und so wird es immer sein. Es gibt eine Kluft zwischen der wilden Dummheit von Tieren und dem wahren Potenzial der Menschen, Catarina. Die Zivilisation hat eine Brücke über diese Kluft gebaut, doch der Grimm hält uns davon ab, sie tatsächlich zu überqueren. Wir können uns nicht weiterentwickeln, ohne unsere Vergangenheit hinter uns zu lassen. Wir sind fehlerbehaftete Tiere, und wir können nicht weiter, wenn wir diese Schwäche nicht aus uns entfernen. Du kannst nicht ernsthaft dafür argumentieren, das Böse in uns zu behalten. Das ist Irrsinn.«

»Nein«, sage ich und richte mich höher auf. Meine blutigen Hände rutschen über die Fliesen, doch ich schaffe es, die Kante des nächststehenden Genkits zu erreichen und mich auf die Beine zu ziehen. »Ich befürworte nicht das Böse – ich befürworte die Diskussion. Die Leute müssen deine Arbeit sehen, und vielleicht werden sie sich von allein dazu entschließen.«

Er schnaubt. »Sie werden niemals die richtige Wahl treffen. Ich habe Jahre mit dem Versuch verbracht, Cartaxus von meinem Anliegen zu überzeugen, aber sie haben den Wert meiner Arbeit nie erkannt. Wir können nicht zulassen, dass die Leute selbst entscheiden. Man fragt nicht den Patienten, wie man die Krankheit behandelt. Das ist der einzige Weg, uns zu retten.«

»Du bist verrückt.« Ich schwanke, klammere mich am Genkit fest, um auf den Beinen zu bleiben. Mein verletztes Knie pulsiert vor Schmerz. »Du hast jedes Gefühl für richtig und falsch verloren. Ich werde dir nicht helfen.«

»Du glaubst, deine Meinung interessiert mich?« Lachlans Blick wird hart. »Du wirst mir helfen, Catarina, oder ich werde die Drosselung des Gens an einem anderen Ort ins Gegenteil umschlagen lassen. Wie wäre es mit Homestake?«

»Das kannst du nicht. Wir haben deine Verbindung blockiert.«

»Das ist interessant, denn ich habe es gerade getan. Es wird vielleicht noch eine Minute dauern, bis die achtzigtausend Zivilisten in Homestake beginnen, sich gegenseitig umzubringen.«

Mein Blut gefriert. Wie auf ein Stichwort hin hallt Leobens Stimme durch den Flur. Er ruft mir zu, dass die Schwarze-Kuppel-Chips in den Jeeps nicht mehr funktionieren.

»Achtzigtausend Leben«, sagt Lachlan. »Sie liegen in deinen Händen, mein liebes Mädchen. Sag, dass du dich mir anschließen wirst, und sie können alle verschont werden.«

Ich sehe mich verzweifelt um. Ich entdeckte die Pistole, doch ich weiß nicht, ob ich Homestakes Zivilisten retten kann, indem ich Lachlan töte. Dann wende ich mich dem riesigen brummenden Genkit zu, an dem ich mich festhalte. Die Wlan-Lampe leuchtet in klarem strahlendem Blau. Dieses Gerät muss Lachlan benutzen, um den Impfstoff zu kontrollieren. Wenn ich Homestake retten will, gibt es nur eine Option.

Ich werde gegen seinen Code kämpfen müssen.

Ich sehe auf meinen Arm hinunter. Mein Panel ist noch nicht wieder ganz herangewachsen, aber ein paar kobaltblaue Lichter leuchten bereits unter meiner Haut. Das wird wahrscheinlich nicht funktionieren, aber es ist die einzige Waffe, die mir bleibt. Ich schnappe mir eines der Nadelkabel, die aus dem Kabelport des Genkits hängen, und ramme es in mein Handgelenk.

Sobald das Kabel unter meine Haut gleitet, wird mein Sichtfeld blau und ich falle kopfüber in die erste VR-Sitzung, an die ich mich erinnern kann. Text und Bilder prasseln auf mich ein, sausen vor meinen Augen vorbei, auch wenn ich immer noch die vage Kontur von Lachlans Silhouette erkennen kann.

»Was tust du, Catarina?«

Ich ignoriere ihn, versuche stattdessen, mich im VR-Interface zu orientieren, grabe mich verzweifelt durch die Masse an Menüpunkten. Es ist hoffnungslos. Ich brauche eine Tastatur. Der VR-Chip in meinem Arm ist frisch gewachsen; er hat noch nicht gelernt, meine Gedanken zu lesen. Es wird Wochen dauern, bis er die Befehle, die ich sende, verstehen kann und aus den Impulsen meines Hirns schlau wird.

Halt, das stimmt so nicht ganz.

Das Panel ist aus dem Backup des Panels herangewachsen, das

Jun Bei getragen hat, also besitze ich immer noch jede Datei und jedes Setting, das sie darin gespeichert hat. Lachlan mag meinen Verstand umgeschrieben haben, aber ich habe immer noch Erinnerungen von Jun Bei. In mir lebt immer noch ein Teil des Mädchens, das ich einmal gewesen bin. Wenn ich sie in mir hervorrufen kann, nur für einen Moment, dann könnte ich mein Panel vielleicht genug beherrschen, um einen Angriff zu starten.

Ich schließe die Augen, ignoriere die Flut aus Text und Farben, die das VR-Interface in meine Richtung schickt. Stattdessen versuche ich, mich auf meine intensivsten Erinnerungen zu konzentrieren. Leobens Lächeln. Ziana, die in den Bäumen singt. Anna, die darüber lacht, wie Leoben die Krankenschwestern nachäfft. Coles Gesicht im Mondlicht, als er mich das erste Mal küsst. In der Nacht, als er mir geschworen hat, dass wir immer zusammenbleiben würden.

Etwas kribbelt hoch in meinen Nacken, und die Ränder des Interface gewinnen an Schärfe. Es klappt. Ich suche verzweifelt nach weiteren Erinnerungen, zerre sie an mich heran, probiere, mich mit dem Mädchen in mir zu verbinden – mit der Person, die ich einmal war.

Ich sehe Cole neben mir stehen, unsere Finger miteinander verschlungen, während er zu den Bergen jenseits der vergitterten Fenster aufsieht. Wir waren so jung und gebrochen, und er war das Einzige, was mir meinen Schmerz nehmen konnte. Wir haben unsere dunkelsten Seiten entdeckt und uns ihnen zusammen gestellt. Er war das hellste Licht in meinem Leben, und ich habe mich in seine Arme geworfen, wie man sich von einer Klippe stürtzt.

Die VR-Sitzung wird scharf. Coles Gesicht verblasst aus meiner Erinnerung, doch stattdessen gewinnt etwas anderes an Stärke.

Ich höre eine Stimme in meinem Kopf, die nicht meine eigene ist.

Ihre Worte sind abgehackt und scharf. Wie die Schüsse aus einem Gewehr. Sie ist eine Klinge, die aus Stahl und Glas und Blut geschaffen wurde. Das Panel in meinem Arm ist ihr Universum. Sie kennt jede Zeile jeder Datei.

Ich öffne die Augen und lasse mich von Jun Bei erfüllen.

Die Dateien des Genkits öffnen sich vor mir, vollkommen klar. Dateien und Befehle, Links und Verzeichnisse, ausgebreitet in einer virtuellen Karte. Eine Firewall hebt sich, als ich darauf zusteuere, doch einer solchen habe ich mich schon öfter gestellt, und in meinem Arm wartet ein ganzes Arsenal von Viren. Meine Finger zucken, weil sie sich instinktiv danach verzehren, eine Reihe von Befehlen zu tippen. Doch inzwischen muss ich nicht mehr auf diese Weise programmieren. Ich kann arbeiten, wie Dax es tut, direkt im Herzen der Maschine. Ich lege den Kopf in den Nacken, vertiefe mich in meinem Panel, auf der Suche nach etwas, was ich verwenden kann.

»Du kannst nicht dagegen kämpfen, Catarina.«

Lachlans Stimme kommt aus weiter Ferne, ist vollkommen unwichtig. Ich ignoriere ihn. Ein Dutzend Dateien baut sich vor meinen Augen auf wie eine Wand. Ein einzelner Blick auf jede davon reicht aus, um mich daran zu erinnern, was sie bedeutet. Ich wähle zwischen ihnen, wähle Programmschleifen und Unterfunktionen. Codezeilen steigen auf wie Rauch von einem Feuer. Ein einzelner Gedanke vereint Logikblöcke, die dann miteinander verschmelzen und sich durch den unendlichen virtuellen Raum erstrecken.

Ein neuer Virus aus frischem verheerendem Code bildet sich in meinem Kopf. Ich setze ihn ein wie ein Messer, ramme ihn ins Herz des Genkits.

Die Firewall bricht zusammen. Es ist fast zu leicht. Lachlan hat mich die ganze Zeit zurückgehalten. Die Hypergenese sollte mich nicht nur davon abhalten, meine eigene DNA zu erkunden, sondern auch verhindern, dass ich zu *dem hier* werde. Zu dem Mädchen, das ich einmal gewesen bin. Ein Verstand, der zu scharf, zu mächtig ist, um von ihm kontrolliert zu werden. Er hat mir seine Intelligenz gegeben, das ist mal sicher.

Das dürfte der größte Fehler sein, den er je begangen hat.

Die Abwehrmechanismen des Genkits lösen sich auf wie abblätternde Farbe, geben den Blick frei auf die reine strukturierte Programmierung im Herzen der Maschine. Codezeilen erscheinen wie Fäden in einem dreidimensionalen Spinnennetz, das sich, so weit ich sehen kann, in jede Richtung erstreckt. Manche Zeilen sind schwarz, andere weiß, manche silbern oder gelb. Jede von ihnen erfüllt eine andere Aufgabe im Speicher des Genkits. Ein pulsierender Strang in der Ferne zeigt ein grelles, leuchtendes Orange, und instinktiv weiß ich, dass das der Strang ist, den ich zerstören muss.

Es ist eine Satellitenverbindung, die Lachlan mit dem Turm von Homestake verbindet, und pulsiert in einem ständigen Strom von Informationen. Ich dränge mein Bewusstsein näher heran, springe über Speicherbanken wie ein Stein über einen See.

»Was tust du?«, schreit Lachlan, seine Stimme halb verborgen unter der Welle aus Code, auf der ich reite.

»Ich bekämpfe dich«, flüstere ich.

Ich verfolge den Strang zu einem Kommport und schicke jeden Angriff, jede Zeile bösartigen Code, an die ich mich erinnern kann, in seine Richtung. Stromstöße. Logikbomben. Jede Zeile in dem Arsenal aus Waffen, das ich seit meiner Kindheit angelegt habe. »Du hast mir deinen Verstand gegeben«, sage ich, als die Verbindung zischend zerfasert. »Vielleicht war das keine so tolle Idee.«

»Du wirst es nicht aufhalten, Catarina.« Lachlans Stimme ist viel zu ruhig. »Die Verbindung ist mit dem Kern der Maschine verbunden. Sie zu zerstören, wird den Selbstzerstörungsmechanismus auslösen.«

Ich zögere. Er hat recht. Am Ende des orangefarbenen Strangs befindet sich ein weißes Netz, das sich um die Stromversorgung des Genkits schlingt. Die Verbindung zu durchtrennen, wird die Selbstzerstörungssequenz auslösen – dieselbe Sequenz, die ich in Homestake ausgelöst habe, nur dass diese Maschine hundert Mal größer ist. Die Explosion wird die Hälfte des Raums in die Luft springen. Ich werde nicht entkommen können, nicht mit meinem verletzten Bein.

Die Detonation wird uns beide in einem Wimpernschlag töten.

Coles Gesicht blitzt vor meinem inneren Auge auf. Ich habe ihn gerade erst wiedergefunden. Ich habe ein Leben und eine Zukunft. Ich will nicht sterben. Aber tief in mir weiß ich, was ich tun muss.

»Du glaubst, wir wären Tiere«, sage ich, als ich mein Bewusstsein erneut mit aller Kraft gegen das Genkit richte. »Du glaubst, wir werden von unseren Instinkten kontrolliert, dass wir nur die Summe unserer Gene sind. Aber du irrst dich. Ich habe dem Tod ins Gesicht gesehen, und ich habe keine Angst mehr. Ich bin bereit zu sterben, um dich aufzuhalten.«

Mit einem Blinzeln kehre ich in das Labor zurück, als der Strang reißt, die Verbindung nach Homestake abbricht. Lachlans blutunterlaufene Augen suchen meinen Blick, und darin glänzt etwas, was seltsam an *Stolz* erinnert.

»Es tut mir leid, Vater«, hauche ich genau in dem Moment, als die Tür zum Flur auffliegt und die Reihe von Genkits an der Wand explodiert.

48

Es sind sechs Spritzen mit Heiltek nötig, um den Blutfluss von Coles Rücken zu stoppen, nachdem er sich über mich geworfen hat, als die Genkits explodierten. Sein Rücken ist bis auf die mit Titan verstärkten Rippen zerfetzt, und die Haut an meinen Händen wird in Stücke gerissen, während ich Glasscherben und Metallstücke aus seinem Rücken ziehe. Leoben jagt einen Beutel Salzlösung nach dem anderen in Coles Adern, gefolgt von seinem eigenen Blut.

Coles Herzschlag setzt zweimal aus. Nach einer Stunde stabilisiert er sich, und Leoben und ich starren uns über das silberverfärbte Fleisch von Coles Rücken an.

Wir sind blutverschmiert und zittern. Sind kreidebleich und vollkommen erschöpft.

Bruder und Schwester.

Am Leben.

Wir hatten keine Zeit, Lachlan zu retten. Seine Leiche sitzt zusammengesackt in dem Zahnarztstuhl, sein Körper durchbohrt von Splittern. Während ich Cole wiederbelebt habe, habe ich gesehen, wie das Licht in Lachlans Augen verblasst ist, habe bezeugt, wie er seinen letzten Atemzug getan hat.

Es sah fast aus, als würde er lächeln.

Als Cole bereit ist, tragen wir ihn nach draußen. Wir wollen das Gefängnis, in dem wir unsere Kindheit verbracht haben, so schnell wie möglich verlassen. Leoben und ich zerren Äste und Zweige aus dem Wald, um zusammen ein Feuer zu entzünden, dann legen wir Cole daneben, um ihn warm zu halten. Ich strecke mich neben ihm aus, bis seine Vitalparameter sich stabilisieren und sein eigenes Heiltek die Kontrolle übernimmt.

Stunden später sinkt die Sonne hinter den Horizont, und die ersten Sterne der Nacht leuchten am azurblauen Himmel auf. Cole atmet gleichmäßig. Er schläft immer noch auf einer Isomatte auf dem Boden, sein Gesicht erhellt vom flackernden Schein des Feuers. Sein Rücken ist ein Chaos aus silbernen Streifen, mehr Nanogewebe als Fleisch, aber das ist mir egal. Ich will einfach nur, dass er heilt.

Leoben hat eine Weile gewartet, dann ist er jagen gegangen. Er hat gesagt, er müsste etwas töten, was ein Teil von mir sogar nachvollziehen kann. In gewisser Weise haben wir gerade unseren Vater verloren. Wir sind als Gefangene und Testobjekte für seine Experimente aufgewachsen, aber trotzdem war Lachlan der Mann, der uns großgezogen hat. Meine Erinnerungen an meine Kindheit sind immer noch bruchstückhaft – kurze Momente und Fetzen von Unterhaltungen, die ohne Kontext in mir aufsteigen – aber ich weiß, dass er mir damals etwas bedeutet hat, trotz allem, was er getan hat. Ich spüre eine Leere, die sonst von seinem langen Schatten bedeckt war, und ich weiß noch nicht, wie ich meine Gefühle anpassen soll, um diesen Raum zu füllen.

Nachdem Leoben verschwunden ist, saß ich ein paar Stunden an einen Jeep-Reifen gelehnt und habe in die Flammen gestarrt, unsicher, ob ich taub bin oder nur überwältigt. Ich werde den Gedanken nicht los, dass ich in einen Abgrund stürzen werde, aus dem ich nie wieder entkommen kann, wenn ich überhaupt Gefühle zulasse. Oder vielleicht wäre mit mir auch alles in Ordnung. Vielleicht wäre ich kalt und leidenschaftslos, wie Lachlan. Ich weiß nicht, was davon schlimmer wäre.

Das Feuer knistert, und Coles Hand zuckt im Schlaf. Er rollt sich auf die Seite, berührt mich, seine Haut warm und gerötet. Es kostet mich all meine Kraft, nicht seine Arme zu öffnen und mich an seine Brust zu drücken, die weiche Haut unter seinem Kinn zu küssen, wo die Bartstoppeln aufhören. Ich habe ihm immer noch nicht erzählt, was Lachlan zu mir gesagt hat. Dass er mein Gehirn verändert hat.

Ich bin mir einfach selbst noch nicht sicher, was ich davon halten soll.

Wenn Lachlans Geist über meinen geschrieben wurde, dann bin ich vielleicht nicht mehr als eine Kopie. Ein verpfuschter, mutierter Klon, der sich nur durch ein Geschlechtschromosom und eine Ansammlung von nicht-menschlicher DNA von ihm unterscheidet. Ich trage seine Haut; ich teile seine Persönlichkeit – alles, was von Jun Bei übrig ist, sind die Erinnerungen eines Mädchen, das ich kaum kenne, die in meinem Hinterkopf brummen. Ich weiß nicht, ob das ausreicht, um sie wiederauferstehen zu lassen, oder ob diese Version meines Selbst für immer verloren ist.

Keine Ahnung, was mir mehr Angst macht.

Als ich das Genkit des Labors gehackt habe, wurde mir bewusst, dass Jun Bei vollkommen durch die Schmerzen ihrer Kindheit definiert wurde. Sie hat all diese Schmerzen in sich aufgenommen und sie dort kristallisiert, bis ihr Herz eiskalt glitzerte. Ich dachte, Cole wäre eine Waffe, geschaffen aus Stahl, aber er trägt weichere Stellen in sich. Er ist verletzlich, und sanft.

Jun Bei nicht.

Ihre Stimme ist aus meinem Kopf verklungen, doch ich spüre immer noch die Stärke darin, das Echo ihrer Gedanken an den Rändern meines Geistes. Sich vollkommen an sie zu erinnern, ihre Stimme wieder so hören zu können, würde bedeuten, mich dem Schmerz zu öffnen, den sie in sich trug. Ich weiß nicht, ob ich das ertragen kann. Ich weiß nicht, ob ich das *will.*

Doch wenn ich an den kleinen Puma auf Leobens Brust denke, fühle ich eine Leere in mir.

Ein Holzscheit im Feuer knackt. Cole rührt sich. Seine Hand streicht über meinen Knöchel. »Hey, du«, sagt er, als er blinzelnd aufwacht. Verschlafen reibt er sich die Augen. »Wo ist Lee?«

»Er jagt«, sage ich. »Steh nicht auf. Ich halte Wache. Er will Dampf ablassen, indem er auf Dinge schießt.«

Cole lächelt mit verquollenen Augen. »Das klingt ganz nach Lee.«

Ich schnaube. »Wie fühlst du dich?«

»Momentan bin ich ziemlich high von den Medikamenten, aber ich glaube, das wird schon wieder. Was ist mit dir?«

Ich zucke mit den Achseln. Meine Hände sind verbunden und ich kann mein Bein kaum benutzen, aber es sind nicht meine körperlichen Wunden, die mir Sorgen machen. »Nicht so gut«, gebe ich zu.

Cole öffnet die Arme, damit ich näher komme, aber ich bin mir nicht sicher, ob ich es zulassen soll. Ich bin nicht das Mädchen, von dem er glaubt, es zu lieben. Wie wird Cole sich fühlen, wenn er die Wahrheit über das herausfindet, was Lachlan mir angetan hat?

»Komm her«, sagt er und greift nach mir. Er schließt eine Hand um meinen Arm und zieht mich an sich. »Ich weiß, dass wir vieles erst noch herausfinden müssen, aber jetzt sind wir zusammen. Alles wird gut.«

Ich atme seinen Duft ein, schmiege mich an ihn. Im Moment will ich nichts lieber, als seinen Worten Glauben zu schenken.

Aber ich weiß nicht, ob er recht hat. Ich weiß nicht, ob irgendetwas gut ist. Ich weiß nicht, wer ich bin, oder wie ich mit all dem umgehen soll, was passiert ist.

Cole streicht mir die Haare aus dem Gesicht. »Wie geht es deinem neuen Panel?«

Ich lege meinen Kopf an seine Schulter, dann hebe ich den Arm. »Es ist seltsam – ich fühle Apps, die ich noch nie benutzt habe. Ich weiß nicht mal, für was sie gut sind.«

Er lächelt, ein schelmisches Funkeln in den Augen. Er nimmt meine Hand und dreht sie sanft. »Darf ich etwas ausprobieren?«

»Klar«, antworte ich wachsam.

Er lässt seine Hand über meinen Unterarm gleiten, bis unsere Panel aneinandergedrückt werden, so wie ich es schon bei ihm und Leoben beobachtet habe. Ich lasse meinen Blick glasig werden, warte darauf, eine Nachricht oder eine Datei zu empfangen, doch stattdessen spüre ich nur prickelnde Hitze in meinem Bauch.

»Hier«, sagt er, als er meine freie Hand an sein Gesicht hebt, sodass meine Finger über seine Wange gleiten. Funken breiten sich auf meiner Haut aus, genau dort, wo ich ihn berühre.

»Ist das … Fühle ich, was du fühlst?«

»Mm-hmm«, sagt er, bewegt meine Hand, lässt meine Finger über seine Lippen gleiten. Mein Mund steht plötzlich in Flammen.

»Fühlst du auch, was ich fühle?«, frage ich.

»Natürlich. Das ist eine Rückkoppelungsschleife.« Cole grinst und zieht mich näher an sich, dann senkt er den Kopf, um mich zu küssen.

Das Gefühl explodiert auf meiner Haut – die Reaktion meiner eigenen Nerven lässt mich atemlos zurück, als unsere Lippen aufeinandertreffen. Es ist wie ein Feuerwerk – winzige Explosionen aus Wonne, die mit jeder Sekunde stärker werden, bis das Gefühl so intensiv wird, dass ich es nicht länger ertragen kann.

»Heilige Scheiße«, keuche ich, ziehe mich zurück, breche die Verbindung zwischen unseren Panels. »Das haben du und Leoben getan, als ihr eure Panels aneinandergedrückt habt?«

Cole wirft den Kopf in den Nacken und lacht laut, bis das Geräusch in einer schmerzhaften Grimasse verklingt. »Nein. Aber ich muss ihm unbedingt erzählen, dass du das gesagt hast.«

Meine Wangen werden rot. Mein Körper kribbelt immer noch. »Das ist ein heftiges Programm.«

Cole grinst. »Eigentlich dient es dazu, Schmerzen zu übertragen, um medizinische Diagnosen stellen zu können, aber du hast es schon vor Jahren gehackt.«

»Ich habe diese App geschrieben?«

»Ja, Süße. Du warst von Anfang an krass. Das war nicht er. Das weißt du, richtig? Du warst immer *du*.«

Ich hebe den Blick. Mein Herz rast. Der Feuerschein fängt sich in seinen Wimpern, erleuchtet Coles Gesicht.

»Ich habe alles gehört«, sagt er. »Er wollte, dass ich es höre. Er hat euer Gespräch zu mir durchgestellt. Aber ich glaube, ein Teil von mir wusste es schon, bevor er es dir erzählt hat. Das wird schon, Cat. Wir kriegen das hin.«

»Aber … Jun Bei«, sage ich. »Wenn das, was Lachlan gesagt hat, stimmt, dann ist sie weg. Du hast sie geliebt, du …«

Er bringt mich mit einem Kuss zum Schweigen. »Ich habe sie geliebt«, sagt er, als er sich wieder von mir löst, »und tue es immer noch. Ich muss nur noch herausfinden, wie ich damit umgehen soll. Aber das werden wir gemeinsam herausfinden. Leute verändern sich und lieben sich trotzdem weiterhin. Du hast dich nur ein wenig mehr verändert als normal.«

»Ein *wenig*?«

Er umfasst meine Wange mit einer Hand, lässt seinen eisblauen Blick über mein Gesicht gleiten. »Ihr unterscheidet euch nicht so sehr, wie du denkst. Ich erkenne immer noch eine Menge von ihr in dir. Ihr Feuer, ihre Entschlossenheit.« Er grinst. »Ihre ständigen Versuche, mich umzubringen.«

Ich verdrehe die Augen.

»Aber ehrlich, ich sehe auch gute Teile von Lachlan in dir. Und es gab gute Teile. Das weißt du. Er war brillant, so wie du. Aber du bist nicht er, egal was er gesagt hat. Du bist eine einzigartige Person, Catarina.«

»Cole …«, setze ich an, bevor ich mir auf die Lippe beiße und den Kopf abwende, weil mir Tränen in die Augen steigen. Cole zieht meinen Kopf an seine Brust, streichelt mir den Nacken, während ich weine. Er hat keine Ahnung, wie dringend ich das hören musste. Ich kenne das Mädchen nicht, das ich einmal war, und ich weiß nicht, zu wem ich werde, aber für den Moment bin ich Catarina. Ich glaube, damit kann ich leben.

Nachdem meine Tränen versiegt sind, liegen wir schweigend nebeneinander. Das Feuer knistert, während ein Schwarm Tauben über uns am Himmel ruft. Coles Magen knurrt, und er drückt seine Lippen an mein Ohr. »Bist du hungrig?«

Ich nicke, mein Gesicht immer noch in seiner Brust vergraben.

»Also, ich auch. Ich würde ja kochen«, setzt er an, »aber nachdem ich invalide bin und alles …«

»Vertrau mir, du willst nicht, dass ich koche. Ich kann dir gar nicht sagen, wie oft ich eine Lebensmittelvergift…« Ich zögere, am Rande meines Sichtfelds poppt ein Icon auf. Es ist meine Kommlink-App, die wieder online geht. Das Icon dreht sich, als sich das Programm einrichtet und sich mit dem neuen kombinierten Netzwerk verbindet, das Dax und Novak für die Übertragung eingerichtet haben. »Mein Kommlink ist zurück«, sage ich. Tausende Nachrichten trudeln ein, bis sie mein gesamtes Sichtfeld füllen. All meine alten Nachrichten laden sich aus dem Netzwerk auf mein neues Panel herunter. Ich reibe mir die Augen, versuche ungeschickt, sie mit einem geistigen Befehl verschwinden zu lassen. »Ähm, ich glaube, ich lade gerade jede Nachricht herunter, die ich je erhalten habe.«

Cole lacht. »Du flackerst aus.«

»Nennt man das so?« Wieder blinzle ich, schüttle den Kopf, als die Worte auftauchen und herumwirbeln. »Mir wird gleich schlecht, es ist …« Ich breche ab, als Agnes' Name aufblitzt. All ihre Nachrichten aus den letzten zwei Jahren laden sich herunter, sausen so schnell vor meinen Augen vorbei, dass ich nur Wortfetzen aufnehmen kann.

HABE SUPPE … IST DIR KALT? … CARTAXUS-DROHNEN … AUF DEM HIGHWAY …

»Bei dir alles okay?«, fragt Cole.

Ich nicke, dann schlucke ich schwer. »Ja. Ich habe gerade nur ein paar alte Nachrichten von Agnes gelesen. Ich frage mich, wo sie wohl ist. Ob es ihr gut geht.«

Eine Handvoll Nachrichten von meinen Kontakten bei Skies, die sich mit dem Impfstoff beschäftigen, scrollt vorbei, dann leuchtet erneut Agnes' Name auf.

WILDKATZE, ICH VERFOLGE DEINEN VATER.

Ich erstarre, sofort suche ich nach der Nachricht, doch sie ist verschwunden. Weitere Worte sausen so schnell vorüber, dass ich nur Ausschnitte aufnehmen kann, doch das reicht aus, um mich zusammenzucken zu lassen.

… IN NEVADA … NÄHE DER SOLARFARMEN … FOLG DEN TAUBEN … PLAN MUSS GESTOPPT WERDEN … WILDKATZE, VERTRAU LACHLAN NICHT …

»Was zur Hölle?«, flüstere ich.

»Was ist los?«

»Sie ist in Nevada. Diese Nachrichten stammen aus den letzten paar Tagen. Sie hat Texte an mein Komm geschickt, aber mein Panel hat nicht funktioniert. Sie ist am Leben, es geht ihr gut.«

»Siehst du«, sagt Cole und reibt mir den Arm. »Ich habe dir doch gesagt, dass ich sie nicht umgebracht habe.«

Ich sollte erleichtert sein, aber stattdessen verkrampft sich mein Magen. Wenn Agnes Lachlan verfolgt hat, was tut sie dann in Nevada?

»Ich … ich muss etwas kontrollieren«, sage ich und stehe auf. Ich humple ins Labor, so schnell es mein verletztes Knie zulässt.

Cole setzt sich langsam auf. »Warte«, ruft er mir hinterher. »Wo willst du hin?«

Ein Teil von mir will anhalten und alles erklären, doch der Rest treibt mich voran. Ich drücke die schwere Stahltür auf und schlängle mich durch die Stühle im Wartezimmer. Die Deckenlichter schalten sich automatisch an, dreieckige fluoreszierende

Flecken, die blinkend meinen Weg durch den Flur begleiten. Die Doppeltür zum Labor ist mit Blut besprenkelt und eine Seite hängt nur noch an einer Angel. Ich atme tief durch, um mich zu wappnen, dann betrete ich den Raum.

Der mit Splittern gespickte Körper des Mannes, den ich früher einmal als meinen Vater bezeichnet habe, befindet sich vornübergesackt in dem Zahnarztstuhl. Er ist die ganze Zeit sitzen geblieben, als wir uns unterhalten haben, hat sich nicht einmal bewegt, als ich das Genkit gehackt habe. Er hätte sich auf mich stürzen können, um mir das Kabel aus dem Arm zu reißen. Ich weiß, dass er verwundet war, aber irgendwie muss er auch in das Labor gekommen sein. Immerhin war er ja nicht gelähmt.

Wieso also ist er nicht aus seinem Stuhl aufgestanden?

Ich gehe jede Kleinigkeit in meinem Kopf noch einmal durch. Mein Nacken kribbelt. Für mich wirkt alles plötzlich zu einfach, wenn man bedenkt, welch komplexe Pläne dieser Mann verfolgt hat.

Irgendetwas stimmt nicht.

Ich trete näher heran, greife nach seiner Hand, lasse meine Fingerspitzen über die kalte verbrannte Haut gleiten. Jede Linie seines Gesichts ist mir vertraut. Seine Wimpern, seine Fingernägel, die Zähne – all das gehört zu einem Mann, den ich früher aus vollem Herzen geliebt habe.

Aber ich habe heute bereits erfahren, dass Aussehen täuschen kann.

Ich ziehe mein Messer aus der Scheide an meinem Oberschenkel und kremple seine Hose hoch, schneide den grauen Stoff bis zum Knie auf. Die Verbrennungen an seinen Füßen reichen nur wenige Zentimeter auf seine Schenkel. Darüber zeigt seine Haut ein glattes Olivbraun. Keine Blasen, keine Verbrennungen. Überhaupt keine Verletzungen bis auf die Splitter des Genkits, das ich in die Luft gesprengt habe.

Das sieht nicht nach einem Mann aus, der so schlimm verbrannt war, dass er sich nicht aus seinem Stuhl erheben konnte.

Ich richte mich schwankend wieder auf. Mein Pulsschlag dröhnt in meinen Ohren. Erneut mustere ich sein Gesicht.

»Nein«, hauche ich. »Das kann nicht sein.«

»Cat?«, ruft Cole. »Wo bist du?«

Mein Magen verkrampft sich. Ich wirble herum, schlage mir die Hand vor den Mund und stolpere aus dem Raum, wobei ich die Tür mit der Schulter aufschiebe. Tränen verschleiern meinen Blick, als ich durch den Flur humple.

»Cat, was ist los?«, fragt Cole, als ich ins Wartezimmer stolpere. Er greift nach meinem Arm, doch ich dränge mich an ihm vorbei und renne durch die Tür nach draußen.

Sobald ich Gras unter meinen Füßen fühle, klappe ich zusammen, die Hände auf den Oberschenkeln, und kämpfe gegen die aufsteigende Übelkeit. Ich höre Cole hinter mir. Die Tür zum Labor öffnet sich quietschend, dann läuft er mit weit aufgerissenen Augen zu mir.

»Was ist passiert? Alles in Ordnung mit dir?«

Zitternd hole ich Luft. »Es war zu einfach. Ich hätte es wissen müssen.«

»Wovon redest du? Cat, du machst mir Angst.«

»Er war es nicht«, sage ich mit brechender Stimme. »Es war eine *Marionette.*«

Cole richtet sich auf und weicht zurück. »Nein, das kann nicht sein …«

Ich schlucke schwer, das Gesicht des Toten vor Augen. Sobald mir klar geworden war, was Lachlan getan hat, waren die Unterschiede unerträglich offensichtlich. Die Augen des Mannes standen zu weit auseinander; sein Adamsapfel war zu groß. Sein Kinn war nicht so spitz wie meines. Ich hätte es bemerken müssen, aber er war so kunstvoll verbrannt und verbunden worden, dass mein Gehirn diese winzigen Details einfach ausgeblendet hat.

Ich habe diese Genkits in die Luft gejagt und einen unschuldigen Mann getötet – jemanden, dessen Panel mit Code gefüllt war, um ihn aussehen zu lassen wie Lachlan Agatta. Eine hilflose Marionette, die gezwungen war, dort zu sitzen, gefangen in seinem eigenen Körper.

»Wir haben ihn nicht umgebracht«, sage ich, wobei ich mich beherrschen muss, nicht zu schreien. »Er ist immer noch da draußen. Das gehört alles zu seinem Plan. Wir werden immer noch manipuliert.«

Cole ballt die Hände zu Fäusten. »Wir werden ihn finden«, sagt er mit harter Stimme. »Wir werden ihn jagen und dafür sorgen, dass er diesmal wirklich stirbt.«

»Aber wir können ihn nicht schlagen. Er ist zu klug.«

Cole dreht sich zu mir um. »Nein, ist er nicht. Du hast ihn hier geschlagen und du kannst es wieder schaffen. Du besitzt den Verstand des größten Wissenschaftlers, den die Welt je gesehen hat, aber du bist so viel mehr als er.«

Er ergreift meinen Arm und hilft mir, mich aufzurichten. Über uns schießen Wandertauben über den Himmel. Ihre Schreie hallen von den Bergen wider. Coles Berührung entzündet etwas in mir – eine kleine Flamme des Mutes –, und ich erhasche einen Blick auf ein gefährliches Gefühl, das ich viel zu lange nicht zugelassen habe.

Hoffnung.

»Aber Cole, ich weiß nicht mal, wer ich bin.«

»Ich schon«, sagt er. Er hebt eine Hand an mein Gesicht. »Du bist stark, und du bist mutig, und Menschen bedeuten dir etwas. Du warst bereit, dein Leben zu opfern, um den Impfstoff freizugeben, was bedeutet, dass du ihm nicht im Mindesten ähnelst. Er irrt sich in Bezug auf dich. Wir sind mehr als das, wozu unsere

Gene uns bestimmen. Du bist der Beweis dafür, Cat. Er weiß es nur noch nicht.«

Ich sehe in Coles Augen, fühle, wie die Erde sich unter mir bewegt, wie die Schwerkraft mich in einen Kampf zieht, von dem ich mir nicht sicher bin, ob ich ihn gewinnen kann. Es ist unmöglich, einen Mann zu überlisten, der so klug ist wie Lachlan – selbst mit Armeen und Drohnen, Rebellen und Hackern werden wir ihn niemals besiegen.

Doch er hat einen entscheidenden Fehler begangen. Es gibt eine Schwäche in seinem perfekten Plan. Er hat mir seinen Verstand gegeben – seine Intelligenz, seine Durchtriebenheit.

Es wird Zeit, das einzusetzen.

DANKSAGUNG

Für meinen unglaublichen Agenten, DongWon Song – danke, danke, danke. Schon nach unserem ersten Gespräch wusste ich, dass du mein Leben verändern würdest, und ich bin so dankbar, dass du mich auf dieser Achterbahnfahrt begleitest! Danke dafür, dass du mein erster Lektor warst, dass du das Herz des Buches erkannt hast, als es noch eine Rohfassung war, und mir gezeigt hast, wie ich es zum Glänzen bringe. #TEamDongWon für immer! Ich danke auch Kim-Mei und Howard bei HMLA. Caspian, Ben und Sandy bei Amber Stein, Heather und Danny bei Baror International, und Michael Prevett bei Rain Management. Ich kann mich so unglaublich glücklich schätzen, ein so tolles Team gefunden zu haben, das mich vertritt.

Meiner Lektorin Sarah McCabe: Danke für deine Begeisterung und deine wundervollen Anmerkungen – einige der besten Zeilen in diesem Buch wurden geschrieben, nachdem du mich ermuntert hattest, tiefer einzudringen. An Liesa Abrams, Mara Anastas, Kerry Johnson, [mehr!], und das Team bei Simon Pulse und Simon & Schuster Children's – danke, dass ihr mir das Gefühl gegeben habt, willkommen zu sein, und für eure harte Arbeit an diesem Buch! Regina Flatch, ich liebe dich dafür, dass du dieses wunderbare Cover geschaffen hast. Es ist alles, was ich mir erträumt hatte, und mehr.

An meine Lektorin in England, Tig Wallance, danke für deinen Humor, deine Leidenschaft und deine wunderbaren Anmerkungen – du hast mir unglaublich dabei geholfen, dieses Buch zu straffen und aufzupolieren. Ich danke auch meinem Korrektor, Brian Luster, für seine bewundernswerte Geduld mit meiner Unfähigkeit, einfachen Kommaregeln zu folgen und für das Aufspüren so vieler Unstimmigkeiten!

An meinen Ehemann Edward, der mich durch viele Revisionen, Ablehnungen, Abgabetermine und Momente hektischer Begeisterung hindurch unterstützt hat – ich danke dir. Ich kann mich so glücklich schätzen, dich gefunden zu haben, und bin furchtbar aufgeregt, gemeinsam mit dir in dieses Abenteuer aufzubrechen. Danke, dass du dir meine wilden Ideen genauso angehört hast wie unzählige irrelevante Fakten aus der Wissenschaft. Danke, dass du mir das Gefühl vermittelst, ich könnte alles erreichen, wofür ich mich anstrenge. Und danke, dass du dieses Buch geschätzte zwölf Millionen Mal gelesen hast.

An Lora Beth Johnson. Wo soll ich anfangen? Wie soll ich in Worte fassen, was du mir bedeutest? Es gibt eine besondere Art der Liebe, die sich zwischen Personen entwickelt, die sich gegenseitig kritisieren, deren Geist und Herz perfekt aufeinander abgestimmt sind, die sich gegenseitig ermutigen und herausfordern und verteidigen, die an der Schulter der anderen weinen und gemeinsam aufgeregt tanzen, wenn endlich die gute Nachricht kommt. Danke dafür, dass du immer da bist, dass du meine Werke besser machst und für deine endlose Geduld und Großzügigkeit. Du machst mich zu einer besseren Schriftstellerin, und zu einem besseren Menschen. Ich bin so froh, dich gefunden zu haben.

Ich danke meiner Mutter Cate dafür, dass sie mein Zimmer mit Büchern gefüllt hat, dass sie mir vorgelesen hat und mich ermuntert, meine eigenen Figuren und Geschichten zu erschaffen. Deine Kreativität und dein Talent waren immer eine Inspiration für mich. Und ich danke meinem Vater Brock dafür, dass er so viele wunderbare Bücher mit mir geteilt hat – Vonnegut, Orwell, Adams – und dass er mich endlos über das Schreiben und Veröffentlichen hat reden lassen. Meine Liebe zu Worten habe ich von dir geerbt, und ich bin jeden Tag dafür dankbar. Ich danke auch meiner Familie – Rachel, Ellie, Rory, Corinne, Leanne, Bev und David, Kate und den Townsends – für eure Begeisterung und Liebe und für all die Hilfe. Ich danke auch Debbie, Ed und Jeff – für euren Enthusiasmus und dafür, dass ihr mich in eurer Familie willkommen geheißen habt.

Karrie Shirou, danke für dein Adlerauge und deinen brillanten Geist – dieses Buch ist dank deiner Kritik um einiges besser geworden! Anne Tibbets, dir danke ich für deine dauerhafte Unterstützung, deine Ratschläge und deine Freundschaft. An die unglaublichen Schreibfreunde, die ich auf dem Weg gefunden habe: Matt Wallace, Marina Lostetter, Sarah Gailey, Alyssa Wong, Sara Mueller, Alex Acks, Amar El-Mohtar, Kristin Henley, Imogen Cassidy, Kate Ristau, Brianna Shrum, Chris Randolph – danke für die Signalverstärkung und eure Unterstützung!

An Toni Fatherley – den besten Englischlehrer, den ich je getroffen habe: Danke, dass Sie mich immer herausgefordert haben, mein Bestes zu geben, nach mehr zu streben und härter zu arbeiten. Das brauchte ich. Vielen Dank, Sonya, dass du mir Roswell nahegebracht hast, an Mélanie dafür, dass sie eine solche Inspiration war, und Seti dafür, dass sie so viele wunderbare Abenteuer mit mir geteilt hat. Vielen Dank, Jun Bei, dass du mir deinen Namen geliehen hast. Und meine Macq-Freunde: Murray, Monica, Megan, Serena, Gen Vidya, Julia, Ben, Anna, Monique, Suhail und Melanie, für eure Ermunterung, meine verrückten Träume zu verfolgen.